Louis de Bernières wurde 1954 in London geboren und wuchs im Nahen Osten auf. Nach Lehr- und Wanderjahren in Lateinamerika lebt er heute als Schriftsteller wieder in London. 1990 veröffentlichte er den ersten Roman seiner Lateinamerika-Trilogie, ›Der zufällige Krieg des Don Emmanuel‹ (deutsch 1998), der ebenso wie ›Señor Vivo und die Kokabriefe‹ (1991) mit dem *Commonwealth Writers Prize* ausgezeichnet wurde. 1994 erschien sein Griechenland-Roman ›Corellis Mandoline‹, der seither in vierzehn Sprachen übersetzt wurde und in England seit Monaten auf einem der vordersten Plätze der Bestsellerliste steht.

Das Kind des Kardinals Nach dem Ende der Drogenkriege herrschen paradiesische Zustände in dem Andenstädtchen Cochadebajo de los Gatos, wohin sich eine kleine Schar von Flüchtlingen, unter der Führung von Dionisio Vivo und Professor Luis, zurückgezogen hat. Die schönen Schwestern Ena und Lena treiben mit einem in Liebe entflammten Verehrer ihr verwirrendes Spiel, und zahme schwarze Jaguare wachen als gute Geister über die Bewohner, die ihre Häuser auf den Ruinen der alten Inkastadt errichtet haben.
Unterdessen ruft Kardinal Guzman, der allnächtlich von entsetzlichen Dämonen gequält wird, zu einem Feldzug für den Glauben auf. Das Unternehmen gerät zu einer blutigen Kampagne religiöser und politischer Fanatiker, die sich schließlich auch Cochadebajo de los Gatos nähern …

Weitere Romane von Louis de Bernières im Fischer Taschenbuch Verlag: ›Corellis Mandoline‹ (Bd. 13657), ›Señor Vivo und die Kokabriefe‹ (Bd. 13659).

Louis de Bernières

Das Kind des Kardinals

Roman

*Aus dem Englischen
von Klaus Pemsel*

Fischer
Taschenbuch
Verlag

Deutsche Erstausgabe
Veröffentlicht im Fischer Taschenbuch Verlag GmbH,
Frankfurt am Main, Februar 1999

Die englische Originalausgabe erschien
unter dem Titel ›The Troublesome Offspring of Cardinal Guzman‹
im Verlag Secker & Warburg, London
© Louis de Bernières 1992
Für die deutschsprachige Ausgabe:
© Fischer Taschenbuch Verlag GmbH, Frankfurt am Main 1999
Gesamtherstellung: Clausen & Bosse, Leck
Printed in Germany
ISBN 3-596-13660-1

*Dieses Buch ist meinen Eltern gewidmet,
die unbeirrbar und aufopfernd an mich glaubten,
es ist Caroline gewidmet,
die so viele Geschichten wußte und Licht in mein Leben brachte,
und es ist all denen gewidmet, die verfolgt werden,
weil sie es wagen, selbständig zu denken.*

Inhalt

Prolog

Die folgenden Ereignisse geschahen unmittelbar nach der Zeit, als die mächtigste Softdrinkfirma der Welt die größte Werbeschau der Zeitgeschichte abzog.

Von globalem Unternehmergeist beflügelt, von der Idee begeistert, die gesamte Menschheit zu erfrischen, und nicht zufrieden damit, daß ihr berühmtes Markenzeichen schon vom Roten Platz bis Feuerland in Neonschrift leuchtete, kaufte sie sich bei einem gemeinsamen Raumfahrtunternehmen von Russen und Amerikanern ein und offenbarte sich am Himmel in einer Art, wie es seit der Zeit, als Gott höchstselbst seinen Bogen an den Himmel setzte, nicht mehr gesehen ward.

Über jedem Pol wurde ein Satellit in den Himmel geschossen, um den Firmennamen auf den ewigen Schnee zu projizieren, damit er in den Teleskopen ferner Rassen und fremder Zivilisationen sichtbar werde, die daraufhin den Namen für unseren Planeten änderten. In der Arktis entwickelten sich im evolutionären Prozeß neue Arten roter Polarbären, Füchse und Seehunde, die zu auffallend waren, um ihren Lichtbereich verlassen und sich ins Weiß hinauswagen zu können, und in der Antarktis wurde der gleiche Effekt bei Kaiserpinguinen beobachtet.

Diese Werbebotschaft war jedoch nichts im Vergleich zu der Umgestaltung des Mondes. Hunderte von Arbeitern mit Universitätsabschlüssen in Astrophysik und Niederschwerkraft-Hydraulik fuhren in silberglänzenden Raumanzügen mit eigens dazu konstruierten Farbsprühwagen über Hunderte von Kilometern zwischen sorgfältig markierten Stellen umher, bis unten auf Erden der Firmenname in fluoreszierendem Funkeln gar nicht mehr zu übersehen war.

Anthropologen brachen in Scharen in die abgelegensten Winkel der Gebirge und Regenwälder auf, um Daten über die Auswirkung dieser lunaren Metamorphose auf das Denken primitiver Völker zu sammeln, kehrten aber enttäuscht zurück. Selbst die Navantes, die Cusicuari, die Kogi und die Acahuateken waren längst mit dem Markenzeichen vertraut, das in vermeintlich unerforschten Gebieten an Bäumen hing, über den Eingängen von Buschhütten prangte und auf die Felsen des Mount Aconcagua gemalt war.

Doch im Lauf der Zeit konnte selbst die spezielle Farbemulsion den Bedingungen auf unserem Trabanten nicht standhalten. Von Mondstaub überzogen, von Meteoriteneinschlägen durchsiebt, von den extremen Temperaturschwankungen ausgedehnt und zusammengezogen, brach die Schrift auseinander, bis es so aussah, als wäre das Antlitz des Mondes mit Blut beschmiert. Die Menschen blickten in den nächtlichen Himmel und erschauderten.

Teil eins

Hoy, sin miedo que libre escandalice,
puede hablar el ingenio, asegurado
de que mayor poder le atemorice.

En otros siglos pudo ser pecado
severo estudio, y la verdad desnuda,
y romper el silencio el bien hablado.

Francisco de Quevedo y Villegas
(1580–1645)

Heut, ohne Furcht, daß freie Rede kränkt,
darf der Verständ'ge sprechen, weil er weiß,
daß eine Übermacht ihn nicht erschreckt.

In andern Zeiten konnten Sünde sein
der ernste Eifer und die nackte Wahrheit,
wenn der beredte Mann das Schweigen brach.

(deutsch von Ulrich Kunzmann)

1

Der von Dämonen gepeinigte Kardinal beschließt,
seine Seele zu retten

Zum wiederholten Mal spürte Kardinal Dominic Trujillo Guzman einen stechenden Schmerz, der wie Preßwehen in seinem Bauch wühlte, und er krümmte sich stöhnend zusammen, die Hände um den Leib geschlungen. Jedesmal, wenn dies geschah, dachte er nur an die Schuld seines Lebens. In seiner Pein kam es ihm so vor, als öffneten sich vor seinen Augen uralte Truhen, doch statt eines Stroms von Golddublonen, Louisdors oder rubinbesetzten Silberkruzifixen entließen sie Dämonen.

Seine Eminenz kannte das ganze Pantheon seiner Dämonen; als er vor Pein nach Luft ringend auf dem Steinboden lag, bildeten sie eine infernalische Parade, die in einer monströsen Parodie der Karwochenprozession an ihm vorbeizog, ihn wegen seiner Fehltritte verspottete und jubelte.

Angeführt wurde die diabolische Rotte vom Geschöpf mit den zwei laut streitenden Köpfen. Die Hälse waren schwanengleich, doch deren Länge und Biegsamkeit erleichterte es den Schandmäulern nur, aufeinander einzustoßen und sich zu beißen, als würden sie sich zu leidenschaftlich küssen. »Vatikan Zwei, Vatikan Zwei«, brüllte einer der Köpfe, und der andere schrie ebenso gellend, »Tradition, Tradition«, als wäre das alles, was es um 1968 gab, als Seine Eminenz die allererste Konferenz lateinamerikanischer Bischöfe in Medellín besucht hatte. Er war damals schon sehr mächtig gewesen, aber angewidert mit dem Entschluß abgereist, in seinem eigenen Bischofssitz die Befreiungstheologie völlig abzuschaffen. Sicherlich hatte er es mit Vernunft, mit Überzeugung und dem Zitieren von Präzedenzfällen versucht, aber das hatte seine Priester nicht davon abgehalten, ihren weltlichen Gütern abzuschwören und mit nur einem Esel und einem hölzernen Kruzifix ins Hinterland abzutauchen, um die Unzufriedenheit der Armen zu schüren, ihren Hirnen ökonomische Theorien einzutrichtern, die nicht um die Instandhaltung von Kirchen und Kathedralen, sondern um die Enteignung jener schwerreichen Menschen kreisten, deren Großzügigkeit es zu verdanken war, daß die Heilige Jungfrau in silbernen Statuen dargestellt wurde. »Für Gott ist nichts zu gut«, sagte Seine Eminenz immer, nur um von irgendeinem Gemeindepriester ehrerbietig (und unter Verwendung einer zum Erbrechen stereotypen Formel) zu hören: »Die Nächstenliebe erweist sich in der Praxis.« Seine Eminenz erinnerte sich ohne Wehmut der bitteren Auseinandersetzungen, die so oft in unkirchliche persönliche Beleidigungen umgeschlagen waren, wenn er einen armen Priester als »Phrasendrescher« abkanzelte und dafür als »oligarchischer Parasit« beschimpft wurde, »dessen fetter Bauch mit dem Brot der Bedürftigen gefüllt ist«.

Er erinnerte sich seiner frühen Jahre, als das Leben in der Kirche von Ruhe und Routine erfüllt gewesen war, einer Art traumgleichen Zustands, weihrauchschwanger und litaneibesänftigt. Er erinnerte sich daran, wie er sich einer aufrührerischen Priesterschaft nach der anderen entledigt hatte. Da war der eine gewesen, der sowieso gegangen war und in einem Gefecht getötet wurde, als die Armee eine Kommunistengruppe überrascht hatte; und da war Don Ramón, dem er wiederholt zugesetzt hatte, bis er ihm das Versprechen abgerungen hatte, daß er nie wieder eine politische Meinungsäußerung über seine Lippen bringen würde.

Heutzutage gab es keine Gemeindepriester mit Eseln und Holzkruzifixen mehr. An ihre Stelle waren feiste, fröhliche Priester getreten, die Geländewagen fuhren, Goldringe mit eingelegten Kreuzen trugen, und das alles erfüllte Guzman mit Zufriedenheit, außer wenn er unter einer solchen Pein wie jetzt litt und sich ihm die andere Seite der Auseinandersetzung präsentierte, wenn er daran dachte, daß es in vielen Dörfern gar keine Priester mehr gab. Dort hingen die Leute dem Kult der Schwarzen Jungfrau an und baten um ihr Eingreifen selbst bei den unchristlichsten Vorhaben, und es gab keine sanktionierte Ehe mehr; Männer schwängerten Frauen, verschwanden dann und hinterließen Matriarchate ohne Begriff von der Vaterschaft Gottes. In solchen Zeiten spürte Seine Eminenz die Last all des Zanks, der seine Geistlichen entzweit und ihn vor die Frage gestellt hatte, ob er in seinen Gewißheiten nicht doch ein bißchen zu unbeugsam gewesen war.

Nach den Streitenden Köpfen kam die ledrige Kreatur mit fünf Beinen, die er als den Hinderer kannte, der alle stolpern ließ und urplötzlich unsichtbare Wände errichtete, gegen die alle anderen krachten, so daß die gräßliche Prozession zu einer Ziehharmonika um sich schlagender Glieder und obszöner Verwünschungen zusammengedrückt wurde.

Als mittlerweile geschickter Urheber seiner schauderhaften Visionen erinnerte sich Seine Eminenz reflexartig an die Machenschaften, auf die er sich eingelassen hatte, um die Dorfschulen zu schließen.

Nicht daß er etwas gegen die wahre Erziehung hatte, bei der der Katechismus, das Einmaleins, die Lebensgeschichte der Heiligen und Nationalhelden, die Grundlagen geistiger Bildung und die Geschichte und Bedeutung des Leidens Christi auswendig gelernt wurden. Dagegen hatte er überhaupt nichts. Aber er hatte etwas gegen die Gehirnwäsche bei den Armen durch schmächtige und im Grunde säkulare Missionare, die von den heimtückischen Ideen eines Paulo Freire vergiftet waren, die von der »Befreiung der ungebildeten Massen aus ihrer Kultur des Schweigens« schwätzten und »Kampf« und »Teilnahme am historischen Prozeß« predigten. Seine Eminenz konnte solchen Idealisten noch gute Absichten einräumen, aber wie sollte er die Gedanken tolerieren, daß die Jugend einer Nation ohne eine Erziehung aufwuchs, die schon im voraus einen ewigen Platz zur Rechten Gottes im Himmel sicherte?

Diese bedauernswerten Jugendlichen mit einer solchen »Erziehung« würden gewiß auf ewig zur Vorhölle der Heiden, zu den läuternden Flammen des Fegefeuers oder gar zur ewigwährenden Höllenqual verdammt werden, wo sie von Dämonen genau wie den seinigen gequält werden würden, nur daß die Dämonen der Hölle noch schlimmer waren. Warum fühlte er sich schuldig, wenn seine Vernunft ihm sagte, daß er sie davor bewahrte, die Ewigkeit im Feuer zu verbringen, ohne von den Flammen verzehrt zu werden, während ein Dreizack in ihren Eingeweiden wühlte? Warum machte er sich Sorgen, wenn sie von ihm persönlich davor errettet werden könnten, auf ewig von den Zwillingsorganen Luzifers geschändet zu werden, einem in ihrem Hintern und einem in ihrer

Vagina (wenn es Frauen waren, was meist zutraf, da Frauen die größten Versucherinnen nach Satan selbst waren)? Begriffen diese Beschützer der Unterprivilegierten eigentlich, daß die zwei Penisse des Teufels fast turmhoch und rauher als Maiskolben waren und brennend kalten Samen in solchen Mengen ejakulierten, daß die Verdammten wiederholt aufplatzten, bevor sie auf wundersame Weise wieder heil wurden, um erneut zweifach vergewaltigt zu werden? Dennoch befiel Seine Eminenz eine Niedergeschlagenheit bei dem Gedanken an all jene Schulgebäude, die nun Schweineställe und Bordelle waren, an die Laufbahnen all der Priester, die er zunichte gemacht hatte, sowie an die Zeit, da er sich den Aufstieg erschlichen hatte, indem er in die betreffenden Ohren geflüstert hatte, daß sein Hauptrivale für den Posten homosexuell war.

Und da war der Dämon, den er als den Verberger kannte, der in der Tat ein verstohlener Charakter war. Er lobte den Kardinal so geschickt auf sarkastische und ironische Art, daß alle Dämonen in schweinischem und ausgelassenem Gelächter aufjohlten. »Er ist aufrichtig«, sagte der Verberger, wobei er einen Finger in die Luft streckte, so daß Seine Eminenz an die Zeit erinnert wurde, als er den Kreuzgang einer Kathedrale an eine Supermarktkette verkauft und die Hälfte des Geldes für sich behalten hatte. »Er ist keusch«, verkündete der Verberger, und der Kardinal brannte vor Scham darüber, daß er sein Küchenmädchen Concepcion geschwängert hatte. Er wurde daran erinnert, daß er einmal verkleidet in ein Bordell gegangen war, aber die Hure hatte ihn erkannt, und er war gezwungen gewesen, sie umbringen zu lassen, und dann hatte der Mörder versucht, ihn zu erpressen, weshalb der nun auch in ungeweihter Erde lag, wo seine Seele in der Dämmerwelt der Alpträume des Kardinals fortwährend nach Licht und nach Rache schrie.

»Er ehrt Vater und Mutter«, sagte der Verberger grinsend, während die Dämonen kicherten und deuteten, und der Geistliche erinnerte sich, wie er seine leibliche Mutter als Irrsinnige im Schmutz einer Anstalt hatte krepieren lassen, anstatt sie im Palast unterzubringen, wodurch er aufgrund ihres Aussehens offenbart hätte, daß er indianisches Blut in den Adern hatte.

»Er liebt seinen Nächsten, ist von Mitleid erfüllt«, höhnte der Verberger, so daß dem Kardinal wieder die Vision eines gräßlichen Fehlers erschien. Es war in der Zeit des ›Verschwindens‹ gewesen, das er geleugnet hatte, da er die Geschichten für subversive Propaganda hielt. Er hatte der Armee das Versteck eines marxistischen Priesters in einem Gotteshaus verraten und entsetzt mit ansehen müssen, wie dieser von Kugeln durchsiebt im Altartuch für den Johannistag weggetragen wurde. Das Tuch hatte er später frisch gewaschen zurückbekommen, aber für immer mit vorwurfsvollen Flecken besudelt.

Und die ganze Versammlung dieser monströsen Skelettgestalten – die Züchtiger, die Flammenden, die Prozessierer, die Vernebler, die Verfälscher – tanzte um ihn, der japsend und ächzend auf den Fliesen lag. Er sah hoch zu ihren höhnischen Augen mit dem Beerdigungsblick, ihrer leichenhaft straff über die spitzen Winkel ihrer Knochen gespannten Haut (die ihn, die Blasphemie sei ihm verziehen, an den vertrockneten Leichnam eines Heiligen erinnerte), zu ihren umfangreichen Genitalien, die mit dem Rascheln von Geierflügeln flatterten und wedelten, und drehte sich auf den Rücken, während er immer noch den schrecklichen Schmerz in seinen Eingeweiden wiegte.

Er schloß die Augen und konzentrierte sich. »*Domine Deus*«, begann er, wobei seine Stimme vor Leid krächzte, »*Agnus Dei, Filius Patris, Qui tollis peccata mundi, miserere nobis; Qui tolis peccata mundi, suscipe deprecationem nostrum, Qui sedes ad dexteram patris, miserere nobis.*« Während Frieden sich auf ihn senkte, fügte er hinzu: »*Kyrie Eleison, Christe Eleison*«, und dann beichtete er dem allmächtigen Gott, der gebenedeiten Maria, ewige Jungfrau, dem gesegneten Erzengel Michael, dem seligen Johannes dem Täufer, den heiligen Aposteln Peter und Paul und allen Heiligen, daß er in Gedanken, Worten und Taten schwer gesündigt hatte. Er schlug sich wie in der Messe reumütig auf die Brust, und die kichernden Dämonen verblaßten im Raum, während gleichzeitig die erschreckende Pein in seinen Eingeweiden zum Nachhall eines ahnungsvollen Pochens abklang.

Concepcion kam ins Lektorium, als er sich gerade wieder auf die Beine mühte. »Wieder die Schmerzen?« erkundigte sie sich. »Du mußt zum Doktor gehen, mein Cadenay.«

»Ich nehme sie als gerechte Strafe hin«, sagte er und sah sie in seinem schrecklichen Leiden mit Tränen in den Augen an.

Concepcion, sein Küchenmädchen, war eine Mulattin, der er ein Kind angehängt hatte, und tatsächlich liebte er sie in ihrer Fleischlichkeit sogar mehr als die Jungfrau in ihrer geschlechtslosen Vergeistigung. Sie legte begütigend die Arme um ihn, und am späten Abend, als sie in seine Kammer geschlüpft war, tröstete sie ihn mit der warm duftenden Vertrautheit ihrer bloßen Haut.

Doch als er um drei Uhr morgens aufstand, um seine Blase zu erleichtern, konnte er nicht wieder einschlafen, weil die Kohorte der Teufel wieder da war, die im Zimmer herumstolzierten und von der Lampenschnur und den Tapisserien baumelten, die von Witwen genäht waren und die Kreuzwegstationen abbildeten.

Zum größten Verdruß war auch der obszöne Esel da, mit seinem langen Kopf und seinem langen Glied, das im einen Augenblick so erigiert war, daß es an die Decke wippte und eine Spur glitzernden Seims hinterließ, und im nächsten Augenblick schlapp am Boden schleifte wie ein übernatürlicher Gastropode aus einem billigen Horrorfilm.

Seine Eminenz floh aus dem Bett und eilte aufgeschreckt in die Kapelle, wo er den Altar küßte und auf die Knie fiel, während die Dämonen sogar auf dem Christus Rex, der an der Wand thronte, herumtollten und schnatterten. »*Munda cor meum*«, betete er, »*ac labia mea, omnipotens Deus, Qui labia Isaiae prophetae calculo mundasto ignito...*« Doch sie kreischten und kehrten ihm ihre Hintern zu und furzten schwefelig und verächtlich, bevor sie unter dem Absingen von »*Diabolus tecum, diabolus tecum*« entschwanden.

Nachdem ihre zotigen Lachstürme in den fernsten Ecken des Palastes verhallt waren, betete Seine Eminenz sehr lange und gelobte schließlich in bußfertiger Aufrichtigkeit mit der Hand auf dem Reliquiar, daß er getreulich sein Amt segensreich nutzen wolle, um das Licht der Wahrheit der Kirche dem ganzen Land zu bringen. Er würde die Dominikaner aussenden, um Fehler aufzuspüren und sie mit Hilfe der weitreichenden Logik der heiligen Anselm und Aquinas zu widerlegen, um die Heiden zu evangelisieren und seine eigene heimgesuchte Seele zu retten, indem sie dafür sorgten, daß vor seinem Tod eine Million anderer Seelen mit der geballten narrensicheren Präzision eines amerikanischen Marschflugkörpers himmelwärts geschickt worden wären.

2

Ena und der mexikanische Musikologe (1)

Ahnungslosigkeit kann manchmal ein Segen sein. Wenn ich nicht so ahnungslos gewesen wäre, hätte ich nicht das, was ich heute besitze, nämlich erheblich mehr, als ich je erwartet hätte, und genau doppelt so viel, als ich es verdiene.

Zunächst einmal wäre nichts von all dem eingetreten, wenn ich ein Einheimischer wäre und kein reisender und nicht sehr erfolgreicher Musikwissenschaftler. Mein Spezialgebiet ist Folklore aus den Anden, die ich gesammelt und in Anthologien veröffentlicht habe. Ich glaube, die einzigen Leute, die sich die Bände gekauft haben, waren wahrscheinlich in die Jahre gekommene Hippies aus dem Westen, die in Bands mit Poncho und Sombrero in den Studentenheimen der Universitäten an der Westküste spielten, aber nicht einmal das richtige kastilische ›o‹ am Wortende aussprechen konnten.

Als ich auf der Suche nach pentatonischen Charangomelodien durchs Land reiste, kam ich in Ipasueño an einer Kirche vorbei, wo gerade das Begräbnis für einen Polizisten stattfand. Aus Neugier ging ich hinein und stellte mich an die Tür, und so hörte ich zum erstenmal das ›Requiem Angelico‹, das heute so berühmt ist, daß ich mir die Beschreibung sparen kann. Es wurde von einer kleinen Musikantengruppe mit Mandolas, *quenas* und einem Harmonium gespielt, und selbst in dieser Form rührte es die ganze Trauergemeinde zu Tränen, mich selbst nicht ausgenommen.

In der Annahme, es handle sich um traditionelle Musik, schrieb ich die Noten mit der größten vorstellbaren Aufregung augenblicklich in mein Notizbuch. Als ich weiter durch die Sierras reiste, ging mir die Melodie fortwährend im Kopf herum, bis ich eines Morgens mit einem Arrangement für Streichquartett erwachte, das in meiner Phantasie schon fast vollständig ausgearbeitet war. Ich schrieb es in großer Eile nieder, bevor es mir entglitt, und als ich die Hauptstadt erreichte, schickte ich es unverzüglich an meinen Verleger in Mexico City.

Der Rest ist Geschichte. Aufgrund des großen Erfolgs gelangte das Stück bis in die Vereinigten Staaten, breitete sich von da weiter bis nach Frankreich und das übrige Europa aus, wo es die Titelmelodie eines rumänischen Films wurde, der auf dem Filmfestival in Cannes einen Preis bekam, wahrscheinlich nur wegen der Musik. Die Folge war, daß ich an den Tantiemen ungeheuer verdiente, und Sie können sich leicht meinen Schrecken und meine Verzweiflung vorstellen, als bekannt wurde, daß die Musik ganz und gar nicht traditionell war, sondern aus der Feder des berühmten Dionisio Vivo aus Cochadebajo de los Gatos stammte. In der Rechtsabteilung meines Verlags brach eine spektakuläre Panik aus, und schließlich reiste ich mit dem Firmenanwalt den weiten Weg nach Cochadebajo de los Gatos, um etwaige Probleme schon im Vorfeld zu bereinigen.

Es war eine entsetzlich mühsame Reise, vier Tage auf dem Rücken von Mulis durch das Bergland, und bei unserem Eintreffen in dieser außergewöhnlichen, ausschließlich von Exzentrikern bewohnten Stadt sah es zunächst so aus, als wäre die Reise unnötig gewesen. Das lag daran, das Señor Vivo selbst gar nicht gewußt hatte, daß seine Melodie – und er natürlich auch – in der ganzen Welt berühmt waren. Er schien sehr überrascht und hatte nichts weiter zu dem Thema zu sagen, als daß wir uns einfach die Einkünfte halbe-halbe teilen sollten, da er das Werk zwar komponiert habe, das Arrangement aber von mir stamme. Als er mir sein eigenes Arrangement zeigte, stellte ich überrascht fest, daß es dem meinigen jedenfalls bemerkenswert ähnlich war, außer daß er es natürlich für andere Instrumente geschrieben hatte. Mein Rechtsanwalt packte die Gelegenheit zu einer so gütlichen Einigung am Schopf, und Señor Vivo erklärte sogar, es mache ihm nichts aus, auf eine Rückwirkung zu verzichten, was hieß, daß ich alle Tantiemen behalten konnte, die ich bislang eingenommen hatte.

Nach einigen Tagen in dieser wunderbaren Stadt mit ihren unzähligen zahmen schwarzen Jaguaren, Inkagebäuden und einer Bevölkerung, welche die aufgeklärteste und sympathischste Religion praktiziert, die mir je untergekommen ist, verliebte ich mich heftig in den Ort und entschied, hier zu bleiben, obwohl er so abgeschieden liegt vom Rest der Welt.

Ich suchte mir ein kleines Haus am Stadtrand aus und räumte den angeschwemmten Schlamm unter Mithilfe einiger fröhlicher Gesellen weg, die erzählten, sie stammten aus Chiriguaná, einer Siedlung, die vor einigen Jahren durch eine Überschwemmung zerstört worden war.

Für mich war es der ideale Ort, denn ich hatte frische Bergluft nötig, dazu ausreichend Platz, Ruhe und eine Gegend, wo die Anwesenheit uralter Gottheiten und Naturgeister greifbar zu spüren war. Es war aber auch ein Ort, wo bei entsprechender Stimmung grandiose Feste und Frohsinn zu finden waren.

Das Haus war lediglich ein leeres Gemäuer, aber ich wählte es aus, weil es auf der Sonnenseite des Tals stand, hoch genug, um einen guten Blick über die Stadt zu haben, und mit genügend Durchzug, um die gelegentlich niederdrückende Hitze zu lindern. Ich brauchte ein gutes Jahr, bis es bewohnbar war.

Als erstes schaufelte ich den Brunnen neben dem Haus frei, der in sich zusammengefallen war und voller Schlamm und Felsbrocken steckte. Dabei half mir ein Franzose namens Antoine, ein beträchtlich gebildeter Mann, der sich hier niedergelassen hatte, weil er an den Leuten hing, mit denen er während der ursprünglichen Einwanderung hergekommen war. Wie die meisten Franzosen philosophierte er liebend gern über die Frauen und war mit einer gewissen Françoise verheiratet, die offenbar mit Hilfe der Eingeborenenmedizin von einem schlimmen Krebs geheilt worden war.

Wir brauchten zwei Monate, um den Brunnen freizuschaufeln und die Wände wieder herzurichten, und am Grund fand ich den Schädel eines Babys, das dort vermutlich in alten Zeiten als Opfer dargebracht worden war. Ich bewahre diesen winzigen Schädel auf meinem Bücherregal als mein eigenes Memento mori im Stil der Renaissance auf und spekuliere häufig darüber, wie sich diese tragische Geschichte zugetragen haben mag. Glücklicherweise war noch Wasser am Grund des Brunnens, und ich erinnere mich, daß ich zu Antoine bemerkte, es sei doch seltsam, daß unter der Bergflanke Wasser floß, worauf er nur meinte: »Ich weiß von viel seltsameren Dingen.«

Wir reparierten die Wände und das Dach des Hauses und strichen die Zimmer komplett weiß, so daß sie auf einmal sauber, hell und geräumig wurden. Antoine und ich schafften es unter erheblicher Gefahr für uns selbst (wie ich rückblickend meine), Strom zu installieren, indem wir ein Kabel an das unsichere Stromversorgungssystem anschlossen, das ein Lehrer sich ausgedacht hatte. Dieser Mann war Professor Luis, der zur Stromerzeugung eine Reihe von Windmühlen errichtet hatte; das reichte vollkommen für die Lichtversorgung, war aber etwas schwach, wenn höhere Stromstärken verlangt wurden, so daß der Elektroherd, den ich mit einem Hubschrauber hatte einfliegen lassen, sich als Vorratsschrank nützlicher erwies.

Beim Herrichten eines Haus passiert es oft, daß einer ganz plötzlich feststellt, irgendein Stück dringend zu benötigen, das er beim letzten Besorgungsgang übersehen hat. Der Weg, der von meinem Haus hinabführte, war stark ausgehöhlt und wurde jedesmal, wenn es regnete, zum Wasserlauf. Obwohl ich ihn mittlerweile befestigt habe, war er anfänglich nur zu Fuß, mit einem Muli oder mit Antoines dreirädrigem Traktor zu bewältigen. Dieser Traktor war bei der Überschwemmung in Chiriguaná halb im Schlamm versunken, aber Señor Vivos Vater, der tatsächlich General Hernando Montes Sosa ist, der Gouverneur der Provinz César, ließ ihn auf Bitten seines Sohnes ausgraben und am Seil unter einem riesigen Kampfhubschrauber herbringen. Es heißt allgemein in diesem Land, daß General Sosa der einzige hochrangige Militärangehörige ist, der je etwas Sinnvolles tut.

Am entgegengesetzten Ende der Stadt gab es eine *tienda*, wo es Güter zu kaufen gab, die in Maultierkolonnen von Ipasueño herbeigeschafft wurden, und alle paar Tage mußte ich auf Antoines uraltem Traktor dorthin ruckeln und zuckeln. Dieses Geschäft gehörte einem Ehepaar mittleren Alters, das den Ladenbetrieb der Tochter überließ, einem etwa zwanzigjährigen Mädchen mit dem Namen Ena, wie ich erfuhr, als ich hörte, wie der Vater sie nach dem Preis einer Flasche *ron cana* fragte.

Ena war klein und stämmig; gewöhnlich trug sie ein schlichtes, verwaschenes blaues Kleid, und sie war immer barfuß. Ich dachte manchmal, ihr Kopf sei ein klein wenig zu groß für sie, aber sie hatte ein anziehendes und heiteres Gesicht, das von langen schwarzen Haaren eingerahmt wurde. Sie erinnerte mich stark an ein griechisches Mädchen, in das ich mich einmal verliebt hatte, denn sie hatte die gleiche glatte und weiche olivenfarbene Haut und große braune Augen unter so dichten Brauen, daß sie sich beinahe in der Mitte trafen. An den Unterarmen zeigten sich Spuren eines zarten schwarzen Haarflaums, was mich offengestanden immer ganz verrückt macht, und ihre Finger waren schlank und elegant.

Das Beste an ihr war jedoch ihr feenhafter Geist; sie gab sich immer stillvergnügt, was von einer kaum verborgenen Koboldhaftigkeit und unschuldigem Übermut herrührte und ihr den Anschein verlieh, schon seit ewig auf der Welt zu sein und die Fähigkeit zu besitzen, bei praktisch allem die sonnige Seite zu sehen. Ich spürte, daß ihr auch der Schalk hinter den Ohren saß, was sich bewahrheiten sollte, als ich herausfand, wie sie es angestellt hatte, daß ich so lange ahnungslos blieb.

In Señor Vivo hatte ich eine unerschöpfliche Fundgrube für Andenmelodien gefunden, und er hatte mir auch das Gitarrespielen beigebracht mit dem Hinweis, dieses Instrument sei ideal zum Arrangieren, da sich drei verschiedene Stimmen gleichzeitig darauf spielen lassen. Seitdem habe ich mir angewöhnt, immer abends während und nach Sonnenuntergang auf der Treppe vor meiner Haustür eine Zeitlang neue Stücke zu lernen und einzuüben. Die Akustik in der stillen Bergluft war absolut ideal dafür, und Antoine pflegte zu sagen, ich wäre in der ganzen Stadt deutlich zu hören. »Der Mexikaner spielt wieder«, sagten die Leute dann. Manchmal legte ich eine Pause ein und hörte die Zikaden, wie sie ihre eigenen holprigen Symphonien anstimmten, und da ich ein unnatürlich scharfes Gehör habe, konnte ich auch den Unterhaltungen der Fledermäuse lauschen.

Eines Abends spielte ich ›El Noy de la Mare‹, ein besonders schönes Volkslied aus Katalonien. Es ist ziemlich schwer auszuführen, mit subtilen Variationen, und ich spiele es immer noch oft, um mich zu erinnern an die Dankbarkeit, die ich verspüre für das, wozu mir dieses Lied verholfen hat.

Ich vermeinte, in der Dunkelheit hinter der Mauer einen Schatten huschen zu sehen. Das verblüffte mich, aber ich dachte nicht weiter darüber nach, sondern fing mit dem Gitarrenarrangement des ›Requiem Angelico‹ an, das Señor Vivo und ich gemeinsam ausgearbeitet hatten. Die Melodie erschien mir äußerst zart, und ich verlor mich ganz darin. Als ich fertig war, ließ mich etwas aufblicken, und wieder sah ich einen Schatten sich bewegen, nur löste er sich diesmal aus der Dunkelheit und kam auf mich zu. Die Musik hatte mich an die Erdgöttin Pachamama denken lassen, die hier verehrt wird, und aus irgendeinem Grund fühlte ich ehrfürchtiges Bangen, es könnte Pachamama persönlich sein, die ich hergerufen hatte. Doch es war Ena.

Sie stand vor mir, und ich sah Tränen in ihren großen braunen Augen. Einige Augenblicke sahen wir uns schweigend an, dann setzte sie sich mit der ganzen natürlichen Anmut eines kleinen Mädchens mit untergeschlagenen Beinen vor mich und sagte sehr ernst: »Das war so schön. Ich hab noch nie eine solche *saudade* gehört. Bitte spiel es noch mal.«

»Ich spiele nicht so gut«, sagte ich. »Du solltest Señor Vivo dabei hören.«

»Spiel es noch mal«, beharrte sie, »aber diesmal bloß für mich und nicht für wen auch immer, an den du gedacht hast.«

Das verdutzte mich ein wenig, und ich lachte über ihren Scharfsinn. Aber als ich anfing, merkte ich, daß ich für sie besonders gut spielen wollte und mich deshalb zu sehr anstrengte. Ich verpatzte ein paar Noten und zwang mich dann, mit dem Denken aufzuhören, um in die Musik eintauchen zu können.

Als ich aufgehört hatte, fuhr sie mit der Hand zart über die Saiten und sah mich verwundert an. Dann lehnte sie sich zurück und seufzte sehr tief. »Ich wünschte, ich könnte das auch«, sagte sie endlich.

»Vielleicht wirst du es eines Tages können.«

»Nein, niemals. Dafür braucht es sehr viel Traurigkeit. Soviel Traurigkeit habe ich nicht.« Dann lachte sie und forderte mit einem Seitenblick: »Jetzt sag mir, an wen du vorhin beim Spielen gedacht hast.«

»Sie wohnt in Mexico City«, bekannte ich, sehr zu meiner eigenen Überraschung. »Sie ist jünger als ich und älter als du. Unglücklicherweise liebt sie mich nicht, und so …«, ich zuckte die Schultern »… spiele ich manchmal für eine, die es nie hört.«

»Du solltest nur für die spielen, die zuhören, und nur die lieben, die dich wieder lieben. So würde ich es machen.«

»Ich glaube, du bist weiser als ich.«

»Offensichtlich. Jetzt spiel mir was Spanisches vor, was echt Spanisches mit *duende* und *gracia*.«

Die einzige Art des Flamenco, die mir vertraut war, waren die Soleares, die Solea und Soledades, weil das alles war, was Señor Vivo selbst während eines Aufenthalts in Andalusien gelernt hatte. Diese Stücke können ziemlich langsam gespielt werden, weil ihr Thema die Melancholie der Einsamkeit ist. Ich spielte vier hintereinander, während sie mit seitlich geneigtem Kopf dasaß und aufmerksam meine Finger beobachtete. Am Ende sagte sie: »Deine Hände sind wie Spinnen. Ich glaube, du solltest auch den Tiple und den Charango lernen.« Dann stand sie auf und strich ihr einziges blaues Kleid glatt. »Ich glaube, ich werde morgen wiederkommen. Das ist eine angenehme Art, einen *paseo* zu unterbrechen.«

»Ena«, fragte ich, »warum nennen dich deine Eltern manchmal ›Ena‹ und manchmal ›Lena‹? Das habe ich mich schon oft gefragt.«

Sie lachte leicht. »Wenn dich das verwirrt, werde ich es dir sagen. Weil ich als kleines Mädchen ›Lena‹ nicht aussprechen konnte, sagte ich statt dessen ›Ena‹. Und jetzt habe ich auf einmal beide Namen.«

»Eine sehr einfache Erklärung. Aber paß auf, wenn du allein spazieren gehst«, sagte ich.

Sie blickte mich über die Schulter an, als sie wegging. »Mach dir keine Sorgen, hier ist nicht Mexico City.« Ich sah ihr nach, wie sie in die Dunkelheit entglitt und sich noch einmal umdrehte, um mir zuzuwinken, bevor sie ganz verschwand. Ich blieb mit den Zikaden allein.

3
Vom neuen Restaurant
und von dem neuen Priester

Er traf an dem Tag ein, als die Hure Dolores Doña Constanza ihre letzte Unterrichtsstunde in der unentbehrlichen Kunst erteilte, *chuño* zuzubereiten. In der Schule hatte Doña Constanza nur gelernt, Kanapees und Vol-au-vents zuzubereiten, da dies die einzigen angemessenen Fertigkeiten für eine Dame aus der Oligarchie waren, von der anzunehmen war, daß sie immer Scharen von Köchen zur Verfügung haben würde. Aber nach ihrem freiwilligen Abstieg zur Geliebten eines Campesinos, auf immer verbannt in diese Bergsiedlung, schämte sie sich ihrer Untätigkeit, und es war ihr peinlich, daß in ihrem Haushalt stets Gonzago kochte.

Die Hure Dolores hatte andererseits gelernt, Scharen von Kindern von verschiedenen Vätern zu versorgen, und sich entschieden, ihre wirtschaftlichen Aktivitäten auszuweiten. »Ich bin sicher schon um die Vierzig, und das ganze Stoßen und Stöhnen hat mich ausgelaugt«, sagte sie. »Nach all der Zeit habe ich mir eine Pause von dem ständigen Ausfluß verdient. Von nun an bin ich nur noch Freitag- und Samstagabend Hure.«

Die Idee, ein Restaurant zu eröffnen, kam ihr bei der Lektüre eines Buches, das sie von Dionisio für eine Halskette eingetauscht hatte, die er Leticia Aragon schenken wollte. Dionisio hatte ihr versichert, es sei »*un libro muy romantico*«, und sie hatte es in gutem Glauben und in der Erwartung erworben, daß es nur von Prinzen und Prinzessinnen handelte oder vielleicht von einem blonden, blauäugigen Opfer, das von einem Dragonerhauptmann galant gerettet wird, der sich als ihr lange vermißter Cousin entpuppt, und nachdem sie mit großer Mühe die Zustimmung seiner Eltern erhalten haben, können sie heiraten und müssen am Ende nicht durchbrennen.

Aber es stellte sich heraus, daß Dionisios Auffassung eines »sehr romantischen Buchs« von ihrer etwas abwich. Sie las es ungeduldig, kaute auf der aufgeweichten Zigarre herum und wartete auf den Auftritt der Prinzessin. Da sie an anspruchsvolle Lektüre nicht gewohnt war, konnte sie nicht erkennen, was die entscheidenden Stellen der Handlung waren, und so war sie schließlich am meisten von den eingestreuten Rezepten fasziniert. Das Buch hieß ›Doña Flor und ihre zwei Männer‹, und sie beschloß, ein eigenes Restaurant zu eröffnen, das sie dann ›Doña Flor‹ nannte.

Das Vorhaben war gar nicht so leicht durchzuführen. Zunächst einmal war sie gezwungen, ein Gebäude frisch aus dem Schlamm zu graben, der mittlerweile durch und durch ausgetrocknet und daher steinhart war. Durch ihr Leben als Hure hatte sie eine große Liebe zur Freiheit entwickelt, doch diesmal spürte sie das Fehlen eines Gefährten. »Ay, ay«, sagte sie immer wieder, »wenn bloß ein Mann käme, der für mich ausgräbt.« Dann wischte sie sich mit dem Rocksaum den Schweiß aus dem Gesicht, bevor sie ihre Plackerei wiederaufnahm. Sie bedauerte es sehr, daß ihre größeren Söhne abgehauen waren, um im Dschungel nach Edelsteinen zu suchen, daß ihre zwei ältesten Töchter sich nach Valledupar davongemacht hatten, um das Gewerbe ihrer Mutter auszuüben, und daß der Rest ihrer Brut gerade alt genug war, um die Abraumbrocken wegzutransportieren, aber nicht beim Graben helfen konnte.

Doch eines Tages während der Arbeit spürte sie jemand hinter sich. Ihr Herz flatterte, und als sie sich umdrehte, erblickte sie Fulgencia Astiz. Dolores litt unter dem, was in Fachkreisen ein ›abnormer Überraschungsreflex‹ genannt werden würde, und sie stand mit ausgestreckten Armen und weit offenem Mund wie gelähmt da. Alle, die sie kannten, wußten davon, und oft schlichen sich kleine Kinder an sie heran, klapperten mit einem Kochtopf nah an ihrem Kopf, bloß um sie gaffen zu sehen und dann kreischend vor Lachen davonzurennen, bevor sie sich erholen konnte. Fulgencia aber hatte dies noch nie gesehen und war von dieser außergewöhnlichen Reaktion auf ihr Erscheinen verblüfft. Es sah so aus, als wäre Dolores mitten in der Ausführung einer Umarmung erstarrt, und sie schrak zurück und nahm Reißaus.

Doch später suchte Dolores Fulgencia auf, und um es kurz zu fassen, sie wurden schnell gute Freundinnen. Fulgencia war die Anführerin von Dionisios Frauen in Ipasueño gewesen; sie war eine Santanderina, und sie liebte nichts mehr, als in heldenhafte Anstrengungen verwickelt zu werden, vorzugsweise unter Todesgefahr, oder wenn das nicht ging, mit ein wenig Blutvergießen. Sie war nach bewährter bäuerlicher Art gewachsen, hatte ein breites, flaches Gesicht und hohe Wangenknochen. Sie trug dieselbe Frisur wie Remedios, einen schwarzen Pferdeschwanz, und manch ein Mann hatte das eine oder andere Mal durch die Kraft ihrer Schläge an die Schläfen erkannt, daß sie eine starke Frau war, mit der nicht zu spaßen war. Sie holte zehn weitere Frauen, die mit ihr in Ipasueño im Lager gewesen waren, und sie gruben ›Doña Flor‹ in Null Komma nichts aus, deckten das Dach in zwei Tagen und vergruben einen Lamafötus im Boden, um die Produktivität von Dolores' neuem Betrieb zu gewährleisten.

Aber Dolores war eine eigenwillige Wirtin. Sie sah nicht ein, warum sie ihre eigenen Essenszeiten unterbrechen sollte, und daher schloß sie das Restaurant am Morgen, am Mittag und um sieben Uhr am Abend, und während der Siestastunden wollte sie auch nicht aufmachen, mit der Begründung, daß sie die so gut wie alle anderen nötig hätte. Das hieß, daß sie nur am Vormittag aufhatte, wenn alle zur Arbeit gegangen waren, und an den Abenden, als alle schon gegessen hatten. Das war nur insofern eine gute Regelung, als sie kaum jemals arbeiten mußte.

Als sie dieses Stadium überwunden und beschlossen hatte, zu vernünftigeren Zeiten zu öffnen, zeigte sie eine Seite ihres Charakters, die bis dahin denjenigen, die sie kannten, noch nicht offenbart worden war. Es stellte sich heraus, daß sie eine besessene Experimentiererin war. Bei Versuchen mit Ajipfeffersoße entwickelte sie eine, die so unbeschreiblich scharf war, daß sie sofort berühmt wurde. Es war eine scharfe Soße, im ersten Augenblick geschmacklos, dann aber krallt sie sich in die Kehle und treibt einen in eine Art akuten Irrsinn, bei dem sich der Betreffende mit einer Hand an den Hals faßt, sich halb aus dem Stuhl erhebt, wieder zurücksinkt, mit der freien Hand herumwedelt, erstickte Geräusche hervorbringt, nach Wasser japst, es in einem Schluck hinunterschüttet, entdeckt, daß Wasser es nur schlimmer macht, und dann hinaussaust, um sich in den Fluß zu schmeißen, wo er benommen und vor Schweiß triefend wieder auftaucht und dämlich grinst.

Dolores verdiente mit diesem Gericht viel Geld. Sie servierte es mit Brathähnchen und nannte es *Pollo de un Hombre Verdadero*. Dieses Huhn eines wahrhaften Mannes wurde von allen Bürgern männlichen Geschlechts, die sehr stolz auf ihren *machismo* waren, als Herausforderung angenommen. Einer nach dem anderen wurde von seinen *compadres* hergebracht und aufgefordert, das ganze Gericht zu essen, ohne auch nur eine Miene zu verziehen. Jeder, dem das gelang, wurde augenblicklich in die Elite der Machos aufgenommen, und es bürgerte sich ein, daß über jemand gesagt wurde: »Was? Er ist kein Mann, er hat bloß ganz wenig von Dolores' Huhn verdrücken können«, oder »Hast du das von Hectoro schon gehört? Er hat zwei von Dolores' Hühnern nacheinander gegessen, ohne einen Schluck zu trinken. *¡Que hombre!*«

Aber niemand genoß diese Prüfung wirklich, denn die Männer hegten allmählich den Verdacht, daß Dolores sich damit auf raffinierte Art über sie lustig machte. Um das Restaurant machten sie bald einen großen Bogen, damit niemand sie zum Hühnertest herausfordern konnte, und so verfiel Dolores in ihr nächstes Experimentierstadium. Sie probierte es mit ›Fisch mit vierzig Knoblauchzehen‹, was sich nicht so durchsetzte und wegen des vielen Schälens auch mühselig war. Sie probierte es mit einer Kreation, die sie ›Rache der Frau‹ nannte; sie bestand aus Hoden, die in einer Tapiokasoße von suggestivem Aussehen schwammen. Doch dann stellte sie fest, daß dies nur ein saisonales Gericht sein konnte, da die Stiere zum Kastrieren nur einmal im Jahr zusammengetrieben und eingepfercht wurden. Sie erfand ein Gericht, daß aus mehreren Schichten Tortilla bestand und dazwischen jeweils etwas anderes enthielt, abhängig von dem, was gerade erhältlich war. Das nannte sie *Bocadillo Improvisado*. Es wurde bei Frauen sehr beliebt, die, wie auf der ganzen Welt eingeräumt wird, einen anpassungsfähigeren und entdeckungsfreudigeren Appetit als Männer haben.

Am Ende ihrer Phantasieperiode servierte Dolores dann die beliebten Standardgerichte wie *picante de pollo*, *arepas*, *chiles rellenos*, *carnitas*, *salpicon* und *esquites*, aber wir sollten zum Schluß nicht ihr letztes großes Experiment zu erwähnen vergessen, die *frijoles refritos*. Sie entdeckte, daß aufgewärmte Bohnen phänomenal windtreibend wurden, wenn Eier hineingeschlagen und verschiedene

Bohnensorten im gleichen Mansch verwendet wurden. Dies servierte sie Leuten, mit denen sie sich einen Spaß erlauben wollte, und genau dies löste ein zeitweiliges Zerwürfnis zwischen Felicidad und Don Emmanuel aus, der außergewöhnlichen Geschmack daran gefunden hatte.

Als Doña Constanza die Geheimnisse kulinarischen Erfolgs kennenzulernen wünschte, war es ganz natürlich, daß sie bei Dolores in die Lehre ging, die Constanza zuerst unlauterer Motive verdächtigte. Sie ließ die Doña an der *apachita*, dem kleinen Steinhaufen, auf dem Aurelio den Berggeistern Kokablätter opferte, schwören, daß sie kein eigenes Restaurant eröffnen wollte und daß sie jedesmal, wenn sie ein Gericht servierte, es mit den Worten begleiten sollte: »Das ist ein Rezept von Dolores, die es noch besser macht als ich.« Als erstes nützte Dolores sie ganz schamlos aus; sie ließ sich von Constanza beim Haltbarmachen ihres großen Kartoffelvorrats helfen, unter dem Vorwand, es sei für jede Köchin unabdingbar, zu wissen, wie das gemacht wurde.

Zuerst ließ sie Doña Constanza die *llallahuas*, die wegen ihrer Form für heilig gehaltenen Kartoffeln, aussortieren, dann mußte sie einen großen Kessel mit Flußwasser füllen. Sie schickte Constanza weg, bestellte sie erst nach einer Woche wieder und gab ihr den Auftrag, alle Kartoffeln zur Frostgrenze hinaufzuschaffen, so daß sie zehn Tage lang abwechselnd nachts gefroren und tagsüber aufgeheizt wurden. Wieder schickte sie die verdutzte Constanza weg und holte sie erst nach Ablauf von zehn Tagen, damit sie auf den Kartoffeln herumtrampelte, bis sie keine Feuchtigkeit mehr enthielten. Das tat diese in einem Zustand der Ratlosigkeit und Verstimmung, der sich verschlimmerte, als sie angewiesen wurde, die zertrampelten Kartoffeln einen weiteren Monat in Ruhe zu lassen bis zur nächsten Lektion, die darin bestand, sie in Säcken vom Berg herabzutragen und an der rückwärtigen Wand von ›Doña Flor‹ abzuladen. »So, das war's«, rief Dolores, die hinter einer Rauchschwade aus ihrer Zigarre verschwand, »jetzt haben wir *chuños* gemacht.« Doña Constanza blickte zweifelnd auf die hart gewordene, ausgetrocknete Knollenmasse und sagte: »Aber Dolores, ich wollte wissen, wie sie zu kochen sind, nicht, wie ich Nüsse daraus machen kann.«

»Beim Kochen ist die Vorbereitung alles«, erwiderte Dolores.

Das war etwas, was Doña Constanza begreifen konnte. Ihr Gesicht leuchtete auf, und sie sagte: »Das ist genauso wie bei der Liebe.« Dolores' Erfahrung mit Männern bestand darin, daß sie meist in einer Schlange standen, sich dabei besoffen, auf den Boden spuckten und dem derzeitigen Freier zuriefen, er solle sich beeilen. Wenn sie an der Reihe waren, stürzten sie sich noch fast angezogen einfach auf sie, wobei die Stiefel Dreck auf dem Laken hinterließen, und versuchten dann ohne Bezahlung abzuhauen. Sie sah Doña Constanza ungläubig an und polterte in ihrer vom Rum geprägten, schleppenden Sprechweise: »*Amiga*, wo ist denn der Mann, der sich Mühe geben würde? Sie sind alle wie Pferde, sie versenken ihre Zähne in deinen Nacken, damit du stillhältst, und dann suchen sie sich eine andere Stute.« Sie spuckte auf den Boden, um ihren Worten Nachdruck zu verleihen, und ließ Constanza stehen, die zu eingeschüchtert war, um noch zu erklären, daß Gonzago nicht zu der Sorte gehörte.

Gerade in dem Moment schritt eine hagere Gestalt unbekümmert an der Tür vorbei, und die beiden Frauen schauten einander überrascht an. Sie hätten schwören können, da sei ein Priester vorbeigegangen, aber nicht Pater García. Sie steckten die Köpfe aus dem Eingang und beschlossen ohne ein Wort zueinander, ihm zu folgen, um zu schauen, was er machte. Sie stellten jedoch fest, daß alle anderen in der Straße dieselbe Idee gehabt hatten. Eine Volksmenge folgte dem neuen Priester in respektvollem Abstand, einschließlich Pater García, dessen Revierinstinkte mit seinem besseren Ich rangen. Er stritt heftig mit sich selbst, ob er diesen neuen Priester willkommen heißen oder zum Abzug auffordern sollte, da die Gemeinde bereits vergeben sei. Er entschied, erst einmal abzuwarten.

Auf der *plaza* stieg der abgerissene Geistliche auf den Sockel eines Obelisken und blickte zerstreut ins Leere, als würde er seine Heiligkeit zu einem Lichtpunkt bündeln. García erkannte seine ihm vertraute Technik wieder, die Leute neugierig und still zu machen, und er fand Gefallen an der Darbietung wegen ihrer theatralischen Professionalität. Er konnte sich nun den Priester genauer ansehen und merkte, daß dieser etwas Seltsames an sich hatte. Alles war richtig, aber gleichzeitig auch falsch.

Nehmen wir zum Beispiel den Hut; er hatte die korrekte Form, aber es war ein Viehhirtensombrero, aufgewölbt und schwarz gestrichen. Die Farbe war sehr dick aufgetragen worden, um den Eindruck von Glätte zu vermitteln, aber das Strohmuster darunter war noch zu sehen. Und was war mit dem steifen Kragen? Er hatte die richtige Größe und war weiß, sah aber ganz eindeutig nach sorgfältig abgerissenem Karton aus. Die schwarze Robe schien nicht aus Kirchenstoff gemacht zu sein, war zu durchsichtig, zu locker gewebt, so wie billige Vorhänge, die schwarz gefärbt und in Fasson zusammengeflickt waren. Pater García reckte den Hals und bemerkte, daß die Stiche groß und unbeholfen waren, etwa so genäht, wie es kleine Kinder bei ihren ersten Versuchen fertigbringen.

Der neue Priester schlug mit der rechten Hand das Kreuz, die Leute verstummten, und er verkündete: »Brüder und Schwestern, ich bin gekommen, um euch das Heil zu bringen. Ich bin ein armer Wandermissionar aus dem Orden der gebenedeiten Märtyrerin Sancta Haematoma und verdiene mein Brot mit dem Abnehmen der Beichte und dem Erteilen der Absolution. Für nur zwanzig Pesos gebe ich euch Seelenfrieden und die Versicherung ewiger Seligkeit, garantiert durch die heiligste Reliquie, die ich bei mir habe, eine Rippe von Sancta Necrophobia persönlich, die im Jahre unseres Herrn neunzehnhundertvierundfünfzig wundersamerweise gen Himmel fuhr, ihre fleischliche Hülle mitnahm und nur ihre Knochen zurückließ.« Er wedelte mit einem vergilbten Knochen, den Pedro augenblicklich als den eines Hundes erkannte.

Darauf bekreuzigten sich viele Menschen, und der Priester fuhr fort: »Ich bin am Eingang zur Stadt, am ersten Jaguarobelisk, zu finden. Neigt eure Häupter zum Segen.« Er beugte den Kopf und intonierte: »*Non (ita me Di ament) quicquam referre putaui utrumme os an culum olfacerem Aemilio, nilo mundius hoc nihiloque immundius illud.* Amen.« Die Menschen wiederholten das Amen, und der Priester verschwand würdevoll in Richtung auf den Platz, den er selbst zu seiner Pfarre erkoren hatte.

Vergnügt schmunzelnd wandte sich Pater García an Dionisio und sagte: »Weißt du, was er gerade gesagt hat?« Der andere erwiderte: »Mein Latein ist nicht so gut, aber es klang jedenfalls nicht richtig. Was war es?«

»Das war Catull«, sagte García. »Er sagt: ›Ich glaubte (Gott helfe mir), daß es keinen Unterschied machte, ob ich an Aemilius' Mund oder Anus schnupperte, da der eine nicht sauberer, der andere nicht schmutziger war.‹«

»Das hat er gesagt?« Dionisio war erstaunt. »Was ist das für ein Segen?«

»Es ist der Segen eines falschen Priesters, dem es um den Lebensunterhalt geht«, sagte García. »Ich gehe jetzt gleich zu ihm beichten, um noch mehr Catull zu hören.«

Er kam mit federnden Schritten zurück, auf lateinisch mit den Worten absolutiert: »Du scheißt weniger als zehnmal im Jahr, und dann ist es hart wie Brechbohnen und Wolfsbohnen, und wenn du es in den Händen zerriebst, würdest du dir keinen Finger schmutzig machen.«

Das war der Beginn einer wunderbaren Freundschaft mit dem falschen Priester, der niemand anders war als der ausgemergelte und nichtsnutzige jüngere Bruder von Kardinal Dominic Trujillo Guzman. Er hatte am selben Seminar wie Pater García studiert und war wegen seines ausschließlichen Interesses an skatologischer klassischer Literatur hinausgeschmissen worden. Er hieß Don Salvador und kannte alle obszönen und lasziven Passagen auswendig. Wie Pater García glaubte er fest an die Erlösung durch gute Laune und Unzucht.

4

Ena und der mexikanische Musikologe (2)

In den folgenden Wochen tauchte Ena regelmäßig in der Abend-
dämmerung auf, und ich nahm sehr rasch ihre Wandlungsfähigkeit
wahr. An manchen Tagen kam sie mir etwas draller vor als an anderen, und ich vermeinte, ihre Augenbrauen wären an manchen
Tagen dichter als an anderen. Aber das war noch nicht alles, weil
sich fast alles an ihr in meinen Augen von einem Tag auf den nächsten ändern konnte. Ich merkte, daß sie Sachen vergaß, die ich ihr
erst am Vortag noch gesagt hatte, sich aber Wochen später wieder
daran erinnerte, und oft stellte sie mir dieselben Fragen. Den einen
Tag beglückte sie eine Melodie, die ich spielte, und am nächsten redete sie abschätzig darüber und behauptete, sie mochte eine andere lieber, die sie vorher abgelehnt hatte. Stets setzte sie sich
jedoch mit übergeschlagenen Beinen vor mich und musterte mich
aus ihren unerschütterlichen braunen Augen. »Ena«, fragte ich
eines Tages, »warum veränderst du dich immer so sehr?«
Anstatt von meiner Frage überrascht zu sein, wie ich erwartet
hatte, lachte Ena hinter vorgehaltener Hand und sagte: »Das meinen alle. Ich finde das sehr witzig.«
»Ich finde es geheimnisvoll.«
»*O bueno*, ich bin gern geheimnisvoll.«
Am nächsten Tag brachte sie mir zwei Jaguarjunge in einem Stroh-
korb mit. Sie überreichte sie mir am Schlafittchen mit den Worten:
»Wenn du keine Cochadebajo-Katzen hast, wirst du nie ein echter
Einwohner dieser Stadt sein, so wie jeder hier.«
Normalerweise kann ich Katzen nicht leiden, weil sie Niesreiz bei
mir auslösen, und noch dazu spüren sie meine Abneigung und set-
zen sich immer absichtlich auf mich drauf. Ich war alles andere als
angetan davon, gleich zwei geschenkt zu bekommen, die sich

eines Tages zu riesigen schwarzen Monstern auswachsen würden, aber ich gebe zu, daß mein Herz sich bei ihrem Anblick ein wenig erweichen ließ, und ich war sowieso froh über jeden Vorwand, um Ena zum Zeichen der Dankbarkeit auf die Wange zu küssen. Sie errötete kurz, und ihre Augen schienen kurzzeitig Feuer zu fangen. Sie legte den Handrücken dort an die Wange, wo ich sie geküßt hatte, als wollte sie den Kuß noch einmal spüren, und ich fühlte mich veranlaßt, sie aus ihrer Verwirrung mit den Worten zu retten: »Wie soll ich sie nennen?«

»Oh«, sagte sie, »ich glaube, es sind beides Weibchen, also wirst du sie Ena und Lena nennen, nicht wahr?«

»Also gut, Ena und Lena.«

Selbstverständlich verwandelten die Katzen mein Haus rasch in ein Schlachtfeld, erfüllt von Quieksen und Maunzen, denn sie vergnügten sich unaufhörlich mit einem Spiel, das darin bestand, einander durch die Zimmer zu jagen, ohne den Boden zu berühren, wobei sie alles herunterschmissen, was sich auf den Regalen und Tischen befand. Natürlich wuchsen sie mir doch ans Herz, selbst als eine von ihnen sich als männlich herausstellte und die Schwester schwängerte, so daß ich schließlich vollständig in der Hand eines Sturmtrupps war, der so groß wurde, daß ich mich genötigt sah, ein zusätzliches Zimmer zu bauen, um sie unterzubringen.

Eines Abends, als ich Ena vorspielte, bemerkte ich zu ihr: »Weißt du, du hast mich ganz vom Komponieren abgebracht.« Da zeigte sich Bestürzung in ihrem Gesicht.

»Oh«, rief ich, »schau bitte nicht so entsetzt. Es ist einfach so, daß ich im Bestreben, dich zu unterhalten, ständig neue Stücke lerne und keine Zeit mehr für neue Kompositionen habe.«

Mit Leichenbittermiene sagte sie betrübt: »Es tut mir leid. Ich wollte dir nicht zur Last fallen. Ich habe geglaubt, daß du mich gern hier hast. Aber wenn du willst, werde ich nicht mehr kommen.«

Es war eine sehr helle Nacht, weil der Mond zu drei Vierteln voll und das Kreuz des Südens klar zu sehen war. Ich war erstaunt und gerührt, als ich wahrnahm, daß sich ihre Augen mit Tränen füllten und ihre Lippen wie bei einem kleinen Mädchen zitterten. Augenblicklich überwältigte mich Reue über mein mangelndes Zartgefühl, und ohne weiter nachzudenken, ging ich vor ihr in die Knie und legte die Arme um sie. Ich hielt sie fest, klopfte ihr begütigend auf den Rücken und wiegte sie vor und zurück, wie es meine Mutter immer gemacht hat. »Ena«, murmelte ich, »du sollst nicht weinen. Ich mag es sehr, wenn du herkommst, weil es mir viel bedeutet. Ich bin nicht mehr einsam.«

Sie schluchzte noch kurz an meiner Schulter und hob dann den Kopf. Wir sahen uns einen Augenblick an, dann küßte ich eine Träne von ihrer Wange. Sie beugte sich vor und schloß die Augen in genau der Art, wie sie so oft in romantischen Filmen gezeigt wird. Dann küßte sie mich ganz scheu und sanft auf die Lippen. Ich spürte den altbekannten Knoten im Bauch, und natürlich wurden die Küsse bald leidenschaftlicher und die Umarmungen horizontaler. Dann kam der Punkt, wo ich wußte, was ich sagen mußte, da ich es ernst meinte: »Ena, ich habe gerade erkannt, daß ich schon die ganze Zeit in dich verliebt bin.«

»Ich wußte es«, sagte sie. »Oder zumindest habe ich es geglaubt.«

»Was hast du geglaubt? Daß ich dich liebte oder daß du mich liebst?«

Sie zog eine Schnute und sagte: »Beides natürlich. Aber schick mich bitte nicht weg.«

Als Ena am nächsten Abend eintraf, legte ich ganz selbstverständlich meine Arme um sie und küßte sie. Oder ich versuchte es vielmehr. Sie stieß mich weg und schlug mich so fest, daß ich wahrhaftig glaubte, Muhammad Ali in seinen besten Zeiten hätte mich nicht schlimmer niederstrecken können. Ich taumelte auf die Beine und sagte äußerst aufgebracht: »Ena, gestern abend haben wir zwei Stunden damit verbracht, uns zu küssen. Warum soll ich jetzt nicht meinen, daß du es heute abend genauso gern hast?«

Sie gab sich sehr überrascht: »Wirklich?«

»Du weißt ganz genau, was du gemacht hast.«

Sie schritt auf und ab und hatte die Finger ans Kinn gelegt, als würde sie einen komplizierten Kode entziffern, dann kicherte sie verschmitzt, kam her, legte mir die Hände auf die Schultern und flüsterte äußerst sexy: »Hat dir mein kleiner Scherz gefallen? Küß mich, soviel du willst.«

»Überaus witzig«, sagte ich noch beleidigt, aber wir küßten uns. An diesem Tag schien sie viel sicherer und sachkundiger zu sein als am Vorabend, und wiederum war ich erstaunt und verwirrt. »Warum küßt du heute anders als gestern?«

»An Wochentagen küsse ich anders«, sagte sie. »Gestern war Sonntag. Und ich habe geübt.«

»Was?« entfuhr es mir, weil heftige Eifersucht in mir aufwallte. »Mit wem?«

Sie lächelte wieder. »Mit niemandem. Ich habe geübt, indem ich meine Zunge zwischen die Segmente einer Orange zwängte.«

»Du lügst«, meinte ich, »aber küß mich noch mehr, mit dem für diesen Wochentag passenden Kuß.«

Natürlich führte eins zum anderen, aber ich bin weitere zwei Monate lang nicht mit Ena ins Bett gegangen. Es lag nicht daran, daß sie eine verschüchterte kleine Jungfrau war; sie schien im Gegenteil sehr begierig darauf, ihre Unschuld endlich loszuwerden. Es kam daher, daß ich mir selber die innere Gewißheit verschaffen mußte, ob ich wirklich meine unerwiderte Liebe in Mexico City vergessen wollte und lieber Ena mit der entsprechenden, hingebungsvollen Begeisterung annehmen sollte, die einer Jungfrau, die es ganz aufrichtig meint, in allen Ehren gebührt. Noch dazu wollte ich es nicht übereilt angehen, so daß alles vollkommen romantisch, ohne unfairen Druck ablief, damit wir Gelegenheit hätten, unsere Gefühle bis zum intensivsten Punkt zu schärfen.

Eines Abends, als wir im Licht der Sturmlaterne redeten, stand Ena selbst auf und nahm mir die Zigarette aus dem Mund. Sie drückte sie im Staub aus und bot mir ihre Hand. Ich nahm sie, und sie führte mich zum Bett. Im Dunkeln schlüpfte sie mit einer raschen Bewegung aus ihrem abgetragenen blauen Kleid, legte mir die Arme um den Hals und preßte sich an mich. Sogar in der Dunkelheit konnte ich sehen, daß ihre Augen von innen heraus leuchteten, mit der Stärke und Brillanz, die, glaube ich, nur junge Frauen aufbringen. Sie küßte mich sanft und murmelte: »Jetzt ist die richtige Zeit.«

Etwas unbeholfen öffnete sie im Dunkeln nacheinander die Knöpfe meines Hemds und ließ ihre kühlen, schlanken Hände an meine Brust gleiten, wobei sie die Haare in den Fingern zwirbelte. Sie packte mich an den Schultern und zog mich aufs Bett, wo wir allerdings entdeckten, daß das Bett völlig eingenommen war von einem verschlungenen Bündel schlaftrunkener Katzen. Das zerbrach die Romanze für ein paar Augenblicke, da wir sie verscheuchen mußten, was nicht so einfach ist, wenn sie so viele Kilos wiegen und aufgrund der natürlichen Trägheit felider Sinnlichkeit so widerstrebend sind, sich zu bewegen.

Enas Körper war ein üppiges Königreich; er verfügte über die perfekten vollen Rundungen eines Mädchens und hatte den betörenden Duft einer Frau, die für die Liebe geboren war. Ihre Haut war sowohl glatt als auch zart, und als ich sie mit meinem Körper erkundete, rief ihre Unschuld in Verbindung mit ihrer Sinnlichkeit in mir ein Gefühl hervor, das ich zuletzt verspürt hatte, als ich die Anden zum erstenmal sah. Mein Herz fühlte sich an, als wäre es in den Bereich meines Solarplexus gewandert, als würde es mir die Kehle zuschnüren und mir den Atem rauben. Ich war so benommen vor Verwunderung, daß ich beinahe nicht mitbekam, welche Wonneschauer sie mir mit ihren eigenen zaghaften Erkundungen durch den ganzen Körper jagte.

5

Pater Garcías Predigt an die Jaguare
von der Spitze eines Obelisken

Brüder und Schwestern in Christo, meine exmarxistischen Genossen und desillusionierten Anhänger Mariateguis, Campesinos, Huren und Guerilleros, ich werde euch die Offenbarung verkünden, die sich in meinem Geist enträtselt hat während der langen und mühseligen Tage unserer gefahrvollen Reise durchs Gebirge von Chiriguaná, wo wir um unser Leben fürchteten, zu dieser gesegneten Stadt Cochadebajo de los Gatos, wo wir eine bessere Welt und ein neues Leben schaffen zwischen den befleckten Steinen einer vor langer Zeit im Wasser versunkenen Kultur, welche Unser Herr durch sein Eingreifen in Gestalt eines Erdbebens wie durch ein Wunder zur rechten Zeit trockengelegt hat.

Die Offenbarung, von der ich spreche, ist eine Offenbarung der Vernunft und kann weder von in Kasuistik beschlagenen Anwälten widerlegt werden, die sich Tag und Nacht abmühen, möglichst wenig zu tun, es sei denn, in einem verklausulierten Jargon zu schwindeln und zu verwirren, um alle Banktresore mit ihren unverdienten Reichtümern bis zum Bersten zu füllen; und sie dürfte auch nicht vom gesunden Menschenverstand widerlegt werden, da sie genau darauf fußt, und sie dürfte auch nicht von Philosophen widerlegt werden, die selbst den Sinn der Worte bezweifeln, mit denen sie ihre Zweifel ausdrücken, und genausowenig dürfte sie von den monströsen Wortklaubereien der Doktoren der Theologie widerlegt werden, die närrischerweise leugnen, daß Katzen wie ihr unsterbliche Seelen haben, und unentwegt die mittelalterlichen Beschäftigungen von St. Anselm und die Sexualität von Engeln bekritteln. Noch dazu, meine Freunde, schaffen sie unzählige Schismata und zänkischen Hader durch ihre Auslegung biblischer Texte und die so leicht darin zu findenden Widersprüche, die nur einen

Schluß zulassen: sie sollten ihre Energie besser dafür verwenden, die Einkommen von Zuhältern und Huren zu erhöhen und über die Anzahl der Hoden im Körper eines Fisches zu diskutieren.

Die Wahrheit ist, daß fast nichts in der Bibel wahr ist, und wenn irgend jemand dies wissen sollte, dann ich, weil ich Priester bin, wenn auch ungerechterweise meines Amtes enthoben, was auf die Unterstellungen eines zudringlichen und irregeleiteten weiblichen Gemeindemitglieds zurückzuführen ist. Doch vor Gottes Augen bin ich meines Amtes nicht enthoben, denn ich bin ein treuer Diener, dem Er Seine Offenbarung anvertraut hat, die schlicht ausgedrückt lautet, daß der überwiegende Teil der Schöpfung ein Fehler und ein Versehen ist, was Gott von Herzen bereut.

Denn ist Gott nicht über alle Maßen gütig und weise? Wir brauchen uns nur umzuschauen und uns an die Ereignisse der unmittelbaren Vergangenheit zu erinnern, um völlig klar zu sehen, daß diese Schöpfung eine Ausgeburt des Bösen ist. Ich wurde amtsenthoben, weil eine Frau aus meiner Gemeinde mich fälschlicherweise der Verführung bezichtigte und Glauben fand. Eine Gruppe von Soldaten traf in unserem ehemaligen Dorf ein und versuchte, der Köchin Farides Gewalt anzutun, worauf etliche von uns durch eine Handgranate ums Leben kamen. Doña Constanza beschloß dann dummerweise, einen Fluß, der uns alle versorgte, in ihren Swimmingpool umzuleiten, wohingegen sie in einer gutwilligen Schöpfung so etwas niemals hätte beschließen können. Und dann fielen die Soldaten erneut über uns her, aber wir schlugen sie in die Flucht, weil Gott uns eingegeben hatte, Felicidad, die ungestüme und begehrenswerte kleine Hure, zu veranlassen, alle Offiziere mit der gewöhnlichen Gonorrhöe und der Barranquilla-Syphilis anzustecken. Doch dann kamen die Soldaten noch einmal zurück, so daß wir gezwungen waren, uns zu verteidigen und fast jeden einzelnen blutig zu massakrieren, was in einer guten Welt nicht möglich wäre. Darauf waren wir zum Verlassen des Pueblos gezwungen, aus Angst vor Vergeltungsschlägen, wie sie in der Geschichte unseres Landes ohne Beispiel wären bis auf die Zeit der *Violencia*, als es 300000 politische Morde gab, ein paar mehr oder weniger nicht einberechnet, mit Rücksicht auf die Ungenauigkeit der Schätzungen und das gehäufte Vorkommen nicht gekennzeichneter Gräber in unserem umnachteten Land.

Wir leben in einer Welt, wo Diebstahl und Mord, Vergewaltigung und Mißachtung in ihren vielfältigsten Erscheinungsformen an der Tagesordnung sind; wo Frauen heimtückisch Orgasmen vortäuschen und Männer im falschen Glauben herumlaufen, daß sie mehr von einem Hengst an sich haben als das Pferd von Don Emmanuel; in der die Jugendlichen unserer Städte sich selbst mit *basuco* und Alkohol vergiften, wofür sie bereit sind, zu lügen und zu lynchen; in der es so viele Waisenkinder gibt, daß sie einem wie das Ergebnis der Vereinigung des Heiligen Geistes mit einer Million unsichtbarer Jungfrauen vorkommen könnten; in der Kinder in die Prostitution verkauft werden, um Schulden zu bezahlen, und kleine Jungen heimlich von Bischöfen, Viersternegenerälen und unverdient berühmten Dramatikern mißbraucht werden.

Und ganz abgesehen von der Böswilligkeit menschlicher Handlungen müssen wir erkennen, daß die Natur selbst gegen uns ist, mit ihren Überschwemmungen und Hurrikanen, Korallenschlangen und Skorpionen, Erdbeben und Schiffsunglücken, unergündlichen Krankheiten und Leiden und ihren verwerflichen Konjunktionen von Sonne und Mond, so daß an manchen Orten Menschen unerklärlicherweise verrückt werden und es an anderen verheerende Springfluten gibt, so daß Fische an Berghängen stranden. Vor allem scheint mir die Natur so geschaffen, daß wir uns einzig auf die Flüchtigkeit der Liebe verlassen können.

Was bedeutet das alles? Wie erklären wir das? Können wir uns die Welt anschauen und sagen: »Gott ist gut?« Nein, das können wir nicht. Wenn wir uns umblicken, sehen wir eine Welt, die speziell zu unserem Unbehagen geschaffen zu sein scheint, etwa wenn es uns an einer intimen Stelle genau dann juckt, wenn wir eine Unterredung mit einer wichtigen Person haben und uns deshalb nicht kratzen können. Wir stellen fest, daß es in der Sierra zu kalt und in den *llanos* zu heiß ist; im so wunderschönen Dschungel werden wir von giftigen Insekten wüst zerstochen, und das Meer ist für einen Seemann zu tief, als daß er nach einem Schiffsuntergang wohlbehalten nach Hause marschieren könnte. Der eine steigt mit einer begehrenswerten Hure ins Bett und infiziert sich mit Krankheiten, die zu heilen es viel zu entsetzlicher Mittel bedarf, um es überhaupt in Erwägung zu ziehen, und bevor sich die Symptome zeigen, hat er Zeit gehabt, zahlreiche andere anzustecken, denen er dann peinliche Erklärungen schuldet. Nein, meine Freunde, wir schauen uns um in der Welt und sehen, daß manches auf Fahrlässigkeit und der Rest auf Bösartigkeit beruht.

Daraus ergibt sich der Schluß, daß Satan der Architekt dieser kosmischen Posse ist, und Gott hatte nichts damit zu tun, weil Er am siebenten Tag im Tiefschlaf ruhte. Und Gott hat auch nicht Satan erschaffen, weil Er böser Taten nicht fähig ist, was beweist, daß Satan koexistent und so immerwährend wie Gott ist, und – wer weiß? – vielleicht genauso mächtig. Ich werde euch erzählen, wie das geschah.

Als Gott schlief, entschlüpfte Satan, eifersüchtig auf dessen unauslöschliche Schöpferkraft, und schuf Sonne, Mond und Sterne und alles Materielle, weil Gott nur den Geist erschaffen hatte. Dann machte Satan einen Mann und versuchte zweiunddreißig Tage lang, ihm Leben einzuhauchen, aber nichts passierte, weil der Lehm in der Sonne immer wieder austrocknete.

Dann sandte Gott den Engel Adam hinunter und sagte ihm: »He da, ich möchte, daß du mal nachprüfst, was dieser Satan da gemacht hat, aber schlaf nicht ein, während du da unten bist, denn Satan könnte sonst versuchen, deine Seele in diesen Lehmklumpen zu tun.«

Und so begab sich der Engel Adam auf die Erde hinab, blickte sich um und dachte, *Mhm, ist ja interessant*, und da kommt Satan daher, und Adam sagt etwas wie: »Einen netten Platz hast du hier, was willst du damit anfangen?« Satan erwidert darauf: »Nichts Besonderes. Bleibst du eine Weile da? Wie wär's mit einer Tasse infernalischem Ambrosia?« Und Adam meint: »Warum nicht? Schauen wir mal, ob er besser ist als der himmlische.«

Und sehr bald schon sind sie sturzbesoffen und bereits alte Freunde; aber Satan wartet auf seine Gelegenheit, doch Adam sieht seinen unsteten Blick und denkt daran, nicht einzuschlafen. »Ich sing dir was vor«, sagt Satan und hebt an zu einem epischen Lied, das er aus dem Stegreif in vollkommenen Alexandrinern gedichtet hat; alle Spondeen, Daktylen und was weiß ich noch sind mit einer solchen Präzision eingepaßt, wie sie jemand erreicht, wenn er zum erstenmal mit der Geliebten seines Lebens die Liebe vollzieht. Dieser Rhythmus war perfekt darauf ausgerichtet, einen in den Schlaf zu lullen, aber Adam war fest entschlossen, nicht einzuschlafen, und so lauscht er dem Lied, dessen Worte so schön und verführerisch sind, daß er gleichzeitig einen Steifen bekommt und weinen muß. Ihm ist die Erektion vor Satan peinlich, doch das hilft ihm, nicht einzuschlafen.

Nun singt Satan dieses Lied dreiundvierzig Jahre lang und erfindet es immerzu neu; er benützt kein Wort zweimal, komponiert einmal in Zweizeilern, einmal in Vierzeilern, teilt sie mal in Petrarca-Sonette, mal in zweizeilige Epigramme. In der einen Minute ist es eine Horaz-Ode, in der nächsten ein Blankvers mit heldenhaften Gleichnissen, die sechs Monate andauern, bis endlich das Ambrosia wirkt und der Engel einschläft.

Sofort sagt Satan: »Ha! Ja!« Er springt auf, schnappt sich Adams Seele und stopft sie durch die Ohren in den Lehmmann, und als Adam aufwacht, ist er gefangen.

Dann schickte Gott den Engel Eva hinab, um herauszufinden, was passierte, doch ihr widerfuhr das gleiche. Danach bekam Gott mit, was sich abspielte, und schickte den Erzengel Michael nach unten, um Satan für seine Unverschämtheit die Ohren gehörig langzuziehen, und um Adam und Eva zu bestrafen, sagte er: ›Ich werde sie eine Weile in diesen Körpern einsperren, bevor ich die Körper zerfallen lasse, und das wird sie lehren, im Dienst einzuschlafen.«

Und so lautet die Wahrheit, daß wir alle gefangene Engel sind, die Abkömmlinge gefangener Engel, die in einer von Satan und nicht von Gott geschaffenen Welt leben. Daraus folgt, daß das gesamte Alte Testament nicht Gottes Gesetz, sondern Satans Gesetz ist, nur daß Satan schlauerweise einige gute Gesetze zu den schlechten gemischt hat, um die eingesperrten Engel glauben zu machen, daß er Gott sei. Doch dann kam der Engel Jesus herab, um die Dinge zurechtzurücken und uns das wahre Gesetz Gottes zu geben, was er auch tat, nur daß er versagte, weil niemand seither sich bemüht hat, seinem Gesetz zu folgen, weshalb die Welt immer noch ein Sauhaufen und voller Übel ist.

Jahrhundertelang hatten die gefangenen Engel schon den Verdacht, daß nichts stimmte, denn sie mißtrauten der Materie und glaubten, daß das Fleisch schwach sei und sie sich nicht darauf einlassen sollten. Ich selbst war kurzzeitig dieser Meinung und verbot den Menschen, sich zu vermehren oder Fleisch zu essen, da dies in den unergründlichen Mechanismus der Seelenwanderung hineinpfu-schen würde.

Schließlich begriff ich, daß Gott sich letztendlich doch entschie-den hat, an dieser materiellen Welt Anteil zu nehmen und uns zu gestatten, mit den Kräften des Bösen, die in den menschlichen Kör-pern zusammen mit den gefangenen Engeln eingesperrt sind, eine Schlacht unter gleichwertigen Bedingungen zu schlagen.

So kam es, daß Gott es für uns so eingerichtet hat, daß wir die Sol-daten nicht nur einmal, sondern dreimal schlagen konnten. Beim erstenmal flüsterte er Hectoro, Pedro und der Hure Consuelo ein, gegen die Vergewaltigung von Farides einzuschreiten, beim zwei-ten Mal bekamen wir die Eingebung, in den Fluß zu pinkeln, zu scheißen und einen toten Ochsen hineinzuschmeißen, um sie zu vergiften, und Felicidad erhielt göttliche Kraft, um alle Offiziere mit der gewöhnlichen Gonorrhöe und der Barranquilla-Syphilis anzustecken. Beim dritten Mal empfingen wir Taktiken, die es uns ermöglichten, die Soldaten ohne eigene Verluste zu massakrie-ren.

Doch das ist nicht das größte Wunder, denn als wir das Dorf ver-ließen, schickte Er uns ein Erdbeben, das den See in diesem Tal ent-leerte, damit wir darin leben können, und das Wasser ins Tal der Mula goß, damit die Soldaten uns nicht folgen konnten. Dann brachten uns unsere wundersamen, von Gott geschickten Katzen Nahrung auf unserer Reise. Zusätzlich sorgte Er für eine Lawine, welche die Körper der Konquistadoren bloßlegte, die daraufhin von Aurelio aufgetaut wurden, damit sie uns beim Wiederaufbau der Stadt halfen, wo wir nun in Harmonie wie die Engel leben, die wir eigentlich sind.

Aus alldem ist zu schließen, daß Gott uns wünscht, daß wir gedei-hen und die Vorhut zur Einnahme der Welt durch das engelhafte Wesen in uns bilden, das die Materie läutert, bis sie zu Geist wird. Denn wenn sie Geist ist, wird Satan keine Macht mehr über sie ha-ben, da er einzig über das Grobstoffliche gebieten kann. Es ist da-her unsere feierliche Pflicht gegenüber Gott, uns zu vermehren und die Welt mit unseresgleichen zu bevölkern, damit wir die Welt mit unserer mitmenschlichen Güte überwältigen mögen. Unter uns gesagt, es würde mich nicht überraschen, wenn wir eines Morgens alle aufwachten und entdeckten, daß wir unsere Flügel wieder zurückhaben und uns vereinigen können, indem wir unsere Körper völlig vermischen.

Doch bis dahin laßt uns gute Mahlzeiten zur Stärkung dienen, einschließlich Fleisch, und laßt uns ausgiebig rammeln, so daß nachts keiner mehr schlafen kann, weil Babys wimmern und Kleidungsstücke voll mit Kacke gewechselt werden müssen. Sollen die Mütter keinen Schlaf mehr finden, weil sie stillen müssen, und die Mädchen, weil sie kopulieren müssen. *Deo gratias. Dominus vobiscum.* Amen.

6
Ena und der mexikanische Musikologe (3)

Als ich am Morgen aufwachte, sah ich, daß Ena entschlüpft war und ich das Bett nur mit dem schwelgerischen Katzenknäuel teilte. Als ich es schließlich schaffte, sie hinauszujagen, um das Bett zu machen, stieß ich auf den kleinen Blutfleck, wo Ena lustvoll ihre Jungfräulichkeit abgelegt hatte.

An jenem Abend kam Ena zur gewohnten Zeit, und als sie sich hinsetzte, hielt ich ihr ein Schächtelchen hin. Sie öffnete es und entdeckte den Verlobungsring meiner Großmutter, und ich sagte: »Ena, willst du mich heiraten? Bitte?«

Sie saß da und schaute den Ring an, und ihr Gesicht schien ganz blaß zu werden. »Das würde ich gern«, sagte sie, »aber ich glaube, es geht nicht.« Sie sah meiner Meinung nach ziemlich elend aus.

»Doch, wenn du willst. Was spricht dagegen?«

»Den Grund kann ich dir jetzt nicht sagen, aber wenn ich ihn dir mal sage, glaube ich, daß du ihn verstehen wirst.« Ihr Gesicht heiterte sich auf, und sie sagte: »Aber ich kann einfach mit dir zusammenleben, wenn du magst.«

Perplex rief ich aus: »Aber ich möchte dich lieber heiraten.«

»Und ich möchte dich auch lieber heiraten, aber es wäre unfair.«

»Wem gegenüber? Deinen Eltern?«

Sie wurde aufgeregt und sagte: »O nein, aber das kann ich jetzt auch nicht erklären. Aber ich verspreche dir, ich werde es dir morgen sagen, Ehrenwort.«

Verwirrt meinte ich: »*Bueno*, aber du wirst zu mir ziehen?«

Sie lächelte schüchtern. »O ja, gern.«

Ich beugte mich vor, küßte sie auf die Stirn und sagte: »Jetzt komm zu mir ins Bett.«

Sie schien mir völlig schockiert und wiederholte: »Ins Bett?«

»Ja, ins Bett. Gestern abend war es so köstlich, daß ich an nichts anderes denken konnte, als dich wieder im Bett zu lieben.«

»Gestern abend? Wieder?« Sie kam mir völlig verwirrt vor.

»Willst du mir sagen, daß du es vergessen hast? Ist das wieder einer deiner kleinen Scherze?«

Sie rührte sich nicht, sagte aber dann: »Nein, selbstverständlich habe ich es nicht vergessen, aber ist es nicht ein bißchen früh?«

Ich lachte über ihre Unschuld. »Jetzt komm, Ena, das können wir so oft tun, wie wir wollen.«

Sie sah sehr zweiflerisch aus, warf die Lippen auf und sagte: »Oh, ich glaube nicht, daß ich schon bereit bin.«

»Doch, das bist du«, sagte ich, eingedenk der erfolgreichen Entschiedenheit des Typs in *Vom Winde verweht*. »Und wenn nicht, dann wirst du es sehr bald sein.«

In jener Nacht war Ena ganz anders als in der vorigen und führte wieder einmal ihre Verwandlungsfähigkeit vor. Sie bat mich wiederholt, zart und einfühlsam zu sein, und schien sich zuerst nicht entspannen zu können, aber schließlich lief alles genauso leidenschaftlich ab wie in der Nacht zuvor. Diesmal blieb sie die ganze Nacht bei mir, weckte mich am Morgen mit einem *tinto*, einem schmachtenden Kuß und den Worten: »Ich liebe dich wirklich.«

»Zieh bei mir ein, dann können wir uns jeden Morgen diese Worte sagen.«

»Ich werde heute abend wiederkommen, dann können wir alles klären. Jetzt werde ich mich waschen.«

Sie kehrte mit strahlender Haut und ausgekämmten Haaren wieder, und ich sagte ihr: »*Querida*, wie hast du es geschafft, deine Jungfräulichkeit zweimal zu verlieren?« Ich deutete auf den zweiten kleinen Blutfleck auf dem Laken.

»Wie merkwürdig«, rief sie und fügte dann hinzu: »Ich war noch etwas wund vom ersten Mal und habe gedacht, ich wäre noch nicht ganz ausgeheilt. Und deshalb habe ich gesagt, ich sei noch nicht bereit.« Sie sah mich dabei nicht an, und ich glaubte, sie versuchte ein Lächeln und ein Erröten vor mir zu verbergen, dachte aber nicht weiter darüber nach. Ich bin kein Experte in Fragen der Jungfräulichkeit, da eine Jungfrau heutzutage sehr selten ist und ziemlich außerhalb meines ansonsten recht umfangreichen Erfahrungsbereichs lag. Ich fragte: »Wie kriege ich das Blut aus den Laken?«

»Oh, weiche es einfach ein und streu Salz drauf – oder sonst was.«

»Na ja, so wichtig ist es nicht. Vielleicht laß ich es dort als Andenken.«

Sie tätschelte mir die Wange und sagte: »Du wirst alles von mir als Andenken bekommen, nicht bloß mein Blut.«

An diesem Abend lösten sich zwei Schatten aus der Dunkelheit und kamen Arm in Arm auf mich zu, der ich am Türrahmen lehnte. Ich hatte gerade mit einer meiner Katzen gerangelt und war staubbedeckt, weil das Tier entschieden hatte, mich dieses eine Mal nicht gewinnen zu lassen. Ich dachte: »Na, wen hat Ena denn da mitgebracht?« Dann sah ich, daß sie mit einem anderen Mädchen auf mich zukam, und spekulierte, sie habe eine Freundin mitgebracht.

Doch als sie ins Licht der Sturmlampe traten, war ich starr vor Verblüffung. Sprachlos sackte ich zusammen und langte ganz automatisch nach einer Zigarette. Meine Hände zitterten aber so stark, daß ich die *fósforos* auf den Boden fallen ließ. Da hockte ich wie eine Witzfigur mit der von den Lippen baumelnden, unangezündeten Zigarette, daß beide Mädchen loskicherten. Nach einer Weile sagte eine von ihnen: »Erklärt das irgendwas?«

»Zwei?« fragte ich dämlich. »Zwei? Ihr wart immer zwei?«

Sie nickten beide, und die rechte sagte: »Ich bin Lena, und das ist Ena.«

»Sag, daß du nicht böse auf uns bist«, sagte Lena in einschmeichelndem Ton. Sie setzte sich auf den Boden, stützte das Kinn auf mein Knie, so daß sie mich necken konnte, indem sie in gespielter Bußfertigkeit ihre großen braunen Augen zu mir aufschlug, und Ena stellte sich neben mich und fuhr mir durchs Haar. Dann fingen sie mit ihrem teuflischen Doppelspiel an, das seitdem das Verderben und die Wonne meines Lebens geworden ist. Lena meinte: »Nein, sei nicht böse. Es hat alles als Spaß angefangen, um den Mexicano zu necken. Weißt du, alle glauben, daß Mexicanos dumm sind, und deshalb hielten wir es für einen guten Scherz.«

Ena redete weiter: »Aber wir hörten dir beide gern zu, und dann haben wir uns beide in dich verliebt, und plötzlich wurde alles sehr ernst. Und dann war es zu spät.«

Lena fügte hinzu: »Und es gehörte zum Spiel, daß wir uns nicht sagten, was passiert war, damit du eine Chance hattest, was zu erraten, aber das hast du nie getan.«

Ich konnte nur idiotisch erwidern: »Zwei? Zwei?« Plötzlich war mir alles klar, und das Geheimnis von ›Enas‹ Verwandlungsfähigkeit war offenbart.

»Wir haben ohnehin immer alles geteilt«, sagte Lena.

»Wir haben beschlossen, nicht um dich zu streiten«, fügte Ena hinzu.

»Und jetzt weißt du, warum das Heiraten problematisch wäre, deshalb ziehen wir beide zu dir. Natürlich nur, wenn du es noch willst.«

»Zwei?« wiederholte ich jämmerlich. »Wie soll ich mit zweien fertig werden?«

»Wir lieben dich«, sagte Ena. »Und du liebst uns«, meinte Lena, »und wir werden versuchen, nicht eifersüchtig zu sein und uns nicht zu streiten.«

Beide nickten in gemeinsamem Einverständnis und sagten: »Wir versprechen es.«

»Und versprecht ihr auch«, fragte ich, »nicht die ganze Zeit euren Willen durchzusetzen, weil ihr zu zweit seid und ich bloß allein bin?«

»O nein«, lachte Ena, »das ist eine demokratische Stadt, und jeder von uns hat bloß eine Stimme, also wirst du nie gewinnen.«

»Du hast keine Chance«, sagte Lena. »Und überhaupt, Monogamie war eine Erfindung der Männer, um die Macht der Frauen über sie einzuschränken. Wir möchten das wieder richtigstellen.« Sie kicherten wieder los.

»Was ist mit euren Eltern? Ich möchte nicht erschossen werden.«

»Sie glauben, du bist reich und berühmt, und sie richten sich sowieso nach uns. Professor Luis hat uns Lesen und Rechnen beigebracht, sie aber können das nicht, deshalb haben wir sie eigentlich in der Hand, und sie sind unsere Kinder.«

»Und die Verfassung der Stadt besagt, daß du in solchen Dingen tun kannst, was du willst. Hectoro hat drei Frauen, Dionisio Vivo hat ganze Scharen, und Consuelo und Dolores kriegen jeden Mann in der Stadt früher oder später, außer daß sie dich nicht kriegen werden.«

»Niemals.«

»Und auf keinen Fall.«

»Ich bin müde«, verkündete Lena, »laßt uns ins Bett gehen.«

»Ich auch«, sagte Ena, die sich schelmisch um ein Gähnen bemühte. Sie lachten über mich, als ich starr vor Verzagtheit dastand. Ich sagte: »Jetzt brauche ich einen starken Tropfen.«

Ein Jahr später waren wir tatsächlich alle verheiratet, weil Pater García meinte, daß so gleich aussehende Zwillinge aus einem einzigen geteilten Ei kämen, und deshalb seien Ena und Lena, wissenschaftlich und daher auch in den Augen Gottes gesehen, nur eine Person. Er sagte auch, daß Gott sich nach seiner Meinung, die sich aus persönlichen Begegnungen mit Engeln gebildet hatte, keinen Deut darum scherte, wie die Leute ihr Sexualleben einrichteten, solange sie alles aus Liebe in einer ihrer unendlich unterschiedlichen Formen taten.

Ich ging mit meinem Freund Antoine spazieren und sprach mit ihm über diese ungewöhnlichen Begebenheiten. »Wie haben sie mich drangekriegt? Und wieso hat sonst niemand davon gewußt?«

Er legte mir den Arm um die Schulter und erwiderte: »Mein Freund, Liebe macht blind. Außerdem haben wir es die ganze Zeit gewußt. Einerseits haben wir es dir alle gegönnt, und andererseits macht es immer Spaß, Mexicanos einen Streich zu spielen.«

»Wie hast du es gewußt, du alter Bock? Komm, sag's mir.«

Er faßte sich wissend an die Nase. »Hier reden doch alle, und weißt du, *cabrón*, die beiden waren nicht die einzigen, die sich oben hinsetzten, um deiner Musik zuzuhören. Ich selbst komme sehr oft her, obwohl ich sagen muß, es wird allmählich Zeit, daß du ein paar neue Stücke lernst. Das ist der Rat eines guten Freundes, sonst wirst du vielleicht deine Zuhörer verlieren.«

»Eines guten Freundes?« rief ich. »Und überhaupt; ich habe in letzter Zeit kaum eine freie Minute mehr, da ich sieben riesige Jaguare und zwei Frauen habe, die alle gleichzeitig meine Zeit und meine Gutmütigkeit ausbeuten.«

»Und bald wirst du noch weniger Zeit haben«, sagte Antoine. Meine Verwirrung stand mir wohl im Gesicht geschrieben, weil er hinzufügte: »Soll das heißen, daß sie dir nichts gesagt haben? Erfährst du immer alles als letzter? Wie ergötzlich. Aber ich werde dir nichts verraten, frag lieber sie.«

Es gelang mir, noch am gleichen Abend Ena und Lena ein Geständnis zu entlocken. Ich erinnere mich noch, ausgerufen zu haben: »Wie⸮ Beide auf einmal⸮ Oh, *Santa Virgen*.«

Sie nickten allerliebst, und Ena nahm eine Zigarette, zündete sie an und steckte sie mir zwischen die Lippen. Dann sagte sie: »Wir wollten es dir morgen sagen.«

7

Seine Eminenz erhält·Material für ein Inquisitionsgericht (1)

> *Und ich will mein Gericht über sie ergehen*
> *lassen um all ihrer Bosheit willen, daß sie*
> *mich verlassen und andern Göttern opfern*
> *und ihrer Hände Werk anbeten.*
>
> Jeremias 1, 16

Eure Eminenz, wir würdigen mit diesem Bericht Ihre weise Entscheidung, in diesem Land das Inquisitionsgericht wieder einzurichten und es für die löbliche Aufgabe einzusetzen, die Lage des Glaubens der Nation insgeheim zu untersuchen. Zu diesem Zweck wurden hundert Dominikanermönche in jeden Winkel des Landes geschickt, in die ehrfurchtgebietenden und abweisenden Höhen der Anden, in die eisigen und unwirtlichen Hochebenen, in die sengend heißen Zonen der *llanos* und in die feuchten und unversöhnlichen Wälder und Dschungel des Amazonas. Sie drangen nicht nur in all diese Gebiete und die dort befindlichen Städte vor, sie erfüllten auch die Anweisung zur Untersuchung nicht nur des Aberglaubens der Armen, des Animismus und Polytheismus der Wilden, denen unsere aufopferungsvollen Missionare das Licht Christi zu bringen trachten, sondern auch der gebildeten bürgerlichen und großbürgerlichen Schichten, indem sie sich selbst in die höchsten Ränge weltlicher Macht einschleusten. Dies gelang ihnen aufgrund des von Eurer Eminenz so passend bezeichneten geheimen ›göttlichen Geheißes‹. Denn es war abzusehen, daß sie nicht so viel Erfolg in der Bestimmung des wahren Gemütszustandes der Menschen gehabt hätten, wenn sie sich nicht getarnt hätten als Verkäufer von Bambuspfeifen, Mulihändler, Kräutersammler, Hellseher, Erzprotestanten, Vogelfänger, Schlangenjäger und Hühnertaxierer. Der Bericht, den Sie jetzt vor sich haben, ist eine Zusammenfassung der Rückmeldungen, die Eure Eminenz in voller Länge und nach Belieben studieren kann, wenn Sie uns einfach um die Übersendung in den Palast bitten.

Unser Bericht ist in drei Abschnitte gegliedert und beginnt mit dem betrüblichen Thema des geistlichen Heils unserer eigenen Würdenträger. Zu unserem größten Bedauern müssen wir melden, daß Eure Eminenz, wenn sie die Abschlußberichte der Konzile von Evreux (1195), von Avignon (1209) und von Paris (im selben Jahr) durchlesen würde, ein sehr exaktes Bild dessen erhielte, was beinahe tausend Jahre danach in unserem eigenen Land noch gilt.

Es gibt Priester, die Ablässe entweder verkaufen, sie gegen sexuelle Gunst tauschen oder Sterbenden als Gegenleistung für eine Erbschaft gewähren. Wir sind auf den Fall eines Bischofs gestoßen, der das letzte Glied des kleinen Fingers der heiligen Teresa vom Jesusknaben einer frommen Witwe verkauft hat (für fünfzigtausend Pesos), obwohl das echte Stück öffentlich sichtbar in der Kathedrale von Bayeux in der Normandie ausliegt. Das war der schlimmste Fall von Reliquienhandel, ob es nun echte oder vermeintliche waren. Wir sind auf viele Splitter des wahren Kreuzes gestoßen, die eindeutig aus brasilianischem Rosenholz, Mahagoni, amazonischem Balsa, *quebracho* und sogar aus bemaltem Ton hergestellt sind. In etlichen Kirchen sind zahlreiche Schweißtücher Christi ausgestellt, es gibt Nägel aus den Händen und Füßen Christi in rostfreiem Stahl (»wundersamerweise trotz ihres Alters nicht verrostet«), Dornen aus der Leidenskrone Christi, ausgestopfte Vögel (alle tropischen Ursprungs), die das Glück hatten, bei den Predigten des heiligen Franziskus von Assisi zugegen zu sein. Es gibt Knochen Christi (der Doktrin der Himmelfahrt zuwiderlaufend), und ein Priester in Santander stellt ein Haupt von Johannes dem Täufer aus, das eine verblüffende Ähnlichkeit mit den Schrumpfköpfen hat, welche die Cusicuari herstellen und in einträglichen Mengen an nordamerikanische Touristen verkaufen. Das kommt zu den Reliquien sogenannter »volkstümlicher Heiliger« hinzu, darunter Pedro von Antiochia, der den Leuten Frösche aus dem Hut gezaubert und sich auf das Segnen von Mulis und Lamas spezialisiert hatte. Viele dieser unkanonisierten »Heiligen« haben ein beträchtliches Priestergefolge, wobei der schlimmste Fall der einer Kirche der Unschuldigen Lucia ist, die angeblich trotz ihrer Jungfräulichkeit zweiundzwanzig Kaninchen geboren haben soll.

Wir sind auf Fälle gestoßen, wo Mönche in Klöstern um auferlegte Bußen gewürfelt haben, um sich die Langeweile zu vertreiben. In Santander sind von Geistlichen einige Tavernen eröffnet worden, vor denen gut sichtbar Schilder angebracht sind, die Priesterkragen, Stolen, eucharistische Ziborien und Kelche und sogar eine Patene zeigen, auf deren Griff eindeutig Faune in priapischem Zustand zu sehen sind. In diesen gottlosen Wirtschaften sind bisweilen die Besitzer anzutreffen, gewöhnlich den ganzen Tag über in betrunkenem Zustand, ihre Gewänder hochgerafft und in den Gürtel gesteckt, wie sie ihren Gästen skatologische Geschichten auftischen und ihnen die Hinterzimmer und Separées zu unmoralischen Zwecken überlassen.

Wir haben entdeckt, daß liederlicher Lebenswandel weit verbreitet ist. In einer Stadt ist weithin bekannt, daß Nonnen ausschweifende Feste organisieren und nachts durch die Straßen ziehen. Mitglieder religiöser Orden sowohl männlichen wie weiblichen Geschlechts leben in offenem Konkubinat, wobei die Nachkommen solcher Verbindungen gemeinhin als *anticristos* bekannt sind, deretwegen viel Nepotismus ausgeübt wird. Wir haben Spielleidenschaft, Trunkenheit und eine große Vorliebe für die Jagd und brutale Sportarten aufgedeckt. In Asuncion gibt es zwei Klöster, die untereinander regelmäßig Fußballspiele austragen. Zu diesen Spielen erscheinen die gesamten Klosterbelegschaften und treffen sich an einer Stelle, die von beiden gleich weit entfernt ist. Der Fußball ist manchmal ein gewöhnlicher, manchmal aber ein anderes Objekt, im allgemeinen ein Kalbskopf oder eine Kokosnuß. Das Ziel des Spiels besteht darin, die erste Mannschaft zu sein, die den Ball über die Mauer des gegnerischen Klosters schießt. Das Spiel hat keine Regeln, daher wird häufig getreten, gerempelt, gezankt, an den Haaren gezogen und unmäßig geflucht, was selbst einen Fuhrkutscher oder eine Person anwidern würde, die mit Asozialen arbeitet. Am Ende des Spiels ist keiner mehr übrig, der nicht Blut verloren oder sein Habit zerrissen hat; die Kosten der Klöster für Ersatz und Ausbesserung lassen sich nur schätzen. Es kann nur mit Erleichterung festgestellt werden, daß die Mannschaften nicht zu Feuerwaffen greifen, da wir herausgefunden haben, daß bis zu zehn Prozent der Landgeistlichen Waffen tragen, von kleinen Revolvern bis zu abgesägten Schrotflinten, die sich leicht unter den Roben verbergen lassen. Diese Praxis ist zum Teil eine verständliche Reaktion auf die häufigen Raubüberfälle, zum Teil ein abwegiges Bemühen, Bewunderung für *machismo* zu erheischen, der in diesem Land als ganz eigener Kult gilt.

Wir haben nachgewiesen, daß unsere Geistlichkeit in Hinsicht auf Rechtgläubigkeit exakt die allgemeine doktrinäre Verwirrung widerspiegelt, die für die ganze Nation charakteristisch ist, was die Frage nach der Effizienz unserer Priesterseminare aufwirft. Wir werden diesen Aspekt, nämlich die Abarten christlichen Glaubens, im dritten Teil unseres Berichts behandeln, während Teil zwei sich mit abweichenden und diabolischen Praktiken im Volk beschäftigt. Wir schließen diesen Abschnitt mit der Bemerkung ab, daß Seine Heiligkeit Papst Innozenz III. in Seiner Eröffnungsrede zum vierten Laterankonzil erklärte, die Laster der Laien würden direkt durch die der Geistlichen verursacht.

Wie die Liebe in Cochadebajo de los Gatos möglich wurde

Es ist eine beinahe unumstößliche Erfahrungstatsache, daß verzehrende Leidenschaften nur aufkommen können, wenn Zeit und Energie dafür vorhanden sind. Liebe braucht als Vorbedingung einen gewissen Grad von sozialer Organisation und wirtschaftlicher Stabilität, die Muße zulassen, und auf diesem urbaren Feld keimen, wurzeln und sprießen die von den Winden herbeigewehten Samen der Begierde üppig wie die Dschungelorchideen.

Selbstverständlich bestanden viele Liebschaften schon zur Zeit der Auswanderung aus dem Gebiet von Chiriguaná; die Liebe von Professor Luis und Farides war in dem mittlerweile unterm Schlick begrabenen Dorf auf natürliche Art gewachsen, Doña Constanza und Gonzago hatte die Leidenschaft füreinander beim Müßiggang im Lager der Vorhut des Volkes gepackt, was auch für Gloria und Tomás galt. Und die geisterhafte Liebe von Federico und Parlanchina war in der endlosen Muße des Todes erblüht.

Es wäre verlockend, das Aufblühen der Liebe in Cochadebajo als eine Plage zu beschreiben, so wohltuend wie die große Katzenplage, nur wäre das Wort unangemessen zur Bezeichnung jener Blüte, die unausweichlich aus dem Urschlamm der Kultur erwächst.

Anfangs waren die Menschen einzig mit dem Überleben beschäftigt, da sie nirgends wohnen konnten und Nahrung knapp war. Es währte viele Monate, die Ruinen der uralten Inkastadt auszugraben, und während dieser Zeit wurden die Leute vom Regen gebeutelt und von der Sonne gebraten. Die meisten Häuser waren intakt, ausgezeichnet aus so perfekt geformten Steinen erbaut, daß nicht einmal ein Blatt Papier dazwischengeschoben werden konnte, obwohl sie unvermörtelt waren. Doch die alten Palmblattdächer waren schon längst zu Schleim vermodert, und eine unergründliche Feuchtigkeit hing über dem Ort, die anscheinend von noch so viel Luft und Sonnenschein nicht vertrieben werden konnte. Anfänglich drängten die Menschen sich nachts im Herrscherpalast oder im Viracochatempel zusammen, gewärmt von den anderen Leibern und der dumpfen Hitze der Katzen.

Tagsüber arbeiteten sie wie besessen, gruben den Lehm in Blöcken aus und reichten ihn in einer Menschenkette hinauf, um die *andenes* zu errichten, die schließlich rundherum die Stadt umgaben und sie mit Kartoffeln, Quinoa und Bohnen versorgten; das Bergland sah aus, als wäre es zu Treppen für Titanen umgestaltet worden. Andere mühten sich ab, Lehmziegel herzustellen für die Ausbesserung von Stellen, wo Steine an den Gebäuden zerbröckelt waren. Wieder andere verschwanden in die Sierra, um nach Fleisch zu jagen oder auf gnadenlos anstrengenden Wanderungen Palmblätter zum Decken der Häuser zu suchen.

Die Leute waren abgehärmt vor Mühsal und Nahrungsmangel, schufteten aber weiter im Glauben, daß sie eines Tages unbehelligt in ihrer abgelegenen Stadt ausspannen, ein ereignisloses Leben führen und etwas Fett ansetzen könnten, froh darüber, von den Aufregungen des Krieges verschont zu bleiben. Sie hofften, die Geschichte würde sie vergessen und ganz für sich an anderen Orten weitergehen. Diese Hoffnung stärkte sie, genauso wie die Meerschweinchen, Chinchillas und Vicunjas, die von den erstaunlichen Katzen und den Jägern herbeigeschafft wurden, und die Bananen, Zitronen und Mandeln, die auf Mulis eintrafen und bei den in der Sierra verstreuten Indiosiedlungen eingetauscht worden waren. Als ihre Kleider infolge der beständigen Plackerei völlig zerschlissen, wurden sie durch Kleidungsstücke ersetzt, welche die Indios gewebt hatten, bis sich schließlich der Eindruck einstellte, hier sei eine intakte präkolumbianische Siedlung, wären da nicht die Neger- und Mestizengesichter gewesen statt kalkuliert ausdrucksloser Indiogesichter, die eigentlich über diesen leuchtend roten und schwarzen Streifen zu erwarten gewesen wären. Indios waren auch nicht so groß; Misael und Pedro waren beide etwa zwei Meter aufgeschossen, und da war Felicidad, schlank und dunkel wie die *Siguiriya*-Tänzerinnen in Andalusien, die so gar nicht den stämmigen Eingeborenenfrauen mit ihren schmalen

Mündern, den schweren Schenkeln und ihren unzähligen Unter-
röcken glich.

Als sie die Überreste des natürlichen Damms über den Abgrund
schaufelten, um die Drainage der Stadt zu vervollständigen, beugte
sich Misael vor und erkannte, daß sich dreihundert Meter tiefer ein
ideales Ackerbaugelände erstreckte, wenn es nur leicht erreichbar
wäre, ohne in endlosen Serpentinen dorthin absteigen zu müssen.
Der gewaltige Wasserfall aus dem See hatte den Wald darunter
flachgelegt, eine dicke Schicht fruchtbaren Bodens hinterlassen
und dazu einen Fluß zur Wasserversorgung. Die meiste Arbeit war
getan. »*Hijo de puta*«, rief Misael und grinste von einem Ohr zum
anderen, »bin ich nun ein Genie und Retter der Stadt oder nicht?«
Er schritt davon, um Professor Luis aufzutreiben, der eine weitere
Windmühle baute, um eine Lastwagenlichtmaschine anzutreiben,
damit die Stromspannung in einem Teil der Stadt auf 24 Volt stieg.
Luis betrachtete gerade seine Arbeit und überlegte, ob er eine noch
höhere Voltzahl herausholen könnte, ohne zu viele Ampere zu
verlieren.

»*Hola, cabrón*«, sagte Misael, »das ist aber eine tolle Maschine.« Sie
betrachteten zusammen die zwei Hälften eines Ölfasses, die sich
in der Brise drehten, und Misael legte Professor Luis die Hand auf
die Schulter. »Ich habe eine große Herausforderung für dich, die
größte deines Lebens.«
»Eine größere, als mich gegen Farides durchzusetzen?«
»Eine noch größere, *viejo*. Komm mal mit.«
Sie blickten herab auf die Ebene unter sich, die von der vordringen-
den Natur bereits begrünt war, während die Bäume zu Streichhölzern zerkleinert waren. Misael war von seinem Plan ganz begeistert, und Professor Luis von dessen Größe ganz trunken. »Das
wird unsere *estancia*, unser *latifundio*, die beste Farm der Welt.«
Professor Luis schattete mit der Hand die Augen ab und blinzelte
gegen das Licht. »Wir werden alles anbauen«, sagte er, »Reis auf
den feuchten Flächen, dann Avocados und Bananen – und auf dem
braunen Land werden Rinder weiden. Wir werden in Milch und
Käse ertrinken, wir werden uns in einer Orgie aus Orangen wälzen.«
»Mag schon sein«, erwiderte Misael, dem poetische Ausbrüche bei
allen Gelegenheiten außer dieser verdächtig waren, »aber du wirst

eine Maschine konstruieren müssen, die uns rauf und runter bringt. Das wird die größte Maschine deines Lebens, daneben werden deine Windmühlen wie Spielzeug aussehen.«

»Ich werde eine Maschine machen«, sagte Professor Luis, »wie sie die Welt noch nie gesehen hat.« Und er ging davon und legte sich zwei Tage lang ins Dunkle mit einer Decke über dem Kopf, bis mit dem Bergwind der Keim der Maschine hertrieb, im Schlick seiner Vorstellungskraft einsank, mit der Kraft des ersten Sprießens seine Hülle durchbrach, Pfahlwurzeln und Haarwurzeln entwickelte, grüne Zweige und bis ins kleinste ausgearbeitete Blüten austrieb und sich in eine Maschine verwandelte, die großartiger war als die Maschinerie des Himmels. Professor Luis ging in Dolores' Restaurant zu einem *picante de pollo*, wischte sich den Mund, lehnte sich zurück und bereitete sich geistig darauf vor, die Maschine den natürlichen Anführern von Cochadebajo de los Gatos zu erläutern.

»Gebt mir einen fixen Punkt, und ich werde die Erde aus den Angeln heben«, verkündete er großsprecherisch. Die erste Großtat archimedischer Aushebelung, die zu leisten war, bestand nicht im Beschaffen der nötigen Mittel, sondern im Überreden der Leute, die kolossale Aufgabe überhaupt auf sich zu nehmen. Fast jedem kam der Vorschlag verrückt vor, Arbeit in den Bau eines gigantischen Aufzugs zu investieren, wenn sie noch dabei waren, die Stadt auszugraben, Dächer zu reparieren und Lebensmittel zusammenzukratzen.

»Du bist noch verrückter als Pater García«, sagte Josef, dessen Aussprache wegen eines Kokapriems in der Backe etwas undeutlich war.

»Es ist eine wunderbare Idee«, sagte Pater García mit einer ausholenden Geste. »Wir könnten ihn mit Hilfe von Engeln metaphysisch auf und ab fahren lassen. Wenn ich der Unfehlbarkeit der Levitation sicher wäre, würde ich ihn selbst betreiben.«

»Wir haben zu viel anderes zu tun«, meinte Remedios, »und denkt doch mal nach; wir sind eben erst aus der Ebene emigriert. Warum sollten wir wieder dort hinunter wollen, wenn wir hier in Sicherheit sind?«

»Aber es geht doch nicht um die Ebene, Remedios, es geht um das Plateau, das für die Landwirtschaft besser ist, als es die Ebene je war.«

»Für mich ist es die Ebene«, erwiderte Remedios und machte sich wieder daran, ihre Kalaschnikow zu reinigen und Conde Pompeyo Xavier de Estremadura im Auge zu behalten, der wehmütig die Zeichnung eines Landsknechtsschwerts in den Staub zeichnete.

»Ach, scheiß drauf«, rief Don Emmanuel, als Professor Luis ihm seinen Plan unterbreitete. »Ich bin jetzt schon von der Plackerei ausgelaugter als eine panamesische Hure. Das ist ein Vorhaben für müßige Zeiten. Schau nur, wie mein Bauch vom Abstechen der *andenes* geschrumpft ist.«

Professor Luis musterte den vorgezeigten Bauch, der fest wie eine Trommel und mit roten Haaren verziert war. »Du übertreibst, Don Emmanuel«, sagte er.

Hectoro paffte schwer an seiner *puro*, blinzelte wegen des Rauchs und klopfte seinem Pferd auf den Hals. »Kann ich auf dem Pferd damit hinunterfahren?« wollte er wissen.

»Bestimmt«, erwiderte Professor Luis.

»Dann vielleicht ja, vielleicht nein«, sagte Hectoro, der glaubte, ein Mann sei um so mehr Mann, je weniger Worte er sagte, und je mehr Mann er war, desto weniger stieg er von seinem Pferd.

Zwar befürwortete Misael den Plan, weil es seine Idee gewesen war, doch selbst er war nun etwas weniger begeistert davon, weil er etliche Alpträume gehabt hatte, in denen Menschen in einem großen Holzkäfig zu Tode stürzten, und er war besorgt, es könnte eine Vorahnung sein. »Wir werden einen Candomblé abhalten, um den Aufzug von den Heiligen segnen zu lassen«, sagte Professor Luis, »und dann soll Pater García ihn segnen, und Aurelio wird ihn auch noch im Namen der Götter der Aymaras und der Navantes segnen, dann kann er gar nicht mehr runterkrachen.« Darauf beruhigte sich Misaels Gewissen, aber dafür bekam Professor Luis leichte Schuldgefühle, weil er die abergläubische Empfänglichkeit Misaels ausgeschlachtet hatte.

Professor Luis hatte etwas den Mut verloren, aber während der nächsten paar Tage fiel auf, daß viele Leute an den Rand des Steilhangs traten und auf den Talgrund schauten. Als Hectoro dort war, hatte er Visionen von Rindern, die bis zum Horizont üppiges Gras abweideten. Don Emmanuel sah Avocadohaine und wurde daran erinnert, daß damals im Dorf die kleinen Jungen ihm die Früchte stahlen und versuchten, sie wieder an ihn zu verkaufen. Remedios sah, daß es tatsächlich ein Plateau war, und betrachtete es als Verteidigungsstellung im Fall eines Angriffs aus dem Osten und als Ziel für einen taktischen Rückzug, wenn der Angriff von Westen kam. Doña Constanza und Gonzago gingen bei Sonnenuntergang dorthin und ließen die Beine über die Kante baumeln. »Gonzito«, sagte sie, »dort unten gibt es viele lauschige Plätzchen. Weißt du noch, wie wir unter den Bäumen und hinterm Wasserfall violette Erdbeben erzeugt haben?«

»Tolle Zeit«, erwiderte ihr Geliebter. »Eines Tages werden wir dort runtergehen und eine Stelle finden, wo uns die Ameisen nicht den Hintern anknabbern und wo auch kein Baum steht, so daß die Vögel nicht auf uns herabscheißen. Dann werden wir wieder violette Erdbeben erzeugen und dabei schreien, so viel wir wollen.«

»Ich hab die Nase voll, dauernd aus der Hängematte zu fallen«, sagte sie, »obwohl es am Anfang ganz amüsant war.«

»Eines Tages werden wir ein anständiges Bett zimmern, und eines Tages werden wir da runtergehen, wo wir keines brauchen.«

Und so stellte Professor Luis sehr zu seiner Genugtuung fest, daß immer wieder Leute zu ihm kamen und ihn fragten: »Was brauchst du für diese Maschine?« Bald lag eine unvorstellbare Ansammlung unterschiedlichster Geräte an der Absturzkante. Einige waren unerklärlicherweise im Gebirge aufgespürt, einige waren aus verlassenen Minenschächten abgestaubt und einige im Austausch für Ziegen und Teelöffel den Indios abgeluchst worden. Da gab es große Eisenreifen mit Schraubklemmen, lange Kabel, Stahlräder, Teile von abgestürzten Hubschraubern, Schraubenmuttern mit gegenläufigem Gewinde in den alten britischen Standardgrößen, eine gewaltige Kettenwinde, die mit vier zusammengespannten Bullen transportiert werden mußte, uralte Grubenstempel, die schon versteinert waren, Balken aus jenen saurierhaften Maschinen, die einstmals mit der Bewegung nickender Eselsköpfe Erz zerkleinert hatten, sogar mit den dazugehörigen Getrieberädern, antike Flaschenzüge aus poliertem Rosenholz mit Nieten aus Toledostahl mit eingravierten Wappen und einen gesonderten Haufen mit undefinierbaren Objekten, die »sich für irgendwas noch nützlich erweisen könnten«. »Ich brauche jetzt bloß noch dreitausend Meter von einem Seil so dick wie ein Männerarm«, verkündete

Professor Luis, »und eine Menge Autoräder, möglichst mit Naben und Kugellagern.«

Das letzte war leicht, wenn auch mühselig. Man brauchte bloß Expeditionen entweder nach Ipasueño oder zu jenen Orten auszuschicken, wo in gedeihlicheren Zeiten Straßen durchs Gebirge geführt hatten. Am Grunde von Steilhängen, unterhalb von Serpentinen, hinter Gestrüpp versteckt, halb in Katarakten versenkt, lagen die zahllosen Wracks der Fahrzeuge von Betrunkenen und jene, deren Bremsen versagt hatten. Dort gab es Pkws, Lkws, Zugmaschinen und Reisebusse aller Marken in allen Stadien des Verfalls. In vielen waren noch Skelette, von dankbaren Vögeln blankgepickt, und alle waren sie bewohnt von Pumas und Margueys, Korallenschlangen und Leguanen, außer denen in den Flüssen, die von Fischen und Eisvögeln okkupiert waren.

Alles wurde enorm erleichtert, als Doña Constanza nach einem heftigen Kampf mit ihrem Gewissen zu Professor Luis ging und ihm verschämt ein kleines grünes, längliches Büchlein hinhielt. »Ich hab immer noch mein Scheckbuch«, sagte sie, »und möchte dir helfen, das zu kaufen, was du nicht finden kannst.«

Professor Luis machte sich mit Doña Constanza und Gonzago nach Ipasueño auf. Es war kurz vor der Zeit, da Dionisio Vivo Pablo Ecobandodo zu Tode brachte, und daher war es kein angenehmer Aufenthaltsort. Unter der Brücke hielten süchtige Autos an und brachten die Insassen um des Geldes willen um, und Mörder brausten auf Motorrädern durch die Straßen und zerfetzten mit Salven von Dumdum-Geschossen Polizisten in zwei Hälften. Mit zwei Muliladungen voller Schraubenschlüssel, Hämmer und Zangen, gewaltiger Bolzen und schwerer Bügelsägen inklusive Ersatzblättern kehrten sie zurück. Sie hatten auch den Leiter der Eisenerzgrube von der staatlichen Minengesellschaft aufgesucht und eine titanische Rolle Seil bestellt, die in das winzige Pueblo Santa Maria Virgen geliefert werden sollte. Es war für ihn das erste Mal, daß er mit dem Scheck einer verschwundenen Multimillionärsgattin bestochen wurde. Er wartete darauf, bis der Scheck gutgeschrieben war, und überlegte dann, ob er sich mit der Lieferung des Seils überhaupt noch abgeben sollte. Doch dann fiel ihm dieser mexikanisch aussehende junge Mann in ihrer Begleitung ein, der versichert hatte, persönlich herzukommen und ihn zu kastrieren, wenn er das Geschäft platzen ließ, und so ging er mit dem Auftrag zum Fahrer des größten Sattelschleppers.

Wie sich herausstellte, gelangte der Sattelschlepper gar nicht bis zum Dörfchen, weil er nicht um die Kurven kam. Der einfallsreiche Fahrer fuhr drei Kilometer im Rückwärtsgang, bis er einen Platz zum Wenden fand, sehr zum Verdruß eines Traktoristen, der unglücklicherweise hinter ihm war und deshalb auch zurückstoßen mußte. Der Sattelschlepper fuhr dann wieder im Rückwärtsgang so weit in Richtung Santa Maria Virgen, wie es ging, und lud die gigantische Seiltrommel an der Straße ab – auf einem so ebenen Platz, wie er in diesem Land der Bergrutsche und Abgründe erwartet werden kann. Gnädigerweise fiel der Trommel nicht ein, sich unbekümmert selbst auf den Weg zu einem Ruhepunkt mit größerer Erdanziehungskraft zu machen, und der Fahrer ging zu Fuß ins Dörfchen.

Dort traf er in jenen *basuco*-vernebelten Tagen nur die unansprechbaren Opfer der Sucht an, die teilnahmslos und mit glasigen Augen in den Eingängen lehnten. Er brachte aus niemandem etwas Verständliches heraus und litt unter dem unheimlichen Eindruck, er würde zu längst toten Skeletten reden, die nur zufällig noch mit Haut überzogen und mit den Anzeichen von Lebendigkeit ausgestattet waren. Er erinnerte sich an den Spruch seiner Mutter, daß »es uns nicht gegeben ist, zu verstehen«, und war schon dabei, wieder umzukehren, als Professor Luis den Gebirgspfad herunterkam und ihm zuwinkte. Die beiden Männer schritten die Straße hinab, und Professor Luis war über die Maße der Trommel entsetzt. Sie war höher als drei Misaels und breiter als zwei Pedros. Er ließ sie erst einmal stehen und ging wieder nach Cochadebajo de los Gatos.

Es folgte die größte Leistung an Zusammenarbeit und Durchhaltevermögen in der Geschichte des gesamten Bezirks. Beinahe die ganze Bevölkerung wanderte nach Santa Maria Virgen. Ihre *mochilas* waren prall mit Proviant gefüllt, ihre Augen stählern, ihre Muskeln vor Erwartung gespannt. Mit ihnen kam eine riesige Herde, die sich zusammensetzte aus jedem Maultier, jeder Kuh, jedem Ochsen und Bullen und – als würden sie den Ernst der Expedition nicht einsehen – einer fröhlichen Horde der zahmen Jaguare der Stadt. Sie überzogen die Hänge mit ihrem Samtschwarz, sausten

Chinchillas und Vögeln nach, thronten auf den Rücken von Bullen, schlugen mit den Tatzen nach Felsbrocken und lösten kleine Bergrutsche aus, lauerten einander auf und kugelten in Staubwolken herum.

Es war ein so heldenhafter Auszug wie die ursprüngliche Emigration. Tagsüber hallten in der Sierra die Schreie »*burro, burro*« und »*vaca, vaca, vamos*« wider, mit denen die Menschen die Tiere in dem sanften Falsett, den die Treiber so mochten, aufmunterten, und die Tiere muhten in mildestem Murren, da sie sich als willige, verständnislose Opfer in ihr Schicksal fügten. Sie rutschten mit den Hufen auf dem Fels aus, und nur die Mulis hatten einen sicheren Tritt. Nachts biwakierten die Menschen auf den *punas*, und die an den Vorderbeinen gefesselten Tiere fraßen Ichugras und leerten ihr Gedächtnis von jeder Erinnerung, damit sie sich am nächsten Tag noch mehr ihrer selbst gewiß begegnen konnten.

Bei dieser Expedition erkannte Felicidad, daß sie in Don Emmanuel verliebt war, denn unterm Sternenzelt, taubenetzt von der Decke und von sich selbst zwischen den Schenkeln, träumte sie wiederholt von der Eloquenz seines Gemächts. Sie träumte, daß sein *polla*, der famose Draufgänger, aus einem Schrank sprang und ihr zublinzelte. Sein Auge verwandelte sich in einen Mund und lächelte wissend. Er hoppelte über den Boden und sprang ihr in den Schoß, wo er sich an ihrer Hand rieb, so wie ein Kätzchen seine Ohren anschmiegt, und sein Schnurren glich ganz dem schlaftrunkenen Röcheln der zwischen den Leuten schlafenden Jaguare. Dann trieb sie plötzlich in einer cremigen See aus Sperma mit Vanillegeschmack, die der Mond über ihr in Silber verwandelte und aus der ein Delphin tauchte und mitten in seinem Flugbogen zu Don Emmanuels rosigem Anhängsel wurde. Felicidad erschrak kurz, für den Fall, daß es ein Hai wäre, doch dann wurde sie davongetragen und ritt auf die Lücke zwischen den Sternen zu, welche die Indianer das »Schwein« nennen. Am Morgen trat Don Emmanuel auf sie zu und sagte: »Ich habe von dir geträumt.« Da wußte sie, daß sie nach dem Abschluß der Expedition zu einer vom Schicksal bestimmten Fahrt ins Liebesglück aufbrechen würde.

Als sie durch Santa Maria Virgen kamen, zeigten die Einwohner kein Interesse; sie stierten mit leeren Augen. Nur die kleinen Kinder, unterernährt und dreckig, aber vom *basuco* noch nicht vergiftet, klatschten vor Aufregung in die Hände oder rannten aus Angst vor den großen Bullen und den umherschleichenden Katzen in die Häuser. Staub wurde aufgewirbelt, der sich auf die vernachlässigten Pferde und das Laub der Mandelbäume senkte und die Lungen der Süchtigen reizte, die zum Husten zu apathisch waren.

Die Leute waren von der Größe der Trommel eingeschüchtert. »Ay, ay, ay«, riefen sie, »das ist der Großvater aller Trommeln, das ist die ewiglich letzte Trommel der Geschichte. Wie sollen wir die bewegen?« Alle standen schweigend da, bis der schielende Mann, der früher Polizist und Bürgermeister von Chiriguaná gewesen war und der seine Ziegen so liebte, daß er sie sogar auf die Expedition mitgenommen hatte, auf einen Telegrafenmasten deutete und sagte: »Da haben wir unsere Achse, *amigos*.«

Es war ein stämmiger Mast aus geteerter Fichte, ein Überbleibsel des von den Vereinten Nationen geförderten norwegischen Elektrifizierungsprogramms. Er stand schief, als hätte er schon auf die Gelegenheit gewartet, aus seinem Loch zu hüpfen und etwas Nützliches zu tun. Von den Keramikspulen hingen keine Drähte.

Es gab einen herrlichen Zebubullen namens Cacho Mocho, der Don Emmanuel gehörte. Er war der König aller Bullen und hatte als einziger die Blumen in Don Emmanuels Garten fressen dürfen; der Großgrundbesitzer hatte es sogar aufgeben müssen, Gatter auf seine Felder zu stellen, weil Cacho Mocho trotz eines abgebrochenen Horns wußte, wie er die Gatter aus ihren Angeln heben und sie sanft auf den Boden legen konnte. Und Cacho Mocho hatte die Rinder während der Emigration und auch auf dieser Reise angeführt. Seine Hoden waren so schwer, daß Männer zusammenzuckten, wenn sie sahen, wie sie gegen seine Beine oder gegen Felsbrocken baumelten.

Tomás hangelte sich an die Spitze des Masts und band ein starkes Seil darum, während Hectoro und Misael Cacho Mocho das Geschirr anlegten und das andere Ende des Seils daran knoteten. Als Tomás wieder unten war, flüsterte Pedro dem Bullen ein *secreto* ins Ohr und klopfte ihm auf die Flanke. Cacho Mocho stampfte nach vorn. Das Seil straffte sich, und die Muskeln des Stiers spannten sich unter der Haut an. Es gab einen kurzen Moment des Gleichgewichts, in dem es so aussah, als würde nichts passieren, doch dann kippte der Mast und riß das Erdreich um seine Verankerung auf. Cacho Mocho knickte vorn ein, stieß ein triumphales Brüllen aus und erhob sich wieder. Alle jubelten, und der Bulle stieß stolz sein Horn in die Luft.

Der Mast wurde mit gestreckten Händen über die Köpfe gehoben und durch das Loch in der Mitte der Seiltrommel geführt. Dann wurden in mühevoller dreistündiger Kleinarbeit alle Rinder, Pferde und Mulis zusammengespannt, mit Stricken an die Achse gebunden und mit Cacho Mocho in Führung auf die schwierige Rückreise nach Cochadebajo de los Gatos geschickt.

Obwohl Aurelio die rascheste und am wenigsten steile Strecke ausgekundschaftet hatte, vergingen zwei Wochen mit Hemmnissen, die an den Rand der Verzweiflung führten. Noch nie sind so viel Schreie und Flüche zu hören gewesen, hat so viel Staub Augen und Kehlen verstopft, und noch nie hat die Menschheit so verbissen in absolutem Gleichklang mit den Tieren geschuftet. Die sich durchs Gebirge windenden Pfade waren nutzlos, weil sie kaum je breiter als einen Meter waren, da sie ja ursprünglich vom Navigationsinstinkt der wilden Ziegen geschaffen worden waren, und deshalb wählten die Menschen nach Indioart den direkten Aufstieg. Sie rodeten Gestrüpp, hievten Felsblöcke aus dem Weg, durchquerten reißende Sturzbäche, überwanden steil ansteigende oder abfallende Bergflanken, bekamen riesenhafte Blasen, die wiederholt aufbrachen, behielten aber immer die Vision ihres Plateaus der Fülle im Sinn. Beim Abstieg waren manchmal so viele Rinder hinten wie vorne, und stets polterte und rollte die gigantische Seiltrommel, die oftmals kurz davor zu stehen schien, auf eigene Faust davonzuspringen oder für immer steckenzubleiben. Große Abriebkerben zeigten sich an den Rändern, die bei der Ankunft in Cochadebajo de los Gatos schließlich vollständig zerschlissen waren, so daß die äußere Seilschicht aufgeschürft und verdreckt war. Die Menschen verzogen sich in ihre Hängematten und schliefen drei Tage durch, während die Tiere unbeaufsichtigt herumliefen und ihre Nacken in einem unaussprechlichen Gefühl der Freiheit und Erleichterung schüttelten. Als die Stadt erwachte, geschah dies im sicheren Wissen, daß sie ein Volk von Eroberern waren, dem nichts unmöglich war. Sie stellten den Achsenmast auf der *plaza* auf, und heute noch sind die Kerben von den Zugseilen zu sehen. Jedes Jahr klettert jemand zur Spitze und nagelt einen frischen Sombrero dran, und die Menschen reichen sich um ihn herum die Hände, um sich Treue zu geloben. Wenn sie Pech haben, machen sie das gleiche später noch einmal, um Unfruchtbarkeit zu überwinden.

Jeden Tag werkelten Professor Luis und Misael ein bißchen an der Konstruktion der Maschine herum. Unnötige Hast war nicht gefragt, denn Improvisation erfordert Überlegung und viel Kratzen am Kinn und an der Schläfe. Sie verlangt, sich hinzusetzen und beim Warten auf die Inspiration eine Zigarre zu rauchen; sie verlangt *copas* im Freudenhaus und danach, die Augen auf mittlere Entfernung einzustellen und sich Seilzüge und Stützblöcke vorzustellen. Hin und wieder erfordert sie, mit einer Rotte von Bullen aufzubrechen, um weitere Telegrafenmasten oder Mahagonistämme für die Verarbeitung zu Bohlen zu holen.

Sie errichteten eine Plattform mit auskragenden Seiten, groß genug, um einen Traktor aufzunehmen, sollten sie eines Tages einen erwerben. Die Plattform wurde mit gehämmerten Stahlbändern verstärkt, die an die Planken geschraubt waren, welche wiederum an ein ineinander verschränktes Geflecht aus Balken befestigt waren.

Abseits von der Steilkante konstruierten sie ein gewaltiges Gerüst, das über den Abgrund ragen sollte. Die zwei Seiten wurden zuerst flach auf dem Boden gezimmert, dann wurden sie mit großer Mühe von Arbeitsteams in eine aufrechte Lage gewuchtet und kreuzweise mit *quebracha*-Balken verbunden. Große Kerben wurden eingeschnitten, Löcher wurden eingebrannt und gebohrt, Haken so dick wie ein Kinderschenkel wurden eingehämmert und mit Seilen verbunden, und dann wurde der Käfig an Ort und Stelle unter ein System von Flaschenzügen gehängt, die aus Autorädern bestanden. Jeder Flaschenzug hatte so viele Räder, daß Professor Luis behauptete, selbst ein Kind könnte den Käfig mit einem Finger heraufziehen.

Zu diesem Zeitpunkt wurden Mulizüge zusammen mit Doña Constanza und ihrem Scheckbuch nach Ipasueño geschickt. Sie kamen schwer beladen mit Säcken voll Zement, Kies und Sand zurück, und der Leiter der Minengesellschaft hatte wieder einmal den Vorteil davon. Inzwischen hatten Professor Luis und Misael die mit einem Hebel zu bedienenden Backenbremsen fertiggestellt und ein

großes Loch in den Fels gehauen, in das die Spindel der Kettenwinde eingelassen werden sollte.

Es war ein pharaonisches Spektakel. Die ganze Stadt kam heraus,
um das gewaltige Gerät an seinen Platz über dem Abgrund zu bringen. Gruppen von Arbeitern, nur mit dem Notdürftigsten bekleidet, mit Ausnahme der ganz nackten, zogen und schoben einhellig
zum Rhythmus der *bata*-Trommeln, die normalerweise beim Candomblé zum Herbeirufen der Götter gebraucht werden. Die Maschine knarrte und schwankte, als sie an den Rollen langsam vor-
rückte, und Cacho Mocho wurde hergeholt, um seinen gewaltigen
Schädel an die hinteren Balken zu halten und mit aller Macht zusammen mit den Leuten zu drücken. Als sie endlich am richtigen
Platz stand, war es Zeit, eine Kette zu bilden, um Wasser in Leder-
eimern vom Fluß herzubringen, der durch die Stadt floß und über
die Kante stürzte, damit Beton und Mörtel angerührt werden
konnten, womit die Winde fixiert und die um die Verankerung an-
geordneten Felsblöcke verkittet werden konnten.

Endlich war der Tag der Abrechnung gekommen, und alle versammelten sich auf dem Gelände der größten Maschine, die je gesehen
ward. Es war Zeit, daß der schielende ehemalige Polizist und Bürgermeister eine Rede hielt. Er feuerte mit seiner Pistole in die Luft,
um für Ruhe zu sorgen, und darauf befiel die Menge ein erwar-
tungsvolles Schweigen. Er hielt gute Reden, die hörenswert waren.

»*Compañeros*«, fing er an, »als ich Professor Luis und Farides verhei-
ratete, verkündete ich, daß ein guter Mann wie ein guter Ziegenbock ist, voller *machismo*, und eine gute Frau wie eine gute Ziege
ist, voller *gracia* ...«

»Du vergleichst alles immer mit Ziegen«, warf Sergio ein, und
einige in der Menge stießen einander an und lachten.

»Dessenungeachtet«, fuhr er fort, »werdet ihr euch erinnern, daß
ich ihnen die Fruchtbarkeit von Ziegen gewünscht habe. Was wir
hier sehen, ist nicht ein Kind aus irgendwelchen Lenden, sondern
aus Gehirnschmalz und Schweiß, wobei der Schweiß der unsrige
ist und das Gehirnschmalz von unserem erlauchten Professor Luis
stammt, dem unübertrefflichen Eingeweihten in die Mysterien der
Elektrizität und der Mechanik, dem Erzieher von uns und unseren
Kindern. Viva, viva Professor Luis ...«

Hier stimmten alle *con brio* in die Viva-Rufe mit ein, und der ehemalige Alkalde hob die Hände, um Schweigen zu gebieten. »Wie gleicht dieses wunderträchtige Gerät doch einer schönen Ziege. Bestaunt seine Anmut und Mannhaftigkeit. Seht, wie der Käfig einem Kopf gleicht, der zwischen zwei aufragenden Hörnern sitzt. Schaut, wie er über den Abgrund blickt gleich einer Ziege, die an einer Bruchkante verharrt und die Unendlichkeit des Raums betrachtet. Bemerkt, daß es mit einem Seil an die Winde gebunden ist, so wie eine Ziege zum Melken angebunden wird. Wir müssen erst noch abwarten, ob diese Ziege den Überfluß bringt, wenn wir die fruchtbare Ebene da unten melken, aber seid versichert, daß unfehlbar dieser Behemoth, dieser bemerkenswerte Moloch, dieser Leviathan eines Ungetüms von einem Mammut, diese Übersteigerung eines Elefanten dieser großartigen und geselligen Stadt der Katzen eine freigebige Fülle bringen wird, so daß das Kind zu bedauern ist, das hier nicht feist und stark wird. Laßt die Gringos damit prahlen, daß sie auf dem Mond waren – was wächst dort schon? Prahlen wir damit, daß wir auf der Ebene waren. Viva Misael und seine engelsgleiche Eingebung, viva Professor Luis und seine synthetisch-analytische Intelligenz, viva!«

Er verbeugte sich vor dem Applaus, und dann trieben Misael und Pedro Cacho Mocho auf die Plattform und schlossen das Seitengatter. »*Buena suerte*, Cacho Mocho«, schrien sie, und die Stadtoberhäupter legten Hand an die Winde. Es genügte, das schwere Seil nur viermal aufzuwickeln, um genügend Spiel zu haben, daß der Käfig sich in Bewegung setzte. Als er laut knarrte, hielten alle den Atem an, doch dann sank er langsam nach unten. Professor Luis blickte über die Kante und ließ nach einer Ewigkeit – wie es schien – die Hand zum Signal dafür sinken, daß der mächtige Bulle, der seine Kraft hergegeben hatte, um dieses Projekt zu verwirklichen, am Boden angekommen war. Ein allgemeiner Seufzer der Erleichterung stieg zum Himmel, und dann übernahm eine neue Mannschaft das Heraufziehen des Käfigs zurück nach oben.

Zur Belohnung schmückten sie Cacho Mocho mit Blumen und sperrten ihn in einen Pferch voller Jungkühe. Als Belohnung für sich selbst hielten sie eine Fiesta ab, die eine Woche lang Tag und Nacht andauerte. Zahlreich waren die Gott-Heiligen, welche die Maschine mit Gesang und Tanz beehrten und segneten, zahlreich waren die Jaguare, die mit unerwarteten Ergüssen von nach *chicha* riechendem Erbrochenen bespritzt wurden. Pater García rief Sandalphon an, den Erzengel der Erde, als ewigen Hüter dieses gewaltigen Geräts. Der falsche Priester segnete es mit angeblich mystischen Gesten und den Worten: »*Non tam latera ecfututa pandas ni tu quid facias ineptiarum*«, was heißt: »Du würdest keine so verfickten Flanken zeigen, wenn du nicht etwas Ungehöriges tätest.« Im geheimen beschwor Aurelio den Segen von Viracocha, Pachamama und Tunupa, und auf diese Art kam Professor Luis' Geisteskind in die persönliche Obhut eines wahren Pantheons und dazu noch in die des wohlwollenden Geistes des irdischen Catull.

Das Plateau trug innerhalb eines Jahres Früchte; es befand sich auf genau der richtigen Höhe, so daß praktisch alles dort wuchs, ohne durch Frost oder Austrocknung geschädigt zu werden. Bald gab es andere Abstiegsmöglichkeiten, als Seile zur Ebene hinabgelassen und an Bäumen festgebunden wurden, damit Körbe mit Papayas, Mangos, Gujaven, Limonen, Melonen und Maniok in die Höhe gezogen werden konnten. Einige furchtlose Seelen ließen sich wie ein Überfallkommando an Treibriemengestellen hinab, und dann wurden kleinere Käfige gebaut, um die Menschen sicherer auf derselben Route zu befördern. Schließlich wurde die ursprüngliche Maschine nur noch für schwere Lasten benützt, und sie wurde von derselben großen Dieselmaschine bewegt, die Strom für die ganze Stadt erzeugen sollte.

Doch das ist alles noch Zukunftsmusik. Inzwischen wurde ein neuer Verdienstorden geschaffen, mit dem Professor Luis als erster bedacht werden sollte; er hieß der »Überaus Erhabene Orden des Apparats«. Der ehemalige Alkalde hielt eine weitere Rede, in der er Professor Luis mit einem Ziegenbock verglich, und im Fackellicht auf der *plaza* nahm Felicidad, die sich zum erstenmal in ihrem Leben schüchtern fühlte, Don Emmanuels Hand und drückte sie.

9

Seine Eminenz erhält Material für ein Inquisitionsgericht (2)

Höret, ihr Kinder Israel, des Herrn Wort!
Denn der Herr hat Ursache,
zu schelten die im Lande wohnen.
Hosea 4, 1

Eure Eminenz, unseres Erachtens gibt es zwei Kategorien von verlorenen Schafen in diesem Land: Diejenigen, die es besser wissen müßten, und diejenigen, die nach gutem Glauben keine Schuld trifft. In die erste Kategorie fallen beispielsweise Männer der Kirche, die sich Konkubinen nehmen und ihr Amt dazu benutzen, sich zu bereichern.

Wir möchten uns jedoch zuerst mit der zweiten Kategorie befassen. Wir weisen darauf hin, daß in den letzten zehn Jahren (ein Zeitraum, der mit Ihrer eigenen Amtsdauer korrespondiert, aber nicht damit in Zusammenhang steht, wie wir meinen) die Evangelisierung der Heiden und Unwissenden jäh zu einem Halt gekommen ist.

Es gibt in der Sierra und im Dschungel zahlreiche Gruppen von Eingeborenen, die ohne das Licht Christi leben. Auch diese lassen sich in zwei Kategorien einteilen. Zur ersten gehören diejenigen, die nie Gelegenheit hatten, das Wort zu hören und deshalb nicht getadelt werden können, wenn sie nicht danach leben. Es besteht keine Aussicht auf Verbesserung der Lage, bis nicht angemessene finanzielle Unterstützung für missionarische Aktivitäten gewährleistet wird. Wir weisen ferner darauf hin, daß wir durch zahlreiche glaubenseifrige protestantische Sekten aus Nordamerika beträchtliche Einbußen zu erleiden haben, da sie von mächtigen Organisationen mit zweifellos idealistischem, aber unserer Meinung nach fehlgeleitetem Eifer gefördert werden. Ihnen sind die Vereinbarungen sicher bekannt, die wir im Lauf der Jahre mit unserer Regierung getroffen haben. Diesen zufolge sollte unsere Missionstätigkeit die eingeborenen Kulturen nicht über Gebühr beeinträchtigen und sich auf Programme zur Alphabetisierung, zur Landwirtschaft und zur Hygiene beschränken. Das war eigentlich auch die *De-facto*-Situation, die schon vorherrschte, seit die frühen Jesuitenmissionen in Paraguay die pastorale Betreuung über die Bekehrung stellten. Wir weisen Eure Eminenz darauf hin, daß zwangsweise Bekehrung eher die Politik der weltlichen als der geistlichen Autoritäten war und daß sogar zur Zeit der Inquisition in Peru die Eingeborenen nicht als für ihren Glauben verantwortlich erachtet wurden, da sie als nicht vollkommen menschlich galten. Viele unserer eigenen katholischen Missionen sind mittlerweile geschlossen worden, womit das Feld jenen enthusiastischen Sekten überlassen bleibt, deren Anwesenheit in abgelegenen Bezirken zu etwas geführt hat, was sich nur als kulturelle Katastrophe beschreiben läßt. Die vorherrschende Geisteshaltung von Bekehrten in jenen Gebieten besteht darin, daß die Taufe einen überlegenen sozialen und materiellen Rang verleiht, und Stämme widmen ihre Zeit der Herstellung von Souvenirs minderer Qualität zum Verkauf ins Ausland. Doch im Gebirge leben noch Menschen, die Viracocha, Pachamama und so weiter verehren, und im Dschungel sind animistische Religionen anzutreffen, in denen Jaguar- und Tapirgötter verehrt werden und eine tödliche Angst vor Dämonen herrscht, die den Menschen angeblich ihre Männlichkeit oder ihre Gesundheit rauben. Zusätzlich gibt es auch noch diejenigen, die oberflächlich von Menschen bekehrt wurden, deren Glauben wir selbst in diesen ökumenischen Zeiten als entweder falsch oder verderblich oder beides betrachten. Diese Arglosen trifft keine Schuld.

Genausowenig erachten wir des weiteren diejenigen in der städtischen wie ländlichen Allgemeinbevölkerung für schuldig, die unseren Glauben noch nie verständlich erklärt bekommen haben oder durch die Anfechtungen der Umstände der Gnade verlustig gegangen sind. Im ersten Fall liegt die Ursache nachweislich darin, daß Priester und Nonnen, deren Meinungen für »politisch« gehalten wurden, aus dem Amt entfernt oder zum Schweigen gebracht wurden; ihre Stellen sind nicht wieder besetzt worden. Im zweiten Fall schließen wir diejenigen ein, deren bittere Not oft, aber nicht immer, mit Unkenntnis gepaart, ihnen die Freiheit der Wahl und des Handelns so weit entzogen hat, daß sie nicht als verantwortlich betrachtet werden können.

Dazu, Eure Eminenz, gehören die zahlreichen Bewohner der hauptstädtischen Kanalisation. Die meisten sind Jugendliche; sie sind obdach- und arbeitslos und verlegen sich daher auf Diebstahl, Plünderung und Prostitution. Ihre durchschnittliche Lebenserwartung beträgt achtzehn Jahre. Sie werden unweigerlich Opfer von Krankheiten wie Cholera, Typhus, Kindbettfieber, Gelbfieber, und ihr allgemeiner Gesundheitszustand ist so geschwächt, daß sie anfällig werden für Masern und auch den mit ihnen in der Kanalisation hausenden Alligatoren zum Opfer fallen, von denen bekannt ist, daß sie schon Kleinkinder in ihrem Rachen davongeschleppt haben. In die obige Kategorie schließen wir auch die Mehrheit der Prostituierten ein; es sind unterbeschäftigte Frauen, die keine andere Wahl haben und dieses Gewerbe nur zeitweise aus extremer finanzieller Not betreiben. Zu den Schuldlosen rechnen wir noch dazu die unzählbaren Horden derjenigen, die im Schmutz der *favelas* im Umkreis unserer größeren Städte hausen. Sie sind die Opfer landwirtschaftlicher Mechanisierung und unüberlegter Neuorganisation von *encomiendas* durch unverantwortliche Grundbesitzer. Wir sind der Meinung, daß für diese Menschen spirituelle Fortschritte unmöglich sind, solange die Umstände sie dazu zwingen, sich vollauf mit den materiellen Zielen des täglichen Überlebens zu beschäftigen. Zusätzlich hat es unter uns lange Diskussionen darüber gegeben, ob wir in diese Kategorie auch die Opfer des Kokainhandels einschließen sollen oder nicht.

Wie Sie, Eure Eminenz, wissen werden, hat es sich in letzter Zeit eingebürgert, einen Anteil des produzierten Kokains in eine billige, aber höchst süchtig machende Mischung namens »*basuco*« umzuwandeln und in den heimischen Markt zu pumpen. Die Kokakaziken benützen diese Vorgehensweise anscheinend als Versicherung gegen den Verlust von ausländischen Märkten. Nach neuem Stoff Süchtige sind sogar zum Töten bereit, und in *basuco*-Gegenden sind Verbrechen wie Diebstahl und Gewalttaten sowie auch die Korruption in allen Gesellschaftsschichten markant angestiegen. Die Mehrheit von uns hier im Amt ist der Ansicht, daß diese Droge auf satanische Weise den uns von Gott gewährten freien Willen entzieht, und wir sind zu dem Schluß gekommen, daß solche Menschen deshalb nicht zur Verantwortung gezogen werden können. Es wird Ihnen, Eure Eminenz, aufgefallen sein, daß sich

Richter, Bürgermeister, einige Polizeichefs und Persönlichkeiten wie der berühmte Dionisio Vivo gegen die Kokakartelle gewendet haben. Letztgenannter ist ein Säkularphilosoph, und wir erachten es als äußerst schädlich für die Kirche, daß sich aus unseren Reihen bisher noch niemand bemüht hat, die moralische Führung gegen die räuberischen Barone zu ergreifen. Wir halten es für vordringlich, daß kein Priester sich ihnen zur Verfügung stellen sollte und daß die Kirchen sich standhaft weigern sollten, Spenden von ihnen anzunehmen. Der verstorbene Pablo Ecobandodo war ein freigebiger Wohltäter der Kirche, und Kirchen im Bezirk Ipasueño wurden von ihm abhängig, wenn Renovierungen anstanden. Solche Kirchen sind nichts weiter als weiße Särge.

Eure Eminenz, wir gehen an diesem Punkt zur ersten Art der verlorenen Schafe über, nämlich denjenigen, die schuldig gesprochen werden können und es am Tag des Zorns zweifellos auch werden. Wir geben jedoch zu bedenken, daß zwischen den beiden Kategorien ein sehr weites Feld liegt, das weder zu der einen noch zu der anderen gehört.

Zu Anfang möchten wir Ihre Aufmerksamkeit auf die verstörende Tatsache lenken, daß es buchstäblich Millionen von Menschen gibt, die allem äußeren Anschein nach Katholiken sind, in Wirklichkeit aber den uralten Polytheismus Westafrikas praktizieren. Dieser Polytheismus ist in den Sklavenschiffen an unsere Küsten gebracht worden und als »santería« bekannt. Es gibt keine Hierarchie, nur einzelne Gruppen, und deshalb bleibt die Religion heimlich und unauffällig, schafft es aber trotz früherer Versuche wie vor vielen Jahren in Brasilien, die Menschen davon abzuschrecken und durch Bildung von ihr abzubringen, außerordentlich zu gedeihen. Oberflächlich gesehen scheinen im Kult Heilige verehrt zu werden, aber Tatsache ist, daß zum Beispiel die heilige Barbara zu einem männlichen Gott mit dem Namen Shango wird, und Nuestra Señora de las Mercedes wird als Obatala, Vater der Götter, umgedeutet. Die Anhänger dieser Religion halten wilde Gelage ab, bei denen Opfer dargebracht, Idole verehrt werden, Besessenheit auftritt, Magie ausgeübt wird und ungeheuerliche Szenen von Liederlichkeit, Trunkenheit und Schwelgerei vorkommen. In schlimmeren Fällen tritt auch eine bewußt dämonische Abart auf, die bekannt ist als »brujería«, »palo monte« oder »palo mayombe« mit

Zauberzeremonien und wahrhaft abstoßenden Ingredienzen, die fast unweigerlich schändlichen Zwecken dienen. Es muß festgehalten werden, daß es einen Gott namens Eshu gibt, von dem einige sagen, er entspreche Satan, und dieser Gott wird immer als erster angerufen. Wir verabscheuen diese Religion insbesonders, weil sie sich als Katholizismus tarnt, aber Weihwasser und Hostien für magische Zwecke benützt. Ihre Anhänger verfügen über ein beneidenswertes Wissen von den Heiligen und können daher nur des Zynismus beschuldigt werden.

Ebenso brandmarken wir das überraschend häufige Phänomen unter den Gläubigen, ihre Religion als eine Form der Magie und Priester als Magier und Hexenmeister anzusehen. Wir stellen fest, daß einige Priester sogar bei dieser Täuschung mitspielen, wie zum Beispiel im Fall des Priesters in Santa Maria, der die Hostie als Sicherheit gegen Kredite verabreicht, indem er sagt, daß die Hostie automatisch genügend Geld für die Einlösung der Kredite herschaffen wird, ohne daß er noch etwas tun muß. Wir haben herausgefunden, daß Frauen glauben, wenn sie mit der Hostie im Mund jemanden küssen, dann wird dieser Mensch sich in sie verlieben; daß der Glaube verbreitet ist, der Besitz der Hostie schütze vor dem Ertrinken und daß die Taufe ein sicheres Heilmittel gegen die Gicht sei. Talismane werden fieberhaft gesammelt, was nur zu oft von Priestern gefördert wird, die sie gutwillig segnen. Wir stellen fest, daß die Anzahl unter den vermeintlichen Katholiken abergläubischer Richtungen die Kapazität einer Enzyklopädie von der Größe eines gesamten Klosters erschöpfen würde. Diese Abergläubischen beschäftigen sich meist mit der Abwehr von Unglück, und wir meinen, daß sie sich nur durch eine Verminderung der unsicheren Lebensbedingungen in diesem Land eindämmen lassen, während wir gleichzeitig jene Katholiken unter den Abergläubischen verurteilen, die es besser wissen müßten.

Wir drücken allerdings auch unsere besondere Sorge über eine Entwicklung unter den Gebildeten und Wohlhabenden in unserer Gesellschaft aus. Wir meinen, daß sich unter diesen überaus mächtigen Menschen einige schreckliche Übel einnisten. Als Beleg dafür möge die unleugbare Tatsache dienen, daß unter hochrangigen Mitgliedern der Streitkräfte die Freimaurerei so weitverbreitet ist, daß sie beinahe verpflichtend ist. Wir finden das paradox, da diese

Schicht traditionell die konservativsten Katholiken gestellt hat. Tatsache ist aber, daß diese Schicht mit allen anderen eine außergewöhnliche Fähigkeit zu teilen scheint, an Unvereinbares zu glauben, ohne einen Widerspruch wahrzunehmen. Wir wissen, daß das Militär schon immer eine Vorliebe für undurchschaubare Rituale wie die unverhältnismäßige Verleihung seltsamer Titel und unverdienter Medaillen gehabt hat, und sind uns darüber im klaren, daß es Geheimniskrämerei und Rangordnung besonders liebt. Doch gleichzeitig scheint uns die Kosmologie und das Ritual der Freimaurerei mit dem Glauben unvereinbar zu sein, da sie in Wirklichkeit eine Form des Okkultismus ist.

Okkultismus im eigentlichen Sinn wird offenbar in den Zitadellen der Regierung gepflegt. Eure Eminenz wird wissen, daß in der Vergangenheit viele Prälaten und Päpste dem Reiz des Okkultismus verfallen sind und daß in modernen Zeiten viele Kubaner Fidel Castros politische Langlebigkeit der Praxis von Magie zuschreiben. Wir haben Quellen in der Regierung, die nahelegen, daß sowohl Seine Exzellenz, Präsident Veracruz, als auch Außenminister Lopez Garcilaso Vallejo sich an einer Form von Okkultismus beteiligen, zu der die Verkörperung unterschiedlicher heidnischer, chaldäischer, ägyptischer, nordischer, römischer und griechischer Götter gehört. In solcher Verkleidung führen sie den Geschlechtsverkehr durch, und im Augenblick des Höhepunkts äußern sie einen lebhaften Wunsch, dessen Erfüllung sie dann erwarten. Finanzminister Emperador Ignacio Coriolano soll zum gleichen Zweck orale Stimulierung praktizieren. Seine Exzellenz soll rosenkreuzerische Alchimie praktizieren, der Außenminister hat unter Pseudonym zahlreiche Bücher über Okkultes (»vom Erzengel Gabriel diktiert«) mit öffentlichen Geldern publiziert, und der Finanzminister läßt offenbar ein Pendel über Landkarten unseres Landes kreisen, um die mythische Stadt El Dorado aufzuspüren – auf Anregung Seiner Exzellenz. Uns erscheint dies zutiefst verstörend in einem Land, wo die Verfassung ausdrücklich das Recht zur Ausübung aller Religionen zusichert, die »sich nicht gegen die christliche Moral und subversiv gegen die öffentliche Ordnung richten«.

Zuletzt teilen wir Eurer Eminenz mit, daß der islamische Glaube in diesem Land rapide wächst. Aus irgendeinem Grund nennen alle sie »Syrer«. Diese machen keine Bekehrungsversuche, gewinnen aber wegen ihres aufrechten Verhaltens und ihrer mangelnden Hierarchie Konvertiten. Verfassungsmäßig ist ihre Stellung unangreifbar, doch historisch hat die Kirche ihren Glauben stets als häretisch betrachtet. Der häretische Glaube wird im dritten und abschließenden Teil unseres Berichts umfassend behandelt.

10
Von Dionisio Vivo und Professor Luis

Um noch mehr er selbst zu werden, gab Dionisio Vivo die Lehrtätigkeit an der Hochschule von Ipasueño auf. »Wenn irgendwer etwas von mir lernen will«, sagte er, »dann soll er herkommen und mich darum bitten.« Mit der Unterstützung von Misael, Pedro dem Jäger und einer *recua* von fünf Mulis schaffte er seinen ganzen Besitz nach Cochadebajo de los Gatos. Nur sein uraltes Automobil ließ er im Indiodorf Santa Maria Virgen stehen, denn es war das nächstgelegene Pueblo mit Straßenanbindung. Dort wurde es liebevoll gepflegt von den beiden *cholo*-Mädchen, die er einmal, vergewaltigt und verprügelt von den Kokagangstern, in seinem Vorgarten aufgelesen, gerettet und in ihr Dorf zurückgebracht hatte.
Die beiden Mädchen beherzigten seine Anweisungen. Jede Woche füllten sie den Kühler auf, prüften den Ölstand mit dem Stab und füllten die Batterie mit Tau auf. Sie staubten es mit Federbüscheln ab, wuschen es mit Wasser aus dem Bach und polierten es an Festtagen mit ihrem eigenen Haar. Weil die Leute meinten, es sei so alt, daß es nur durch Zauberei fuhr, bekreuzigten sich die beiden Mädchen, bevor sie sich an die Wartungsarbeiten machten. Am stumpfen Lack rieben sie die Bäuche ihrer Hennen, damit sie fruchtbarer wurden. Der Wagen hatte hinter ihrer *choza* seine eigene Garage aus Palmen, und sie verlangten von jedem, der zur Besichtigung herkam, zehn Pesos. Auf diese Weise konnten sie den Ehrgeiz eines jeden armen Bauern nach einem Betonfußboden und einem Kompostbehälter befriedigen. Wie fast alle nannten sie Dionisio Vivo den Erlöser, weil er Pablo Ecobandodo ins Jenseits befördert hatte.
Dionisio selbst blieb ungerührt von seinem Mythos, aus dem überaus einleuchtenden Grund, daß es für ihn bloß normal war, er

selbst zu sein. Ihm erschienen die Ereignisse der jüngsten Vergangenheit wie eine unergründliche Träumerei, von der er selbst jetzt noch nicht zum Bewußtsein erwacht war. Was er empfand, glich exakt dem, was jemand verspürt, wenn in einem Wachtraum etwas Bizarres geschieht, und so war er permanent verblüfft.

Ihm kam es so vor, als hätte Eshu ihm einen Streich gespielt und die Welt auf den Kopf gestellt und von innen nach außen gekehrt. Er war bloß Dozent für Säkularphilosophie in einem Provinznest gewesen, von nichts außer seinem eigenen Skeptizismus überzeugt. Er hatte sich damit abgefunden, den Rest seines Lebens damit zu verbringen, mit fiebrigen Postpubertären, die noch vom Verlust ihres Glaubens an den elterlichen Katholizismus verwirrt waren, Kants Ideen zu Intuitionsformen *a priori* zu diskutieren. Er war ein durchschnittlich sinnlicher Mann gewesen, der ereignislose Perioden in seinem romantischen Leben dadurch kompensierte, daß er sich in die Arme von Samt-Luisa in Madame Rosas Puff warf, hatte sich lediglich als ein weiteres Stück Fleisch betrachtet, dem es bestimmt war, seine kurze Lebensspanne auszuleben und dann unbemerkt in den Andenboden einzugehen, das Grab nur von einem Kreuz und einem kleinen Haufen Steine markiert, der immer kleiner geworden wäre, weil die Verwandten von anderen Toten sie allmählich für andere Gräber stahlen.

Doch er war von der Welle der Anarchie erfaßt worden, welche die Kokakaziken ausgelöst hatten; die Frau, die er am meisten geliebt hatte, war von den schlimmsten von ihnen hingemetzelt worden, und er war auf einmal zum Rächer an dem Schuldigen geworden. Er hatte in sich einen tiefen Quell von Gewalt und Haß entdeckt – und eine übernatürliche Fähigkeit, den Listen der Verschwörung und des Schicksals eins auszuwischen. Er war auf einmal Vater Dutzender von Kindern von lauter verschiedenen Frauen geworden, die alle unerklärlich individuell und außergewöhnlich waren, und seine Lebensphilosophie war auf die zwei Gewißheiten zusammengeschmolzen, daß es nur darauf ankam, die Barbarei zu bekämpfen und das einende Band der Liebe zwischen den Menschen zu hegen.

Er hatte so sattblaue Augen, daß dies alles war, was viele, die ihm begegneten, danach in Erinnerung behielten, denn in diesem Land war fast jeder Bürger braunäugig. »Seine Augen sehen Gott«, pflegten sie zu sagen, und es stimmte auch, daß er vor seinem nächsten Tritt nie zu Boden zu blicken schien, daß seine Augen nicht von einem Ding zum andern huschten, nicht blinzelten, nicht seine Stimmungslage widerzuspiegeln schienen. In Wahrheit war sein Blick in seiner Phantasie auf die Vision einer kurzen Zeitspanne gerichtet, in der er eine Art von Glück gekannt hatte, das ein ganzes Leben vergiften konnte, weil es sich unmöglich wiederholen ließ. Überall sah er Anica; er sah ihre honigfarbene Mulattenhaut, ihre Beine so lang, daß sie im Himmel zu enden schienen. Er sah das grüne, unter den Brüsten verknotete Hemd und die weiche, glatte Bauchdecke. Aus dem Augenwinkel sah er sie sich anschleichen, wie sie es immer machte, wenn sie sich mit ihm balgen wollte. Am kleinen Finger trug er ihren Ring und setzte sich manchmal hin, um das Funkeln des Steins zu betrachten, wenn er die letzten Sonnenstrahlen oder das Mondlicht einfing. Es war so, als befände sie sich irgendwo in diesem winzigen, aber unendlichen Raum, und er wäre für immer in der weiten Welt eingesperrt.

Dionisio Vivo trug in letzter Zeit sein Haar ziemlich lang, zur Erinnerung an Ramón Dario, der es ihm immer geschnitten hatte, bevor auch er von Pablo Ecobandodos Meuchelmördern zu Tode gefoltert wurde. Er trug Ramóns Polizeipistole im Gürtel und hatte, genau wie Ramón, immer eine dünne Zigarre im Lauf stekken, die er irgendwem schenken konnte, der ihm einen Gefallen tat oder der ihm gefiel. Davon abgesehen, trug er gewöhnlich nur ein langes Hemd und Acahuateken-Sandalen aus Autoreifen, durch die Lederriemen gezogen waren. Es hieß allgemein, er gehe wie ein Indio, rede mit Engelszungen, liebe wie ein Inkubus und schlafe mit der Klarheit eines Wachenden. Es war auch bekannt, daß er ein *brujo* mit verblüffender Macht war, wohl mit Aurelio oder Pedro dem Jäger vergleichbar, aber er war kein *brujo*, der Warzen heilt und verlorene Liebhaber und Ziegen ausfindig macht. Dionisio konnte nur Spektakuläres bewirken.

Sein außergewöhnliches ›Requiem Angelico‹ hatte es ihm ermöglicht, seine Stellung aufzugeben, denn das Musikstück war so populär geworden, daß es ihm ein ständiges Einkommen sicherte zusätzlich zu dem, das er mit der wöchentlichen Kolumne verdiente, die er nun für *La Prensa* zu jedem Thema schrieb, das ihm gerade einfiel. Es wäre nicht übertrieben, zu sagen, daß er kraft dieser Kolumne und auch wegen der Serie von Leserbriefen, die er früher während des Kokakriegs an dieselbe Zeitung geschrieben hatte, mittlerweile der bekannteste Journalist im Land war. Es wäre auch zutreffend, zu sagen, daß er in seinen journalistischen Beiträgen nicht im mindesten auf die Legende Bezug nahm, zu der er geworden war, denn er schrieb stringent, human und urban nach Art der seriösen Presse Europas oder Kolumbiens, und in den Texten fanden sich keine Spuren der überrationalen Welt, die Dionisio mittlerweile bewohnte.

In Cochadebajo de los Gatos wurde er rasch zu einem vertrauten Anblick. Das lag nicht an den beiden riesigen Jaguaren, die ihn ständig begleiteten, denn in dieser Stadt gab es viele solcher frei herumlaufenden Katzen, die alle völlig zahm waren. Es lag mehr an der natürlichen Art, wie er sich zu jenen gesellte, die mit allgemeiner Zustimmung, aber ohne Wahlen, die Führungsrolle eingenommen hatten: Pedro der Jäger mit seinem Rudel stummer Hunde und der Kleidung aus Tierhäuten, Pater García mit seinem leichten Gewissen, seinen verwegenen metaphysischen Ideen und dem Aussehen eines depressiven Hasen, Misael mit seinem ehrlichen schwarzen Gesicht und seiner Liebe zu Festen, Remedios mit ihrer Kalaschnikow und ihrer Gabe militärischen Scharfsinns, Josef mit seiner Fähigkeit, Kompromisse zu finden, die alle zufriedenstellten, Hectoro, der drei Frauen hatte und nie von seinem Pferd stieg, außer zum Trinken oder Vögeln, und der voll und ganz wie ein Konquistador aussah, Consuelo und Dolores, die beiden Huren, welche die Männer daran gemahnten, daß sie keine Götter waren, weil sie Hoden zwischen den Beinen hatten, Aurelio, der Aymara-Indio, der die Schleier zwischen dieser und den anderen Welten durchschritt und überall zugleich zu sein schien, und General Fuerte, der unter Vortäuschung seines Todes aus der Armee desertiert war und in seinem Notizbuch alles festhielt, was mit Schmetterlingskunde, Vogelkunde und den Sitten des Volkes zu tun hatte.

Doch mit keinem dieser Menschen freundete sich Dionisio zuerst an. Er fühlte sich naturgemäß hingezogen zu dem Lehrer Professor Luis, einem begabten Improvisierer pädagogischer Techniken, der es verstand, aus drei Stricken unfehlbar rechtwinklige Dreiecke zu machen, und der alles in der Welt erklären konnte anhand von dem, was er wie durch Vorsehung an den Berghängen und im Rinnstein fand. Professor Luis hatte die Windmühlen zur Erzeugung von Strom gebaut, der die Autobatterien speiste, welche die Lampen an den Häuserdecken leuchten und das Grammophon im Puff spielen ließen. Er hatte die notwendige Höhe der Deiche berechnet, um den Fluß zu zähmen, und unter Verwendung eines Pfostens und eines Winkelmessers herausgearbeitet, wie breit die Terrassen sein sollten, die sich an den Hängen der Sierra hinzogen, und er hatte auch das beste Gefälle für die Bewässerung berechnet.

Dionisio verbrachte viele Abende bei Professor Luis und seiner Frau Farides. Sie war eine leidenschaftliche Köchin, die ihrem Mann nicht erlaubte, die Küche zu betreten, damit er sie nicht mit Unordnung und Unsauberkeit infizierte. Das machte ihm einigen Kummer, da er durch ein ständiges schlechtes Gewissen, daß sie arbeitete und er nicht, daran gehindert war, seine Abende zu genießen. »Männer«, sagte sie, »verunreinigen alles mit ihrer Männlichkeit.« Unter dem Verdikt dieser umfassenden Verurteilung war er gezwungen, seine Zeit damit zu verbringen, mit bekümmerter Miene im Eingang zu lungern, während Farides die Meerschweinchen häutete und den Maniok schnippelte.

Doch wenn Dionisio mit einer Pulle unterm Arm und einer *puro* im Pistolenlauf ankam, konnte Professor Luis ausspannen und sich mit einem Abend geselligen Schweigens und gemeinsamer Ansichten versöhnen und das Klappern der Töpfe ausblenden, das ihn normalerweise an die Verachtung seiner Frau für männliche Stümperei in der Galerie der kulinarischen Kunst erinnerte. Die beiden Freunde saßen dann mit den Füßen auf dem Tisch da, die sie verstohlen zurückzogen, wenn etwas darauf hindeutete, daß Farides gleich hereinkam, oder sie schaukelten in Hängematten, die um die Dachpfosten geschlungen waren. Bei einer solchen Gelegenheit, als sie ohne Erfolg Rauchringe hervorzubringen versuchten, bemerkte Dionisio: »Weißt du, diese Stadt braucht einen Traktor und eine Bibliothek oder vielleicht eine Buchhandlung.«

»Richtig«, erwiderte Professor Luis, »ich bin sehr stolz darauf, daß ich beinahe allen das Lesen beigebracht habe.«

»Mir ist aufgefallen«, meinte Dionisio, »daß hier ein derartiger Hunger nach Lesestoff besteht, daß die Leute herumlaufen und die

Aufschrift auf den Zigarettenpackungen immer wieder durchlesen. Ich denke, ich könnte sehr leicht an ein paar Bücher kommen.«

»Doch was den Traktor angeht, der tatsächlich ein Segen wäre, so sind die Zugmaschinen von Don Emmanuel und Antoine noch im Schlamm unseres ursprünglichen Dorfs begraben. Aber ich glaube nicht, daß wir sie herschaffen könnten. Selbst wenn wir sie an Ort und Stelle reparierten, was wir gar nicht könnten, würden wir wahrscheinlich mit ihnen nicht über die Berge kommen.«

»Ich weiß, wie es geht«, sagte Dionisio.

»Dann mal los. Schau, ich habe einen Rauchkringel geblasen.«

11

Seine Eminenz erhält Material für ein Inquisitionsgericht (3)

> *Und ich dachte, du würdest mich dann*
> *»Lieber Vater« nennen und nicht von mir*
> *weichen.*
> *Aber das Haus Israel hat mir nicht die Treue*
> *gehalten, gleichwie ein Weib wegen ihres*
> *Liebhabers nicht die Treue hält.*
>
> Jeremia 3,19

Eure Eminenz, wir unterbreiten diesen Abschnitt als den dritten und letzten Teil unseres Berichts zur geistlichen Lage der Nation und nehmen uns die Freiheit, einen Zusatz anzufügen, in dem wir umreißen, was unseres Erachtens im Licht unserer Ergebnisse unternommen werden müßte.

Doch zu Anfang untersuchen wir das Phänomen des häretischen Glaubens. Bei diesem Vorhaben waren wir genötigt, unsere Begriffe dadurch zu klären, daß wir genau eingrenzten, was mit dem Wort »Häresie« gemeint ist. Tertullian (*De Praescriptione Hereticorum*, etwa 200 A.D.) definiert sie als eine Doktrin, die in den ursprünglichen Lehren der Apostel nicht zu finden ist. Wir haben die *Summa Theologica* und die *Summa Contra Gentiles* des heiligen Thomas von Aquin zu Rate gezogen und entdeckt, daß er der erste Doktor war, der behauptete, Häresie sei eine Sünde, »die nicht bloß die Exkommunikation verdient, sondern sogar den Tod« (eine Ansicht, die, wie wir hoffen, von der Kirche nicht mehr vertreten wird). Wir haben die Bulle *Ad Abolendam* von Papst Lucius III. (1184) zur Hand genommen, doch vorrangig die Sitzungsberichte der Laterankonzile, beginnend 1215 unter dem Pontifikat von Innozenz III. Wir haben Kanon Drei des Vierten Laterankonzils herausgegriffen, wo die gegen Häresie notwendigen Maßnahmen umrissen werden – womit die »Inquisition« ins Leben gerufen wurde, die sich als der beschämendste aller beschämenden Makel in der Geschichte unseres Glaubens erwies. Für Papst Innozenz III. spricht als mildernder Umstand einzig, daß er wie die Allgemeinheit der großen Furcht anheimfiel, es sei das sechshundertsechsundsechzigste Jahr des Apokalyptischen Tiers nahe, und zwar in Gestalt islamischer Übergriffe auf christliche Gebiete. Wir halten dagegen, daß die bloße Idee einer Inquisition selbst ursprünglich häretisch ist, da die erste urkundlich belegte Inquisition während der Herrschaft von al Mamun (813–833) stattfand. Seine »mihna« war eine islamische Institution, deren Funktion darin bestand, das öffentliche Geständnis zu erzwingen, der Koran sei die »erschaffene Sprache Gottes«. Abschließend definierten wir Häresie als »eine Lehre oder eine Lehrsammlung, die sich gegen die verkündete Lehre der katholischen Kirche richtet«. Wir übergehen jene Lehrmeinungen, die sich in protestantischen Glaubensbekenntnissen und bei den verschiedenen islamischen Sekten ausdrücken, und beschäftigen uns einzig mit jenen der katholischen Lehre. Wir überlassen Eurer Eminenz die Entscheidung, was wirklich häretisch und was bloß kurios ist.

Wir haben entdeckt, daß die meisten christlichen Häresien zuvorderst aus den Versuchen entspringen, das »Problem des Bösen« zu lösen. Das trifft für unsere Zeit genauso zu wie in den Tagen eines Bernhard von Clairvaux und Raymond VI. von Toulouse. Eure Eminenz wird hoffentlich die sprunghafte Art verzeihen, mit der dieser Abschnitt unseres Berichts um sich selbst kreist; es wird wohl begreiflich, daß dies daher kommt, daß wir beständig gezwungen waren, wieder auf das Thema zu kommen, wie es möglich ist, den Überfluß an Bösem in dieser Welt mit der Allmacht und Mildtätigkeit Gottes zu versöhnen. Die Frage lautet: »*Unde malum?*«

Und so stellen wir verschiedene häretische Meinungen in der Art dar, wie sie uns berichtet wurden, als Geschichten und Mythen, und auch ohne ein Urteil zu fällen oder sie anzufechten.

Uns ist zu Ohren gekommen, daß Satan in seinem Fall andere Engel mitriß, die dann menschliche Seelen wurden. Das erklärt, warum die Seele weder irdisch noch vergänglich ist. Wir sind »gefangene Engel, die wieder nach dem Licht streben«.

Wir haben erfahren, daß Satan, als er von Michael bezwungen wurde, ein Drittel der englischen Heerscharen auf die Erde mitgenommen hat, zusammen mit Sonne, Mond und Sternen. In einigen Versionen wird Satan auch als Schöpfer der Erde genannt.

Wir haben gehört, daß Satan Gott gleich war, ein eifersüchtiger

Nachbar, und daß er zweiunddreißig Jahre vor dem Himmelstor wartete, um den Engeln eine Frau zu zeigen, die daraufhin den Himmel verließen. Neun Tage und neun Nächte strömten sie dichter als Regen herab.

Uns ist bekanntgeworden, daß die Materie gemeinschaftlich zwischen Gott und Satan erschaffen wurde, damit sie eine Grundlage hatten, auf der sie miteinander streiten konnten.

Des weiteren ist uns hinterbracht worden, daß Satan Gottes Kind war und deshalb entweder (1) Christus, (2) größer als Christus oder (3) der geringere Bruder von Christus ist, daß Satan das Kind eines größeren, infernalischen Gottes ist, daß Satan und Christus die Kinder Gottes von verschiedenen Müttern sind, daß Christus das Ergebnis einer Verführung von Gottes Frau durch Satan ist, daß Satan in Wirklichkeit »das Naturgesetz« sei. Wir haben gehört, daß Satan der Schöpfergott der Genesis ist und daß deshalb die mosaischen Gebote des Alten Testaments Satans Gesetze sind. Das Neue Testament ist das »Gesetz des guten Gottes«. Deswegen waren Moses, David, die Patriarchen und Propheten Satans Sprachrohre. Moses war »ein verruchter Versucher«, der einige gute Gesetze zu den schlechten dazumischte, um deren Übel zu verschleiern. Andere behaupten, daß die Propheten das Gesetz absichtlich verfälschten, und wieder andere, daß die Propheten in einer von unserer getrennten Welt lebten, so daß deren Gesetze hier nicht gelten. Solche Ansichten erklären den bemerkenswerten Ausbruch von Antisemitismus letztes Jahr in Cucuta.

In Zusammenhang damit haben wir gehört, daß Johannes der Täufer Elias war und deshalb ein Prophet des Alten Testaments und daher ein Widersacher Christi. In Cucuta glauben sie gleichfalls, daß Christi Mutter und Vater sowie der Verkündigungsengel Dämonen waren, und so nennen sie ihn beißend den »Wasserträger«. Noch dazu haben wir Behauptungen gehört, daß die Heilige Dreifaltigkeit Erde, Feuer und Wind sei.

Auf irgendeine Art sind viele apokryphe Texte in Umlauf gelangt und haben hier Glauben gefunden. Wir sind auf Exemplare des Evangeliums des heiligen Thomas, der »Interrogatio Johannis«, der Vision des Jesaja und dazu noch auf eine außergewöhnliche Vielzahl moderner »Evangelien« gestoßen, von Menschen niedergeschrieben, die behaupten, sie offenbart bekommen zu haben. So gibt es ein Evangelium der Hure Isabel, das den Leuten einschärft, keine Bohnen zu essen, weil Blähungen dem spirituellen Heil abträglich sind. Das Evangelium des Ricardo von Rincononodo behauptet, daß Mohammed eine Reinkarnation Christi war, der zurückgekehrt war, um seine Jungfräulichkeit zu verlieren, und das Evangelium der Maria von Malaga behauptet, daß Christus in Wirklichkeit eine Frau war, die den dritten Teil einer »Heiligen Dreifaltigkeit« bildete, deren andere beiden Maria Magdalena und Maria, die Mutter des Herrn, waren. Solche »Evangelien« existieren nicht nur in schriftlicher Form, es gibt auch viele, die bislang nur mündlich überliefert werden, aber dennoch weite Verbreitung gefunden haben. Zum Beispiel gibt es eine Stadt namens Cochadebajo de los Gatos, die nicht einmal auf Landkarten auftaucht. An diesem Ort praktiziert die Bevölkerung *santería*, doch da gibt es auch einen Indio namens Aurelio, dem die Menschen wegen seiner ärztlichen Ratschläge großen Glauben schenken. Ein Großteil seiner Lehre und Philosophie ist der Mythologie der Aymaras und Navantes entnommen und hat sich sogar mit dem Glauben »guter Katholiken« verbunden. Im selben Ort lebt ein denkwürdiger Häresiarch, ein aus dem Amt gejagter Priester namens García, der ein zügelloses Leben führt und sich mit einem falschen Priester abgibt, dessen Beherrschung des Lateinischen sich nicht weiter als bis zu den obszöneren Versen von Catull und Ovid erstreckt. Dieser García predigt einen dualistischen Glauben und empfiehlt Schwelgerei und Wollust als Wege zum Heil. Er hat dort in jenem Teil der Sierra buchstäblich Tausende von Anhängern gewonnen. Er ist aber keineswegs ein Einzelfall, denn es gibt viele andere von seiner Sorte. Eurer Exzellenz wird zweifellos das Phänomen von Canudos in Brasilien bekannt sein, wo Antonio der Ratgeber einst Tausende von Getreuen versammelte, die bis zum letzten Blutstropfen für ihren wunderlichen Glauben kämpften. Wir haben den Eindruck, daß viele Ratgeber wie Antonio in diesem Land unbemerkt am Werk sind.

Wir haben gehört, daß die gebenedeite Jungfrau Maria und Jesus Christus beide Engel waren, nur scheinbar aus Fleisch und Blut (die Theorie des »*corpus phantasticum*«); daß sie durch ihr Ohr schwanger wurde; daß sie eine Frau mit fleischlichen Begierden oder gar eine Prostituierte war; daß sie in Wirklichkeit ein Mann namens »Marinus« war.

Über Christus haben wir gehört, daß er lediglich ein Mensch war, aus sündigem Fleisch, weil nur Wesen aus Fleisch und Blut auf die Erde kommen, daß es zwei Christusse gab, der eine aus Fleisch und Blut mit Maria Magdalena als seiner Konkubine, der auf Erden litt und gekreuzigt wurde, und der andere ohne Sünde, der weder aß noch trank, nicht fleischlich war und in der unsichtbaren Welt gekreuzigt wurde, daß der Tod Christi eine skandalöse Niederlage durch die Hand Satans war, der deshalb immer noch hier herrscht, daß er den Pfad zum Himmel für seine gefallenen Mitengel öffnete, daß seine Wunder Schwarze Magie waren und er selbst ein Hexer, daß er in jedem der sieben Himmel am Kreuz starb; daß er nicht leiden oder sterben konnte und deshalb ein Dämon an seiner Stelle starb.

Uns ist zu Ohren gekommen, daß die Erde eine Stätte der Buße für gefallene Engel ist und daß wir nach unserem Tod von Dämonen gepeinigt werden, in einen anderen Körper zu schlüpfen, wobei der neue Gastkörper vom jeweiligen Grad des Verdienstes abhängt. Die Reinkarnation wird anhand von zahlreichen Geschichten wie die von dem einen bewiesen, dem wieder einfiel, wo er in seinem vergangenen Leben als Pferd einen Huf verlor und dieser Huf dann wie vorhergesagt an der bezeichneten Stelle auftauchte. Wir haben auch gehört, daß es überhaupt keine fleischliche Auferstehung gibt.

Wir haben gehört, daß es kein Fegefeuer gibt oder daß es neunmal heller als Feuer ist, daß achtzehn Engel die Guten dort hindurchgeleiten, wobei sie einen Tag in jedem der sieben Himmel verweilen. Im Himmel gebe es Weiden, Savannen, Dschungel und Vogelgesang. Es gibt keinen Hunger und keine Lepra, und die Menschen kleiden sich in eine »Lichtrobe« und fordern die Kronen zurück, die sie vor ihrem Fall als Satans Engel trugen.

Wir haben erfahren, daß es keinen freien Willen gibt; jemand ist Engel oder Teufel durch Prädestination, weshalb Buße und gute Lebensvorsätze sinnlos sind. Diese Lehre wird mit der göttlichen Vorsehung gerechtfertigt und dazu benutzt, absolute Libertinage gutzuheißen, sogar Inzest eingeschlossen.

Wir haben gehört, daß alle von einem sündigen Priester verabreichten Sakramente null und nichtig sind und daß dies auf alle bisher gegebenen Sakramente zurückdatiert wird. Und so strömen die Menschen zusammen, um sich neu taufen zu lassen, wenn sie entdecken, daß ihr Priester gesündigt hat.

Von fleischlichen Dingen wird berichtet, daß die Ehe »dämonisch« sei und ehelicher Verkehr daher »legalisierte Unzucht«. Das bedeutet, daß es genauso sündhaft ist, verheiratet zu sein wie vorehelichen Verkehr zu pflegen, was den letzteren rechtfertigt, da die Verurteilung wegen Sündhaftigkeit in jedem Fall sicher ist.

Die Menschen haben sonderbare Verbote eigener Art erfunden, eine heterogene Sammlung satanischer Dinge. So gibt es Personen, die kein Fleisch essen wollen, weil es vom Teufel geschaffen ist, und auch nicht Käse, Eier oder Milch, doch sie essen Fische, weil die »eine spontane Erzeugung des Wassers« sind. Viele wollen keinen Eid schwören und zitieren dazu Matthäus 5, 33–37, was heißt, daß sie keine Ehe eingehen werden, weil sie nicht bereit sind, das Gelübde abzulegen. Aus dem gleichen Grund weigern sie sich, Paten zu werden. Für andere wiederum sind Insekten, Fische und Läuse diabolisch, so wie Schlangen, Frösche, Kröten, Eidechsen und Mäuse. Es gibt Scharen von Bettelmönchen, die unter dem Vorwand die Arbeit verweigern, daß Arbeit eine vom Teufel geschaffene Welt aufrechterhalten hilft. Sie leben auf Kosten der unwissenden Armen, die sie nichtsdestoweniger gern unterstützen. Einige von ihnen betrachten das Essen als Arbeit und hungern sich zu Tode, um das Fleisch zu geißeln.

Unter den seltsameren Glaubensformen, die wir allgemein verbreitet gefunden haben, sind folgende: daß Pontius Pilatus für die vierzig Silberlinge des Judas Zinsen zahlte, daß es viel Glück bringt, das Johannes-Evangelium auf dem Kopf zu tragen, daß nur die Vollkommenen das Vaterunser sagen dürfen (und so beten es die meisten Menschen überhaupt nicht und stopfen sich die Ohren zu, wenn es im Gottesdienst vorkommt), daß Gott das Böse geschaffen hat, um etwas zu haben, gegen das er sich selbst begreifen kann, daß sich jemand ins Böse stürzen muß, um es zu verstehen und zu überwinden, daß das Himmelreich erst kommen wird, wenn die letzte Seele gerettet ist, einschließlich die Satans.

Wir könnten Eure Eminenz mit der Fortsetzung dieses Abschnitts in unserem Bericht erschöpfen, aber um es kurz zu machen, sollte die Feststellung genügen, daß es in unserem Land eine Unzahl von Häresien gibt. Wir haben Arianer, Waldenser, Mazdaisten, Zervaisten, Albigenser, Manichäer, Bogumilen, Theosophen, Paulizianer, Nestorianer, Monophysiten und Hussiten entdeckt. Wir fanden zahlreiche gnostische Gruppen, einschließlich einer, die tatsächlich das Heil durch oralen Verkehr predigte, aber dennoch aus Mitgliedern bestand, die sich ernsthaft als Katholiken ausgaben. Wir fanden eine Nonne, die in verwahrlostem Zustand über Land wanderte und verkündete, daß die römische Kirche »die Hure der Apokalypse, die Synagoge Satans, ein Monument toter Steine« sei; doch um den Hals trug sie ein Medaillon mit dem Bild Seiner Heiligkeit, das sie häufig mit mehr als religiöser Inbrunst küßte. Vor allem mußten wir erleben, daß überwiegend ein Kathenotheismus praktiziert wird, womit wir die Gepflogenheit meinen, jedwede Gottheit als das höchste Wesen zu behandeln, die jemand gerade in irgendeinem gegebenen Augenblick anruft.

Abschließend geben wir unsere übereinstimmende Meinung kund, daß unsere Nachforschungen zwei Dinge offenbaren. Das erste ist, daß die religiöse Phantasie des Volkes beileibe nicht tot ist. Wir sind auf eine außergewöhnliche Lebhaftigkeit in Glaubensdingen gestoßen. Die Menschen stecken große intellektuelle Energie in das Entwerfen von Theologien, diskutieren darüber und beachten die von ihnen ausgearbeiteten Vorschriften. Das enthüllt eine tiefe Spiritualität, die in künstlerische Bestrebungen überfließt und jeden Aspekt des Lebens durchdringt. Wir glauben, daß dies ein Grund für große Freude sein sollte, weil es darlegt, bis zu welchem Ausmaß wir auf bereits fruchtbarem Boden stehen.

Als zweiter Sachverhalt ergibt sich, daß dieser Boden unbestellt ist, diese Schafe unbehütet sind. Wir weisen noch einmal darauf hin, daß viele dieser Glaubenslehren von der Priesterschaft geteilt werden, was auf einen erschreckenden Mangel an Ausbildung und pastoraler Unterstützung hinweist. Wenn wir dies bedenken, können wir von bizarren und heterodoxen Glaubenssätzen unter den Laien gar nicht überrascht sein. Zweitens stellen wir fest, daß es ein ernster Rückschritt war, so viele von der Kirche unterstützte Schulen mit der Begründung zu schließen, daß nur politisch radikale Priester und Nonnen in ihnen zu arbeiten bereit wären. Das hat weitverbreitetes Unwissen unter den Jugendlichen zur Folge gehabt, was nicht nur den Glauben betrifft, sondern alles übrige auch.

Wir empfehlen entschieden, daß sehr große Geldsummen veranschlagt werden sollten, (a) um unsere Seminare und Missionen personell, betrieblich und ausstattungsmäßig ordentlich zu versorgen, (b) um alle geschlossenen Missionen und Schulen wieder zu eröffnen und (c) um diese schulischen und missionarischen Dienste im ganzen Land zu verbreiten, bis jeder Bürger in der Lage ist, religiöse Fragen mit seinem Gewissen zu beantworten, und er über die einschlägigen Fakten und Argumente vollständig informiert ist. Wir empfehlen des weiteren nachdrücklich, daß die Kirche sich darauf einstellt, ihr Augenmerk etwas von denjenigen zu verschieben, die gegenwärtig unsere größte Aufmerksamkeit und Tröstung genießen (die fromme Mittelschicht), und sich erneut den Bedürftigen und Sündigen zuwendet, wie Unser Herr es uns geheißen hat. Wir sind einhellig der Ansicht, daß das Geld auf diese Art der Welt mehr dienen würde, als wenn es in festverzinslichen Schweizer Bankkonten verbleibt oder in die kirchliche Minengesellschaft investiert wird.

12
Wie wir die Traktoren von Chiriguaná nach Cochadebajo de los Gatos brachten

Ich glaube, ich habe schon erwähnt, daß ich beim Wiederaufbau meines Hauses den uralten dreirädrigen Traktor von Antoine benützen konnte – eine Maschine, die für das Manövrieren auf den steilen Gebirgswegen ideal ist, und ich kann gut und gern behaupten, ich hatte mehr als nur ein bißchen mit dessen Eintreffen hier zu tun, was die Blasen an meinen Händen damals zur Genüge bewiesen.

Tatsächlich haben wir hier im Ort zwei Traktoren zur Verfügung, was wahrhaftig ein Wunder ist, weil die Stadt für Fahrzeuge absolut unerreichbar ist, wie geländegängig sie auch sein mögen. Der andere Traktor gehört Don Emmanuel, und den haben wir damals als ersten geholt, kurz nachdem ich angekommen war, um mich häuslich niederzulassen, und auch kurz bevor ich von Ena und Lena in meine köstliche Gefangenschaft gelockt wurde. Die beiden haben nun Töchter geboren, und die beschäftigen mich heutzutage so sehr, daß es ein weiteres Wunder ist, daß ich überhaupt die Zeit finde, das alles niederzuschreiben.

Ich sollte übrigens erwähnen, daß Wunder hier in der Gegend gar nicht so selten sind. Ich würde mein eigenes Leben verwetten, daß dies der einzige Ort auf der Welt ist, wo ein Mann seinem eigenen Vorfahren in Fleisch und Blut begegnen kann, was, wenn mir die Abschweifung gestattet ist, Dionisio Vivo widerfuhr.

Offenbar hat sich bei der Besiedlung dieser Stadt seinerzeit eine Lawine gelöst, welche die gefrorenen Leichen einer ganzen Militärexpedition aus dem Jahr 1533 freilegte. Der Anführer damals war Conde Pompeyo Xavier de Estremadura, ein spanischer Adliger, der sowohl der spanischen wie der portugiesischen Monarchie gedient hat. Aurelio, der *brujo*, hat es irgendwie geschafft, diese

Kerle, einschließlich des Grafen, wieder zum Leben zu erwecken. Soviel ich weiß, lösten sie mit ihrem arroganten Benehmen in der Stadt einen Aufruhr aus, bis Hectoro Mittel und Wege fand, sie zurechtzustutzen. Das entbehrt nicht einer gewissen Ironie, da Hectoro selbst wie ein Konquistador aussieht und auftritt, und sein Gesicht ähnelt sehr dem des Conde.

Der Conde war und ist immer noch aufgrund seiner Auferstehung merklich desorientiert; er weigert sich, lesen zu lernen, weil er behauptet, daß nur Mönche damit was anfangen können, er bedroht Leute, die ihn verstimmen, mit der Rache des spanischen Königs, und er spricht von den Ereignissen des sechzehnten Jahrhunderts, als wären sie erst gestern geschehen. Er verbreitet, daß einer im Himmel jagen und »zu den Huren« gehen kann, was sich von einem strenggläubigen Katholiken jener Zeit sehr merkwürdig anhört. Um ihn kümmert sich Remedios, die Anführerin oder Exanführerin der Vorhut des Volkes, und ich möchte meinen, daß sie die einzige Frau mit einem ausreichenden Maß an Seelenstärke hier ist, die es mit ihm aufnehmen kann. Ich zweifle nicht daran, daß sie ihn innig liebt, aber ich erinnere mich, daß sie einmal – als er wegen einer Delle in seinem Harnisch, die er ihr anlastete, weil sie das gute Stück fallen gelassen hatte, in aristokratischer Rage war und ihr mit seinem Degen vor der Nase mit der Drohung herumfuchtelte, er würde ihr die Nase so aufschlitzen »wie damals dem Mohren in Cordoba« – ohne ein Wimpernzucken an ihm vorbeiging und die Rüstung aufhob. Sie trug sie auf die *plaza* hinaus, legte sie an den Fuß des Jaguarobelisken und schoß mit ihrer Kalaschnikow vier Löcher hinein. Dann strich sie ihren schwarzen Pferdeschwanz nach hinten, marschierte mit prachtvoll blitzenden Augen wie eine Königin zurück ins Haus und ließ den Grafen, dessen ganze Rage vor Verblüffung verpuffte, mit offenem Mund stehen.

Der Conde neigt zur Verwunderung, so auch, als er den Hubschrauber kommen sah, der die Traktoren holen sollte, und als er Dionisio Vivo erstmals von Angesicht zu Angesicht erblickte. Tatsächlich haben sie beide dieselben enervierend blauen Augen, wahrscheinlich aus dem bereits erwähnten Grund, daß der Conde Dionisios Vorfahre ist.

Dionisio schlenderte in Begleitung seiner beiden Jaguare, die noch größer als meine sind, lediglich die Straße entlang, als plötzlich der Conde aus seiner Tür herausstürmte, ihm mit dem Degen vor dem Gesicht herumfuchtelte und ihm wiederum drohte, die Nase aufzuschlitzen »so wie dem Mohren in Cordoba«. Dionisio sagte etwas zu den beiden Tieren, die darauf den Conde ansprangen und ihn mit ihrem ungeheuren Gewicht zu Boden drückten. Ich sollte hier in Klammern anfügen, daß dies ein weiteres Wunder ist, da sonst keine unserer Katzen auf das hört, was ihr gesagt wird. Dionisio wartete in aller Ruhe, bis der Conde mit seinem fürchterlichen Schwall an archaischen Flüchen und Verwünschungen fertig war, und wollte dann wissen, warum er so grob angefahren worden war. »Ihr habt meinen Ring gestohlen, der mir vom König von Portugal geschenkt worden ist«, verkündete der Graf, »und ich will ihn wiederhaben, sonst laß ich Euch köpfen und die Diebeshände den Raben vorwerfen.«

Dionisio trug zwei Ringe, beide an der linken Hand. Einer war ein Frauenring, den er am kleinen Finger hatte, und den anderen nahm er ab und hielt ihn dem Grafen vor die Augen. »Dieser Ring?« wollte er wissen, und der Conde bestätigte: »Bei Gott ja, dieser Ring.«

»Der wurde einem Vorfahren von mir, dem Conde Pompeyo Xavier de Estremadura geschenkt. Der König von Portugal hat ihn ihm aus Dankbarkeit für irgendeinen schändlichen Söldnerdienst überreicht, und er ist seitdem in meiner Familie weitervererbt worden. Er gehört dir nicht.«

Der Conde zeigte seine übliche perplexe Miene und stotterte: »Aber ich bin der Conde Pompeyo Xavier de Estremadura. Ich höchstselbst.«

»Wenn du das wirklich bist, dann hängt dein Porträt im Haus meines Vaters, mit genau diesem Ring. Jedenfalls hat es keine große Ähnlichkeit mit dir, muß ich sagen.«

»Das war ein Hundsfott von einem Maler«, sagte der Graf, »und ich habe ihm nur die Hälfte der Kronen gezahlt, die ich ihm schuldete, der Teufel möge sein Herz verrotten lassen.«

Wie dem auch sei, ich merke, daß diese Abschweifung uns nicht zu der Erklärung weiterführt, wie wir die Traktoren in die Stadt brachten, und ich sollte sie wohl mit der Aussage abschließen, daß sich Dionisio um die Umerziehung seines Vorfahren bemühte und ihn gleichzeitig als unschätzbare Quelle für entlegene historische Auskünfte hernahm, auch um Lücken in seinem Stammbaum aufzufüllen. Ich sollte wohl noch hinzufügen, daß der Conde in letzter Zeit darauf drängt, Dionisios Vater kennenzulernen, da er sich in dem Glauben wiegt, wenn dieser ein General ist, sollte er wohl kriegerisch genug sein, um etwas mit ihm gemeinsam zu haben.

Doch General Hernando Montes Sosa ist in Wirklichkeit so weit von der Barbarei entfernt wie sein Vorfahre von der Kultur, und wir haben es ihm zu verdanken, daß die beiden Traktoren in die Stadt kamen.

Soweit ich mich erinnere, war es kurz nach der Schlacht von *Doña Barbara*, der Folge eines unausgereiften Bildungsprojekts von Dionisio und Professor Luis, als der erstere verkündete, er könne seinen Vater dazu bewegen, einen Kampfhubschrauber zu besorgen, damit die Traktoren aus dem Schlamm im Mulabecken ausgegraben und hergeflogen werden konnten. Dagegen gab es beträchtliche Einwände, weil niemand etwas mit der Armee zu tun haben wollte. General Fuerte und Capitan Papagato nicht, weil sie beide desertiert waren, und die übrigen nicht, weil sie unvorstellbar gelitten hatten unter der Verfolgung durch die Armee.

Dionisio bestand jedoch darauf, daß sein Vater Demokrat sei und die Streitkräfte nun fest unter demokratischer Kontrolle stünden. Er wies darauf hin, daß General Fuerte und Capitan Papagato an dem betreffenden Tag ja einfach nach Santa Maria Virgen gehen könnten und daß es nun eine Amnestie für Guerilleros gebe, seit die vielen kommunistischen Parteien legalisiert worden waren. Er wies ferner darauf hin, daß sowieso keiner ehemalige Freischärler hier in der Stadt kenne, aus dem einfachen Grund, daß niemand außerhalb der Gegend überhaupt wisse, daß Cochadebajo de los Gatos existiere. »Wenn ihr wollt«, sagte er, »werde ich den Hubschrauber in Ipasueño treffen, und nach dem Abflug werden dem Piloten die Augen verbunden, und ich lotse ihn dann hierher. Auf die Art wird er nie wissen, wo er gewesen ist. Ich werde ihn davon überzeugen, daß es eine Sonderübung der Armee ist, und dafür sorgen, daß ihm mein Vater eine Medaille oder irgendeine Tapferkeitsurkunde verleiht.«

Dionisios Vater vertrat die Auffassung, da die Armee im Dienst des Volkes stand, sollte sie ihm in Friedenszeiten auch dienen. Natürlich wußte er nichts von dem Plan mit dem Augenverbinden, und so stimmte er dem zu, was sein Sohn ihm am Telefon erklärte. Er ging auch darauf ein, daß der Kampfhubschrauber auf der *plaza* von Ipasueño auf ihn warten und der Pilot unter seinem Kommando stehen sollte. Und genauso geschah es.

Die riesige Maschine landete auf dem Platz in Ipasueño und verursachte ein infernalisches Chaos, als alle ausrissen und ihre Sombreros vom Rotorenwind davongeweht wurden. Dionisio stieg mit seinen zwei Jaguaren ein, womit er dem (noch kursierenden) Mythos Vorschub leistete, sie seien mit dem vom Hesekiel beschriebenen Feuerwagen gen Himmel gestiegen. Dionisio schaffte es auch irgendwie, den Piloten zu überreden, daß es zum Einsatzplan gehörte, Erfahrung im Blindflug zu sammeln. Er kam mit der verwegenen Hypothese daher, daß ein durch einen Gasangriff erblindeter Pilot unter Umständen seine Crew nach mündlichen Anweisungen ausfliegen müsse. Ich sollte hinzufügen, daß auch vier Mitglieder des Regiments der Luftwaffeningenieure an Bord waren, aber sie befanden sich im hinteren Teil und hätten sich die Route nicht einmal merken können, wenn sie es gewollt hätten.

Ich weiß nicht, woher Dionisio Vivo den Luftweg kannte (die Leute meinen, er könne viel mehr, als er sich den Anschein gibt), jedenfalls landete die Maschine auf unserem Hauptplatz und löste eine ähnliche Konfusion wie in Ipasueño aus. Die zur heißen Mittagszeit aufgewirbelte Staubwolke war von besonders erstickender Qualität, und mindestens ein unschuldiges Hühnchen besiegelte sein Schicksal im Rotorenwirbel, worauf eine im Verhältnis zu seiner Größe unverhältnismäßig große Menge Blut und Federn umhersprietze.

Zu dieser Reise brachen Antoine und Don Emmanuel auf, da es sich um ihre Traktoren handelte, des weiteren ich (auf Einladung Antoines), Aurelio, der Dionisio als Navigator ablöste, Sergio und Misael. Das hieß, daß wir zusammen mit den vier Luftwaffeningenieuren und dem Piloten elf Leute waren, die mit Spaten und Schaufeln die Traktoren ausgraben sollten, doch da wäre noch Platz für viel mehr Leute gewesen in dieser riesigen Kriegsmaschine, die unserer Regierung wahrscheinlich von den Yankees im Austausch für Dollar-Bananen und -Smaragde verkauft wurde.

Aurelio verband dem Piloten nicht die Augen, er versicherte, der

Pilot würde sich am Ende der Reise nicht mehr dran erinnern können, wo er gewesen war. Während der ganzen Strecke rauchte
Aurelio ein übelriechendes Kraut, wobei er sagte, das werde genau
diesen Zweck erfüllen. Er trug wie üblich die traditionelle Kleidung seines Volkes, sogar mit dem langen Zopf, der heutzutage bei
einem Aymara eigentlich kaum mehr zu sehen ist.

Don Emmanuel benahm sich wie üblich wieder stark daneben,
und ich habe noch gut in Erinnerung, wie er aus der Schiebetür urinierte, »weil ich es schon immer genossen habe, Löcher in den
Schnee zu pinkeln«. Er schien vergessen zu haben, daß er dreihundert Meter über dem Boden schwebte, der keine sanfte Ladung
verhieß. Er trug kein Hemd, da er nicht mit der extremen Kälte in
der Höhe gerechnet hatte, und im Nabel hatte er ein kleines, schon
grau werdendes Baumwollbällchen. Er behauptete, dies sei mit
Alkohol getränkt, und er trage es, weil Felicidad es sich eines
Abends in den Kopf gesetzt habe, die grundlosen Tiefen besagten
Nabels mit ihrem Zeigefinger zu erforschen, und verkündet habe,
sie wären sowohl muffig wie voller Flaum. Er beteuerte, er würde
gerne eine Kampagne gegen »Moosbeeren« dieser Art führen, und
wirkte überaus niedergeschlagen, als er feststellte, daß dieses Bäll-
chen während des Pinkelns von der Zugluft mitgerissen worden
war, woraufhin Misael bemerkte, diese Schmach wäre ihm erspart
geblieben, wenn sein Bauch nicht so vorstünde

Die Reise dauerte bloß eine Stunde, was Sergio erstaunte; für den
Fußmarsch mit den Rindern und den Mulizügen, sagte er, hätten
sie mehrere Tage gebraucht. Es war eine spektakuläre Strecke. Wir
flogen in geringstmöglicher Höhe in den Tälern zwischen den Gipfeln, weil es wärmer war und nach Aussage des Piloten Treibstoff
sparte. Wir sahen zahlreiche, über die *pajonales* verstreute winzige
Indiosiedlungen und Herden von Vicunjas und Lamas in wilder
Flucht. Wir sahen auch die längst erschöpften Minen, die einst die
Schatztruhen der Häuser Kastilien und Aragon gefüllt hatten. An
einer Stelle lösten die Vibrationen des Hubschraubers einen spektakulären Schneeabgang aus; von unserer Position aus sah die
Schneekaskade ganz harmlos, majestätisch und wunderschön aus,
aber Gott bewahre, wenn jemand sich darunter befunden hätte.
Ein lähmenderer Tod läßt sich nicht vorstellen.

Es wurde deutlich, daß Aurelio uns über ständig geringere Höhen führte, weil die Luft selbst in der Kabine allmählich greifbar dichter und drückender wurde und die Vegetation unter uns schon üppiger und waldartiger geworden war. Als wir über einen Waldstreifen flogen, sahen wir eine dünne Rauchfahne, und Aurelio sagte, dort räuchere seine Frau Gummi. Von Aurelio hieß es, er könne gleichzeitig bei seiner Frau im Dschungel und bei uns in Cochadebajo de los Gatos sein, und niemand könne sagen, welcher der wirkliche Aurelio sei, nicht einmal Carmen.

Als wir den Wald überquert hatten, schwebten wir über dem Mulabecken. Sergio und Misael erstaunte der Anblick ungeheuer, weil sich seit der Zeit vor der Flut, da sie dort gewohnt hatten, die Beschaffenheit des Landes vollständig verändert hatte. Außer den Hausdächern war nichts mehr wiederzuerkennen, und selbst die waren von Jungwuchs fast unkenntlich gemacht. Der Regenwald eroberte sich das Land wieder, was Aurelio eine große Genugtuung zu geben schien. Im Zusammenhang damit erzählte er uns, daß Gott von allen Pflanzen am liebsten den Kaktus entwarf, während er von allen Tieren am liebsten die *dormidera* erschuf. Dabei handelt es sich um eine riesige schwarze Anakonda, die so fest schläft, daß ihr Schnarchen alle anderen Dschungeltiere wach hält, nicht nur wegen des Dröhnens, sondern auch, weil ihr scharfer Mundgeruch das Einschlafen verhindert.

Misael und Sergio erkannten das Dach von Doña Constanzas Hazienda und bekamen einen Lachanfall, von dem sie sich fast nicht mehr erholten. Don Emmanuel erklärte mir, es käme daher, daß die Mula ihren Lauf so stark verändert habe, daß sie nun direkt durch Doña Constanzas Swimmingpool verliefe. Was daran witzig sein sollte, wurde mir nicht klar.

Wir flogen weiter zu der Stelle, wo Don Emmanuels Hazienda gestanden hatte, und der Hubschrauber mußte erst einmal darüber schweben, während die vier Luftwaffeningenieure sich an einer Winde abseilten, um einen Landeplatz freizumachen. Als dies erledigt war, konnten wir aufsetzen, mußten uns dann aber den Weg zum Traktorschuppen freihacken. Dort stellten wir fest, daß Traktor wie Schuppen eineinhalb Meter tief in angeschwemmtem Dreck steckten und vollständig von Lianen umwunden und überwuchert waren.

Es war Mittag, und die intensive Hitze unten auf der Ebene machte einen ganz benommen. Nehmen Sie noch die infernalischen Belästigungen durch Insekten hinzu, dann werden Sie zu würdigen wissen, daß es für mich eine purgatorische Erfahrung war, die ich hoffentlich nie wieder durchmachen muß. Der einzige Lichtblick war, daß wir viele Tiere sahen, die überhaupt nicht scheu waren, weil sie noch nie einen Menschen gesehen hatten. Wir sahen einen Mähnenwolf, der exakt wie ein Fuchs auf Stelzen aussah, einen Wickelbär, der sich als Ast tarnte. Wir sahen einen Ameisenbär, der sein Junges auf dem Rücken trug, und ein Wasserschwein, das Aurelio »den Meister des Grases« nannte. Dazu sahen wir noch eine Boa, eine Peitschenschlange und einen Teju, der ein Vogelei im Maul trug. Das Wasserschwein ergab eine sehr gute Mahlzeit, als wir alle wieder daheim waren.

Wir schwitzten und stöhnten beim Abtragen des Schuppendachs, und wir schwitzten und stöhnten genauso beim Entfernen des Bewuchses und beim Ausgraben der Maschine. Der in meine offenen Blasen sickernde Schweiß war eine Marter. Insgesamt brauchten wir drei Stunden für die Arbeit, was uns wie eine Ewigkeit vorkam, aber schließlich hat es sich allein deswegen gelohnt, was der Pilot Don Emmanuel antat.

Don Emmanuel befiel, glaube ich, eine Niedergeschlagenheit, als er sah, was mit seiner Hazienda passiert war, und er verlor seine übliche gute Laune. Zuerst richtete er seine pittoresken Flüche gegen den Traktor, die Insekten und die Lianen, aber zum Schluß fluchte er auch auf uns alle. Sein roter Bart glitzerte vor Schweiß, der ihm von der Stirn rann, und sein fülliger Bauch war tiefrot verfärbt.

Der Pilot war ein sehr großer Schwarzer mit distinguierten Manieren, und er war auch intelligent – Schwachköpfe dürfen Kampfhubschrauber nicht fliegen. Er sagte zu Don Emmanuel: »Ich glaube, wir sollten einen Tunnel unter dem Traktor graben, damit wir die Kabel unten durchziehen können.«

Don Emmanuel sah ihn finster an und fragte: »Haben Sie einen Hund?«

»*Si, señor*«, erwiderte der Pilot.

»Na dann«, sagte Don Emmanuel, »ist Ihr Hund Ihre Mutter.«

Betroffenes Schweigen trat ein, doch dann brachen alle außer Aurelio, der ungeheure Achtung vor Hunden hat, in Lachen aus.

Der große Pilot grub ein paar Augenblicke einfach weiter, aber dann richtete er sich auf und sagte: »Der nächste, der lacht, kann schauen, wie er allein heimfindet.« Augenblicklich verstummten wir alle. Aber Don Emmanuel ließ sich nicht beirren. »Ihre Mutter hat so viel von einem Mann, daß sie eigentlich Ihr Vater ist«, meinte er und fügte hinzu: »Und Sie tragen einen Bart zur Erinnerung an sie.«

Der Pilot sagte nichts, doch als wir den Traktor mit Kabeln an den Hubschrauber gehängt hatten und einsteigen wollten, stellte sich der Pilot Don Emmanuel in den Weg und hielt ihm einen Helm wie für einen Motorradfahrer und einen dick gefütterten Anzug hin. »Das tragen wir gegen die extreme Kälte in großen Höhen«, sagte er.

Don Emmanuel schaute verdutzt.

»Sie steigen nicht in meine Maschine«, sagte der Pilot. »Ziehen Sie das an, und steigen Sie auf Ihren Traktor.«

Wir sahen, daß Don Emmanuel schon protestieren wollte, aber der große Pilot trat dicht vor ihn hin und starrte auf ihn herab, während er ihm den Anzug entgegenhielt. Er sagte nur noch: »Sie können auch zu Fuß gehen.«

Sanftmütig wie ein Alpaka zog sich Don Emmanuel die Fliegermontur an und kletterte auf den Traktorsitz. Auf dem ganzen Heimweg saß er an die Kabel geklammert, während der Pilot so tief über dem Boden flog, wie es nur vorstellbar ist. Ich bin bereit, drauf zu wetten, daß Don Emmanuel nicht nur starr, sondern komplett steif gefroren wurde, als wir in die Sierra kamen. Wir schauten aus den Türen und sahen, wie er heftig die Truthahngeier und Alcamarinivögel abwehrte, die sich auf ihn stürzten, und wir alle schworen danach, es sei das Beste gewesen, was wir je gesehen hätten.

Als wir zurück waren, war es zu spät, um noch Antoines Traktor zu holen, und so entschieden wir, das erst am nächsten Tag zu erledigen. Aber als wir uns im Morgengrauen versammelten, da kamen Remedios, Consuelo und Dolores bis an die Zähne bewaffnet des Wegs. Misael sagte: »*Madre de Dios*, die sind gekommen, um sich an der Armee zu rächen.«

Doch dem war gar nicht so, denn Remedios sagte: »Ihr Männer steigt jetzt aus, heute ist Frauenflugtag.« Sergio brachte Einwände vor, sagte Sachen wie: »Ay, ay, das ist Männerarbeit, ihr hübschen Dinger solltet zurück an den Herd«, aber das war das Schlimmste, was er hätte tun können. Dolores holte mit ihrer *mochila* aus, die wie ein Schuß aus einer Pistole gegen sein Ohr krachte. Dolores hatte ihre Umhängetasche stets mit Paranüssen gefüllt, um jeden Mann zu bedrohen, der ihre Annäherungen ablehnte, doch dieses Mal war ihr ein Hubschrauberflug wichtiger als einhundert Pesos für eine gute Nummer.

Also zogen wir Männer uns zurück, und die Frauen brachten Antoines Traktor rechtzeitig her, obwohl Consuelo danach die Mär verbreitete, daß Dolores während der Arbeitspausen alle vier Soldaten und den Piloten genossen hatte, aber die wiederum verbreitete, daß Consuelo bloß eifersüchtig sei. Während der Fiesta, die abgehalten wurde, um den Angehörigen der Streitkräfte einen Dank abzustatten, hatten sie eine Auseinandersetzung und störten die Rede von Remedios, in der sie der Armee einseitig den Frieden erklärte und die förmliche Auflösung der Vorhut des Volkes verkündete. Als die Rauferei vorbei war, sagte Remedios, daß die Armee künftig so oft helfen könne, wie sie mochte, solange es Leute aus den Einheiten unter dem Kommando von General Hernando Montes Sosa wären. Tatsächlich kamen sie später wieder per Hubschrauber mit zehn Fässern Sprit für die Traktoren und drei Maschineningenieuren, um die Traktoren auseinanderzunehmen und wieder fahrtüchtig zu machen.

Don Emmanuel aber machte bei der Fiesta seinen Frieden mit dem Piloten; doch als der Pilot aufbrach, sagte er mit einem strahlend weißen Lächeln in seinem schwarzen Gesicht: »Und dich, du Sohn einer räudigen Hündin, hat deine Großmutter von deinem Bruder bekommen.« Er schüttelte Don Emmanuels Hand so heftig und drückte so fest zu, daß Don Emmanuel als Erwiderung bloß einfiel: »Na gut, *cabrón*, du bist ganz in Ordnung.«

13
Seine Eminenz fällt eine schicksalhafte Entscheidung

Seine Eminenz Kardinal Dominic Trujillo Guzman legte den Bericht des Inquisitionsamts auf den Schreibtisch und murmelte dabei ganz gegen seinen Charakter eine Obszönität, worauf er sich aber sofort bekreuzigte und die Augen zum Himmel aufschlug, auf daß ihm vergeben werde.

Er trat ans Fenster und blickte über die Stadt, die malerisch im gewohnt kurzen, aber spektakulären Sonnenuntergang versank. Ein übler Gestank stieg ihm in die Nase und verscheuchte vollständig den momentanen Frieden, der seinem Zornausbruch gefolgt war. Er beugte sich aus dem Fenster und sah, daß im Fluß drunten ein toter Eber vorbeitrieb, den ein Königsgeier zierte, emsig bemüht, sein aufgedunsenes Floß zu durchlöchern. Als der Eber und sein Passagier davongetrieben waren, bemerkte Seine Eminenz einen neuen Geruch und sah ein hinter einem Busch Unzucht treibendes Pärchen. Und ihm gegenüber stand wie üblich die kleine Schar frommer, schwarz gekleideter Witwen, die abends immer dort warteten, damit er sie segnete, wenn er am Fenster erschien. Er hob die Hand zum Gruß, erinnerte sich aber gerade noch rechtzeitig, die nachlässige Geste in eine segnende umzuwandeln. Die Frauen bekreuzigten sich und ratterten im Eiltempo eine Dekade des Rosenkranzes herunter, bevor sie in der einbrechenden Dunkelheit verschwanden. Seine Eminenz zog die Luft ein und identifizierte den neuen Geruch.

»Don Susto«, rief er, »bitte zu mir.« Sein Sekretär trat ein. Don Susto war ein kleiner Franziskaner, der eine ständig laufende Nase und wegen seiner hartnäckigen Neigung, stets Sandalen zu tragen, Dreck unter den Zehennägeln hatte. Er nahm seine Berufung sehr ernst, und so war es eine Marter für ihn, daß er aus seinem Kloster geholt worden war, um im Palast unter einem Herrn zu dienen, dessen Schwächen ihm nur zu deutlich in die Augen fielen. Mit seinen sechzig Jahren, ausgelaugt vom lebenslangen Beten auf Steinböden, von kärglichen Mahlzeiten und vom Aufstehen um fünf Uhr früh, oft ohne Notwendigkeit, war Don Susto vorzeitig gealtert. Er war eingefallen und gebückt, nur ein paar Haarsträhnen sprossen verloren auf seinem Skalp, und sah dürr wie ein Skelett aus. Von seinen vielen Tugenden schätzte Seine Eminenz am meisten seine Gewissenhaftigkeit, und sein einziges Laster bestand darin, bei weit geöffnetem Zellenfenster heimlich eine Pfeife zu rauchen. Vierzig Jahre lang hatte er in panischer Angst gelebt, von seinen Oberen dabei ertappt zu werden, und würde die Sünde erst auf seinem Totenbett beichten. Er sollte verdutzt sterben, weil er von seinem Beichtvater erfuhr, daß Pfeifenrauchen nicht einmal eine läßliche Sünde sei.

Der treue Sekretär schlurfte mit einem Hauptbuch unter dem Arm herein, und Seine Eminenz rief ihn ans Fenster. »Bestimmen Sie mal diesen Geruch«, sagte der Kardinal, »und sagen Sie mir, ob es das ist, was ich mir denke.«

Don Susto beugte sich über die Fensterbank und zog die übelriechende Luft ein. »Ich glaube, es ist Urin«, meinte er, »das ist leider ein Zeichen der Zeit.«

»Welcher Zeit?« wollte der Kardinal wissen. »Gibt es überhaupt eine Zeit, in der der Fluß am Palast so übelriechend zu sein hat?«

»Das kommt von *los olvidados*«, sagte Don Susto. Der Kardinal zog hochmütig die Nase hoch, da er den Verdacht hatte, gleich eine Lektion über soziale Fragen zu erhalten, und fragte: »Und wer sind diese ›Vergessenen‹?«

Don Susto bemühte sich, seine Verwunderung über diese Frage zu unterdrücken, und erwiderte: »Es sind die ganz Armen, Eure Eminenz. Sie haben vor der Stadt eine *favela* errichtet, die sehr schmuddelig ist. Ihr Anblick bricht einem das Herz. Sie haben keine Kanalisation, weshalb sie zum Fluß gehen, obwohl sie von ihm auch ihr Wasser beziehen.«

Der Kardinal verzog angewidert das Gesicht. »Die sollten entfernt werden. Zweifellos ist dort ein Nest der Gaunerei und Prostitution.«

»Bloß wohin?« fragte Don Susto. »Sie haben sich weit über die klassischen Ruinen im Incarama-Park hinaus breitgemacht, und nach ihrer Vertreibung haben sie sich einfach wieder eingefunden. Es sind wahrlich die verlorenen Seelen unserer Zeit, aber sie haben Mut, Eure Eminenz.«

»Wie das, Don Susto? Die sind doch bloß kraftlos und gleichgültig, nichts weiter.«

»Es stimmt, daß sie ungebildet sind und ihre Moral häufig zu wünschen übrig läßt, Eure Eminenz, aber sie sind Meister der Improvisation. Bei jedem Regen werden ihre Pappbehausungen davongeschwemmt, doch vierundzwanzig Stunden später sind alle wieder aufgebaut. Sie bereiten köstliche Eintöpfe aus Ratten und Sandalenleder zu, sie leben davon, über die Müllhalden auszuschwärmen und sie nach Verwertbarem zu durchkämmen, und auf diese Art ähneln sie Lazarus, Eure Eminenz. Sie leiden unter Typhus und Cholera, feiern aber dennoch den besten Karneval in der Hauptstadt.«

»Karneval ist eine heidnische Abscheulichkeit, Don Susto.« Lange herrschte Schweigen, als der Angesprochene seine Gefühle zum Thema zurückhielt, doch dann fragte der Kardinal: »Warum sind sie hier?«

»Einige sind vor der Anarchie in den Kokagebieten geflohen, einige sind Opfer der Mechanisierung und Unterbeschäftigung in der Landwirtschaft, einige sind Opfer der Neuorganisation der Latifundien, einige sind vor dem Gesetz in anderen Provinzen hierher geflohen, und einige hoffen, in der Hauptstadt das große Geld zu machen. Die meisten sind *cholos*, die nicht einmal Kastilisch sprechen. Eure Eminenz, ich wollte Ihnen schon vorschlagen, daß hier eine Gelegenheit wäre, Missionen vor der eigenen Haustür aufzubauen.«

Seine Eminenz zog die Nase hoch. »Wir sollten sie wieder dorthin bringen lassen, wo sie hergekommen sind, in die Obhut ihrer eigenen Priester. Aber es gibt noch etwas Wichtigeres, das ich mit Ihnen klären muß.« Er ging zum Schreibtisch und hob den Bericht des Inquisitionsamts auf. »Welche unfähigen Atheisten haben diese Karikatur eines Berichts zusammengestellt? Und welcher unfähige Einfaltspinsel hat sie für diese Ausgabe ausgewählt?«

Don Susto war vom Zorn in der Stimme des Kardinals betroffen und von seiner Heftigkeit verblüfft. »Das waren die Bischöfe von

Cúcuta, Asuncion und La Igualdad, drei der hervorragendsten Männer, Eure Eminenz.«

»Was? Diese Krypto-Kommunisten? Diese schäbigen Liberalen? Wer im Namen der Jungfrau hat sie ernannt?«

Don Susto dachte sorgfältig über den taktvollsten Weg nach, einzugestehen, daß er selbst sie ausgewählt hatte. »Ich habe mit Rom Rücksprache gehalten, wer die hervorragendsten Theologen im Land sind«, sagte er schließlich, »und diese Namen sind mir geschickt worden. Ich habe in gutem Glauben gehandelt, Eure Eminenz.«

Dem Kardinal verschlug es kurzzeitig die Sprache. Er legte den Stapel Papier, mit dem er herumgewedelt hatte, wieder auf den Tisch, und kehrte ans Fenster zurück, wo er aber wegen der üblen Luft gleich wieder zurücktrat. Er hob die Arme und ließ sie resigniert und verzweifelt wieder fallen. »Das reicht, um einen zum Protestanten zu machen«, bemerkte er. »Ich bitte um einen Bericht zur spirituellen Lage der Nation, und was bekomme ich zurück: eine fortwährende Attacke auf die Kirche selbst und damit auch gegen meine Amtsführung. Haben Sie ihn gelesen?«

»Das habe ich, Eure Eminenz.«

»Und wie ist Ihre Meinung?«

Don Susto witterte Gefahr und wählte seine Worte sorgfältig. »Er übt sicherlich Kritik an der Kirche, Eure Eminenz.«

»Und stimmen Sie dieser Kritik zu?«

Der Sekretär machte Ausflüchte. »Ich bin nicht befugt, eine Meinung auszudrücken. Ich habe zu wenig Erfahrung mit unserer Arbeit draußen. Aber ich stimme zu, daß es eine Verbindung geben muß zwischen der spirituellen Lage der Nation und der spirituellen Lage der Kirche. Für mich liegt das auf der Hand.«

Der Kardinal hob den Bericht wieder auf und blätterte die Seiten durch. Auf die Seiten, die ihn besonders störten, tippte er: »Darin wird unterstellt, daß wir siebenhundert Jahre hinter der europäischen Kirche her sind, mit Reliquien schachern und Absolutionen verkaufen; es wird behauptet, daß hohe Amtsträger Geliebte haben – haben Sie je so etwas gehört? Kennen Sie einen einzigen Fall?« Er legte eine rhetorische Pause ein, doch er kam nicht umhin zu bemerken, daß Don Susto bei dieser Scheinheiligkeit so große Augen machte, daß ihm tatsächlich der Mund offenstand. Der Kardinal spürte, wie die Schamesröte ihm bis zu den Ohren stieg, und er wandte sich ab, um noch einmal in der Pose ungehaltener Ungeduld zum Fenster zu gehen. »Im zweiten Teil«, fuhr er fort, »wird eine Verbindung unterstellt zwischen meiner Amtszeit und dem allgemeinen Verfall. Da wird geschrieben von den sozialen Bedingungen, im vollen Wissen, daß wir keine Befugnis haben, uns in Politik einzumischen, und wir werden angeklagt, schmutziges Geld von Kriminellen anzunehmen. Er geht sogar so weit, die Oberschicht anzugreifen, die doch die stärkste Bastion der Kirche …«

Don Susto konnte sich nicht zurückhalten. »Die Bastion der Kirche ist das Evangelium«, sagte er, doch der Kardinal starrte ihn eisig an, bevor er weiterredete: »Und im dritten Teil wird die Ausbreitung von Aberglauben in der Kirche angeklagt, und wir werden der Fehlverwendung von Geldmitteln für materielle Zwecke beschuldigt, als ob wir ohne Investitionen überleben könnten. Es ist empörend, Don Susto, empörend.« Er blickte von seiner übergeordneten Höhe auf den Sekretär herab und forderte mit seinem Blick das erwartete zustimmende Nicken.

Don Susto war kein mutiger Mann, doch genausowenig war er prinzipienlos. Er nickte nicht. Er blieb starr stehen und sagte dann sanft: »Eure Eminenz, ich bitte um Ihre Erlaubnis, wieder in mein Kloster zurückkehren zu können.«

»Sie stimmen mit diesem Bericht überein, nicht wahr, Don Susto?«

Don Susto sagte eine Weile nichts; ihn betrübte, wie weit sein Leben von seinem ursprünglichen Streben nach Frieden und Kontemplation abgekommen war. Er war doch nicht so lange Mönch gewesen, um dann in einem Palast zu enden und sich mit einem Kardinal zu streiten, der ein Geschäftemacher in scharlachroten Roben war. »Geben Sie mir Ihre Erlaubnis?« bat er, der Frage ausweichend.

Der Kardinal fühlte sich matt; er legte den Bericht wieder auf den Schreibtisch, seufzte und sagte: »Wie Sie wünschen.«

Der alte Sekretär beugte sich vor, um den Ring des Kardinals zu küssen, und kniete dann hin, um dessen Segen entgegenzunehmen. Er erhob sich, und bevor er ging, fragte er: »Eure Eminenz, darf ich noch etwas Persönliches sagen?« Und der Kardinal nickte zustimmend.

»Eure Eminenz, es würde mein Gewissen ungeheuer erleichtern, wenn Sie wegen der Schmerzen im Bauch einen Arzt konsultierten. Die Zeit der härenen Gewänder und der Selbstgeißelung ist vorbei, und der körperliche Schmerz steigert nur Ihre spirituelle Bedrängnis.«

Die beiden sahen einander zum erstenmal von Mann zu Mann an, der Harnisch des Amts war abgelegt, und sie tauschten einen Händedruck aus. Als Don Susto gegangen war, spürte der Kardinal, wie ihm das Gefühl von Einsamkeit und Unwürdigkeit die Kehle zuschnürte, und auch er dachte darüber nach, wie weit sein Leben vom Ideal seiner Jugend abgewichen war.

Don Susto kehrte zehn Jahre lang nicht mehr in sein Kloster zurück. Statt dessen wanderte er zu Fuß davon, um das Leben eines Bettelmönchs zu führen und vollkommene Einfalt zu erlangen. Auf seinem Weg entdeckte er einen zitternden, allein gelassenen Junghirsch in einem Gestrüpp und adoptierte ihn. Er wuchs zu einem stattlichen und anmutigen Tier heran und folgte Don Susto überallhin. Dieser hängte ihm, inspiriert von der Geschichte des heiligen Hubertus, ein Kreuz ins Geweih. Mit Hilfe dieses Tiers bekehrte er viele Menschen in der Sierra. Bei einem Aufenthalt unter den Quechua Sprechenden entdeckte er, daß sein Name in ihrer Sprache »Krankheit« bedeutete, und so änderte er ihn in »Salud«. Aus diesem Grund sind bis auf den heutigen Tag an manchen Orten kleine Schreine zu finden, die mit Flitterkram dekoriert sind und grobe Statuetten eines gehörnten Mönchs enthalten, der eine Pfeife raucht und von seinen Anhängern »San Salud« genannt wird. Früher gab es viel mehr solcher Schreine, doch sie sind von Missionaren demontiert worden, die sie für heidnisch hielten.

Nach Don Sustos Abgang verspürte Seine Eminenz, der über den Rat seines Sekretärs nachdachte, einen Arzt aufzusuchen, erneut, wie der entsetzliche Schmerz ihn überwältigte. Instinktiv ging er ans Fenster, um die Abendluft in tiefen Zügen einzuatmen, doch statt dessen inhalierte er den muffigen Verwesungsgestank der Abwässer. Er erbrach sich heftig über die Mauern des Palastes und ging zusammengekrümmt in die Knie. Vor Schmerz schluchzend, betete er zum Schutzheiligen der Seeleute, St. Erasmus, der gemartert wurde, indem seine Eingeweide auf einer Winde aus seinem Körper gezogen wurden. Als der Schmerz verging, er aber von den

Nachwirkungen noch außer Atem war, betete er noch zu St. Hiob, dem Schutzpatron der Syphilitiker. Er wußte, daß ihn bald wieder das gnadenlose Jucken, ein Bordell aufzusuchen, packen würde, und er hatte entsetzliche Angst davor, seine Geliebte Concepcion anzustecken.

So saß er eine Weile da, den Bericht des Inquisitionsamts auf dem Schoß, und beschloß, die nächste Phase seiner Kampagne zu beginnen. Er entschied, daß Don Rechin Anquilar diesen Kreuzzug der Verkündigung anführen sollte, ein Mann von absolut kalter intellektueller Unbeugsamkeit.

14

Der Monolog des Conde Pompeyo Xavier de Estremadura
beim Spaziergang durch die Sierra

Eine Frau ist Teufelswerk, bei Gott. Wie sie mich erbost, und dabei bin ich ein Mann von edler Geburt! Noch nie zuvor hat ein Weib mich überwunden und mir solche Schande bereitet. Es muß an einer üblen Konstellation der Himmelssphären liegen, daß die Natur so aufgebracht und die natürliche Ordnung so aus den Fugen ist. Ich sage ihr: »Mein Frühstück, Weib«, und sie erwidert kühn: »Mach es dir selber«, oder sie bereitet es mir frohgemut zu und schüttet es dann in meinen Helm mit den Worten: »Friß aus deinem Trog, Schwein.« Oder ich sage: »Komm heute nacht zu mir, ich will mein Vergnügen mit dir haben«, aber sie sagt: »Ich bin müde« oder »Geh ins Bordell«. Manchmal kommt sie auch zu mir, bei Gott, und wünscht, mich zu besteigen, so daß ich die Rolle des Weibes übernehmen muß. Sie befiehlt mir: »Lieg nicht einfach so da, beweg ihn in mir«, und mir kommt in den Sinn, daß sie nicht still bleiben will, wenn ich sie besteige, sondern die Hüften rührt und stöhnt, kurz, es schamlos genießt, worauf alle meine guten Vorsätze dahinschwinden und ich losfeuere, bevor noch Breschen in die Wälle geschlagen und Minen an die Türme gelegt sind. Dann tadelt sie mich, und ich schäme mich wie ein Junge, der vom Pferd gefallen ist. Manchmal bin ich so entmenscht, daß ich mein Schwert zücke und drohe: »Ich werde dir die Nase aufschlitzen, so wie dem Mohren in Cordoba«, doch sie lacht mir bloß ins Gesicht, dreht die Klinge weg und küßt mich, so daß ich mich wie ein Welpe fühle, der umgestoßen wird.

Remedios. Die Frau ist eines Königs würdig, ein Weib, das Krieger beiderlei Geschlechts großziehen kann. Ich kann sie selbst mit geschlossenen Augen sehen, so wie ich hier auf diesem Felsen weit weg von Estremadura sitze. Ich werde mich mit mir selbst vergnügen und überlegen, was sie wohl macht, und bei meiner Rückkehr werde ich sie fragen: »Remedios, was hast du gemacht, als ich weg war?« Sie trägt grüne Beinkleider, aber das ist kein Hindernis, da sie stets wie ein Mann und ein Krieger obendrein gekleidet ist. Sie reinigt ihre Waffe, hat sie in Einzelteilen auf dem Tisch liegen, runzelt die Stirn, daß sich ihre Augenbrauen beinahe in der Mitte treffen, und macht »Pscht«, weil eine Staubfluse im Lauf ist, und wenn ich durch den Lauf blicke, trifft mein Blick auf ihr schönes braunes Auge, und mit dem anderen Auge sehe ich, daß sie mich anlächelt. Und sie hat noch alle Zähne, blendend weiß und fein. Sie bindet sich das Haar am Hinterkopf zusammen, sehr schwarz und glatt, und ich sage ihr: »Weib, du hast einen Pferdesteiß auf dem Kopf, den möchte ich abschneiden, dann winden wir ihn zu Bogensehnen zusammen oder stopfen Kissen damit aus«, und sie erwidert überaus keck und ohne Zögern: »*Querido*, damit werde ich dich kastrieren.« Es ist köstliches, dichtes Haar.

Wie das Unterste zuoberst gekehrt ist auf dieser Welt! Jetzt bin ich der geringste der Männer, wo ich zuvor über Leben und Tod entschied, die Enthauptung von Kaisern befahl und hübsche Städte gründete, die vor Sklaven wimmelten. Meine Zahnstocher waren aus Gold, und mein Harnisch wurde von Frauen poliert, die Eselsurin und ihre eigenen Haare benützten. Darauf habe ich oft der Hübschesten einige treffliche Stöße verpaßt. Ja, die gute alte Zeit. Nun schulde ich mein Leben einem Indio. Was für eine Schande, von Schwarzer Magie aus den Armen des Todes gerissen zu werden. Das mir, einem katholischen Diener seiner Katholischen Majestät. Vom Himmel in eine Welt gerissen zu werden, wo Weiber herrschen und sogar Kinder lesen, die Nase wie Priester in Bücher gesteckt. Es ist eine Gotteslästerung, und nun rostet meine Rüstung, und wenn ich nach einem Hund trete, beißt er mich.

Ich muß feststellen, daß ich Nachkommen habe, die mir meinen Ring vorenthalten, und Señor Dionisio Vivo sagt: »Komm, es ist Zeit für etwas Bildung in der modernen Welt«, und ich erwidere: »Tausend Scheißhaufen auf deine moderne Welt«, doch er packt mich am Arm und erklärt mir die Grundlagen des Fliegens und die Abscheulichkeiten der Demokratie, als hätte es seit dem alten Griechenland keinen Fortschritt gegeben. Wenn ich darauf heimkehre und Remedios sehe, macht mein Herz einen Sprung, wenn sie mich auf den Bart küßt und sagt: »Hast du einen netten Tag in der Schule gehabt?«, worauf ich in aller Demut vorschlage: »Weib, löse dich aus deinen Kleidern«, und sie zieht sich aus, doch gerade als ich meine ganze Ausrüstung mit fliegender Hast und zitternden Fingern abgelegt habe, schlüpft sie wieder in ihre Kleidung und meint: »*Querido*, es ist Zeit, daß du etwas Romantik lernst«, und ich erhebe meine Stimme, daß selbst die Berge von meinen Flüchen zittern, doch sie tätschelt mir nur die Wange und sagt: »*Querido*, wie süß du bist.« Eine Frau ist Teufelswerk, bei Gott.

Concepcion hatte einen Fisch in Palmöl angebraten und schmorte ihn nun in einer Soße mit Pfeffer, Knoblauch und Tomaten. Er würde so zart werden, daß das Fleisch von den Gräten fiel, erst auf der einen, dann auf der anderen Seite. Wenn sie ganz geschickt vorging, würden die Filets überhaupt nicht auseinanderbrechen, und sie könnte sie mit dem Schaber umdrehen und die Gräten mit der Messerspitze herauspicken. Schon schürzte sie konzentriert die Lippen, denn vielleicht würde alles gelingen, und dann würde sie die kleinen Bäckchen vor den Kiemen herauspuhlen und sie selbst essen, bevor sie Kopf und Flossen den streunenden Katzen an der Küchentür vorwarf. Die Bäckchen waren die zartesten und köstlichsten Bissen, und das war das einzige, was sie dem Kardinal immer vorenthielt.

Sie nannte ihn ihren »Cadenay«, was auf quechua »meine Kette« heißt. Obwohl die Indios ihre Ehehälften gemeinhin so ansprechen und da nichts hineingelesen werden sollte, traf es in ihrem Fall ganz besonders zu, denn Concepcion war mit jedem Glied ihres Wesens an ihn gebunden.

Sie war erst dreizehn gewesen, als sie ins Küchenpersonal aufgenommen wurde. Die alte Mama Cuchara hatte ihr beigebracht, höflich vor dem Kardinal zu knicksen, bei seinen Mahlzeiten hinter ihm zu stehen und auf seine Wünsche zu warten, wobei sie so tun mußte, als würde sie es nicht bemerken, wenn die Erbsen von seiner Gabel rollten oder ein Essensbrocken aufs Tischtuch fiel. Es war ihr Job, am Morgen diskret an sein Arbeitszimmer zu klopfen und ihm Brötchen und starken Kaffee in einer Silberkanne zu bringen und wieder hinzurennen, wenn er an der Klingelschnur zog, um sich einen Krug Wasser oder ein Stück Obst zu erbitten.

Manchmal zog er bei ihrem Hasten und Hüpfen eine Augenbraue hoch und sagte: »Beruhige dich, Kind, es ist nicht so wichtig, daß du mit deiner Geschäftigkeit den Palast abnutzen mußt.« Darauf lächelte sie, machte ihren eingelernten Knicks und sagte: »Nein, Eure Eminenz.«

Damals war er sehr anziehend in seinen kirchlichen Gewändern, dem ergrauenden Haar und den schwarzen Augenbrauen, seiner zarten europäischen Gesichtsfarbe und seinen Augen von der Farbe eines Sees an einem trüben Tag, die aus der Höhe immer auf sie herabblickten, selbst wenn er saß, und die ein Filter für so viel Wissen zu sein schienen. Wenn er ihr den Kopf tätschelte oder väterlich die Hand auf die Schulter legte, war es so, als wäre kurzfristig ein Spalt verschlossen worden. Sie hatte ihren eigenen Vater nie gekannt, und ihre Mutter war von einem Mannschaftswagen der Polizei überfahren worden, als sie besoffen in einer dunklen Gasse lag, und so war sie bei den Barmherzigen Schwestern gelandet, die sie in den Palast geschickt hatten, um in der Küche zu arbeiten. Weil der Kardinal ihr neuer Vater war, ging sie auf seine zärtlichen Gesten ganz wie eine Tochter ein, und manchmal gab sie die körperliche Distanz zwischen ihnen ganz auf, etwa wenn er ihr eine interessante Illustration in einem Buch zeigte oder wenn sie zusammen an einer Blume rochen. Manchmal berührten sich ihre Gesichter, und er spürte das sanfte Streicheln ihrer Haare auf den Wangen und fing irgendwo zwischen den Gerüchen nach Zwiebeln und Möbelpolitur den Duft eines jungen Mädchens auf. Eines Tages streichelte er ihr die Wange und sagte: »Du bist ein ganz süßes Kind; wie ich dich um deine Reinheit und Unschuld beneide.« Mit ihrer aufkeimenden Intuition hatte sie daraus geschlossen, daß er traurig und einsam war. Dieser Kummer rührte ihr Herz, und in ihrem Bauch regten sich die ersten Anzeichen der Liebe.

Concepcion berechnete die Zeit nach dem Ablauf ihrer Menstruationen. Nach der vierzigsten starb Mama Cuchara und überließ ihr die Leitung der Küche, und kurz nach der sechzigsten war sie mit Seiner Eminenz in einem Zimmer, als er seinen ersten Anfall hatte. Der Kardinal stand am Fenster, die Hand an der Vorhangkordel, als sich plötzlich panische Angst in seinem Gesicht zeigte. Mit pfeifendem Atem rang er nach Luft, und beide Arme fuhren an seinen

Bauch, als er sich zusammenkrümmte und keuchte. Mit einer Hand tastete er nach dem Tisch und ließ sich mit weit offenem Mund und Schmerzenstränen in den Augen in seinen Sessel fallen.

Einen Augenblick war sie hilflos und wußte nicht, was sie tun sollte. Doch dann rannte sie zu ihm und kniete sich vor ihn. Er japste erneut und zuckte zusammen, da schlang sie instinktiv die Arme um ihn und flüsterte ihm die Worte zu, die sie vor langer Zeit immer von ihrer Mutter gehört hatte, wenn diese jemanden zum Umarmen dagehabt hatte: »*Tranquilo, tranquilo.*«

»Oh, ich habe schreckliche Schmerzen«, sagte er und warf den Kopf zurück. »Oh, es ist gräßlich. Concepcion, hilf mir, um der Liebe Gottes willen.«

Sie hielt ihn fest, drückte ihren Kopf seitlich an seinen, bis sein rasselnder Atem sich wieder beruhigte. Er entspannte sich und legte ihr in einer vertraulichen Geste der Wertschätzung die Hand auf den Arm, und an diesem Punkt verschworen sich die Angst, ihn zu verlieren, und die Liebe, die in ihrem Bauch gewachsen war, zu einer Schicksalsgemeinschaft, und sie küßte ihn voll auf die Lippen.

Als sich ihre Münder trennten, hatte sich alles verändert. Die gesamte Grundlage ihrer Beziehung war wie durch ein Erdbeben hinweggefegt worden, und keiner von beiden hatte irgendwelche Worte, um zurückzuweichen oder vorzustoßen. Der Kardinal blickte in ihre Augen und sah, daß die Pupillen groß wie Monde waren. Er merkte, wie feucht und verletzlich ihre jungen Lippen waren, und entdeckte die dunklen kleinen Mulattenflecken auf ihren Wangen. Es war der Augenblick der Entscheidung, ein Punkt, an dem er gezwungen war, seine Wahl zwischen den von Gott gemachten Naturgesetzen und den Gesetzten der Kirche und der gestrengen Welt zu treffen.

Es war nicht so, daß ihm die verdeckten Machenschaften der natürlichen Liebe entgangen waren, die unmerklich wie ein Baum aufgewachsen war. Er hatte sich oft dabei ertappt, wie ihre schlanke junge Gestalt vor seinem inneren Auge auftauchte, wenn er am Schreibtisch saß und über eine schwer lösbare Verwaltungsfrage nachdachte oder – Gott vergebe ihm – wenn er auf Knien um ein Zeichen betete, daß er von seiner Unvollkommenheit erlöst werden möge. Mehr als einmal hatte er sich auf Spekulationen über die Unmöglichkeiten dieser Versuchung eingelassen; ein Mädchen, das nur ein Viertel so alt wie er war, eine Mulattin, ungebildet, wahrscheinlich kaum eine Katholikin. Und so gelobte er Keuschheit und ein Leben der Liebe, die nicht auf diese, sondern eine andere Welt gerichtet war. Das war keine Prostituierte, die er verstohlen und verkleidet besuchen konnte, die er indirekt beichten und danach vergessen konnte. Das war Concepcion, die ihr Vertrauen in ihn gesetzt hatte und kaum mehr als ein Kind war.

Sie nahm ihm die Wahl ab, denn sie setzte sich ihm auf den Schoß und umarmte ihn mit so heftiger Anhänglichkeit, daß sein Herz bis in die unergründlichsten Tiefen gerührt wurde, und seine Hände, die auf den Knien gelegen hatten, als würde er sie verleugnen, erhoben sich plötzlich, um sie zu umfassen. »Ich bin noch nie geliebt worden«, sagte er und fragte sich augenblicklich, warum er das eingestanden hatte.

»Ich bin auch eine Waise«, murmelte sie, und obwohl er das gar nicht hatte andeuten wollen, stritt er es nicht ab. Er dachte an seine im Irrsinn gestorbene Mutter mit ihrer obszönen Pelzsammlung, und an seinen Vater, der ständig abwesend war, in Regierungsanleihen spekulierte, ein Auto nach dem anderen kaufte und seine Position ausnützte, um auf der Leiter der Oligarchie aufzusteigen, die zugleich eine Plutokratie war. »Na gut, dann sind wir beide Waisen.« Dabei lachte er leise, während er dachte, daß selbst Gott ein abwesender Vater gewesen war, dem unmöglich etwas recht zu machen war.

Im unbewußten Wissen um seine Verbitterung und Einsamkeit, ohne daß sie es in diese Worte hätte fassen können, umarmte sie ihn weiter, streichelte mit einem Zeigefinger sein Ohr und spielte mit seinen Schläfenhaaren. »Wir sollten das nicht machen«, sagte er.

»Pah«, machte sie auf ihre unvergeßlich bäuerliche Art und verwarf mit diesem einen Ausruf Jahrhunderte kirchlicher Tradition und das gesamte Gebäude der Kasuistik, das die Betten derjenigen, die für sich den Weg in den Himmel wählen, kalt bleiben läßt. Der Kardinal war von der Kraft ihres Arguments so überwältigt, daß er wieder lachte und mit einem Schlag nichts weiter als ein in eine Frau verliebter Mann war. Er erwiderte ihren Kuß.

Im Bett mit der jungen Concepcion, wo ihre Glieder im gleichen Rhythmus schwangen und sie in einem Ozean trieben, wo es kein Selbst und keine Erde mehr gibt, wo Dunkelheit und Licht ein und dasselbe sind, wo das Bewußtsein zugleich heftig und geruhsam explodiert, erfuhr Kardinal Guzman endlich die sanfte Verzückung des Paradieses. Im dämmrigen Nachklang ihrer Vereinigung, in der Schwebe zwischen Schlaf und Tod, träumte er vom Nacktsein an kühlen Orten. Er träumte, daß die Sonne zum Mond wurde, daß Gott im Gewand eines Engels auf Erden wandelte, daß es einen Ort gab, wo Jaguare mit Rehkitzen zwischen den Pfoten schliefen, daß einer irgendwo im Tau aufwachen konnte, um ohne irgendeinen Zweck außer dem der Freude an der körperlichen Ekstase herumzurennen.

Manchmal war er bei ihrem Zusammensein grausam zu ihr gewesen; die schreckliche Angst vor Entdeckung hatte ihn dazu geführt, barsch und herrisch mit ihr umzugehen, wenn noch jemand anwesend war, und es hatte Gewissenskrisen gegeben, die ihn dazu veranlaßt hatten, sie zu schlagen und sie »Das Werkzeug des Teufels« oder »Satans Klaue« zu nennen, als ob er sie zwingen könnte, die Stelle Evas als Ursprung der Schuld einzunehmen. Es hatte den Zeitpunkt gegeben, da er, nach einer vor dem Altar in Gebeten versunkenen Nacht, sie hergerufen und ohne Erklärung oder Mitleid entlassen hatte, so daß sie in Tränen aufgelöst davongestürzt war und er von Reue übermannt ihr einen Boten hatte nachschicken müssen, um sie zurückzuholen.

Doch als das Kind kam und zum Skandal im Palast wurde, merkte er, daß die gesamte Kirchenhierarchie von seiner Affäre wußte und nur aus Angst vor seiner Autorität geschwiegen hatte. Er merkte es an der Art, wie die Menschen ihn ansahen, an der verschwörerischen Weise, in der sie grinsten, wenn Concepcion das Zimmer betrat und Erfrischungen brachte, und an dem Gehabe, wie sich immer Verachtung in ihren Mienen zeigte, wenn er bei irgendeinem Thema einen moralischen Standpunkt vertrat. Er verließ sich allmählich eher auf sein Amt als auf seine Menschlichkeit, um die Dinge zu regeln.

Das Kind bescherte ihm ein geheimes Vergnügen, das er nie eingestehen konnte. Wenn er ihm die Hände auf den Kopf legte und es »mein Sohn« nannte, freute er sich, daß er es nicht im übertragenen Sinne meinen konnte. Er schaukelte es auf den Knien und ließ zu, daß es mit schokoladeverschmierten Fingern an seinem Kruzifix zog. Er hatte nichts dagegen, wenn ein langer Speichelfaden auf seine Robe troff oder wenn das Kind in typischer Säuglingsmanier plötzlich ein feuchtes Bäuerchen machte. Concepcion sagte, Cristobal wäre lachend geboren worden, und von da an bot er seinem Vater Glück, das seine Schuld und Angst ausglich und ihm gestattete, eine andere Art der Zuneigung zu erfahren, die ihm sonst versagt geblieben wäre.

Das Paar ging eine Beziehung ein, die ganz einer Ehe glich, nur daß sie uneingestanden und verstohlen war. Sie überdauerte die Zeit mit ihrer sanften Routine nächtlicher Stelldicheins und bedeutungsvoller Blicke, und sie überstand auch die immer häufigeren Dämonenheimsuchungen des Kardinals. Wenn die Teufel eintrafen, war es Concepcion, die ihn an den Schultern packte und festhielt, bis der Schrecken nachgelassen hatte, und die ihn mit mütterlichen Lauten beruhigte und ihm sein Kruzifix zum Festhalten brachte.

Sie war es auch, die etwas gegen seine Unterleibskoliken tat. Der zweite Anfall kam ein Jahr nach dem ersten, und daraufhin traten sie mindestens einmal alle drei Monate ein. Sie begriff nie (weil er es ihr nie sagte), daß der Grund, warum er keinen Arzt aufsuchte, der war, daß er in seiner seltsamen Logik der Auffassung war, sie wären eine Bestrafung, die ausreichte, um ihn von seinen Sünden reinzuwaschen. Und die Anfälle kamen auch nicht so häufig, daß er meinte, er müsse Concepcion aufgeben, um sie ganz loszuwerden.

Und so kam es, daß sie viele Jahre später ihm in Palmöl gekochten Fisch zubereitete, im sicheren Wissen, daß sie ein Leben lang zusammenbleiben würden. Was gäbe es denn sonst für sie, wenn sie ging? Prostitution und Bettlerei? Was gäbe es für den jungen Cristobal? Einen Job in den Chrysanthemenhäusern, wo er Hautkrankheiten bekommen und an Tumoren sterben würde? Einen Job als Schuhputzer in den Straßen und eine Behausung in der Kanalisation? Nein, sie war glücklich, Fisch in Palmöl zuzubereiten, und sie würde ihn auftischen, damit er ihn essen konnte, bevor Monsignore Rechin Anquilar eintraf, und vielleicht würde es seinem Magen ein bißchen guttun.

16

Seine Exzellenz, Präsident Veracruz, gewinnt die Wahl
ohne sehr viel eigenes Zutun (1)

»Also, meine Herren, meine Amtszeit geht rapide ihrem Ende entgegen, und wir können nicht länger auf Zeit spielen. Ich möchte Ihnen etwas in Erinnerung bringen, was Sie bereits wissen, nämlich daß sowohl Ihre wie mein Posten auf dem Spiel stehen, deshalb sollten wir Gerüchten über Zerwürfnisse im Kabinett und Liebäugeleien auf mein Amt keine Nahrung geben, okay?«

»Boß, die Zeit für eine Wahl ist nicht gut. Die Wirkung des Los-Puercos-Siegs läßt sich nicht wiederholen, es hat keine Siege mehr gegeben, weil es keinen Krieg gegeben hat. Wir haben niemanden, dem wir derzeit den Krieg erklären können, die Lage ist ganz schön verfahren.« So machte Emperador Ignacio Coriolano bei der Kabinettssitzung im Präsidentenpalast seinem Herzen Luft.

»Emperador, wie oft muß ich Sie noch bitten, mich nicht ›Boß‹ zu nennen? Wir sind nicht mehr in Panama. Können wir nicht Ostdeutschland den Krieg erklären? Dann würden wir sicher mehr Subventionen aus den Vereinigten Staaten erhalten, und die Gefahr für Leib und Leben wäre sehr gering.«

Die Kabinettsmitglieder tauschten resignierte Blicke aus. »Eure Exzellenz, darf ich Sie daran erinnern, daß Ost- und Westdeutschland wiedervereinigt sind?« Das kam vom Außenminister, einem großen, verbindlichen Mann in einer samtenen Smokingjacke, der spaßeshalber zu seinem Amt gekommen war, weil seine Frau Norwegerin und seine Geliebte Französin war.

Seine Exzellenz schien von dieser Nachricht verwirrt zu sein. Matt fuhr er sich mit der Hand über die Stirn. »Wahrhaftig«, sagte er, »unsereins ist so beschäftigt heutzutage, daß die Aufgaben einen davon abhalten, auf dem laufenden zu bleiben. Deshalb kommt wohl auch der ostdeutsche Botschafter nicht mehr zu offiziellen

Anlässen und schickt mir keine Geschenke mehr in Form unge-
nießbarer Würste.«

»Warum lassen wir nicht einfach so wie letztes Mal die Wahlurnen
im voraus füllen?« fragte Emperador, der aus allbekannten Gründen immer nach Anchovis roch.

»Das letzte Mal hat es einen Skandal gegeben, weil die Zahl der
Wähler sich als dreimal höher als die der Bevölkerung herausstellte«, erwiderte Seine Exzellenz, »und außerdem, mir kommt es
so vor, als würden sich die Zeiten ändern. Ich meine, heutzutage
müssen wir es richtig anpacken. Wir können gegenüber den Koka-
leuten nicht mit unserer moralischen Überlegenheit auftrumpfen
und die dann mit Korruptionsskandalen riskieren.«

»Da müssen ein paar Staatsstreiche her«, bemerkte der Außenminister. Seine Exzellenz gab sich äußerst schockiert, und der
Minister fügte hastig hinzu: »Ich meine, Eure Exzellenz, daß un-
demokratische Staatsstreiche stets die Popularität demokratischer
Regierungen erhöhen. Gibt es keinen jungen Oberst, der – gegen
ein kleines Entgelt – ein scheiterndes *foco* inszenieren kann?«

»Da haben wir uns selbst in den Fuß geschossen«, warf die Innenministerin ein. »Seit wir General Hernando Montes Sosa zum Generalstabschef ernannt haben, sind solche Dinge eine Unmöglichkeit geworden. Er hat in den Streitkräften für absolute Disziplin
gesorgt und alle Scharfmacher hinausgeworfen. Niemand mag
ohne seine Genehmigung etwas unternehmen, und er wird ohne
unsere keinen Finger krümmen.«

»Verdammt«, rief der Präsident aus, der den Mann aus genau den
Gründen ernannt hatte, die sich nun als Hindernis erwiesen. »Vielleicht können wir es mit den Kommunisten probieren.«

»Bei einem Konservativen hätten wir mehr Chancen«, sagte Emperador. »Es gibt nun vierzehn kommunistische Parteien verschiede-
ner Färbungen, und es ist verdammt schwer, noch jemanden von
der alten stalinistischen Schule zu finden. Sie sind alle zu laschen
Liberalen geworden.«

»Wir sind die Liberalen«, sagte Seine Exzellenz pikiert.

»Niemand ist der Meinung, wir wären lasch«, sagte Emperador eil-
fertig. »Ich schlage vor, wir bitten die Innenministerin, dafür einen
Konservativen zu finden.«

»Gut«, sagte die betreffende Ministerin, die Alibifrau im politischen Gefüge, die deshalb entschieden hatte, ihre Stellung dadurch zu behaupten, daß sie noch verschlagener, verlogener, kaltschnäuziger und berechnender als die Männer war. Die Leute nannten sie meist ›Eva Perón‹, wegen ihrer zweifelhaften Vorfahren und ihrem Hang für populistische Eskapaden. Beinahe täglich war sie in den Zeitungen zu sehen, wie sie streunende Hunde küßte, ausgiebig an den Schauplätzen von Grubenunglücken weinte oder den Stumpf eines an der nicht ansteckenden Form der Lepra Erkrankten schüttelte. »Aber warum«, sagte Eva, »tun wir nicht bloß einfach so, als hätte es einen Putschversuch gegeben? Das wäre billig, einfach und ungefährlich. Wir bräuchten bloß eine Presseerklärung abzugeben, und dann kann Seine Exzellenz im Fernsehen auftreten und etwas Ernüchterndes dazu sagen, und darauf kann ich am Bildschirm auftauchen und berichten, wie heldenhaft er uns gerettet hat, indem er persönlich den bewaffneten Mann überwältigte, worauf dann Emperador im Fernsehen die Konservativen dafür verantwortlich machen kann. Dann sehen wir uns die Meinungsumfragen an, und wenn wir hoch in der Gunst stehen, können wir die Wahl unmittelbar anberaumen, wenn wir aber in der Gunst nicht so gut abschneiden, können wir den Ausnahmezustand ausrufen, damit wir ein bißchen Zeit ...«

»Señora, wenn ich unterbrechen darf, ich stimme Ihrem bemerkenswerten Plan völlig zu, schlage aber vor, daß wir auf jeden Fall den Ausnahmezustand erklären und dennoch zur Wahl aufrufen, mit der Begründung, daß wir es nicht einmal einem Notstand zubilligen können, in das geregelte Procedere einer Demokratie einzugreifen. Ich meine, das würde die Wählerschaft äußerst vorteilhaft beeindrucken.«

»Sehr gut, Emperador«, sagte Seine Exzellenz. »Unser Wahlspruch wird sein: ›Demokratie in sicheren Händen.‹«

Gesagt, getan. Der Botschafter in den USA ging in einen Scherzartikelladen und erstand eine Packung sehr wirklichkeitsgetreuer, selbstklebender Einschußlöcher, wie sie an den Windschutzscheiben der Autos junger Leute in diesem Land zu finden sind. Die schickte er im Diplomatengepäck in die Heimat. Seine Exzellenz klebte sie persönlich auf die Präsidentenlimousine und zeigte sich dann gelassen und würdevoll im Fernsehen. Eva Perón trat mit vor Bewunderung leuchtenden Augen in den Abendnachrichten

auf und erklärte, wie Seine Exzellenz dem Schützen zuvorgekommen war, indem er ihm die Waffe entwand, woraufhin der Möch-
tegern-Attentäter Fersengeld gab. Emperador Ignacio Coriolano
verkündete im Fernsehen, daß es nach seiner Meinung zu einer
konservativen, antidemokratischen Verschwörung gehörte, den
wichtigsten Wahltrumpf der Liberalen Partei auszuschalten. Seine
Exzellenz rief den Ausnahmezustand aus und setzte gleichzeitig
die Wahl auf den 12. Juni fest.
Sogleich konterten die Konservativen, von der Industrie und von
verdeckten Zuwendungen der Kirche gefördert, indem sie riesige
Plakate im ganzen Land aufstellten. Darauf waren Seine Exzellenz
und Eva Perón mit Sprechblasen abgebildet. Eva sagte: »Was gab es
in unserem Land, bevor wir Kerzen hatten?« Seine Exzellenz erwiderte darauf: »Strom.«
Das Verstörendste und Verletzendste daran war, daß es zum großen Teil stimmte. Aus purer Herzensgüte hatten die Norweger ein
wunderbares Netzwerk von Wasserkraftwerken errichtet, das
theoretisch nicht nur genügend Strom für die Versorgung des Landes im derzeitigen Zustand geliefert, sondern auch ausgereicht
hätte, die industriellen Expansionspläne Seiner Exzellenz zu verwirklichen. Aber da hatte es diese Geschichte mit der Entführung
von Regina Olsen während der Zeit des ›Verschwindens‹ gegeben,
die zu so viel diplomatischen Reibereien mit Norwegen geführt
hatte, daß die Norweger, als alle Projekte fertiggestellt waren, sich
geweigert hatten, noch dazubleiben und mitzuhelfen, die von ihnen gebauten Kraftwerke in Betrieb zu nehmen. Alle einheimi-
schen Elektroingenieure waren nach Brasilien ausgewandert, um
am großen Staudammprojekt an der Grenze zu Paraguay mitzuar-
beiten, und wollten bei den von der Regierung gebotenen erbärm-
lichen Löhnen nicht mehr zurückkommen. Somit blieb der Betrieb
der Turbinen Menschen überlassen, die schon Schwierigkeiten gehabt hätten, einen Stecker anzuschließen und eine Birne einzu-
schrauben. Noch dazu gab es eine vom *Sendero Luminoso* inspirierte
Guerillagruppe, die es darauf abgesehen hatte, Fortschritt und Befreiung der Massen herbeizuführen. Dieses Vorhaben meinten sie
am besten dadurch verwirklichen zu können, daß sie Leitungen
und Strommasten in die Luft jagten. Auf diese Art hofften sie, das
Proletariat könnte aus der Dunkelheit geführt werden, indem es

genau da hineingetaucht wurde, und Stromausfälle gehörten daraufhin zum täglichen Leben.

Die Menschen erkannten sehr rasch, daß die überflüssigen Masten, die sich über die Landschaft schlängelten, wunderbar zum Bau von Brücken und Wassertürmen geeignet waren, und daß die Leitungen sich ausgezeichnet einschmelzen und in kleine Figuren für den Touristenmarkt in der Hauptstadt umformen ließen. Auf diese Art wurden die Kabel exportiert, viele davon zweifellos auch wieder nach Norwegen. Die Glühbirnen im Land wurden aus den Fassungen geschraubt und anstelle von Flaschen für Schießübungen hergenommen. Die Stromkabel im Haus wurden schließlich verwendet, um die Autotüren festzuzurren. Elektrische Kühlschränke und Herde wurden zu Hühnerställen, und die Turbinen, die noch übrig waren, brannten durch, weil sie ihren Strom nirgendwohin liefern konnten. Die großen Staudämme im Gebirge verfielen allmählich und warteten auf den Gnadenstoß in Form eines Erdbebens oder einer titanischen Explosion dank der Guerilla. Die Bevölkerung begnügte sich wieder mit der behaglichen Routine, Dochte zu putzen und Waren in porösen irdenen Töpfen kühl zu halten. Das Gemeinschaftsleben wurde durch das Installieren von Fernsehgeräten, die seit jeher von Generatoren gespeist wurden, in Bars und Mehrzweckhallen aufrechterhalten.

Seine Exzellenz ließ ebenfalls riesige Plakatwände aufstellen. Sie waren im Stil des sozialistischen Realismus gehalten und zeigten einen gesund aussehenden Arbeiter, der eine blonde junge Frau fragte: »Was bräuchten wir anstelle der Konservativen?« und die junge Frau erwiderte: »Idealisten.« Die Konservativen führten den Krieg der Parolen mit weiteren Plakaten fort. Eines zeigte Seine Exzellenz im Onkel-Sam-Kostüm, dem unverkennbar mit Exkrementen beschmierte Dollarscheine in den Ohren, der Nase und dem Mund steckten. Darunter fragte eine Frau einen Mann: »Was bräuchten wir anstelle eines Arschkriechers?« Die Antwort gab ihr Lopez, der Anführer der Konservativen, in den Nationalfarben gekleidet: »Einen Patrioten.«

Seine Exzellenz war aufs äußerste gereizt und auch empört. Empört war er, weil alle wußten, daß die Konservativen zum Teil von Washington finanziert wurden, und gereizt war er, weil er selbst vorgehabt hatte, die antiamerikanische Karte auszuspielen, ein

Wahlschlager, wie es keinen besseren geben konnte. Drei Tage lang stürmte er durch den Präsidentenpalast, schlug sich die Faust in die Hand und rief: »Verdammt, verdammt, verdammt«, bis er plötzlich mehrere gute Einfälle auf einen Schlag hatte und die ganze Partei in eine Propagandaoffensive warf.

17

Wie Dionisio unabsichtlich die Schlacht von
Doña Barbara *auslöste*

Dionisio ließ seine beiden Jaguare in der Obhut von Farides und Professor Luis und machte sich zu Fuß auf ins Dörfchen Santa Maria Virgen. Er hatte gelernt, selbst weite Entfernungen über schwieriges Gelände in gemächlichem Schritt zu überwinden, und so traf er dort vor Mittag ein und nahm von den Leuten im ersten Haus einen *tinto* an. »Wie sich alles verändert hat«, bemerkte er zu dem alten Mann, der ihm den Kaffee brachte. Die beiden blickten die Straße entlang zur *plaza*, und der alte Mann lächelte, wobei er drei krumme gelbe Zähne enthüllte. Der Alte machte eine weit ausholende Geste und sagte mit einer Stimme, die vom Tabak und der dünnen Luft brüchig war: »Ay, ay, es ist noch genauso wie in meiner Jugend, als ich Mädchen hinter der Friedhofsmauer geschwängert habe.«

Dionisio lächelte: »So schlimm warst du auch wieder nicht, *viejo*.«

»Aber versucht hat er's«, rief die Frau des Alten aus, die dem Verlangen nicht hatte widerstehen können, hinter der Tür, wo sie an einer Schnur gepökelten Fisch aufgehängt hatte, zu lauschen.

Der alte Mann gab sich aufgebracht; er fuchtelte wieder mit den Armen und sagte: »Ay, diese Weiber, sie sind dazu berufen, Vergnügen zu versprechen, es aber dann zu verweigern und hinauszuschieben, bist du dich geschlagen gibst und wieder zu den Ziegen gehst.«

»Du bist ein alter Ziegenbock«, sagte sie. »Da gehörst du auch hin.«

»Um noch mal aufs Thema zurückzukommen«, setzte Dionisio an, »mir fällt auf, daß die Straße gefegt ist und die Häuser frisch getüncht sind. Sogar die Hühner schauen gesund aus.«

»El Jerarca ist tot«, bemerkte die alte Frau, »und das erklärt alles. Als es noch Kokain gab, war er eine Landplage. Als wir wieder bloß die Blätter kauten, wurde alles wie früher.«

Als Dionisio sich mit einem Händedruck verabschiedet hatte und auf die *choza* zuging, die den beiden Mädchen gehörte, hielt die alte Frau die Hand hoch und murmelte: »Gott segne den Erlöser.« Dann ging sie zu ihrem Mann und gab ihm einen Klaps auf den Kopf. »Ich hab dir nie dein Vergnügen verweigert, als wir verheiratet waren.«

Der Alte meinte: »Wir waren nie verheiratet.« Woraufhin die alte Frau eine Weile nachdenklich schwieg. »Das ist auch gut so«, erwiderte sie dann. »Ich hätte es nicht ausgehalten, die ganze Zeit mit dir verheiratet zu sein.«

Dionisio suchte seinen Wagen auf und entdeckte, daß er mit weißen Blumen geschmückt war. Als er ihn verwundert betrachtete, traten die beiden Mädchen heraus. Eine berührte ihn respektvoll am Arm und sagte: »Es ist jetzt zwei Jahre her, daß du El Jerarca getötet hast.« Dionisio seufzte und wünschte sich halb, das Leben könnte neu geschrieben werden. Er küßte sie beide auf die Wange und bemerkte: »Ich brauche heute den Wagen und befürchte, daß die Blumen nicht lange halten werden.«

Ines, die jüngere, zuckte die Schultern und lächelte. »Das liegt in der Natur der Blumen.« Sie eilte nach drinnen und brachte eine Portion in Palmblätter eingewickeltes Guavengelee »für die Reise«, was er dankend annahm. Um die altersschwache Batterie nicht zu behelligen, kurbelte er das Auto an, und die Mädchen schrien »Hoppla« und klatschten in die Hände, als die geruchsintensive blaue Rauchwolke aus dem Auspuff schoß und mit den Windhosen den Berghang hinabwirbelte.

Dionisio fuhr in seine alte Heimatstadt Ipasueño und parkte auf der *plaza*. Die Straße nach Santa Maria Virgen hinter ihm war mit weißen Blumen bestreut, ein unerwarteter Leckerbissen für die Mulikarawanen, die mit Alfalfa, Schnürsenkeln, Aufziehautos, nachgemachten Baseballmützen und *tambos* von in mundgerechte Prieme gepreßten Kokablättern beladen waren.

Als Reaktion auf seinen Ruhm hatte Dionisio die Kunst perfektioniert, nicht aufzufallen. Nicht, daß er unsichtbar wurde, wie einige sagten, aber er ging auf eine Art, daß die Menschen seine Anwesenheit erst merkten, wenn er schon vorbei war, was dem beliebten Mißverständnis Vorschub leistete, er wäre ein Geist. Er ging erst ins Barrio Jerarca und bemerkte, daß es heruntergekommen war. Die bedrohliche Atmosphäre aber war verschwunden. Er blieb unter der Laterne stehen, wo sie Pablo Ecobandodos Leiche aufgehängt hatten, und sah, daß die Farbe an der vergoldeten Kirche abblätterte und sie sich auf eine Seite neigte. Ihm gefiel dieser Verfall, weil ihre Pracht damals vom Kokageld stammte; es war eine beschämende Herrlichkeit auf Kosten von Menschenblut gewesen, denn jedermann weiß, daß die Übel des Kokainhandels nicht die Folgen der Armut, sondern des Reichtums sind.

Er ging zur Polizeiwache und fragte nach Agustin. Der junge Polizist kam heraus, gab ihm die Hand, umarmte ihn und bemerkte dann erfreut, daß Dionisio immer noch Ramóns Pistole trug. Er meinte: »Dio, die sollte ich dir eigentlich wegnehmen. Sie gehört der Polizei, aber zum Gück habe ich sie nicht bemerkt.«

»Nichtsdestoweniger«, erwiderte Dionisio, »bringt sie dir etwas.« Damit entfernte er den Arzneiflaschenkorken vom Lauf und schüttelte eine dünne Zigarre heraus, die er Agustin gab. »Zur Erinnerung an Ramón; für dich, wenn du mich umsonst das Polizeitelefon benützen läßt.«

Agustin lachte trocken. »Ich werde dich wegen des Bestechungsversuchs an einem Polizeibeamten verhaften und dich dann freilassen, wenn du mitkommst und eine *copa* mit mir trinkst. Das Telefon ist drinnen.«

Dionisio rief im Büro von La Oveja Blanca an, dem »Buchverlag für die Länder mit kastilischer Sprache«, löste mit der Nennung seines Namens sofort hektische Aktivität aus und verlangte den Vertriebsleiter zu sprechen, der prompt an den Apparat kam und seine Dienste anbot. Als Dionisio erklärte, daß er alle überschüssigen Bücher wollte, die sich nicht verkauft hatten, Restauflagen oder beschädigte, aber lesbare Exemplare, sagte der Vertriebsleiter, nachdem er sich von der Überraschung erholt hatte, daß sie einen großen Stapel von *Doña Barbara* von Romulo Gallegos auf Lager hätten. »Wir haben es veröffentlicht, weil wir dachten, daß das Copyright schon erloschen ist, doch dann entdeckten wir, daß eine Firma in Venezuela immer noch die Rechte hatte, weshalb wir sie nicht verkaufen konnten ... Sie möchten, daß ich einhundert

Exemplare an die Polizeiwache von Ipasueño schicke? Ist das Ihr Ernst? ... Ja, gut. Sie meinen es ernst, ich entschuldige mich, es kam nur so unerwartet ... Ja, gut, ich werde von Zeit zu Zeit alles dorthin schicken, was keine billige Schmonzette und anderer Mist ist ... mit Verlaub, Señor Vivo, wir veröffentlichen keinen Mist.« Dann erbat sich der Vertriebsleiter etwas als Gegenleistung, und Dionisio lauschte seinem Vorschlag. »Ja«, sagte er: »ich habe nichts dagegen, wenn Sie den Werbespruch ›Dionisio Vivo empfiehlt unsere Bücher‹ benützen, aber Sie dürfen ihn nicht zur Propagierung von Mist verwenden ... ja, ich weiß, daß Sie keinen Mist veröffentlichen, aber wenn es zufällig doch so sein sollte, dürfen Sie meinen Namen nicht zur Werbung dafür verwenden, ja?«

Agustin und Dionisio gingen zu Madame Rosas Puff, um sich ein paar Drinks zu genehmigen und den alten Zeiten nachzuhängen, als Leichen in Dionisios Garten auftauchten, als Ramón noch lebte, als Anica noch lebte. Dann ging Dionisio zum Friedhof hinauf und setzte sich eine Weile an Ramóns Grab, sprach zu ihm, als wäre er da. Er legte eine der weißen Blumen darauf und ging dann rüber zu Anica. Er sah, daß das Glas über ihrem lächelnden Foto einen Sprung hatte. Er küßte seine Fingerspitzen und berührte dann das Bild. Hier legte er zwei weiße Blumen nieder und kehrte dann zu Madame Rosa zurück, um Samt-Luisa aufzusuchen, weil er jemanden brauchte, der ihn umarmte und seine innere Leere verstand.

18

Seine Exzellenz, Präsident Veracruz, gewinnt die Wahl ohne sehr viel eigenes Zutun (2)

Dr. Galico war der Vater der Nation; sein Einfluß war noch überall spürbar, so als ob sein Geist allgegenwärtig sei. Er war als einziger zu einer Zeit gegen den Strom geschwommen, als die Anführer der gerade erst unabhängigen Staaten versuchten, einander in der Europäisierung ihrer selbst und ihrer Länder auszustechen. Es heißt allgemein, daß der Lateinamerikaner europäischer als ein Spanier ist, weil ein Spanier erst Spanier ist, bevor er Europäer ist. Das gleiche gilt für einen Franzosen, der vor allem erst einmal Franzose ist, sowie auch für alle europäischen Völker. Lateinamerikaner sehen Europa von außen, als Ganzes, und so können sie wahre Angehörige dieses Kontinents sein, selbst ohne ihn zu besuchen.

Nicht so Dr. Galico, der bedeutendste Indigenist seiner Zeit. Er trieb das Erlernen der indianischen Sprachen voran und ließ keinerlei Außenhandel zu, da sein Ziel die Selbstversorgung und die Vermeidung wirtschaftlicher Fremdbestimmung war. Während der gesamten Zeit seiner Diktatur von einunddreißig Jahren, drei Monaten und zwölf Tagen verließ kein einziger Bürger das Land, und nur vier Ausländer kamen herein, unter der Bedingung, daß sie nie wieder auszureisen versprachen. Ein Botaniker, der zu fliehen versuchte, wurde vor dem Palast an einen Baum geknüpft und so lange beschossen, bis er in derart kleine Stücke zerfiel, daß die Geier ihn verzehren konnten, ohne die Überreste weiter zerreißen zu müssen.

Kein Historiker ist sich je ganz sicher gewesen, ob Dr. Galico ein aufgeklärter Wohltäter oder ein krimineller Irrer war, aber das hat seine posthume Erhebung zum Nationalhelden nicht verhindert. In allen Ländern sind die Nationalhelden meist kriminelle Irre gewesen. Dr. Galico zeichnete sich dadurch aus, General Belgrano in der Schlacht, beim Domino und beim Armdrücken geschlagen zu haben, und er hatte das Studium der Philosophie Wilhelm von Ockhams mit der Begründung untersagt, es gebe keinen Grund, warum es nicht eine unbegrenzte unnötige Multiplikation von Entitäten geben sollte.

Es kam so weit, daß Dr. Galico sich eine indianische Mätresse nahm zum Trost für die religiös motivierten Zurückweisungen seiner Frau, die sich nur an seinem Namenstag auf ihn einließ. Diese Indianerin nahm bald so viele Überspanntheiten und Allüren an, wie es eine Frau in ihrer Position eben tut, und wurde praktisch die First Lady der Nation. Dr. Galicos gefühlsgelenkte absolute Machtausübung sorgte dafür, daß selbst die Spitzen der Gesellschaft ihre Skrupel hinunterschluckten und sie mit erlauchtester Hochachtung und Ehrerbietung behandelten und es nicht wagten, ihre Einladungen abzuschlagen, mit ihr nackt im Fluß zu baden, bevor sie eine Corrida mit so vielen Stieren anschauten, daß zwei Tage danach in den Straßen noch das Blut floß und sie dadurch dauerhaft verfärbte.

Als Dr. Galico starb und sicher in einem Soldatensarg beigesetzt worden war, wandte sich die Gesellschaft gegen Prepucia (sie hatte diesen Spitznamen wegen ihrer liebsten Hutform erhalten), die gezwungen war, schmachvoll außer Landes zu fliehen. Sie schlug sich an Bord eines Schiffs, auf dem die Seeleute ein grausames Entgelt für ihre Überfahrt verlangten, nach Paris durch, wo sie verarmt starb. Ihre Gebeine kamen auf den Friedhof St. Sulpice, und diese Tatsache lieferte Seiner Exzellenz eine Eingebung an jenem Nachmittag, nachdem die Konservativen ihn in puncto Antiamerikanismus in die Pfanne gehauen hatten und er drei Tage lang getobt hatte. Die Patriotenkarte konnte er auch ausspielen.

Als allererstes verkündete er, daß er vorhabe, die Schiedsrichterentscheidung bei der Weltmeisterschaft, wodurch die Nationalelf in der zweiten Runde hinausgeflogen war, anzufechten. Der ungarische Schiedsrichter hatte ein Handspiel gesehen, um einen Torschuß abzufälschen, und einen Elfmeter gegeben, der prompt im Netz landete. Auf der ganzen Welt hatten alle Zuschauer den schändlichen Betrugsversuch im Fernsehen gesehen, das heißt alle außer den loyalen Bürgern dieses Landes. Die ganze Nation verfiel in erbitterte Empörung, Mädchen weinten, Soldaten brachten sich um, und Steine flogen durch die Fenster der ungarischen Botschaft. Auf dieser Welle aufgebrachter Gefühle surfte Präsident Veracruz zu seinem ersten patriotischen Meisterstück, indem er verkündete, daß er persönlich eine Massenpetition an die FIFA organisieren werde, um die Entscheidung zu revidieren. Dementsprechend kämmten seine Parteilakaien das Land von den Tiefen des Dschungels bis zu den Gipfeln der Sierra durch und sammelten Unterschriften und Kreuzchen. In den Parteibüros fälschten die Getreuen bis spät in die Nacht einfallsreiche Unterschriften, die bei genauerer Prüfung offenbart hätten, daß viele Bürger Ronald Reagan, Prinzessin Diana, Nikita Chrustschow, Luciano Pavarotti, Donald Duck, Vorsitzender Mao und Bugs Bunny hießen und an Adressen wie Bishop's Pussy, South Fork, Tiananmen-Platz und dem Opernhaus Sydney wohnten.

Konservative wechselten in Scharen zur Liberalen Partei über, als der Kubikmeter mit Unterschriften im Hauptquartier der FIFA beim UNO-Botschafter abgegeben wurde. Demonstranten begaben sich auf die Straßen der Hauptstadt, um »Viva Veracruz« zu rufen und Transparente zu schwingen, die ihn in der klassischen Pose der Statuen von Dr. Galico abbildeten, eine Hand hinterm Rücken und die andere im Trotz gegen die Welt zur Faust erhoben. Seine Exzellenz setzte eine Debatte in der Nationalversammlung sehr spät in der Nacht an, um die Außenpolitik gegenüber Andorra zu diskutieren, und schickte an jeden liberalen Abgeordneten Briefe, in denen er ihm befahl, unbedingt anwesend zu sein. Wie erwartet, erschien kein einziger Konservativer, und so wurde einstimmig ein Eilantrag durchgepeitscht, mit dem Seiner Exzellenz der Titel »Verkörperung der Nation« für seine Verdienste um die Fußballehre der Nation verliehen wurde.

Als nächstes verkündete er, daß seine Gattin künftig während der Arbeitszeit aus dem Palast verbannt werde. In den Fernsehnachrichten war er zu sehen, wie er dem politischen Korrespondenten erklärte, daß die Liebe zu seiner Frau so groß sei, daß ihre Anwesenheit im Palast eine besondere Verlockung darstelle, ihn von den Staatsgeschäften abzulenken, und Madame Veracruz trat mit der Erklärung auf, sie stimme der Vereinbarung im Interesse reibungsloser Regierungsgeschäfte zu, so sehr es sie auch bekümmere, auch nur eine Minute am Tag von ihrem Gemahl getrennt zu sein. Natürlich hielt sie sich weiterhin im Palast auf, saß bei ihrem Mann auf dem Knie, fütterte ihn mit Geleefrüchten im Austausch gegen Gefälligkeiten für ihre Freunde und verzog sich mit ihm zu den unmöglichsten Stunden, um mit sexueller Alchimie zu experimentieren. Seiner Exzellenz aber war es trotzdem gelungen, gleichzeitig die Karte des Staatsmannes und die des glücklichen Ehemannes auszuspielen.

Seine Exzellenz überlegte gerade, welchen Schachzug er als nächstes tun könnte, bevor er seinen Meisterstreich ausarbeitete, als ganz aufgeregt und atemlos der Außenminister eintrat. »Eure Exzellenz«, rief er aus, als er ins Präsidentenbüro platzte, »ich habe eine Mitteilung …«

»Vom Erzengel Gabriel, Garcilaso?« Seine Exzellenz legte das Buch über die sexuelle Magie des Orientalischen Templerordens hin, in dem er las. Er war gerade bei dem Abschnitt angelangt, wo es um die homosexuellen Praktiken des geheimen Grades ging, und seine Augenbrauen waren ihm praktisch auf den Hinterkopf gerutscht.

»Woher hast du das gewußt?« fragte Lopez Garcilaso Vallejo, während er sein massiv muskulöses Gewicht im Drehstuhl niederließ, auf dem normalerweise der Sekretär saß.

Seine Exzellenz seufzte resigniert auf. »Das war doch nicht anders zu erwarten. Was ist es diesmal, eine weitere Botschaft zur Verstaatlichung der Schlachthöfe? Also, ich sehe den Zweck nicht ein. Wie geht es deiner lieben Frau und deiner hübschen kleinen französischen Mätresse, hm?«

»Es geht ihnen beiden gut, und sie gehen sich gegenseitig an die Gurgel wie üblich, Boß: Es war ein Fehler, sie beide in dasselbe Haus zu tun. Hör mal, der Erzengel ist zu mir gekommen, und weißt du, was er gesagt hat? Er hat gemeint: ›Alle lieben einen Deckhengst.‹«

»›Alle lieben einen Deckhengst?‹« wiederholte Seine Exzellenz.

»Ja, Boß, er hat bloß das gesagt, und da habe ich erkannt, das ist Gottes eigene Wahrheit. Wenn wir bekanntgeben, daß du ein Deckhengst bist, selbst in deinem Alter, werden alle für dich stimmen; das ist kein Pferdemist.«

Präsident Veracruz bäumte sich auf. »Was soll das heißen, ›selbst in meinem Alter‹? Ich kann dir versichern, daß alles in bester Ordnung ist.«

»Das ist ja der springende Punkt, Boß. Du bist ein Deckhengst, und daraus sollten wir Kapital schlagen. Wir können Plakate aufstellen mit ›Wählt den Deckhengst‹; damit gewinnen wir garantiert.«

Seine Exzellenz lehnte sich in seinem Stuhl zurück. »Garcilaso, das ist brillant, aber vielleicht können wir etwas ein wenig Subtileres aufgreifen, oder? Und bitte nenn mich nicht Boß; wie oft muß ich dir das noch sagen?«

Und so kam es, daß ›Eva Perón‹ den Chef der Nachrichtenabteilung anrief und einen kleinen Deal vorschlug. Es stand zu der Zeit ein Gesetzentwurf in der Nationalversammlung zur Debatte, der »Gesetz zur Eliminierung von Einseitigkeit in den Medien« genannt wurde und den Seine Exzellenz sich ausgedacht hatte, weil er überzeugt war, daß in den Medien entweder unverbesserliche Kommunisten oder Erzkonservative saßen. Er fühlte sich von Reportagen in den Nachrichten und in den Programmvorschlägen zu *Hätten Sie's gewußt?* oder *Aktuelles vom Tage* regelrecht verfolgt. Sein Entwurf sollte sicherstellen, daß in jedem Fall, in dem etwas gegen ihn vorgebracht wurde, einer seiner Sprecher hinzugezogen werden sollte, um Ausgewogenheit herzustellen. Fast alle waren gegen den Entwurf und unterstützten ihn gleichzeitig. Freilich, es gab Stimmen, die sich zur Verteidigung der freien Rede und der Möglichkeit erhoben, daß die Öffentlichkeit für sich selbst entscheiden sollte, aber in Wahrheit war die Lage so, daß die Liberalen dafür waren, weil es die Konservativen zum Schweigen bringen würde, wenn die Liberalen am Ruder waren. Doch die Liberalen waren auch dagegen, denn wenn die Konservativen an die Macht kämen, würden sie zweifellos die Regelungen des Gesetzes dazu verwenden, um liberale Kritik zu ersticken. Die Konservativen waren aus etwa den gleichen Gründen dafür und dagegen, und niemand wußte genau, ob er dafür stimmen sollte, für den Fall, daß die andere Seite gewählt wurde.

Die eine Fraktion, die gegen den Entwurf in jeder Form war, waren die Medien selber, da es absolut unmöglich wäre, eine tagespolitische Sendung von fünfundvierzig Minuten zu machen, die jeden Standpunkt enthielt. Journalisten betrachteten die ganze Sache als einen zynischen Versuch der verdeckten Zensur, die der Regierung peinliche Enthüllungen ersparen sollte. Was es natürlich auch war.

Eva Peróns kleiner Deal bestand darin, daß der Entwurf unter den Tisch fallen würde wegen »berechtigter Sorgen um das verfassungsmäßige Recht auf Redefreiheit«, wenn dafür eine Dokumentation über Seine Exzellenz gezeigt werden würde. Sie informierte den Chef, daß Veracruz nur zu erfreut wäre, ihm eine Liste möglicher Interviewpartner zu geben. Inzwischen trieb Emperador Ignacio Coriolano (oder ›Imperator Cunnilingus der Unersättliche‹, wie er gewöhnlich genannt wurde) die vielen pensionierten und aktiven Huren aus seinem Bekanntenkreis zusammen und unterrichtete sie gründlich, was sie sagen und nicht sagen konnten.

So kam es, daß die Bevölkerung gleichzeitig empört und gepackt war, als sie glühende Lobeshymnen auf die Männlichkeit Seiner Exzellenz hörte, und sie war erbaut, als sie erfuhr, daß seine Manneskraft seit seiner Hochzeit einzig Madame Veracruz zu Diensten stand, die verblümt, scheu und mit vor Dankbarkeit und Bewunderung glänzenden Augen davon sprach. Auf diese Weise konnte Seine Exzellenz mit einem Streich die Familienkarte, die Verfassungsverteidigerkarte und die Zuchthengstkarte ausspielen. Es blieb nur, die patriotische Karte noch einmal ins Spiel zu bringen, was uns wieder an den Ausgangspunkt zurückbringt, zu Dr. Galico und seiner Mätresse Prepucia.

Kurz gesagt, Seine Exzellenz ordnete an, daß ihre sterblichen Überreste aus Paris heimgeholt und neben dem Doktor ins Pantheon gelegt werden sollten. Hergebracht wurde der Leichnam in einem Transportflugzeug des Militärs in den Nationalfarben Gelb für den Sand am Meer, Rot für das Blut der nationalen Märtyrer, Grün für die Wälder und Blau für den Himmel. Eine Ehrengarde berittener Dragoner in glänzenden Harnischen und Reitstiefeln begleitete die Geschützlafette zum Präsidentenpalast, wo Seine Exzellenz aus dem Sarg die Flaschen Chanel Nr. 5, den Napoleon Brandy, die Schachteln mit Trüffeln, das bestellte Buch über die Rituale des Martinistischen Ordens, den russischen Kaviar und das funktionierende Modell einer Guillotine zum Abknipsen von Zigarrenspitzen entfernte. Er legte gerade wieder den Deckel über die erbärmlich gelben Gebeine und die eingeschrumpfte Haut Prepucias, als er ans Telefon gerufen wurde, um mit Seiner Eminenz, Kardinal Dominic Trujillo Guzman, zu sprechen.

Der Kardinal sagte bloß: »Eure Exzellenz, dieses Sakrileg können Sie nicht zulassen. Das Pantheon ist heiliger Boden, und die Kirche kann nicht zulassen, daß die Mätresse eines Mannes neben ihm und seiner angetrauten Gattin bestattet wird. Es kann keinesfalls gestattet werden. Die Frau war nicht einmal Christin.«

Seine Exzellenz, der überhaupt keine Zeit für den Kardinal hatte, den er für nichts Besseres als einen in Scharlachrot gekleideten Oligarchen hielt, fertigte ihn brüsk ab. »Eure Eminenz, ich kann jetzt nicht mit Ihnen reden, aber ich werde Sie so bald wie möglich zurückrufen.« Er legte auf und erbat sich dann aus dem Büro des Internen Sicherheitsdienstes des Innenministeriums die Akte über den Kardinal. Die wurde prompt geliefert, und Seine Exzellenz las sie mit einigem Vergnügen durch, bevor er den Kardinal zurückrief.

»Soll das heißen«, fragte er, »daß die Kirche zwar mir verbietet, die Mätresse eines Mannes in seinem Grab beizusetzen, aber ihren Würdenträgern gestattet, selbst Mätressen und ein oder zwei illegitime Kinder zu haben? Gehe ich recht in der Annahme, daß die Kirche Veruntreuung und nächtliche Besuche in Bordellen, zugegebenermaßen in Verkleidung, erlaubt? Ich erbitte Ihre spirituelle Fürsorge, Eure Eminenz.« Es folgte ein langes Schweigen, dann legte der Kardinal auf.

Der Trauergottesdienst und die Beisetzung waren ein großartiger Erfolg, hauptsächlich weil ein Nationalfeiertag ausgerufen wurde, was der Bevölkerung erlaubte, sich auf den Straßen zu drängen, um den Trauerzug zu bejubeln, Fahnen zu schwenken, sich zu betrinken und schließlich in Rinnsteinen und Gassen die *arepas* und *empanadas* wieder auszukotzen, die unklugerweise zusammen mit dem *pisco* verzehrt worden waren. Es zahlte sich voll aus, und zwar nicht nur für die streunenden Hunde, die den Unrat beseitigten.

Präsident Veracruz wurde mit enormer Mehrheit zum dritten Mal wieder ins Amt gewählt, und doch waren die Wahlurnen im voraus nur mit so viel Stimmen gefüllt worden, um die achtzig Prozent Nichtwähler zu ersetzen. Die Demographen des Landes bemerkten mit Erstaunen und Verblüffung, daß die Zahl der Stimmen praktisch die gleiche wie die der registrierten Wähler war, und stimmten zu, daß sich die Zeiten wirklich geändert hatten. Die Zeitungen brachten einschmeichelnd die Schlagzeile »Demokratie sicher in seinen Händen«, und Seine Exzellenz beschloß, sich mit einer zweiundzwanzigmonatigen diplomatischen Tour rund um die Welt zu belohnen. Er hatte vor, das Grab von Christian Rosencreutz zu finden, in der zentralen Kammer der Großen Pyramide einen Liebesakt durchzuführen (um sich zu verjüngen) und sich in Kalifornien einer Operation zu unterziehen, die es ihm ermöglichen würde, jederzeit eine Erektion herbeizuführen.

Es liegt sehr nahe, daß die Ereignisse, von denen hier erzählt wird, nie geschehen wären, wenn er die Regierung des Landes durch seine Abwesenheit nicht gelähmt hätte. Zwar überließ er die Amtsgeschäfte seinen Kabinettsmitgliedern, aber die wußten nie, was sie machen sollten, und verlegten sich darauf, den Botschafter der Vereinigten Staaten um Rat zu fragen, der seit undenklichen Zeiten schon immer ironisch der »wahre Präsident« genannt wurde. Doch niemand im Land hatte die verfassungsmäßige Macht, den Ausnahmezustand auszurufen oder die Streitkräfte zu mobilisieren, und die einzige Anleitung Seiner Exzellenz war eine Anordnung, die er aus Italien telegrafierte, daß von nun alle Bürger einen Hut tragen müßten, damit sie ihn für den Fall ziehen konnten, daß sie ihm unvermutet begegneten.

»Soll ich dir den Rotz von der Nase wischen, Cristobal?« fragte der Kardinal, doch der kleine Junge erwiderte: »Nein, laß nur, ich eß ihn.«

Bevor Seine Eminenz ihn daran hindern konnte, hatte Cristobal sich den Schleim auf den Handrücken geschmiert und mit einem gründlichen Zungenschlabbern entfernt. »Hm«, sagte er, »der ist salzig.«

»Cristobal, das ist schrecklich, das solltest du wirklich nicht tun«, tadelte Seine Eminenz, und der kleine Junge dachte einen Augenblick nach. Einfallsreich schlug er die Augen auf und bemerkte: »Ich hab einen Hund gesehen, der sich geleckt hat; das ist nicht sehr schön, was?«

»Nein, das ist es nicht«, sagte Seine Eminenz schmunzelnd, »aber sie tun das nur, weil sie keine Schwämme und keine Seife haben.«

»Oder Hände«, sagte das Bürschchen. »Mama sagt, wenn ich böse bin, werde ich als Hund wiedergeboren, und dann muß ich mich lecken, nicht wahr? Was meinst du, wie das ist?«

»Mama sollte dir keine solchen Sachen sagen. Nach dem Tod kommst du in den Himmel, wenn du brav warst, und in die Hölle, wenn du böse warst.«

Cristobal ließ ein Spielzeugauto ratternd über die glänzenden Fliesen schliddern, bis es gegen ein Tischbein stieß. »O Jesus«, rief er mit seinem unschuldigen Piepsstimmchen. Der Kardinal war aufgebracht und wurde etwas lauter. »Sag so was nicht. Gott mag keine Menschen, die ihn unnötig anrufen. Eines Tages wirst du nach ihm rufen, und er wird nicht kommen, weil er die unnötigen Anrufungen satt hat.«

»Mama sagt es dauernd. Sie hat es gesagt, als mir das Malheur passiert ist und sie meine Hosen hat wechseln müssen, und sie sagt es, wenn du nach etwas klingelst.«

Seine Eminenz schüttelte betrübt den Kopf, und Cristobal kam auf sein früheres Thema zurück. »Nach meinem Tod will ich ein Kolibri werden.«

»Vielleicht läßt Gott dich eine kurze Zeit ein Kolibri sein, wenn du im Himmel bist.« Er verstummte kurz. »Aber du wirst gar nicht dorthin kommen, wenn du weiter so schlimme Sachen sagst.«

»Mama sagt, daß der Himmel langweilig wird. Sie meint, alle interessanten Leute kommen in die Hölle.«

Der Kardinal richtete die Augen gen Himmel und merkte sich vor, einmal ein Wörtchen mit Concepcion zu reden. »Aber wenn du in den Himmel oder in die Hölle kommst, kannst du doch nicht als Hund oder Kolibri zurückkommen, oder? Da mußt du dich getäuscht haben.«

»Da bleib ich eine Weile, aber dann komm ich zurück, sobald ein Körper frei ist.«

»Sagt das deine Mama?«

Cristobal nickte weise, und der Kardinal entschied, das Thema zu wechseln. »Räumst du jetzt deine Spielsachen auf? Ich erwarte einen Besucher, und ich möchte nicht, daß er stolpert und die ganze Unordnung sieht. Tu alles in deine Kiste und bring es weg.«

Der kleine Junge schob protestierend die Unterlippe vor, und Seine Eminenz sagte: »So machen es die Indianer, wenn sie auf etwas deuten wollen, hast du das gewußt? Komm, ich helf dir.« Seine Eminenz kroch auf allen vieren und fischte Spielsachen unter den Sesseln hervor, die er seinem illegitimen, aber herzlich geliebtem Sohn reichte. Cristobal spielte kurz mit allen, bevor er sie in die große Holzkiste tat, die Seine Eminenz in einer Ecke mit einem Tuch bedeckt aufbewahrte. Der Kardinal ging wieder zu seinem Sessel und zog unter seiner Robe ein Taschentuch heraus. »Komm her und setzt dich mal kurz auf mein Knie, Cristo. Komm und drück mich.«

Cristobal kletterte an den Beinen des Kardinals hoch und gab ihm einen feuchten Kuß auf die Wange. »Bist du mein Papa?« fragte er. »Alle sagen, du bist es, außer dir und Mama.«

»Ich bin dein geistiger Vater«, sagte Seine Eminenz sanft, »und ich liebe dich so sehr, als wäre ich dein wirklicher Vater.« Er strich dem Jungen durch die Haare und kniff ihn leicht in den Nacken. »Wirst du Mama sagen, daß ihr Fisch köstlich war? Und wirst du ihr sagen, daß ich gern was von ihrem Tee hätte, der gut für meinen Magen ist? Und rat mal, was ich sehe?«

»Was denn?« fragte Cristobal, der Richtung des väterlichen Fingers folgend. Der Kardinal wischte mit dem verborgenen Taschentuch dem Jungen geschickt über die Oberlippe und sagte neckend: »Ich habe zwei gräßliche grüne Schleimschnecken aus deiner Nase kommen sehen, aber jetzt sind sie weg. Was hältst du davon?«

Cristobal sah gekränkt aus. »Darf ich das Taschentuch ablecken?« verlangte er.

Sein Vater verzog das Gesicht und sagte: »Auf keinen Fall. Jetzt geh und spiel im Garten, und vergiß nicht, deiner Mama das auszurichten, was ich über den Fisch und den Tee gesagt habe.« Er gab Cristobal einen Klaps auf den Hintern, als dieser herunterrutschte, und sah ihm nach, wie er munter aus dem Audienzzimmer rannte. Er seufzte und lehnte sich in seinem Sessel zurück, denn er wollte im Geiste die Dinge durchgehen, die er Monsignore Anquilar sagen wollte, doch statt dessen dachte er an das traurige Los, in ein Leben eingesperrt zu ein, das aus nichts als unwürdigen Kompromissen bestand. Aus der Ferne hörte er die zwei Schüsse des mißglückten Attentats auf einen zu Besuch weilenden Richter und trat ans Fenster. Er bemerkte die Gruppe frommer Witwen, bevor sie ihn entdeckten, und zog sich wieder zurück, damit er sie nicht segnen mußte. Der Uringestank war immer noch schlimm. Irgendwo in der Innenstadt, wo die Kokakartelle vor einer Stunde das Polizeihauptquartier in die Luft gejagt hatten, stieg eine Rauchwolke auf. Der Kardinal sinnierte darüber, wie kunstvoll sie sich mit den ersten dunklen Wolken des Sonnenuntergangs mischte. Er probte, was er sagen würde, wenn die Presse ihn bat, eine Erklärung zu diesen Greueltaten abzugeben. Die ganzen üblichen Wörter wie ›unmenschlich‹ und ›barbarisch‹ kamen ihm in den Sinn, aber er suchte noch nach etwas, das bezeichnender und origineller war.

Concepcion trat mit dem Arzneitee ein, und er wandte sich lächelnd um. »Danke, *querida*, stell ihn einfach auf den Tisch, ich werde ihn gleich trinken.«

»*Ahorita*«, sagte Concepcion, die Verkleinerungsform des Wortes

›jetzt‹ verwendend, die alle aus den Bergregionen benützten. »Du
mußt ihn ganz heiß trinken, sonst wirkt er nicht.«

Der Kardinal trat an den Tisch und nahm einen Schluck Tee. Er
schmeckte exotisch und bitter, aber nicht unangenehm, und so
nahm er einen größeren Schluck. »Wo kriegst du das her?« fragte
er. »Das ist doch keine dieser barbarischen Landarzneien?«

Concepcion schoß ihm einen tadelnden Blick zu und erwiderte:
»Pah, ich hab ihn von der Apotheke«, da sie dachte, eine Lüge wäre
bei dieser Gelegenheit taktvoll. Der Trank bestand aus Kokablättern, *yague*, einem Tropfen Kopalharz, ein wenig von ihrem eigenen Urin, getrocknetem Lamafötus und einer Prise gewöhnlichen
Tees, um alles zu überdecken. Sie hatte das Rezept von dem *brujo*
oben in den *favelas*, die der Kardinal entfernt habe wollte.

»Er tut mir gut«, sagte Seine Eminenz, »du gibst gut auf mich
acht.«

»Ich liebe dich«, sagte sie achselzuckend, um anzudeuten, daß dies
alles erkläre. Sie lächelten einander kurz an, dann hob sie das Ta-
blett auf und ging. *Sie ist wie eine Katze*, dachte er.

Gleich darauf traf Monsignore Rechin Anquilar ein, mit einem
spröden Lächeln im Gesicht und einem mit Perlmutt ausgelegten
Meßbuch als Geschenk in den Händen. Wie auf Knopfdruck
klickte der Kardinal aus der Rolle des Vaters und Geliebten und
wurde jeder Zoll der Primas. Er wurde steifer, seine Bewegungen
hatten mehr Würde und Bedeutung, das Lächeln kam zögernder.
Er gab sich ernst und apostolisch und bot Monsignore Anquilar mit
einer balletthaften Armbewegung und einer angedeuteten Verbeu-
gung einen Platz an. »Wie erfreulich, Sie zu sehen«, sagte er. »Ich
schätze, es geht Ihnen gut.«

Mgr. Anquilar nickte und setzte sich ohne erkennbaren Gesichtsausdruck. »Ich bin spät dran«, sagte er mit seiner trockenen
Stimme. »Das war wegen der Staus. Es hat wieder einen Bomben-
anschlag gegeben.«

Der Kardinal erwartete, daß er seine Erklärung fortführte, daß er
darüber klagte, in welch schlimmen Zeiten wir leben, oder daß er
noch etwas zum Verkehr sagte, doch Mgr. Anquilar legte lediglich
die Hände in den Schoß und blickte ihn ausdruckslos, aber direkt
an. Seine Eminenz entdeckte bald, daß Anquilar schweigsam und
humorlos war.

»Lesen Sie das mal«, sagte Seine Eminenz und händigte ihm den Bericht des Inquisitionsamts aus, »aber ignorieren Sie die skurrilen Angriffe auf die Kirche und die von Kommunisten verfaßten Stellen.« Seine Eminenz bemerkte, daß Cristobal irgendwie Fingerabdrücke mit Guavengelee darauf hinterlassen hatte, und hoffte, daß Anquilar es nicht merken oder denken würde, sie seien von ihm. Er lehnte sich zurück und sah zu, wie der Mann sorgfältig las und die Seiten mit der Ungeduld eines moralisch empörten Menschen umblätterte. Er nahm die Gelegenheit wahr, einen ersten Eindruck von dem Mann zu bekommen, den er zum Leiter des Verkündigungskreuzzugs ernennen wollte.

Es war ein so eckiger Mann, daß er scheinbar vollkommen aus Polyedern zusammengesetzt schien. Seine Nase hielten die Menschen für jüdisch, doch tatsächlich war sie spanisch-aristokratisch. Sein schwarzes Habit verbarg einen knochigen Körper und legte sich auf eine Art um ihn, daß es ein Teil von ihm zu sein schien. Seine Eminenz las noch einmal dessen Akkreditierung durch; er war vierzig Jahre alt, hatte einen Doktortitel in Kanonischem Recht und einen weiteren in der Theologie des Thomas von Aquin, hatte in Frankreich und Uruguay gelehrt und war eine hohe Autorität in ontologischen Gottesbeweisen. Er hatte die Bevölkerung der Insel Baru erfolgreich evangelisiert, sah sein Werk aber durch einen katastrophalen Ausbruch von Grippe nach der Ankunft eines neuen Missionars aus Holland zunichte gemacht. Er war auch weithin bekannt für seine unbeugsame Orthodoxie. Sein Bericht über das Baru-Fiasko hatte mit den Worten geendet: »Wir sehen uns aufgerichtet durch den unerschütterlichen Glauben, daß die Inselbewohner ihren Weg in den Himmel früher fanden, als sie es sonst getan hätten, und so war es besser für sie, vorzeitig christlich als nach vollem Leben heidnisch zu sterben.« Das war ein Mann, der sich die Chance nicht entgehen lassen würde, die Nation umzukrempeln.

»Was halten Sie davon?« fragte Seine Eminenz, als Mgr. Anquilar zu den letzten Zeilen des Berichts gekommen war.

»Das ist ganz, wie ich es erwartet habe«, erwiderte er. »Die geistliche Armut des Volkes zeigt sich überall.«

»Ich möchte, daß Sie etwas dagegen unternehmen«, sagte Seine Eminenz.

»Mein Leben ist dieser Aufgabe bereits gewidmet«, sagte Anquilar. »Ich hoffe nicht, daß Sie mich für unzulänglich befinden.«

»Weit davon entfernt«, beteuerte Seine Eminenz, verwirrt von der staubigen Stimme und dem trockenen Benehmen des Mannes. »Ich habe vor, einen Evangelisierungskreuzzug auszurüsten, der die verlorenen Schafe wieder in den Pferch bringt, und ich möchte, daß Sie der Hirte sind. Ich erwarte Rechenschaftsberichte von Ihnen, aber darüber hinaus würden Sie große Selbständigkeit genießen. Ich erwarte, daß Sie eine Schar von Männern, stark im Glauben und einfallsreich, zusammenstellen, die bereit sind, Feindseligkeit und Spott zu ertragen, um die Menschen zu Gott zurückzuführen, und die Sie in die finstersten Winkel des Landes schicken, um sozusagen den Teufel auszutreiben.«

»Sozusagen⸮« wiederholte Anquilar. »Ich nehme den Teufel wörtlich.«

»Richtig, richtig«, sagte der Kardinal. »Nun, werden Sie die Aufgabe übernehmen⸮«

Mgr. Anquilar dachte einen Augenblick nach und nickte dann. »Ich werde Gottes Willen in dem Glauben erfüllen, daß er durch Ihr Amt übermittelt wird.«

Seine Eminenz nahm es so auf, wie beabsichtigt, als eine kleine Kränkung, da Anquilar die Aufmerksamkeit auf den Unterschied zwischen dem Menschen und dem von ihm bekleideten Amt gelenkt hatte. Er stand steif auf und streckte die Hand aus. Anquilars Hand fühlte sich blutleer an, und er schüttelte sie nur kurz. »*Dominus tecum*«, sagte er.

Anquilar erwiderte seinen Blick wie durch Rauchglas. »*Et cum spiritu tuo*«, erwiderte er, und der Kardinal sah ihm mit einem etwas bangen Gefühl in der Seele nach. Nachdem er seinen großen Entwurf ins Rollen gebracht hatte, fühlte er sich sonderbar leer. »*Kyrie eleison*«, brummte er und legte die Hände auf den Magen. Entweder nahm er zu oder sein Leiden ließ den Bauch anschwellen.

20

Die Schlacht von Doña Barbara

In Cochadebajo de los Gatos gab es eine Leseplage, die noch heim-
tückischer war als die große Lachplage, die launische Katzenplage
oder die schweinische Pekariplage.

Dionisio lieh gegen ein Pfand oder gegen direkte Bezahlung Bücher
aus. Zu diesem Behufe hatte er eine Äquivalenttabelle erstellt und
die Buchpreise in folgender Form festgelegt:

**1 Buch = 10 Mangos = ½ Hühnchen oder Ente = 1 Meerschwein-
chen = 20 Äpfel = 4 kleinere oder 2 große Melonen = 6 Grenadinen = 1 Steak von Lama, Vicunja, Schaf, Schwein oder Rind =
6 Papayas (nicht zu reif) = 2 Schachteln große inländische Zigarren = 1 abgenutzte und zu einem Messer abgeschliffene Machete =
8 Maniokwurzeln = 3 Kilo Kartoffeln oder 2 Kilo Süßkartoffeln =
die Vermietung eines Maultiers für zwei Tage = 2 Fische von anstän-
diger Größe ohne zu viele Gräten = 3 Bündel Bananen oder 4 Bündel Kochbananen.**

Weitere Angebote nach Ermessen des Besitzers.

**KEIN YAMS, BROTFRUCHT, ALKOHOL, GESTOHLENES GUT
ODER PATRONEN.**

Durch den Vorteil des festen Wechselkurses für wirkliche Dinge
statt des schwankenden Kurses von Münzen und Scheinen, die etwas Imaginäres vorstellten, ersetzte diese neuartige Währung, die
im Gegensatz zum Peso nicht den zweihundert Prozent Inflation
unterworfen war, diesen beinahe und schaffte jene von den Guerilleros in der Vergangenheit ausgestellten Schuldverschreibungen,
»nach der Revolution einzulösen«, ab. Mit der Zeit erweiterte sich

Dionisios Äquivalenttabelle so weit, daß sie das Erinnerungsvermögen eines jeden überstieg, und so ergaben sich Konventionen, etwa daß eine fast reife Tomate ein Drittel mehr wert war als eine grüne oder eine, die so reif war, daß sie nur noch als Zutat für eine portugiesische Soße taugte.

Weitaus schlimmer als jede durch die neue Währung geschaffene Verwirrung war das Aufsehen, das Dionisio durch den anscheinend arglosen Verkauf aller einhundert Exemplare von *Doña Barbara* auslöste. In einer Stadt, in der Fernsehen ein Ding der Unmöglichkeit war, weil es nur Strom mit zwölf Volt gab und keine Antennen, in der die Hauptquelle für Geschichten Aurelios Wiedergabe von Mythen und Sagen und die Auffrischung von Erinnerungen in Bars war, füllten die Bücher eine Lücke im Leben der Menschen, deren Vorhandensein sie vorher noch gar nicht bemerkt hatten.

Eine große Stille senke sich herab, gebrochen nur vom Brüllen der Mulis, dem Bellen der Hunde, dem Keuchen und Knurren der Jaguare, die sich gegenseitig auflauerten, und dem unablässigen Salbadern von Pater García, der auf der *plaza* niemandem im besonderen predigte. Da das Lesevermögen nicht sehr gefestigt war, dauerte die Stille eine ganze Woche, während alle mit den Lippen stumm den Text wiederholten. Die Arbeit lag darnieder, oder wenn jemand arbeitete, dann schnitt er Alfalfa mit dem Buch in der rechten Hand, während das Buschmesser in der linken ziellos immer über die gleiche Stelle fegte. Die Leute lasen unterm Gehen auf der Straße, traten den Jaguare auf die Schwanzspitzen und stolperten über die Bordsteine, rumpelten gegeneinander und vergaßen, zum Essen zu gehen, das ihre Ehefrauen nicht fertiggekocht hatten, weil es ungerührt im Topf verbrannt war.

Sogar Hectoro las das Buch. Er war überzeugt, Lesen sei ausschließlich eine Angewohnheit von Frauen und Homosexuellen, und so kaufte er es von Dionisio unter dem Vorwand, es sei für eine seiner Frauen. Er versteckte es in den Tiefen seiner *mochila*, damit niemand Verdacht schöpfte, und ritt täglich aus der Stadt und den Hang des Tals hinauf. Hectoro trug einen schwarzen Lederhandschuh über der Zügelhand, und erstmals in seinem Leben hielt diese Hand ein Buch, während die Zügel schlaff über dem Hals des Pferdes lagen. Hectoro las das Buch hitzig und mit *ma-*

chismo, so wie er alles tat; sein Schnurrbart zuckte, seine Nasenflügel weiteten sich bei Gewaltszenen, und aus seinen Lippen drangen kritische Bemerkungen über Santos Luzardo, daß er es Marisela nicht so besorgte, wie sie es wünschte. Er verbrannte sich den Mund an der Zigarre, die fest zwischen seinen Zähnen steckte, weil er zu heftig am Stummel saugte, als der Zauberer ausgezogen war, um den Helden zu töten, und spuckte sie mit einem unmännlichen Jaulen aus, worauf er sich verstohlen umsah, um sich zu vergewissern, daß es keine Zeugen gab.

Hectoro las verkehrt herum, denn als er ein Kind war und ihm seine Mutter das Lesen beibrachte, hatte es nur ein Buch gegeben. Die Mutter hatte Hectoro und seine kleine Schwester gleichzeitig unterrichtet, und er hatte von oben auf die Seite herabsehen müssen, um dem zögernd den Buchstaben entlangfahrenden Finger der Mutter zu folgen.

Doch das Lesen auf dem Pferderücken, während das Reittier das Gras abmähte, erwies sich infolge eines unglücklichen Zufalls als unmännliche Erfahrung. Hectoro geriet an einen Ausdruck. Es war »die einleitende Charakterisierung«. Dieser Ausdruck war für Hectoro ein echter Begriff für Weichlinge, würdig eines überaus verweiblichten, affektierten Homosexuellen. Er brüllte vor Abscheu in genau dem Augenblick, als zwei Chinchillas dem tagträumenden Pferd unter die Füße liefen. Von dem schrecklichen Fluch und den huschenden Nagetieren verschreckt, bäumte sich das Pferd heftig auf und schlug dann mit den Hinterläufen aus.

Zum ersten und einzigen Mal in seinem Leben wurde Hectoro von einem Pferd abgeworfen. Er landete in einem Akazienbusch auf dem Hintern, das Buch noch offen in der linken Hand und die Zigarre noch glühend zwischen den Zähnen. »*Hijo de puta*«, rief er, »dieses Lesen ist eine gefährliche Sache.« Er zog seinen Revolver und schoß mitten in das zu Boden geworfene Buch, und dann feuerte er zur Sicherheit noch einmal. Aus diesem Grund war Hectoro der einzige, der *Doña Barbara* zweimal kaufte, und genau deswegen änderte er auch seine Haltung dem Lesen gegenüber. »Das ist was für richtige Männer«, verkündete er und las es daraufhin öffentlich zu Pferde auf der *plaza*, aber dennoch glaubte niemand, er würde wirklich lesen, weil er das Buch verkehrt herum hielt.

Doch Hectoros Erfahrung war nicht so bitter wie die der ganzen

Stadt, denn es folgte eine Plage literarischer Kritik, die in besten Zeiten schon keine schöne Sache ist. Es begann eine abscheuliche Zeit der *guachafita*, denn jeder fühlte sich bemüßigt, mitzureden, selbst diejenigen, die es nicht gelesen hatten, weil sie Analphabeten waren und der Zusammenfassung eines anderen hatten zuhören müssen.

Der Ort teilte sich in drei Fraktionen: diejenigen, die das Buch uneingeschränkt für wunderbar hielten, diejenigen, die es für Pferdemist hielten, und diejenigen, die es teils für wunderbar und teils für Pferdemist hielten. Nachdem alle das Buch ausgelesen hatten, herrschte noch zwei Tage Schweigen, weil die Leute darüber nachdachten und bestimmte Stellen noch mal lasen. Felicidad las ein zweites Mal den Schluß, wo Santos Luzardo Marisela heiratet, für den Fall, daß sie irgendwelche Stellen sexuellen Inhalts übersehen hatte; sie hatte abscheulich viel daran auszusetzen, daß das, was offensichtlich der beste Teil hätte sein können, ausgelassen worden war.

Sie hatte guten Grund, über das Fehlen stellvertretender Erregung sauer zu sein. Eines Tages hatte sie verkündet: »Ich bin jetzt achtzehn und werde die Hurerei aufgeben. Ich bin der ganzen Sache entwachsen.« Da sie radikal gegen ein keusches Leben eingestellt war, hatte sie ihre Angel nach Don Emmanuel ausgeworfen und beklagenswert mühelos Erfolg gehabt, denn er hatte seit je schon etwas für sie übrig, so quicklebendig, impulsiv, schön und kokett war sie. Der Haken war nur, daß sie zur Zeit der Leseplage in Trennung lebten. Das kam daher, daß er eines Abends eine unmäßige Menge von Dolores' *frijoles refritos* mit drei hineingeschlagenen Eiern verspeist hatte. Jeder anständige Mann wäre aus dem Bett gesprungen und hätte vor der Haustür die Folgen harmlos in die Nachtluft verpuffen lassen.

Doch Don Emmanuel, mit seinem echt englischen, noch durch seinen Besuch einer progressiven englischen Volksschule verschlimmerten Humor hatte statt dessen Felicidad die Decke über den Kopf gezogen und den Sturm in seinen Eingeweiden ungehindert in einem veritablen Tornado aus entzündbaren und ungeheuer übelriechenden Gasen herausdonnern lassen. Sie zuckte und schrie, biß und schlug aus, stürmte daraufhin davon und gelobte, nie wieder zurückzukehren, während Don Emmanuel hilflos vor

Ausgelassenheit, mit über die Wangen strömenden Tränen in krampfhaften Zuckungen zurückblieb. Nun aber wartete sie darauf, daß er zu ihr kam und sie um Verzeihung bat, denn sie vermißte ihn und seine guten Seiten.

Misael und Sergio waren ungeheuer begierig auf die Stellen, die mit dem Zusammentreiben der Rinder zu tun hatten, und diskutierten über den Realismus darin. Hectoro regte sich über die vielen Viehdiebstähle auf und stritt sich mit Josef über Santos Luzardos Abneigung, sich auf Kugeln zu verlassen. Pedro, der in Venezuela gejagt hatte, meinte, daß die umgangssprachlichen Ausdrücke alle falsch seien, während der alte Gomez, der vor Pedro dort gewesen war, sagte, daß sie exakt richtig seien. Der mexikanische Musikologe zerstritt sich mit seinen besten Freunden, dem französischen Ehepaar Antoine und Françoise, weil er es nicht für realistisch hielt, Doña Barbara eine so starke Wandlung ihres Charakters abzunehmen, die beiden anderen aber schon. Ena und Lena, die mit dem Mexikaner verheirateten eineiigen Zwillinge, rissen sich knurrend und fauchend wie Katzen gegenseitig die Haare aus, weil Ena glaubte, daß der Autor kein Mitleid damit hatte, daß Doña Barbara mit fünfzehn Gewalt angetan worden war, wohingegen Lena behauptete, es wäre genau das Mitleid damit und mit dem Tod von Hasdrubal, das ihn andeuten ließ, Doña Barbara finde schließlich Erlösung. Die wahrscheinlich einzige, die mit ihrem Partner nicht stritt, war Remedios, da ihr Gefährte nicht lesen konnte, Geschichten verachtete und immer noch darüber verwirrt war, daß er vierhundert Jahre tot gewesen war, bevor Aurelio ihn wieder ins Leben zurückholte. Remedios meinte, Doña Barbara hätte recht, sich so kriegerisch zu benehmen, da dies das einzige war, was eine Frau in einer bis ins Mark von Männern vergewaltigten Welt tun konnte, und Consuelo beschimpfte sie übel deswegen, da sie meinte, eine Frau sollte sich besser als ein Mann benehmen und sich nicht auf sein Niveau herablassen.

Die Streitigkeiten spitzten sich so zu, daß sie sich eines Tages zu einem Aufruhr entwickelten, der danach für immer die »Schlacht von *Doña Barbara*« genannt wurde. In diesen denkwürdigen Auseinandersetzungen auf der *plaza* und an den Straßenecken wurde Dionisios gesamter Gewinn aus dem Buch aus seinem Haus geräubert und als Wurfgeschosse hergenommen. Doña Constanza fing damit an, eine Tüte Mehl auf Misael zu werfen, die ihn verfehlte und statt dessen Rafael traf. Er parierte mit einer Mango, die von ihrem Schädel sprang und über Tomás zerplatzte, woraufhin dieser sein Glas *chicha* über seinen Bruder Gonzago schüttete.

Es kam unausweichlich eins zum andern, und bald hatte sich das Getümmel aus Consuelos Puff auf die Straßen verlagert, so daß die Jaguare sich auf die Hausdächer flüchteten und aus tiefster Kehle knurrten, während die Leute darunter ihre literarischen Standpunkte mit sich überschlagender Stimme verfochten und dabei halben Hühnchen und Grenadinen auswichen, während sie ihre eigenen Papayas und Meerschweinchen schmissen. Danach kamen die Jaguare wieder herunter und verzehrten alle für sie schmackhaften Stücke, während die Truthahngeier unter ihnen herumhüpften und sich mit den Hunden stritten.

Aufgrund all dessen bekam die Verfassung der Stadt einen Zusatz. Unter dem Absatz, wo es heißt: »Das Spucken auf die Straße ist bei Frauen kein Zeichen von ›gracia‹ und bei Männern kein Zeichen von ›machismo‹«, steht nun: »Romane handeln nicht von etwas Realem und sollten zu keinem Streit führen.«

Aus dieser Episode folgerte Dionisio, daß der Hauptgrund für religiöse Spaltungen darin lag, daß alle ihre Informationen aus dem gleichen Buch erhielten. Als er zu diesem literaturphilosophischen Schluß gekommen war, entschied er, nie wieder große Mengen des gleichen Buchs zur selben Zeit zu verkaufen. Farides und Professor Luis waren glücklich, weil der Kampf sie an die Fiesta bei ihrer Hochzeit erinnerte, und Don Emmanuel und Felicidad versöhnten sich wieder, weil sie ihre Rache bekam, indem sie ihm von hinten eine Mango in den Mund stopfte, als er ihn geöffnet hatte, um die Kämpfenden anzufeuern.

21

Cristobal verwirrt Seine Eminenz mit hartnäckigen Fragen,
und Monsignore Rechin Anquilar hat Betrübliches zu vermelden

»Ich glaube, sie ist irgendwie auf hübsche Art ziemlich häßlich«,
sagte Cristobal, der seine Nase in eine Blume steckte, um festzustellen, ob sie nach etwas roch.

Kardinal Dominic Trujillo Guzman war mit seinem illegitimen,
nicht anerkannten, aber geliebten Sohn im Innenhof des Palasts,
wo der vom Fluß aufsteigende Gestank nach Urin und Abfällen sie
nicht erreichte. Es war eine Welt für sich aus Blumen und Ranken,
mit ihrer eigenen Fontäne, die den Brunnen für ein Dutzend riesiger Goldorfen erfrischte und das Sonnenlicht in Regenbögen auf-
spaltete. Der Kardinal setzte sich oft mit einem Buch im Schoß
hierher, rückte nur weiter, wenn die Sonne sein schattiges Fleck-
chen erreichte. Cristobal stocherte derweilen mit einem Stecken in
den Blumenbeeten herum und wunderte sich über die Kolibris, die
mit aller Heftigkeit ihren Besitzanspruch auf einen Busch, eine
Kletterpflanze oder ein Beet mit Orchideen anmeldeten.

»Das ist eine Passionsblume«, sagte der Kardinal.

»Mama liest Bücher über Passion«, bemerkte Cristobal. »Vorn
drauf steht was mit ›Passion‹, und ich darf sie nicht lesen und nicht
mal die Bilder anschauen.«

Der Kardinal lächelte nachsichtig. »Das ist eine andere Art von Passion. Soll ich dir sagen, was die Passionsblume bedeutet?«

Da Cristobal merkte, daß Seine Eminenz gerade in mitteilsamer
Stimmung war, ließ er sich darauf ein. »Ja, bitte.«

Der Kardinal deutete zaghaft mit seinem Zeigefinger, und die
Sonne blitzte am Rubin in seinem Ring auf, was Cristobal gerne
sah. Dadurch wirkte der Kardinal sowohl bezaubernd als auch be-
deutend.

»Diese fünf Blütenblätter und die fünf kleinen, die ›Kelchblätter‹

heißen, ergeben zehn und sind die zwölf Jünger – den ungezogenen Judas Ischariot und den Heiligen Petrus, der in Ungnade fiel, es aber später wieder gutmachte, nicht mitgerechnet. Dieses fransige blaue Stück, das wie kreisförmig abstehendes Haar aussieht, ist die Dornenkrone, die sie unserem Heiland auf den Kopf gesetzt haben. Diese fünf gelbgrünen Teile, die ›Staubbeutel‹ heißen, sind die fünf Wunden, und diese drei braunen Dinger, die ›Narben‹ heißen, sind die drei Nägel. Wenn du die Augen halb schließt und auf die Blätter schaust, sind sie wie Hände, und das sind die Hände der bösen Menschen, die unseren Heiland verfolgten ...« Seine Eminenz wickelte sich eine Ranke um den Finger. »... und das ist die Peitsche, mit der sie ihn geißelten. Diese Blume haben die Missionare benutzt, um die Eingeborenen zu bekehren; hast du das gewußt?«

Cristobal kräuselte skeptisch die Nasenflügel. »Wenn du damit ausgepeitscht wirst, täte es nicht besonders weh, oder?«

»Nein, Dummerchen, es soll dich bloß an die Peitsche erinnern.«

»Du hast gesagt, es war die Peitsche.«

Der Kardinal straffte sich und seufzte. »Die echte Peitsche bestand aus vielen Lederstriemen mit eingewickelten Bleistücken, die dir das Fleisch vom Rücken reißen. Das haben sie gemacht, damit die Gekreuzigten schneller starben, heißt es, aber manche Menschen haben trotzdem eine Woche gebraucht, bis sie tot waren.«

Cristobal verzog angewidert das Gesicht. »Und er ist gestorben, um für die Sünden von allen zu büßen, so daß alle Sünden verschwanden und der Teufel alle aus der Hölle rauslassen mußte?«

»Ja, Kind.«

»Warum hat er nicht allen vergeben können, anstatt all das durchzumachen?«

»Er hat ja allen vergeben ...«, doch der Kardinal vollendete den Satz nicht, da er diese Frage noch nie hatte beantworten müssen und darum bemüht war, den kleinen Jungen nicht mit komplizierten Erklärungen zu verwirren.

»Mama meint, du wärst immer besorgt um deine Sünden.«

»Das sollte jeder sein, Cristobal.«

»Ich nicht. Wenn meine ganze Bosheit vergeben wird, kann ich machen, was mir paßt. Ich kann Steine nach Vögeln werfen und mein Obst nicht essen, und ich kann grob sein und die Mädchen an den Haaren ziehen und meine Gebete nicht aufsagen und so Sachen.«

»Gott verzeiht, aber ich vielleicht erst, nachdem ich dich ohne Abendbrot ins Bett geschickt und dir einen Klaps auf die Beine gegeben habe, also kannst du dir all das aus dem Kopf schlagen.«

Cristobal grinste, wobei er die unordentliche Reihe seiner Milchzähne entblößte, und der Kardinal zog sein Taschentuch heraus, um ein frisch ausgetretenes Klümpchen grünen Schleims abzuwischen. »Nein, du darfst es nicht essen«, sagte Seine Eminenz, der vorhersehbaren Bitte zuvorkommend.

»Das wollte ich gar nicht«, sagte Cristobal und spielte den Kecken. »Mama meint, ich sollte nur in der Nase bohren, wenn ich allein bin. Sie meint, das machen alle, und deswegen wollte ich warten. Warum haben sie Jesus getötet?«

»Weil, mein kleiner *Señor Curiosidad*, er Dinge gesagt und getan hat, die ihm Scherereien mit den jüdischen Priestern eingebracht haben. Wir wissen, daß er im Recht war, aber von ihrem Standpunkt aus war er ein Häretiker.«

»Woher wissen wir, daß er im Recht war?«

»Du bringst mich noch um mit deiner Fragerei, Cristobal. Du steckst noch mehr voller Fragen als Mamas Rätselbücher.«

»Du weißt es also nicht?« sagte Cristobal mit einer triumphierenden Geste.

»Natürlich weiß ich es, ich bin Kardinal. Es ist mein Beruf, das zu wissen.«

»Dann sag's mir.«

»Meine Güte«, sagte der Kardinal und blickte dann auf die Turmuhr, »es ist schon Bettgehzeit. Mach dich besser auf die Socken, sonst ist deine Mama böse auf uns.«

Cristobal runzelte die Stirn und wandte sich zum Gehen. »Und noch was. Warum trägst du ein Kleid?«

Der Kardinal hob im Scherz die Hand, als würde er seinen Sohn schlagen wollen, machte aber dann daraus den vertrauten Trick, den Schlag nicht auszuführen und sich bloß am Kopf zu kratzen. »Um zu zeigen, daß ich ein Kardinal bin. Jetzt mach schon, ab mit dir.«

Cristobal tollte über den Rasen davon und schnitt Seiner Eminenz aus der Deckung einer Säule ein Gesicht. »*Diablillo*«, rief sein Vater, »schleich dich.«

Der kleine Junge verschwand, und der Kardinal lehnte sich in seinem Gartenstuhl zurück und betrachtete die Kolibris. Ein paar Sekunden später schlossen sich Cristobals klebrige Finger um seine Augen, es kam ein Kichern, und eine verschmitzte Stimme sagte: »Siehst du, ich bin geschlichen, und du hast es nicht mal gemerkt.«

Der Kardinal packte den Jungen an den Handgelenken, hielt ihn an den ausgestreckten Armen hoch und trug ihn, der vor Vergnügen kreischte und strampelte, in die Küche, wo er ihn Concepcion übergab. Sie packte seine Beine, und dann schaukelten sie ihn auf und ab, bis er vor Lachen weinte.

Eine Stunde später wartete der Kardinal im Audienzzimmer auf Mgr. Rechin Anquilar, der mit einem Bericht über die Fortschritte des Verkündigungskreuzzugs erscheinen sollte. Er war eine halbe Stunde zu spät; und so schlich Seine Eminenz ans Fenster, um zu schauen, ob die frommen Witwen draußen warteten, um einen Blick von ihm zu erhaschen. Das waren sie, und so duckte er sich wieder; seine Absicht, auf die Stadt hinauszublicken, war durchkreuzt. *Ich wünsche mir,* dachte er, *Concepcion würde keine Klopapierrollen mehr im Haar tragen. Es mag bei Schwarzen und Mulattinnen ganz in Mode sein, aber ich finde es lächerlich. Vielleicht wird es vorübergehen, wenn ich nichts sage.*

Der Geruch vom Fluß enthielt eine neue Note. Was war es nur? Er zog prüfend die Luft ein. Es war Leichengeruch. Vielleicht hatte ihm deswegen Concepcion eine neue Medizin gegeben, um ihn vor *qhayqa* zu schützen, einer Krankheit, von der er noch nie was gehört hatte, die aber durch den Gestank des Todes verursacht wird, wie sie sagte. Zweifellos war etwas ans Ufer gespült worden.

Mgr. Rechin Anquilar klopfte an, als er eintrat, um auf sich aufmerksam zu machen. Er küßte den Ring des Kardinals. »Ich bin wieder sehr spät dran, wofür ich mich entschuldige, Eure Eminenz. Ich habe soeben etwas überaus Blutiges gesehen, was mich aufgehalten hat.«

»Oh?«

»Ja wirklich, so leid es mir tut. Wie Sie wissen, sind die Staus heutzutage so schlimm, und es gibt viele Menschen, die den Fahrern der im Stau stehenden Fahrzeuge etwas verkaufen. Ich habe mich in einem solchen Stau befunden, und der Wagen vor mir war eine Regierungslimousine mit aufgepflanztem Wimpel. Und ein Mann verkaufte den letzten Roman von Amado. Doch als die Limousine auf seiner Höhe war, ließ der Mann die Bücher fallen, zog einen Revolver und feuerte zweimal hinein. Er rannte weg, und es gab einen Aufruhr.«

»Schrecklich, schrecklich«, murmelte der Kardinal.

»Ich wäre rechtzeitig dagewesen, doch meine Gewänder zogen die Aufmerksamkeit an, und ein Verkehrspolizist verlangte, daß ich dem Justizminister die letzte Ölung gab.«

»Das ist schon der dritte Justizminister dieses Jahr«, rief der Kardinal ungläubig aus. »Zweifellos das Werk der Kartelle. Ist der Ärmste tot?«

»Ja, so leid es mir tut, doch ich bin versucht, darin die Hand Gottes zu sehen. Der Mann war nicht nur ein Liberaler, sondern auch ein Säkularist. Eingestandenermaßen.«

»Monsignore, eine solche Äußerung schickt sich nicht bei einem Mordanschlag. Ich muß Sie tadeln.«

Mgr. Anquilar schwieg, um anzuzeigen, daß er anderer Meinung war, und klopfte auf seine Aktentasche. »Möchten Sie gern hören, wie unser Unternehmen vorankommt?«

Der Kardinal setzte sich und bedeutete dem andern, er solle seinem Beispiel folgen. Die Aktenmappe wurde geöffnet. Daraus kam ein dünner Stapel Papier zum Vorschein, der dann säuberlich geordnet und zwischen ihnen auf den Tisch gelegt wurde.

»Als erstes haben wir Missionare paarweise an alle Orte geschickt, die im Bericht des Inquisitionsamts als der spirituellen Erneuerung bedürftig erwähnt worden waren. Die Missionare waren Freiwillige, die dann nach Rechtschaffenheit, Eifer und theologischer Orthodoxie auf Herz und Nieren geprüft wurden. Auf diese Art, Eure Eminenz, konnten wir diejenigen unter ihnen aussieben, die sich von der Aussicht auf einen längeren Urlaub hatten in Versuchung führen lassen.«

»Sehr gut, sehr gut. Überaus weise. Gut gemacht. Und hatten sie Erfolg?«

»Leider, Eure Eminenz, sind die meisten auf äußerste Feindseligkeit gestoßen, die sich in manchen Fällen zu derben Mißhandlungen ausgewachsen hat. Vielleicht sollte ich Ihnen ein Beispiel schildern?«

»Ja natürlich, das würde mich sehr interessieren.«

»Wir haben zwei Patres nach Rinconondo geschickt, wo die Häresie herrscht, daß Mohammed eine Reinkarnation unseres Heilands sei, der zurückgekehrt war, um seine Jungfräulichkeit zu verlieren. Sie kamen in der Stadt an und begaben sich auf die *plaza*, wo sie eine Predigt gegen diesen Glauben hielten. Dann hielten sie ein Autodafé ab, bei dem sie unter anderem etliche Ausgaben des Koran, eine protestantische Bibel, eine Ausgabe der philosophischen Werke von Ortega y Gasset, ein Buch von Paulo Freire aus dem Besitz des Lehrers und etliche verschiedene Romane von Gabriel García Márquez verbrannten, der, wie Sie wissen, mit den atheistischen Experimenten Fidel Castros in Verbindung gebracht wird ...«

»Monsignore, es sollte keine Bücherverbrennungen geben. Seit 1966 hat es keinen *Index librorum prohibitorum* mehr gegeben. Wir haben keine Befugnis, Bücher zu verbrennen.«

»Soviel ich weiß, geschah dies durch Freiwillige, die von der Predigt überzeugt worden waren, Eure Eminenz.«

»Ach so. Fahren Sie fort.«

»Doch dann haben sich die Dinge offenbar zum Schlimmsten gewendet. Einige asoziale Elemente haben sich zusammengerottet, mit Steinen nach den Patres geworfen, sie verprügelt und aus der Stadt gejagt.«

Der Kardinal runzelte besorgt die Stirn. »Wie entsetzlich. Was ist unternommen worden? Wurde die Polizei benachrichtigt?«

»Polizeikräfte waren offenbar anwesend, drückten aber beide Augen zu. Wir denken darüber nach, das nächste Mal sechs Priester hinzuschicken, damit es keine zweite solche Gewalttat mehr geben kann, und wir ergreifen ähnliche Maßnahmen dort, wo sich weitere so unglückliche und gottlose Zwischenfälle ereignet haben.«

»Sehr lobenswert, ich gratuliere Ihnen. Es sieht so aus, als würden Sie unser Vertrauen bewundernswert rechtfertigen. Vergessen Sie nicht, Ihre Rechenschaftsberichte an meinen Sekretär zu schicken, und ich werde Sie in zwei Wochen wieder treffen. Halten Sie die gute Arbeit bis dahin aufrecht, und Gott mit Ihnen.«

Von der Kürze der Unterredung verblüfft, sammelte Mgr. Anquilar seine Aufzeichnungen ein und ging mit dem Gefühl davon, geschnitten worden zu sein. Im Audienzzimmer fuhr sich derweilen Seine Eminenz mit den Händen über den strammen Bauch und krümmte sich vor Pein. Er hörte das Schlurfen lediger Füße und ordinär wieherndes Gelächter. Er fing den metallischen Geruch uralter Gräber auf und schloß die Augen, um die Rotte von Dämonen nicht ansehen zu müssen, die sich über seine Qualen lustig machte.

Draußen setzte der wechselhafte, aber ständige Regen der Hauptstadt wieder verstärkt ein, und der Kadaverdunst in der Luft wurde auf die Straßen gedrückt, wo er die Gossen erfüllte und die Schar der Straßenkinder mit Ekel erfüllte, die dort ihre Heimat gefunden hatten.

22

Was in Rinconondo wirklich geschah

Mit dem Feuereifer der Rechtschaffenen und in dem Bewußtsein, gegen Fehlschläge durch die spirituelle Autorität der Kirche gewappnet zu sein, trafen die Patres Valentino und Lorenzo gerade zu Beginn der Siesta in Rinconondo ein, als die Sonne der Llanos in besonders gnadenloser Stimmung senkrecht herabschien. Es regte sich kein Lüftchen, die Vögel fielen tot wie Steine von ihren Zweigen in den Kapokbäumen, und die Rinder wünschten sich, sie wären Elefanten, damit sie sich drunten im Fluß naßspritzen könnten. Ein verwirrender Dunst tanzender Schleier schwebte über der roten Erde, und ein reizendes Trugbild mit Palmen sproß angelegentlich aus dem Dach der *alcaldia*. Nachtaktive Fledermäuse schossen auf der Suche nach Wasser selbstmörderisch aus ihren Brutplätzen in hohlen Bäumen, und in den Zitrushainen reiften die Zitronen in Minuten. Die Flöhe auf den Stadthunden hüpften in den Schatten fort, und die menschlichen Einwohner waren von einer Schlappheit überwältigt, die sehr einem Kater glich. Sie hatten sich einhellig zur Ruhe begeben, um den Nachmittag in ihren Hängematten zu verschnarchen.

Die Patres Lorenzo und Valentino konnten trotz der Gluthitze den Beginn ihrer Missionierung nicht erwarten. Sie stellten sich unter einen Baum auf der *plaza* und läuteten mit einer Glocke, um die Aufmerksamkeit auf sich zu ziehen. Als sich niemand rührte, läuteten sie noch lauter und fingen unisono zu schreien an: »Hört das Wort des Herrn, ihr Treulosen, und büßt.«

Der Bürgermeister von Rinconondo wachte gereizt auf. Er hielt sich die Ohren zu, eine Bewegung, die ihn ausgiebig ins Schwitzen brachte und die er augenblicklich bereute, und versuchte, seinen Traum an der Stelle wiederaufzunehmen, wo er gerade die liebreizende Silvia, Tochter eines seiner Polizisten, auszog. Doch der schreckliche Lärm drang erneut an genau dem Punkt dazwischen, als sie sich unerklärlicherweise in einen Leguan verwandelte, und er setzte sich in seiner Hängematte auf und fluchte bitterlich. Er schnallte sich sein Halfter um und ging in den angrenzenden Raum, wo seine beiden Polizisten gleichfalls wach waren und schimpften.

Die drei Männer schlichen rasch auf die Straße, huschten von einem Schatten zum anderen und tauchten ins niederschmetternde Licht der *plaza* genau zur gleichen Zeit wie etliche erzürnte Bürger, die ebenfalls eine Nervenerschütterung erlitten hatten und aus ihrer Ruhe gerissen worden waren. Eine Guavafrucht beschrieb einen eleganten Bogen durch die Luft und zerplatzte ergötzlich am Habit von Pater Lorenzo.

Der Bürgermeister streckte sein Stoppelkinn entschlossen vor und schritt ein. »Bei uns gibt es ein Gesetz«, sagte er, »daß während der Siesta kein Lärm gemacht werden darf. Nach diesem Gesetz bin ich befugt, dafür zu sorgen, daß Sie augenblicklich aufhören, sonst droht Ihnen eine Verhaftung wegen ruhestörenden Verhaltens, und ich könnte auch Ihre Glocke beschlagnahmen und eine Geldstrafe verhängen.«

Pater Valentino erwiderte: »Wir stehen unter einem höheren Gesetz.« Und Pater Lorenzo versuchte es auf eine andere Tour. »Zeigen Sie, wo dieses Gesetz geschrieben steht.«

Der Bürgermeister seufzte und deutete auf alle Anwesenden. »Es ist ein Gewohnheitsrecht, von allen hier gebilligt. Entweder schweigen Sie bis vier Uhr, oder ich werde Sie verhaften.«

Die beiden Priester, unbeirrbar dazu entschlossen, zu zeigen, daß das Heil von größerer Bedeutung war als der Frieden, sahen einander an und nahmen mit einer Stimme keck wieder ihren Singsang auf. Pater Lorenzo läutete schrill mit seiner Glocke, mußte aber zur Seite springen, als eine Kugel neben seinem linken Fuß von der Erde prallte. Der Bürgermeister richtete seine Pistole direkt auf sie und verkündete: »Bis vier Uhr sind Sie unter Arrest, und Ihre Glocke geht hiermit als beschlagnahmt in den Besitz der Stadt über. Sie wird der Schule vermacht. Und Sie haben enormes Glück; wenn Sie nicht Priester wären, hätte es die Todesstrafe gegeben.«

Die Priester wurden unter wortreichem Protest und Prophezeiungen des Höllenfeuers abgeführt und den Nachmittag über ins Schulhaus gesperrt. Dort sangen sie Hymnen, beteten den Rosenkranz und verglichen sich mit dem heiligen Paulus. Als die Türen nicht von sich aus aufsprangen, verwandelte sich ihre jubilierende Ungehaltenheit allmählich in Langeweile. Sie vertrieben sich die Zeit, indem sie in den Büchern blätterten, die der Lehrer in vielen Jahren angehäuft hatte, um den Kern einer Schulbibliothek zu schaffen. Pater Valentino las *Rotkäppchen* und danach die Geschichte eines Stachelschweins, das seine Stacheln verloren hatte, und Pater Lorenzo frischte seinen Englisch-Grundwortschatz mit Hilfe eines altehrwürdigen Buches auf, das Aufklärung gab über Sinn und Gebrauch von Sätzen und Phrasen wie »das rauhe Klima der Jahreszeit« und »Ich bringe meinen Hund zum Tierarzt«. Dann gerieten sie an die Abteilung, die der Lehrer für sich angeschafft hatte, und entdeckten viel, was ihnen einen Schrecken einjagte.

Rinconondo hatte sich vor vielen Jahren durch die Ankunft von ›Syrern‹ verwandelt; mit diesem Wort wurde jeder bezeichnet, der ursprünglich als Händler irgendwoher aus dem Mittleren Osten kam, aber mittlerweile galt es für einen Muslim allgemein. Der allererste Syrer war ein Mann mit dem passenden Namen Mohammed, der angekommen war mit einem Handkarren voller Ledertaschen, Silberwaren und Aphrodisiaka zweifelhafter Herkunft. Er hatte die Leute zuerst durch die Art verblüfft, wie er beim Beten die Stirn auf den Boden schlug, während er nach Osten schaute, die Richtung, in der gewöhnlich der Kopf eines Lamms vor dem Schlachten ausgerichtet wird. Sie waren von seinen Gewändern und seiner Behauptung beeindruckt gewesen, daß da, wo er herkomme, die Lamas doppelt so groß seien. Diese Prahlerei hatte bei einigen den Verdacht aufkommen lassen, er könnte ein verkleideter Yankee sein.

Dann waren wie aus dem Nichts seine Frau und zahlreiche Verwandte aufgetaucht und hatten eine eigene kleine Kolonie in einem großen Haus an der *plaza* geschaffen. Die Leute nahmen an, die Frau müsse entstellt sein, weil sie stets ihr Gesicht verbarg, aber Mohammed erklärte, das diene dem Zweck, ihr Belästigungen wegen ihrer Schönheit zu ersparen und die Männer davor zu bewahren, unter der Pein ehebrecherischer Lust zu leiden. Naturgemäß lechzten nun alle Männer nach einem Blick auf ihr Gesicht. Im Lauf der Jahre glitt der Schleier immer tiefer, bis die Syrer gar nicht mehr merkten, daß er fehlte, und die männliche Bevölkerung ihre lüsternen Spekulationen vergaß.

Weil ein Priester oder Imam fehlte, wurde die Reinheit ihres Glaubens verwässert. Die Familien gingen Mischehen ein, Kinder wurden Abdul oder Fatima getauft, einige islamische Gesetze wurden ins örtliche Brauchtum übernommen, Fastenzeit und Ramadan wurden verschmolzen, Christen fertigten kleine Statuen des Propheten an, und Muslime trugen Kreuze um den Hals. Einige Männer nahmen sich zwei oder drei Frauen, was unter dem Aspekt Sinn ergibt, daß sie jünger und häufiger als Frauen starben und anscheinend nicht zu monogamer Treue fähig waren, und Sänger bauten muezzinmäßige Jauler und Triller in die entstellten, von ihren Vätern überlieferten Lieder ein.

Dies alles wurde noch dadurch ungeheuer erleichtert, daß fast niemand lesen konnte, was hieß, daß es nur eine Frage der Zeit war, bis sich niemand mehr erinnern konnte, welche Geschichte von Jesus und welche von Mohammed handelte; es war so, als wäre die Weisheit von beiden nahtlos zu einem spirituellen Gewand vernäht worden.

Und dann hatte der Hirte Ricardo eine Erscheinung, als er beim Wasserfall seine Ziegen hütete. Ricardo war wohl so etwas wie ein Einfaltspinsel oder, um es netter auszudrücken, eine heilige Unschuld. Er war der Sprache kaum mächtig, litt unter einer Art Lähmung, die ihm den Hals heftig verrenkte, und war nicht fähig, für sich selbst zu sorgen. Aber er besaß eine übernatürliche Gabe, mit Tieren umzugehen, und erfüllte daher eine lebenswichtige Rolle in der ländlichen Gemeinde, in der Hunde eines Tages unerklärlicherweise ihre eigenen Schwänze anknabberten oder Kühe tagelang Wehen hatten und wunderliche Kälber mit zwei Köpfen und zahlreichen, aber überflüssigen Geschlechtsteilen zur Welt brachten.

Ricardo saß im Schatten und verzehrte eine in Eierteig gebackene Kochbanane, als sich aus dem durch die Gischt des Wasserfalls gebildeten Regenbogen eine Gestalt herausschälte. Er betrachtete die Vision aus einem Auge, während er mit dem anderen weiter die Ziegen bewachte. Die Gestalt teilte sich in drei, und Ricardo konnte deutlich sehen, daß es Maria persönlich war, flankiert von zwei männlichen Figuren, auf die sie je eine mütterliche Hand gelegt hatte. »Sieh her«, befahl sie, und die Gestalten von Mohammed und Jesus traten vor sie und wurden zu einer. »Hör zu«, sagte sie, »dies ist mein Sohn, der zurückgekehrt ist, weil kein Mann die Liebe versteht, bevor er sie nicht in jeglicher Form kennengelernt hat.« Sie ließ Ricardo den Satz wiederholen, und erst danach merkte er, daß seine Lähmung weg war und er seinen ersten vollständigen Satz gesprochen hatte.

Ricardo, dessen Augen von der Heilung und dem Segen seiner Offenbarung strahlten, verließ seine Herde und rannte auf die *plaza*. Seine wundertätige Heilung bestätigte allen, daß seine Vision nicht die Halluzination eines Einfaltspinsels gewesen war, und es bedurfte nur einer sehr geringfügigen Exegese, um (vielleicht irrtümlich) herauszuarbeiten, daß Jesus als Mohammed zurückgekehrt war, um die Liebe der Frauen zu erfahren. Man errichtete unter dem Wasserfall Statuen mit der Darstellung des Ereignisses, was damals einige Verstimmung unter den Muslimen auslöste, die glaubten, die menschliche Gestalt dürfe nicht abgebildet werden. Doch schließlich wurde daraus ein beliebter lokaler Schrein, vor dem jemand beten, meditieren oder kleinere Wunder erwarten konnte.

Die Patres Lorenzo und Valentino fanden in den Regalen des Klassenzimmers den unbeholfen abgetippten Bericht von der Theophanie, sie fanden einige apologetisch ins Kastilische übersetzte Korane und einen Band mit Briefen von Camilo Torres, dem Priester, der sich dem Marxismus zugewandt hatte und aufgrund eines unangebrachten Akts sinnlosen Heldenmuts augenblicklich zum Märtyrer geworden war. Vor rechtmäßigem Abscheu mit den Zungen schnalzend, schichteten sie neben der Tür einen Haufen der Bücher auf und erwarteten ihre Freilassung um vier Uhr.

Als die Polizei die Tür aufsperrte, benahmen sich die Patres mit doppelzüngiger Unterwürfigkeit. Sie baten um Verzeihung und baten, den Schrein am Wasserfall gezeigt zu bekommen. Der Bürgermeister, wegen der Abkühlung in einer freundlicheren Stimmung, bot sich an, sie selbst dorthin zu bringen. Sie bewunderten den Schrein gebührend, brachten ein oder zwei Gebete dar und führten sich generell liebenswürdig und fügsam auf. Der Bürgermeister schöpfte zwar Verdacht, besorgte ihnen aber nichtsdestoweniger eine Übernachtungsmöglichkeit in der *alcaldia*, woraufhin die Patres ihre Absicht verkündeten, noch vor der Schlafenszeit jedem Haus einen Besuch im Geiste der Versöhnung abzustatten.

Sie fanden sehr wenige Haushalte mit Büchern, aber wo sie welche fanden, schaffte es jeweils einer der beiden, die anstößigen in den Falten seiner weiten Kutte wegzuschaffen. Auf diese Art entfernten sie die Bände von Ortega y Gasset, etliche Korane, die protestantische Bibel, die Romane von García Márquez und das Buch über die Belehrung der Armen von Paulo Freire. Sie sammelten des weiteren den Bücherstapel aus dem Schulhaus ein und versteckten den Fang in ihrem Zimmer in der *alcaldia*. Schließlich suchten sie vor dem Zubettgehen das Bordell auf, wo sie keine gefährlichen Bücher fanden und – wie anzunehmen ist – ein paar verlorene Seelen zurückzufordern versuchten.

Das Dorf erwachte in der Morgendämmerung vom Klang anfeuernder Predigten und dem Geruch nach Feuer. Die Dorfbewohner traten mit *tintos* in den Händen und von Traumeskapaden noch benebelten Sinnen heraus und stellten fest, daß die beiden Priester einen Stapel Bücher verbrannten, während sie gleichzeitig den Ort zur Buße und zum Verzicht auf ihren gemeinsamen Glauben ermahnten. Das war an sich schon beleidigend genug, doch dann erkannten die Leute allmählich, daß ihre eigenen geschätzten Bücher in dem Stapel verkohlten, und Doña Sisimota kam im Sturmschritt vom Schrein her und verkündete, daß die Statuen in Stücke zerschmettert worden seien.

Die Ermahnungen der Priester wurden von einer Welle der Wut unterbrochen, die sich als Schauer von Obst und Steinen entlud. Die Patres wurden gepackt, um die Knöchel gefesselt, über einen Ast geworfen und gnadenlos mit Stöcken und den Breitseiten von Buschmessern geschlagen, bis der Bürgermeister ankam, um die Lage zu beruhigen. Als er über die Vorgänge unterrichtet war, ließ er die Priester vom Baum herab und sperrte sie wiederum ins Schulgebäude, während er sich mit den älteren Bürgern beriet, was er am besten unternehmen könnte.

Sie entschieden sich für eine traditionelle Bestrafung nach Quechua-Art und ließen Lorenzo und Valentino eine Woche lang schwere Steine schleppen. Damit bauten sie an jeder Ecke ihrer Kirche ein kleines Minarett und setzten damit ein Vorhaben um, das schon seit einigen Jahren erörtert worden war. Die Patres wurden dann freigelassen, die Gesichter mit Maultierkot beschmiert und die Soutanen voller Feuerameisen. Sie begaben sich auf den leidvollen Weg zurück in die Hauptstadt, um ihre empörende Behandlung Monsignore Rechin Anquilar zu berichten, der auf der Stelle entschied, einige Schwadrone glaubenstreuer Laien zu rekrutieren, um seine Missionare zu beschützen.

Am Jahrestag der Erscheinung der Jungfrau und ihrer zwei Begleiter vor dem Ziegenhirten Ricardo fügten sich, wie berichtet wird, die Statuen am Schrein unterm Wasserfall spontan wieder zusammen, und die meisten waren der Meinung, nun wären sie noch überirdischer lebensecht und heiter als zuvor.

23
Die Bestie und der dreihundertjährige Mann

»Er erinnert mich an Don Quichotte«, sagte Professor Luis, und Dionisio Vivo meinte: »Mich erinnert er an König Pellinor.« Die beiden rivalisieren stets miteinander, wer die treffendsten Vergleiche findet.

Ich erinnere mich, daß es an einem Tag war, als Aurelio Parlanchina Geschichten erzählte. Ich muß noch hinzufügen, daß ich Parlanchina nie gesehen habe, aber Dionisio fertigte eine Zeichnung von ihr an und zeigte sie mir; sie ist groß und sehr schlank, und ihr Haar ist so lang, daß es ihr bis auf die Hüften fällt. Sie ist ganz ausnehmend schön und in jeder Hinsicht so entzückend, daß sie ihren Vater um den kleinen Finger wickelt und ihn zwingt, eine Geschichte nach der anderen zu erzählen. Wenn das auf der *plaza* geschieht, finden sich alle zum Zuhören ein, von Aurelios Fähigkeit, die Toten zu unterhalten, völlig in Bann gezogen. Manchmal ist auch Federico da, denn er ist in der anderen Welt mit Parlanchina verheiratet, und mir wurde gesagt, daß sie ein Kind von ihm hat, das sie während des Zuhörens stillt. Ihr Ozelot, ebenso unsichtbar für mich, peinigt die Jaguare der Stadt durch schalkhafte Überfälle, und häufig ist einer unserer großen Vierbeiner zu sehen, wie er im Dreck herumrollt, um die kleine Tigerkatze vom Rücken zu wälzen, wo sie sich mit ihren scharfen kleinen Krallen offenbar hartnäckig festhält. Wenn Federico kommt, freut sich dessen Vater Sergio ungemein – der Mann, der den Schädel seines Zwillingsbruders für Schamanenzeremonien ausleiht.

Um solche sonderbaren Begebenheiten aufzuzeichnen, führe ich gelegentlich Tagebuch, da ich mich entschieden habe, alle ungewöhnlichen Dinge, die sich in dieser Stadt ereignen, in einem Buch einzutragen. Als ich noch in der Armee war, war ich von dem Verlangen besessen, alle Kolibris und Schmetterlinge meines Landes zu archivieren, doch seitdem ich desertiert und hierher gelangt bin, bin ich von der wundersamen Wirklichkeit in Cochadebajo de los Gatos mehr fasziniert, denn hier kann ich ganz vergessen, daß ich der berühmte General Carlo Maria Fuerte bin, und ins Leben dieser Leute eintauchen, deren Glauben und Tun exotischer sind als ein Morphofalter oder ein *oropendola*.

Die Leute hier haben zwei Facetten, die sie von den anderen abheben; die eine ist ihre Liebesfähigkeit und die andere ihre Bauwut. Doch nach dieser Feststellung erkenne ich, ich könnte genausogut »ihren Frohsinn und ihren Wissensdurst« hinschreiben. Es ist nur so, daß ihre Liebesaffären und ihre Gebäude und Vorrichtungen wohl am meisten auffallen. Es entspricht sicherlich der Wahrheit, daß die Verfolgung einer Liebschaft von unendlich größerer Bedeutung für sie ist als irgend etwas anderes, aber für einen Außenstehenden, würde ich meinen, dürfte das Werk ihrer Hände das sein, was am unmittelbarsten auffällt. Erst wer eine Weile hier gelebt hat, erkennt, daß das Letztgenannte etwas ist, dem sie sich nur widmen, wenn im Erstgenannten eine Unterbrechung eingetreten ist.

Wenn ein Reisender an den Gebirgsflanken über der Stadt steht, erblickt er als erstes eine Weltkarte. Das kam zuvörderst durch Professor Luis zustande, als er eine Untersuchung durchführte und dabei entdeckte, daß nur zehn Prozent der Bevölkerung wußten, wo ihr Land lag. Das machte ihn so betroffen, daß er beschloß, allen eine Merkatorprojektion auf einem Blatt Papier auszugeben, was ihm allerdings sofort das Problem bescherte, daß Papier in dieser Gegend äußerst rar ist, und noch dazu wurden es die Kinder schnell leid, immer wieder das gleiche abzuzeichnen. Er ging zu Dionisio Vivo, und sie entschieden, eine Weltkarte anzufertigen, die so groß war, daß Geographiestunden entweder im Boot oder von den Höhen aus abgehalten werden konnten.

Im westlichen Ende des Tals gab es ein Gebiet mit eisigem Sumpfland, das an die Flußbiegung stieß, und an dieser Stelle befindet sich nun die *mappa mundi*. Professor Luis, der alte Gomez, Dionisio Vivo, Misael, Fulgencia Astiz und zahlreiche andere gelegentliche Helfer und Helferinnen wie einige der von Aurelio von den Toten erweckten spanischen Soldaten drainierten den Sumpf, indem sie einen Kanal bis zum Fluß weiter unten aushoben. Als dieser fertig war, machten sie sich daran, die Ozeane auszugraben und den Aushub für die Kontinente anzuhäufen. Sie modellierten anschließend die Landschaft, um die Gebirgszüge hervorzuheben, und bepflanzten das ganze Gelände mit entsprechend gefärbten Blumen, grün für fruchtbare Gegenden und gelb für die Wüsten. Alles war im großen Maßstab angelegt und brauchte viele Monate, doch zum guten Schluß dichteten sie den Kanal ab, damit sich die Ozeane mit Wasser füllen konnten. Aber das war noch nicht alles. Nicht nur, daß Professor Luis die Neugierigen mit einem Floß herumstakte und gelehrte Vorträge über die verschiedenen Länder hielt, sondern Aurelio löste auch einen Platzregen eßbarer Fische aus, die das Gewässer bevölkerten, und eine Schar Enten siedelte sich hier auf Dauer an, was uns mit köstlich schmeckenden Eiern versorgt. Es ist überaus beeindruckend, höher zu klettern und auf dieses kartographische Meisterwerk zu blicken, und nachts ist es ungemein beruhigend, in der Hängematte zu liegen und den einlullenden Unterhaltungen der Frösche zu lauschen.

Wo ich schon beim Thema bin, sollte ich nicht versäumen, von der außerordentlichen, an den Hängen erbrachten Leistung zu berichten, als alle Terrassen wieder aufgebaut wurden, die zu den Zeiten der Inkas die Stadt versorgt hatten. Sehr geschickt schnitten sie den Schwemmschlamm, der die Stadt in der Zeit ihrer Überflutung bedeckt hatte, zu Ziegeln, und erreichten damit einen doppelten Zweck. Heutzutage sind diese *andenes* buchstäblich mit Gemüse behängt, und die abgeernteten Felder werden den Schafen und Ziegen zum Abweiden der Stengel überlassen. Die Leute haben auch eine riesige Maschine konstruiert, um auf das Plateau darunter zu gelangen, und sie haben größtenteils jedes einzelne Steingebäude wieder hergerichtet. Ich sehe mich zu der Spekulation verleitet, daß der Geist der Inkas in dieser Gegend weiterlebt und die Seelen der Menschen mit Monumentophilie (wenn es so ein Wort gibt) infiziert hat.

Sie haben auch eine große Vorliebe für Geschichten, weshalb sie womöglich so viel Zeit auf der *plaza* verbringen. Hier lauschen sie den Predigten von Pater García, der es nie versäumt, die Menschen mit seiner Fähigkeit zu amüsieren, bei seinen Vorträgen zu levitieren. Diese Predigten bestehen hauptsächlich aus komplizierten

Geschichten, die in einer Umgangssprache und in einem häufig ur-wüchsigen Stil erzählt werden und gewöhnlich vom Tun der Engel und Teufel handeln. Sie sollen anscheinend dazu dienen, die Moral und die übernatürlichen Gründe für den derzeitigen Zustand der Welt zu erklären. Theologisch gesehen sind seine Ideen höchst heterodox, wenn nicht einfach verrückt, aber viele überzeugt der Levitationstrick sowie der interessante blaue Nimbus, der sich um seinen Kopf bildet, von ihrer Wahrheit.

Auf der *plaza* können wir ganz offen Aurelio belauschen, wenn er seiner toten Tochter Parlanchina Geschichten erzählt. Anschei-nend wartet er auf der *plaza* auf sie, bis sie sich dadurch zu erken-nen gibt, daß sie ihm einen Streich spielt. Sie läuft mit seinem Hut weg oder legt ihm die Hände über die Augen und sagt: »Rate mal, wer?« oder stiehlt ihm die Kokakalebasse aus seiner *mochila*. Aure-lio tadelt sie, aber dann sagt er: »Okay, ich werde dir eine Ge-schichte erzählen, aber nur, wenn du deine Tollereien einstellst und zuhörst.«

An dem Tag, als der dreihundertjährige Mann ankam, hatte Aure-lio bereits drei Geschichten erzählt, die eine von dem Gürteltier, das seinen eigenen Panzer knüpfte und die letzten Glieder aus lok-kereren Knoten machen mußte, um ihn für ein Fest fertig zu ha-ben, weil es sich ein falsches Datum gemerkt hatte, die eine von der Frau Sabare, welche die Verwendung von Salz für die Küche entdeckte, und dann noch die von der Frau, die einen Jaguar heira-tete und ihr Dorf mit Fleisch versorgte, bis sie selbst ein Jaguar wurde, woraufhin ihre undankbare Familie sie tötete und damit die ewigliche Desillusionierung des Jaguars auslöste. Er fing gerade mit der Geschichte von den mißhandelten Kindern an, die aus ihrem Dorf tanzten und in den Nachthimmel stiegen, weshalb niemand ein Kind schlagen darf, als der Fremde am Ende der Obe-liskenlinie auftauchte und mit sich überschlagender Stimme brüllte: »Hat irgendwer die Bestie gesehen? Hat irgendeiner die Bestie gesehen?«

Als er sich näherte, sahen wir, daß es sich um eine knochige Ge-stalt auf einem bedauernswerten Gaul handelte. Er war in grobes Sackleinen, das zu einer Tunika zusammengeflickt war, gekleidet, seine Füße steckten nackt in den Steigbügeln, und er trug eine lange Stange, die er eindeutig für eine Lanze hielt. Er hatte langes, dünnes graues Haar und einen ebensolchen Bart, und seine Haut war sattellederbraun von den Jahren in der Sonne. Seine Augen glichen schwarzen Stecknadelköpfen, was mich auf den Gedanken brachte, daß er vielleicht Marihuanaraucher war, und als er sprach, tat er das mit übertriebenen Gesten, die mich an einen Schurken in einem Melodram erinnerten. Er ritt zu uns her, unterbrach Aurelios Erzählung und starrte herrisch auf uns herab. »Ist die Bestie hier?«

»Welche Bestie?« fragte Misael, der von einem Ohr zum anderen grinste und Josef anstieß, um ihm die allen naheliegende Einschätzung kundzutun, daß es sich hier um einen Irren handelte.

Der Mann gab sich verblüfft. »Welche Bestie?« wiederholte er. »Die Bestie, die viele Gestalten annimmt, deren Bauch aber wie der Lärm eines in der Ferne rennenden Hunderudels rumpelt. Haben Sie sie gesehen?«

»Das wäre Don Emmanuel nach *frijoles refritos*«, rief Felicidad, und alle lachten.

»Und wo ist dieser Don Emmanuel?« wollte der Fremde wissen. »Ich muß ihn töten.« Woraufhin Don Emmanuel vortrat und seinen dicken Trommelbauch und seinen roten Bart vorstreckte, während seine Augen verschmitzt funkelten. Mit einer so schnellen Bewegung, daß wir sie gar nicht wahrzunehmen vermeinten, schlug der Fremde den unglücklichen Don Emmanuel mit der Stange seitlich an den Kopf, daß dieser wie vom Blitz getroffen zu Boden fiel. Felicidad stürzte sich auf den Angreifer, zerrte ihn vom Pferd, rupfte ihm Haarsträhnen aus und biß ihn so kräftig in die Schulter, daß seine Wunde ausgiebig blutete.

Sobald sich der Tumult gelegt hatte und Don Emmanuel wieder auf diese Welt zurückgekehrt war und, seinen Schädel reibend, am Boden saß, konnten wir dem alten Mann zuhören, der offenbar schon oft das Opfer solcher Mißverständnisse gewesen war. »Der Grund für meine klägliche Erscheinung«, erklärte er, »ist der, daß ich dreihundert Jahre alt bin und nicht sterben kann, bevor ich nicht die Bestie erledigt habe. Ich bin in dieser Zeit mehrmals um die Welt gereist, habe sogar Ozeane durchschwommen, was jedes Mal den Tod meines Pferdes nach sich gezogen hat und ich mir ein neues habe kaufen müssen, aber ich habe die Bestie immer noch nicht gefunden.« Er schüttelte resigniert den Kopf, und der mexikanische Musikologe sagte: »Es wäre doch sicherlich besser, *cabrón*, die Bestie nicht zu töten, denn dann würdest du doch ewig leben, oder nicht?«

Der alte Mann seufzte und blickte etwas herablassend, als könne der Mexikaner nicht begreifen. »Ich bin noch erschöpfter, als wenn ich mich mit einem Hakenwurm infiziert hätte«, sagte er, »und wünsche mir den Frieden des Todes stärker, als ein junger Mann sich nach einer Frau sehnt. Können Sie erfassen, wie auslaugend es sein kann, zweihundertundfünfzig Jahre auf einem Pferd herumzureisen und nach der Bestie zu suchen? Ich habe schon dreiunddreißig Pferde gehabt, und jedesmal, wenn eines stirbt, verzehrt mich der Kummer. Alle meine Freunde sind schon lange tot. Kann ich hier was essen?«

Fulgencia Astiz, die einschüchternde Santanderina, nahm ihn mit zu ›Doña Flor‹, wie Dolores ihr Restaurant nennt, und viele andere drängten sich mit hinein, um ihre Neugier zu sättigen. Dolores herrschte sie an, sie sollten entweder essen oder verschwinden, aber niemand rührte sich, und wir sahen zu, wie der alte Mann zwei Tortillas, drei *enchiladas*, eine *chimichanga*, eine Portion *sancocho*, eine Portion Kürbiseintopf mit Hühnchen und Zuckermais, eine ganze Ananas, zwei Meerschweinchen und das Bein eines kleinen Vicunjas verzehrte. Die Bemerkung erübrigt sich wohl, daß wir alle ganz verwundert waren, worauf er uns mitteilte, daß sein Verdauungssystem bei seinem Alter von dreihundert Jahren überaus unwirksam war und er deshalb gezwungen sei, enorme Mengen zu essen, um wenigstens ein Minimum an Nährwert herauszuholen. Er bezahlte Dolores mit Münzen aus einer alten Ledertasche. Diese Münzen trugen eindeutig den Kopf von König Pedro I. aus Brasilien. Dionisio brachte sie schließlich in die Hauptstadt und kam mit etlichen tausend Pesos für Dolores zurück.

Der Fremde stieg dann auf sein Pferd und ritt einsam auf der Suche nach seiner Bestie davon, nachdem er Aurelio das Versprechen abgenommen hatte, ihn zu holen, wenn jemand sie sah. Ich träume oft von ihm, wie er gegen die Bestie kämpft, aber ich kann nicht genau sehen, was die Bestie ist. Sie gleicht einem undeutlichen Fleck, der kreischt.

Abuela Teresa war etwas Besonderes; sie war auch der Grund für die Notiz in der Kirche, die besagte: »Keine Rosenkränze, auf Wunsch Unserer Lieben Frau.« Im zarten Alter von zwölf Jahren war sie zur Grotte mit den drei Statuen gegangen, in jener kritischen Altersphase, da das plötzliche Aufknospen der erwachenden Sexualität sich sowohl ausgedrückt wie gemildert sieht durch eine Anwandlung religiöser Inbrunst. Sie hatte sich in Christus verliebt. Er war ihr beständig im Sinn, von einem Strahlenkranz umgeben, aber mit immer noch blutenden Wunden, und sie fühlte sich sowohl in seiner umhüllenden weiblichen Sanftheit wie in seinem mächtigen männlichen Schutz geborgen. Ihr Gesicht strahlte eine derartige Heiterkeit und Zufriedenheit aus, daß ihre frische Schönheit in den Männern, die sie sahen, keine Lust erregte, und selbst in diesem Alter verfügte sie über die außergewöhnliche Fähigkeit, Tiere auf eine Art zu lieben, die der Bauerngemeinde, zu der sie gehörte, völlig fremd war. Ihre Landsleute behandelten die eigenen Tiere im schlimmsten Fall mit beiläufiger Grausamkeit und im besten mit ausbeuterischer Gleichgültigkeit. Zu jener Zeit hatte sie ein Kapuzineräffchen als Schmusetier, das sie üblicherweise an ihrer Brust trug, wo es die Ärmchen in einer Umarmung beständiger Zuneigung um ihren Hals schlang und die Wange an ihre drückte.

Bei der Grotte setzte sie sich an den Wasserfall und stellte das Äffchen auf den Boden, damit sie den Rosenkranz aufsagen konnte. Es hüpfte in die Zweige eines Flamboyants und vergnügte sich mit dem Ausrupfen der Blüten, während sie die Augen schloß, sich am Kruzifix bekreuzigte, das apostolische Glaubensbekenntnis aufsagte und das Vaterunser der ersten Perle begann. Sie sprach gerade das zweite Ave Maria der dritten Perle, als eine silbrige Stimme sagte: »Teresa, bitte hör auf.« Sie öffnete die Augen und blickte sich um, sah aber niemanden und sagte das Gloria. Als sie die Perle am Ende des Kranzes erreicht hatte, begann sie mit den zehn Ave Marias des ersten Geheimnisses, war aber erst beim zweiten angekommen, als die gleiche silbrige Stimme sie wieder unterbrach: »Teresa, muß ich dich zweimal bitten?«

Verblüfft richtete sie den Blick auf und sah einen Strahlenkranz um den Kopf der Jungfrauenstatue, der so leuchtete, daß das Gesicht dahinter gar nicht mehr anzuschauen war. Sie beschirmte ihre Augen und zitterte, sah sich aber nicht imstande, aufzustehen und davonzurennen. »Du sollst wissen«, sagte die Stimme, »daß ich sehr erleichtert wäre, wenn ich keine Rosenkränze mehr hören würde.«

Die junge Teresa kam auf nichts Geistreiches oder Bedeutsames, was sie sagen konnte, und fragte einfach: »Warum?« Augenblicklich bereute sie ihre Keckheit.

Hinter dem strahlenden Licht ertönte ein tiefer Seufzer, der eine Mattigkeit, älter als die Welt, auszudrücken schien. »Wie würde es dir gefallen, Teresa, all dem zuzuhören? Stell dir mal vor, bei einem ganzen Rosenkranz muß ich mir sechs Vaterunser, ein apostolisches Glaubensbekenntnis, sechs Glorias, eine längere Litanei, ein abschließendes Gebet und dreiundfünfzig Ave Marias anhören. Manche Leute arbeiten sich durch alle fünfzehn Geheimnisse, und dann bekomme ich einhundertfünfzig Ave Marias zu hören.«

»Einhundertfünfundsechzig«, korrigierte Teresa.

»Ganz richtig«, erwiderte die Stimme, »und das ist mehr, als ich weiterhin aushalten kann. Stell dir nur vor, Teresa, zu jeder Zeit gibt es Millionen von Menschen auf der ganzen Welt, die das in unziemlicher Hast durchhecheln. Es ist so, als würde ich mit dem Kopf ständig in einem summenden Korb voll wütender Bienen stecken. Wenn du den Rosenkranz aufsagen willst, sag bitte nur ein Ave Maria für jedes Geheimnis, und sprich es langsam und aufmerksam.«

Teresa, die niemals etwas ungefragt hinnahm, wandte ein: »Aber, liebe Frau, auf meiner Rosenkranzkarte steht, daß du in Fatima die Welt dazu angehalten hast, ihn aufzusagen, und dann steht noch, daß der Rosenkranz dem heiligen Dominikus geschenkt wurde, damit er die Häresie bekämpfe.«

Es ertönte ein weiterer Seufzer aus den acht Ecken des Universums. »Unter uns gesagt, der heilige Dominikus muß sich für einiges verantworten. Wirst du tun, was ich sage?«

»Ja, liebe Frau«, sagte Teresa, die immer noch ihre Augen vor dem unbeschreiblichen und nun pulsierenden Lichterglanz abschirmte.

»Und noch etwas«, fuhr die Stimme fort. »Ich habe eine Botschaft von meinem Sohn. Er meint, du sollst lernen, ihn nicht so zu lieben, wie allein er ist, sondern wie du ihn bei deinen Mitmenschen findest.«

Von da an wurden im Dörfchen Rinconondo keine Rosenkränze mehr aufgesagt, und Teresa suchte Jesus in den Gesichtern ihrer Familie, in den kaputten Zähnen von Landstreichern, hinter den Augen des Bürgermeisters, in der künstlichen Ausgelassenheit der Dorfhuren und in den Umarmungen des Mannes, der ein ganzes Leben mit ihr verbringen sollte, bis er kurz vor ihrem siebzigsten Geburtstag starb. Als dies geschah, kaufte sich Teresa ein weiteres Kapuzineräffchen von einem der Tagelöhner bei Don Mascar, da sie erkannte, eine so harmlose Liebe würde ihr bis zum Tag ihres eigenen Ablebens genügen, womit sie den Kreis ihres Lebens in zufriedenstellender Weise schloß.

Teresa saß auf der *plaza*, wo sie Paranüsse schälte und einige der Kerne an ihr anhängliches Äffchen verfütterte, als die Patres Valentino und Lorenzo an der Spitze einer brutalen Horde von zwanzig Männern, die meisten auf Mulis oder Pferden, und alle bewaffnet mit Flinten und Macheten, wieder im Dorf auftauchten.

Wer waren diese Männer – und die Tausende von Gleichgesinnten, welche die Reihen der Kreuzritter auffüllten? Das bedarf einer Erklärung, weil es vielen ein Rätsel war, die auf diese Ereignisse zurückblickten und sich fragten, wie es kam, daß eine bereits von inneren Spaltungen und Gaunereien bedrückte Nation einem Wiederaufflammen des unaufhörlichen Religionskonflikts anheimfiel, der sie seit Jahrzehnten geplagt hatte und offenbar erst durch mühsame verfassungsmäßige Kompromisse geschlichtet wurde. In der Vergangenheit hatten die Liberalen im Namen des modernen säkularen Staates gnadenlos gemetzelt, gefoltert und vergewaltigt, während die Konservativen genau das gleiche im Namen der katholischen Theokratie getan hatten. Die Kriege dauerten so lange, daß niemand je wußte, wann der eine schon zu Ende war und ein neuer begonnen hatte. Sie wurden so lange weitergeführt, bis sich am Ende keiner mehr erinnern konnte, wie sie angefangen hatten oder was die ursprünglichen Absichten der jeweiligen Seiten gewesen waren, so daß der endgültige Friedensvertrag auf Forderungen der Liberalen einging, die ursprünglich die der Konservativen gewesen waren, und die letzteren auf der Einfügung von Klauseln beharrten, für die ursprünglich die Liberalen gekämpft hatten. Die Möglichkeit, daß es zu einem solchen unwahrscheinlichen Ergebnis kam, kann nur erfassen, wer versteht, daß es in der nationalen Psyche eine atavistische Lust auf Erregung und Kampf gab, die ihren Ausdruck beharrlich nicht so sehr im Interesse einer gerechten Sache suchte, sondern unter dem geringfügigsten und ganz und gar unentschuldbar infantilen Vorwand. Die Bevölkerung verfügte über eine Mentalität, die keinen Widerspruch darin sah, über ein anderes Land herzufallen, um ihm den Pazifismus aufzuzwingen. Gekoppelt daran läßt sich wohl eine gewisse zwingende Erwerbslust ausmachen, die so naiv ist, daß sie ihren eigenen Zynismus gar nicht zu erkennen vermag. Ein idealistischer Krieg würde sich deshalb in einer Diebesorgie austoben, die sowohl den Armen ihre unbedeutendsten Besitztümer als auch den Frauen ihre körperliche Unversehrtheit raubte. In solchen Zeiten explodieren Angst und Verachtung der Männer gegenüber Frauen in einem verheerenden Ausbruch an Vergewaltigung und Mißhandlung, und die Lust auf Dominanz und extreme Erfahrungen hinterläßt eine Spur männlicher Toter, die im Unterholz verwesen und ihre vor Maden wimmelnden Hoden im Mund stecken haben.

Deshalb hatten die Patres Lorenzo und Valentino kaum Schwierigkeiten, eine »Leibwache« zu rekrutieren, die zahlenmäßig ihre Erwartungen übertraf und sich als zu eigensinnig herausstellte, um beherrscht werden zu können, so daß sie sich letztendlich mit deren Abscheulichkeiten abfinden mußten und sich mit dem Gedanken trösteten, daß für die Sache des größeren Guten immer einige Übeltaten begangen werden. Mit dem Versprechen auf vollkommenen Ablaß fanden sie Männer, die bereit waren, der immer gleichen Herrschaft ihrer Frauen zu entkommen, Männer, die eine schlecht bezahlte und anstrengende Anstellung zugunsten eines Abenteuers aufgaben, Männer, die froh waren, im Namen des lieben Jesus wundermild Härte zu zeigen. Die Patres waren zunächst die Anführer, endeten aber als Komplizen aus Angst, zu Nachläufern zu werden, was genau auch all den anderen Priestern widerfuhr, die schließlich feststellen mußten, daß ihre Streitkräfte sich zu einer verheerenden Plage menschlicher Heuschrecken verdichtet hatten, an deren Spitze die dunkle und eisenharte Gestalt von Mgr. Rechin Anquilar stand, der überall gleichzeitig zu sein schien, auf seinem riesigen Pferd herumwirbelte, während das Kruzifix an seiner Kette das Licht brennender Hütten und die rote Glut des Mondes wiedergab.

Auf der *plaza* läuteten die Patres ihre Glocke und riefen zur Buße auf, während ihre Kohorte von Leibwächtern unter den Bäumen herumlümmelte und die Wasserflaschen aus dem Trog auffüllte; einige sammelten Holz für ein Feuer, an dem sie in Gauchomanier aufgespießte Fleischstücke rösten konnten. Die sich wiederholende Litanei zog die Bevölkerung aus ihren Häusern. Die Augen der Menschen leuchteten vor amüsierter Neugier und einer gewissen Verwunderung darüber, daß die verteufelten Priester so unbedacht an die Stätte ihrer früheren Demütigung zurückgekehrt waren. Wie zuvor segelte eine Guava durch die Luft und klatschte Pater Lorenzo seitlich an den Kopf. Doch diesmal knallte ein Schuß, und der Anführer der Rüpel stand bedrohlich auf. »Hört dem Mann beim Predigen zu«, sagte er und spuckte entschlossen auf den Boden. Die Leute lauschten.

Sie hörten sich an, wie die Patres alles verdammten, was ihnen heilig war. Sie mußten sich anhören, daß Ricardo von Rinconondo als Wahnsinniger beschrieben wurde, daß Mohammed als Häretiker und Polygamist verleugnet wurde, daß ihre Grotte als ein heidnischer Schrein des Lasters beschrieben wurde, daß ihnen befohlen wurde, die Minaretts wieder zu entfernen und unter Androhung der ewigen Flammen den Rosenkranz wieder einzusetzen. Da aber erhob sich Abuela Teresa und bahnte sich einen Weg zu Pater Lorenzo. Auf ihren Stock gestützt, alle Heftigkeit in ihrem gebrechlichen alten Leib aufbietend, das Äffchen um ihren Hals, sagte sie: »Junger Mann, Unsere Liebe Frau hat uns durch mich befohlen, den Rosenkranz nicht aufzusagen. Wer sind Sie denn, daß Sie Unserer Lieben Frau widersprechen?«

Lorenzo schüttelte mit devotem und frommem Erbarmen, das unmißverständlich an gebildete Herablassung gemahnte, den Kopf. »Das war nicht Unsere Liebe Frau, das war eine Erscheinung des Verführers. Sie sind irregeleitet worden, darauf können Sie sich verlassen.«

»Es war Unsere Liebe Frau«, beharrte Teresa, »sie hat zu mir gesprochen.«

»Habt ihr eine Ahnung von der Hölle?« fragte Pater Valentino. »Wollt ihr dahin kommen? Denn das werdet ihr alle erleiden, wenn ihr euch nicht eines Besseren besinnt. Gebt euch Gottes Gnade anheim.«

Abuela Teresa blickte zu den beiden Priestern auf und begann vor Wut zu zittern. Trotz ihrer vertränten Augen erfaßte sie an ihnen eine abstoßende Selbstgerechtigkeit, einen erschreckenden Mischmasch ungeprüfter Gewißheiten, eine schreckliche geistliche Überheblichkeit, die sich als sanfte Demut tarnte, und war völlig angewidert. Reflexartig schwang sie ihren Stock und setzte den Geistlichen zu, die ihre Arme zum Schutz ihrer Köpfe hoben, während die Dorfbewohner klatschten und pfiffen und sogar die Leibwächter vergnügt lächelten.

Doch dann sah der Anführer der Grobiane seine Chance, sich einen ewigen Platz im Paradies zu verdienen, und entschied, seine eigene Lektion in Theologie zu erteilen. Er schritt nach vorn und riß der alten Frau den Stock aus der Hand, so daß sie in den Staub purzelte. Er bückte sich, löste das verwunderte Äffchen von ihren Schultern und marschierte mit dem unter die Achsel geklemmten Tier zum Feuer.

Die Flammen loderten mittlerweile hell auf, und er drehte sich davor um und hob die kleine Kreatur hoch. »Schaut«, schrie er, »ich werde euch zeigen, wie die Hölle ist.« Damit hielt er das Äffchen am ausgestreckten Arm über das züngelnde Feuer.

Ein entsetztes Schweigen befiel die Dorfbewohner genau in dem Moment, als das Kapuzineräffchen zu zappeln und zu schreien anfing. Kurzzeitig stieg schwarzer Rauch auf, als das weiche graue Fell abgesengt wurde, und dann erfüllte der zähe Gestank brennenden Fleisches die *plaza*. Das Äffchen schrie wie ein gefoltertes

Kind, zuckte, versuchte sich im Griff des Mannes höher zu ziehen, grimassierte vor Pein und Unverständnis und keuchte im Rauch seiner Opferung. Der Anführer ließ es ins Feuer fallen. Es richtete sich auf, so daß es einen Augenblick als Silhouette zu sehen war, aber dann fiel es in den Flammen zusammen, zappelte und zuckte in den letzten Zügen und verkohlte zur Leblosigkeit.

Die Leute standen da, zu verblüfft und entsetzt, um einzuschreiten, und von dem gräßlichen Todesdrama des Äffchens paralysiert. Doch dann setzte eine Frau mit einem langen Wut- und Mitleidsgeheul ein, ein Mann erbrach sich auf den Boden, und Abuela Teresa, von ungestümer Verachtung und Trostlosigkeit verzehrt, hob ihren Stock auf und ging zum Feuer, um sich die Überreste ihres letzten Gefährten anzusehen, die im Flammennest zusammenschrumpften und verschmorten. Sie schlug sich die Hände vors Gesicht, Tränen flossen ihr durch die Finger, und kniete sich dann hin. Langsam wandte sie den Kopf den aschfahlen Priestern zu und sagte bloß: »Ich werde vor Ihnen im Himmel sein.«

Sie streckte die Arme aus und warf sich mit dem Gesicht voran in die Flammen, bevor irgend jemand sie aufhalten konnte, und erlebte zum zweiten Mal in ihrem Leben ein helleres Licht als die Sonne.

25

Ein weiterer Auszug aus General Fuertes Notizbüchern

In der Stadtverfassung wird festgehalten, daß es »strikt verboten ist, eine Abtreibung vorzunehmen, indem eine Frau verkehrt herum in einem Sack voller Ameisen aufgehängt und geschlagen wird, bis sie eine Fehlgeburt erleidet. Aber es ist erlaubt, Abtreibungen mit Hilfe von getrockneten Lamaföten vorzunehmen.« Ebenso wird festgestellt: »Alle Besucher, welche die Dienste des Bordells in Anspruch nehmen wollen, müssen einen Bluttest von der Krankenstation in Ipasueño vorweisen.« Des weiteren heißt es: »Jeder, der einen schlechten Rat gibt, ist dafür verantwortlich, was sich daraus ergibt.« Es lassen sich auch Punkte finden wie: »Diese Stadt mißbilligt die Quechua-Praxis, ein Baby zu entwöhnen, indem die Nippel mit ranzigem Meerschweinchenfett eingeschmiert werden.« Aber es gibt auch poetische Reflexionen wie »Gold ist der Schweiß der Sonne, und Silber sind die Tränen des Mondes« und »Wenn die Götter weinen, werden ihre Tränen zu Jaguaren.«

Die Verfassung kam unter der Prämisse zustande, daß jeder dem informellen Rat der Anführer irgend etwas vorschlagen konnte, was angenommen wurde, solange niemand auf einen Einwand kam. Im Falle der Abtreibungspraxis durch das Schlagen einer kopfüber in einem Sack voller Ameisen aufgehängten Frau war es Leticia Aragon zuzuschreiben, die davon gehört und deren Abschaffung vorgeschlagen hatte. Sie ist die frühere Geliebte von Dionisio Vivo, als er in Ipasueño zeitweilig geistig umnachtet war. Sie war nach Cochadebajo de los Gatos gekommen, um sein Kind zur Welt zu bringen, und sie verliebten sich neu ineinander, als Dionisio wieder zur Vernunft kam. Sie verdient sich ihren Lebensunterhalt mit ihrer außergewöhnlichen Fähigkeit, verlorenes Gut wieder zu beschaffen, das sie jeden Abend in ihrer Hängematte findet, bevor sie dort hineinklettert.

Die Klausel über alle Besucher, die ein gesundheitliches Attest haben mußten, wenn sie ins Bordell gehen wollten, ging auf Hectoro zurück und war das direkte Ergebnis eines Zustroms neugieriger Touristen, die Leser von *La Prensa* waren. Diese Zeitung hatte eine Bemerkung von Don Emmanuel mit der Aussage erwähnt, Cochadebajo de los Gatos wäre »eine großartige Unterwasserstadt der ungezügelten Wollust«, und dies hatte bei einem bestimmten Typ der männlichen Leser großes Interesse erweckt. Sie waren in Scharen in die Stadt geströmt, hatten sich als Händler, Reisende, reiche Gringos und Ethnologen ausgegeben. Die meisten kauften unterwegs Indiokleidung, weil sie auf diese Art hofften, die Tatsache zu verschleiern, daß sie hauptsächlich städtische Opportunisten waren, und gerade diese Invasion von Ponchos, ungespielten Panflöten und jener roten Mützen mit Ohrenschützern machte es überdeutlich, daß sie nicht diejenigen waren, die sie darstellen wollten. Sie belästigten schamlos die jungen Mädchen, betranken sich und verlängerten die Schlange im Puff in einem Ausmaß, das Hectoro untragbar fand. Überdies lief eine Welle von Befürchtungen durchs Land, daß die Gringos eine neue Krankheit erfunden hätten, die einen violett anlaufen und dahinsiechen und dann an jedem geringfügigen Gebrechen sterben ließ, das einen befiel, und das machte die Huren besonders abgeneigt, mit Fremden zu kopulieren. Glücklicherweise konnten die meisten Besucher die Anwesenheit so vieler Jaguare nicht ausstehen und zogen recht rasch wieder ab.

Der Satz über den schlechten Rat kam vom mexikanischen Musikologen, der mit den Zwillingen Ena und Lena zusammenlebt. Dieser Mann mag ein begabter Musiker und Gelehrter sein, und er ist jung und gutaussehend, aber er ist auch etwas umständlich und naiv. Eines Tages wurde ein Sportfest abgehalten – mit Rennen, Schießen auf einen Hut, einem Tauziehen gegen Cacho Mocho, einem Wettbewerb, wer Antoines Traktor am weitesten rückwärts einen Hang hinaufziehen, und einem anderen, wer Don Emmanuel aus fünfundzwanzig Schritten mit dem Lasso einfangen konnte, sowie zahlreichen anderen Ereignissen mit mehr oder weniger *machismo*.

Der mexikanische Musikologe hatte sich zum Hundertmeterlauf gemeldet und war sich todsicher, daß er gewinnen würde, weil er trainiert hatte, indem er immer den Hang zu seinem Haus hinaufrannte. Sonst hatte niemand trainiert, weil die Ansicht herrschte, ein echter Mann könne auch triumphieren, ohne auf diese Art seine Zeit und Energie zu vergeuden; es herrschte auch allgemein das Gefühl, Trainieren sei eine Form von Betrug.

Der Mexikaner war so selbstgefällig, daß er die ganze Zeit in den Bars herumredete, was er sich als Preis aussuchen würde, der aus drei selbst zu wählenden Büchern aus Dionisios Buchhandlung bestand. Er war schon dort gewesen, um seine Bücher auszusuchen, und hatte Dionisio gebeten, sie auf die Seite zu tun, damit er sie nach seinem Sieg einsammeln konnte. Doch Don Emmanuel nahm ihn auf den Arm, indem er ihn auf die Seite zog und sagte: »Im Vertrauen, *cabrón*, das Geheimnis bei den hundert Metern besteht darin, alle davonlaufen und sich abkämpfen zu lassen, und dann, wenn sie erschöpft sind, Tempo zuzulegen und sie zu überholen. Du mußt lediglich dein Tempo weise dosieren.«

Der Mexikaner war von diesem Rat sehr eingenommen, dankte Don Emmanuel und schüttelte ihm die Hand. Als das Rennen startete, flog natürlich jeder bis auf den Mexikaner wie aus der Pistole geschossen davon, und er wurde undankbarer letzter. Seine Wut war so groß, daß er versuchte, Don Emmanuels Kopf in Doña Constanzas Kessel mit *guarapo* zu tauchen, woran er von Misael und Josef gehindert werden mußte. Als er sah, daß alle ihn auslachten, trat er den Kessel um und stolzierte nach Hause, wo er zwei Tage lang schmollte, bevor er sich wieder zeigte, und das war dann, als er mit seiner neuen Klausel für die Verfassung zu Remedios ging.

Eine weitere Komplikation bei dem Rennen ergab sich daraus, daß Aurelio, Pedro und Dionisio, die alle zusammen geselligen Umgang mit den Toten pflegen, obwohl ganz eindeutig Capitan Papagato als erster durchs Ziel lief, behaupteten, daß Federico mit etlichen Metern Vorsprung gewonnen hatte und Parlanchina zweite geworden war. Sergio unterstützte natürlich diese Behauptung, da Federico sein Sohn ist und Parlanchina seine Schwiegertochter, obwohl er nicht von sich sagen konnte, er habe den Sieg der beiden Geister tatsächlich mit eigenen Augen gesehen. Darüber kam es zu einer ziemlichen Auseinandersetzung, bis Aurelio alle davon unterrichtete, daß Federico und Parlanchina entschieden hatten, ihre Gewichtslosigkeit hätte ihnen einen unfairen Vorteil verschafft, und sie wollten, daß Capitan Papagato den Preis bekäme, weil sie mit Büchern nichts anfangen konnten, denn sie konnten beide nicht lesen. Deshalb gibt es auch einen Abschnitt in der Verfassung, der besagt: »Menschen, die den meisten von uns unsichtbar sind, sollten diese Tatsache nicht zu ihrem Vorteil nutzen.« Diese Klausel hielten viele nicht Unterrichtete für eine Abfuhr an ferne Politiker.

Capitan Papagato hat sich zu einem interessanten Fall entwickelt. Er hat solche exzentrischen Einfügungen vorgeschlagen wie »Wenn Tümmler Räder hätten, wären sie viel schneller« und »Fledermäuse schlafen mit dem Kopf nach unten, damit sie nicht mit Vögeln verwechselt werden können«. Er hat sich ungeheuer verändert, seit er mein Adjutant in Valledupar war. Damals war er gewissenhaft und schüchtern und schien so wie ich mit der Armee verheiratet zu sein, doch als ich von meiner Gefangenschaft in den Folterkammern von General Ramírez zurückkehrte, mußte ich feststellen, daß er seinen Namen in Papagato hatte umändern lassen, vier riesige schwarze Jaguare hatte, die offenbar von meiner Eselin María geboren worden waren, und bei Frauen höchst erfolgreich war. Als wir desertierten und den Katzen bis zu dieser Stadt folgten, warf er einen Blick auf Francesca und verliebte sich heftigst, aber wer soll ihm das verargen?

Sie ist erst siebzehn, überaus lebhaft und sanft, und sie ist auf eine Art hübsch, wie es nur Mädchen sein können, bevor sie von Geburten und Plackerei in Mitleidenschaft gezogen werden. Sie hat ziemlich langes und lockiges schwarzes Haar, und wer sie anschaut, kann gar nicht anders, als den Kurven ihres Körpers an diesen vorwitzigen kleinen Brüsten und ihrem flachen Bauch vorbei zu folgen, bis der Blick am Scheitelpunkt ihrer Schenkel zur Ruhe kommt. Es ließe sich ganz schön viel Zeit damit verbringen, sich verträumt auszumalen, wie sie nackt aussieht, und dabei, nehme ich an, ertappte sich Capitan Papagato. Ich meine, das Anziehendste an ihr ist, daß ihre Mundwinkel von Natur aus ein bißchen nach oben gehen, was ihr einen dauerhaft lächelnden Ausdruck verleiht, aber ich müßte auch einräumen, daß ihre dichten Augenbrauen ausgezeichnet ihre glühenden braunen Augen zur Geltung bringen, und das ist auch sehr berückend.

Capitan Papagato ertappte sich allmählich dabei, unter dem geringfügigsten Vorwand ihr Haus aufzusuchen, was er sehr vernünftig so zu kaschieren versuchte, als läge sein wahres Interesse an einer Freundschaft mit ihrem Vater Sergio. Jeden Abend kam er zu mir und sagte: »General, heute hat sie mir zweimal zugelächelt« oder »General, heute hat sie eine Blume im Haar getragen; meinst du, das könnte ein Wink sein?« Ich mußte alldem zuhören und ihm meine Meinung sagen. Ich riet ihm, immer seine Jaguare mitzunehmen, damit sich ihre Hände beim Streicheln zufällig treffen könnten und sie ein unfehlbares Gesprächsthema hätten: »Geht es ihnen heute gut? Sind sie nicht viel zu groß?« und so weiter. Er berichtete, daß sie bei einer Berührung ihrer Hände ihre nicht weggezogen habe, und wir nahmen dies als ermutigendes Zeichen.

Eines Tages kam er mit einem solch beschwingten Schritt in mein Haus, daß ich schon dachte, er würde mit dem Kopf das Reetdach einreißen, und es stellte sich heraus, daß es daher kam, daß er sie auf dem Weg getroffen hatte, als er am Abend einen Spaziergang mit den Katzen machte. Remedios erzählte mir später, sie hätte Francesca gesehen, die dem Capitan auflauerte und dann losgerannt sei, um einen Bogen um ihn zu machen und dann »zufällig« seinen Weg zu kreuzen. Natürlich machten sie den Spaziergang zusammen, und die Dinge entwickelten sich so überstürzt, daß sie bei der Rückkehr nicht nur vom Küssen blutige Lippen hatten, sondern auch beschlossen hatten, zu heiraten. Capitan Papagato sagte mir, sie habe ein bißchen Angst vor Männern, weil Federicos letzte Worte an sie gelautet hatten, sie solle sich vor Männern in acht nehmen, und sie wollte seinen letzten Wunsch in Ehren halten.

Er ging zu Sergio, um ihn um die Erlaubnis zu bitten, aber ihm wurde gesagt, es sei üblich, einen »Fürsprecher« zu schicken und nicht direkt zu fragen. Dieser Fürsprecher muß eine ältere angesehene Person sein, und natürlich bin ich in die Falle getappt und mußte diese Rolle übernehmen. Es ist unglaublich, wie langwierig das ist. Während Francesca und ihr Galan sich draußen unter den Felsen vergnügten, mußte ich fast so tun, als wäre ich selbst der

Freier. Und so durfte ich bei meinem ersten Besuch die Angelegenheit überhaupt nicht erwähnen und mußte den ganzen Abend dableiben, *pisco* trinken und schweigend eine Zigarre nach der anderen paffen. Am zweiten Abend mußte ich das gleiche machen, nur an einem Punkt hatte ich zu sagen: »Francesca ist sehr hübsch, ist es nicht Zeit, sie in ein neues Haus zu schicken?«

Am dritten Abend mußte ich sagen: »Capitan Papagato ist ein ganz toller Kerl; meinst du nicht, es wäre Zeit, ihn mit einem ehrbaren Mädchen zu verheiraten?« Und am vierten Abend mußte ich das Thema direkt mit den Worten angehen: »Capitan Papagato und Francesca bringen sich ganz schön ins Gerede, indem sie zusammen ausgehen; stimmst du nicht zu, daß wir dem ein Ende setzen und sie zusammen in ein Haus tun sollten?« Das alles ist strikt formelhaft, so wie auch Sergios Antwort: »Wie wird er für sie sorgen? Er soll Geschenke bringen, um zu zeigen, daß er genug hat.«

Der arme Capitan Papagato hatte vier Säcke mit Maiskörnern, zwei mit Kartoffeln, ein Schaf, ein Paar Armeestiefel und eine Ausgabe meines Aufklappbuches über die Schmetterlinge des Landes zu bringen, bevor Sergio der Verlobung zustimmte. Anscheinend ist es hier normal, einige Jahre lang zusammenzuleben, bevor Hochzeit gefeiert wird, und eigentlich genügte es schon allein, sich zu verloben. Vielleicht ist das ein Relikt aus der Zeit, als die Kirche dazu neigte, Ehen abzusegnen, die bereits nach Eingeborenenmethoden geschlossen worden waren.

Von den folgenden Ereignissen erinnere ich mich praktisch nur an einen schauderhaften Kater nach einer dreitägigen Fiesta, aber Josef sagte mir, daß ich einmal aufs Dach von Gonzagos Haus stieg und auf Misaels Esel urinierte. Ich bete zu Gott, daß dies nicht stimmt. Was Francesca und den Capitan betrifft, so wurde mir von Remedios gesagt, daß Doña Constanza von Gloria erfahren hatte, Francesca habe ihr anvertraut, der Capitan sei »ein absoluter Draufgänger«, und er wiederum vertraute mir an, daß »Francesca unersättlich ist, Gott sei Dank«. Die beiden sind ins Nebenhaus gezogen und haben ein Bett gezimmert, das groß genug ist, um ihnen und den vier Jaguaren gemeinsam Platz zu bieten, was darauf hinausläuft, daß ihr hinteres Zimmer nur aus dem Bett besteht. Während der Siesta machen sie einen solchen Lärm, daß ich mir angewöhnt habe, meine Ruhezeit mit Wachs in den Ohren zu verbringen, aber da Felicidad und Don Emmanuel auf der anderen Seite und Doña Constanza und Gonzago gegenüber sind, könnte ich genausogut die Vorstellung eines friedlichen Schlummers fahren lassen, es sei denn, ich ziehe woanders hin.

26
Das Massaker in Rinconondo

Der Bürgermeister von Rinconondo erschien mit seinen beiden
Polizisten zu genau dem Zeitpunkt auf der *plaza*, als die allgemeine Hysterie fast alle Versammelten erfaßt hatte. Er war auf
Don Mascars Hazienda gewesen, um einen vermeintlichen Fall
von Rindervergiftung zu untersuchen, und hatte den größten Teil
seiner Siestazeit damit verbracht, in der mörderischen Hitze mit
einem Taschentuch vor der Nase von einem aufgeblähten Kadaver zum anderen zu wandern. Da Don Mascar in jeder Hinsicht
der örtliche Caudillo war, leuchtete es ein, daß er alle möglichen
Feinde haben könnte: ein gefeuerter Vorarbeiter vielleicht oder
ein Tagelöhner, der den Verdacht hatte, die indiskrete Ausbuchtung am Bauch seiner Tochter wäre dem *patrón* zuzuschreiben.
Einer der Polizisten hatte jedoch die Spitze eines Horns aus dem
Wasserloch herausragen sehen, und so kamen sie zu dem Schluß,
daß die Rinder in der Tat vergiftet worden waren, aber durch
ihresgleichen. Obwohl es nicht ihre Bürgerpflicht war, hatten der
Bürgermeister und die Polizisten den Tagelöhnern in der widerwärtigen Aufgabe beigestanden, den Anstoß erregenden Ochsen
herauszuziehen, und nun trugen sie von Don Mascar geborgte
Kleidung, der dankenswerterweise angeboten hatte, ihre Gewänder von einer seiner Wäscherinnen säubern zu lassen. In solchen
Gegenden begreift ein jeder, wie wertvoll es ist, die Beziehungen
zwischen dem Caudillo und den Gesetzeshütern reibungslos zu
halten.
Und so kam es, daß die drei Männer gerade in Rinconondo eintrafen, als Abuela Teresa an den Füßen aus den Flammen gezerrt
wurde. Alle Leute drängten sich ganz dicht um sie, so daß zuerst
nicht klar war, was da passierte. Sie hörten das schreckliche Klagen

gramerfüllter Frauen, die wütenden Schreie von Männern und merkten, daß etliche gerissene und feindselig aussehende Fremde mit äußerst starker Bewaffnung anwesend waren.

Der Bürgermeister kratzte seinen Stoppelbart, bot seinen Mut und seine gewohnte Miene entschiedenen *machismos* auf und drängte sich in das Menschengewirr. Zuerst erblickte er zwei Priester, die neben dem Körper einer Frau knieten und ihr die letzte Ölung gaben, und als er sich vorbeugte, um die Identität der Frau festzustellen, schreckte er so schockiert zurück, als hätte er einen Schlag ins Gesicht erhalten. Er sah einen völlig unkenntlichen Kopf, der eine blutige Suppe aus Körpersäften und verfärbtem Fleisch war, mit Schlacke und glimmendem Holz bestückt; große gelbe Blasen waren zu sehen, und aus dem entstellten Mund drang ein Stöhnen, das er das letzte Mal gehört hatte, als einer seiner Leute während einer Fiesta vom Horn eines Stiers aufgeschlitzt worden war. Die Menge verstummte, als würde sie urplötzlich in seine eigene Sprachlosigkeit einstimmen. »Wer ist das?« wollte er wissen.

»Abuela Teresa«, erwiderte einer. »Diese Schweine haben sie dazu getrieben.«

»Ist sie tot?« fragte er, und als Pater Valentino aufblickte und sagte: »Nein«, erkannte der Bürgermeister ihn und begriff, daß die zwei aufdringlichen Geistlichen zurückgekehrt waren und noch mehr Unheil angerichtet hatten. Er zog seinen Revolver aus dem Halfter und stieß ihn Pater Valentino heftig in die Brust. Seine Augen sprühten vor Zorn, und sein Finger zuckte am Abzug, aber er riß sich von der Schwelle zum Mord wieder zurück und ließ die Waffe sinken. »Sind Sie fertig mit der Absolution?«

»Ja. Es wird nicht mehr lange dauern.«

Der Bürgermeister schaute auf die Abscheulichkeit zu seinen Füßen herab, die eine der geehrtesten Greisinnen des Pueblos gewesen war, beugte sich impulsiv nach unten und feuerte der alten Dame mitten in die Stirn, knapp oberhalb der Augen. Da er so etwas noch nie getan hatte, konnte er nicht wissen, daß der Hinterkopf explodieren und die Füße und die Soutanen der Priester mit einer Patina aus Blut und Hirnmasse verunzieren würde; aber danach lächelte er grimmig, wischte sich mit dem Arm über die Stirn und sagte trocken: »Der Fluß ist drüben.«

Die beiden Priester waren entsetzt. »Sie haben eine schreckliche

Sünde begangen«, stammelte Pater Lorenzo, »möge Gott Ihnen dafür vergeben.«

»Kümmern Sie sich um Ihre eigenen Seelen«, sagte der Bürgermeister und rief seine beiden Polizisten. »Reinaldo, Aratildo, sperrt diese zwei Priester weg und nehmt dann Zeugenaussagen auf. Ich muß dem Gouverneur Bericht erstatten.« Er schritt zu der Stelle am anderen Ende der *plaza*, wo die Bande von Kreuzrittern sich unauffällig zu machen versuchte. Er sah, daß es sich um etwa zwanzig handelte, die alle überaus unangenehm aussahen. Nagende Angst fraß sich in seinen Bauch, aber er atmete tief durch, um seine Brust rauszudrücken und größer und selbstsicherer zu erscheinen. Er langte in die Brusttasche seines Hemdes und zog einen Spiralnotizblock mit einem eingesteckten Bleistift heraus. Er musterte die Gruppe mit allem Anschein von Gelassenheit und erriet intuitiv, wer ihr Anführer war. Er wies mit dem Finger auf ihn und sagte: »Name?«

»Emperador Ignacio Coriolano«, erwiderte er, und seine Gefolgsleute grinsten.

»Ay, jemand aus dem Regierungskabinett«, bemerkte der Bürgermeister sarkastisch. Er steckte den Notizblock wieder in die Tasche, zog den Revolver aus dem Halfter, hob ihn hoch und nahm Druckpunkt. »Offengestanden ist es mir egal, wie Sie heißen. Aber ihr alle werdet eure Waffen vor euch auf den Boden legen und dann drei Schritt zurücktreten.«

Der Bürgermeister rief über die Schulter eine Gruppe von Männern her, die sich immer noch mit grausiger Faszination die Überreste von Abuela Teresa ansahen, aber nun zögernd herbeikamen. Der Bürgermeister wiederholte den Befehl an die Kreuzritter, die Waffen abzulegen, und sein Knöchel am Abzug wurde weiß. Ihr Anführer blickte seine Kameraden an, wie um seine Feigheit abzustreiten, und schob seinen Karabiner mit einer Geste nach vorn, die Unbekümmertheit vermitteln sollte, worauf alle übrigen Männer nachzogen. »Sammelt die Waffen ein«, sagte er den Dorfbewohnern und richtete sich dann wieder an die Kreuzritter: »Ihr werdet sie morgen früh zurückerhalten, wenn ihr solange zu bleiben beliebt.«

Die Störenfriede verteilten sich auf die Bars und Puffs, und der Bürgermeister sperrte ihre Waffen in dasselbe Schulhaus, das schon als zeitweiliges Gefängnis für die Patres Valentino und Lorenzo gedient hatte. Diese beiden waren mittlerweile in der *alcaldia* von den beiden Polizisten vernommen worden und hatten eine leidlich wahrheitsgemäße Schilderung der Ereignisse geliefert, die zum Tod von Abuela Teresa geführt hatten. Eine Stunde später, als der Bürgermeister aus anderen Zeugenaussagen bestätigt bekommen hatte, daß kein strafwürdiges Vergehen vorlag, ließ er die erschütterten Geistlichen unter der Bedingung frei, daß sie die Totenmesse für die alte Dame abhalten sollten. Das wollten die Dorfbewohner aber nicht zulassen, und so warteten sie reumütig, bis die Leiche unter der Erde war und die Leute sich zerstreut hatten, bevor sie die Totenmesse lasen. Sie fühlten sich gedemütigt und beschämt und gingen zur ›Grotte der drei Statuen‹, wo sie die Nacht im Gebet verbrachten, so daß sie am Morgen, von der Wiederholung der heiligen Formeln aufgeputscht, wieder so voller rechtmäßiger Sicherheit auftraten, wie sie es vor der Tragödie auf der *plaza* getan hatten.

Während der Nacht ergaben sich drei Dinge, die zum unvermeidlichen Debakel am folgenden Tag führten. Zunächst betrank sich die Bande der Kreuzritter in der Tat gehörig, da sie weit von daheim weg, von den Tagesereignissen aufgewühlt waren und darauf brannten, einander ihre Männlichkeit zu beweisen. Zweitens wollten die Huren im Dorf nichts mit ihnen zu schaffen haben, was bei ihnen zuerst Ärger und dann Rachegelüste auslöste, die durchs Trinken verstärkt wurden. Drittens stemmten sie die Tür des Schulhauses auf und holten sich ihre Waffen wieder, während das Dorf schlief.

Kurz nach Tagesanbruch wachten die Dorfbewohner durch Schreie und Flüche auf und taumelten aus ihren Eingängen, wo sie eine solch barbarische Szene erblickten, daß seit der Zeit der *Violencia* keiner von ihnen etwas Vergleichbares gesehen hatte. Die Kreuzritter waren scharenweise in den Puff eingedrungen und hatten die Mädchen an den Haaren herausgezerrt. Sie verübten solche Abscheulichkeiten an ihnen, daß eine Zeitlang niemand zu wissen schien, wie er einschreiten sollte.

Die acht Mädchen wurden von den zwanzig Männern abwechselnd auf brutalste Weise mißhandelt. Es schien so, daß sich mit jedem Augenaufschlag ein neuer Horror auftat. Hier wurde ein Mäd-

chen vergewaltigt, während ein Mann gleichzeitig ihren Mund
aufriß und ein anderer mit einer Zange an einem Goldzahn zog.
Da wurde ein Mädchen mit gespreizten Beinen niedergehalten,
während ein Betrunkener eine Zigarette auf ihren Brüsten ausdrückte und ein weiterer auf ihr Gesicht urinierte. Dort war ein
Mädchen über einen Ast geworfen worden und wurde gnadenlos
ausgepeitscht, so daß das Blut auf den Boden tropfte und durch
den Rückschlag der Bullenpeitsche über die *plaza* verteilt wurde.
Das Grausigste war, daß der Anführer der Kreuzritter seine dop-
pelläufige Schrotflinte zwischen die Beine des Mädchens stieß, das
ihn abgelehnt hatte, und beide Abzüge drückte.

Irgend jemand stieg auf sein Pferd und ritt halsbrecherisch zu Don
Mascars Hazienda, um Hilfe zu holen. Im Dorf zeigte sich der Bürgermeister im Nachthemd, aber mit seinem Revolver bewaffnet.
Er schüttelte den Kopf, wie um sich von der Realität des Gesehe-
nen zu überzeugen, und wollte gerade auf den Anführer feuern, als
eine Kugel in seiner Brust ihn nach hinten umwarf. Er starb ohne
Beistand, der mutigste und hingebungsvollste Friedensstifter, den
das Dorf je gehabt hatte.

Als Don Mascar und seine Leute eine halbe Stunde später auf die
plaza galoppierten, waren die meisten Mädchen tot. Frauen wurden hier aus Not oder Unglück zu Huren, und sie konnten jemandes Schwester, Mutter oder Schätzchen sein. Das Dasein als Hure
wurde nicht als große Schande betrachtet, und an diesem Ort
herrschte nicht die perverse Logik wie in anderen Ländern, wo es
praktisch akzeptiert wird, daß eine Prostituierte ein natürliches
Ziel von Gewalt ist. Die Dorfbewohner, durch das Eintreffen ihres
Caudillos ermutigt, schlossen sich dem grimmigen Massaker an
den verruchten Kerlen an, die ihren friedlichen Wohnungen den
Tod gebracht hatten.

Vom Lärm der Schießerei alarmiert, kamen die Patres Valentino
und Lorenzo von der Grotte zurück und mußten feststellen, daß
der angenehme Duft der frühmorgendlichen Mimosen von einem
Schwall von Kordit und dem zähen, undefinierbaren Geruch von
Blut erstickt wurde. Die Mädchen waren ins Bordell gebracht wor-
den, und die Priester sahen lediglich die blutigen Leichen ihrer
Leibwache, die in Hängematten aus der Stadt geschafft wurden.
Entsetzt folgten sie den Vorgängen. Die Dorfbewohner ignorierten

sie, vermittelten ihnen das bedrückende Gefühl, unsichtbar zu sein. Sie sahen mit offenem Mund zu, wie die Leichen in die Äste eines riesigen Kapokbaums gezogen wurden, um sie den Truthahngeiern und Rabengeiern zu überlassen, die schon versammelt waren. Keiner von ihnen hatte sich je so oft und mit so mechanischer Hast bekreuzigt.

Schließlich ritt Don Mascar persönlich hinter sie und sagte: »Haut ab.«

»Abhauen?« wiederholte Valentino dümmlich, und Pater Lorenzo wollte etwas einwenden: »Diese Abscheulichkeit ...«, begann er, aber dann sah er Don Mascars Blick.

Don Mascar war sechzig Jahre alt und seit seinem dreißigsten Lebensjahr der inoffizielle Gesetzgeber, Richter, Geschworene, Wohltäter und Vollstrecker des Landkreises gewesen. Er hatte zu seiner Zeit einige schlimme Sachen getan, aber danach nie einen sauren Nachgeschmack gespürt, und so hatte er sich den Ruf eines gerechten und vernünftigen Mannes erworben, der ihm seine lange Herrschaft gesichert hatte. Um seine *finca* zu Roß zu durchqueren, dauerte es zwei Tage, und er hatte einige tausend Ochsen und besaß eine unbezwingbar autoritäre Ausstrahlung. Er mußte einen Menschen nur verächtlich ansehen, dann hielt dieser den Mund.

Don Mascar blickte von seinem Sattel auf die zwei Priester herab und lehnte sich mit den Händen auf den Sattelknauf, um seine Beine zu entlasten. »Ich will euch mal eine Predigt halten«, sagte er lakonisch. »Ich bin kein Philosoph, aber eines weiß ich. Eure Religionen lösen Kriege aus und verhindern Ehen. Es wird auf Erden keinen Frieden geben, bis jede Synagoge, jede Moschee, jede Kirche und jeder Tempel dem Boden gleichgemacht oder zur Scheune geworden ist, und wenn das passiert, wird niemand glücklicher sein als der Herrgott persönlich. Jetzt haut ab, sonst ...«, er zeigte auf die mit schwerfälligen Geiern bestückten Leichen, »... geselle ich euch zu euren Freunden.« Don Mascar zog eine Augenbraue hoch und wackelte mit dem Zeigefinger in genau der Geste, mit der Lehrer ein zurechtgewiesenes Kind entlassen, und die beiden Priester stiefelten durch den Staub davon und konnten wegen des Entsetzens über das unerklärliche Schicksal ihrer Schar der Getreuen nicht miteinander reden.

Vierzehn Tage später erhielt die Wut von Mgr. Rechin Anquilar neues Feuer, und er entschied, seine Kreuzritter zu einer unschlagbaren Armee zusammenzufassen. Er hatte gerade Pater Valentino und Pater Lorenzo befragt, hatte gehört, daß ihre Leibwache aus keinem ersichtlichen Grund massakriert worden war, und hatte ihren Bericht in einen Ordner getan, der Dutzende anderer enthielt, die von ähnlich widerwärtigen Geschichten berichteten. Es schien so, als ob im ganzen Land unschuldige Missionare auf brutale Weise mißhandelt wurden. Da mußte so etwas wie eine satanische Verschwörung am Werk sein. Er las den Bericht des Inquisitionsamts noch einmal durch und mutmaßte, daß dessen Epizentrum Cochadebajo de los Gatos sein müsse. Selbst der Ortsname hatte einen heidnischen Beiklang.

27

Der Leutnant, der Rothaarige liebte

Capitan Papagato und General Fuerte frischten häufig ihre unwahrscheinliche Freundschaft auf, die sie nach der Rückkehr Fuertes aus dem Folterzentrum in der Heeresschule für Elektro- und Maschineningenieure geschlossen hatten. Der General hatte zeitweise immer noch Schwächeanfälle infolge der schrecklichen Behandlung an jenem Ort, und bei einem solchen Anlaß, als der General mit lähmenden Schmerzen in den Schultern vom *strappado* in der Hängematte bleiben mußte, kamen Capitan Papagato und Francesca rüber, um ihm Gesellschaft zu leisten.

Der Capitan und seine Frischvermählte saßen da und kitzelten die Ohren ihrer Schar zahmer Jaguare, während der General sich sehr darum bemühte, nicht zu tief zu atmen, und beim Reden auf Gesten möglichst verzichtete; er fühlte sich allmählich schon wie ein Engländer. »Wie gefällt dir der Ehestand?« wollte er von Francesca wissen.

»Er entschädigt für vieles«, sagte sie. »Ich habe Federico ungeheuer vermißt, als er ausriß und dann getötet wurde, und mein Onkel Juanito ist ja auch umgebracht worden. Das hat eine schreckliche Leere hinterlassen, und ich habe mich schon gefragt, wieviel Leben noch in mir war.«

»Federico, heißt es, hat nach seinem Tod Parlanchina geheiratet. Sagt zumindest Aurelio.«

»Ich glaube das«, sagte Francesca, »und mein Vater hebt Onkel Juanitos Schädel mit dem Loch auf, das die Armee mit einer Granate verursacht hat, aber das hat irgendwie noch nicht gereicht. Jetzt bin ich glücklich.«

Der General runzelte die Stirn. »Das tut mir sehr leid, weißt du. Wenn ich gewußt hätte, was von den Truppen in meinem Namen unter meinem Kommando getan wurde, hätte ich ganz schön viele Leute vors Kriegsgericht gestellt.«

»Das ist jetzt nicht mehr von Bedeutung, General. Die Armee hat mir Papagato geschenkt.«

Capitan Papagato lächelte und fuhr ihr übers Haar. »Sie ist die hübscheste Frau, die du je gesehen hast, oder nicht, General? Um im Leben zufrieden zu sein, braucht es doch nicht mehr als einige übergroße schwarze Jaguare und Francesca.« Er verstummte kurz.

»Darf ich fragen, General, warum du nie geheiratet hast?«

»Ich bin keine Schwuchtel, wenn du das meinst«, sagte der General pikiert. »Ich war mit der Armee verheiratet.«

»Hat es da nie jemanden gegeben?«

»O doch«, sagte der kranke Mann, »und da wir jede Menge Zeit haben, könnte ich euch von ihr erzählen, wenn ihr zum Zuhören aufgelegt seid.«

Die beiden Besucher nickten eifrig in der Hoffnung, Einzelheiten von großer Tragweite und Ausschweifung zu hören.

Die Augen des Generals verklärten sich bei der Erinnerung, und er versuchte, sich auf das Gesicht des Mädchens zu besinnen, erinnerte aber nur ihren Geruch.

»Ich war damals Leutnant und machte die üblichen Erfahrungen eines jungen Offiziers, wenn du weißt, was ich meine.«

Der Capitan nickte, und Francesca warf ihm einen Blick zu, der einen zutiefst eifersüchtigen Argwohn verriet.

»Ich war in Cucuta stationiert, und da gab es eigentlich überhaupt nichts zu tun. Es gab dort eine Bar und etwa fünf Bordelle, aber von den dort Beschäftigten war keine einen zweiten Blick wert, wenn ihr mir die Bemerkung verzeiht. Am Samstag zeigte ein Jude ›die neuesten Filme‹ auf der *plaza*, und die waren eine Katastrophe. Absolute Schmarren, und gewöhnlich öffnete der Himmel gerade dann seine Schleusen, wenn es dem Ende zuging, und so erfuhren wir meist nie, wie sich die Handlung auflöste.

Eines Tages war ich bei der Filmvorführung und sah eine rothaarige Frau. Sie war etwa zwanzig Jahre alt, und ich muß euch gleich sagen, daß ich schon immer verrückt nach Rotschöpfen war. Fragt mich nicht, warum, weil ich es nicht weiß, außer vielleicht, daß es in meiner Schulzeit ein kleines Mädchen gab, das rothaarig war, und das roch süß wie Heu. Ihr wißt es vielleicht nicht, aber rothaarige Mädchen riechen immer am besten. Süß und sauber. Wie Papaya und Geißblatt. Etwas an diesem Geruch verschafft mir direkt religiöse Gefühle, Gott verzeih mir. Und das schlimmste ist, im ganzen Land gibt es fast keine Rotschöpfe.

Jedenfalls habe ich in meiner Einbildungskraft schon immer gewußt, daß die Frau, die ich lieben würde, die Frau meines Lebens, eine rothaarige sein müßte, und da sah ich einen wunderschönen Rotschopf beim Film. Ich konnte mich von dem Augenblick an auf kein Wort des Dialogs mehr konzentrieren, weil ich sie anschaute. Ich hatte bloß von ihrem Anblick Hummeln im Hintern.

Danach bin ich absichtlich mit ihr zusammengestoßen, bloß um sie zu riechen, und sie duftete noch herrlicher, als sie aussah. ›Es tut mir so leid‹, sagte ich, ›ich war so unverzeihlich ungeschickt.‹ Da lachte sie und meinte: ›Na gut, ich verzeihe dir.‹ Seht ihr? Ich erinnere mich genau an ihre Worte, so sehr hat sie mich beeindruckt. Ich nahm meine Chance wahr und sagte: ›Darf ich dich heimbegleiten?‹ und sie antwortete: ›Solange du es nicht ausnützt.‹

Ich begleitete sie heim, und ich glaube, sie war von der Uniform beeindruckt, denn als ich am nächsten Tag wieder zu ihrem Häuschen ging, wo sie mit ihrer Mutter lebte, winkte sie mir aus dem Fenster zu und bat mich herein. Fassungslos vor Glück ging ich hinein. Bei Tageslicht sah ich, daß ihr Haar lang herabwallte, und es glitzerte wie neues Kupfer, so sauber war es. Sie hatte grüne Augen, und ich war schon ganz verliebt, und ihr Duft erfüllte das Zimmer, so daß ich ihn danach sogar am Uniformärmel riechen konnte.

Ich ging jeden Tag wieder hin, bekam zu essen und wurde nach der Armee gefragt, dabei versuchte ich, so selbstsicher und weltklug zu sein, wie es ein junger Mann eben tut. Bald wußten alle, daß ich ihr den Hof machte, und andere Männer besuchten sie nicht mehr, und ihre Mutter dachte offenbar, ich wäre ein so guter Fang, daß sie uns unbeaufsichtigt spazierengehen ließ.

Eines Tages habe ich ihr meine Liebe gestanden, und sie sagte, sie fühle ebenso. Ich war so froh, daß ich ihr den größten Blumenstrauß schenkte, den ihr je gesehen habt. Er war so groß, daß er den ganzen Fond eines Jeeps ausfüllte, doch ich brachte ihn ihr auf dem Sattel eines komplett herausgeputzten Kavalleriepferds.

Als junger Mann, versteht ihr, trieb mich sexuelle Abenteuerlust genauso wie alles andere« – hier beugte sich Francesca mit erneuter Wißbegierde vor – »und ich war ganz darauf versessen, das auszuführen, was ich mir gar nicht anders wünschen konnte, wenn ihr wißt, was ich meine.

Doch sie war in diesen Dingen sehr streng. Nichts fand ihre Zustimmung, nicht einmal Erkundungen oder Vorauspatrouillen. Keine Zangenbewegungen oder verdeckte Operationen hinter den Linien. Nichts. Ich war im Fieber. Keinen Abend konnte ich einschlafen, weil ich an ihr-wißt-schon-was dachte, und meine Phantasie war so aufgeheizt, daß ich einmal, als der Oberst mir sagte: ›Sie können abtreten, Leutnant‹, beim Salutieren tatsächlich antwortete: ›Danke, Liebling.‹ Ich hatte nichts von dem gehört, was er mir aufgetragen hatte, und meine Truppe erschien nicht zur Parade, wie er befohlen hatte.

Er rief mich in sein Büro und wollte eine Erklärung von mir. Ich packte den Stier bei den Hörnern und sagte ihm die Wahrheit, und wißt ihr, was er mir gesagt hat? Er meinte: ›Jede Frau wird sich in Schußposition bringen, wenn Sie ihr die Ehe antragen.‹

Noch am gleichen Abend ging ich im Mondlicht vor ihr in die Knie und bat sie, mich zu heiraten, und bevor ihr was einwendet, laßt mich sagen, daß ich es aufrichtig und aus ganzem Herzen meinte, und natürlich in der Hoffnung auf Vorschuß aus dem Fundus.

Wißt ihr, was sie gemacht hat? Sie zog mich praktisch zurück ins Haus ihrer Mutter. Sie wollte mir ein Taschentuch in den Mund stopfen, damit ich nicht unabsichtlich ihre Mutter mit meinem Keuchen alarmierte, und sie knöpfte mir die Uniform auf. Ich dachte, *Danke, Herr Oberst, besten Dank,* und nahm mir vor, ihm eine große Flasche Scotch zu kaufen, als sie mich aufs Bett zog.« (Francesca beugte sich an dieser Stelle so weit vor, daß ihr Stuhl gefährlich kippte, und Capitan Papagato wurde verlegen.)

»Natürlich begann ich sie zu entkleiden, und ich war im Paradies. Es war der Geruch, und ich dachte, *Rotschöpfe sind auf Erden gefallene Engel, und ich bin im Himmel.* Meine erste Enttäuschung bestand darin, daß sich ihre Brüste als so klein wie bei einer Zehnjährigen entpuppten; ihre runden Bastionen bestanden in Wirklichkeit aus einer Duftkissenpolsterung, die für ihr köstliches Körperaroma verantwortlich war. Ich dachte mir, *Macht nichts, niemand ist so voll-*

kommen, daß ich einen kleinen Makel nicht übersehen könnte, und war überwältigt von, ihr wißt schon, Begierde – mir fällt jetzt keine geeignete Umschreibung ein –, daß ich einen offenen Angriff auf ihr Kommandohauptquartier vortrug. Sie meinte aber: ›Nein, nein, laß mich erst das Licht ausmachen.‹ Ich erwiderte: ›Du brauchst dich nicht zu zieren, ich will dich bewundern.‹ Es kam zu einem regelrechten Kampf, das kann ich euch sagen, alles in völliger Stille, um nicht ihre Mutter aufzuwecken, aber ich gewann. Und wißt ihr, was ich nach diesem elenden Sieg erblickte?«

»Nein«, sagte Francesca atemlos und einigermaßen unnötig.

»Ich sah, daß sie keine echte Rothaarige war. Ihre wahre Haarfarbe war schwarz. Die Ernüchterung und das Gefühl der Täuschung waren so bitter, daß ich daraufhin nie mehr fähig war, mein Herz einer Frau anzuvertrauen. Und ich traf sowieso nicht viele weitere Rotschöpfe. Und wenn, hätte ich immer erst bestimmen können, ob sie echte Rotschöpfe waren oder nicht, wenn ich mich bereits kompromittiert hätte.«

Später am Abend kam Francesca noch einmal kurz unter dem Vorwand vorbei, dem General eine Mango zu bringen. Sie lächelte scheu, zögerte, fragte dann aber doch: »Und hast du … hast du irgend etwas mit ihr angestellt?«

General Fuerte lächelte entrückt und verlagerte sein Gewicht, um einen stechenden Schmerz im Genick zu beseitigen. Sein Gesicht leuchtete auf, und er tippte sich an die Nase. »Meine Erinnerung läßt mich hier im Stich«, sagte er augenzwinkernd.

28
Präsident Veracruz tändelt herum, während Medio-Magdalena in Flammen aufgeht

Unter gelehrten Historikern hat es viele Auseinandersetzungen gegeben, welche Bedingungen herrschen müssen, damit Geschichte entsteht. Einige treten für die Notwendigkeit der richtigen sozialen Bedingungen ein, und viel Energie wird darauf verwendet, die Beziehung zwischen der wirtschaftlichen Basis und dem kulturellen Überbau zu untersuchen, aber andere argumentieren, daß Geschichte ein formbares Medium in den Händen derer ist, die groß herauskommen.

Es hat unter den Historikern auch viele Auseinandersetzungen gegeben, wie der Neue Albigensische Kreuzzug bloß hat stattfinden können. Aus jedem Blickwinkel sieht es so aus, als ob ein solches Phänomen in einem so späten Stadium der Zivilisation absolut unmöglich hätte sein sollen, denn es hatte den Anschein, als herrschte so viel Frieden, daß Geschichte praktisch schon nicht mehr stattfand. Gewiß, die Historiker empfanden, die Menschheit habe bereits ein Stadium erreicht, da fast einem jeden klar war, daß kein Glaube so felsenfest ist, daß es sich dafür lohne, zu töten. Waren wir nicht längst religiös soweit gereift, daß wir uns nicht mehr darum kümmerten, ob die gebenedeite Jungfrau eine unbefleckte Empfängnis hatte oder nicht oder der Nachbar an die wörtliche Auferstehung des Fleisches glaubte oder nicht?

Solche Historiker haben möglicherweise den Kontakt zur Realität verloren und bringen den Beweggründen der Menschen nicht genügend Zynismus entgegen, weil der Neue Albigensische Kreuzzug wie alle solchen Ausbrüche von verblüffendem Fanatismus mit Bestechlichkeit und Macht sowie mit einer gewissen unglücklichen Verkettung von Umständen zu tun hatte.

Zunächst einmal war es nicht glücklich, daß Seine Eminenz Kardinal Guzman so darauf aus war, seine eigene Seele zu retten, und dann zu krank wurde, um noch zu erfassen, was er in Gang gesetzt hatte. Dann hätte er unmöglich im voraus wissen können, wie Monsignore Rechin Anquilar seine wachsende Macht und Einfluß-sphäre handhabe, und wir müssen bedenken, daß Seine Exzellenz Präsident Veracruz auf einer Weltreise war, auf der er sich herzlich wenig um innere Angelegenheiten kümmerte. Sein Kabinett war während seiner Abwesenheit verwirrt und untereinander uneins und noch dazu mehr oder weniger nicht darüber unterrichtet, was vor sich ging, weil die Ereignisse sich hauptsächlich auf dem Land abspielten, und in diesem Staat nahmen Politiker nur von dem Notiz, was in den Städten passierte, insbesondere in der Hauptstadt.

Die Streitkräfte standen unter dem Kommando von General Hernando Montes Sosa, Dionisio Vivos Vater, der ein so gewissenhafter und prinzipientreuer Mann war, daß er nicht einseitig militärische Maßnahmen ohne Anweisung des Präsidenten ergriff, und wir müssen berücksichtigen, daß die Armee obsessiv in die Kokainkriege von Medio-Magdalena verwickelt war, was der Erklärung bedarf.

Es fing alles mit Guerillagruppen an, die in den ersten Phasen ihrer Aktivitäten von den Campesinos willkommen geheißen und unterstützt wurden, weil sie ihre einzige Überlebenschance in der Schaffung eines kommunistischen Staates sahen, der die Gewinne aus ihrer Produktion gerechter verteilen würde. In der Zwischenzeit erhofften sie sich von den Freischärlern, vor der Armee geschützt zu werden, die damals unter dem Kommando von General Ramírez stand und wenig mehr zu sein schien als eine staatlich geförderte Einrichtung zur Vergewaltigung und Plünderung unter der Ägide örtlicher Kommandanten, die nichts weiter als ländliche Satrapen waren.

Die Flitterwochen zwischen den Guerilleros und den Bauern waren kurz. Zunächst einmal wollte ein Guerillaführer von einem Tagelöhner als erstes wissen: »Wie behandelt dich dein Gutsherr? Willst du, daß wir ihn ausschalten?« Und mancher Gutsherr sah sich an den Füßen aufgehängt und verprügelt oder am Genick aufgehängt und aufgeschlitzt. Die Armee machte sich entweder durch Unfähigkeit, Feigheit oder diskrete Zurückhaltung merklich rar, und die Freiheitskämpfer hatten freie Hand, die dadurch geschaffene Lücke mit makelloser Präzision zu füllen. Die Bauern wurden nun von Guerilleros vergewaltigt und ausgeplündert, die Vorräte und andere Vorrechte mit unverhüllten Drohungen verlangten, die an Geldschneiderei und Erpressung grenzten, und sie töteten genau die gleichen Leute als »Konterrevolutionäre«, die früher von der Armee als »Subversive« umgebracht worden waren. Es herrschte bald ein vollständiger Mangel an Lehrern, Priestern, Ärzten, Bürgermeistern und Landwirtschaftsexperten. Die Bauern gingen zu ihren Gutsherrn und baten um Schutz.

Diese *latifundistas*, die wegen der Angst vor der Guerilla ihre Scharte ausgewetzt hatten, packten die Gelegenheit beim Schopf, ihre Beziehungen zur Industrie zu verbessern, und baten die Regierung, ihre Bauern zu schützen. Die Regierung wandte sich an die Armee, die zu der Zeit gerade ein bißchen zu beschäftigt war, um persönlich zu erscheinen (wegen Unfähigkeit, Feigheit oder diskreter Zurückhaltung), und so lieferte die Armee bloß Waffen, damit die Bauern sich selbst verteidigten.

Diese neuen paramilitärischen Verbände hatten auch ihre Flitterwochen. Die Guerilleros zogen sich weiter in den Dschungel zurück und wurden inzwischen von Sandflöhen gestochen und von Pilzinfektionen an den Füßen heimgesucht, während die Campesinos ihre *fincas* und Schulen neu aufbauten und wieder zur Arbeit gingen. Aber die Milizen hatten nun sehr wenig zu tun, ihre Abzugsfinger juckten, und der Geschmack von Blut und die Euphorie der Schlacht lagen ihnen noch frisch auf der Zunge.

In weiser Voraussicht drangen hier die Kokabarone ein. Als die Nachfrage in den Vereinigten Staaten exponentiell wuchs, erweiterten sie logischerweise die Produktion, indem sie nach Medio-Magdalena zogen. Sie besorgten sich große Ländereien, und ihre Leute vergewaltigen und plünderten in der altehrwürdigen Tradition, nur machten sie nicht den gleichen Fehler wie die Guerilleros. Sie kauften sich die Dienste der Milizen, die nun Todesschwadronen bildeten, das Land durchstreiften und Lehrer, Priester, Ärzte, Bürgermeister und Landwirtschaftsexperten liquidierten, die sich ihnen widersetzten.

Zu dieser Zeit ging das Kommando über die Streitkräfte an Hernando Montes Sosa über, und er leitete durchgreifende Maßnahmen gegen die Kokabarone ein. Die Armee machte sich in der Gegend breit und stieß augenblicklich auf eine der seltsamsten Allianzen der Weltgeschichte. Die Kokakaziken und die mächtigsten rechtsgerichteten Gutsherren versorgten auf einmal die kommunistischen Guerillagruppen mit Waffen, um die Armee beschäftigt zu halten, damit sie als *narcotraficos* und ausbeuterische Arbeitgeber in relativem Frieden weitermachen konnten, und die Milizen verbündeten sich ebenfalls mit den Freiheitskämpfern, weil die Armee sie entwaffnen wollte. Der nichtkriminalisierte Teil der Zivilbevölkerung begrüßte die Armee nun als Retter, die ihre Zeit damit zubrachte, die Lehrer, Priester, Ärzte, Bürgermeister und Landwirtschaftsexperten zu beschützen – diejenigen, kurz gesagt, die sie früher als Subversive verfolgt hatte. Das soll natürlich nicht heißen, daß gewisse abtrünnige Armeekommandanten die Situation nicht ausnützten, um in ihrer Freizeit ein bißchen zu vergewaltigen und zu plündern.

Und so waren wegen der Wirren in Medio-Magdalena die Streitkräfte vollauf beschäftigt, als der Kreuzzug stattfand, von dessen Existenz sie nichts erfuhren, wobei sie sowieso nicht eingreifen konnten, weil Seine Exzellenz seinen persönlichen Kreuzzug für okkultes Wissen und Männlichkeit auf Knopfdruck führte.

Seine Exzellenz lag im Bett und spielte mit seinem präsidialen *polla*, der nun über die außergewöhnliche Fähigkeit verfügte, sich beliebig zu jeder Zeit und für jede Dauer aufzurichten. Er war vor einem Monat mit schlagartigem Unwohlsein und bangen Ahnungen im kalifornischen Krankenhaus angekommen. Es ist keine leichte Sache, sich freiwillig einer Operation an einem der wichtigsten Bestandteile der Intimausstattung zu unterziehen, wenn nichts Schwerwiegendes fehlt, und die Vorstellung eines Skalpells, das dramatische Schnitte an seinem Gemächt durchführte, wirkte nicht beschwichtigend. Ohne die hartnäckigen Ermunterungen von Madame Veracruz hätte er das Ganze gar nicht auf sich nehmen können und wäre wahrscheinlich schmählich aus dem Krankenhaus geschlichen.

»O Daddykins«, sagte sie in ihrer einschmeichelndsten Sacharinstimme, »denk doch an all den Spaß, den wir haben, und an all die Alchimie, die wir treiben könnten«, worauf er eine zweifelhafte Miene machte und sich fragte, ob alle panamesischen Frauen so enthusiastisch waren. Sicherlich hatte der Außenminister gesagt, daß sie die heißesten Höschen der Welt hätten, aber Emperador Ignacio Coriolano behauptete, unschlagbar sei eine Mulattin aus Bahia.

Präsident Veracruz hatte sich zwei hydraulische Säckchen in den Schwellkörper seines *polla*, ein Säckchen mit Flüssigkeit in seinen Unterleib und eine kleine Pumpe diskret in seinen Hodensack einbauen lassen. Die ganze Apparatur funktionierte durch ein System automatischer Ventile, und als er nach der Operation aufwachte, waren die Schmerzen unerträglich. Die Gringo-Ärzte füllten ihn mit einem veritablen Sammelsurium an Schmerzmitteln ab, und eine Woche lang glaubte er aufrichtig, daß er unwissentlich das Opfer einer ausgeklügelten kommunistischen Mordverschwörung war, weshalb er sich weigerte, mit seiner Frau zu sprechen. Sie flog nach New York und kaufte auf Kosten der Steuerzahler Krokolederschuhe für zweitausend Dollar, die sie daheim für zweitausend Peso hätte bekommen können, da das unglückliche Krokodil in Wirklichkeit ein Kaiman gewesen war.

Nach vier Wochen ging es Seiner Exzellenz besser, und er hatte angefangen, mit seinem neuen Apparat zu spielen. Er drückte die kleine Pumpe in seinem Skrotum, und – o Wunder – sein Schwanz erhob sich schwellend. Tatsächlich konnte er ihn so prall werden lassen, daß das Gefühl allein schon erregend war, und dann drückte Blut nach und ließ ihn noch praller werden. Er hatte eine solche Straffheit und Strammheit nicht mehr gespürt, seit er sechzehn war und so nach Entspannung lechzte, daß er es mit einem Schwein, lebendig oder tot, hätte treiben können. »Hoppla«, rief er wie ein *vaquero* aus, der gerade ein schwer zu bändigendes Kalb eingefangen hatte, und nochmals »Hoppla«, als er die Pumpe an einer anderen Stelle drückte und sein *polla* sanft wie der schlaftrunkene Kopf eines Besoffenen herabsank. Er pumpte ihn wieder auf und bewunderte gerade die beeindruckende Festigkeit, als die Schwester die Tür öffnete und hereintrat. Hastig zog er die Bettdecke darüber und lief puterrot an. »Na, vergnügen wir uns mit unserem neuen Spielzeug?« scherzte sie, und Seine Eminenz versuchte, seine Würde zu bewahren. »Ich muß mich doch vergewissern, daß ich etwas für mein Geld bekommen habe. Das habe ich in rein wissenschaftlichem Geist getan.«

»Wissenschaftler spielen auch mit sich«, bemerkte die Schwester, und Seine Exzellenz wollte sie schon wegen Unverschämtheit feuern, als ihm einfiel, daß er sich in den Vereinigten Staaten befand. »Ich bin hergekommen, um Ihnen zu sagen, daß Señora Veracruz angerufen hat und ausrichten läßt, daß sie heute abend zu Besuch kommen wird und Sie ein Geschenk zu erwarten haben.«

»Oh, vielen Dank«, sagte er, während er diskret die Pumpe drückte, so daß die Erektion verging und ihm erlaubte, seine Knie wieder zu senken, die er angezogen hatte, weil sein schwellendes Organ die Bettdecke wie eine Zeltstange hochgehoben hätte, was der Schwester nicht entgangen wäre. »Es tut mir leid, daß ich Sie gestört habe«, sagte die Schwester und fügte vertraulich hinzu: »Alle spielen damit, bis der Reiz des Neuen verflogen ist.«

Madame Veracruz kam in einem atemberaubenden Aufzug herein. Sie war kurz in die Toilette gegangen, um sich Tierfelle und einen gehörnten Helm anzuziehen, damit sie als Freya auftauchen konnte. Sie und Seine Exzellenz hatten sich mittlerweile durch das ägyptische und griechische Pantheon durchgearbeitet, weil sie glaubten, der Vollzug der Liebe in der Verkleidung als Gottheiten und eine intensive bildliche Vorstellung im Augenblick des Orgasmus würden unfehlbar zur Erreichung ihrer Ziele führen. Nun aber hatten sie beschlossen, auch noch das nordische Pantheon durchzuspielen, da sie Isis und Osiris, Ares und Aphrodite, Apollo und Kyrene, Set und Nephthys satt hatten.

»Du siehst wundervoll aus, meine Liebe«, sagte er. »Ich bin allerdings nicht sicher, ob die lange blonde Perücke wirklich notwendig ist. Ich könnte mir vorstellen, daß sie leicht juckt.«

»Oh«, erwiderte sie, »ich sollte auch keinen Nagellack tragen. Ich glaube nicht, daß es so etwas damals gab. Schau, ich hab dir ein Odinskostüm mitgebracht.« Aus einem kleinen Koffer holte sie eine Augenklappe, einen Umhang, einen großen Schlapphut und zwei ausgestopfte Raben, die schon bessere Zeiten gesehen hatten. Sie hielt sie ihm hin. »Der hier heißt Hugin und kommt auf die eine Schulter, und der andere heißt Mumin und kommt auf die andere.«

»Laß mich das alles anprobieren«, sagte Seine Exzellenz, stieg aus dem Bett und zog sein Nachthemd aus. Er legte Umhang und Augenklappe an, setzte sich den Hut in einem fürs Herumspuken an Galgen passenden Winkel auf und versuchte, die Raben auf den Schultern zu plazieren. Sie fielen immer wieder herunter, und einer von ihnen fügte der Liste seiner Verletzungen noch einen gesprungenen Schnabel hinzu. »Ich werde sie dir mit den Füßen an den Umhang nähen«, sagte Madame Veracruz mit besorgter Miene.

»Das ist ein wundervolles Geschenk, mein kleines Miezekätzchen, vielen Dank. Ich werde mich schlau machen über Odin, so daß ich seine Gestalt wirkungsvoll annehmen kann.«

»Oh, das ist gar nicht dein Geschenk«, sagte sie und langte scheu in die Tasche, um ein zylindrisches Objekt herauszuziehen, daß in fröhlich buntes Papier gewickelt war. Er griff danach und versuchte zu erraten, was es war. Madame Veracruz zog bei einem seiner Vorschläge eine Schnute. »So etwas brauchen wir doch jetzt nicht mehr, seit wir dein neues Dingsda haben«, sagte sie.

Seine Exzellenz wickelte es aus und stellte fest, daß es ein Aststück war. Er sah verdutzt drein und fragte: »Was ist das?«

»Es ist ein Aststück.«

»Ja, aber wofür ist es, dieses Aststück?«

»Es ist ein Haustier, Dummerchen.«

»Ein Haustier? Was für ein Haustier ist ein Ast? Sollten wir nicht einen Papagei haben, der draufsitzt, dann hätten wir ein Haustier.«

»Das ist der neueste Schrei«, meinte sie. »Überall in den Vereinigten Staaten haben die Leute Aststücke als Haustiere. Du stellst es irgendwo hin und sprichst mit ihm, oder du kannst es streicheln, und dann bringt es dich in Verbindung mit deinem natürlichen Selbst. Sogar der Präsident hat eins, und alle werfen ihre Spielfelsen, ihre spinatfleckigen Kinder und ihre Couchpotatoes weg.«

»Vielleicht werfen alle auch noch ihre Hunde weg«, sagte Seine Exzellenz. »Ay, diese Gringos, ich werde sie nie verstehen. Ich glaube immer noch, meine Idee war besser.«

Madame Veracruz lächelte verschämt und schaute ihn mit ihrem berechnendsten charmanten Seitenblick an. »Du wirst erst die Rinde abschälen müssen.« Dann drehte sie sich um und streckte den Kopf zur Tür hinaus, um zu prüfen, ob niemand kam. »Jetzt laß uns mit unserem neuen Spielzeug spielen«, meinte sie. »Ich will es in Aktion sehen.« Sie öffnete sein Gewand und machte einen Countdown, als er die Pumpe drückte.

Sie war beeindruckt. »Daddykins«, sagte sie, »dadurch ist er länger und dicker geworden. Ich kann's gar nicht erwarten. Jetzt laß ihn zusammensinken.«

Sie sah zu, wie er den Kopf neigte und seine sanfte Ruhestellung einnahm. »Nicht schlecht für einen bald Achtzigjährigen, was?« sagte Seine Exzellenz stolz.

»Ich will es ausprobieren«, rief sie, griff blitzschnell mit der Hand zu und drückte.

»Au, au, au, *Madre de Dios, qué puta de hijo de perra*!« schrie Seine Exzellenz, der sie am Gelenk packte und ihre Hand wegriß. »Barmherziger Gott, das war mein Ei.«

Madame Veracruz war verlegen und schuldbewußt, und von dem Aufschrei herbeigerufen, trat die Schwester herein, als die First Lady sich gerade bückte, um einen Kuß darauf zu drücken. Es fiele schwer, genau zu beschreiben, was die Schwester empfand, als sie zwei nordische Götter erblickte, die in einem privaten Krankenzimmer offenbar mit einer unerhörten Fellatio beschäftigt waren; es genügt die Aussage, daß sie überstürzt abzog. Kurz darauf tauchten in beunruhigend häufigen Intervallen die Gesichter anderer Schwestern am Türfenster auf, in der Hoffnung, mit eigenen Augen eine Wiederholung der Vorstellung oder etwas gleichermaßen Aufsehenerregendes zu erspähen.

Leider muß an dieser Stelle berichtet werden, daß Seine Exzellenz zwei Tage später den Chirurgen herzitieren und ihm mitteilen mußte, daß der Apparat nicht mehr funktionierte. Diese betrübliche Neuigkeit wurde mit einem resignierten Kopfschütteln und einem gelehrten Lächeln begrüßt. »Da hat wohl leider ein Ventil den Geist aufgegeben«, sagte der Arzt. »Das kommt gelegentlich vor. Wir müssen Sie wieder aufschneiden und ein neues einbauen.«

Madame Veracruz ließ ihn das erneut durchstehen, und es kostete den Steuerzahler nur ein paar tausend Dollar mehr. Inzwischen beliefen sich die Opfer in Medio-Magdalena auf sechstausend, die Lage wurde noch dadurch bedrohlicher, daß die Kokabarone britische und israelische Söldner rekrutierten, und so schrammten noch mehr Leichen, deren Bäuche mit Steinen gefüllt waren, durch das Bett des Flusses Magdalena.

Felipe Galtan, Vater eines der drei ermordeten hoffnungsvollen

Präsidentschaftskandidaten, der seinen Wahlkampf mit der Anti-Koka-Karte geführt hatte, wurde in *La Prensa* folgendermaßen zitiert: »Niemals haben in einem Land so viele Tragödien auf einmal stattgefunden.«

29
Concepcion besorgt ein Geschenk für Seine Eminenz

Der Kardinal hatte seinen Namenstag, und Concepcion nahm Cristobal an der Hand und ging mit ihm auf die belebte Straße hinaus, um nach einem Geschenk zu suchen. Namenstage waren für sie immer ein Problem, da sie kein nennenswertes Einkommen hatte und von dem lebte, was ihr an Lebensmitteln und Wohnraum in den Einrichtungen des Palastes zur Verfügung stand. Normalerweise konnte sie zum Kardinal gehen und um Geld bitten, wenn sie oder Cristobal irgend etwas brauchten, aber natürlich ging es nicht an, um Geld für die Anschaffung eines Geschenks für ihn zu bitten. Sie nahm einen Ring, der das einzig noch verbliebene Erbstück ihrer Mutter war, und verkaufte ihn für eine klägliche Summe einem »Syrer«, der sie beschwatzte, daß dies kein echtes Gold sei; immerhin gab er ihr genug, damit sie vom *brujo* im Elendsviertel mehr Heilmittel und ein Geschenk für den Kardinal kaufen konnte.

»Es wird schlimmer«, sagte sie dem Schamanen. »Sein Bauch schwillt an wie bei einer Schwangeren, und sein Geist ist umnebelt, so daß ich schon Angst habe, eines Tages wird er sich im Spiegel nicht mehr erkennen. Was ist da zu tun?«

Der *brujo* warf Kaurimuscheln auf die Matte zu seinen Füßen, hockte sich darüber und furchte seine Stirn im Bemühen, sie zu interpretieren. »Sieht er immer noch Dämonen?«

Concepcion nickte angsterfüllt. »Es ist ganz schlimm in letzter Zeit.«

Der *brujo* zog fest an seiner Zigarre und blies den Rauch über die Muscheln, um sie zum Sprechen zu bringen. »Er hat ein schlechtes Gewissen.«

»Er hatte schon immer ein schlechtes Gewissen, Meister.«

»Sie sollten auf Ihr Kind aufpassen, *señora*. Abgesehen davon, daß es unablässig in der Nase bohrt, was früher oder später zu Blutungen und zum Eindringen von Würmern führen wird, die unter seinen Fingernägeln stecken, glaube ich, daß ihm Schwierigkeiten bevorstehen. Schauen Sie, ich habe die Muscheln geworfen, um nach Ihrem Mann zu fragen, aber ich habe die Figur bekommen, die ›Kind‹ heißt.«

»Das sagt mir nichts, Meister.« Concepcion sah sich in der Hütte mit den Girlanden getrockneter Kräuter und eingeschrumpfter Lamaföten um. Sie erschauerte bei dem *ekekko*, dem Hausgott, der den Eingang bewachte, und versuchte, nicht an die Frage zu denken, ob sein wildes Haar von einer Leiche stammte oder nicht. Seine Züge waren mit Kaurimuschelreihen ausgelegt, und seine Miene belustigter und entrückter Verständigkeit verursachte ihr Unbehagen.

»Ich werde *vilco* in die Medizin tun«, sagte der *brujo*, »und das wird seinen Zustand verschlimmern. Er wird die Dämonen deutlicher sehen und entsetzter denn je sein, also müssen Sie darauf vorbereitet sein und begreifen, daß ich eine Krise herbeiführe, damit alles schneller ausgestanden ist. Sind Sie darauf gefaßt?«

Concepcion wurde bange, ihr Gesicht fiel zusammen, aber sie sagte: »Ja, Meister«, in leisem Flüsterton, der ihre Besorgnisse verriet. »Und was ist, wenn es schlimmer wird und danach keine Heilung erfolgt?«

Der *brujo* schüttelte den Kopf und strich sich durch die grauen Bartsträhnen. »Ich müßte zu ihm kommen und mit den Dämonen ringen, und ich müßte eventuell mit ihm selbst ringen, um seine Seele wieder in seinen Körper fahren zu lassen.«

»Das können Sie nicht«, sagte Concepcion, »er ist Priester.«

Der *brujo* lachte, so daß seine fehlenden Schneidezähne Cristobals Aufmerksamkeit fesselten und ihn kurzzeitig davon ablenkten, mit seinem Finger im Ohr herumzustochern. »Das braucht mich nicht abzuhalten«, erwiderte er.

»Danke«, sagte Concepcion. »Schauen Sie, ich habe Ihnen ein paar Orangen und ein Hühnchen mitgebracht.«

»Ich darf keine Bezahlung annehmen; meine Kräfte würde es im Regen wegspülen.«

»Es ist keine Bezahlung, es ist ein Geschenk.«

»Dann bedanke ich mich, und möge Shango Sie mit seinem Donner beschützen und Oshun Ihre Schönheit bewahren. Hier ist die Arznei.«

Concepcion trat aus der Hütte in den Schlamm der *favela*. Über dem Tal waren die schmucken Gebäude der Hauptstadt zu sehen, wo das Regierungsviertel und das Hilton Hotel sich über die Kolonialbauten erhoben, wo fast alle Fassaden durch Spiegelglasschaufenster ersetzt waren. Sie konnte den Kardinalspalast auf der einen Seite sehen und bemerkte, daß das ständige Tröpfeln sich in diese Richtung bewegte. Sie dachte an Seine Eminenz, wie er gereizt vor sich hin brummelte und den Stuhl vom Rasen in den Kreuzgang zog.

An den Berghängen sah sie die *villas miserias*, die manchmal euphemistisch die »Neubauviertel« genannt wurden. Sie umringten die Stadt und erweckten bei Besuchern den Gedanken, daß im Vergleich dazu der Reichtum der Innenstadt sich obszön ausnahm. Sie blieb eine Weile stehen und betrachtete das Gebiet, in dem sie sich befand. Eine zwölfjährige Prostituierte, die immer wieder Blut aushustete, das vor ihrem Eingang gerann, wartete auf Freier, die zu arm waren, um ihr mehr als Plastiktand und Beschimpfungen als Bezahlung bieten zu können. Ein nacktes Kind wurde im Regen von einer Person gewaschen, die seine Schwester hätte sein können, wahrscheinlich aber eine minderjährige Mutter war. Ein tollwütiger Hund wurde aus sicherer Entfernung von einer kleinen Gruppe Betrunkener gesteinigt. Er taumelte im Kreis herum und würde wohl jeden Augenblick umfallen und sich seinem Tod fügen. Der Kadaver einer Katze lag in einer Schlammpfütze, und ein Truthahngeier stolzierte umher, um Hunger zu bekommen. Weiter oben am Hang jammerte eine Frau, wahrscheinlich wegen eines Todesfalls oder weil sie in den Wehen lag. Ein Mann defäkierte unter Schmerzen mit dem Rücken zu einer Hütte, die Hose um die Knöchel. Cristobal sah dem mit gebannter Faszination zu. »Der Mann da macht Kaka«, verkündete er mit ausgestrecktem Finger.

»Das muß jeder«, erwiderte Concepcion.

»Auch der Kardinal?«

»Sogar der Kardinal.«

»Ich wette, er muß nicht.«

Seufzend nahm sie seine Hand und machte sich auf den langen

Weg zu den glitzernden Läden, wo sie ein Geschenk für ihren Geliebten finden konnte und unausweichlich in Versuchung geriete, ein Heidengeld für Make-up, für glänzende, rührende Tierfigürchen und für Halsketten mit darauf abgebildeten Heiligenwundern auszugeben. Sie würde unvermeidlich diese Dinger befingern, ihr solides Gewicht in den Händen spüren und sie wieder ins Regal legen, weil eine Verkäuferin sie argwöhnisch beäugte. Wenn dann ein weißer Kunde hereinkam, würde die Verkäuferin schleimig hereilen und fragen: »Kann ich Ihnen irgendwie behilflich sein?«

In der Calle Bolívar kam sie an einen Stand, wo Schallplatten verkauft wurden. Da sie der Suche nach dem Geschenk, von dem sie keine Vorstellung hatte, überdrüssig war, blieb sie stehen und wühlte müßig in den Pappkartons. Sie fand Platten aus den USA, auf denen Männer abgebildet waren, die mit ihren langen Haaren wie Teufel aussahen, deren Gesichter farbige Masken wie bei den Indianern waren, und merkte, daß sie alle mürrisch oder böse blickten. Es gab welche mit blonden halbnackten Frauen in verführerischen Posen darauf, deren Haare sich exorbitant über den Kopf türmten und deren Achselhöhlen so haarlos wie bei kleinen Mädchen waren. Es gab Plattenhüllen mit mehreren, Sonnenbrillen tragenden Negern, deren Haar oben so gerade geschnitten war, daß ihre Scheitel wie Briketts aussahen. Eine solche Platte zeigte sie Cristobal. »Wenn du weiter in der Nase bohrst, wirst du am Ende so wie die ausschauen.«

»Sind das Raumfahrer?« fragte er. »Ich möchte Raumfahrer werden, und wenn ich tot bin, will ich ein Kolibri sein.« Er hob die Arme und versuchte, so schnell mit ihnen zu schlagen, daß sie nicht mehr erkennbar waren. »Schau ich schon wie einer aus?«

»Schneller«, sagte Concepcion. »Bei dem Tempo wirst du es nur bis zum Storch bringen.«

Unter den Vallenato-Platten stieß Concepcion auf eine Scheibe, die von oben bis unten und von hinten bis vorn ihre eigene Gravität verkündete. Sie zeigte die Büste eines Mannes mit herabgezogenen Mundwinkeln und verdrießlich mißbilligender Miene. Sie überflog die fremde Schrift und fand keine Ausrufezeichen; Seine Eminenz sagte immer, ihr Fehlen sei ein Zeichen von Ernst und gutem Schreibstil. In großen schwarzen Buchstaben verkündete die Hülle: »Beethoven: 3. Symphonie (Eroica)«. Concepcion gaffte sie verständnislos an. Sie hielt sie dem Ladenbesitzer hin und fragte: »Paßt die für einen ernsten reichen Mann mit gehobenem Geschmack?«

»Die eignet sich exakt für ihn«, gab der Mann zurück. »Ich habe sie schon zehn Jahre, und keiner hat sie gekauft.«

»Ich nehme sie«, sagte sie rasch. »Was macht das?«

Der Budenbesitzer sah das hoffnungsvolle Aufleuchten ihrer Augen und die Armseligkeit ihrer Kleider, worauf er von Wohltätigkeit überwältigt wurde. »Nehmen Sie sie«, sagte er. »Sie hat schon immer Ihnen und nicht mir gehört. Wenn Sie mal häßlich werden, dann bringen Sie sie zurück.«

Sie drückte das kostbare Stück an sich und versuchte, nicht vor Dankbarkeit zu weinen. Sie würde zum Syrer gehen und den Ring ihrer Mutter zurückverlangen.

Seine Eminenz entfernte die Verpackung vom Geschenk und war gerührt. »Das habe ich nicht gehört, seit ich ein junger Mann war«, sagte er. »Mit neunzehn war ich mit meinem Bruder Salvador, der das Seminar wegen seines Gefallens an obszöner Poesie vermasselt hat und daraufhin verschwand, in Ecuador, und wir haben es in Quito gehört. Es war großartig, und danach sind wir in so gehobener Stimmung herausgegangen, daß Salvador Superman spielte und wie ein Idiot die Straße entlanghüpfte, und mir schwirrte das erste Thema wochenlang im Kopf.«

»Magst du sie also?«

»Ich bin begeistert. Woher wußtest du, daß ich sie mag?«

Sie verzog scheel das Gesicht und antwortete: »So dumm bin ich auch wieder nicht.«

Sie ging in die Küche, um *pichones con petit-pois* zu machen, aber kurz darauf hörte sie die ersten Takte Beethoven durch den Kreuzgang und die Flure dringen. Sie unterbrach das Ausweiden der Taube und erstarrte. Sie mußte ihr Kochen sein lassen und nach oben schleichen, wo sie sich vor dem Gemach des Kardinals auf den Boden setzte, die Arme um die Knie gewickelt. Während sie gebannt zuhörte, fing sie unbewußt zu weinen an, und als die Platte zu Ende war, trat der Kardinal aus dem Zimmer und fand sie im Flur mit sauberen Streifen im Gesicht, wo der Arbeitsschmutz abgewaschen worden war. Sie sah zu ihm auf und erklärte: »*Querido*, das war so wunderschön, wie die Liebe im Bett.«

Dionisio sperrte sein Haus ab und machte sich auf die Suche nach seinen Katzen. Eine fand er bei Josef, wo sie von dessen Frau *panela* erbettelte, und die andere machte er hinter dem Herrscherpalast ausfindig, wo sie nostalgisch ihre Krallen so schärfte, wie sie es in der Wildnis getan hätte. »*Venga, gatito*«, sagte er, doch das große Tier sah ihn arglos mit seinen großen Bernsteinaugen an. »Na komm«, sagte Dionisio, »wir fahren heim.« Der schwarze Jaguar zögerte unschlüssig, folgte aber dann seinem Herrn, während er seinem Gefährten spielerisch die Ohren zauste und in den Nacken biß. »Es wird allmählich Zeit, daß ihr erwachsen werdet«, sagte Dionisio und begab sich zu Sergios Haus.

Capitan Papagato war mit Francesca dort, und alle bewunderten die sich abzeichnende Wölbung ihrer ersten Schwangerschaft. Dionisio tauschte ein paar Gefälligkeiten zum Thema Kinder aus, dann ging er mit Sergio zum Pferch, um das Pferd einzufangen und zu satteln. Es war einst im Besitz von Pablo Ecobandodo gewesen, allgemein als »El Jerarca« bekannt, und war ein wackerer Hengst, der es heutzutage gar nicht gern hatte, von seinen Gefährtinnen getrennt zu werden, weswegen er nicht so leicht einzufangen war.

Heute bildete er keine Ausnahme. Während Dionisio sich mit dem Zaumzeug anpirschte, lockte Sergio ihn mit einer Grenadine, doch er stellte in letzter Sekunde die Ohren auf, schnaubte und stürmte triumphierend zum anderen Ende des Pferchs, die Grenadine fest zwischen die Backenzähne geklemmt. »*Mierda*«, riefen beide, und Sergio sagte: »Warum befiehlst du ihm nicht einfach?«

Dionisio war berühmt dafür, mit Tieren direkt kommunizieren zu können, doch er schüttelte den Kopf und erwiderte: »Das mit dem

Befehlen ist schön und gut, aber er wird dennoch nicht gehorchen. Das ist ein echtes Latino-Pferd, *amigo*, und wird deshalb nur arbeiten, wenn es keine andere Wahl hat. Glaub mir, wir beide sind alte Freunde, und es weiß, daß ihm ein langer Ritt bevorsteht. Komm her, *caballo*, sonst gebe ich dein ganzes Futter einem Maultier.«

Das Pferd legte die Ohren nach hinten, zeigte seine Zähne in jener Grimasse, die wie ein irres Lächeln aussieht, und trottete am anderen Ende des Pferchs flink hin und her. Es biß einer der Stuten ins Hinterteil und stand zufrieden still, als sie nach ihm ausschlug. »Wir werden ihn mit dem Lasso fangen müssen«, meinte Sergio.

Heutzutage sind die meisten Lassos aus blauen Nylonfasern, und die Folge dieses Fortschritts ist, daß Pferde viel schwerer damit einzufangen sind. Das Seil ist anfällig für dauerhafte und eigensinnige Knicke, die es fast unmöglich machen, eine perfekte Schlaufe hinzukriegen. Zusätzlich verursacht es schwere Verbrennungen an den Händen, wenn das Pferd sich entscheidet, davonzurennen. Doch Sergio benützte immer noch ein altmodisches Modell aus verdrehter Kuhhaut und machte großzügige, kreisrunde Schlaufen. Damit ging er nun beiläufig bis auf ein paar Meter auf das störrische Pferd zu. Dieses sah das Lasso und scheute, und so schritt Sergio entschlossen an ihm vorbei und tat so, als würde er das Seil einem andern Pferd überwerfen wollen. In letzter Minute schwang er herum und ließ es sauber über den Hals des erstaunten Hengstes fallen. »Er ist nicht gerade hell im Kopf, was?« bemerkte Dionisio. »Darauf fällt er jedesmal rein.«

»Manche Leute meinen, Pferde haben kein Gedächtnis«, bemerkte Sergio, »aber meiner Meinung nach läßt er sich gern fangen. Es ist nur eine Frage der Ehre, Scheinwiderstand zu leisten, und darin gleicht ein Pferd sehr einer Frau, was, *cabrón*? Bloß widersteht dir keine Frau, wie es scheint.« Sergio schnalzte mit der Zunge und lächelte anzüglich.

Einmal eingefangen, blieb das Pferd stocksteif stehen, als Dionisio ihm die lederne *garra* auflegte, den Sattel hochhievte und dann den *cinturón* um den Bauch schnallte. Als er das Zaumzeug anlegte, trat das Pferd Dionisio in voller Absicht auf den Fuß und verlagerte das Gewicht. »Ay, ay, ay«, rief Dionisio und drückte gegen die Schultern des Pferdes, damit es sich bewegte. »*Hijo de puta*.«

Sergio, der mit verschränkten Armen am Gehege lehnte, lachte auf. »Es ist nicht das Pferd, das kein Gedächtnis hat. Es erwischt dich jedesmal wieder.«

»Das ist ein verteufelter Spaßmacher, dieses Pferd«, sagte Dionisio kleinlaut, während er seine bereits anschwellenden Zehen inspizierte. »Als ich es das erstemal hatte, war es völlig geistlos, aber jetzt ist es ein Schlauberger.« Er bestieg den Hengst und schüttelte das Haar aus dem Gesicht. Sergio lächelte zu ihm hoch, wobei er dachte, daß er das Inbild eines Indianers aus einem alten Western war, mit der in den Gürtel gesteckten Polizeipistole und dem überlangen Hemd, das ihm als Bekleidung diente. Doch im Vergleich zu Dionisio war das Pferd reichlich geschmückt, weil es immer noch das Prachtgeschirr seines vorigen Herrn trug, des Kokakaziken Pablo Ecobandodo, der es in mit Silber und Smaragden beschlagenem Leder herausgeputzt hatte. An einem sonnigen Tag war Dionisio schon aus weiter Ferne wegen des glitzernden Blitzens vom Sattel zu sehen, und das war ein weiterer Grund dafür, daß er selbst von denen, die ihn gut kannten, mit so etwas wie abergläubischer Ehrfurcht betrachtet wurde.

Die Jaguare folgten dicht hinter dem Pferd, schlugen nach seinem Schwanz und wichen Hufschlägen aus, und Dionisio ritt zu den Wohnungen aller seiner Frauen, wobei er Leticia Aragon als letzte aufsuchte. Sie wusch gerade das erste Kind von Dionisio, welches das Licht der Welt erblickt hatte, lächelte und hob ihr Gesicht hoch, damit er sich vom Sattel herabbeugen und ihr einen Kuß auf die Wange drücken konnte. Sie hielt ihm auch das Kind zum Küssen hoch, und er tätschelte ihm die Wange und wiegte es einen Augenblick in den Armen. Das Kind war Anica Primera, und weil er zweiunddreißig Kinder hatte, waren alle nach der Reihenfolge ihrer Ankunft benannt. Alle Jungen hießen Dionisio und trugen am Hals die erbliche Narbe des Messers und des Stricks, und die achtzehn Mädchen hießen auf seinen Wunsch alle Anica. All diesen Kindern waren die auffallend blauen Augen Dionisios gemeinsam, die auch bei seinem Vorfahren, dem Conde Pompeyo Xavier de Estremadura, und bei seinem Vater, General Hernando Montes Sosa, zu finden waren.

Es wäre schneller gegangen, wenn er zu Fuß unterwegs gewesen wäre, weil er sich die indianische Methode angeeignet hatte, enorme Distanzen über schwierigstes Terrain in äußerst kurzen

Zeitspannen zu überwinden. Aurelio und Pedro verfügten auch über diese Fähigkeit, und es war für alle anderen schrecklich frustrierend, mit ihnen zu reisen, da sie sich unweigerlich von Leuten abgehängt sahen, die offenbar nur schlenderten. Aurelio war freilich fähig, an zwei Orten gleichzeitig zu sein, und kannte das Geheimnis, in Gestalt eines Adlers zu fliegen, wobei er seinen Körper reglos und mit leeren Augen zurückließ. Dionisio verstand es auch, bei dem hohen Marschtempo, das er einschlagen konnte, diesen Eindruck zu erwecken, doch aus irgendeinem Grund war ihm heute danach, das Pferd zu nehmen und sich Zeit zu lassen. Manchmal tut es gut, ganz gewöhnlich zu sein.

Es wurde ein dreitägiger Ritt bis Santa Maria Virgen. An den Abenden machte er ein Feuer und wartete darauf, daß die Jaguare ihm ein Chinchilla oder *cui* zum Braten über den Flammen brachten, und dann warf er Steine den Hang hinab, aus reiner Freude, den Jaguaren zuzusehen, wie sie ihnen in einer katzenhaften Fußballposse nachjagten. Wenn es kalt wurde, zog er sich in sein Biwak zwischen den Felsen zurück und nahm seine Gitarre zur Hand. Zuerst spielte er dann sein ›Requiem Angelico‹ in Erinnerung an Ramón und Anica, und manchmal trug die wunderliche Akustik im Gebirge diese unheimlichen Klänge zu fernen Weilern, wo Gespräche unterbrochen wurden und Menschen sich im Glauben bekreuzigten, dies wäre das Lied eines Gottes, das ihnen aufgrund besonderer Fügung auf den Wellen des himmlischen Äthers zugetragen wurde. Daraufhin schwebten Schluchzlaute in die Nacht, als Großmütter sich an ihre totgeborenen Kinder erinnerten und Eheleute, die sich seit Jahren nicht mehr umarmt hatten, angesichts des Wohlklangs trostsuchend in die Arme fielen.

Danach improvisierte Dionisio gern weiter mit seinen berühmten musikalischen Palindromen, die vorwärts genauso klangen wie rückwärts. Er hatte sie erst als rein intellektuelle Übung begonnen, aber entdeckt, daß sie eine hypnotische Faszination ausübten, die durch das verwirrende Anklingen des Verdachts eines *déjà vu* im Kopf des Zuhörers entstand. Es war ein Gefühl tiefsten und offenbar grundlosen Unbehagens, das erst verschwand, wenn der Grund dafür angegeben wurde. Mit diesen euterpischen Palindromen hatte Dionisio das Gefühl, er würde damit all die Ängste seines Zeitalters ausdrücken, und er hatte damit in der Tat eine ganz schöne Summe Geld verdient. Sie wurden von dem mit Ena und Lena zusammenlebenden mexikanischen Musikologen eifrigst transkribiert und nach Mexico City geschickt, von wo aus sein Agent sie über die ganze Welt verbreitete.

Wenn es zu kalt wurde und die Musikerfinger nicht mehr mitmachen wollten, schlüpfte Dionisio unter seine Decke und dachte an die Vergangenheit, bevor er langsam eindöste. Seine Träume führten das Thema seiner Gedanken fort, und er war wieder in Ipasueño und trank Wein mit Ramón und gab sich mit Anica der Liebe hin. Irgendwie war er sowohl in der Vergangenheit wie in der Gegenwart, und Anica zog ihn damit auf, daß er nun so viele Frauen hätte, und er antwortete: »Bugsita, so viele sind notwendig, um dich zu ersetzen«, woraufhin sie lachte und sagte: »Aber ich bin doch noch da«, so daß er davon verwirrt war und auf keine Antwort kam. Einmal erschien sie ihm in einem Alptraum so, wie sie bei ihrer Ermordung verunstaltet worden war. Er erwachte gelähmt vor Entsetzen über ihre lidlosen Augen, ihren lippenlosen Mund und die blutenden Öffnungen, wo ihr Nase und Ohren abgehackt worden waren. Bekümmert hielt sie ihm sein erstes Kind entgegen, das mit ihr in ihrem Schoß gestorben war. Er durchlebte noch einmal all den Wahnsinn und den Zorn, die nur geringfügig entlastet worden waren, als er Pablo Ecobandodo auf der *plaza* des Barrio Jerarca getötet hatte.

Am Morgen wachte er unter der Last der üppigen Jaguare mit ihrem Verlangen nach Wärme und ihrem süßen Geruch nach Heu und Erdbeeren auf, und er mußte sich mit ihnen herumbalgen, um sie abzuwälzen. Er brach sich etwas Brot zum Frühstück und betrachtete versunken den durch die Täler wogenden Nebel. Manchmal stieg er auf eine Wolke zu, so daß die waagerechte Sonne ihn von hinten beschien, seinen Schatten auf den Dunst warf und eine Aureole erzeugte, die ihn wie einen Heiligen zierte. Das ergab einen schwarzen Schatten mit einer Aura aus Regenbogenlichtern, die jeder seiner Bewegung folgten und ihm eine Ahnung vom künftigen Leben gaben, wenn er in Anicas Welt leben würde.

Im allgemeinen ritt er unterhalb der Schneegrenze, aus Angst vor Spalten und aus Achtung vor seinem Pferd. Er hielt ein Auge offen für Lawinen und die ersten Anzeichen der *soroche*, und manchmal blinzelte er gegen die Sonne in der Hoffnung, Kondorgeier zu entdecken, die in ihrer unermüdlichen Suche nach unwürdigem Aas und kranken Schafen die thermischen Aufwinde ausnützten. Wenn er einen Adler erblickte, winkte er im Verdacht, es könnte Aurelio sein, und in geringeren Höhen, wo die *maraña* beginnt, winkte er, wenn er einen Haubensittich sah, weil er meinte, es könnte der Geist von Lazaro sein.

Als er schließlich in Santa Maria Virgen einritt, war es mittags, und er sowie die Jaguare waren in den feinen weißen Reisestaub gehüllt. »*Hola*«, rief er dem alten Mann und der alten Frau zu und wedelte mit der Hand in der trägen Geste von Bauern, die vermitteln wollen, daß mit der Welt alles in Ordnung sei und absolut kein Grund zur Sorge bestehe. Sie winkten zurück und grinsten durch die Lücken, die ihre fehlenden Zähne hinterlassen hatten. Er ritt weiter zu dem Haus der jungen Mädchen, die seinen Wagen pflegten.

Er band den Hengst an den Türpfosten, ließ ihn zufrieden am Stroh knabbern, das vom Dach herabhing, und duckte sich im Eingang. Wegen der Dunkelheit kurzzeitig ohne Sehvermögen, rief er: »Ines? Agapita?«, worauf eine Stimme aus der Küche antwortete: »Bist du das?«

»Natürlich bin ich das. Wer sollte es sonst sein?«

»Das hängt davon ab, wer ich bin. Wenn du es nicht bist, könnte es jemand anderes sein.«

»Es ist Dionisio«, erwiderte er, »ich bin unterwegs zu meinen Eltern.« Agapita, die sich gerade die Hände abwischte, kam mit einem scheuen Lächeln im Gesicht her. »Ich habe schon die ganze Zeit gewußt, daß du es bist«, sagte sie, »ich habe nur Zeit geschunden, um eine *tortilla* fertig zu rollen.«

»Du wirst so hübsch, daß es mir das Herz bricht«, sagte Dionisio. »Und wie geht es Ines?«

Sie lachte über das Kompliment, doch bei der Erwähnung ihrer Schwester zog eine Wolke über ihr Gesicht. »Sie hat eine Dummheit gemacht«, sagte sie. »Komm raus und schau.«

Hinter dem Haus arrangierte Ines Sittichfedern um die Windschutzscheibe von Dionisios Auto. Sie blickte auf, als die beiden hinten aus dem Haus traten, japste vor Scham und rannte mit dem Arm vor dem Gesicht den Hang hinauf. Fast augenblicklich stolperte sie über einen Stein und fiel der Länge nach hin. Mit raschen

Schritten ging Dionisio zu ihr und zog sie an den Achseln hoch, wo er allerdings feststellen mußte, daß sie immer noch den Arm vors Gesicht hielt und ihn nicht anschauen wollte. Er packte ihr Gelenk und drückte ihr den Arm mit Gewalt vom Gesicht. »Schau mich an«, befahl er.

Ganz langsam drehte sie sich um, und als erstes fiel ihm auf, daß ihre Lippen zitterten und ihre Augen voller Tränen waren. Als nächstes sah er, daß sich ein kreidiger Fleck diagonal und ungleichmäßig von der Stirn bis zum Hals ausgebreitet hatte, und dachte zuerst, sie wäre von einer entstellenden Flechte befallen. Dann erkannte er, was es war, und wurde von Wut gepackt.

»Das ist ein Hautbleichmittel. Bei aller Liebe Gottes, Ines, wie konntest du nur so dumm sein?« Er war so erzürnt, daß er eine Sekunde lang die Hand hob, um sie zu schlagen, aber dann sah er ihr Elend und ließ seine Hand wieder sinken. Er wandte sich an Agapita. »Das weiß doch ein jeder, daß dieses Zeug eine Katastrophe ist. Um Gottes willen, warum hat sie es getan?«

»Das war für dich«, sagte Ines. »Wenn sie ihre Blutungen bekommt und zur Frau wird, möchte sie eine deiner Frauen sein, und sie glaubt, du würdest sie mehr mögen, wenn sie weiß ist.«

Er war entsetzt und verwundert und blickte auf das Mädchen herab, das schluchzend dalag. Es hatte die wunderschön dunkle Haut einer India, mit einem negroiden Einschlag zur volleren Wirkung, eine Haut von der Farbe, für die sich viele weiße Frauen wochenlang in die Sonne legen. Sein Zorn war ungemindert; er legte seinen Unterarm neben ihren und wollte wissen: »Was ist das für eine Farbe? Ist sie nicht dunkler als deine? Willst du mich beleidigen?«

Agapita legte ihm die Hand auf die Schulter und sagte: »Sei nett zu ihr, sie hat sich nicht anders zu helfen gewußt.« Dionisio wollte wissen: »Hat sie das Zeug noch? Bringst du es mir?«

Agapita ging in die *choza* zurück und kam mit dem Fläschchen heraus. Er nahm es und musterte das Etikett. Er merkte sich den Namen der Firma, die es herstellte, und schmiß das Fläschchen dann hangaufwärts, wo es mit einem dumpfen Knall zerbarst. Dann bückte er sich und stellte Ines auf die Beine. Er rieb mit der Hand über ihre Wange und schüttelte den Kopf. »Du bist ausgesprochen dumm«, sagte er, »du würdest sowieso eine meiner Frauen werden; ich habe bloß noch auf dich gewartet.«

Dem jungen Mädchen hüpfte das Herz in der Brust, und es lächelte unter Tränen. Ein leicht vorwitziges Grinsen stahl sich auf seine Lippen. »Und Agapita?«

Er wandte sich mit überraschter Miene an die ältere Schwester. »Du auch?«

Das Mädchen zuckte die Achseln, hob leicht die Arme und ließ sie dann wieder fallen. Es sagte: »Wer ist denn schon noch da? Alle Männer sind in die Städte gezogen.«

Er hob die Augenbrauen und bedachte sein Schicksal, das sich verschworen hatte, ihm die Verantwortung eines Don Juan aufzubürden. Er bemerkte, daß seine zahmen Jaguare aufs Hausdach geklettert waren und nun nach den Tagen in der Kühle der Sierra schwelgerisch die Sonne genossen. »Kein Hautbleichmittel mehr«, sagte er, und die Mädchen schüttelten beide den Kopf. »Mach es ihnen nach und leg dich in die Sonne, bis du wieder deine alte Hautfarbe hast«, wies er Ines mit einem Wink zu den Katzen an.

»Du wirst in der Nacht, wenn du zurückkommst, mit mir schlafen«, verkündete Agapita, die ihren eigenen Gedanken nachhing.

Dionisios nächste Kampagne auf den Seiten von *La Prensa* richtete sich gegen Hautbleichmittel, doch selbst nachdem sie deswegen erfolgreich verboten waren, brachten sie die Leute noch als geschmuggeltes Gut ins Land. Zahllose ausgebeutete Frauen ruinierten zu inflationären Preisen weiterhin die samtene Dunkelheit ihrer Haut in der vergeblichen Hoffnung, ihren Status und ihren Reiz zu erhöhen.

Doch Besuchern in Santa Maria Virgen wird manchmal eine Stelle am Hang gezeigt, wo Dionisio Vivo einmal ein Fläschchen Hautbleichmittel hingeschmissen hatte, denn dort wuchs eine purpurrote Lilie mit einem weißen Fleck als ewige Mahnung an alle Rassen, ihrer eigenen Schönheit den richtigen Wert zuzumessen.

31
Die Erotica-Symphonie

Die Straßenkinder aus der Kanalisation wurden immer weniger. Die Priester und Nonnen, die Bessergestellten mit sozialem Gewissen, die mildtätigen Witwen, die wenigen Sozialisten mit einer Bereitschaft zur Umverteilung ihres Reichtums, sie alle fanden, daß die Schmuddelkinder sich in nichts auflösten. Vertraute Gesichter an den Suppenküchen tauchten nicht mehr auf, und die Zahl der abgerissenen, rachitischen kleinen Vogelscheuchen, die an den Eingängen zu den marmorverkleideten Läden und Kaufhäusern bettelten, schien täglich kleiner zu werden. Ehrbare Hausfrauen und ängstliche Verkaufsleiter atmeten vor Erleichterung auf und sagten: »Ich bin froh, daß endlich etwas getan wird. Es war eine Schande.« Einkaufsgänger hielten nicht mehr ihre Brieftaschen fest oder fühlten nicht mehr ständig nach der Sicherheit verleihenden Beule in der Gesäßtasche, die ihre Kreditkarten, ihren Führerschein und ihre *cedula* enthielt. Gespräche mußten nicht mehr laut und intensiv geführt werden, um das »Helfen Sie mir, guter Señor, nur ein bißchen Kleingeld« zu übertönen. Niemand mußte mehr starr geradeaus schauen und es vermeiden, den Kopf zu drehen, um den Anblick der jämmerlichen Gesichter mit entzündeten Augen und verklebten Haarmatten zu vermeiden, die beinahe sichtbar vor Läusen und Zecken wimmelten.

Das Geheimnis der Auflösung der Wolke von Kindern stand in simultaner Verbindung mit einem anderen Rätsel. Der Gestank vom Fluß wurde immer unerträglicher, und es war nicht mehr auszuhalten, bei geöffneten Fenstern zu wohnen. Die Gruppe frommer Witwen stellte sich nicht mehr ans Ufer und wartete darauf, den Segen von Kardinal Guzman zu erwischen, doch dieser konnte die Erleichterung über ihr Fernbleiben nicht genießen, weil der Verwesungsgestank selbst durch die Fensterrahmen im Palast drang. Er verklebte die Stellen, wo Zugluft eindringen könnte, und kaufte sich elektrische Ventilatoren für seine Gemächer.

Die Wahrheit war, daß sich ein kleines privates Unternehmen der Lösung der sozialen Probleme der Stadt angenommen hatte. Vigilante-Gruppen der rechten unteren Mittelklasse hatten die besitzlosen und verlassenen Kinder als Urquell identifiziert, der die stetig anwachsende kriminelle Unterschicht speiste und erneuerte und das Leben in der Stadt unmöglich machte. Die Kinder wuchsen zu den Vandalen heran, die einem mit Schlüsseln den Wagen zerkratzten; sie wurden Einsteigdiebe, die sich durch Badezimmerfenster zwängten und mit der neuen Uhr abhauten; sie wurden zu jenen Übeltätern, die elegant gekleidete Frauen auf ihren eigenen Rasen vergewaltigten, und entwickelten sich zu den Straßendieben, die Männern in Anzügen die Taschen aufschnitten und die silbernen Zigarettenetuis von deren Großvätern stahlen; sie wurden zu herumlümmelnden und frech grinsenden Jugendlichen, die ganze Viertel mit Yankeemusik überschwemmten, die auf mit Diebesgut erworbenen Kassettenrecordern abgespielt wurde. Zuerst trieben die selbsternannten Ordnungshüter in Schwarzhemden sie nur zurück in die Kanalisation und verprügelten sie, wenn sie welche erwischten.

Doch dann begannen die Ladenbesitzer die Vigilantes dafür zu bezahlen, daß sie die Kinder von ihrem Grund fernhielten, da sie ganz richtig meinten, Kunden würden jene Geschäfte eher meiden, wo sie über Kartonbehausungen und herumliegende Körper klettern müßten und auf die verstörende Verzweiflung in diesen großen braunen Augen stießen. Die Kinder, die über den Zentralheizungsschächten schliefen oder sich vor dem Regen unter Eingängen unterstellten, wurden mit einem Hagel von Gummiknüppelschlägen, mit einem Schwall von Beschimpfungen über ihren zerschlagenen Köpfen vertrieben.

Doch eins führte zum andern. Die Straßenkinder schliefen nun unter dem Wasser des Flusses vor dem Kardinalspalast. Sie schliefen mit in Beton eingegossenen Beinen und fehlender rechter Hand, da diese gebraucht wurde, um die Provisionen der Geschäftsleute einzuheimsen, und der Klang von Schüssen in der Nacht wurde terroristischen Aktivitäten und den internen Fehden der Kokabarone zugeschrieben. Die Polizei war über alles informiert, unternahm aber nichts, weil ihnen niemand dafür gedankt hätte. Die Unschuldigen schliefen, aber die Verbrechensrate blieb die gleiche, weil die Kinder normalerweise sowieso in frühem Alter gestorben wären, und die kriminelle Unterschicht behielt ihre Stärke bei dank der Slums und der unzufriedenen Jugendlichen, die das bäuerliche Landleben und die unerwünschte Beaufsichtigung durch Nachbarn und Gemeindepriester flohen.

Seine Eminenz widerte der Gestank vom Fluß an, und die gärende Pein in seinen Eingeweiden lähmte ihn. In letzter Zeit wurde er wenigstens einmal am Tag von plötzlichen Koliken gepackt, die ihn rasend machten und lange Speichelfäden herauswürgen ließen, die er irgendwie nicht vom Mund wischen konnte. Je mehr sein Bauch anschwoll, desto weniger konnte er essen, und Concepcion beschränkte sich darauf, dünne Suppen und kühlende Getränke zu machen. Die beständige Furcht vor dem nächsten Schmerzanfall lenkte ihn so ab, daß er sich auf nichts mehr konzentrieren konnte, und die Last der Kirchenleitung wurde zunehmend den nervösen Schultern seines neuen Sekretärs aufgebürdet, der mit Hilfe von innigen Gebeten zu Entscheidungen kam, von denen er hoffte, der Kardinal hätte sie auch so gefällt, wenn er nicht krank gewesen wäre.

Wie um sein Leiden und seine lebenslange Anhäufung von Schuld zu krönen, lebte Seine Eminenz nun in der permanenten und sichtbaren Gesellschaft seiner Dämonen. Mgr. Rechin Anquilar war zu ihm gekommen, um ihm zu berichten, daß er alle seine Missionen zu einer riesigen Kreuzzugstruppe zusammenfassen würde, doch Seine Eminenz hatte nicht zuhören können, weil die Streitenden Köpfe unter dem Tisch sich gegenseitig in den Nacken bissen. Der Obszöne Esel wand seinen tierischen Penis dem Monsignore mehrmals um den Hals, die Heimsucher schrien herum, während sie auf die Wände mit Keulen einhämmerten, die aus menschlichen Gliedmaßen geschnitten waren und wie höhnende Gongs klangen. Die Prozessierer disputierten so laut und so vehement, daß er kaum die ungehaltenen Worte des Monsignore über die Mißhandlung seiner Missionare vernehmen konnte. Die Flammenden schrieben mit Feuer die Namen aller seiner Sünden in die Luft, und die Vernebler schienen sich irgendwie immer schon auf seine Gedanken zu fixieren, bevor er sie dachte, so daß die Worte als Kauderwelsch aus seinem Mund drangen. Jeder Gedanke, der von dieser böswilligen Zensur durchgelassen wurde, jeder Gedanke, der ihm edel oder wahr vorkam, wurde von den Verfälschern widerlegt. Sie saßen in einer Reihe vor ihm auf dem Schreibtisch, baumelten mit den dürren Beinen vor und zurück, als würden diese sich gleich von den rundlichen Bäuchen mit den großen spiralförmigen Nabeln lösen, und sie bewiesen mit unfehlbarer Logik, daß Gott böse war, das Stehlen rechtens war, daß die Hölle ein Garten Eden war. Seine Eminenz disputierte laut mit ihnen, seine Stimme scholl durch den Palast, bis er schließlich mit den Händen vor dem Gesicht vor Pein aufheulte und Stühle umschmiß, um sie nicht zu hören, nur um festzustellen, daß die Ankläger noch lauter aus dem Innern seines Kopfes brüllten und ihm mit seiner Vaterschaft, seiner Sündhaftigkeit und seiner fehlbaren Menschlichkeit zusetzten.

Er kam nur in den Armen von Concepcion und in der Gesellschaft von Cristobal zur Ruhe. Anscheinend konnten die Dämonen in die Zitadellen der menschlichen Liebe nicht eindringen, und deshalb blieb er morgens länger mit Concepcion im Bett. Er schickte Cristobal so spät zum Schlafen, daß der kleine Junge vor Erschöpfung ganz gerötete Augen hatte und erst nach Mitternacht fest schlafend in den Armen seines Vaters auf sein Zimmer getragen werden mußte.

Seine Eminenz fand auch heraus, daß die Dämonen bei Schönheit allen Widerstand aufgaben. Er konnte sie einfach dadurch in Wolken aus stechendem Rauch aus dem Zimmer fliegen lassen, indem er die Eroica-Symphonie auf den Plattenteller legte, aber sofort nach dem letzten Takt des *finale presto* kehrten sie wieder zurück. Er spielte die Platte immer wieder, jeden Tag, bis er jede Note auswendig kannte.

Doch eines Tages erwachte er aus einem leichten Schlummer in seinem Sessel, als die Platte abgespielt war, und stellte fest, daß die Verfälscher geduldig vor ihm saßen. »Sie hatte recht, weißt du«, sagte der eine mit dem Auge aus Würmern. »Diese Musik ist wie die körperliche Liebe.«

»Diese Symphonie hieß ursprünglich ›Die Erotica‹«, warf ein anderer ein, dessen sehnige Zunge beständig nach unten zuckte, um liebkosend auf den eigenen Schamteilen zu ruhen.

»Sie beschreibt sexuelle Akte«, verkündete der eine, der sich immer sehr professoral gab und mit seinem langen Knochenfinger sein eigenes Auge herauspulte, damit er es in die Höhe halten und hinter sich sehen konnte. »Und deshalb können wir sie nicht ausstehen.«

Seine Eminenz sprang auf die Beine und legte die Nadel seines Grammophons wieder auf die Platte. Beim ersten Akkord kreischten und zeterten die Dämonen, klatschten die Hände an die Ohren und flüchteten durch die Wände, um in den fernsten Ecken des Palastes zu schmollen und zu lauern.

Seine Eminenz lauschte aufmerksam der Symphonie und wurde ein Opfer der Suggestion. Er furchte seine Stirn, als er die Unkeuschheit der Musik nach und nach wahrnahm. Niedergeschlagen ging er ans Telefon und bat den Bibliothekar des Palastes, ihm ein Exemplar der Partitur zu bringen, wenn sie auf den Regalen der lange unbesuchten Musikabteilung gefunden werden konnte.

Der Bibliothekar kam atemlos vom Treppensteigen an und gab ihm eine vergilbte und fleckige Henry-Litolf-Ausgabe, die in all den vielen Jahrzehnten, die sie dort war, noch niemand vorher angesehen hatte. Seine Eminenz setzte sich damit hin und blätterte die Seiten durch. Sein erster Eindruck war Verwunderung darüber, daß jemand überhaupt je Symphonien geschrieben hatte. Es gehörte so viel dazu, und der Komponist mußte jeden einzelnen Ton gehört haben können, wie er sich in seiner Vorstellung entfaltete, um hier und dort zur besseren geistigen und seelischen Wirkung etwas zu ändern, mit Klangfarben herumzuprobieren, wobei er alle Tonlagen und Begrenzungen der verschiedenen Instrumente im Gedächtnis haben mußte. Eine Symphonie war eine verblüffende Leistung, sie konnte einen sogar glauben machen, daß die Stimme Gottes im Geist des Menschen widerhallte.

Der Kardinal ließ die Platte wieder von vorn laufen und versuchte, im Ablauf der Musik der Partitur zu folgen. Er fand es schwierig, obwohl er als Kind ein bißchen Klavierspielen gelernt hatte, doch auf der dritten Seite verlor er den Faden. Er seufzte und merkte dann verblüfft, daß es zwei Stellen im Baßschlüssel gab, die für »*fagotti*« ausgeschrieben waren. War das nicht das umgangssprachliche Wort der Gringos für einen Homosexuellen? Hat Beethoven wirklich Passagen für Homosexuelle geschrieben? Er rief wieder in der Bibliothek an und wurde aufgeklärt, daß »*fagotti*« Fagotte waren. Wieder stellte er die Platte auf Anfang und begann nochmals, den Noten mit dem Finger folgend.

Ja. Die kräftigen Eröffnungstakte waren ganz wie die plötzliche Erregung, die jemanden befällt, wenn er eine schöne und sinnliche Frau erblickt, und dann *piano* – da war ein Abschnitt ähnlich dem romantischen Schmachten, das er dann durchmacht, wenn er an sie denkt und sich vorstellt, was er ihr sagen könnte, wenn sich eine zufällige Begegnung einfädeln ließe. Da gab es heftige Dreiklänge wie Beckenstöße – ließe sie sich bereits verführen? –, und dann kamen zirpende Geigen ganz so, als würden zarte Finger nur sekundenlang neckend die Schamhaare streifen. Dann kamen weitere heftige Akkorde wie Beckenstöße, aber vielleicht waren es in Wirklichkeit die engen Umarmungen, die erlöst auf die Offenbarung gegenseitiger Anziehung folgen.

Dem Kardinal trieb es den Schweiß auf die Stirn. Die zaghafte Oboe am Anfang des zweiten Satzes skizzierte die Entkräftung postkoitaler Depression, wenn jemand sich enttäuscht darüber fühlt, daß die Welt sich nicht so wie erwartet verwandelt hat. Dann bei dem Takt mit der Bezeichnung *maggiore* begann eine neue Heiterkeit, die ein erneutes Anschwellen signalisierte. Es kamen weitere große Akkorde beim erregten Wiedereindringen, aber irgendwie versagte dann die Erektion, wohl weil sie nach dem erstenmal zu früh kam, und das Zutrauen ging in dem mit *minore* bezeichneten Abschnitt verloren. Doch dann heiterte die Musik sich wieder auf, weil die Geigen Schauer über die Beine jagten, weil die Frau lüstern lächelte und den Mann mit einem ungeheuer köstlichen Vorspiel reizte, und dann langte sie unter ihn, während er sie wieder beschlief, streichelte seine Hoden, so daß er plötzlich kam. Und dieses neue *piano* war die starke Empfindlichkeit des Penis nach dem Orgasmus, wenn der Mann völlig still in ihren Armen daliegt, weil er Angst hat vor dem peinvollen Herausziehen. »Ay«, und das abrupte *sforzando* schildert das Japsen bei diesem Rückzug, gefolgt vom stummen Kollaps, der im süßen Vergessen des Schlafs liegt.

Der Kardinal stand auf, um die Platte umzudrehen, und stolperte über seine eigenen Füße, da ihm von der Schamlosigkeit der Symphonie ganz schwindlig im Kopf war. Mit zitternden Händen legte er die Nadel auf den Anfang des Scherzos, das den dritten Satz einleitet, und ging wieder zu seinem Sessel. Er versuchte gar nicht mehr, den Noten auf der Partitur zu folgen, weil er schon im voraus wußte, was zu erwarten war. Es war die fröhliche Heiterkeit beim morgendlichen Aufwachen im Bett neben einer neuen Frau, und hier war ein Crescendo in genau dem Augenblick, wo die Wärme ihres Körpers eine erneuerte und drängende Erektion auslöst. Hier tollt und tändelt er mit ihr, schlägt ihr sanft mit dem Kissen auf den Kopf, drückt sie in die Matratze, um überall auf ihrem Gesicht und ihrem Hals Küsse zu verteilen, während er sich an ihren weichen Schamhügel drückt. Kitzeln und Knabbern. Ein Abklingen zu wollüstigem Streicheln. Noch mehr schlanke Finger, die sich auf die Reise begeben.

Der vierte Satz beginnt, und das *pizzicato* der Streicher klingt neckisch – was hat sie jetzt im Sinn? Die Musik schwillt überraschend an; sie hat sich an ihn geschlängelt und köstlich seinen Penis vereinnahmt, der nun in ihr ist, und sie lieben sich wieder mit atemberaubend kurzen Steigerungen, auf dem ersten Schlag jedes Taktes betont, weil er stößt und ruht, stößt und ruht. Der Kardinal erkennt seine Technik, um einen vorzeitigen Höhepunkt zu vermeiden. Die Blechbläser triumphieren, weil er kurz vor dem Erguß ist, und dann herrscht Ruhe. Was ist geschehen? Ist er doch zu früh gekommen? Nein, er hat es gerade geschafft, sich zurückzuhalten, weil sie noch nicht ganz bereit ist. Er fängt wieder mit kleinen Rukken und Stößen an. O Gott, es scheint, als würde der Ring ihres Gebärmutterhalses an der Eichelspitze knabbern. Es kommen Crescendos und Retrettos; kann er sich noch länger beherrschen? Der Kardinal rutscht bei dem ganzen Drama auf die Sesselkante, dann beginnt das *presto*, und ein gewaltiger Orgasmus mit furchtbaren Stößen wirft ihren Unterleib in die Höhe, sie krallt sich in die Kissen, während er so tief in sie fährt, wie er kann, so daß es scheint, als würde er in ihr verschwinden, und das Bett rutscht übers Parkett, und sie sind in schluchzende Zuckungen gedonnert – und die Symphonie ist zu Ende.

Seine Eminenz erhob sich und ballte die Fäuste in der Luft wie ein *aficionado*, der gerade gesehen hat, wie sein Lieblingsmatador über einen tapferen Stier triumphiert hat. Dann fiel die Hand schlaff an die Seite, und er sank wieder in seinen Sessel. Er beugte sich vor, um die Platte vom Teller zu heben, und kippte sie vor und zurück, damit er mit dem darauf reflektierten Licht spielen konnte. »Wunderschön, aber böse«, sagte er und schritt ins Büro seines Sekretärs. »Ich möchte, daß Sie an den Innenminister schreiben und ihm mitteilen, daß im Interesse der öffentlichen Moral Beethovens dritte Symphonie verboten werden muß.«

Der erstaunte Sekretär lächelte nervös. »Ist das Ihr Ernst, Eure Eminenz?« Der Kardinal aber schoß ihm einen Blick herrischer Ungeduld zu. Der Sekretär schrieb, aber nach vielen Gebeten konnte er sich nicht dazu überwinden, das Schreiben abzuschicken, sondern zog es lieber vor, seinen Herrn nicht der Lächerlichkeit preiszugeben, selbst wenn es ihn seinen eigenen Posten kostete.

Seine Eminenz begab sich weiter in die Küche und stellte Concepcion zur Rede. »Du Satansbrut«, dröhnte er, »warum hast du mir diese Platte geschenkt? Wolltest du mich weiter verderben? Hast du geglaubt, ich falle so leicht der Verdammnis anheim?«

Sie wußte, daß sein Irrsinn allmählich nicht mehr zu steuern war, aber sie lächelte strahlend. »Du hast dich an ihr satt gehört, und jetzt sagst du mir, sie gefällt dir nicht?«

Seine Eminenz hielt die Platte hoch und zerbrach sie mit einem melodramatischen Schwung über dem Knie. Er ließ die beiden Hälften durch den Raum auf sie zu segeln und machte auf dem Absatz kehrt. In seinem Zimmer wurde er von den heulenden Kohorten der Dämonen angefallen, die an seinem Gesicht kratzten und ihn erbost herausforderten; er suchte verzweifelt nach seiner Beethoven-Platte, damit er sie verbannen konnte. In der Küche fuhr sich Concepcion mit der Hand ans Gesicht und entdeckte, daß eine Bruchkante ihr die Wange aufgeschlitzt hatte. Sie setzte sich an den Tisch und spürte, wie sie innerlich ganz leer wurde.

32

Dionisios weitere Abenteuer auf dem Weg nach Valledupar

Dionisios Auto ratterte und röhrte nach Ipasueño, da sein Auspuff wie üblich an einer Bodenwelle auf der Straße abgefallen war. Er mußte hier sowieso durch, um nach Valledupar zu kommen, und er hatte Lust, bei Agustin und Samt-Luisa vorbeizuschauen. Er parkte vor der Polizeiwache, ließ die Jaguars im Wagen, wo sie die Köpfe aus ihrem improvisierten Sonnendach streckten. Von diesem Aussichtspunkt aus haschten sie nach unaufmerksamen Vögeln und tieffliegenden Schmetterlingen, bis ihr Herr wieder herauskam, nachdem er vereinbart hatte, Agustin später in Madame Rosas Puff zu treffen.

Er traf dort voller Selbstmitleid und mit dem Entschluß ein, sich Samt-Luisa anzuvertrauen, einer der wenigen Frauen aus seinem Bekanntenkreis, von der er wußte, daß sie eine warme intuitive Verständnisbereitschaft mit einer ausgeprägten Respektlosigkeit gegenüber seiner persönlichen Legende verband. Sie saß an einem der Tische und schlürfte eine Inca-Cola mit dem Strohhalm. Er bewunderte gerade den eleganten Schwung ihres Handgelenks, wie sie die Flasche hielt, da blickte sie schon auf und lächelte. Sie erwiderte seine liebevolle Umarmung und hob eine Augenbraue. »Ja gut«, sagte sie, »gehen wir rauf.«

Oben in ihrem Zimmer schlüpfte sie aus ihrem Kleid und glitt unter die Decke, wo sie gleich die Arme nach ihm ausstreckte. Aus alter Gewohnheit zog er sich aus und stieg zu ihr, als wären sie schon jahrelang verheiratet und er hätte nur kurzzeitig vergessen, daß er rein aus Freundschaft gekommen war. »Die Narben an deinem Hals sind immer noch schlimm«, bemerkte sie, als sie mit den Fingern darüber strich und sie aus der Nähe anschaute, so daß er ihren Körperduft deutlich riechen konnte. »Tun sie noch weh?«

Er fuhr sich mit dem Finger über die Stricknarbe und den sechs Zentimeter langen Einschnitt und erwiderte: »Manchmal jucken sie. Weißt du, Luisa, ich weiß nicht, wie Afrika riecht, aber ich wette, es riecht wie du.«

Sie lächelte ironisch. »Ich weiß auch nicht, wie es riecht, aber ich kann hier drin Depression riechen. Bist du vielleicht zufällig hergekommen, um Doktor Luisa aufzusuchen?«

»Dios«, sagte er, »bin ich so durchschaubar?«

»Wie Glas, oder eher wie ein Spinnennetz. Also, was ist los? Komm her, umarme mich.«

Er legte ihr den Arm um die Schultern, legte sich auf den Rücken und blickte zur Decke. Er sammelte seine Gedanken und sinnierte, daß die Risse dort oben Flußkarten ähnelten. »Heute haben sich zwei junge Bauernmädchen, es sind zambas, mir angeboten, und ich habe angenommen.«

»Das findest du deprimierend?« Sie ließ die Zunge an die Zähne schnellen, um ihre Ungehaltenheit zu zeigen.

»Ja, selbstverständlich. Ich bin nicht mehr ich selbst. Ich bin so etwas wie ein öffentlicher Besitz. Ich habe schon etwa dreißig Frauen, und die einzige, die mich kennt, bist du, und vielleicht noch Leticia Aragon. Und das Seltsame ist, daß ich früher von genau so etwas phantasiert habe, aber jetzt, da ich es habe, schätze ich es gar nicht so, wie ich sollte. Warum kann ich nicht wie ein Stier oder ein Hengst sein?«

»Weil du kein Stier oder Hengst bist. Was ist die nächste Frage?«

»Ich dachte, du würdest mehr Verständnis zeigen.«

Samt-Luisa verzog das Gesicht und erwiderte: »Hör mal, ich versteh dich, weil ich dich schon kannte, bevor du zur Legende wurdest, und ich erinnere mich an dich, als du bloß Dionisio warst und hereinkamst, dich betrankst und es manchmal schafftest, ihn hochzukriegen, wenn du nicht zu sehr hinüber warst. Aber diese Frauen, die sehen den Mann, der Pablo Ecobandodo getötet hat, der Mordanschläge überstand und sogar seinen Selbstmord überlebte. Sie sehen deine zwei zahmen Jaguare, die dich telepathisch zu verstehen scheinen, und sie sehen, was für einen entrückten Blick du hast. Sie erkennen, daß du nicht bloß Dionisio bist, der mit Jerez und Juanito oft herkam und sich besoff. Sie sehen den Mann, der durch seine Briefe in La Prensa berühmt wurde.« Sie hielt inne. »Ich fürchte, du hast die Grenze zwischen Mann und Gott überschritten, und nun mußt du nach anderen Regeln leben. Ein jeder weiß, daß ein Gott anders ist als ein Mensch; schau, wie viele Geliebte Shango hat.«

»Was willst du damit sagen, Luisa?«

»Ich will damit sagen, daß du Pflichten hast, die über die eines Menschen hinausgehen. Diese Frauen wählten dich aus, nicht du sie, und du mußt die Erwartungen erfüllen. Mit anderen Dingen ist es dasselbe. Du hast dich El Jerarcas bösem Tun entgegengestellt, und das verurteilt dich, in der Zukunft allen weiteren Übeln entgegenzutreten, weil du nach dem Ermessen fast aller anderen der Erlöser bist. Wir brauchen dich so, und du hast kein Recht, uns zu enttäuschen. Wenn du einen Jaguar reitest, kommst du nicht mehr runter.«

Er zog bei der Vehemenz und Überzeugungskraft ihrer Rede die Augenbrauen hoch. »Und glaubst du, ich habe mich so verändert?«

Sie spielte mit seinem Ohr und zog sanft daran. »Du säuberst dir immer noch nicht oft genug deine Ohren. Das sieht mir wie eine frisch aufgebrochene Mine aus.«

»Ich danke Gott für dich«, sagte er. »Bei dir bin ich kein Gott.«

»Jetzt hör dir meine Schwierigkeiten an«, sagte sie. »Du bist nicht der einzige.«

Schuldbewußt wandte er sich ihr zu und zog sie an sich. »Es tut mir leid.«

»Meine Schwester ist nach Spanien gegangen. Weißt du noch, daß wir eine Vereinbarung hatten, daß ich drei Jahre lang arbeiten würde, um sie durchs Studium zu bringen, und dann sollte sie das gleiche für mich tun? Das machte das Hurendasein erträglich, weil ich das Ende absehen konnte und ein besseres Leben danach zu erwarten hatte. Na ja, sie ist weg, und ich bin für nichts gedemütigt worden. Für mich leuchten mittags die Sterne.«

Luisas vertrackte Lage schockierte ihn, und in der Magengrube spürte er die Leere von Verrat und Ungläubigkeit. Er sah, daß ihre Augen sich mit Wasser füllten und ihre Lippe zitterte, und hielt sie noch fester, fühlte die langen Kurven ihres nackten Körpers, die sich an ihn schmiegten. Sie entzog sich ihm, setzte sich im Bett auf und schlang die schlanken schwarzen Arme um die Knie. »Weißt du, warum Frauen dich mögen?« fragte sie, und er schüttelte den Kopf. »Weil sie wissen, daß du sie zu sehr liebst, um ihnen weh zu tun, das ist es.« Samt-Luisa deutete auf das Kruzifix an der Wand und fragte: »Glaubst du an all das?«

»Das würde ich gern«, erwiderte er, »aber es ist zu schwierig.«

Sie nickte zustimmend und sagte: »Wenn die daran hängende Person eine Frau wäre, würde ich glauben.«

»Komm nach Cochadebajo de los Gatos. Ich könnte die anderen Frauen aufgeben. Bloß Leticia vielleicht nicht.«

»Ich will es gar nicht. Es ist besser, dich zu teilen, als Alleinbesitz zu sein.«

»Willst du trotzdem kommen? Du könntest auf dem Plateau Tiere züchten oder so was.«

Sie schüttelte den Kopf. »Ich will mich bilden. Ich werde noch drei Jahre lang eine Hure sein, wenn es sein muß.«

»Dieser Job bringt dich noch um, so wie er letztlich alle, die ihn länger machen, umbringt, und ich bin zwar gebildet, weiß aber jetzt, daß Bildung auch nicht das ist, wofür sie gehalten wird.«

»Ich möchte erst einmal gebildet sein, bevor ich zu einer solchen Erkenntnis komme«, erwiderte sie mit Nachdruck.

»Hast du Stift und Papier?«

»Dort drüben«, sagte sie, vage zum Tisch deutend.

Er stand auf und setzte sich nackt auf das wacklige Möbelstück, um zu schreiben. Er gab ihr das Blatt, und sie las:

Verehrte/r Señora / Señor,
diese Person kommt mit meinen besten persönlichen Empfehlungen. Sie ist intelligent, sehr motiviert und äußerst fleißig. Im Lauf der Jahre hat sie häufig für mich gearbeitet, und ich kann bezeugen, daß sie, wenn sie Gelegenheit dazu erhält, jeder Institution zur Ehre gereichen wird, die ihr die Chance gibt, sich zu beweisen.

Dionisio Vivo

»Weißt du, ich habe an der Hochschule von Ipasueño gearbeitet«, sagte er. »Es ist keine Universität, aber dort ist es nicht schlecht. Ich bin sicher, der Leiter wird meine Empfehlung annehmen.«

»Mir gefällt die Erwähnung, daß ich häufig für dich gearbeitet habe«, sagte sie mit einem Lächeln, doch dann zog sie die Stirn zusammen. »Aber es sieht so aus, als ob eine Frau nicht ohne die Hilfe eines Mannes auskommen kann. Das Schicksal macht einen immer zu einer Art Hure.«

»Sei nicht zu überheblich, Luisa, jeder braucht von Zeit zu Zeit mal von einem anderen Hilfe. Ob du Erfolg hast oder nicht, wenn du dorthin kommst, liegt an dir, also bitte mich nicht, für dich Aufsätze zu schreiben, ja? Wirst du als Hure ...« Er zögerte.

»Weiterarbeiten?« ergänzte sie. »Nicht, wenn ich etwas finde, was genauso bezahlt wird.«

»Schau dir diese Empfehlung an«, sagt er, »die könnte an irgendwen für irgend etwas sein, also nimm sie, um einen guten Job zu finden. Sie könnten dich irgendwo in der *alcaldia* einstellen.«

Sie lachte. »Der Vorteil, daß du ein Gott geworden bist, liegt darin, daß niemand nein sagen wird, aus Angst vor göttlicher Rache.«

»Ich wünschte, mir wäre das schon früher eingefallen«, meinte er. »Wahrscheinlich war ich zu sehr mit mir selbst beschäftigt.«

»Gehen wir runter, um auf Agustin zu warten, und dann können wir uns alle wie in alten Zeiten besaufen.«

»Kommt Juanito noch her?«

»Nein, er hat Rosalita geheiratet. Sie hat ihn endlich rumgekriegt, und nun hält sie ihn an der kurzen Leine. Sie ist ein echter *cacafuego* geworden.«

Er lachte. »Der arme Juanito; wer könnte sich eine Rosalita vorstellen, die Feuer scheißt?«

Sie gingen nach unten und fanden einen leeren Tisch inmitten des Rauchs und der klirrenden Gläser. Das Bordell verstummte kurz, als Menschen ihn erkannten und einander zuflüsterten. Einige der Huren kamen her und flirteten ein wenig mit ihm, ihre Träume flackerten kurz zu Flammenbögen auf, aber dann gingen sie wieder, als deutlich wurde, daß er heute abend mit Samt-Luisa zusammen war. Dann kam Agustin und drohte prahlerisch damit, alle wegen des Verbrechens, glücklich zu sein, zu verhaften, wenn ihm nicht jeder einen Drink ausgab.

»Du wirst schon wie Ramón«, bemerkte Dionisio, woraufhin sich Agustin zum Gedenken bekreuzigte und antwortete: »Ramón hat mir beigebracht, daß ein fröhlicher Polizist die beste Verbrechensprophylaxe ist. Ein glücklicher Polizist ist ein menschliches Kondom, das den Schoß der Gesellschaft vor dem entzündenden und obszönen Ejakulat der Unordnung und Unehrlichkeit schützt.«

»Du wirst echt wie er. Bist du sicher, daß sein Geist nicht in dich gefahren ist?«

»Nein, da bin ich mir nicht sicher, aber ich weiß, daß einer wie die Menschen wird, die er am meisten achtet.« Agustin legte seine Mütze auf den Tisch und öffnete die oberen Knöpfe seiner Uniform. »Jetzt wollen wir uns mal ganz ernsthaft amüsieren«, sagte er und rief Madame Rosa, sie solle eine Flasche *pisco* und eine *arepa* bringen, »damit ich nachher etwas Substantielles zum Auskotzen habe«.

Eine halbe Stunde nach Mitternacht wankte Dionisio mit dem Gefühl aus dem Bordell, er wäre durch den Verlust seiner Würde gereinigt worden, und hatte die sonderbarsten Empfindungen unter seinen Füßen. Er sang aus voller Kehle, bis er in den Friedhof stolperte und mit dem Schienbein an einen Grabstein stieß. »Scheiße«, sagte er im Umkippen und schlief belämmert ein paar Minuten, bis die Kälte ihn wieder weckte. Immer noch singend fand er Ramóns Grab, wo er eine Zigarre und eine großzügige Gabe Rum hinterließ. Er fand auch Anicas Grab und absolvierte schwankend die gleiche Zeremonie, während er ihr leise ein lachhaftes improvisiertes Lied sang, das aus rührseligen Koseworten komponiert war. Dann schlängelte er sich wieder aus dem Friedhof und verirrte sich unwiderruflich irgendwo zwischen den Felsen und den *quechara*-Bäumen am Hang.

»Du bist das größte verlorene Gut, daß ich je wiedergefunden habe, *capigorrón*«, verkündete Leticia Aragon, als sie ihn aus seiner Erstarrung weckte. Er setzte sich in ihrer Hängematte auf, rieb sich die Augen und wurde sich klar, daß er dringend literweise Wasser bräuchte, um einen Kater abzuwehren. »Wie bin ich hergekommen?« wollte er wissen. »Wo ist mein Auto? Wo sind die Katzen?«

Leticia schüttelte den Kopf. »Du weißt doch, was verlorenging, taucht immer in meiner Hängematte auf. Das Auto und die Katzen müssen dort sein, wo du sie verlassen hast.«

Er kletterte vor sich hin fluchend aus der Hängematte und spürte augenblicklich, wie ihm der Schmerz in den Kopf stieg. »Du stinkst«, sagte Leticia. »Erwarte bloß kein Mitleid von mir. Und weißt du, daß deine Stiefel voller zerquetschter Zigarrenstummel und deine Füße dreckig sind?«

Er betrachtete seine Füße und sah verwirrt drein. »Jetzt fällt es mir ein. Ich habe die Stiefel auf den Tisch gestellt, und Agustin hat sie als Aschenbecher benutzt. O *Dios*, bitte sag Fulgencia kein Wort, daß du mich so gesehen hast.«

»Das Bestrafen von Sünden ist Gottes Angelegenheit«, sagte Leticia. »Warum sollte ich irgendwem was sagen?«

Er schaute sie an, wie sie, die Hände in die Hüften gestemmt, in der Haltung einer tadelnden Ehefrau dastand. Er sah, daß sie ihr spinnwebfeines Haar noch nicht gekämmt hatte und daß heute ihre Augen völlig grün waren. »Smaragde«, bemerkte er seiner Gewohnheit zufolge, sie von der Farbänderung ihrer bemerkenswerten Augen zu unterrichten. »Wo ist Anica Primera?«

»Ich habe sie rausgeschickt, damit sie ihren Vater nicht in betrunkenem Zustand sieht. Der falsche Priester zwickt ihr draußen beim Achsenmast in die Zehen und versucht, ihr etwas Latein beizubringen. Er sagt, sie wachse so schnell aus ihren Kleidern heraus, weil ihr die Nabelschnur bei ihrer Geburt mit einer Schere anstatt eines Steins durchtrennt wurde.«

Er sah sie an, lächelte blaß, stöhnte dann und massierte sich die Schläfen. »Scheiße, jetzt muß ich den ganzen Weg nach Ipasueño zu Fuß gehen.«

Leticia ließ sich etwas erweichen. »Nun, heute habe ich dir ausnahmsweise mal ein Frühstück gemacht.«

»Wenn die Götter weinen, werden ihre Tränen zu Jaguars«, sagte Dionisio. »Ich glaube, ich werde Tränen aus zerbrochenen *pisco*- und *cañazo*-Flaschen weinen.«

»Geh zu Aurelio und hol dir ein Gegenmittel. Und wenn es dich umbringt, komm nicht heulend zu mir.«

»Ein Priem aus Kokablättern ist das beste«, sagte er, »und eine Tagesdiät nur mit Wasser. Gott steh mir bei.«

33

General Hernando Montes Sosa vertraut seinem Sohn
etwas an

Dionisio traf mit seinen beiden Jaguare zwei Tage zu spät in Valledupar ein, was niemanden überrascht hatte in diesem Land der
Reisepannen und Versandfehler. Kein einziges Verkehrsmittel fuhr
fahrplanmäßig ab, und wenn eines je zur vorbestimmten Zeit angekommen wäre, hätte es die Passagiere zutiefst irritiert, weil sie
dann nämlich stundenlang auf die Ankunft derjenigen hätten warten müssen, die sie abholen sollten. Die Schienenstrecken waren
von Niederschlägen so unterhöhlt und vom Geröll von Bergrutschen so zugeschüttet, daß in jedem Zug im ersten Waggon Pickel
und Schaufeln mitgeführt wurden. Flugzeuge hoben ohne klare
Vorstellung ab, ob an ihrem Zielort eine Landung möglich wäre,
und auf den Flughäfen mußten die Wartungsingenieure Haftminen
von Rümpfen schälen, Kassettenrecorder und altmodische Kame-
ras entschärfen, Nägel aus Reifen entfernen und allgemein ihr Äu-
ßerstes tun, die Versuche der Guerilla zur Befreiung der Menschen
von ihrem Leben im Namen des Volkes zu vereiteln. Dies taten sie
unter dem Schutz von Talismanen und eifrigstem Bekreuzigen, da
eben niemand sich mehr auf metaphysische Hilfe verläßt als Bom-
benräumexperten.
Schiffe, die auf den breiten landesinneren Wasserwegen des Magdalena und des Paraná verkehrten, steckten tagelang auf Sandbän-
ken fest, die von der Entwaldung an den Ufern verursacht waren.
Die Passagiere konnten nichts weiter tun, als unweidmännische
Schüsse auf Manatis und Kaimane abzugeben, mit dünnen Schnü-
ren nach *comelons* zu fischen und kurze, aber heftige Affären unter
dem Zelttuch der Rettungsboote und in den Lücken zwischen den
Schotten auszuagieren. Manchmal ging der ganze Alkohol aus,
und ein kollektiver Kater befiel all diejenigen, die an permanente

Betrunkenheit als Schutz vor Reisekrankheit, der erstickenden Hitze und den gnadenlosen Stichen der Moskitos glaubten.

Es stimmte, daß einige der Hauptstraßen an den Handelsrouten asphaltiert und geteert worden waren, aber die Teerdecke schmolz ständig und löste verstörende Trugbilder aus, die einen Fahrer dazu zwingen konnten, von der Straße abzukommen in dem Versuch, dem Schloß von Cartagena oder einem unwahrscheinlichen Aufmarsch von Störchen auszuweichen. An Stellen, wo der Teerbelag unbedacht dick war, konnte einer unvermutet bis zur Achse in zähflüssigem Brei versumpfen, und an Stellen, wo das Land abgerutscht war, konnte einer unversehens für kurze Zeit Flugerfahrung sammeln.

Doch die Straße von Ipasueño nach Valledupar war von der guten, althergebrachten Art, die jährlich einmal von Bulldozern geglättet wurde und den Rest der Zeit sich ungehindert zu einer Ausgeburt an Schlaglöchern und Wellen verformen durfte. An einer Stelle war unter dem Gewicht eines riesigen Lkws eine Brücke zusammengesackt, und nun fuhren die Personen- und Lastwagen unerschrocken über das Dach des Lasters, der in der Wasserrinne darunter dankenswerterweise bis zur richtigen Höhe abgesackt war. Ein System von Planken und Balken ruhte nun sicher auf dem festsitzenden Fahrzeug und band es – eine Meisterleistung wirtschaftlicher Improvisation – in die Brückenkonstruktion ein.

Als Dionisio also zwei Tage zu spät in Valledupar eintraf, wurden keine Fragen gestellt. Er hatte nach Ipasueño gehen, sein Auto und seine Katzen finden und sich dann einen Weg zu den ausgedörrten Ebenen bahnen müssen, bevor er unter permanenten Ausweichmanövern in die Stadt fuhr, in der seine Eltern nun wohnten. Die Reise war von Erinnerungen an Anica erfüllt; hier hatten sie ihre Hängematte aufgehängt und sich unter dem Sternenzelt geliebt, begleitet vom Kreischen der Affen und dem metallischen Feilen der Zikaden; hier hatten sie den kleinen mechanischen Neger von Puesto Grande aus seiner Nische ruckeln und auf der Bronzeglocke vor der *alcaldia* vier Uhr schlagen sehen; und hier hatten sie eine Mutterziege mit einer Zigarre gefüttert und zugesehen, wie sie diese kontemplativ genoß.

Das Haus erinnerte ebenso an Anica. Das Gästezimmer roch immer noch nach ihrem strohähnlichen Duft, und in einer mondlosen Nacht konnte er dort hineingehen und spüren, wie sie unter dem Moskitonetz mit vor Freude und Liebeserwartung glänzenden Augen auf ihn wartete. Dionisio hatte deshalb schon begriffen, daß die Heimkehr immer etwas Trauriges für ihn bereithielt.

Doch Mama Julia und der General schienen sich nie zu verändern; sie waren, seit er sich erinnern konnte, anscheinend nicht mehr älter geworden. Sie sammelte immer noch Aberglauben, pflegte verwundete Tiere und erntete ungeheure Mengen Obst. Sie trug ihr Haar immer noch im Stil von Carmen Miranda, mißbilligte Aussehen und Anschauungen ihres Sohns und hatte noch immer eine geheime Leidenschaft für Cesar Romero, die sich in der perfekten Erinnerung an die Begebenheiten in jedem seiner Filme zu erkennen gab. Der General verband immer noch Rechtschaffenheit mit dem Anerkennen mildernder Umstände und hatte ein Geschichtsbewußtsein, das so beschaffen war, daß für ihn alles bloß eine Rekapitulation eines halben Dutzends früherer Präzedenzfälle war. Derzeit war er aus der Hauptstadt heimgekehrt und las gerade *Die Geschichte des Peloponnesischen Krieges, vom Athener Thukydides*, um herauszufinden, ob Thukydides nicht ein Licht auf den Kampf zwischen den nun von ihm befehligten Streitkräften und der Guerilla werfen könnte, die eine unheilige Allianz mit den Kokakartellen und den Milizen eingegangen war. Er schätzte die Grabrede des Perikles ungeheuer und kam erst, um seinen Sohn zu umarmen, als er sie verdaut hatte.

Mama Julia jedoch trat augenblicklich aus der Tür und verfiel in eine solche Kritik an seiner Haartracht, daß er sich gezwungen sah, auf einem Stuhl Platz zu nehmen und seinen prophetenmäßigen Haarschopf scheren zu lassen. »Ay, ay!« rief sie. »Es ist eine Mißachtung unseres Heilands, zu sehr wie er auszusehen, und wann wirst du dich mit einer guten fülligen Frau häuslich niederlassen und Kinder und einen anständigen Beruf haben? Und du solltest einen Kragen tragen, um diese Narben zu verstecken, weil keine Frau einen solchen Mann haben will, und vergewissere dich, daß sie aus einer ehrbaren Familie stammt. Und warum hast du deinen Schnurrbart abrasiert, wo es das einzige war, das an dir distinguiert ausgesehen hat? Du hättest fast als Offizier durchgehen können, und manche Frauen mögen das Kitzeln der Barthaare,

wenn sie geküßt werden, solange sie nicht voller Essensreste stek-
ken, was sehr ekelhaft ist. Und mich kümmert es nicht, ob du
berühmt bist, ich bin immer noch deine Mutter und dulde keine
Mißachtung, also hör auf zu grinsen, sonst gebe ich dir eins auf die
Ohren, und das geschieht dir ganz recht, und was lese ich in der
Zeitung, daß du dreißig Frauen hast und ganze Horden von kleinen
Bastarden, verzeih mir das Wort, aber was soll ich sonst dazu
sagen?«

»Übertreibungen und Lügen«, erwiderte Dionisio. Mama Julia
hielt mit einem skeptischen Brummen aus tiefster Kehle mitten im
Schwung inne und entfernte dann gezielt eine sehr lange Haar-
strähne, um ihre Mißbilligung auszudrücken. »Mama, du schnei-
dest zuviel ab, es wird mir oben im Gebirge mit einer so radikalen
Tonsur ganz kalt werden.«

»Setz einen Hut auf«, sagte sie, »und warum hast du uns nicht gesagt, daß du eine berühmte Musik geschrieben hast? Ich erfahre
erst aus dem Radio davon, und dann laufen der nackte Admiral
und seine Frau her und fragen: ›Habt ihr es gehört?‹ und wischen
sich die Tränen aus den Augen. Dein Vater ist sehr stolz auf dich,
Gott weiß warum, aber wenn er einen Funken Verstand hat, wird
er es dir nicht sagen. Bleib still, ich will nicht daran schuld sein, daß
du blutest, weil du dich bewegt hast. Gott helfe mir mit einem solchen Sohn, Gott weiß, warum ich dich liebe, das ist für eine Mutter heutzutage keine leichte Sache. Ich möchte, daß du dir einen
Ozelot ansiehst, dem irgend jemand ins Bein geschossen hat, und
mir sagst, was du dazu meinst und wie es dazu kommt, daß ein
Mensch etwas Schönes und Freies sieht und es dann zu vernichten
wünscht? Manches werde ich nie verstehen.«

Gerade da kam General Hernando Montes Sosa herein, sagte: »Ah,
Dionisio«, und schritt wieder hinaus. »Er will später mit dir reden«,
erklärte Mama Julia.

Dionisio fühlte sich seinem illustren Vater immer noch unterlegen.
Der General hatte, indem er seine Ernennung zum Gouverneur
von Cesar durch eine Volksabstimmung hatte ratifizieren lassen,
und dann, als er Generalstabschef wurde, indem er darauf beharrte, daß jede militärische Aktivität ziviler politischer Kontrolle
unterworfen werden sollte, im ganzen Land die vorgefaßten Meinungen zum Militär über den Haufen geworfen. Auf einer persön-

licheren Ebene erinnerte sich Dionisio noch lebhaft an das eine Mal, als er ein aufgeblasener Teenager war und seinem Vater beibringen wollte, er sei dies schon lange nicht mehr. Der General hatte verächtlich eine Augenbraue gehoben und gesagt: »Gib mir deine Hand.«

Dionisio hatte die Hand ausgestreckt, der General hatte sie mit verschränkten Fingern gepackt. »Nun die andere«, und Dionisio hatte seinem Vater auch die andere gegeben. Der General hatte gesagt: »Der erste, der auf den Knien ist, hat verloren.«

Der Sohn ging in Stellung, um die Demütigung seines Erzeugers zu genießen, lächelte zuversichtlich und fing zu drücken an. Der General hatte seinen Griff zu unerträglicher Kraft gesteigert und die Handgelenke des Sohnes mit gladiatorhaftem Geschick nach hinten gedrückt, und Dionisio war von seinem Vater schmachvoll in die Knie gezwungen worden. Der General hatte losgelassen und war steif davonmarschiert, hatte sich nur die Schöße seiner Uniform geradegezogen, und Dionisio hatte sich auf sein Zimmer geschlichen, um zu zittern und allein zu sein mit seiner wohlverdienten Kränkung. Seit jenem Tag hatte er große Achtung vor dem General, der ihm immer das Gefühl vermittelte, er selbst sei ein amateurhaftes menschliches Wesen. Möglicherweise hatte er sich so weit von seiner Erziehung abgesetzt, um nicht mit ihm verglichen zu werden.

Und so fühlte er sich ein klein wenig unbehaglich, als er später am Abend draußen unter den Bougainvilleen in der Nachbildung des Aristotelischen Peripatos saß und feststellte, daß sein Vater ihm tatsächlich etwas anvertraute. Der General sagte in seinem eleganten Kastilisch: »Ich gehe davon aus, junger Mann, daß du mich als guten Vater ansiehst. Ich habe mich in letzter Zeit gefragt, ob ich dich in der Vergangenheit nicht etwas geringgeschätzt habe.«

Dionisio war äußerst überrascht und erwiderte taktvoll: »Du hast mir nur gezeigt, wo mein Platz ist.«

»Meinst du, ich hätte dich gedemütigt?«

»Das Demütigendste war, daß dir nicht nachzueifern war, Papa, und deshalb war ich wohl so rebellisch.«

»Ich habe mir Sorgen gemacht, Dio, daß du anscheinend immer gegen das rebelliert hast, was für mich aufrecht und gut war, aber seit der Geschichte mit deiner Kampagne gegen Pablo Ecobandodo und seine Kokagangster habe ich begriffen, daß deine Rebellion sich hauptsächlich gegen die Unterwerfung unter Moral- und Verhaltensvorstellungen richtete, die genau besehen etwas trivial sind.« Er hielt inne, um nachzudenken, und schien kurzzeitig den riesigen Mond zu bewundern, der in diesem Augenblick über den Horizont stieg. »Als es auf etwas wahrhaft Lebenswichtiges ankam, hast du dein Leben auf eine Art riskiert, die heldenhaft war. Wir bangten um dich und platzten gleichzeitig fast vor Stolz. Ich möchte nun wissen, ob du das Gefühl hast, daß ich in meinem Leben meinem Sohn ebenbürtig war.«

Aus irgendeinem Grund stiegen Dionisio Tränen in die Augen, und ihm fiel das Sprechen schwer; er hatte seinen Vater noch nie in einer derartigen Stimmung gesehen oder gehört. »Du scheinst so zu sprechen, als wäre dein Leben vorüber, du scheinst besorgt zu sein, ein hartes Urteil darüber zu hören«, erwiderte Dionisio. »Ich glaube, daß du noch nicht ganz auf den Punkt gekommen bist, Papa.«

Der General stand auf und ging zum Rand des Pflasterwegs, so daß er mit dem Rücken zu seinem Sohn stand. »Mein Leben ist größtenteils nutzlos gewesen«, sagte er. »Ich bin seit vierzig Jahren in der Armee, beschäftige mich hauptsächlich mit Unerheblichem. Erst in den letzten zehn Jahren habe ich eine Rolle gefunden, die mein Gehalt rechtfertigt, und der ganze Rest ist eine Leere, nur gefüllt von deiner Mutter und meinen Kindern, und deshalb habe ich dich gefragt, ob ich mich in dieser Hinsicht gut gehalten habe.«

Dionisio bedachte die Frage und erwiderte: »Ich habe oft darüber nachgedacht und bin zu dem Schluß gekommen, daß alles, was ich bin, dir geschuldet ist. Du warst wie eine Waffe, die mich weit weg gefeuert hat, aber es war dein Ziel. Wenn du auf mich stolz bist, dann, weil dein Ziel richtig war.«

Der General lächelte. »Ich hätte mich darauf verlassen können, daß du mit einer Metapher aufwartest, die ich verstehen kann. Wußtest du, daß eine Kugel, wenn sie aus dem Lauf kommt, auf dem ersten Teil ihrer Flugbahn ganz schlimm wackelt? Erst dann bewegt sie sich in einem vollkommenen Bogen. Vielleicht war dein erschreckendes Verhalten, als du jünger warst, deine Art zu wakkeln.«

»Papa, ich glaube immer noch, daß du dich um den eigentlichen Punkt drückst. Worum geht es dir?«

General Hernando Montes Sosa sagte ganz schlicht: »Seit ich Oberkommandant bin, hat sich das Risiko meiner Ermordung fast zur Gewißheit vermehrt. Ich schlage mich mit zahlreichen Guerillagruppen, vier Kokabaronen und der Gefahr der Auflehnung herum, verursacht durch eine entsetzliche Regierung, was die direkte Folge der Abwesenheit dieses Idioten Veracruz ist. Es gibt auch Elemente in der aristokratischen Rechten, die mit Vergnügen unser kleines Aufblühen von Demokratie beenden wollen. Daher, mein Junge, hat sich mein Gemüt der Selbsterforschung zugewandt. Ich möchte gerne so sterben, daß ich sinnvoll und gut gelebt habe, das ist alles.«

Dionisio stand aus seinem Korbstuhl auf und stellte sich neben seinen Vater. Er legte ihm den Arm um die Schulter und sagte aufrichtig: »Papa, wenn du stirbst, ist dir ein Platz im Pantheon sicher. Deine Soldaten lieben dich bedenklich stark, so daß es in der Tat ein Glück ist, daß du keinen Staatsstreich im Sinn hast. Meine Schwestern lieben dich so sehr, daß es ein Wunder ist, daß sie überhaupt geheiratet haben. Ich liebe dich, und sogar meine Jaguare verlassen mich, wenn ich hier bin. Kein Mann, der inmitten von soviel Liebe lebt, hat umsonst gelebt.«

»Du kannst dich nicht an *La Violencia* erinnern, oder? Nein, du warst noch ein kleiner Junge. Ich fürchte, genau so etwas bahnt sich wieder an. Schwache Regierung, soziales Chaos, die vollendeten Bedingungen für ein Erstarken unserer Fanatiker. Weißt du, was die Armee während *La Violencia* gemacht hat?«

Dionisio schüttelte den Kopf.

»Sie ist immer zu spät gekommen. Wir kamen an den Schauplatz eines Vorfalls und stellten fest, daß die Konservativen oder die Liberalen bereits wieder verduftet waren und ganze Dörfer ausgeplündert hatten. Hunderte von Leichen, nicht einmal die Babys waren verschont, nicht bloß getötet, sondern gefoltert und zerhackt. Es war eine sadistische Orgie, und dies bewies mir, daß meine Landsleute an einer schlimmen Vereisung des Herzens litten. Es gab einen Bischof, dessen Spitzname war ›der Ketzerhammer‹, und er ermunterte die konservativen Katholiken öffentlich, Protestanten umzubringen. Und die Liberalen, die damals so wie heute säkular waren, machten sich auf, um Priester zu ermorden und Nonnen zu mißhandeln. Das ist das Inferno, das ich erneut vorhersehe, und mir blutet das Herz. Wußtest du, daß der Inka einmal nach den Aymaras geschickt hat, um einen Beitrag zur Führung des Reichs zu erhalten, und sie haben ihm ihre Läuse geschickt? Selbst schon vor Ankunft der Spanier hat uns anscheinend hauptsächlich Verachtung motiviert. In diesem Land gibt es keine Tradition der Toleranz.«

Dionisio schaute seinen distinguierten Vater an, der, von Vorahnungen bedrückt, den Kopf hängen ließ, und spürte, wie sich sein Magen zusammenzog. »Mir scheint, daß Toleranz erst da gedeiht, wo die Menschen Scheingewißheiten leid geworden sind. Mit Verlaub, deshalb habe ich deinen Glauben abgelehnt und bin nicht mehr zur Messe gegangen.«

Der General lachte ironisch und erwiderte: »Unter uns, mein religiöses Gefühl ist mehr ein Instinkt als ein Glaube, aber sag es nicht Mama Julia. Sollen wir einen kleinen *paseo* machen?«

Vater und Sohn schlenderten durch das Grundstück, erinnerten sich an jeden Anlaß, der Mama Julia dazu gebracht hatte, einen Baum zur Erinnerung zu pflanzen, und der General sagte: »Erinnerst du dich noch an Felipe? Anicas Bruder bei den Portachuelo-Wachen? Er ist soeben der jüngste Oberst der Armee geworden. Und übrigens, ich habe den britischen Botschafter kennengelernt.«

»Ach ja?«

»Ja, und er ist sehr erpicht darauf, Cochadebajo de los Gatos zu besuchen, weil er eine echt antike Stadt sehen will. Er ist ein großer Linguist, weißt du; spricht Hindi und vier afrikanische Sprachen, und so haben sie ihn hierher geschickt, wo er keine davon einsetzen kann. Sehr britisch, meine ich, so etwas zu tun. Glaubst du, ich könnte ihn mitbringen?«

»Natürlich, Papa«, erwiderte Dionisio, der nicht an die möglichen Konsequenzen dachte.

»Wir werden am sechsten Juni um zehn Uhr eintreffen«, verkündete der General, und Dionisio wußte, er konnte sich darauf verlassen, weil sein Vater der einzige Mann im Land war, der sich nicht nach *la hora latina*, sondern nach *la hora británica* richtete.

34

Cristobal

Seine Eminenz sah auf den Schreibtisch in seinem Zimmer und erblickte statt dessen einen verrotteten Sarg, aus dessen verzogenen Brettern wurmförmig Kaskaden uralten Haares sprossen, die wie die Tentakel einer Seeanemone wedelten. Es gab keinen Zweifel daran, daß die grauen Büschel rasch wuchsen und sich um das Mobiliar wanden. Eine Strähne wickelte sich um seine Ferse und umschlang sie wie eine Boa. Er schrie, zog sein Bein weg, aber die Bewegung ließ das Erdmöbel zu Staub zerfallen, und auf dem Boden, wo sein Schreibtisch gestanden hatte, befand sich nun ein Kadaver, der ihn beobachtete. Die Haut war wie bei einer indianischen Mumie straff über die Knochen gezogen, das Haar wuchs mit der Geschwindigkeit eines Baches, und die bernsteingelben Zähne im Mund lächelten ihn mit verächtlicher Geistlosigkeit an.

Als Seiner Eminenz der Schweiß aus allen Poren trat und eine heftige Panik sein Herz erfaßte, glitt eine kleine schwarze Schlange aus dem Mund des Kadavers, schnellte wie eine Zunge heraus, die nach Beendigung eines Mahls Soße von den Lippen leckt, und zog sich mit widerwärtig langsamen Schlängelbewegungen wieder nach innen zurück.

Auch wenn er den Unterarm schützend vor die Augen legte, sah er dennoch, daß die Leiche ihn beobachtete. Und auch wenn er aus Leibeskräften brüllte, so half ihm das gar nichts gegen die anklagende Wißbegierde in diesen blutunterlaufenen Kugeln mit ihren schwarzen Nadelkopf-Pupillen.

Es gab ein trockenes Knacken, als die Kiefer sich voneinander lösten und sprachen. Es war eine heisere Stimme, mehr wie Wind und Wasser denn aus Fleisch: »Schau.«

Kardinal Guzman, den es am ganzen Leib beutelte, hob seine trä-

nenerfüllten Augen auf und schaute. Es war, als ob sein Studierzimmer sich in nichts aufgelöst hätte und die ganze Welt aus
Rauch bestünde. Mit der rechten Hand an der Kehle und der linken
nach etwas tastend, woran er sich festhalten konnte, würgte er gegen die Rauchschwaden an und taumelte durch das Zimmer auf
der Suche nach einer Tür zurück in die Realität. Aber unter seinen
Füßen befand sich nichts als verbackene Erde und sandiger Staub,
und es gab keine Luft zum Atmen. Er stolperte über etwas Weiches
und Nachgiebiges, fiel vornüber und blieb ausgestreckt liegen.
Langsam stand er auf, starrte auf seine Hände, aus denen Blut zu
treten schien, und erkannte, daß er gerade eine junge Frau umarmt
hatte, die mit einem Buschmesser zerhackt und zerstochen worden war. Was für ein hübsches Gesicht sie hatte! Hinter dem Dreck
und dem verkrusteten Blut konnte er volle Lippen, zarte Zähne
und schwarze Augenbrauen sehen, die einen Bogen wie bei einer
arabischen Schönheit beschrieben. Doch ihre Kehle war aufgeschlitzt und blubberte unter ihren letzten Atemzügen, und sie hielt
ihm ein Buch hin. Er nahm es, und sie sank in den Tod. Er schaute
das Buch an und wußte, ohne hinzusehen, daß es ein Meßbuch
war, der dunkle Einband mit einem eingeprägten Kreuz, die Seiten
mit goldenen Blattverzierungen gesäumt. Als sich die Windrich-
tung änderte, trieb der Rauch davon, und Seine Eminenz befand
sich in einem Ring aus Reisighütten, die alle brannten. Irgendwo in
der Ferne ertönten die hämischen Schreie der Menschenschlächter
und das elende Flehen der knienden Opfer. Er wollte losrennen,
stieß aber gegen eine Wand, die in der aufrüttelnden Qual seines
Alptraums nicht zu sehen gewesen war.
Er taumelte zurück, die Hand an der Stirn, und der Scharfrichter
kam auf ihn zu. Er sah die schwarze Kapuze mit den glitzernden
Schlitzen. Beim Anblick des gewaltigen Negers, dessen entblößter
Oberkörper ein Netzwerk tief bronzefarbener Muskeln und stol-
zer Sehnen war, zog es ihm die Kehle zusammen. Er tastete nach
hinten, da seine Hand erneut etwas zum Anlehnen, etwas zu seiner Verteidigung suchte, doch der Scharfrichter schritt langsam
voran und zog das Sacktuch von der silbernen Machete. »Bezahle
mich«, sagte der Scharfrichter und streckte die linke Hand aus,
»wie es der Brauch ist.«
Der Kardinal blickte auf die rosige Innenfläche dieser riesigen

schwarzen Hand und bemerkte die delikat feingliedrigen Finger eines Handwerkers, die Finger eines Töpfers oder Schreiners. Er schaute auf das dicke goldene Armband am Gelenk, auf dem die purpurnen Adern hervortraten, und sah zu den Augen hinter der Kapuze auf. Was sagten diese Augen? Lag nicht eine Botschaft in ihnen? Ein Blick mußte doch sicher eine Botschaft verkünden? Doch die Kapuze vermittelte nichts als leidenschaftslose und endgültige Verurteilung, und die Augen waren nicht zugänglicher als ferne Sterne. »Bezahle mich«, wiederholte der Scharfrichter.

»Ich habe nichts«, sagte der Kardinal, dessen Stimme zersplitterte und wie Glasscherben in seine Kehle schnitt.

»Dann gib mir dein Kind«, sagte der Scharfrichter, der schon die silberne Klinge hoch über den Kopf hob und seine Beine für den Schlag grätschte.

Als Seine Eminenz zurücktrat, spürte er den Plattenspieler hinter sich und hatte in seiner Todesangst die Eingebung, das einzige zu probieren, was seine Dämonen immer zu vertreiben vermochte. Vor Hast und Verzweiflung schluchzend, öffnete er mit zitternden und schwitzenden Händen den Deckel des Apparates, um die Welt mit Beethoven zu erfüllen, doch da, auf dem Plattenteller drehend, war der Obszöne Esel, der grinste und geiferte. Er legte den Kopf schief, um ihn anzusehen, quäkte jubilierend, zog die glitzernde Eichel seines Penis aus dem Mund, flocht ihn undenkbar blitzschnell zu einem Lasso und warf es dem Kardinal um den Hals.

Seine Eminenz zuckte zurück, wurde aber nach vorn gezogen. Seine Füße glitten aus, aber er wurde dennoch gezogen, weil der Dämon mit einer Hand vor die andere langte, um ihn wie ein Boot an Land zu ziehen. Er spürte die weiche Muskelmasse des Penis, die zuckte und zupackte, zerrte und zuzog, und seine grellen Schreie erstarben in seiner Kehle, als er unausweichlich merkte, daß er dem Gesicht des Obszönen Esels immer näher rückte. Eingehüllt und eingeschlossen in den fauligen Atem aus Pech und Schwefel, schloß er fest die Augen und drehte den Kopf so weit weg, wie es ging. Seine Eminenz brachte keine Widerstandskraft mehr auf. Mit all der Verlassenheit und Verzweiflung vollständiger Niederlage strömten ihm Tränen übers Gesicht.

»Armer 'aunischer Junge«, knurrte der Esel hämisch, »Bussi Bussi«, und die abstoßende Kreatur steckte dem Kardinal die Zunge tief in den Mund. Dieser spürte das Greiforgan, wie es sich in seiner Gurgel suchend wand; er spürte, wie es eindrang und herumforschte, sich lasziv um seine eigene Zunge und die Mundhöhle wand, und merkte, wie sein Mund sich mit dem klebrigen Speichel füllte, der nach Scheiße und Sarsaparilla schmeckte. Sein Magen revoltierte, und zu der Übelkeit, die ihn überwältigte, kam ein bitteres Brennen hinzu. Der Obszöne Esel schubste ihn weg und schluckte mit japsendem Schlabbern gierig das Erbrochene.

Der Kardinal fiel wieder in die starken und geduldigen Arme des Scharfrichters. Mit Freude und erleichtertem Schluchzen spürte er, wie die lange silberne Klinge langsam über seine Kehle fuhr.

Cristobal kam ins Zimmer und zog einen zerlumpten Spielzeughund auf Rädern hinter sich her, der im Laufen ein Xylophon spielte. Er ließ die Schnur los und beugte sich über den am Boden liegenden Körper des Kardinals. Er legte die Lippen sehr nah an das Ohr des Mannes und sagte: »Buh!«

Kardinal Guzman regte sich, ächzte gottserbärmlich und versuchte, sich vom Boden zu erheben. Doch ein klebriger Speichelfaden, den er mit dem Ärmel seiner Soutane wegzuwischen versuchte, schien ihn am Boden festzuhalten. »Dir ist schlecht geworden«, bemerkte Cristobal nüchtern. »Soll ich Mama holen?«

Er schaute seinen kleinen Sohn an, der mit unschuldig besorgter Miene dastand. Cristobal fügte hinzu: »Warum hast du geweint?«

»Ich habe etwas ganz Furchtbars geträumt«, erwiderte der Kardinal; er setzte sich auf und wischte sich mit den Fingern über die Augen. »Es war der schlimmste Traum, den ich je gehabt habe.«

»Aber du hast nicht geschlafen. Du bist nicht ins Bett gegangen. Mein schlimmster Traum ist, daß Mama mich auf dem Marktplatz allein läßt und ich mich verirre.«

»Du armer Junge«, sagte der Kardinal, während er Cristobals drahtige Mulattenlocken streichelte. »Ich habe wach geträumt, weil es mir nicht gutgeht.«

»Hast du deswegen alles durch die Gegend geschmissen, Papa?« fragte der kleine Junge mit einer ausholenden Geste zu den zerbrochenen Möbeln, den verstreuten Blättern und dem Plattenspieler, der mit offenem Deckel hochkant auf dem Boden lag.

»Versprich, daß du es nicht Mama sagst. Ich werde ein Donnerwetter erleben, wenn sie das mit der Unordnung erfährt. Warum hast du mich ›Papa‹ genannt?«

Cristobal lächelte über seine eigene Schlauheit. »Weil ich dich ›Vater‹ nennen darf, und das heißt doch das gleiche wie ›Papa‹, oder nicht?«

Ein Nachgeschmack gallebitterer Flüssigkeit schmorte ätzend in der Kehle des Kardinals, und instinktiv ging er das Fenster öffnen. Er atmete tief durch und wurde von dem giftigen Gestank des Flusses angefallen. Er schwankte zurück und schüttelte den Kopf.

»Mama hat mir erzählt, daß zwei Länder bloß wegen eines Fußballspiels gegeneinander Krieg geführt haben«, sagte Cristobal, der die Tagesereignisse durchforstete, um etwas zu finden, das die Unterhaltung über seine Bettgehzeit hinaus verlängerte.

»Die Menschen führen immer wegen dummer Sachen Krieg«, erwiderte sein Vater. »Willst du dich auf mein Knie setzen?«

»Du riechst aber übel«, wandte der Junge naserümpfend ein. »Ich setze mich auf dein Knie, wenn ich mit deinem Kreuz spielen darf. Es ist schön und glänzend, und es ist schwer, und es ist besser als Holz, und außerdem, Fußballspielen ist nicht dumm.«

»Doch, das ist es«, sagte der Kardinal. Er nahm den Christus Rex vom Hals und händigte ihn seinem Sohn aus.

»Ist es nicht!« sagte Cristobal mit Nachdruck, während er es sich auf dem Schoß seines Vaters gemütlich machte und in seiner Nase nach irgendeinem zarten Bröckchen stöberte, das er bei früheren Bohrungen übersehen hatte.

Seine Eminenz sah zu, wie Cristobal abschätzig die enttäuschende Ernte an seiner Fingerspitze inspizierte, und spürte eine Woge der Zuneigung in sein Herz fluten. »Ich liebe dich, Cristobal«, sagte er schlicht.

Der kleine Junge hüpfte auf dem Schoß seines Vaters herum, legte ihm die Arme um den Hals und küßte ihn feucht auf die Wange. »Ich liebe dich auch«, meinte er, und dann: »Wenn dein Bauch noch größer wird, habe ich bald keinen Platz mehr auf deinem Schoß, nicht? Mama sagt, daß da was in dir wachsen muß. Wenn ich dir einen Kuß gebe, fühlt sich das ganz stoppelig an.«

Seine Eminenz lächelte. »Das gehört zum Preis, den du dafür zahlen mußt, ein Mann zu werden.«

»Das Fettwerden?«

»Nein, Dummerchen, das Stoppeligwerden. Und das ist kein Fett, es ist ein Wehweh.«

»Wirst du sterben?«

Diese direkte Frage ließ den Geistlichen eine Weile verstummen und zwang ihn plötzlich, eine reale Möglichkeit in Erwägung zu ziehen. Cristobal sah ihn forschend an und fuhr fort: »Du darfst nicht sterben.«

Kardinal Guzman schüttelte wie von Mitleid überkommen den Kopf und drückte Cristobal so fest an sich, daß sein kleiner Sohn das Gesicht verzog.

Das Geschöpf auf seinem Schoß wand sich, und er blickte hinab. Doch anstatt der geliebten, aber verbotenen Frucht seiner Lenden erblickte er den dort zuckenden Obszönen Esel mit den grob behaarten Ohren, dem riesenhaften, eigenwilligen Geschlechtsteil und der abscheulich sabbernden Zunge. Das Höllengetier grinste den Kardinal frech an und sagte in vollkommener Nachahmung von Cristobals Piepsstimme: »Gib mir noch einen Kuß, Papa.«

Entsetzt und aufgebracht stand der Kardinal so plötzlich auf, daß das Biest zu Boden fiel. Er holte sich aus der Tiefe seines Ekels Mut und Vorsatz, hob das Monster auf, packte es trotz des Geheuls ganz fest und warf es aus dem offenen Fenster. Dabei spürte er ein schmerzhaftes Ziehen an seinem Finger, und als er auf seine Hand sah, bemerkte er, daß sein Amtsring irgendwie mit dem Dämon hinausgeworfen worden war.

Cristobal schwirrte verständnislos und ungläubig eine Ewigkeit lang, wie ihm schien, durch die Luft. Er klatschte so heftig ins trübe Flußwasser, daß alle Luft aus seiner Brust wich, und das Aufjapsen, das seinen Leib durchfuhr, sog nicht Luft ein, sondern das stinkende und schleimige Fäulniswasser, zähflüssig von der Verwesung der verschwundenen Straßenkinder. Er trieb immer langsamer nach unten, verblüfft und benommen vom Tagtraum seines ihn ereilenden Todes, und nur kurz streifte er Hände, die wie Tang nach oben wedelten und ihn streichelten, anscheinend für immer nach dem Licht strebend, bevor er wieder auftauchte und auf der endlosen Reise zur anonymen See davongetragen wurde. In der Hand hielt er immer noch den silbernen Christus Rex und den Ring seines geliebten Beschützers.

Kardinal Guzman wandte sich vom Fenster ab, während er immer noch auf die Stelle starrte, wo sein Ring gewesen war, und erblickte den Obszönen Esel, der ihn vom Sessel aus verlachte. Er trat wieder ans Fenster, rief gellend: »Cristobal, Cristobal«, stützte den Kopf in die Hände und stöhnte, als ob all der Kummer der Welt in ihn gefahren wäre. Er dachte daran, in einem letzten Rettungsversuch seinem Sohn nachzustürzen, doch die Vernunft setzte sich durch, und urplötzlich kam ihm der Gedanke, daß er gar nicht wissen konnte, was wirklich geschehen war. Vielleicht hatte er soeben wirklich nur einen Dämon hinausbefördert, der einfach wieder hereingekommen war. Vielleicht hatte der Dämon sich schon immer als Cristobal aufgespielt. Er ging hinaus in die öde Steinflucht der Flure, um ihn zu suchen.

Im Kinderzimmer fand er das Bett leer. Fröhliche Spielsachen in grellen Farben waren unordentlich über den Boden verstreut, und an der Wand buhlte das Bild unseres Heilands mit blutendem Herzen mit den Bildern von Fußballstars, die Concepcion ergeben aus Zeitschriften geschnitten hatte, um Aufmerksamkeit. Mit beschleunigten Schritten durchsuchte Kardinal Guzman den ganzen Palast an all den Lieblingsecken und -winkeln des Jungen, genau den Stellen, wo er beim Versteckspielen immer zu finden gewesen war. Er ging in den Hof, wo Cristobal gerne die Kolibris beobachtet und sie imitiert hatte, indem er mit flatternden Armen herumrannte und schrie: »Schau mich an! Schau mich an!«

Während eine schreckliche Gewißheit sich in seiner Brust breitmachte, rannte der Kardinal in sein Studierzimmer zurück, stellte einen Stuhl ans Fenster und blickte in das Flußwasser hinab. Er sah nichts als die gebrochenen Reflexe des geröteten Monds und der Straßenlampen. Er stieg wieder herab, wischte sich den Schweiß von der Stirn und erblickte den kleinen Spielzeughund, mit dem sein Sohn hereingekommen war.

Benommen, von Selbsthaß und Verachtung gelähmt, vor Zerknirschung außer sich, stürzte er hinaus und lief zu Concepcions Zimmer. Er riß die Tür auf und warf sich auf die Knie. Sie war gerade dabei, ein Kleid zusammenzufalten und es in einen Schrank zu legen, und erstarrte entsetzt vor dieser Erscheinung voller Pein und Bußfertigkeit. Während Tränen nacheinander über seine Wangen kullerten und seine Stimme brach, hielt er eine zitternde Hand hoch und sah sie flehentlich an.

»Christus erbarme sich unser«, sagte er. »Ich glaube, ich habe Cristobal umgebracht.«

Ein Speer unerträglicher Pein stieß durch seine Eingeweide, er holte japsend Luft, fiel vornüber aufs Gesicht und blieb still liegen.

Teil zwei

It is given to no human being to stereotype a set
of truths, and walk safely by their guidance
with his mind's eye closed.

John Stuart Mill (1806–1873)

Keinem Menschen wird es gelingen, sich von
einer Handvoll einfacher Wahrheiten sicher
durchs Leben leiten zu lassen, wenn sein Verstand schläft.

Seine Exzellenz Präsident Veracruz überflog die von der Botschaft weitergeleiteten Depeschen und fühlte sich merklich frei von Heimweh. Es hatte einen Mordversuch an General Hernando Montes Sosa gegeben, der noch geheimgehalten wurde, bis die zahlreichen Abteilungen der internen Sicherheitsdienste zu einer Entscheidung darüber gekommen waren, wer ihn ausgeführt hatte. Der staatliche Informationsdienst dachte, es waren die Kommunisten, der Innere Sicherheitsdienst des Heeres behauptete, es war ein Admiral, der anstelle des Opfers Stabschef werden wollte, der Marinegeheimdienst sagte, es war ein Kommodore der Luftwaffe, der Innere Sicherheitsdienst der Luftwaffe glaubte, es war ein enttäuschter Heeresgeneral, der Chef der Bundespolizei war überzeugt, es war eine Verschwörung der Rechten, die den Kommunisten in die Schuhe geschoben werden sollte, um einen Rechtsruck zu ihren Gunsten auszulösen, der Chef der Provinzpolizei meinte, der Mordversuch war von einem Geltungssüchtigen unternommen worden, der Chef der Nationalgarde glaubte, es war ein Wahnsinniger, der Chef der Stadtpolizei hielt es für das Werk der CIA, das Außenministerium war der Meinung, der Anschlag gehöre zu einer internationalen Verschwörung des MOSSAD, das Interne Sicherheitsbüro des Innenministeriums vermutete, der KGB stecke dahinter, das Überwachungsdirektorium des Arbeitsministeriums beschuldigte die Paraguayaner, weil der General hart gegen Kokainquellen aus diesem Land durchgegriffen hatte, und die Industriesicherheitsagentur der staatlichen Erdölgesellschaft war zu dem Schluß gekommen, die Tat stehe in Zusammenhang mit einer Verschwörung muslimischer Extremisten und Mormonen zur Legalisierung der Polygamie. Seine Exzellenz stellte fest, daß General Sosa wohlauf war, und steckte alle Berichte in den Papierkorb, da der Anschlag seiner Meinung nach ein Werk der Kokakartelle war. Mit viel größerem Interesse las er einen Brief des französischen Botschafters, der Flagellieren als Aphrodisiakum empfahl, da es bei beiden Geschlechtern eine Gefäßerweiterung in den entsprechenden Körperbereichen hervorrief. Seine Exzellenz dachte darüber nach, bis ihm einfiel, daß er selbst ursprünglich dem französischen Botschafter diese Praxis angeraten hatte. Er nahm sich einen Brief des Finanzministers Emperador Ignacio Coriolano vor, in dem es hieß, daß die Staatsschulden mittlerweile bei der niederschmetternden Summe angelangt waren, die sie am Ende von Dr. Badajoz' »Wirtschaftswunder« erreicht hatten. Emperador gab bekannt, daß er mit Außenminister Lopez Garcilaso in dem Bemühen zusammenarbeite, eine Finanzberatung vom Erzengel Gabriel zu erhalten, und daß weitere Expeditionen zur Auffindung von El Dorado zur Entdeckung einer Truhe mit rostigen Musketen in einer Höhle geführt hatten, wo sie 1752 bei einer niedergeschlagenen Rebellion versteckt worden waren. Sie waren einem Yankee-Museum verkauft worden und hatten eine halbe Million Dollar eingebracht, die irgendwie im internationalen Bankensystem verschwunden waren. Emperador fügte in einer persönlichen Anmerkung hinzu, er habe sich ein kleines Flugzeug gekauft und lerne jetzt das Fliegen.

Seine Exzellenz wandte sich einem Brief des College of Heraldry (Baltimore) zu, das seinem Wunsch nachkam, ein für seine Ruhmestaten passendes Wappenbild zur persönlichen Verwendung zu entwerfen, und sah sein Denkvermögen unter einer Lawine von sonderbaren Fachausdrücken begraben. »Erminois?« brummelte er, »à bouce ... sable ... mit Mantelzier? Wolfzahnförmig oder geschrägt? Gerautet, gegöpelt? Dieu et Ma Femme? Junglöwen Rücken an Rücken? Sprungbereite Jaguars? Wachsende Sarazenen?« Er schnaubte ungeduldig und schrieb dem College nur die knappe Mitteilung: »Senden Sie mir einfach einige Bilder.«

Seine Exzellenz war in keiner guten Stimmung. Sein spezieller Gringo-Apparat zur Sicherstellung automatischer Erektionen hatte seinem Leben viel Freude genommen, denn da er jederzeit die Pumpe benutzen konnte, ließ Madame Veracruz es ihn sogar machen, wenn er es gar nicht wirklich wünschte. Da lag er auf

dem Rücken, sah ihre Kreisbewegungen und ihr wirklich außergewöhnliches und verstörendes Mienenspiel und merkte, daß seine
Aufmerksamkeit abschweifte. Er machte aus Deckenrissen Karten
von Gebirgen und Straßen. Er phantasierte davon, die Länder des
nördlichen Südamerika wieder zu Gran Colombia zu vereinigen.
Er entwarf glühende Nachrufe für sich selbst. Er erinnerte sich an
seine Studentenzeit und seine erste Ansteckung mit Tripper. Er
löste die Frage der Staatsschulden durch die Erpressung des Präsidenten der Vereinigten Staaten und eine Bohrung quer durch die
Erde, um die sibirischen Ölfelder anzuzapfen. Er sagte in seiner
Vorstellung alle nationalistischen Gedichte auf, die er in der Schule
auswendig gelernt hatte, und danach alle schmutzigen Abzähl-
verse. Er wünschte, er könnte ein Buch lesen, und fühlte, wie er
wund wurde.«
Der Geist Seiner Exzellenz lag darnieder. Der Gedanke, die Haupt-
städte Europas hinter sich zu lassen, um zu den Verlegenheiten
und Winkelzügen seines Amts zurückzukehren, verschaffte ihm
tiefe Depressionen, und er fragte sich, ob es nicht möglich wäre,
weiterhin vom Ausland aus zu regieren. Er las den Brief von Kardinal Guzman, der ihn beschuldigte, durch Schwarze Magie die
Dämonen aufzuscheuchen, die ihn peinigten, und seufzte. Er las
den Brief von »Eva Perón«, in dem es hieß, daß im Land religiöse
Fanatiker ihr Unwesen trieben, und schüttelte verzweifelt den
Kopf, während er sich gleichzeitig ermahnte, daß er irgendwann
den Streitkräften die Genehmigung erteilen müsse, ihnen Einhalt
zu gebieten. Doch jetzt würde er sich als Odin kostümieren und
auf Madame Veracruz warten, die bald als Freya auftauchen
würde, komplett ausstaffiert mit ihrer Halskette aus Brisingamen,
ihrem Flugumhang und ihrem gehörnten Helm, der bedauerlicherweise zu groß für sie war und ihr im Augenblick des Orgasmus
über die Augen rutschte, so wie der Kopfputz der Isis während
ihrer ägyptischen Periode.
»Hallo, Daddykins«, rief sie, als sie dramatisch die Tür aufriß und
sich in all ihrer nordischen Garderobe zeigte. »Wer bist du heute?«
Sie sah ihn von oben bis unten an und fügte hinzu: »Nicht schon
wieder Odin?«
»Ja, mein kleines Miezekätzchen, schon wieder Odin.«
Madame Veracruz hatte sich gründlich in die Geschichte Freyas

eingearbeitet und dabei herausgefunden, daß die Göttin bemerkenswert promiskuitiv war, und so hatte sie mit ihrem Mann ausgemacht, daß er manchmal ihr inzestuöser Bruder Freyr sein sollte oder einer der vier Zwerge, mit denen sie geschlafen hatte, um die Halskette zu bekommen. »Ich hätte gedacht, heute könntest du Loki sein, Daddykins, und mir ein paar ungezogene Streiche spielen.« Sie tänzelte elegant nach vorn und küßte ihn kokett auf die Nasenspitze. »Schau«, rief sie und öffnete ihren Flugumhang, um ein frisch frisiertes Venusdelta und einen Leder-BH mit Löchern für die Nippel zu enthüllen. Sie drehte eine Pirouette, wodurch der Aschenbecher vom Tisch gefegt wurde und theatralisch auf den Boden fiel. Sie streckte ihm die Arme entgegen. »Mach schon, pumpe ihn auf. Was stellen wir uns heute vor?«

»Es müssen wieder die Staatsschulden sein. Seit wir uns auf die Unsterblichkeit konzentriert haben, sind sie wieder gestiegen.«

Sie zog einen Schmollmund und sagte: »Aber die Staatsschulden sind stinklangweilig, Daddykins. Warum konzentrieren wir uns nicht darauf, daß unsere kleine Tochter ein menschliches Wesen wird? Und danach können wir ins Centre Pompidou und ins Rodin-Museum gehen.«

»Es müssen die Staatsschulden sein«, erwiderte er, rückte seine Augenklappe zurecht, zog sich den Schlapphut tief ins Gesicht und langte mit einem überwältigenden Gefühl der Apathie in seinen Umhang, um sich aufzupumpen.

Dionisio Vivo saß in seinem Buchladen, wo er fleißig ein weiteres seiner berühmten musikalischen Palindrome komponierte. Am Kopf war ihm sehr kalt, da seine Mutter ihm ja die Haare geschoren hatte, und er hielt häufig inne, um die Narben an seinem Hals zu kratzen, die in ominöser Weise juckten. Leticia Aragons ständige Rede lautete: »Immer wenn die Stricknarbe juckt, erwarte ich eine gute Nachricht, aber wenn der sechs Zentimeter lange Schnitt juckt, dann erwarte ich eine schlechte.« Es schien sich stets zu bewahrheiten.

Pedro der Jäger klopfte an die Tür und trat mit seinem wuselnden Rudel stummer Hunde ein, so daß sich Dionisios zwei Jaguare genötigt sahen, das Zimmer angewidert zu verlassen.

»*Hola,* Pedro, magst du eine Tasse mit mir trinken? Setz dich.« Dionisio schob mit dem Fuß einen Stuhl in seine Richtung, aber Pedro winkte höflich ab. »Verzeih mir, *cabrón,* aber von diesen Bücherregalen wird mir der Mund trocken, und meine Hände fangen zu schwitzen an. Stell dir bloß all die mit einem Stift verbrachten Stunden vor, die dazu hätten verwendet werden können, um zu fischen oder einen Puma aufzuspüren.«

»Pumafelle verrotten«, bemerkte Dionisio, »doch ein Buch könnte ewig halten.«

»Nicht alles, was sich hält, ist gut«, entgegnete Pedro. »Schau, ich war in Ipasueño, und jemand hat mir diesen Brief für dich gegeben.«

Dionisio nahm den Umschlag und bemerkte, daß er einfach an ›Dionisio Vivo in Cochadebajo de los Gatos‹ adressiert war. Er war mit schmierigen Fingerabdrücken bedeckt und ohne Briefmarke. »Ich glaube, den hat dir ein Mechaniker gegeben«, sagte er.

Pedro ging wieder, und Dionisio öffnete den Brief, worauf er feststellte, daß dieser vom Polizisten Agustin war, der früher mit Ramón zusammen die Leichen aus seinem Garten abgeholt hatte.

Verehrter Freund,
ich weiß nicht, ob Dich diese Zeilen in Ermangelung eines
postalischen Zustelldienstes erreichen werden, aber nach
meiner Erfahrung wird ein auf der Straße fallen gelassener
Brief früher oder später aufgehoben und von einem zum anderen weitergereicht werden, bis er schließlich am Bestimmungsort ankommt.
Ich dachte mir, Du solltest wohl erfahren, daß vor zwei Tagen
Samt-Luisa unerwartet und urplötzlich an hohem Fieber gestorben ist. Sie wollte die Hurerei aufgeben und zu Dir kommen, bevor sie eine Anstellung in der *alcaldia* annahm. Doch
dem, wie Du siehst, ist das Unglück zuvorgekommen.
Ich weiß, daß Ihr Euch gern gehabt habt, und ich lege Dir selbst
aus so großer Entfernung den Arm um die Schulter, um Dir
mein Beileid auszudrücken. Solche Zeiten machen mich ganz
wehmütig, weil ich weiß, sie wäre in einem Land wie Frankreich oder Holland geheilt worden und noch unter uns.

Dein guter Freund Agustin

Dionisio las den Brief zweimal durch und faltete das Papier dann
zusammen. Er hatte das Gefühl, auf unvorstellbare Weise überlebt
zu haben. Er dachte an Samt-Luisas lebhaftes Lächeln, an ihre spitzen Brüste, an die makellose schwarze Seide, die ihre Haut war,
und versuchte sich vorzustellen, wie dieses ganze Leben unter den
Steinen des Friedhofs von Ipasueño einschrumpfte und eintrock-
nete. Er dachte daran, wie sie von ihrer Schwester betrogen worden war, wie jemand so oft ein Opfer der Umstände wird, und
seine Gedanken kehrten zu dem unmöglichen Bild von Luisas Leiche zurück. Er entschied, zu Professor Luis zu gehen.
Farides war wie üblich in der Küche, und Professor Luis stand wie
üblich im Eingang und fühlte sich schuldig, weil sie ihn von dieser
Arbeit ausschloß. Sie lächelte Dionisio strahlend an, als er hereinkam, und Luis grinste dämlich und hob eine Hand zum Gruß. Dionisio gab ihm den Brief und fragte: »Was hältst du davon?«

Professor Luis las den Brief und dachte einen Augenblick nach. »Ich glaube, er sagt uns, wir sollten, solange wir leben, miteinander das Beste daraus machen, weil das Leben billig ist und der Tod zu früh kommt.«

Dionisio nickte. »Genau. Alle meine Freunde sterben. Und deswegen suche ich jetzt Leticia auf, um zu schauen, was für eine Augenfarbe sie heute hat, und die werde ich mir einprägen.«

Als Dionisio gegangen war, wandte sich Professor Luis an Farides und sagte: »Du solltest dir mein Angebot zur Hilfe lieber zu Herzen nehmen, denn wenn ich weg bin, ist nicht einmal mehr jemand da, der im Eingang steht.«

Farides grinste und reichte ihm ein Meerschweinchen. »Dann geh raus und enthäute es.«

Er nahm das schlaffe Nagetier und kommentierte: »Es muß doch eine angenehmere Arbeit geben, mit der du mir deine Liebe beweisen kannst.«

»Die gibt es«, erwiderte sie. »Wenn du fertig bist, kannst du mal den Eimer im *excusado* leeren.«

37

Dr. Tebas de Tapabalazo

Tertuliano Tomás Kaiser Wilhelm Tebas de Tapabalazo, ein Mann, der offenbar unbelastet von der Idiosynkrasie seines Namens durchs Leben gewandelt war, hatte jahrelang als hervorragender Arzt der Reichen und Einflußreichen ein Doppelleben geführt. Es gab nichts, was er nicht über die Leiden der Wohlhabenden wußte; er kannte die aufblähende und hartnäckige Verstopfung derjenigen, die nichts als teure Filets und frivole Soufflés verspeisen. Er war voll dafür gerüstet, mit den eingebildeten gynäkologischen Problemen adliger Frauen umzugehen, die wegen Geld und Einfluß heiraten, aber die Erfüllung der ehelichen Pflichten scheuen. Er konnte auf einhundert Meter den indiskreten und demokratischen Befall mit Tripper erkennen, den er einfühlsam als »ein unspezifisches Melisma« diagnostizieren würde, im befriedigenden Wissen, daß keiner seiner Patienten diesen Fachausdruck für eine mit manierierten Noten verzierte mehrstimmige Koloratur gehört hatte. Er beherrschte die Kunst, Fleisch abzutasten, das tief unter staunenswerten Speckschichten begraben war, und er konnte sich geschickt das Vorhandensein unheilvoller Cholesterol-Stalagmiten in den Arterien untrainierter Herzen vors Auge rufen. Er glaubte an die Wirksamkeit ungeheurer Mengen von Knoblauch zur Blutreinigung und an hochtrabende und väterliche Einschüchterung als Spezifikum gegen geistige Verwirrung und Hypochondrie. Seine feierliche Miene, seine wohltönende und tubaähnliche Stimme, sein riesiges Gesicht und die kalten Hände sowie die auf der Nasenspitze balancierende Lesebrille erregten fanatische Zuversicht und Hingabe im erlesenen Zirkel seiner plutokratischen Patientinnen und Patienten, die stets verkündeten, daß Doktor Tapabalazo zwar teuer, aber jeden Centavo wert sei.

Sie wußten allerdings nicht, daß Dr. Tapabalazo ein unbekümmerter Umverteiler von Reichtum war. Er lebte bescheiden in einer Vorstadt in einem Labyrinth unlesbarer Bücher. Er liebte alte deutsche Bände in gotischer Schrift, Bücher aus dem Osten, die in Kringeln und Schnörkeln geschrieben waren und von rückwärts zu lesen waren, chinesische Bücher, die eher gemalt als geschrieben waren, Bücher im alten Nordisch und Luxemburgisch, und er sammelte sie mit Ausdauer und Hingabe, die seinen lebenslangen Glauben und seine Behauptung bekräftigten, daß es überall auf der Welt Bedeutungen und Konnotationen gab, die völlig geheimnisvoll waren. Er verbrachte glückliche Stunden mit dem Durchblättern seiner Sammlung, ließ sich treiben in einem Meer der Spekulation und Verwunderung, bloß wegen der schlichten, wundersamen Tatsache, daß der größte Teil der Welt nicht Kastilisch sprach. Nichts beeindruckte ihn mehr, als einen ausländischen Film im Fernsehen zu sehen, in dem Hunde Befehle auf deutsch oder französisch befolgten. Da schüttelte er den Kopf vor Überraschung, daß sogar Tiere intelligenterweise fremde Zungen begriffen, von denen er persönlich keine einzige Silbe verstand.

Doch der überwiegende Teil seines beträchtlichen Einkommens wurde für Einrichtung und Erhalt einer Reihe von Krankenstationen ausgegeben, die sich von den *favelas* der Hauptstadt bis zu den fernsten Indiodörfern der Sierra erstreckte. Sein Schreibtisch war bedeckt mit hingekritzelten Notizen, auf denen er ausrechnete, wie viele Leprafälle mit dem Einkommen aus einem Fall hyperaktiver Vorstellungsgabe – der mit Placebos und Flaschen mit Zuckersirup kuriert wurde – betreut werden, wieviel Fälle von Krätze oder Impetigo mit den Einkünften aus drei oligarchischen Gebärmuttervorfällen oder vier Beruhigungsspritzen für den riesigen schwarzen Jaguar – der sich von Geleefrüchten ernährte und den die Frau des Präsidenten verstörend als »meine kleine Tochter« bezeichnete – behandelt werden konnten. Er rechnete sich aus, daß der Ertrag aus der Operation der Kardinalsgeschwulst reichen würde, um eintausend verarmte junge Mütter für ein ganzes Jahr mit Verhütungsmitteln zu versorgen.

Als Kardinal Guzman, dessen Bauch grausam aufgebläht war, mit Tobsuchtsanfällen und Erbrechen ins Krankenhaus eingeliefert wurde, diagnostizierte Dr. Tapabalazo Krebs und paranoide

Wahnvorstellungen. Letztere wollte er später mit einer Verabreichung strenger Kritik und ätzender Bemerkungen behandeln, und dem ersteren würde er sofort zu Leibe rücken, doch mit wenig Hoffnung, daß sein Patient noch nicht von Metastasen befallen war. Er verspürte ein Aufwallen von Schadenfreude darüber, daß der Kardinal seiner Gnade ausgeliefert war, denn er war in einem Kloster erzogen worden und hatte gerade deswegen nun eine leitende Funktion in der nationalen Gesellschaft der Freidenker inne.

Mit gerunzelter Stirn und einer so weit vorn auf der Nasenspitze sitzenden Brille, daß sie abzugleiten drohte, legte er dem Kardinal seine kühlenden Hände auf den Bauch und verschloß seine Gedanken allem anderen außer den Eindrücken, die er aus seinen geübten Fingerspitzen erhielt. Der Magen war fester als ein Trommelfell, und er vermutete intuitiv, daß der Inhalt zum größten Teil aus Flüssigkeit bestand. Doch ein bestimmtes Pieken oberhalb des Nabels ergab, daß dort auch etwas Festes und Amorphes war. Er besah sich das schmale Gesicht, die knochigen Beine, die ungepolsterten Rippen und wußte, ohne zu fragen, daß Kardinal Guzman schon seit einiger Zeit sein Essen nicht mehr hatte bei sich behalten können. Der geplagte Mann öffnete die Augen und zuckte mit dem Körper. »Ich habe Cristobal ermordet«, sagte er.

»Schweigen Sie«, sagte der Arzt streng. »Sie haben es fast geschafft, sich selbst umzubringen. Sie hätten das vor Monaten schon behandeln lassen sollen, als alles anfing. Haben Sie gedacht, Gott würde es von sich aus heil machen?«

Die Augen des Kardinals flackerten und fielen dann zu. »Es war meine Bestrafung.« Ein Speichelfaden mäanderte ihm aus dem Mundwinkel und bahnte sich einen Weg aufs Kopfkissen.

»Ich werde eine Laparotomie durchführen, damit ich eine Laparoskopie machen kann«, verkündete Dr. Tapabalazo voll Genuß an der Unerforschlichkeit seiner Terminologie, »was heißt, daß ich Sie aufschneiden und mir Einblick verschaffen muß. Wenn ich Sie wieder zugenäht und gut darüber nachgedacht haben werde, werde ich Sie wieder aufschneiden und alles in Ordnung bringen. Ich möchte Sie aber warnen, daß jeder meiner Patienten, wenn er stirbt, das Doppelte berechnet bekommt, weil nach der Testamentseröffnung sein Kapital flüssig wird.«

»Sie sollten mich sterben lassen«, flüsterte der Kardinal.

»Unter uns gesagt, ich fühle mich sehr dazu geneigt«, scherzte der Arzt, »aber das wäre überaus unprofessionell. Nun werde ich Ihnen einige wenige Besucher gestatten, also seien Sie vielleicht so gut und sagen mir, welche Sie insbesondere zu sehen wünschen.«

»Concepcion, meine Köchin«, hauchte der Kardinal. »Niemand sonst.«

»Concepcion«, notierte sich der Arzt in seine Loseblattsammlung, wobei er sich an die tränenüberströmte Negerin erinnerte, die Lockenwickler aus den Kartonhüllen für Klopapier im Haar trug, um europäische Lockenpracht vorzutäuschen. Sie hatte an die Tür seines Büros geklopft und mit zitternden Lippen gefragt, wie es ihrem »Cadenay« ging. Ihm fiel auch die Überraschung wieder ein, als er dieses Wort in seinem Dialektwörterbuch nachgeschlagen und entdeckt hatte, daß es der Quechua-Ausdruck für »Gemahl« war. »Der dreckige alte Heuchler«, hatte er gedacht und so mit dem automatischen Reflex der Aufklärer reagiert, die auf geistliche Fehltritte und *pecadillos* gestoßen sind.

Dr. Tertuliano Tapabalazo klingelte nach dem Anästhesisten, wies seine Assistenten an, den OP für eine Laparoskopie herzurichten, und als er seinen Operationskittel angezogen hatte, machte er sich eine stärkende Tasse Kaffe mit Hilfe eines Bunsenbrenners, eines Dreifußes und einer feuerfesten Zylinderflasche. Er trank das brühend heiße Getränk in kontemplativen Schlucken, dachte darüber nach, was er im Bauch des Kardinals vorfinden würde, und schritt den Flur entlang, um zu schauen, ob seine Befürchtungen sich bestätigten.

38

Vom neuen Albigenserkreuzzug

Die Hauptattraktion aller Religionen war es zu jeder Zeit und überall, daß sie Böses zu tun gestatteten; daß dem so ist, wird ausgiebig durch die Tatsache demonstriert, daß die Zahl der Gläubigen abnimmt, sobald ihr Glaube seine militante Aggressivität verliert. Ein Mensch, der in Gottes Namen und angeblich auf Seinen Befehl Böses tut, wird augenblicklich von seinen Sünden freigesprochen, und je größer das zugefügte Übel ist, desto heiliger kommt er sich vor. In den geheiligten Büchern der Welt sind Vorgehensweisen und sogar Gebote zu finden, die das Herz des Teufels erfreuen, und in jedem beliebigen Disput finden beide Seiten in den Labyrinthen aus Widersprüchen, die sich daraus ergeben, genügend Brennstoff für ihre Feuer. Kein Sprichwort ist von deprimierenderer Wahrheit als jenes, das behauptet, das Böse zahle sich stets aus, wenn es sich als Tugend maskiert.

Mgr. Rechin Anquilar spürte in seinem Herzen das Aufleuchten rechtmäßigen Zorns und intellektueller Klarheit, die sich aus der absoluten Überzeugung ergibt, daß Gott durch einen selbst spricht und handelt. Zusätzlich bestärkte der Erfolg seiner ersten Unternehmen ihn in dem Glauben an sich selbst weit über die Grenzen vernünftiger Selbstsicherheit hinaus, bis er sich in so intimem Umgang mit Gott wähnte, daß er sogar aufhörte, die Notwendigkeit des Betens vor der Entscheidung zu seinem nächsten Schritt zu verspüren. Es war so, als würde Gott permanent auf seiner Schulter sitzen und ihm Instruktionen ins Ohr flüstern, die jeden Gedankengang ersetzten und aus seinem Herzen die mildernden Mäßigungen des Mitleids und Zweifels verbannten.

Als kleiner Junge, frühreif und verschüchtert, war Rechin Anquilar, der Süßigkeiten nicht gern mit anderen teilte oder seine Gummischleuder nicht gern verlieh, in der Schule den kräftigen Hieben der Priester entkommen und statt dessen das Opfer seiner Kameraden geworden. Er litt unter schwachen Blutgefäßen in der Nase, und es war ein beliebtes Vergnügen, ihn an den Füßen in einem schwindelerregenden Kreis herumzuwirbeln, bis das Blut aus seiner Nase trat und in tiefroten Tröpfchen umhersprühte. Er lernte sogar, sich eine Art prekärer Beliebtheit zu erwerben, indem er sich in vorauseilendem Gehorsam selbst für diese Behandlung zur Verfügung stellte. Wie alle in einer solchen Opferrolle stürzte er sich auf diejenigen, die schwächer als er waren. Er riß Schmetterlingen Flügel und Beine aus. Einmal nahm er die Familienkatze, schmiß sie vom Balkon, während ihm das Herz vor schuldbewußter Erregung klopfte, und war hin und her gerissen zwischen Erleichterung und Enttäuschung, als das Tier unbekümmert unten aufkam und ins Gebüsch sprang. Einmal nagelte er eine Eidechse an ein Brett und richtete sein Vergrößerungsglas darauf. Dann sah er zu, wie das arme Geschöpf sich unter dem aus der tropischen Sonne destillierten Lichtpunkt drehte und wand. Die grüne Haut wurde gelb und fing zu rauchen an. Während er sich die Nase vor dem Gestank verkohlenden Fleisches zuhielt, aber die Augen vor Faszination weit aufhielt, weidete er sich an den Qualen des Reptils. Zu seinem Entsetzen öffnete es das Maul und kreischte. Er hatte immer geglaubt, Eidechsen seien stumm, und diese qualvolle Lautäußerung schien mit einemmal die Gefühle des Tiers sowie seine eigene Grausamkeit bloßzulegen. Er ließ es wieder laufen, und statt um die Genesung seines Opfers zu beten, fiel er auf die Knie und bat um Vergebung für sich. Er lernte von einem der Patres in der Schule, daß Tiere keine Seele haben, und daraufhin war kein Hund oder Vogel vor seiner Gummischleuder mehr sicher. Während seiner Priesterschaft hatte er ein ähnliches Vergnügen in der Demütigung von anderen gefunden, die in der Intimität des Beichtstuhls unter seinen nadelspitzen und herben Vorwürfen litten; er war für die Strenge seiner Bußen berüchtigt und wurde bei jenen verhärmten und verdrießlichen Frauen beliebt, die im reifen Alter zu spirituellen Masochistinnen werden.

Mgr. Rechin Anquilar hatte sich mit den Schriften Thomas von Aquins ungeheuer vertraut gemacht, wußte insbesondere über jene Abschnitte Bescheid, die heutzutage diskret aus allen Sammlungen herausgelassen werden, worunter die Argumente für die Ausrottung von Häretikern und Häresie fallen. Er wußte, das Verbrennen eines Häretikers war ein Akt der Liebe, da dies dem Opfer später die Höllenflammen ersparte, und er gehörte zu den wenigen katholischen Historikern, die weder die dominikanische Inquisition wegdeuteten noch eine kultivierte nachträgliche Scham deswegen empfanden. Das erklärt vielleicht, warum der neue Kreuzzug mit solch anomaler Präzision die Scheußlichkeiten des ursprünglichen Albigenserkreuzzugs rekapitulierte, der den Katharerglauben und die Kultur der Troubadoure im okzitanischen Frankreich vernichtet hatte; es mag vielleicht Zufall sein, daß er ebenso die entfesselte Vernichtungskraft der jahrhundertealten Kämpfe zwischen katholischen Konservativen und säkularen Liberalen noch einmal rekapitulierte. Mgr. Anquilar brachte *La Violencia* zurück.

Am überraschendsten am neuen Albigenserkreuzzug war wohl, daß er sich nicht schon hundertmal ereignet hatte. Das Land war aufgespalten in die Anhänger von Santander, San Martin, Bolivar, Marx, Mao Tse-tung, Trotzki, Mariategui, der römischen Kirche, der Möchtegerngringos und der iberischen Nostalgiker, die in ihrer Disparität alle von ganzem Herzen dem Großen Fünffachen Nationalen Irrglauben verfallen waren. Der erste Irrglaube lautet, daß es für alle Probleme eine Lösung gibt. Der zweite, daß nur eine starke Mitte die Probleme lösen kann. Der dritte, daß die starke Mitte ausschließlich die eigenen Ansichten verkörpern muß. Der vierte Große Irrglaube lautet, daß heldenhafte Operationen nötig sind, und der fünfte, daß die heldenhaften Chirurgen aus einem selbst und seinen Kumpanen bestehen müssen, bewaffnet mit Skalpellen so groß wie Macheten und mit Amputiersägen mit Verbrennungsmotor zum Fällen von Sequoias.

Den Kern der nationalen Mythologie bildete die Vorstellung, daß die großen historischen Kämpfe einfache Konflikte zwischen Gut und Böse waren. Linke verdammten beispielsweise die Konquistadoren und kanonisierten die Inkas, während es für Rechte offensichtlich war, daß die Konquistadoren den Barbaren die Kultur gebracht hatten. Für jeden informierten Außenstehenden war es völlig offensichtlich, daß beide Seiten aus nichts als zynischen Opportunisten bestanden und dies für alle anderen Konflikte ebenso galt.

Mgr. Rechin Anquilar, seine Missionare und die große Schar der Opportunisten, die sich »Kreuzritter« nannten, sammelten sich innerhalb von zwei Wochen in den verlassenen klassischen Ruinen des aufgegebenen Incarama-Parks, womit sie den Zustrom von Slumbewohnern und wilden Tieren verdrängten und die abgemagerten kranken Vertriebenen der Kokainkriege verunsicherten, die unter dem Widlwuchs Biwaks errichtet hatten und mit ihren Lagerfeuern die massigen Steine zum Bersten brachten.

Die halb fertiggestellten Abbilder der weltgrößten Baudenkmäler hallten nun von rauhem Gelächter und priesterlichen Gesängen wider. Der Geruch brutzelnden Fleisches vermischte sich mit dem Aroma von Weihrauch und Origanum dictamnus, und der gemessene Schritt von Sandalen wurde übertönt vom harten Stiefeltritt der Kreuzritter, die von ehemaligen Unteroffizieren zu einem Anschein von Disziplin und Zusammenhalt gedrillt wurden. Zu dieser Zeit wurden sie immer noch als ›Leibwache‹ bezeichnet und noch nicht als ›Truppen‹. Die Huren der Hauptstadt kamen lastwagenweise an, um aus der Ansammlung entwurzelter Männer Nutzen zu ziehen, so daß nachts die Lager nervtötend widerhallten vom Stöhnen gekaufter Ekstasen, vom Kreischen geheuchelter Orgasmen, von Disputen um die Bezahlung und den dumpfen Schlägen und unterdrückten Flüchen von miteinander kämpfenden Freiern.

Die Geistlichen, vom gotteslästerlichen Vordringen söldnerischer Fleischeslust entsetzt, schickten die Huren zuerst unter einem donnernden und rechtschaffenen Verdammungsgewitter weg, aber die findigen Damen schlichen bloß um das Lager herum, um es an einem sicheren Punkt wieder zu betreten. Sie gewöhnten sich ein gewinnendes Lächeln an und sagten, wenn sie erwischt wurden: »Ich suche meinen Bruder« oder: »Haben Sie meinen Verlobten gesehen?« Einige klaubten sogar Gewänder auf, die ihnen im Dunkeln das Aussehen von Nonnen gaben, so daß sehr bald die echten Nonnen das Feld räumen mußten, weil sie Angst bekamen vor den häufigen Bitten um »französisch Polieren«, »mexikanische Einhundertundacht-Zentimeter-Phantasie-Massagen« und »bolivianische Züchtigung«. Die aufgebrachten Nonnen appellierten zunächst an Mgr. Anquilar, die Lebensgeister seiner Leibwache zu zügeln und sie daran zu hindern, ihnen unvermutet von hinten an die Brüste zu fassen, sie in Wolken ihrer alkoholhaltigen Ausdünstungen zu hüllen und ihnen ›einen Freistoß‹ oder eine ›Perlenkette‹ anzubieten. Doch der selbsternannte Legat hatte für Frauen jedweder Art nichts übrig, und so reagierte er darauf mit Moralpredigten, wobei seine liebste lautete, daß »in der Arbeit für Gott Leiden auf sich zu nehmen seien«. Er war erleichtert, als die Nonnen abzogen, und duldete verächtlich die Anwesenheit der Huren mit der Begründung, daß die moralischen Unzulänglichkeiten seiner Männer dem höheren Zweck des Schutzes seiner Priester, die sich der göttlichen Mühe unterzogen, den Unwissenden und Irrenden das Heil zu bringen, nicht im Weg stehen sollten. Wenn er seine Leute mit einer Hure erwischte, runzelte er verächtlich die Stirn und ermahnte sie, aufrichtig zu beichten und ihr Seelenheil im Auge zu behalten. Als der Kreuzzug sich durchs Land wälzte, wurde der verdreckte weibliche Troß zu einem festen Bestandteil, den selbst die Priester zu übersehen lernten.

Eines Abends am Ende der zweiten Woche, als Mgr. Anquilar sicher war, daß alle Missionare samt ihren Beschützern beisammen waren, schickte er Boten aus, daß alle sich auf der offenen Fläche vor dem Phantom des Turms zu Babel einfinden sollten.

Der Monsignore stieg bis zum zweiten Stock des Turms und überschaute zufrieden die Menge. Die flammenden Fackeln tauchten die hochgereckten Gesichter mit ihrer Glut in tiefes Rot, und er verspürte das befehlshaberische Gefühl des Stolzes und der Demut. Zweimal täglich hatte er in seiner Unterkunft in der düsteren und schattigen Reproduktion des Escorial die majestätischen Weisen der Psalmen und Hymnen gehört, wie sie über die pittoresken Ruinen erklangen, als seine Priester diese Armee im Umgang mit spirituellen Waffen unterwiesen, und er fühlte sich durch die uralte Kriegertradition von Joshua und David gestärkt. Keine midianitischen Soldaten von heute konnten ihm widerstehen. Ein kalter Hauch heiligen Feuers lief ihm wie die Liebkosung eines Engels das Rückgrat hoch, und er gebot mit erhobenen Armen Schweigen, damit er sprechen könne.

»Brüder, in unserem Land herrscht eine Plage. Diese Plage ist eine Seuche des Unglaubens, des falschen Glaubens, der die Gesundheit von Kirche und Staat gefährdet. Unsere unschuldigen Kinder wachsen ohne das Licht des Herrn auf, so daß sie am Jüngsten Tag ihres Heils beraubt sein werden. Wie können wir daran ohne Kummer und Wut denken? Diese Seuche, diese schwarze Seuche, die unser Land verwüstet, dieser Krebs, der das ganze Volk zu verderben vermag, dieses Übel, das mit dem Schwert vernichtet werden muß, diese eitrige Krankheit: wenn sie sich der Heilung widersetzt, ist die Stunde der Lanzette gekommen. Wir, meine Freunde, sind Ärzte für unser Volk, wenn wir den Heiligen Krieg gegen das Böse führen. Beim Einrenken eines Knochens, beim Ausbrennen einer Wunde wird der Arzt einem Patienten Schmerzen zufügen, um ein größeres Gut zu retten. Solche Ärzte sind wir. Wir haben Gottes Sanktion, solche Ärzte zu sein. Sind wir mit Vorräten versorgt worden? Nein, aber keiner von uns darbt, weil wir göttliche Versorgung erhalten. In Armut und Demut werden wir morgen früh aufbrechen, und der Herr wird uns zum Zeichen Seines Wohlgefallens weiterhin versorgen. Heute nacht wachen und beten wir. Morgen marschieren wir. Gott segne euch alle.«

Die Leibwache, die dieser Ansprache gelauscht und die täglichen Hymnen mit unverhüllter Langeweile und Gleichgültigkeit hatte über sich ergehen lassen, brach zu ihren Quartieren auf, um weiterzufeiern. Einige Priester wachten und beteten, und eine Abordnung der empörten Bürgerschaft suchte den Chef der Stadtpolizei auf, um sich darüber zu beschweren, daß nichts gegen die himmelschreiende Räuberei der in den Ruinen des Incarama-Parks Kampierenden unternommen worden war. Banden von »Kreuzrittern« hatten Häuser geplündert und Geschäfte ausgeraubt, um sich ersatzweise das zu holen, was der Herr tatsächlich bereitzustellen vergessen hatte. Drei Mädchen waren brutal mißhandelt und ein alter Mann getötet und um fünfzig Pesos beraubt worden. Drei Polizisten trafen zwei Tage später ein und fanden nichts als Unrat und die Leiche einer Prostituierten.

39

Das wahnwitzige und wunderbare Tapabalazo-Teratom

»Meine Herren«, sagte Dr. Tapabalazo, »holen Sie Ihre Regen-
schirme, wir könnten einen Schauer abbekommen. Halten Sie den
Sauger bereit.«
Mit einem Schwung, der Unwissenden als hochtrabend und direkt
gefährlich vorgekommen wäre, machte der Arzt einen kurzen
Schnitt in den Unterleib des Kardinals, worauf eine kleine Kaskade
aus schleimiger Flüssigkeit elegant in die Luft sprudelte und wieder
in sich zusammenfiel. »Ein Aroma wie für eine Parfümerie«, kommentierte der Doktor, als ein fauliger und abgestandener Gestank
wie Sumpfwasser in alle Ecken des Operationssaals drang.
»Schwefelwasserstoff, Methan und allgemeine Fäulnis. Wie ergötzlich. Nun, wo ist unser kleiner Staubsauger?«
Als der widerwärtige Schleim abgepumpt wurde, träumte Kardinal Guzman, daß sein Bruder Salvador im Garten ihres Elternhau-
ses gerade davon abgelassen hatte, auf ihm zu sitzen, und wegge-
gangen war, um dem Familienhund Stöckchen hinzuwerfen. »Es
nützt nichts, mir schmutzige Gedichte auf lateinisch zu erzählen«,
schrie er seinem Bruder nach, »weil ich sie nicht verstehe.« Daraufhin schaute Salvador über die Schulter und verkündete vernich-
tend: »Du verstehst überhaupt nichts. Du bist so unreif.«
Dr. Tapabalazo wühlte mit dem Sauger in der Bauchhöhle herum
und lauschte auf das Gurgeln, das anzeigte, daß hauptsächlich Luft
aufgenommen wurde. Er warf einen Seitenblick auf den großen
Topf, der sich rasch füllte, und bemerkte: »Genau wie Rotz mit gelben Stückchen und Blutklümpchen! Äußerst geschmackvoll. Denken Sie an die Köche, die ihr Leben dafür geben würden, eine solche Soße zu erfinden. Eine Prise Salz, eine Messerspitze Chili, eine
halbe Knoblauchzehe, ein Teelöffel voll Maismehl. Absolut köst-

lich. Eine unvergleichliche Beilage zu zart gebratenem Kalbfleisch!«

Der Sauger wurde herausgezogen, und der Arzt weitete die
Wunde mit Spreizklemmen. »Spekulum und viel Licht«, verlangte
er, und seine Assistenten richteten die Deckenlampe aus, während
ein anderer ihm das Spekulum reichte.

Er beugte sich über den liegenden Körper und schob sanft das Instrument hinein. Er sah eine dichte Masse schwarzen Haares.

»Meine Herren, wir haben hier etwas ziemlich Seltenes und Wun-
dersames, was ich bisher nur in Lehrbüchern gesehen habe und
was eindeutig nicht bösartig ist.« Er lud sie alle zum Hinsehen ein,
und einer nach dem anderen inspizierte, was wie die Art von
Perücken aussah, die sich Negerinnen kaufen, um so auszusehen,
als hätten sie glattes Haar.

»Wie ist das da reingelangt?« fragte einer von ihnen, dessen Augenbrauen über dem Mundschutz sich vor Verwunderung verzogen.

»Wenn die Zeit reif ist, wird sich alles enthüllen«, erwiderte Tapa-
balazo, der sich wieder über den Einschnitt beugte. Er drehte das
Skalpell so, daß die Klinge nach oben zeigte, und teilte mit der
Spitze des Griffs sanft die Haare.

Trotz seiner jahrelangen Erfahrung und seines vollendeten Kön-
nens war er auf diesen Anblick nicht gefaßt. Er zuckte verblüfft zusammen und trat einen Schritt zurück. Dann beugte er sich wieder
vor und vergewisserte sich, daß ihn tatsächlich ein großes leeres
Auge blicklos aus den drahtigen Strähnen ansah. Er hob den Kopf
und sagte triumphierend: »Meine Herren, wir sind wahrhaft vom
Glück begünstigt!«

»Sie haben ein Teratom«, unterrichtete der Arzt später den Kardinal, »und wir werden noch einmal operieren müssen, um es zu entfernen. Glücklicherweise ist es kein echter Krebs, und nach meiner
Prognose werden Sie noch ein langes Leben in guter Gesundheit
verbringen.«

Der Kardinal war, vom Tiefschlaf erfrischt und vom Sauerstoff der
Wiederbelebungsmaske aufgemuntert, erwacht. »Ist das notwendig? Ich fühle mich blendend, und mein Bauch fühlt sich viel weniger prall an.«

»Selbstverständlich ist es notwendig, mein lieber Kardinal. Sie haben eine sehr große Geschwulst in sich, einen Auswuchs von epischen Proportionen, und ich habe vor, ihn in Formaldehyd einzulegen und der Universität zu vermachen. Er wird als das ›Tapabalazo-Teratom‹ bekannt werden, und Sie und ich werden unsterblich werden. Ich bin Ihnen zutiefst dankbar, daß Sie einen so großartigen erblichen Makel besitzen.«

»Teratom«, überlegte der Kardinal, der sein Griechisch kannte. »Heißt das, es ist eine Art Monster?«

»Sie beherrschen die Etymologie bewundernswert, Eure Eminenz. Das ist überaus buchstäblich ein Monster im wahrsten Sinne des Wortes. Von nun an werde ich mit metaphorischen oder mythischen Monstern nichts mehr zu tun haben; sie würden mich bis auf den Grund meines Herzens enttäuschen.« Er blickte durch seine Lesebrille auf den Kardinal herab und lächelte nachsichtig. »Es sieht so aus, als hätten wir ein wunderbares Muster an Auswuchs, das in Ihnen seit dem Tag Ihrer Geburt gewachsen ist. Er besteht aus einem Chaos wahllos zusammengefügter normaler Körperteile, die in unstrukturierter Weise aus einem totipotentiellen Keim gewuchert sind. Ich hoffe, Knochen und Zähne zu finden, Muskelstücke sowie Harn- und Darmröhren, Nervengewebe, Rückenmark – und ein Ohr, wenn ich Glück habe. Gestatten Sie mir, daß ich ins Schwärmen komme! Ich hoffe auf Talg-, Schweiß-, apokrine und exkretorische Drüsen, ich erwarte nichtmyelinierte und myelinierte Nerven, einschließlich vollkommen ausgebildeter Nervenscheiden, ich freue mich auf Ganglien jeder Art, ependymale und ventrikulare Höhlungen, die gewissenhaft mit chorioiden Nervengeflechten ausgestattet sind. Vielleicht gibt es eine Hand oder einen Fuß und im besten Fall Genitalien. Mein lieber Kardinal, ich habe bereits eine Unmenge Haare und ein Auge gefunden, aber ich bedaure, daß das Wesen bereits in Rückbildung und Verfall begriffen war. Ihr Unterleib war voll von Abschuppungen und den Resultaten von Ausscheidungsprozessen, und ich glaube, daß sowohl Sie als auch Ihr unwahrscheinliches Erzeugnis schon weitgehend dadurch vergiftet worden sind. Sehen Sie es einmal theologisch«, fuhr der Arzt mit einem ironischen Blitzen im Blick fort, »ich werde das Wunder der jungfräulichen Geburt wiederholen, wenn auch mit einem Kaiserschnitt. Parthenogenese! Ein wahres Wunder!«

Die Wirkung dieser längeren Abhandlung auf den Kardinal war nicht so, wie es der Chirurg erwartet haben könnte. Der Patient war anscheinend völlig niedergeschlagen und schien sichtlich die Tür zu durchschreiten, die auf den langen Flur zum Tod führt. »Haben Sie gesagt, daß dieses Monster Nervengewebe hat? Hirngewebe?«

»Das ist fast immer der Fall. Ich glaube, irgendwo gibt es die Probe einer Kleinhirnrinde, die aus einem Teratom entnommen wurde. Da läßt sich alles finden, was sich normalerweise aus einem Ektoderm bilden kann, womit ich meine, daß Sie auf jeden Bestandteil des menschlichen Organismus stoßen können. Es ist so, als würde jemand einen Embryo in einen Fleischwolf stecken und ihn dann weiterzüchten. Er kommt mit allem heraus, aber in überaus zufälliger Anordnung. Ein wahres Monster.«

»Ich kann nicht gestatten, daß Sie es operativ entfernen.«

»Guter Gott, warum nicht?«

»Wenn es Nervengewebe und Hirngewebe hat, dann könnte es ein Bewußtsein besitzen, und die operative Entfernung wäre Mord.«

Dr. Tapabalazo war zugleich amüsiert und entsetzt. »Mein lieber Kardinal, ich bezweifle sehr stark, daß es ein Bewußtsein hat. Und selbst wenn, wir töten und essen regelmäßig Tiere, die zweifellos ein bewußtes Empfinden haben.«

»Hier geht es um ein menschliches Wesen, Herr Doktor. Hier geht es um so etwas wie Abtreibung, was Mord ist. Es wäre besser, mich mit der Kreatur in mir eines natürlichen Todes sterben zu lassen.«

»Doch diese Kreatur hat keine Organisation ihrer Elemente! Sie kann kein Bewußtsein haben. Dazu ist sie schon am Absterben, wie ich Ihnen wohl schon gesagt habe. Und darüber hinaus ist sie allein nicht lebensfähig. Sobald ich den Stiel durchgetrennt habe, der sie mit Ihnen verbindet, könnte sie gar nicht leben; wenn sie ein Herz hat, dann würde dieses Herz nicht funktionieren. Sie ist kein menschliches Wesen, sondern ein abscheulicher Parasit, der Sie umbringen wird, wenn Sie ihn dort lassen. Ich kann unter keinen Umständen zustimmen, sie an Ort und Stelle zu lassen.«

»Wie wollen Sie wissen, ob sie nicht eine Seele hat, Herr Doktor? Die Seele zählt doch, nicht die Anordnung des Gehirns. Wenn ihr

Leben von mir abhängt, dann muß es nach Gottes Willen so sein. Ich werde weder eine Abtreibung noch eine Euthanasie zulassen, da sie dem Glauben zuwiderlaufen.«

Dr. Tapabalazo runzelte die Stirn und seufzte ungeduldig. »Zunächst einmal sind Sie bisher noch nie dafür bekannt gewesen, Ihren Glauben mit solch absurdem Extremismus auszuzüben. Und dann obliegen mir als Ihrem Arzt die ethischen Erwägungen, nicht Ihnen. Und drittens ließ es Jesus Christus persönlich zu, sich gefangennehmen und kreuzigen zu lassen, obwohl er alles vorher gewußt hat, und deshalb hat er Selbstmord begangen, was auch dem Glauben zuwiderläuft. Sie werden erkennen, mein lieber Kardinal, daß selbst der Heiland persönlich bereit ist, in prinzipiellen Dingen Ausnahmen zuzulassen. Ich möchte noch hinzufügen, daß Sie, wenn Sie mir die Operation nicht gestatten, wissentlich Selbstmord in einem Fall begehen, der von keinerlei hohen Gesinnung kündet.«

Kardinal Guzman lag stumm und blaß da. Seine Lippen bewegten sich geräuschlos, vielleicht im Gebet. Er sagte leise: »Ich kenne mich überhaupt nicht mehr aus«, und zwei Tränen rannen ihm aus den Augenwinkeln die Wangen herab. Der Arzt hielt seine Hand und bedauerte tief, daß er seinem Patienten etwas über sein Leiden erzählt hatte. Er wünschte sich, er wäre zumindest nicht ganz so schonungslos gewesen. *Ich sollte selbst Kardinälen gegenüber nett sein*, dachte er und sagte dann: »Ich verspreche, daß ich mein Bestes versuchen werde, die Kreatur nach der Operation am Leben zu erhalten.«

Ein tiefer Seufzer der Verzweiflung und Resignation entschlüpfte den Lippen des Kardinals, und er flüsterte: »Um der Liebe Gottes willen, Herr Doktor, ich versuche nur einmal, mich so zu verhalten, wie ich es immer sollte.«

40

Wie der Monsignore auf die eine oder andere Schwierigkeit trifft

Der Kreuzzug folgte seinem mäandernden, langsamen und beschwerlichen Weg durch die Provinz Cesar. Die meiste Zeit bestand er aus einem wilden Haufen, der einem ziellosen biblischen Exodus glich. Tatsächlich verstanden viele Priester erst jetzt, wie es möglich gewesen sein konnte, daß die Kinder Israels vierzig Jahre mit der Durchquerung des winzigen Landfleckens verbracht hatten, der Ägypten von Kanaan trennt – eine Reise, die längstens ein paar Wochen hätte dauern sollen.

Es lag schließlich nicht daran, daß Moses ein unkundiger Kartenleser oder nicht fähig gewesen war, seine Richtung anhand der funkelnden Sterne zu bestimmen. Es lag nicht daran, daß die Gottheit diesen ehrwürdigen Patriarchen nicht mit dem angemessenen prophetischen Orientierungssinn versorgt hatte. Es lag nicht daran, daß der Bestimmungsort einfach unbekannt oder unentschieden war. Es lag nicht daran, daß das Rad noch nicht erfunden war, wodurch notwendigerweise Menschen als Packtiere herhalten mußten. Es lag auch nicht einfach an einer fortdauernden Verwunderung darüber, daß die ägyptische Armee vom Roten Meer verschlungen worden war. Es lag nicht daran, daß die zwölf Stämme eine phänomenale Zeitspanne mit der Anbetung des Goldenen Kalbs oder mit hitzigen Debatten darüber verbrachten, ob sie aus dem Überdruß heraus, nichts als Manna zu essen zu haben, wieder zum Pharao zurückkehren sollten oder nicht. Es lag schlicht an den beängstigenden Schwierigkeiten, die der Versuch mit sich bringt, größere Menschenmassen über eine gegebene Entfernung zu bewegen und sie gleichzeitig fortwährend mit Proviant zu versorgen.

Schon bald nach dem Aufbruch des Kreuzzugs aus dem Incarama-

Park wurde es sonnenklar, daß alle im Tempo der Langsamsten vorrücken mußten, sonst würde alles augenblicklich in zahlreiche Gruppen von Nachzüglern, Wanderern und Frühankömmlingen auseinanderfallen. Es gab drei alte und unzuverlässige Lastwagen mit der Zeltausrüstung und dem allgemeinen Proviant, und zu Anfang schickte Mgr. Anquilar sie zu einem vorbestimmten Ort voraus, wo er vorhatte, das Nachtlager aufzuschlagen. Doch die Fahrer waren sich nie besonders sicher, ob sie schon dort angelangt waren oder nicht, und fuhren im allgemeinen weiter, bis sie einen ähnlich aussehenden Fleck erreicht hatten, von dem sie glaubten, er läge innerhalb der Reichweite eines eintägigen Marsches vom Aufbruchsort. Ihre Schätzungen waren unweigerlich optimistisch, und nach Einbruch der Nacht mußten sie gewöhnlich auf ihrer Route zurückfahren, bis sie auf die Kreuzritter trafen, die stets in heller Wut darüber waren, bei ihrer Ankunft ohne Nahrung und Obdach gelassen worden zu sein. Eines Tages schaute Mgr. Anquilar auf seine Landkarte und merkte, daß er keine Ahnung mehr hatte, wo er war; zufälligerweise erkannten die Lastwagenfahrer weit voraus, daß auch sie sich verfahren hatten, und beschlossen einmütig, so lange weiterzufahren, bis sie einen Käufer für ihre Fahrzeuge und deren Ladung gefunden hätten, was erklärt, warum es in der Provinz Cesar nun einen Wanderzirkus gibt, der über zahlreiche mit Kreuzen bemalte Zelte und drei ältere Lastwagen verfügt, die immer noch als Eigentum der Kirche registriert sind und deren Kfz-Steuer jedes Jahr immer noch gewissenhaft von einem bebrillten Angestellten bezahlt wird, der auf ewig im Labyrinth der byzantinischen Kirchenbürokratie verschollen ist.

»Der Herrgott wird für uns sorgen«, meinten die Priester einhellig, und das tat Er natürlich – mittels der Bauern, die feststellten, daß ihre Obstbäume leergeplündert, ihre Schweine gestohlen, ihre Pferde und Mulis auf ewig ausgeborgt, ihr Mais wundersamerweise über Nacht abgeerntet und ihre Traktoren weggefahren und an irgendeiner Stelle aufgegeben worden waren, die der Herrgott gütig für das Ausgehen des Treibstoffs ausersehen hatte. Die fußlahmen Kleriker wunderten sich über das sich stets erneuernde Wunder der Brote und Fische, und die Leibwache war einhellig darüber erstaunt, wie leicht es war, alles nur Erdenkliche zu bekommen, wenn sie jedem potentiellen Gegner im Verhältnis von zehn zu eins oder mehr überlegen waren. Die unerwünschten Individuen in jeder Gemeinde waren gleichfalls darüber verwundert und schlossen sich dem Kreuzzug in solchen Scharen an, daß sich die Notwendigkeit des Plünderns ständig vervielfachte. Für solche Halsabschneider und Freibeuter war der von den Priestern ausgestreute Glaube nur um so anziehender, daß der Kreuzzug einen vollkommenen Ablaß bedeute und in Gottes Augen als Äquivalent zu einer Pilgerreise gelte. Es war daher möglich, jedes nur erdenkliche Verbrechen zu begehen und immer noch schneller als das Aufblitzen eines Buschmessers am Tag des eigenen Todes direkt in den Himmel zu kommen. Niemand ist naiver gläubig als ein Wegelagerer, und es befriedigte sie insbesondere, wenn sie das Gefühl hatten, sie konnten ihren niederen Instinkten freien Lauf lassen und dennoch in goldenen Schauern göttlicher Gunst baden.

Somit begann ein unerbittlicher Aussiebungsprozeß, wobei diejenigen mit größerer theologischer und ethischer Weitsicht und Empfindsamkeit sich nicht mehr imstande sahen, die Raubzüge und Grobheiten ihrer Kreuzzugsgenossen zu ertragen. Binnen Tagen erfaßte eine Flutwelle der Unruhe und moralischen Entrüstung diejenigen, die sich der Expedition im Geist religiösen Idealismus angeschlossen und gewünscht hatten, sich persönlich des friedvollen Glücks zu versichern, das nach der Entscheidung über sie gekommen war, ihr Leben in der Nachfolge eines Gottes zu führen, den sie als mitleidig und gnädig auffaßten. Diese Art Menschen gibt es überall auf der Welt: rührselig, hilfsbereit, nicht gerade selbstsicher, schüchtern, aber an Vorhaben beteiligt, die alles einschließen können von Alphabetisierungskursen auf dem Lande bis zu Einkaufsgängen für Gebrechliche und Alte am Mittwochnachmittag. Wenn sie heiraten, stellen sie oft fest, daß ihre Kinder Buddhisten, Quäker oder Ba'hai-Anhänger werden, und es macht ihnen nichts aus, weil sie glauben, daß viele Wege zum einen Gott führen.

Als sie feststellten, daß die Leibwache ihren sanftmütigen Vorhaltungen gegenüber völlig unzugänglich und sogar feindselig war und sie mit barschen Erwiderungen abwimmelte, die unmißverständlich nach Sarkasmus und Spötteleien schmeckten, fühlten sich diese sanften Menschen allmählich immer unbehaglicher, überhaupt beim Kreuzzug dabeizusein. Sie sandten Abordnungen an Mgr. Rechin Anquilar und machten die unheimliche Erfahrung, von seinen Lippen genau die gleichen Bemerkungen zu hören, die sie von der Leibwache kannten, nur daß der Monsignore sie mit eisiger Aufrichtigkeit äußerte. Pater Lorenzo gehörte zu einer dieser Gruppen der Besorgten, nachdem er durch Belauschen der Unterhaltungen seiner Leibwache herausgefunden hatte, was wirklich vor sich ging, und so wandte er sich eines Abends zusammen mit etlichen anderen Priestern und Laien unterwürfig an den Monsignore, als dieser nachdenklich auf seinem riesigen Rappen saß und jeden Zoll wie der Caudillo aussah, der er in Wirklichkeit werden sollte.

Der Monsignore, der sich in jüngster Zeit »El Inocente« nannte, zu Ehren des Papstes, der den ursprünglichen Albigenserkreuzzug ausgerufen hatte, lauschte ungerührt ihren Beschwerden über Plünderung und Raub und erwiderte:

»Meine Herren, wir sind mit der Rettung von Seelen beschäftigt, und das ist das Vordringlichste, was zu allen Zeiten im Sinn behalten werden sollte. Es ist schon immer so gewesen, daß viele um des größeren Guten willen leiden müssen. Was macht es aus, wenn ein Schwein seinem Eigentümer entwendet wird, da dieses Schwein dann diejenigen ernährt, die danach streben, tausend Seelen von den Qualen des Höllenschlunds zu retten? Was macht es aus, wenn eine Frau unter einem Übergriff leidet, da an erster Stelle die Frau für den Fall der Menschheit verantwortlich ist und an zweiter Stelle die unsterblichen Seelen von hundert anderen Frauen vor die Pforten des Himmels gebracht werden können? Sie berichten mir von Mord und Totschlag und haben offenbar noch nicht erwogen, daß der Tod keine Tragödie ist. Wir könnten alle auf der Welt töten, aber das würde nichts schaden, denn nichts geschieht ohne Gottes Willen. *Señores*, Sie versäumen es, die Dinge *sub specie aeternitatis* zu sehen.«

Pater Lorenzo nahm seinen ganzen Mut zusammen und blickte in die fanatischen Augen seines Anführers. »Ich und meine Kameraden haben sich nicht auf dieses Unternehmen eingelassen, um die Summe menschlichen Leids zu vergrößern, wir sind hergekommen, um unseren Mitmenschen das Wissen vom Glück in Christus und ...«

»Es geht hier um ewige Glückseligkeit, nicht die kleinen Freuden und Leiden unseres zeitlichen Daseins, Pater, bedenken Sie das. Nun, fürchte ich, muß ich neue Pläne schmieden.« Er spornte sein Pferd an und ließ die Gesellschaft der Desillusionierten stehen, die nur in einer verzweifelten Geste die Hände heben, die Köpfe schütteln und einander fragen konnten: »Was nun?«

»Wir sollten zum Kardinal gehen«, verkündete Lorenzo. »Er würde all dem Einhalt gebieten, wenn er davon wüßte.«

»Ich habe gehört, daß er sehr krank ist und so gut wie verrückt«, sagte ein anderer. »Ich kenne jemanden, der im Palast arbeitet.«

»In diesem Fall«, erwiderte der Priester, »werde ich zum Monsignore gehen und ihm sagen, daß mein Gewissen mich verpflichtet, die Polizei in der Hauptstadt von all dem zu unterrichten, was ich zu Gesicht bekommen habe.«

Es war das Mutigste, das Pater Lorenzo je tat, und auch das letzte. Der Monsignore war keineswegs geneigt, seine himmlische Sendung von säkularen Behörden durchkreuzen zu lassen, und im rechtschaffenen Ärger beauftragte er einen seiner Leibwächter, dafür zu sorgen, daß der lästige Priester vom Antlitz der Erde verschwand und sich zwei Meter darunter wiederfand. Das war die erste seiner vielen richterlichen Exekutionen, und ab da wurden sie immer leichter und häufiger.

Es dauerte nicht lange, bis alle wußten, was mit Pater Lorenzo geschehen war, und die Weichherzigen verschwanden en masse, kehrten in ihre Gemeinden zurück, wo sie dringliche Briefe an die Behörden schrieben. Diese Schreiben wurden besorgt oder ungläubig gelesen, abgeheftet und vergessen, da dringlichere administrative Probleme zu behandeln waren, und erst, als Dionisio Vivo seinen beträchtlichen Einfluß geltend machte, wurde überhaupt etwas getan.

In der Zwischenzeit sah sich El Inocente von neuen Problemen bedrängt, die von der linksgerichteten Fraktion jener Schar von Menschen ausgelöst wurden, die er gewöhnlich »meine Armee« nannte.

Die Kirche war wie fast überall in Lateinamerika sauber in der Mitte geteilt. Da gab es die Hierarchie, bestehend aus ultrakonservativen Oligarchensöhnen, die sich fleißig gegenseitig beförderten und die Zuteilung und Verwendung von Geldmitteln kontrollierten, und es gab die Hauptmasse der allgemeinen Priesterschaft. Es hatte eine Zeit gegeben, da diese Letztgenannten vorwiegend von den reichen Gutsherren (den *latifundistas*) angestellt und bezahlt wurden, und ihre Aufgabe auf Erden hatte darin bestanden, den Armen zu raten, ihr ihnen bestimmtes Los auf sich zu nehmen und ihre Belohnung im Himmel zu erwarten.

Doch seit dem Konzil von Medellin hatte sich ein gewaltiger Wandel ergeben, und heutzutage glaubte die allgemeine Priesterschaft in überwältigendem Maße daran, daß die Liebe zum Nächsten auch einschloß, ihm zu helfen und angesichts von Ungerechtigkeit und Ausbeutung seine Partei zu ergreifen. Einige Priester, etwa Camilo Torres, gingen sogar so weit, zu den Waffen zu greifen und sich den kommunistischen Guerilleros bei ihren hoffnungslosen *focos* auf dem Lande anzuschließen, und viele andere, die lesekundig waren, stellten fest, daß sie mit fast allem übereinstimmten, was sie in *Fidel y La Religión* lasen, einem Buch von Frei Betto, das sich einzig auf dem lateinamerikanischen Kontinent millionenmal verkaufte, aber überall sonst ignoriert wurde. Die radikalen Priester und Nonnen, die für dieses Buch so aufnahmefähig waren, hielten sich für die neuen Rufer in der Wüste, die sich auf die Wiederkehr des Heilands in Gestalt des Sozialismus vorbereiteten und keineswegs die Ansichten des Mgr. Rechin Anquilar teilten. Dieser hatte seinen Blick auf die nächste Welt gerichtet und war prinzipiell daran interessiert, das Reich des Paradieses so voll wie möglich zu stopfen, wohingegen die ersteren Chiliasten waren, die das Himmelreich auf Erden herbeisehnten und Christus vom Auftreten her für jemand wie Fidel Castro hielten, aber mit den sanften und zarten Augen von Che Guevara.

Diese Erzidealisten hatten den Kopf voller Pläne zur Umverteilung des Wohlstands von den Reichen an die Armen. Wenn sie gewissenhaft durchgeführt worden wären, hätten sie betrüblicherweise jedem Bedürftigen nur genügend Geld verschafft, sich drei Avocados pro Jahr zu kaufen. Sie wollten auch das Land neu aufteilen, ein Experiment, das früher in Peru den völligen Zusammenbruch der Landwirtschaft verursacht hatte, da die Bauern augenblicklich zur unmechanisierten Subsistenzwirtschaft zurückgekehrt waren. Am wichtigsten aber war, daß diese Leute ständig in der Hoffnung ihre Augen offenhielten und ihre Ohren spitzten, eine neue Geschichte zu hören, welche die Unterdrückung der Massen veranschaulichte, und die am Kreuzzug Beteiligten mußten sehr bald solche Dramen massenweise mit eigenen Augen ansehen. Solche Menschen fungieren als das Gewissen einer Nation und gelangen generell nie zur Macht, weil ihnen die Machthaber mit Zugeständnissen zuvorkommen und sie damit zwingen, etwas anderes zu suchen, worüber sie sich empören können. Doch in diesem Fall schien kein noch so scharfer Protest einen Funken Liberalismus im Herzen von Monsignore Rechin Anquilar zu erwecken.

Der Monsignore sah sich jeden Abend von Komitees und Delegationen behelligt, die sich vor seinem Quartier einfanden und ihm ausführliche Petitionen und Beschwerden in die Hand drückten, die von ihnen allen unterschrieben waren. Es gab detaillierte Augenzeugenberichte von Mißhandlungen und Schandtaten. Er erhielt ausführliche und freimütige Lektionen von wackeren Nonnen im Kampfanzug und mit riesigen Revolvern. Die sah er sich in zornigem Schweigen an und erlebte die ganze hochmütige Verachtung, die ein Autokrat naturgemäß für verschwörerische Schmeißfliegen empfindet. Er stellte fest, daß bei dem bloßen Gedanken, daß sie überhaupt in die Kirche aufgenommen worden waren, in seiner Brust Verwunderung und Abscheu miteinander rangen.

Eines Tages berief er alle radikalen Geistlichen zu sich, mußte aber zunächst warten, weil sie untereinander darüber abstimmten, ob sie ihn aufsuchen sollten oder nicht. Das war ein langwieriger Prozeß, da sie es sich zur Gepflogenheit gemacht hatten, alle Entscheidungen einstimmig zu treffen, weswegen sie mehrere Stunden brauchten, um zu einem Antrag zu kommen, dem alle zustimmen konnten. Wie alle Menschen, die sich gern als »Genossen« anreden, waren sie zusätzlich noch ganz versessen auf Klauseln, Aufgliederungen, Unterpunkte, Geschäftsordnungsanträge, Formulierungen von Absätzen, Verfahrensformalitäten und Abänderungen von Zusätzen.

Nachdem die Diskussion zwei Tage lang gewütet hatte, wies Mgr. Rechin Anquilar seine Gefolgsleute an aufzubrechen, und als das erschöpfte Komitee aus dem Zelt kam, um ihn aufzusuchen und davon zu unterrichten, daß sie demokratisch entschieden hatten, ihn nicht aufzusuchen, entdeckten sie, daß niemand mehr zum Aufsuchen da war. Sie kehrten ins Zelt zurück, wo sie wieder langwierig darüber diskutierten, was sie als nächstes tun sollten. Doch es verstrich so viel Zeit, bis sie einen Wortlaut für eine Resolution gefunden hatten, über die sie in einer Weise abstimmen konnten, daß das Ergebnis einstimmig war, daß sie nach erfolgtem Beschluß, sich dem Kreuzzug wieder anzuschließen, keine Aussicht mehr hatten, ihn zu finden, da nicht klar war, wohin er gezogen war. So kehrten sie zu ihren Krankenstationen und ihren Erwachsenenbildungsprogrammen in den Elendsvierteln zurück, und somit war die letzte Chance vertan, den Kreuzzug davor zu retten, eine Heimsuchung zu werden. Von diesem Zeitpunkt an waren die Geistlichen, die bei der Expedition verblieben, entweder Fanatiker oder heilige Narren.

El Gran Azoramiento (die Große Verlegenheit) ergab sich nicht zuletzt aufgrund einer aufdringlichen Schweineplage. Es kam immer wieder mal vor, daß wandernde Horden dieser kleinen schwarzen Viecher mit ihren im Gänsemarsch folgenden Ferkeln auf der Suche nach saftigen Novitäten von angrenzenden Tälern herüberkamen, und dann erwachte der Ort Cochadebajo de los Gatos und fand sich von einer plündernden Armee besetzt. Die Schweine stöberten in Abfällen herum, überfielen schamlos Küchen und Lebensmittelläden, flirteten empörend mit ihren domestizierten Cousinen, die zweimal so groß waren, und gruben in den *andenes* ganze Kartoffelernten aus. Entsetzen befiel die Menschen, die mit Stöcken und Gewehren bewaffnet ausrückten, um die Viecher zu vertreiben.

Doch die Schweine waren nicht so leicht zu fassen und gewitzt; wenn jemand sie zu treten versuchte, hüpften sie elegant zur Seite, und der Betreffende fiel hin. Sie hinterließen widerliche kleine Häufchen an genau den Stellen, wo einer am ehesten darauf ausrutschte, und sie zeigten eine überaus widerliche Vorliebe für den Verzehr von Hundekot, wobei sie eine Miene äußerster Verzükkung im glänzenden Gesicht zur Schau trugen. Eines hatte denkwürdigerweise einmal den Finger eines Mannes gefressen, der von einem Buschmesser abgetrennt worden war.

Selbst die Riesenkatzen im Ort schienen von ihnen aus der Fassung gebracht zu werden; die Katzen waren verwöhnt und träge geworden. Sie waren nicht mehr imstande, eines der Schweine auszusuchen, auf das sie sich stürzen konnten, wenn so viele zur Auswahl standen. Statt dessen haschten sie im Vorbeigehen nach ihnen oder zogen sich auf der Suche nach Frieden auf die Dächer zurück, wo keine Schweine sie aus der Fassung bringen konnten, indem sie ihnen unerwartet zwischen die Pfoten liefen.

Hectoro organisierte blutige Massaker unter Beteiligung aller Männer der Stadt und der meisten von Aurelio wiederbelebten spanischen Soldaten, für die Blutdurst ein noch mächtigeres Motiv als Begierde war. Noch Tage danach sättigte der Duft von brutzelndem Wildschwein die *pajonales* und *punas* der Sierra, und eine Invasion von Truthahngeiern und Hühnergeiern löste bei den Menschen noch mehr Ekel aus als die ursprüngliche Schweineplage.

Als dies das erste Mal geschah, kam es kurz darauf zu einer schrecklichen Epidemie von Trichinose und Hakenwürmern. Professor Luis war tagelang damit beschäftigt, Formalin in die Larvengänge zu injizieren, die kreuz und quer über die Körper der Unglücklichen verliefen, und Aurelio mußte den ganzen Dschungel durchwandern, um Gifte und *cibil* zu sammeln, welche die Parasiten von innen heraus töten würden. Alle mußten die Unannehmlichkeit aushalten, Schuhe zu tragen, an der von Aurelios Arzneien ausgelösten Übelkeit zu leiden und einen Urin auszuscheiden, der nach Leichen stank. Daraufhin folgten alle Professor Luis' neuem Zusatz zur Verfassung, die festhielt: »Kein Schweinefleisch darf am Knochen gekocht werden, und es soll so lange gekocht werden, bis es fast zerfällt. Es ist auch verboten, Parasitenbefall mit den bisherigen traditionellen Methoden zu kurieren, die alles nur verschlimmern: das heißt, indem Kinder gezwungen werden, Hundekot zu essen.«

In den Anden laufen jeden Tag alle Jahreszeiten ab. Als General Hernando Montes Sosa am 6. Juni mit Mama Julia und dem britischen Botschafter um genau zehn Uhr im Hubschrauber eintraf, wechselte es gerade vom Frühling in den Sommer, und der Ort war in heller Verzweiflung, weil die ausgefeilten Vorbereitungen durch einen plötzlichen Schweineeinfall zunichte gemacht worden waren. Aus der Luft kam es dem General so vor, als ob dort unten eine katastrophale Veitstanzattacke um sich griff, und von weiter unten nahm er wahr, daß alle hierhin und dahin rannten, um etwas zu fangen, was nach besonders flinken schwarzen Hündchen aussah. Als er aus dem Hubschrauber stieg, begriff er anhand des Gestanks, des Glucksens unter seinem Stiefel und des Augenscheins, daß es ein massenhaftes Eindringen von Wildschweinen gegeben hatte. Mama Julia guckte kläglich aus der Türklappe und weigerte sich herauszukommen. Der britische Botschafter tauschte seine Golfschuhe gegen Gummistiefel aus und bemerkte an der Szene eine große Ähnlichkeit zu dem Sportfest einer Grundschule oder dem Beginn des Schlußverkaufs bei Harrod's.

Dionisio und das formelle Begrüßungskomitee waren nicht bloß verlegen, sondern rot bis über die Ohren vor Scham darüber, was ihre Besucher über die Stadt denken mußten. Alle waren sich der Bedeutung des Botschafters zutiefst bewußt, doch die meisten wußten nicht über die notwendige Etikette Bescheid. Dionisio schüttelte ihm die Hand, und Sergio verbeugte sich. Hectoro nahm die *puro* aus dem Mund, spuckte auf eine Weise aus, die ehrerbietig sein sollte, und sagte: »*Hola, cabrón*, was möchten Sie zuerst sehen, den Viracocha-Tempel oder das Freudenhaus?« Misael nahm den Sombrero ab und grinste dümmlich von einem Ohr zum anderen. Don Emmanuel, der für diesen Tag besondere Pläne hatte, befleißigte sich der gelungenen Karikatur eines schulischen Umgangstons und sagte: »He, alter Knochen, furchtbar dufte, Sie kennenzulernen.«

Der britische Botschafter zog eine Augenbraue hoch und erwiderte sehr kühl: »Bertie Wooster, nehme ich an.« Daraufhin verbeugte sich Don Emmanuel tief, zog den Hut vom Kopf und enthüllte damit die kahle Stelle, wo Felicidad auf seine Anweisung sorgfältig hingeschrieben hatte: »Gott segne die Königin und alle, die in ihr segeln.«

Der Botschafter zog die andere Augenbraue hoch, kniff die Lippen zusammen und sagte zynisch: »Ich wünsche Ihnen baldige Genesung.« Dann ging er weiter, um dem mexikanischen Musikologen die Hand zu schütteln, der ihm »meine zwei Ehefrauen Ena und Lena« vorstellte. Der Botschafter blickte auf die lächelnden und genau gleich angezogenen Zwillinge und mußte mehrmals blinzeln. Er schüttelte den Kopf, als könne er damit sein Unverständnis abwerfen, und überprüfte noch einmal, daß sich wirklich zwei identische Frauen vor ihm befanden, die mit dem gleichen Mann verheiratet waren. Seine Augenbrauen gingen erneut bis zur oberen Stirngrenze hoch, und er schritt weiter zu Remedios und Gloria, die beide in Khaki gekleidet und mit Kalaschnikows bewaffnet waren. »Willkommen«, verkündete Remedios, »aber Ihre Außenpolitik ist Scheiße.«

»*Gracias*«, erwiderte der Botschafter, der noch sehr wenig Kastilisch verstand und sich über eine korrekte Antwort nicht im klaren war. »*De nada*«, sagte Remedios, die stets gehört hatte, daß die herrschende Klasse in Großbritannien unnatürlich höflich war.

Da trat Aurelio vor und reichte jedem Besucher die üblichen Säckchen mit Kokablättern und *lejia*, dem Kalk, der zur Entfaltung der Wirkung notwendig ist. Der General runzelte die Stirn, nahm aber aus Höflichkeit sein Säckchen an, so wie auch der Botschafter und Mama Julia, die nun genug Mut aufgebracht hatte, um in das Gewusel der Schweine herabzusteigen. Sie flüsterte Dionisio ins Ohr: »Was soll ich damit machen?«

»Das kauen sie hier bei uns«, erwiderte er, und bevor er ihr zuvorkommen konnte, hatte sie sich einen Priem in den Mund gesteckt und sagte: »Hm, ist das so etwas wie Spinat?« Den ganzen Tag über stopfte sie sich immer wieder den Mund voll. Von den Auswirkungen wird weiter unten die Rede sein.

»Ich muß mich wegen der Unordnung entschuldigen«, sagte Dionisio. »Wir hatten gerade eine unerwartete Invasion von Wildschweinen, aber wir tun unser Bestes, um sie loszuwerden.«

»Macht nichts, mein Junge, tut euer Bestes, wir werden versuchen, sie zu ignorieren«, sagte der General, der einem mit scharfen kleinen Hauern ausgestatteten jungen Eber aus dem Weg sprang, der gerade von dem Franzosen Antoine gejagt wurde.

Die Gesellschaft unternahm einen Stadtrundgang, bei der Professor Luis gelehrt dozierte und Don Emmanuel für den Botschafter übersetzte.

Professor Luis: Das ist der Viracocha-Tempel ...

Don Emmanuel (übersetzend): Das ist unsere allergrößte Latrine, die bei schlechtem Wetter als Freudenhaus dient ...

Mama Julia: Mir geht's prächtig.

Professor Luis: Das ist wahrscheinlich unser größter und bester Jaguarobelisk ...

Don Emmanuel: Dies stellt Pachacamacs Penis dar, der sich in die strahlende Muschi des Himmels schiebt ...

Mama Julia: Mir geht es wirklich prächtig.

Professor Luis: Das ist der Achsenmast, mit dem wir eine gigantische Seilrolle in die Stadt brachten ...

Don Emmanuel: Hier ist unser Telefonsystem, das mit unsichtbaren Drähten funktioniert ...

Mama Julia: Uh, ay, ay, ay.

Professor Luis: Das ist ›Doña Flors‹ Restaurant, im Besitz von Dolores ...

Don Emmanuel: Hier ist Manco Capac vier Tage geblieben, als er von der Amöbenruhr niedergestreckt wurde ...

Mama Julia: Ich habe überhaupt keinen Hunger mehr, jahuu, oho ...

Professor Luis: Bis hierher reichte der Schlamm, bevor wir die Stadt ausgruben ...

Don Emmanuel: So hoch stand die Scheiße während der letzten Schweineplage ...

Mama Julia (singend): Einst kam ein hübscher Matrosenjunge aus dem fernen Peru ...

General Hernando Montes Sosa: Um Gottes willen, meine Liebe, was ist in dich gefahren?

Mama Julia (singend): Ich sagte, ich werf alles ab, mein Jung, ist alles nur für dich ...

General Hernando Montes Sosa: Um Gottes willen, Frau.

Professor Luis: Das ist Dionisios Buchbörse ...

Don Emmanuel: In dieser Bücherei lagert eine bedeutende Sammlung frühbyzantinischer Pornographie ...

Mama Julia: Lala lala, ich hab den Text vergessen, oh, ah, oh ...

Dionisio war genötigt, seine Mutter wegzubringen und sie in seinem Haus einzusperren, wo sie weiter von einem Fuß auf den anderen hüpfte, während ihr Stellen von schmutzigen Liedern aus ihrer Schulzeit einfielen. Er kam genau in dem Augenblick zurück, als der britische Botschafter allmählich merkte, daß Don Emmanuels Übersetzung ein Scherz auf seine Kosten war. Seine Ohren wurden immer röter, als seine Wut anwuchs und sein diplomatischer Gleichmut immer mehr strapaziert wurde. »Auf welche Schule sind Sie gegangen?« fragte er plötzlich.

»Dartington«, erwiderte Don Emmanuel, woraufhin der Botschafter meinte: »Das erklärt alles; ich hielt Sie erst für eine ungewöhnliche Spezies.«

»Und auf welche sind Sie gegangen?«

»Eton.«

»Ausgezeichnet, ausgezeichnet«, lächelte Don Emmanuel, der sich die Hände rieb und erfreut erkannte, daß seine wochenlangen Chorproben nicht umsonst gewesen waren. »Wie wissen Sie, wenn eine Hure ganz voll ist?« fragte er.

Der Botschafter war verdutzt. »Wie bitte?«

»Ihr läuft die Nase«, sagte Don Emmanuel.

Der Botschafter zuckte zusammen und ignorierte von diesem Augenblick an seinen Landsmann, so gut es unter den Umständen ging, was zwischenzeitlich dadurch erleichtert wurde, daß der gigantische Aufzug nicht funktionierte.

Der General, Professor Luis, der britische Botschafter und Hectoro (der noch immer ungerührt auf seinem Pferd saß) hatten alle den Aufzug bestiegen und fuhren zum Plateau hinunter. Professor Luis zeigte dem General die Besonderheiten der Landschaft, und der General verspürte tiefste Bewunderung für die einfallsreiche Konstruktion des Aufzugs, als dieser urplötzlich stehenblieb und sie auf halbem Weg am Steilhang entlang in der Luft schwanken ließ. Professor Luis wurde sofort aufgeregt, denn seine Vorrichtung hatte versagt, als sie die bei weitem bedeutendste Person beförderte, die er je kennengelernt hatte. »Es tut mir schrecklich leid«, wiederholte er unaufhörlich, »es tut mir schrecklich leid, ich kann mir nicht vorstellen, was schiefgegangen sein könnte.« Er trat von einem Fuß auf den anderen, wischte sich mit dem Hemdsärmel über die Stirn und eilte von einer Ecke der Plattform zur anderen, wo er vergeblich an den wuchtigen Seilen zog.

»Bitte seien Sie nicht so besorgt«, sagte der General, »bei den Aufzügen im Regierungsgebäude ist das immer so.« Der britische Botschafter wünschte sich nicht zum erstenmal, nicht die diplomatische Laufbahn eingeschlagen zu haben. »Nehmen Sie eine *puro*«, sagte Hectoro und bot allen vom Sattel herab eine Zigarre an, »das hilft, die Zeit zu vertreiben.«

Oben am Steilhang herrschte größte Unruhe; egal, wie sehr die Leute sich anstrengten und Cacho Mocho zog, die Seilrollen sperrten sich. Ein oder zwei Menschen, die unter der tief verwurzelten nationalen Abneigung gegen Maschinen litten und ihre Schadenfreude nicht unterdrücken konnten, gingen mit den Worten umher: »Ich habe euch gesagt, davon kann nichts Gutes kommen;

wenn Gott gewollt hätte, daß wir Aufzüge haben, hätte Er sie selbst erschaffen.«

Don Salvador, der falsche Priester, wandte sich an Pater García und fragte: »Kannst du nicht dort runter levitieren und ihn dann wieder nach oben drücken?« Pater García antwortete ungehalten: »Nein, kann ich nicht. Erstens kann ich es nur, wenn ich nicht daran denke, zweitens kann ich nichts nach oben drücken, weil es keinen Boden gibt, auf dem ich stehen kann, und drittens passiert es nur, wenn ich predige, und ich könnte mich unter diesen Umständen nicht auf eine Predigt besinnen. Du mußt Professor Luis fragen, was zu tun ist, denn es ist seine Maschine, und nur er versteht sie.«

Doch Professor Luis steckte auf halber Höhe des Steilhangs und konnte keine Anweisungen geben. Sergio schlug vor, Dionisio zu holen, doch der konnte nicht aufgetrieben werden, weil er mit seiner Mutter einen flotten Spaziergang machte, um die anormalen Auswirkungen des Koka auf ihren Metabolismus ansatzweise wegzuexerzieren. Und so blieb es Misael überlassen, das Mißgeschick zu beheben, da er ja als erster die Idee gehabt hatte, den Aufzug zu bauen.

Er kletterte über alle Seilrollen und Verstrebungen, linste in die Maschinerie, um zu schauen, ob deren Anordnung mit seiner Erinnerung an sie noch übereinstimmte oder nicht, und versuchte, die wenig hilfreichen Vorschläge der unten Stehenden zu überhören. Im Aufzug trat Hectoros Pferd dem britischen Botschafter heftig auf den Fuß, und Professor Luis war nicht mehr imstande, die Tränen seiner Schande zurückzuhalten. Er lehnte sich mit zuckenden Schultern an die Seite, und General Hernando Montes Sosa fühlte sich verpflichtet, ihm mit begütigenden Lauten auf den Rücken zu klopfen.

Remedios beschloß, ihre gewohnheitsmäßige Führungsrolle wahrzunehmen, und befahl allen, das Problem unter Androhung ihrer ewigen Mißachtung augenblicklich zu lösen, und genau da trat Conde Xavier Pompeyo de Estremadura vor, fuchtelte mit dem Schwert herum und rief: »Ich hab's, bei Gott, ich hab's. Wir hatten während der Belagerung von Arakuy im Jahre unseres Herrn eintausendfünfhundertundeinunddreißig so eine Maschine. Wir müßten sie bloß ein Quentchen zurückdrehen und sie dann loslassen, bei Gott.«

Die Idee des Grafen wurde ausgeführt, und wie durch ein Wunder ruckte der Aufzug nach oben und nahm dann seinen lange verzögerten Abstieg wieder auf. Der Conde beugte sich über die Hangkante und rief jubelnd: »Heilandsack.« Dann lief er großtuerisch in der Menge herum und ließ sich dazu herab, ihre Glückwünsche entgegenzunehmen. Er rannte auf seine Geliebte Remedios zu, um die ihm zustehende Bewunderung zu genießen, fiel aber der Länge nach über ein Schwein.

»Geht es dir gut, mein Cadenay?« fragte Concepcion. »Der Arzt
sagt, daß die Operation sehr gut verlaufen ist.«

Sie stand am Fuß des Betts, angetan mit ihrem besten Blumenkleid,
und hielt sich an einem Strohhut fest, der aufgrund ihrer Nervosität in Gefahr war, außer Fasson geknetet zu werden.

Seine Eminenz lächelte fahl und winkte ihr, sie solle sich zu ihm
aufs Bett setzen. »Warum trägst du Trauerflor am Arm, *querida*?
Hast du gedacht, ich würde sterben?«

Sie biß sich auf die Lippe, und ihre Schultern fingen vor unter-
drücktem Kummer zu zittern an. »Es ist wegen Cristobal«, sagte
sie, »ich kann ihn nicht finden, und es ist alles meine Schuld.«

Tiefe Besorgnis zog über das Gesicht des Kardinals. »Was ist geschehen?«

»Als du hingefallen bist, bin ich zum Sekretär gerannt, und dann
liefen alle im Palast herum und riefen nach Krankenwagen, und alles war durcheinander, und dann bin ich den ganzen Weg hierher
zu Fuß gelaufen, damit du dich nicht schämen mußt, und habe den
Arzt nach dir gefragt, und danach bin ich raus und mußte so viel
weinen, daß eine nette Frau auf der Straße mich für die Nacht in
einem Bordell unterbrachte, und erst am Morgen fiel er mir wieder
ein. ›Cristobal!‹ Und ich bin wieder in den Palast gerannt, um ihn
zu finden, und habe überall gesucht, aber er war weg. Ich bin zur
Polizei, um nach vermißten Kindern zu fragen, aber dort wurde
mir gesagt, sie hätten von Tausenden gehört, aber niemand wisse,
wo sie sind, und da dachte ich, *Vielleicht ist er davongelaufen*, aber
mir ist nichts eingefallen, wo er hin sein könnte, und ich habe alle
seine Freunde gefragt, ob sie ihn gesehen hätten, aber niemand
konnte mir was sagen.«

Er nahm ihre Hand und drückte sie tröstend. »Hast du gewußt, daß ich einen Alptraum hatte, in dem ich ihn selbst umbrachte?«

»Das hast du gesagt, als du gerade aufs Gesicht gefallen warst, aber ich wußte, es war Einbildung, wie damals, als du gesagt hast, daß der Teufel dich zu einer Partie Schach herausgefordert hatte und die Figuren eigenmächtig ihre Positionen veränderten.«

»Das wird nicht mehr vorkommen«, sagte der Kardinal. »Das war durch Gift verursacht.«

Sie drückte schockiert die Hände an den Mund und rief aus: »Wer würde so was machen? Du glaubst doch nicht, daß ich ...«

»Nein«, unterbrach er, »es lag nicht an deinem Essen, und ich wollte dich nicht beschuldigen. Der Arzt sagt, es käme von dem Monster in mir. Offenbar starb es an seinem eigenen Gift, aber dabei hat es mich auch vergiftet. Er hat gesagt, es sei wie eine ganz schlimme Verstopfung, wenn das Gift, das ausgestoßen werden sollte, vom Körper wieder aufgenommen wird – das verursacht Wahnvorstellungen und Irrsinn.«

»Was ist das, dieses Monster? Erzähl mir was darüber, damit ich nicht an Cristobal denken muß.«

Er spitzte die Lippen und versuchte, es ihr mit verständlichen Worten zu erklären. »Es war wie ein Kind, das seit meiner Geburt in mir gewachsen ist. Vielleicht war es sogar ein Zwillingsbruder, der im Bauch meiner Mutter an der falschen Stelle heranwuchs. Aber es war ein schreckliches Scheusal, hatte alles an der falschen Stelle, und der Arzt meint, es sei das Schlimmste, was er je gesehen hat. Er hat es der Universität vermacht, und sobald ich gesund bin, wird er es mir zeigen.«

»Ein Kind?« wiederholte Concepcion. »Wo du doch ein Mann bist. Das ist ein Wunder. Wie hast du schwanger werden können? Du hast nie ...« Sie verstummte, zu beschämt, um fortzufahren. Doch der schreckliche Gedanke ließ sich nicht unterdrücken. Sie blickte auf und sagte mit fester Stimme: »Hast du es mit einem Mann getrieben?«

Seine Eminenz lachte zum erstenmal seit Monaten herzlich. »*Querida*, nein. Es ist einfach ein Wunder, eine Laune der Natur, und es ist anderen in der Vergangenheit auch schon passiert.«

»Darüber solltest du schreiben, um den Ungläubigen zu beweisen, daß Maria Jungfrau war.«

»Ich glaube, es muß dasselbe Geschlecht haben«, sagte er, »doch ansonsten wäre es eine gute Idee gewesen.«

Sie lächelte zufrieden. »Du hast mir noch nie gesagt, daß eine Idee von mir gut war.« Dann umwölkte sich ihr Gesicht, und sie brach in Tränen aus. Eine schreckliche Sehnsucht wallte in ihr hoch, ein Riß tat sich in ihrer Seele auf, und sie fragte: »Was sollen wir tun, um Cristobal zu finden?«

»Ich werde aus dem Amt scheiden«, sagte er. »Ich habe genügend Privatvermögen. Wir werden Gott lästern, wann wir wollen, an das glauben, was zur Zeit gerade vernünftig erscheint, und wir werden versuchen, glücklich zu sein. Wir werden verreisen und die ganze Welt nach Cristobal absuchen. Komm, umarme mich.«

Sie beugte sich hinab, legte ihm die Arme um den Nacken und ihre Wange an seine. »Mein Cadenay«, sagte sie, während ihre Tränen über sein Gesicht flossen.

So kam es, daß drei Wochen später der Kardinal, nun in Laienkleidung, sich zusammen mit Concepcion und Dr. Tapabalazo in der grausigen medizinischen Sammlung der Universität einfand. Draußen fiel der unausweichliche Regen der Hauptstadt unauffällig wie gewöhnlich, und im Hof eilten die Studenten, in Militäruniformen gekleidet wegen irgendeiner historischen Anomalie, mit hochgestellten Überzieherkragen zu ihren Vorlesungen.

In den Glasbehältern mit wolkigem Formalin schwebten der rechte Arm eines berühmten Generals, gelbe Dickdärme, die wie ein Sieb perforiert waren, verschiedenfarbige Krebsgeschwüre von Tennisballgröße, riesige Herzen von gesunden Indios, die in großer Höhe gelebt hatten, Föten ohne Mund, aber mit schamlos an der Stirn angebrachten Geschlechtsteilen, Embryos mit zwei Köpfen, von Zirrhose in Schwämme verwandelte Lebern und der Kopf eines Mannes, der jahrelang mit einem Pfeil mitten durch sein Gehirn normal gelebt hatte.

»Das ist ein metaphysisches Labor«, sagte der Arzt. »Ich habe Stunden hier drin zugebracht und diese Ausstellungsstücke betrachtet und mich gewundert, wie die Ordnung des Universum beschaffen sein muß, wenn so etwas existiert.«

Dominic Guzman sah eine groteske Kreatur in einem großen Gefäß und überlegte laut: »Naturexperimente, teuflische Wunder oder göttliche Gleichgültigkeit?«

»Ganz genau, mein lieber Dominic. Schauen Sie die Beschriftung an.«

Guzman beugte sich vor und las: »Das Tapabalazo-Teratom. Das ist meins?«

»Jetzt ist es unseres, und keine noch so große Bestechungssumme könnte uns dazu verleiten, es zurückzugeben, das kann ich Ihnen versichern. Wir mußten ihm einen Haarschnitt verpassen, damit einige Einzelheiten sichtbar wurden.«

»Ist das dein Baby?« fragte Concepcion, der vor Entsetzen und Verblüffung die Augen hervortraten. Sie bekreuzigte sich dreimal und sagte den letzten Satz des Ave Maria auf.

Was sie erblickte, hätte aus der Entfernung als ein wuscheliger, außer Form geratener Fußball durchgehen können. Doch bei näherem Hinsehen zeigte sich ein trauriges und leeres Auge, das reglos in die Endlosigkeit gerichtet war. Concepcion sah, daß die Iris die gleiche Farbe wie die des Kardinals hatte. Dahinter stand ein Daumenstück in nachlässigem Winkel ab, und in der Nähe trat ein Knötchen heraus, an dessen Ende ein winziger und nutzloser Fuß baumelte. »Es wäre ein Junge geworden«, sagte sie und deutete auf den langen rosigen Penis, der an einer Seite herabhing.

»Es hatte sogar einen Hoden, innen im Rücken«, sagte der Arzt. »Wir haben das arme Monster aufgeschnitten und das Innere herausgenommen. Dann haben wir es wieder gefüllt und so aufgestellt. Wir haben jede Art von normalem Gewebe gefunden, aber alles am falschen Platz. Hat Dominic Ihnen davon erzählt? Wir haben versucht, es am Leben zu erhalten, aber wir konnten nirgendwo die Geräte anschließen. Es zeigte sogar eine ansatzweise Anpassung, hatte schützende Membrane entwickelt, aber es gab keinen Weg, um sein Leben zu verlängern. Wenn ich dieses schreckliche und rührende Ding ansehe, befällt mich Traurigkeit. Ich verspüre heftiges Mitleid.«

»Mir tun Ungeheuer immer leid«, sagte Concepcion. »Selbst in Märchen, wo das Ungeheuer böse ist und am Ende getötet wird, werde ich immer traurig und frage mich, ob es nicht einen anderen Weg gegeben hätte. Haben Sie etwas von dem Haar aufgehoben, das Sie abgeschnitten haben?«

»Ja sicher. Aus Haaren läßt sich viel erkennen.«

»Ich hätte gern etwas davon«, sagte sie. »Wenn jemand ein Kind verliert, sollte er sich immer ein Erinnerungsstück aufheben.«

Ohne weiter zu fragen, ging Dr. Tapabalazo zu einem Schrank und nahm einen gefalteten Plastikbeutel heraus. »Nehmen Sie alles«, sagte er, »da Sie ein gutes Herz haben.«

Concepcion öffnete den Beutel und steckte die Hand hinein. Sie fühlte die Haarlocken zwischen den Fingern, hob etwas heraus und sah es sich sorgfältig an. Sie blickte auf und lächelte Dominic Guzman an. »Ich sehe schon, es ist von dir. Es hat sogar etwas Grau drin und fühlt sich genauso an. Ich werde es für immer aufheben.«

Sie standen schweigend da und schauten das mißgestaltete Opfer im Glasbehälter an, und plötzlich sagte Dominic Guzman: »Wir sollten ihm einen Namen geben. Ich glaube nicht, daß ›Tapabalazo-Teratom‹ ein besonders sympathischer Name ist.«

Der Arzt nickte. »Bedauerlicherweise haben die Studenten es bereits ›Atilla der Hunne‹ getauft, obwohl es eine Zeitlang Mode war, Namen von Politikern zu verwenden.«

»Es sollte ›Dominic‹ heißen«, sagte der Kardinal, dessen unausgesprochener und melancholischer Gedankengang darauf hinauslief, daß er selbst das Monster war und es deshalb nach ihm benannt werden sollte. »Wie tief die Mächtigen gefallen sind«, fügte er hinzu.

Dr. Tapabalazo, der seine Stimmung erfaßte, legte ihm die Hand auf die Schulter und sagte: »Mein lieber Dominic, das Herabsteigen von einem beschwerlichen Podest ist nicht das gleiche wie Fallen.«

Im Palast machte sich das Paar weiter daran, seine Habseligkeiten zusammenzupacken. Dominic Guzman besprach noch die letzten Verwaltungsprobleme mit seinem Sekretär, schickte zum Zeichen seiner Dankbarkeit einige hebräische Bücher an Dr. Tapabalazo und verweigerte standhaft jedes Interview mit den Horden hoffnungsvoller Presseleute, die sich draußen im Regen wie Geier versammelt hatten und deren Gaumen nach einem saftigen Skandal lechzten. In den Zeitungen las er die Berichte und rückblickenden Einschätzungen seiner Kardinalszeit mit dem seltsamen Gefühl, daß nichts davon irgend etwas mit ihm zu tun hatte, und er las Artikel über den um sich greifenden öffentlichen Skandal der Kinderleichen, die im Fluß zum Vorschein gekommen waren. Er und Concepcion hatten den Verdacht, daß Cristobal irgendwie aus dem Palast geschlüpft und für eines der Kinder aus der Kanalisation gehalten worden war, aber gleichzeitig hielten sie hartnäckig die Hoffnung aufrecht, daß er noch lebte und sie ihn finden würden. Sie redeten stundenlang von ihm, wobei jeder Satz begann mit »Erinnerst du dich noch, wie Cristobal ...«, und Concepcion sammelte seine Lieblingsspielsachen zusammen, damit sie ihm die zum Spielen geben konnte, wenn er gefunden wurde. Im Bett lagen sie einander in den Armen und gedachten seines süßen Geruchs, seiner Versessenheit auf Körperfunktionen und Ausscheidungen, seiner beängstigend direkten Logik, seiner honigbraunen Haut und seiner großen dunklen Augen.

Am Morgen, an dem sie den Palast in ihrem neuen brasilianischen Jeep verlassen wollten, schaute Dominic Guzman in den Spiegel und sah einen in der Blüte des Lebens stehenden Mann, von Kummer verstört, aber nicht besiegt. Er sah die Narbe am Bauch an, die noch gerötet war, und bemerkte, daß er sogar ein bißchen dicker wurde. Er sah sich im Zimmer um und sah kein Zeichen vom Obszönen Esel, vom Prozessierer, von den Streitenden Köpfen oder irgendeinem anderen aus der diabolischen Rotte, die ihn so lange gepeinigt hatte. Er ging zum letzten Mal zur Tür und wollte sie schon schließen, als er ein Klopfgeräusch hörte. Neugierig trat er wieder ins Zimmer und sah sich um. Das Klopfen erklang noch dringender von links. Er blickte auf und sah, daß am Fenster über dem Fluß ein kleiner Vogel schwebte. Sie sahen einander schweigend an, und der Vogel klopfte noch einmal dringlicher.

Er öffnete das Fenster, da er nicht wußte, was er sonst machen sollte, und der winzige und schillernde Kolibri schoß herein. Er schien sich vorführen zu wollen. Er flog rückwärts, aufwärts, seitwärts, vollführte einen graziösen Looping, schoß wie aus der Pistole geschossen durchs Zimmer und wieder zurück, ohne umzudrehen. Er setzte sich auf Guzmans Hand und putzte sich geschäftig. Dominic sah, daß es ein lebender Sonnenstrahl aus schillernden Farben war; er war smaragdgrün und violett, meeres- und himmelblau, scharlachrot und chromgrün. Dominic hielt ihn ins Licht, und die Federn funkelten in allen Spektralfarben. Als er ihn so hielt, verzückte ihn die juwelenhafte Schönheit so sehr, daß er einen Kloß in den Hals bekam. Er brachte ihn wieder zum Fenster und sagte: »Kleines Vögelchen, du solltest jetzt besser davonfliegen.«

Doch das winzige Geschöpf klammerte sich fest an seinen Zeigefinger und ließ sich nicht abstreifen. Als er versuchte, es mit der anderen Hand wegzustupsen, pickte es ihn gebieterisch, zirpte trotzig und rückte näher zu ihm. »Ach … so«, sagte er und nahm es mit, um es Concepcion zu zeigen. Er hob die Hand und sagte: »Wir sind adoptiert worden.«

Sie sah das Vögelchen verwundert an, und da führte es ihr die gleichen Flugkunststücke vor, bevor es sich wieder auf Guzmans Finger setzte. »Es will nicht weg«, sagte er.

»Ich werde ihm etwas Zuckersirup machen«, entschied sie, stets praktisch und hegend. »Es kann aus einer Zigarrenröhre trinken.«

Als sie den Raum verließ, drehte sie sich um und sagte über die Schulter: »Cristobal hätte es gefallen.«

43

Eine Verlegenheitsapokalypse befällt die Stadt (2)

Unten auf dem Plateau bewunderte die kleine Gruppe die Zitrushaine, das Reisfeld, die Guaven, Yukkas, Mangos, Papayas, die herrlich großen Avocados, die Bewässerungsgräben, die Fischteiche und die Brücke über den Fluß. Als sie an der Bananenplantage vorbeigingen, hörten sie den Lärm eines heftigen Streits und eines Mordversuchs unter den Nutzpflanzen.

»Ay, nimm das«, hörten sie, gefolgt vom Geräusch eines feuchten Klatschens.

»Du Wüstling, ah, mach das nicht, oh!«

»Nein, nein, nein, ay, ay, ay.«

Die Besuchergruppe wechselte Blicke untereinander, und Hectoro, der dem Briten unbedingt beweisen wollte, daß es hier nicht an *machismo* mangelte, auch wenn seine argentinischen Cousins den Malvinas-Krieg verloren hatten, glitt stumm vom Pferd, zog seinen Revolver und kroch durch den üppigen Bewuchs auf den Schauplatz des Grauens zu.

Das entsetzliche Kreischen und Stöhnen dauerte an, bis Hectoro alle damit überraschte, daß er mit dem Anflug eines Lächelns auf den Lippen wieder auftauchte. Er nahm die Zigarre aus dem Mund und flüsterte: »Sie müssen mir helfen, ich komme allein mit einer derartigen Barbarei nicht zurecht.«

Der General nahm seine Automatik aus dem Halfter, Professor Luis zog seine Machete aus der Scheide, und der britische Botschafter dachte mit einem flauen Gefühl im Magen, daß er nun gleich aus erster Hand die legendäre Gewalttätigkeit dieses Landes erfahren würde. Sie folgten Hectoro in die gummibaumgrüne Üppigkeit des Bananengrases.

Nachdem sie nur wenige Meter gekrochen waren, hielt Hectoro

den Finger an die Lippen und deutete, worauf sich die Gruppe etwas aufteilte, um durch das Buschwerk zu spähen.

Doña Constanza, einstige Oligarchin, und ihr Geliebter Gonzago, einstiger Guerillero, hatten beschlossen, den Empfang oben auf der Höhe auszunutzen, um in einer der kleineren Maschinen nach unten zu fahren und sich ungestört im verlassenen Paradies des Plateaus zu verlustieren. Die Gruppe erblickte die beiden, die in einer unfaßbaren Stellung ekstatisch kopulierten, während sie sich gleichzeitig mit einem ständig kleiner werdenden Haufen Obst bespritzten und beschmierten. Gerade in diesem Augenblick leckte Gonzago die Samen einer Grenadine von ihrer Schulter, während sie eine Banane in seine Armbeuge stopfte, ohne mit ihren kreisenden Beckenbewegungen aufzuhören.

Hectoro beguckte sich das laszive Tun mit unverhohlener Freude, der General sah es sich mit einer gewissen abgeklärten Verwunderung an, Professor Luis betrachtete es mit entsetzten Spekulationen darüber, was der britische Botschafter wohl denken mußte, und der Ebengenannte war so von Verblüffung überwältigt, daß er gar nicht bemerkte, wie eine tödliche Lanzenschlange sich auf seine Schulter herabließ und davonglitt.

Hectoro konnte als echter Campesino ein so vortreffliches Spektakel nicht ohne ein gewisses Maß an Anteilnahme genießen. Als die beiden Liebenden dem Ende ihres schwelgerischen Bebens entgegenzuckten und seitlich zu Boden glitten, sprang er auf, rief »Hoppla«, riß sich den Sombrero vom Kopf und wedelte anerkennend damit herum. »*Mas, mas*«, schrie er, »*queremos mas.*«

Doña Constanza und Gonzago zuckten in ergötzlicher Überraschung zusammen, sahen hoch zu den neugierigen Augen, die durch die Blätter spähten, und erblickten Hectoro, der auf und ab hüpfte und seinen Hut schwang. Da kreischte Doña Constanza auf und verschwand mit einem Satz in der Plantage, wobei sie eine Spur zerquetschter Früchte hinter sich ließ, die von ihrem Körper gerutscht waren. Gonzago stand zögernd auf, bedeckte sein Gemächt mit den Händen und verbeugte sich dämlich. Er grinste von einem Ohr zum anderen, sah sich nach einem Fluchtweg um und verschwand dann in der gleichen Richtung wie seine Geliebte.

»*Magnifico*«, rief Hectoro.

»Es tut mir so leid«, sagte Professor Luis zum Botschafter.

Der General steckte seine Waffe wieder ein, zog ein Taschentuch heraus, um sich die Stirn abzuwischen, und der Botschafter bemerkte, daß sein Anzug an den Knien symmetrisch grau und feucht war, da er sich in den Lehm hinabgelassen hatte.

Als sie wieder oben am Hang waren, wollte der General durch eine persönliche Danksagung an denjenigen, der das Aufzugsproblem gelöst hatte, die Würde des Anlasses wieder herstellen, kam aber nicht dazu, weil Dionisio Remedios streng gebeten hatte, den Conde nicht in die Nähe seines Nachkommen zu lassen. Ihm war sehr daran gelegen, längere und unglaubhafte Erklärungen zu vermeiden.

Doch der Graf ließ sich nicht zurückhalten; er riß sich aus dem festen Griff von Remedios los und schritt nach vorn, um sich mit Bravour als »der Conde Xavier Pompeyo de Estremadura, zu Euren Diensten – und Gott behüte seine Katholische Majestät« vorzustellen.

»Außergewöhnlich«, bemerkte der General, der das anachronistische Individuum vor sich skeptisch musterte. Der Conde trug die rostigen Überbleibsel einer halben Rüstung, die über ein indianisches Gewand geschnallt war, das sich an den unmöglichsten Stellen kräuselte und bauschte. Der Harnisch war von den Kugeln aus Remedios' Kalaschnikow durchlöchert, und auf dem Kopf trug er eine Sturmhaube, deren oberste Nieten bedauerlich locker saßen. Dem General fiel plötzlich auf, daß zahlreiche andere Männer ebenfalls in Überresten alter Rüstungen steckten, worauf er blinzelte und den Kopf schüttelte.

»Ich habe einen Vorfahren dieses Namens«, sagte der General, »der 1533 bei einer Expedition zum Auffinden der verschollenen Stadt Vilcambamba verschwand und die Stadt Ipasueño gründete.«

»Der nämliche«, rief der Conde, »und ich fordere von Euch Euren Besitz, der Euch nicht gehört, bis ich richtig gestorben bin.«

Der General wunderte sich immer mehr, und der Conde fügte hinzu: »Da ich Euer ältester Verwandter bin, geziemt es sich, Euch meiner Hoheit zu beugen, sonst schlitze ich Euch die Nase auf so wie dem Mohren in Cordoba.«

»Darüber werden wir später unter vier Augen reden«, sagte der General diplomatisch und winkte seinem Sohn, der sich schon davonstehlen wollte. »Dionisio, komm her und erklär mir einiges.«

Keine noch so ausführliche Erklärung beim Mittagessen im ›Doña Flor‹ konnte den General davon überzeugen, daß der Conde tatsächlich der Conde war, der mit fünfzig seiner Männer am Cäcilientag unter einer Lawine begraben wurde und von Aurelio rechtzeitig wieder zum Leben erweckt worden war, um beim Ausgraben der Stadt zu helfen. Dionisio streckte die Hand vor und zeigte seinem Vater den Montes-Sosa-Ring. »Er hat seinen Ring erkannt und von mir zurückgefordert. Glücklicherweise erinnert er sich nur an Sachen vor etlichen hundert Jahren, und so wird er vergessen, daß er dir die Nase aufschlitzen wollte. Remedios paßt zum Glück gut auf ihn auf.«

Der britische Botschafter, der von diesem intensiven kastilischen Disput nichts verstand, versuchte nach den Schweinchen zu treten, die sich unter seinen Füßen in der Hoffnung auf Abfälle versammelt hatten, bis er plötzlich spürte, daß es ein Fehler gewesen war, das ›Hühnchen eines wahren Mannes‹ zu bestellen. Als die gehaltvolle Chilisoße seine Speiseröhre attackierte, keuchte er heftig, und ein unkontrollierbarer Speichelfaden troff ihm vom Mundwinkel aufs Tischtuch. Die leuchtende Rötung, die seinem Hals und Gesicht das Aussehen eines Feuersalamanders gab, ging vielleicht zu drei Vierteln auf das ›Hühnchen eines wahren Mannes‹ und zu einem Viertel auf die Scham über diesen Majestätsverlust zurück. Als ihm vor Pein die Augen hervorquollen, griff er nach dem Wasserkrug und leerte ihn in einem Zug, bevor er spürte, daß dieser *aguardiente* enthielt. Über das unvermeidliche Einsetzen seiner Betrunkenheit verzweifelt, brach ihm der Schweiß in Strömen aus. Er schaffte es noch, einige Brocken seiner Mahlzeit an die Schweine zu verfüttern, die quiekend hinausrannten, doch dann sank sein Kopf langsam auf seinen Teller, und er schlief wie ein Baby, während weiter Speichel in die Reste seiner Mahlzeit troff. In seiner schrecklichen Benommenheit rann ihm Urin am Bein entlang in die Gummistiefel, und er träumte, daß Doña Constanza und Gonzago in einer Lache aus Erbrochenem vögelten.

»Remedios«, sagte der General, dem das Dilemma des Botschafters gar nicht auffiel, »der Name und das Gesicht sind mir wohlbekannt.« Er durchforstete sein Gehirn, bis ihn der Blitzschlag der Eingebung traf. »Sie war auf einem Fahndungsplakat, Anführerin der Vorhut des Volkes.«

Dionisio war wie versteinert, daß der General es sich in den Kopf setzten könnte, sie zu verhaften, und unterbrach hastig den Gedankengang seines Vaters. »Die Vorhut des Volkes hat sich vor Jahren aufgelöst, nachdem sie den Frieden erklärt hatte, Papa. Schmeckt dir dein Essen, Mama?«

Mama Julia, der von den ungewöhnlichen Auswirkungen der Kokablätter auf ihre ungeübte Psyche noch immer ein Lächeln im Gesicht stand, nickte und erwiderte. »Ja, aber ihm nicht.«

Alle folgten ihrer Blickrichtung und sahen auf einmal, daß der britische Botschafter teilnahmslos starr mit dem Gesicht in einer Lache von Geifer lag, der über seinen Teller floß und auf den Boden tropfte.

»O mein Gott«, sagte der General, der den leeren Krug hochhielt. »Er hat alles getrunken. Er muß gemeint haben, es wäre Aniswasser.«

»Wir müssen ihn zum Kotzen bringen«, sagte Dionisio.

»Er hat sich bepißt«, bemerkte Mama Julia ungeziemend.

»Hüte deine Zunge, meine Liebe«, tadelte sie ihr Gatte, worauf sie zurückgab: »Stimmt aber.« Sie rückte ihren ausladenden Hut in einen neuen, schmissigen Winkel. »Wie sehe ich aus?«

»Das war ein schreckliches Unglück heute«, stöhnte Dionisio. »Ich hatte so gehofft, euch mit unseren Errungenschaften zu beeindrukken. Ich werde Aurelio holen, damit er sich um den Botschafter kümmert.«

Während er weg war, kam eine Frau mit einem winzig kleinen Baby herein, und Mama Julia sprang auf, um es zu beurteln. Da fing es zu weinen an, verzog das Gesichtchen und strampelte mit Armen und Beinen. Mama Julia steckte ihm einen prallen Finger in den Mund, um es zu beschwichtigen. »Der arme *pequeñito* hat Hunger«, sagte sie.

»Er weint, weil er noch keinen Namen hat«, erwiderte die junge Frau. »Wir hatten noch keine Zeremonie.«

»Und wie soll der *pequeñito* denn heißen?«

»Dionisito Vigesimo. Ist er nicht süß?«

Mama Julia wiederholte arglos den Namen und richtete sich dann plötzlich auf. »Der zwanzigste kleine Dionisio? Und wer ist der Vater?«

»Dionisio natürlich, der mit den Narben am Hals.«

Der General richtete den Blick gen Himmel, und Mama Julias Augen kreisten in ihren Höhlen. »Was؟ Wie viele hat er؟«

Die junge Frau lächelte zufrieden und schaukelte das Kind auf der Hüfte. »Das ist der neueste Dionisito, und es gibt auch noch etwa zwanzig kleine Anicas.«

Mama Julia erholte sich augenblicklich von der Kokaeuphorie. Sie atmete tief durch und sagte eisig: »Sie sind noch nicht alt genug, um vierzig Kinder zu haben.«

»Oh, von uns gibt es Hunderte.«

Mama Julia stürmte aus dem Restaurant, der General ihr dicht auf den Fersen. Sie riß sich den Blumenschmuck vom Kopf und krempelte die Ärmel auf, als sie auf der Straße ihrem Sohn nachrannte. »Komm her, du Schuft, du Schurke, du Verworfener«, schrie sie.

Sie drosch ihm mit dem Sonnenschirm auf den Kopf, während er ihn mit den Armen abschirmte und eine lustige Schar von Zaungästen sich einfand, die sie anfeuerte. »Hernando«, rief sie, »tu etwas! Er ist nicht mehr mein Sohn! Eine Schande für die ganze Familie! Hurenbock!«

Der General entwaffnete sie und hielt ihre Armgelenke umklammert, während sie sich wehrte und weiterkeifte, bis sie schließlich in seinen Armen in Tränen ausbrach und sagte: »Wie können wir uns vierzig Geschenke für die Namenstage leisten؟«

»Schon gut, schon gut«, murmelte der General, der ihr den Kopf tätschelte. Dann wandte er sich an Dionisio: »Mit dir habe ich noch ein Wörtchen zu reden.«

Der General wurde durch das Auftauchen von Capitan Papagato und General Fuerte abgelenkt. Capitan Papagato hatte der Versuchung nicht widerstehen können, herauszukommen und zuzusehen, wie Dionisio mit dem Sonnenschirm verprügelt wurde, obwohl er Angst hatte, daß General Hernando Montes Sosa ihn als Deserteur erkennen würde. Dionisios Vater erkannte ihn in der Tat als den jungen Capitan, der in Valledupar seinen Namen in Papagato hatte umändern lassen und kurz nach General Fuertes Ermordung verschwunden war. Er wollte gerade den Mund aufmachen, um spontan irgend etwas zu sagen, als General Fuerte persönlich in einem Eingang auftauchte, weil er gerade dabei war, ein Schweinchen, das unbeobachtet hereingekommen war und sich über einen seiner Schuhe hergemacht hatte, aus dem Haus zu jagen. General Fuerte hatte beschlossen, an diesem Tag nicht sein Gesicht zu zeigen, weil Montes Sosa einmal sein Stellvertreter gewesen war und er seinen eigenen Tod inszeniert hatte, um aus der Armee zu desertieren.

Die beiden alten Freunde erblickten einander und standen beide still und stumm mit offenem Mund da. Montes Sosa hob den Arm und wies auf ihn. »Aber du solltest doch tot sein.«

»Bin ich auch«, sagte General Fuerte, straffte sich und schoß zurück ins Haus.

General Hernando Montes Sosa schlug sich die Hände vors Gesicht und schüttelte einige Sekunden lang den Kopf. Dann brabbelte er etwas vor sich hin und sagte zu Dionisio: »Es sieht so aus, als ob es hier neben deinem Harem auch noch Geister gibt.«

»Aurelios Tochter zeigt sich manchmal hier«, sagte Dionisio, »und die ist tot. Und Federico ist es übrigens auch.«

Der General seufzte vor äußerster Ermattung. »Bitte, kann jetzt das Konzert losgehen, damit wir es hinter uns bringen? Ich will bloß noch heim.«

44

Die Bedrängnis des heiligen Thomas

Die unersättliche Hitze des Flachlands fraß sich in die Seelen der Kreuzritter und ließ ihre Herzen zu Staub werden. Am Himmel fochten wabernde Trugbilder arabischer Armeen unaufhörliche Schlachten zwischen Trugbildern von Wolkenkratzern und Szenen pastoraler Idylle. Die Metallsitze der Traktoren lösten an den schwieligen Hintern der Landarbeiter Verbrennungen dritten Grades aus, und geflüsterte Gerüchte trieben in absoluter Deutlichkeit meilenweit und schockierten die empfindsamen Nerven sensibler Witwen. Das vibrierende Flimmern verformte alltägliche Objekte zu seltenen und wundersamen Dingen, so daß schwarze Katzen als Filzhüte erschienen und Zinkbadewannen eine Metamorphose zu monolithisch schwebenden Gürteltieren durchmachten. Auf den Feldern wurden die bedrängten Rinder Monate vor ihrem Schlachttag vorgekocht und litten unter entsetzlichen und unbegreiflichen Halluzinationen, und Pferde fielen am Ende des Lassos lieber bewußtlos um, als sich aus dem Schatten ziehen zu lassen.

Die Leibwache hielt durch, weil die Abendkühle wieder Gelegenheiten zum Plündern bieten würde, und die Geistlichen wurden von ihrer Einfalt oder ihrem beispielhaften Eifer aufrechterhalten. Monsignore Rechin Anquilar, an die kühle Höhe der Hauptstadt gewöhnt, fühlte sich in eine metaphysische Welt versetzt, wo nichts mehr beständig war. Die Dinge schienen wie Flüssigkeiten zu fließen und vor seinen Augen in einer grotesken Verführungsparodie einen Bauchtanz aufzuführen, und das Kreischen und Brummen wilder Tiere in nächster Nähe gab ihm eine Vorahnung von den Höllenqualen. In diesem Inferno der Gegenstandslosigkeit sehnte er sich nach den kühlen Nächten in seinem Zelt, wo er von

Moskitos heimgesucht wurde, aber verzückt dem Monolog des Doctor Angelicus folgte.

Rosig, kahl wie ein Admiral, groß und stramm wie ein preußischer Grenadier, doch unfaßbar beleibt, duckte sich der heilige Thomas von Aquin im Zelt, wobei sein glänzender Schädel in den Leinwandfalten verschwand. Eines Nachts erwachte Anquilar durch den süßen Schweißgeruch eines dicken Mannes und erblickte im düsteren Schatten den massigen Leib jenes Mannes, den er am meisten auf der Welt verehrte.

Er setzte sich im Bett auf, rieb sich die Augen, sah noch einmal hin und erkundigte sich zweifelnd: »Sankt Thomas?«

Der düstere Schatten nickte und erwiderte: »Hast du eine Vorstellung von der Langeweile des Todes?«

»Nein, eigentlich nicht«, erwiderte der Monsignore.

»Laß es dir gesagt sein, mein Sohn, laß es dir von mir gesagt sein. Als ich auf dem Weg zum Konzil von Lyon starb, dachte ich: *Aha, jetzt werde ich die Wahrheit sehen*, aber weißt du, was geschah? Ich weiß kein Jota mehr und keines weniger als zu meinen Lebzeiten. Glaub mir, der Tod ist eine Enttäuschung. Wenn du mich nun entschuldigen willst, ich habe meine übliche Verabredung mit Galileo, ein überaus interessanter Mann. Er vertritt die Theorie, daß die Materie aus mathematischen Punkten und Strichen ohne Ausdehnung besteht, und ich verfechte natürlich eine mehr aristotelische Anschauung. Seine Ansicht ist natürlich häretisch, weil sie die Doktrin der Eucharistie gefährdet. Ich besuche dich morgen wieder.«

In den folgenden Nächten tauchte Sankt Thomas regelmäßig zur selben Stunde auf, um den unterbrochenen Strom der Erinnerungen wiederaufzunehmen, wobei seine kolossale Leibesfülle den Raum auf der anderen Bettseite beanspruchte. Zwischen jeder Erinnerung nickte er bedächtig mit dem Kopf, als wollte er sagen: »Ja, so ist es gewesen«, und der Rauschzustand der Unsterblichkeit ließ ihn seinen Blick weit hinter den Monsignore richten, als würde er aus großer Entfernung zu ihm sprechen. »Einmal verblüffte ich den König von Frankreich ... Ich dachte gerade an eine Widerlegung der Manichäer und hieb auf den Tisch, so daß der König aus der Haut fuhr ... wußtest du, daß wir in Abkürzungen schreiben mußten, um Pergament zu sparen? Das war sehr teuer, weißt du ... Albertus

Magnus, mein Lehrer, der hat einmal einen mechanischen Kopf gemacht, der redete und redete ... es war so verstörend ... als er starb, konnte ich das ganze Gerede nicht mehr aushalten, und schließlich ließ ich ihn unter dem Flur begraben ... Ich hatte immer Schuldgefühle deswegen ... Er sagte einmal von mir, daß die Leute meinten, ich wäre langsam wie ein Ochse, aber eines Tages würde die Welt meinem Muhen zuhören. War das nicht nett von ihm? Ich wurde als Kind von meiner eigenen Familie entführt ... Ich hatte nie vor, ein Heiliger zu werden, weißt du, ich habe mein ganzes Leben nur mit Schreiben und Essen verbracht ... Albertus war ein Heiliger, aber viele meinten, er wäre ein Hexer wegen seiner wundersamen Erfindungen ... Meinst du, daß der Dialog ein erfolgreicher Weg ist, Philosophie zu schreiben? ... Bischof Berkeley hat es gemacht ... Er arbeitet immer noch an Kuren für Verstopfung, doch ich sage ihm: ›Mein lieber Bischof, Tote leiden nicht unter Verstopfung‹, das sage ich ihm. Wußtest du, daß kürzlich meine *Summa Theologiae* von irgendeiner Universität in sechzig Bänden herausgegeben wurde? Ich überarbeite sie immer noch, nun besteht sie aus dreitausend Bänden, und Bischof Berkeley sagt zu mir: ›Mein lieber Doktor, nicht einmal die Toten werden sie lesen ... der Tod ist tatsächlich ein fruchtloses Geschäft.‹«

»Ich habe die sechzig Bände gelesen«, rief Anquilar, »Ich kenne viele Passagen auswendig.«

Das war das erste Mal, daß Anquilar den Doktor in seinen vielen Nächten melancholischer Reflexion unterbrochen hatte, und der Letztgenannte hielt in plötzlicher Verblüffung inne. »Es lohnt sich nicht«, sagte er. »Ich habe sie völlig umgeschrieben. Als ich noch am Leben war, hatte ich eine Offenbarung, und ab da schrieb ich nichts mehr auf Erden, weil alle meine Wörter zu Stroh wurden, selbst diejenigen, die ich schon geschrieben hatte.«

»Doch deine Werke sind der Grund- und Eckstein der Kirche«, erwiderte Anquilar. »Ohne dein Werk gibt es keine Doktrin.«

St. Thomas zuckte wegwerfend die Achseln. »So ist es eben.«

Ein schrecklicher Verdacht bildete sich in Anquilars Gemüt. »Du bist nicht der heilige Thomas, du bist ein vom Fürst der Finsternis geschickter Dämon, der mich ablenken soll. Geh mir aus den Augen, Teufel, geh, oder ich werde dich persönlich exorzieren, satanischer Erzketzer.«

Der Schatten schüttelte langsam den Kopf. »Das wird nicht klappen. Ich bin zu deinem Kreuzzug gekommen, um persönlich die Ergebnisse meiner Arbeit zu sehen. Ich bin gekommen, um mir anzusehen, wie du Juden und Muslime zwingst, in der Öffentlichkeit Schweinefleisch zu essen, um mir anzusehen, wie du Untersuchungen niederschlägst und Unschuldige verbrennst, die mehr Enthusiasmus als Intellekt besitzen. Ich schaue dir zu, wie du die Güter der Armen konfiszierst und Frauen aus Angst vor deinen eigenen Lüsten folterst ... Wußtest du, daß mein Werk an der Universität von Paris verboten war? ... Wenn ich Satan wäre, wäre ich ein gefallener Cherub, weil die Cherubim aus dem Wissen stammen, das eine Todsünde ist. Gregor der Große sagt, daß Satan vor seinem Fall alle anderen Engel als seine Bekleidung trug und alle an Ruhm und Wissen übertraf ...«

»Du bist nicht der heilige Thomas«, wiederholte Anquilar.

»Nichtsdestoweniger werde ich dich auf deinem Kreuzzug um meines Seelenheils willen begleiten.«

»Komm mir nicht näher«, sagte Anquilar, der sich heftig bekreuzigte und murmelte: »*Vade retro.*«

Von dieser Zeit an erhielt Monsignore Rechin Anquilar keine persönlichen Besuche mehr vom Doctor Angelicus. Statt dessen wanderte der Heilige versonnen durchs Lager, während die rosigen Falten seines Gesichts die Lagerfeuerflammen widerspiegelten und sein riesiger Leib die Laternen verdunkelte. Niemand sah ihn, als er betrübt durch die Glut verbrannter Hütten wanderte, auf Hügelspitzen stand, um den Rauch zerstörter Pueblos zu sehen, sich über die Gesichter geschundener Kinder und mißhandelter Mädchen beugte und seinen Kopf vor Mitleid und Resignation schüttelte. Niemand sah ihn, außer Monsignore Anquilar, der aus dem Gedächtnis die ewigen Worte des Heiligen über die Häresie niederschrieb und ihm jedesmal mit dem Papier vor dem Gesicht herumwedelte, wenn sich ihre Wege kreuzten. Der Heilige sah ihn bloß matt an und sagte: »Diese Stelle habe ich revidiert.«

Der körperlose korpulente Heilige sah, daß sich aus den Wanderungen der Kreuzritter über die *llanos* zur Sierra ein regelrechtes Muster ergab. Wenn sie einen Platz vor einer Siedlung erreichten, schlugen sie dort ihr Nachtlager auf. Früh am nächsten Morgen schritten sie in einer Prozession auf die *plaza*, trugen Banner und

Weihrauchfässer. An ihrer Spitze saß El Inocente auf seinem schwarzen Rappen, die Gesichtszüge in der fanatischen Wonne doktrinärer Wut angespannt, und hinter ihm befand sich immer die Kompanie der Priester, die das *Veni Creator* intonierte.

St. Thomas, Universalgelehrter und philosophisches Genie, parteiischer Empiriker und Gegner der lateinischen Averroisten, ertappte sich dabei, daß er sich wie ein Schüler Notizen machte und die unterschiedlichen Ausgänge taxierte. Überall begann es stets gut, weil die Aussicht auf eine improvisierte Fiesta für alle Leute unwiderstehlich war. Die Menschen verließen die Felder, von atemlosen Kindern weggeholt, und strömten in Erwartung eines großen Spektakels mit grandioser Trunkenheit und nachfolgender Unzucht auf die *plaza*. In vollen Zügen genossen sie des Monsignore Predigt genereller Verdammung, verfielen aber in perplexes Schweigen, wenn sie dazu aufgefordert wurden, die doktrinären Irrtümer ihrer Mitbewohner zu offenbaren. Jemand kam meist mit einem Witz, etwa wie »Reinaldo glaubt, daß Johannes der Täufer in Wirklichkeit die heilige Jungfrau war«, doch darauf setzte das Durcheinander ein, da die Leibwache zu augenblicklicher Vergeltung schritt. In großen Städten vertrieben die Zivilbehörden die Kreuzritter gnadenlos und ausnahmslos, in mittelgroßen Städten ging immer jemand, um das Einschreiten des örtlichen Caudillos oder der mächtigen *latifundistas* mit ihren bewaffneten Viehhierten und Bauern zu erbitten, die im Galopp eintrafen und die Marodeure verjagten, worauf die Stadt über einen oder zwei Tote und eine bedauerlicherweise abgeblasene Fiesta zu klagen hatte. Diese Episoden verstärkten beim Monsignore das Gefühl der Empörung über die Ausbreitung satanischer Mächte im Land, und er führte vom nächsten sicheren Ort aus eindrucksvolle Gottesdienste mit Massenexkommunikationen der Stadtbevölkerung durch.

In Dörfern und Weilern aber, wo die Zahl der Kreuzritter die der Einwohner übertraf, genoß der Monsignore größeres Glück und reichere spirituelle Ernte. In diesen abgeschiedenen Flecken konnte er manch eine Seele retten, indem er den Menschen ein Geständnis der Rechtgläubigkeit entlockte und sie tötete, bevor sie Zeit hatten, es sich anders zu überlegen. »Die Getreuen Christi führen oft gegen Ungläubige Krieg, um die Behinderung ihres Glaubens abzuwenden«, pflegte er mit einem Zitat des heiligen Thomas zu

sagen, oder: »Was Ketzer betrifft, so leben sie in Sünde, um derent-
willen sie es verdienen, nicht nur durch die Exkommunikation von
der Kirche, sondern auch durch den Tod von der Welt geschieden
zu werden«, wobei er zur rascheren Abwicklung die Prozedur aus-
ließ, die Häretikern sogar in der Zeit der italienischen Inquisition
zwei Ermahnungen und längere Bedenkzeit gewährte.

Die wohl bemerkenswerteste Episode ereignete sich, als der
Kreuzzug im *pueblito* Comédon hautnah auf einen anderen Kreuzzug traf.

In diesem Land gibt es eine aus Armut und Verzweiflung gespeiste
Art der Ekstase, die Menschen dazu zwingt, Trost und Erfüllung in
einem pathologischen Mystizismus zu suchen. Den Blick entschlossen auf eine Zukunft in einer glücklicheren Welt gerichtet, reisen mächtige Menschenscharen durchs Land und kreuzigen sich
selbst in der Nachahmung Christi, womit sie hektische Orgien religiöser Ehrfurcht bei ihren Zuschauern hervorrufen. In Comédon
waren die Kreuziger einen Tag vor den Kreuzrittern eingetroffen,
und zahlreiche hoffnungsvolle Heilige hingen bereits an Telegrafenmasten in der Erwartung, daß die Gläubigen ihnen Nahrung hin-
aufreichten und damit den Gnadenakt des Simon von Kyrene nach-
vollzogen. Vor dem Dorf wurden zwanzig zum Skelett abgema-
gerte Männer ausgepeitscht, bis ihnen Blut aus der Haut spritzte,
und daraufhin an Kreuze gebunden, die sie selbst meilenweit übers
Land gezogen hatten. Als sie dort trunken von ihrer halluzinatori-
schen Liebelei mit dem Tod hingen und alptraumhafte Visionen er-
lebten, die von der Hitze und der Unmöglichkeit, Luft zu holen, erzeugt waren, züchtigten sich unten ihre Kameraden gegenseitig
mit frohlockend verdrehten Augen, während die Dorfbewohner
sich bekreuzigten, weinten, heulten und jenem schrecklichen Voy-
eurismus frönten, den stellvertretende Pein nach sich zieht.

Als der Kreuzzug eintraf und auf diese masochistischen Bacchana-
lien stieß, blieb er in einmütiger Verwunderung stehen. Dem Stau-
nen folgte rasch Ärger, dadurch ausgelöst, daß ihnen vollständig
die Schau gestohlen worden war. Aus dem Dorf kam niemand, um
ihre Prozession anzuschauen, niemand trug ihnen mit Essen bela-
dene Tische entgegen oder kniete sich vor den Monsignore, um
seinen Ring in dem Glauben zu küssen, er sei Kardinal. Statt dessen
wandten die Dorfbewohner nur kurz den Kopf, um sie als gerin-

gere Ablenkung einzuschätzen, und widmeten sich dann wieder dem Anblick der an den Kreuzen ächzenden Körper und der Flagellanten, die einander mit Bullenpeitschen oder Dreschflegeln tiefrote Blutergüsse entlockten.

Rechin Anquilar entschied, daß die Kreuziger die Sünden der Welt auf sich nahmen, um für sie zu büßen, so daß das Leiden anderer am Jüngsten Tag gemildert würde. Er entschied, daß dies häretisch war, da Christus durch seine eigene Passion diese Funktion bereits übernommen hatte, und betrachtete das Gesehene als eine widerwärtige Gotteslästerung. Er richtete die Aufmerksamkeit aller auf seinen eigenen Kreuzzug, indem er seinen Männern befahl, die Seile, welche die Kreuziger an den Kreuzen festhielten, durch Nägel zu ersetzen. Die Flagellanten glaubten, daß endlich der Tag des Zorns über sie gekommen war, und gaben sich freudig den Kugeln und Buschmessern der Leibwache hin.

Der Doctor Angelicus, der im Geiste die vielen Worte umwälzte, die er zum Rechtswesen geschrieben hatte, dachte reumütig über die vielen Wege nach, auf die eine so schreckliche Praxis aus dem unverfälschten Licht seiner eigenen vernünftigen Schlußfolgerungen abgeleitet werden konnte. Er überblickte das Blutbad und wünschte sich, daß keines seiner Worte je auf Pergament unsterblich gemacht worden wäre. *Vielleicht hat meine Angewohnheit, vier Sekretären gleichzeitig zu diktieren, der gedanklichen Klarheit geschadet,* überlegte er.

Der britische Botschafter hatte nach Aurelios kundiger Behandlung den noch im Magen verbliebenen hochprozentigen *aguardiente* erbrochen. Der Urin war aus seinen Gummistiefeln geleert worden, und er hatte einen großen Schluck von einer Tinktur bekommen, die ihn wieder in einen halbwegs normalen Bewußtseinszustand versetzte, von dem Regenbogenlichterkranz am Rande seines Blickfels abgesehen. Er wurde in einem Stuhl zum Aufführungsort von Don Emmanuels musikalischer Burleske getragen, mußte aber beim ersten Stück aufstehen, das Don Emmanuel als die Nationalhymne Großbritanniens ankündigte. Er taumelte in aufrechte Haltung und mußte sich schwer auf den General stützen.

Es gab in Cochadebajo de los Gatos eine *peña*. Die meisten Städte haben einen solchen Musikverein, in dem sich alle möglichen dazu deklarierten und improvisierten Musikinstrumente zusammenfinden, um nach Belieben der Musikanten in konkurrierenden Lautstärken in jeder möglichen Tonart oder Geschwindigkeit gespielt zu werden. Das Ergebnis ist ein Flickenteppich aus Rhythmen und Melodien, Zufallsgeräuschen und schamlosen Fehlern, der sämtliche Kompositionen von Stockhausen alt aussehen läßt und das Tongestöpsel der hochtrabendsten avantgardistischen Jazzensembles übertrumpft. Der Zweck dieser frohgemuten Ensembles aus Sousaphonen, rissigen Waldhörnern, zusammengeklebten Jagdhörnern, hausgemachten Bambuspfeifen, mit Stromkabeln bespannten Gitarren und Akkordeons, auf denen nur die Halbtöne funktionierten, bestand darin, neue, wunderliche, schrille und wüste Klangteppiche zu erzeugen und damit bei Fiestas den Eindruck eines völligen Chaos zu verstärken.

Doch die *peña* von Cochadebajo de los Gatos war durch die geduldigen Instruktionen des mexikanischen Musikologen und die gelegentliche Mithilfe von Dionisio beträchtlich gezähmt worden. Ersterer hatte für diesen Anlaß Unterstützung von Don Emmanuel bekommen, der ihm einige patriotische britische Lieder beigebracht und auch einen Chor kleiner Kinder in der richtigen Aussprache der Wörter unterrichtet hatte.

Diese Kinderlein standen nun auf, um Großbritanniens Nationalhymne zu singen. Es waren zwanzig ernste kleine Gesichter, eingerahmt von dichten schwarzen Haarmatten, wobei die der Mädchen zu festen Büscheln gebunden waren, die nahezu im rechten Winkel von den Schläfen abstanden. Sie hatten ihre feschesten roten und schwarzen Ponchos mit Quasten angezogen, und hin und wieder zeigte ein scheues Lächeln, daß die meisten auf das Nachwachsen der zweiten Vorderzähne warteten, weshalb dem britischen Botschafter auffiel, daß sie mit einem bezaubernden Lispeln sangen.

Die Kapelle schlug den ersten Akkord an, verpatzte ihn und fing sich dann wieder. Sie stimmte nicht ›God Save the Queen‹ an, sondern den Eton Boating Song. Zwar war der Botschafter zunächst verdutzt, schwoll aber dann beim Klang des Jagdhorns vor Stolz wie ein altes Kriegsroß an. Er sang erst mit, entdeckte aber dann sogar in seinem nicht ganz zurechnungsfähigen Zustand, daß der Wortlaut ihm nicht vertraut war. Was er von den zwanzig seraphischen dünnen Stimmchen hingehaucht, aber in der richtigen Tonlage gesungen hörte, war folgendes:

> »Ich bin der Cyril
> Vom Leicester Square,
> Mit rosa Pyjama,
> Das Haar rosenschwer.
> Oh, wir sind alle schwul,
> Doch es kümmert keinen mehr.
> Oh, wir sind alle schwul.
> Entschuldigt, wenn wir kurz verschwinden.«

Ein verzücktes Lächeln breitete sich auf Don Emmanuels Gesicht aus, als er mitbekam, daß sich in den Gesichtszügen des Botschafters erst Begriffsstutzigkeit und dann Empörung abzeichnete. Dieser war aber noch immer betrunken genug, um zu glauben, er könne alles wieder ins Lot bringen, wenn er die richtigen Zeilen sang, und so schwenkte er die Arme und sang: »Wir rudern alle gemeinsam ...«, so daß die Kapelle, von dieser Kundgabe des Patriotismus beeindruckt, die Melodie aufnahm, während die Kinder den Refrain von Don Emmanuels abgeänderter Version übernahmen und den Botschafter völlig überstimmten.

»Das ist nicht die Melodie, die ich kenne«, bemerkte der General zu seinem Sohn. »Ist sie ausgetauscht worden?«

Bevor Dionisio antworten konnte, stellte sich Don Emmanuel vor die Gruppe im Hof des Herrscherpalasts und verkündete: »Unser nächstes kleines Liedchen heißt ›The British Grenadiers‹, und wir hoffen, daß ihr alle es so genießt wie das letzte.« Er fing den Blick des Botschafters auf, zwinkerte ihm zu und machte kehrt, als die Kapelle unter dem Taktstock des Mexikaners den Auftakt anstimmte. Don Emmanuel hatte den Wortlaut auch hier wieder ›verbessert‹.

>»Mancher stirbt an faulem Wasser,
Mancher stirbt an kaltem Tee,
Dieser stirbt an der Verstopfung,
Jener an der Diarrhöe.
Doch von allen diesen Leiden
Schafft das größte Weh
Nur das Tropf, tropf, tropf
Vom Syphilitikerknopf
Und der Stich der Gonorrhöe.«

Der Botschafter sprang auf, um zu protestieren, doch alle anderen erhoben sich auch, um in die ihrer Einschätzung nach fällige Ovation einzufallen. Der Botschafter blickte verzweifelt auf die applaudierende Menge und schloß sich halbherzig an. Die Marter war auch erst zu Ende, als er eine köstlich harmonisierte Fassung von ›The Ball of Kirrimuir‹ in zwanzig Stanzen und darauf das geschickt in einen unendlichen Reigen verwandelte ›Dinah, Dinah, Show Us Your Leg‹ über sich hatte ergehen lassen müssen. Als alles vorbei war und es an der Zeit war, daß der Polizist seine übliche Rede hielt, befand sich der Botschafter in tiefster Verzweiflung und saß wie ein Häufchen Elend auf seinem Stuhl, wobei er sich fragte,

wie sie es geschafft hatten, den Platz in so wundervollen Farben er-
strahlen zu lassen, ohne irgendeine Lampe zu verwenden.

Der schielende ehemalige Polizist wollte sich gerade die Beule an
seiner Nase in dem Bemühen kratzen, seinen Redefluß anzuzapfen, als draußen von der Straße her der Ruf ertönte: »Hat irgendwer die Bestie gesehen? Hat irgendwer die Bestie gesehen?« Und
schon ritt der abgerissene Fremde auf seinem abgemagerten Pferd
herein. »Ah«, sagte Dionisio zu seinem Vater, »das ist der dreihundertjährige Mann«, was er augenblicklich bereute, als sein Vater
ihm einen Blick voller Empörung, in die sich Resignation mischte,
zuschoß.

Doch Don Emmanuel, das letzte Opfer des Fremden, nahm seine
Chance wahr und sprang hinzu. »Da«, sagte er und deutete auf den
Botschafter, der mittlerweile so deprimiert war, daß sein Kopf auf
die Brust gesunken war. Er wachte nur sehr kurz auf, als der Knüt-
tel des alten Mannes auf seinen Schädel krachte, um darauf in
wirre Bewußtlosigkeit zu verfallen, in der Seine Majestät die Königin kokett Pirouetten drehte, während sie obszöne Fassungen von
›The Boy Stood On The Burning Deck‹ deklamierte.

Der durch das Eingreifen des alten Mannes entstandene Tumult
vereitelte effektiv die Rede des Polizisten, dessen Wortschwall bei
dem Durcheinander quiekender Schweine und um sich schlagender Gliedmaßen nicht mehr zu hören war. Als die gutmütigen Versuche der Menge, den Angreifer zu bändigen, erlahmten, entdeckten die Menschen, daß der Polizist sich die Schlägerei von einem
sicheren Ausguck auf der Mauer angesehen hatte. Mama Julias
Kleid war zerrissen, die eindrucksvoll die Brust des Generals zie-
renden Orden hingen schief, und Don Emmanuel war nirgends zu
sehen.

Gerade als der Tag vom Sommer in den Herbst überging, verliehen
die Bürger dem General den »Überaus Erhabenen Orden des Apparats« für seinen Dienst an der Demokratie, und dem Botschafter
verliehen sie ihn für sein Kommen und für das Ertragen so vieler
sich daraus ergebender Drangsale. Die arg in Mitleidenschaft gezo-
gene Gesellschaft ging wieder zum Hubschrauber, der Botschafter
mußte allerdings in einer Hängematte getragen werden.

Als sie am Hubschrauber standen, gab Mama Julia Dionisio zwei
feuchte Küsse auf die Wangen, und der General umarmte seinen

Sohn und sagte: »Dio, das ist der anstrengendste und bizarrste Tag meines Lebens gewesen.«

»Na ja, Papa, es ist ganz gut, mal zu erfahren, wie die andere Hälfte lebt.«

»Gott sei Dank gehöre ich nicht dazu.«

»Wo sonst gibt es jeden Tag Schweinefleisch zu essen?«

»In Saudi-Arabien?«

Die beiden Männer lachten, und Mama Julia sagte: »Ich glaube, ich bekomme Kopfschmerzen; kann ich noch einen Beutel mit diesem Spinat haben?«

Der General stieg in die Maschine und entdeckte, daß der Pilot mit einem Pornomagazin im Schoß fest schlief. Er entfernte es behutsam und winkte Hectoro her. Dieser spornte sein Pferd an, und der General übergab ihm das Hochglanzmagazin mit den Worten: »Ich schätze, das wird Ihnen gefallen.«

Hectoro hielt es verkehrt herum, blätterte die Galerie offenherziger Schönen durch, betrachtete einige ernsthaft und gab dann das Magazin zurück. »Verzeihen Sie mir«, sagte er, »aber für mich haben sie zuwenig Haare, und die meisten sind weiß. Ich bin auch gerade dabei, ein anderes Buch zu lesen.«

»Ich möchte es haben«, meldete sich Misael, und der General warf es ihm hinunter. Er verstaute es in seiner *mochila*, wobei er so breit grinste, daß alle seine Goldzähne das Aufblitzen des Sonnenuntergangs einfingen, und der General sagte: »Laß dich nicht von deiner Frau damit erwischen, *cabrón*.«

Am Morgen wachte der britische Botschafter in der Residenz von Montes Sosa in Valledupar unter den Klängen der gesammelten Musikcorps der Wachbrigaden auf, die in seinem Kopf spielten. Vor allem die Baßtrommel tat sich hervor. Er zog seinen Morgenmantel mit der Innenseite nach außen an und verwechselte die Pantoffeln. Als er nach unten ging, traf er den General im Wohnzimmer an, wo er die Bediensteten bei ihren Bemühungen beaufsichtigte, die Familienkollektion von Kolonialwaffen aufzupolieren. »Ich kann mich an gar nichts von gestern erinnern«, sagte er. »Habe ich mich gut amüsiert?«

»I do not speak English«, erwiderte der General mit dem einzigen englischen Satz, den er beherrschte.

»Muß mir wohl gefallen haben«, sagte der Botschafter und ging nach oben, um sich anzuziehen. Er war über den Zustand seines Anzugs entsetzt; der hatte Dreckspuren an den Knien, und die Hose roch eindeutig nach einem kindlichen Mißgeschick. In der Tasche fand er einen Basaltphallus an einem Lederriemen, wunderschön mit Jaguarreliefs ausgearbeitet. Und er fand eine auf ein Stück schmutziges Papier gekritzelte Notiz.

Er nahm beides mit nach unten und klaubte genügend Kastilisch zusammen, um den General zu fragen, was das sei. »Das«, sagte der General mit dem Phallus in der Hand, »ist das Ehrenzeichen des Überaus Erhabenen Ordens des Apparats, und die Notiz besagt, daß alle sehr von Ihren Stiefeln beeindruckt waren.«

In Cochadebajo de los Gatos stammt das Ansehen, das die Briten wegen ihres Edelmuts genießen, daher, daß der Botschafter aus Furcht, er müsse an dem ihm entfallenen Tag etwas Beschämendes getan haben, aus London eine Sendung Gummistiefel unterschiedlicher Größen bestellte, die ihm im Diplomatengepäck zugeschickt werden sollten. Die sandte er nach Cochadebajo de los Gatos, wo sie immer noch zu außergewöhnlichen und besonderen Anlässen nach einem vom informellen Führungsrat festgelegten strikten Turnus getragen werden.

46

Wie Aurelio er selbst wurde

Das bin ich, Aurelio, der hier spricht, und General Fuerte setzt die Zeichen. Er sagt mir schon: »Aurelio, sprich langsamer«, denn sein Stift trippelt wie eine Maus. Ich sage: »Von was sprechen?«, und er erwidert: »Aurelio, sprich von dir, ich sammle Informationen.« Er vergleicht mich mit einem selten zu sehenden Schmetterling, und das freut mich, aber ich lasse es mir nicht anmerken, weil es schlecht ist, wenn jemand lächelt, der gelobt wird, denn das wäre dasselbe, wie sich selbst zu loben, was ein armseliges Lob ist.

Ich bin nicht ich selbst, oder, um es anders zu sagen, ich bin viele auf einmal in mir, wegen meines Lebens, und aus diesem Grund rede ich mit General Fuerte, der ein Weißer ist. Bevor ich die dritte Person wurde, die zu mir gehört, sprach ich nicht mit Weißen, denn wenn ich sie anschaute, sah ich, daß sie nicht existierten. Sie hatten kein Gesicht, sie waren wie Alpakas, sie waren wie Katzen, die einem aus dem Weg gehen und wegschauen. Wenn ein Weißer mich anblickte, sah er einen Aymara, er sah mein Volk, aber nicht mich selbst, und auch ich sah bloß einen Weißen, wenn ich ihn anblickte. Aber jetzt bin ich drei Völker und sehe gut. Ich bin eine Person für jede Rasse, bei der ich gelebt habe, und diese drei sind die eine, die ich selbst bin, und so ist sie vielleicht sogar eine vierte, *quien sabe?*

Es stimmt, daß ich ein Aymara war, das ist an meiner Kleidung zu sehen, welche die Nachbildung einer Erinnerung ist, weil die ursprünglichen Kleider schon abgetragen sind. Ich habe diesen weiten weißen Hut, dessen Form mich an Carmens Brust erinnert, und das ist ein anderer Grund, ihn zu tragen. Ich habe diese Weste mit vielen kräftigen Farben und viel Goldfaden, und meine Jacke hat noch mehr kräftige Farben, in die die Umrisse eines Lamas in

Schwarz eingewebt sind, das seit Hunderten von Jahren nicht mehr gesehen worden ist, weil sie alle gestorben sind.

Aber ich werde euch sagen, daß die Aymaras kein gutes Volk sind, sie sind nicht so sanft wie die Quechua, deren Sprache sogar so weich ist, daß sie wie beruhigendes Flüstern wirkt. Die Quechua sind gastfreundlicher als wir, weil es einmal ein Feuer gab, und die einzigen Überlebenden waren die Gastfreundlichen. Aymaras kämpfen bei Fiestas gern, und ich habe meinen Bruder in einem Tinku-Kampf verloren. Ich bin über sein Grab gesprungen, damit ich alt werde. Sein Kopf ist in einem fairen Zweikampf mit einem Felsbrocken zerschmettert worden. Sie sind auch immer vom Lampenfusel betrunken und werden dumm, weil sie immer nur Kartoffeln essen, und sie stinken, weil dort oben kein Wasser vorhanden ist, das zum Waschen verschwendet werden kann, weil in dieser Gegend Pachamamas Körper stirbt, und deshalb hast du mich schon dabei gesehen, wie ich das erste von dem, was ich trinke, auf den Boden schütte, weil sie am Verdursten ist. Und das ist Intis Schuld, Inti, der Sonnenball, und die Frauen waschen ihre Haare wegen des Wassermangels mit ihrem eigenen Urin.

Aber so ist es nicht immer gewesen. Zuerst, als Viracocha uns erschuf, gab es nur den Mond, und auf dem *altiplano* waren große Seen, wo es jetzt nur noch Salz und Staub gibt. In den Tagen des Mondes waren wir ein großes, zahlreiches Volk, unser Reich war größer als das der Inkas. Und es gab noch ein Volk dort, schlimmer als wir, das aus dem Schleim geboren war und vom Fischen lebte und Pachamama nichts zurückgab. Wir gaben ihnen viele Namen, nannten sie ›Wasserpflanzenkauer‹, wir nannten sie ›die mit den Riesenlebern‹, denn sie waren ein häßliches Volk, dumm, dreckig und faul, doch nun sind wir gefallen und wie sie geworden.

»Wie seid ihr gefallen?« fragt General Fuerte, der mit dem Stift wie ein Huhn im Straßenstaub scharrt, und ich sage: »Willst du die Geschichte oder was ich selbst glaube?« Und er sagt: »Beides natürlich.« Vielleicht sind die Geschichte und was ich glaube die beiden Seiten der Wahrheit. Die Geschichte lautet, daß plötzlich eines Tages die Sonne hochstieg und die Seen austrocknete, und alle Länder von Tiahuanaco um den ›Stein in der Mitte‹, deren wirklichen Namen niemand weiß, wurden zu Salz. Und es gab zwölf Stämme von uns, die sich gegenseitig bekämpften, und dann kamen die

Inkas und schlugen uns, weil wir uneins waren, und machten uns zu Quechua, die meisten von uns. Aber ich glaube, wir sind wegen Tunupa gefallen.

»Wer ist Tunupa?« fragt der General, und ich sage: »Ich wollte es dir gerade erzählen«, worauf er sich entschuldigt. Tunupa ist derjenige, den Misael Shango nennt, bloß daß unser Donner freundlicher als seiner ist. Tunupa lebt vor allem in Vulkanen. Tunupa hatte fünf Männer um sich, und sie sahen sich alle gleich. Sie trugen weiße, bodenlange Roben und Bärte wie ein Vogelnest, ihre Augen waren blau, und ihre Haut war blaß. »Waren es Weiße?« will General Fuerte wissen, doch ich sage: »Wahrscheinlich nicht, weil die Weißen Haß verbreiten, Tunupa aber verbreitet Liebe.« Tunupa hat uns gesagt, wir sollten uns nicht die ganze Zeit betrinken, und er sagte uns, wir sollten nur eine Frau nehmen. ›Tut Gutes, nicht Böses‹, und er sagte uns auch, daß wir einander lieben und nicht einander bekriegen sollten, und denjenigen, die an ihn glaubten, träufelte er Wasser auf die Köpfe. Doch er verärgerte den König, indem er dessen Tochter bekehrte, und der König, dessen Namen ich jetzt nicht weiß, der mir aber zu einer Zeit wieder einfallen wird, da ich ihn nicht brauche, der hat alle Anhänger Tunupas umgebracht und Tunupa verjagt. Niemand weiß, wohin Tunupa ging. Vielleicht ist er aufs Meer hinausgelaufen und wurde zu dessen Schaum, vielleicht ist er mit seinem Kanu aufgebrochen und von Titicaca zum Meer getrieben, vielleicht ist er Viracocha geworden, *quien sabe?* Ich glaube, wir sind gefallen, weil wir einander nie liebten und betrunken und streitlustig blieben. Ich sehe, du schaust überrascht, und ich weiß, du denkst, dieser Tunupa war der Gott Jesus der Spanier, und die Spanier meinten das auch und behandelten uns mies, weil sie sagten, wir hätten einige Heilige umgebracht, das ist es also.

General Fuerte sagt: »Erzähl mir noch mehr Geschichten von deinem Volk«, und so sage ich: »Kennst du die von dem Affen und dem Kaninchen?«, worauf er den Kopf schüttelt und schreibt. Es war einmal ein Affe, und der sagte zum Kaninchen: »Hast du auch festgestellt, daß, wenn du scheißt, es an deinem Fell hängenbleibt?« Darauf sagte das Kaninchen: »Leider ja«, und so sagt der Affe: »Oh, gut«, nimmt das Kaninchen und wischt sich den Hintern damit.

General Fuerte meint: »Ist das eine Geschichte deines Volkes?«
und ich sage: »Das ist sie jetzt, weil ich sie gerade erfunden habe.«
Darauf prustet er los: »Ha ha, jetzt erzähl mir mehr von dir.«
Ich gehörte zum Volk Aymara, das auf der anderen Seite der Kordilleren vom *altiplano* lebte, was heißen soll, daß mein Volk in Fülle
lebte, als Pachamama noch nicht im Sterben lag. Doch dann kamen
die Weißen und sprühten uns vom Himmel her mit Gift ein. Sie
schossen auf uns und legten Bomben auf unsere Wege, die Donner
und Blitz wurden, wenn jemand darauf trat, und alles nur, weil sie
unser Land wollten. Und deshalb sind wir unserer Wege gegangen,
und ich habe meinen Weg hinunter in den Dschungel gefunden.
Doch bevor ich dorthin kam, hat mich zweimal der Blitz getroffen,
und so wurde ich ein *yatiri*, also ein *brujo*, bloß daß ich im Gebirge
niemanden hatte, von dem ich lernen konnte. Doch ich bin durch
Blitzschlag befugt, mich in Weiß zu kleiden und aus ungeborenen
Lamas weiszusagen und Messer in den Boden zu stecken, wenn
ein Kind geboren wird, und die Nachgeburt zu begraben, um sie
Pachamama zum Dank für das Kind zurückzugeben.
Doch im Dschungel lernte ich, die zweite Person zu sein, die ich
wurde und die ein Navante ist. Das war ein gutes Volk, und so
konnte ich vergleichen und zu dem Schluß kommen, daß die Aymaras nicht gut sind. Die Navantes ringen jeden Abend, aber in
freundschaftlicher Weise, und niemand wird getötet. Das ist sehr
gut. Ich hatte zwei Frauen, eine nach der anderen, doch die erste
wurde von Minenarbeitern gestohlen, und ich habe sie nie wiedergesehen, und die zweite starb, weil ein Weißer mit einer Bibel kam
und nieste. Dieses Niesen brachte alle meine Kinder und das halbe
Volk um, sie starben alle am Niesfieber, und deshalb brachten wir
den Weißen dem Volk zuliebe um, weil manchmal Böses getan
werden muß, um Gutes zu bewirken. Aber wir haben ihn mit einem Kreuz und mit seiner Bibel begraben, aus Achtung, um nicht
rachsüchtig zu erscheinen.
Und im Dschungel lernte ich, die Würde eines *paje* zu bekleiden,
was auf aymara ein *yatiri* ist, was ein *brujo* ist. Und willst du wissen, wie Magie zu lernen ist? Der General nickt und sagt: »Okay,
Aurelio, aber keine blöden Geschichten von Kaninchen mehr«,
und ich sage: »Nein, denn Magie ist eine ernste Angelegenheit.«
Das kam, weil ich das Leben des Unterhäuptlings rettete, der Dia-

nari hieß, und deshalb wurde mein eigenes Leben vom *paje* des Stamms gerettet, als ich beinahe daran starb, daß mir der Dschungel so zusetzte. Ich werde dir erzählen, was der *paje* mich gelehrt hat. Alles hat ein Lied, hast du das gewußt? Alle Dinge werden mit Liedern kuriert, aber nur mit dem ganz richtigen Lied, denn jedes Lied ist ein Weg. Jedes Tier hat ein Lied, und um das Lied zu lernen, mußt du das Tier werden, was alles ganz offensichtlich ist. Um also die Lieder zu lernen, nimmst du *ayahuasca*, das sehr bitter ist, oder du nimmst *shori*, das eine Ranke ist. Und um die Ameisenlieder zu lernen, läßt du dich von Ameisen beißen, mit Hals und Zunge an einem Baum, dabei ist die Feuerameise die schlimmste, und du ißt vier Tage lang keine andere Nahrung als Brüllaffen und Singvögel. Und du rufst die Geister mit einer Trompete, die aus einem Gürteltierschwanz besteht, und wenn es ein böser Geist ist, merkst du das, weil der schlimmer als eine Leiche stinkt. Und der *paje*, der hat mich bekleidet mit Sittichfedern und aus Schneckenhäusern gefertigten Halsketten und mir Rauch in den Mund geblasen, und ich lernte, daß es zu jedem Lied einen Pfad und einen Geist gibt, der ein Tier ist, und ich war völlig nackt. Die Geister heilen Krankheiten, hast du das gewußt? Ich singe in die Medizin, und dann dringt der Geist da ein, und manchmal ist es ein Wassergeist-Kind mit einem Babykörper und einem Fischschwanz, aber du kannst auch die Maultrommel spielen, boing, boing, boing, die ruft nämlich so wie die Gürteltiertrompete Geister herbei, und dann gibt es noch die Lieder der Bambusflöte. Ich habe gelernt, viele Tiere zu werden. Ich bin einmal ein Silberreiher geworden, damit ich den weißen Mann verstehen lernen konnte, und bin über seine Behausungen geflogen, die wie Himmelsberge sind, und sagte mir, ich möchte nicht gern wie eine Termite leben. Doch mein bestes Tier ist der Adler, das ist mein Tier. Ich bin bis ans Ende des Himmels geflogen. Hast du gewußt, daß es am Ende des Himmels nach Schweinen klingt? Ich weiß noch, wie sich meine Ohren klärten und ich singen konnte, da war ich ein *paje*, und das Lied hieß: ›Der Harpyenadler kommt.‹ Dann war ich ein Adler und lernte vieles Nützliche von den anderen Vögeln. Hast du gewußt, daß der Königsgeier Regenbogen mag? Und der *paje* hat gesagt: »Jetzt, da du ein Zauberer bist, werden die Leute dir aus dem Weg gehen, weil sie dir wegen deiner Zauberei alles Unglück anlasten werden.«

Das bewahrheitete sich schließlich auch, weil ich den Tod durch Niesen nicht heilen konnte, und deshalb bin ich weg, um allein zu leben und Hunde zu züchten. Ich habe Carmen geheiratet, die eine Schwarze ist, nur daß ihr Haar rot war, bevor es weiß wurde, und da wurde ich die dritte Person, die ich jetzt bin, jemand, der mit jedem Volk ohne Schwierigkeiten oder Verständnisprobleme auskommen kann, mit mehreren Völkern auf einmal. Und jetzt weiß ich, wie viele Arten von Magie es gibt. Ich habe gelernt, daß es Priester gibt, die Wein in Blut und Brot in Fleisch verwandeln können, in der Substanz, nicht im Erscheinungsbild, was ein großes Mysterium ist. Ich weiß, daß Pedro die Magie der Tiere kennt, und dann gibt es noch Dionisio, der ein *brujo* ganz für sich allein ist, weil wir ihn so gemacht haben, als wir einen Candomblé abhielten, bei dem alle Heiligen ihm durch Tanzen und Singen Macht verliehen.

Jetzt lebe ich also unten im Dschungel mit Carmen und mit meiner Tochter Parlanchina, die schon tot ist, aber ein Kind hat, so daß ich Großvater eines Geistes bin. Sie bewacht die Dschungelpfade, behütet sie und ist immer mit einem Ozelot unterwegs, den sie liebt und bei sich schlafen läßt, und sie ist mit Federico verheiratet, Sergios Sohn, aber Federico ist auch schon tot, und er bewacht gern die Gebirgspfade. Ich sage zu Parlanchina: »Paß auf, Gwubba, eine Ehe kann nicht halten, wenn einer von euch immer im Gebirge ist und die andere im Dschungel«, doch sie meint: »Aber Papacito, du lebst in beiden Gegenden gleichzeitig. Was willst denn du sagen?« Da muß ich lachen, weil es stimmt. Ich liebe Parlanchina von ganzem Herzen, und wenn ich sie sehe, möchte ich weinen, weil sie so schön ist. Sie ist auch wie du, bringt mich die ganze Zeit zum Geschichtenerzählen, schreibt sie aber nicht auf, sondern erinnert sie, und selbst dann verleitet sie mich dazu, sie immer wieder zu erzählen. Gestern habe ich ihr eine Geschichte erzählt, willst du sie hören? Gut. Hier ist die Geschichte.

Einmal ging ein Mann fischen und fing einen riesigen Adler und dachte sich: *Den werde ich blau und rot anmalen*, was er auch tat. Er brachte ihn auf die Spitze eines Vulkans, um ihn als Opfer hineinzuwerfen, doch der Adler hatte etwas dagegen und warf statt dessen den Mann hinein. Und schon ist die Geschichte aus.

General Fuerte fragt mich: »Ist das eine alte Geschichte deines Vol-

kes‹«, doch ich sage: »Nein, es war ein Traum, den ich hatte.«
Eines Tages wird es aber vielleicht ein alte Geschichte sein. Jede
Geschichte muß irgendwo anfangen. Jetzt hast du sicher genug
vom Schreiben‹ Und der General schüttelt die Hand, weil sie ver-
krampft ist, und sagt: »Dem Stift geht sowieso die Tinte aus«, und
ich sage: »Deshalb ist das Gedächtnis überlegen. Das braucht keinen Stift, dem dann die Tinte ausgeht.«

47

Der heilige Thomas erinnert sich

Gern habe ich Augustinus zu Fragen der Häresie zitiert, doch jetzt, wenn ich sein Werk durchlese, sehe ich mich ganz stark zu der Überlegung gezwungen, wie es wohl kommt, daß wir direkt mit Gott Verbundenen und in Vernunft und Recht Verliebten mit solcher Klarheit Thesen deduzieren können, die zu so bedauerlichen Folgen führen können. Wie leicht war es, den Verlauf sokratischer Dialoge in Einwände, Antworten und Erwiderungen auf Einwendungen zu fassen, wie leicht flossen meine Gedanken mit meiner Feder und koordinierten und kollationierten mit erbaulicher Klarsicht die Wissenschaften des Aristoteles, die Botschaft der Evangelien, die Kommentare der heiligen Ambrosius und Gregorius und selbst die erleuchtenden Schriften der gebildeten Ungläubigen. Wie oft legte ich mich spät ins Bett, während tausend Zitate, Gebote und Präzedenzen in meinem Kopf herumwirbelten, und wie oft wachte ich frühmorgens auf, und alles hatte sich vollständig geordnet, so daß ich frohen Herzens aufstand und meine Sekretäre zu Werke gehen ließ, die eilends hinschrieben, was mir im Schlummer diktiert worden war! So sehr freute mich mein Werk, daß mir jede Vorsicht abhanden kam und mein Geist keinen Augenblick selbst auf den Versuchungen des Fleisches verweilte.

Und nun bin ich überschwemmt von der überwältigenden Gegenwart wahrer Fleischlichkeit in all seiner Pein und Kühnheit, und täglich höre ich meine eigenen gebildeten Worte von den Lippen anderer, die sie beim Verüben von Teufelswerk benützen, als zählten alle meine Einsprüche und Vorbehalte nichts, als würden meine theoretischen Stellungnahmen, mit solchem Aufwand an Vernunft errungen, wörtlicher als die Evangelien genommen und in Brutalität übersetzt. Wieviel besser wäre es gewesen, wenn mein Leben unbemerkt und ohne Aufzeichnungen in der klammen Stille der Kreuzgänge vergangen wäre! Wieviel besser wäre es gewesen, wenn mein ganzes Werk ungelesen im schimmligen Labyrinth der Universität Paris vermodert wäre! Ich habe eine Begebenheit von Mohammed gehört, daß er einmal, als er zum Gebet gerufen wurde, auf seiner Robe eine schlafende Katze fand, woraufhin er lieber das Ende seiner Robe abtrennte, als die Katze zu stören. Und dennoch ist er der Mann, in dessen Namen unzählige Scheußlichkeiten verübt wurden, und er wandelt jetzt unglücklich wie ich auf den Pfaden des Paradieses.

Was ich alles gesehen habe! Am Ufer eines Sees trafen sich Aymaras jedes Jahr in aller Stille, um darauf zu warten, daß die Weißen weggingen. Sie wurden mit der Begründung dahingemetzelt, daß es häretisch sei, an den Abzug der Weißen zu glauben, wenn ihr Eintreffen von Gott gewollt war, denn sonst hätte es nicht stattgefunden!

Da war eine junge Frau, die beschuldigt wurde, ein Kind abgetrieben zu haben. Ihr wurde gesagt, Abtreibung wäre Mord, und Mord wäre eine Todsünde, und deshalb verdiente sie den Tod und würde auch sterben müssen. Sie bekannte sich zu keiner Schuld und verlangte Beweise, woraufhin ihr gesagt wurde: »Wenn du schuldig bist, dann verdienst du den Tod, und wenn du nicht schuldig bist, dann wirst du um so früher in den Himmel kommen, also wird es gut für dich sein, früher zu sterben als sonst.« Die Leibwache vergewaltigte sie, so daß sie bei ihrer Ermordung wahrhaftig schwanger war und das Kind in ihr starb, und deshalb wurde eine Abtreibung von genau den Menschen durchgeführt, die sie für diese Sünde verurteilt hatten.

Und ich habe einen Mann gesehen, der zum Beweis seiner Unschuld anbot, sich von einer hohen Stelle zu stürzen, und ich sah mit eigenen Augen, wie er von einem Glockenturm herabschwebte, dann aber unten mit der Begründung getötet wurde, solche Wunder könnten nur mit Satans Hilfe durchgeführt werden.

Ich sah, wie die eingeschüchterten Reichen sich Verzeihung mit großen Summen erkauften, und ich sah Wahnsinnige, die sich lieber auf den Scheiterhaufen warfen, als ihre Verirrungen aufzugeben. Ich sah, wie anständige Intellektuelle davon unterrichtet wurden, daß Zweifeln eine Sünde ist, worauf sie allesamt ins Jenseits befördert wurden. Da sehnte ich mich nach dem Humanismus der Altvorderen, die erklärten, daß in der Philosophie alles zweifelhaft und in Frage zu stellen sei. Und ich erinnere mich daran, irgendwo geschrieben zu haben, daß Juden geschont werden sollten, weil ihr Glaube den unseren bezeugt, aber ich habe den Gestank glühender Brandeisen gerochen, welche die Körper von Unschuldigen versengten, und ich habe gehört, wie verordnet wurde, daß Schriftsteller, Ärzte, Gelehrte und umherziehende Künstler alle von Natur und Neigung aus Häretiker sind, und die Ärzte werden umgebracht, und den Häretikern wird gesagt, daß ihnen medizinische Behandlung verwehrt wird.

An einem Ort flüchteten sich die Leute ins Allerheiligste, doch die Kirche wurde über ihren Köpfen angezündet, so daß selbst die Rechtgläubigen umkamen, und der Monsignore, der mein Werk so gut kennt, schnalzte mit den Lippen und sagte: »Wo die Segnungen zu nichts führen, herrscht der Stock.« Und danach unterhielt er seine Männer mit Geschichten von den Wundern des heiligen Dominikus, einem Mann, der im Paradies nie gesehen worden ist.

Ich erinnere mich, daß es anderswo eine Stadt gab, wo alle dem Glauben eines Ricardo von Rinconondo anhingen, und an diesem Ort wandte sich Pater Valentino mit großer Angst in der Stimme an den Monsignore: »Was machen wir, wenn sie alle konvertieren?« Darauf erhielt er zur Antwort: »Keine Sorge, von denen werden kaum welche konvertieren.« Sie hinterließen eine völlige Verwüstung, obwohl ein Unterhändler mit der Zusage auf freies Geleit hinausgeschickt, aber dann heimtückisch abgeschlachtet worden war. Sie wollten die sterblichen Überreste dieses heiligen Ricardo ausgraben und verbrennen, doch die waren von den Gläubigen bereits exhumiert und in eine Ochsenhaut genäht weggebracht worden. Und da war auch ein Jude, und jemand schlug vor, ihn zu schonen, weil er gefoltert worden war, sich hatte konvertieren lassen und viele andere verraten hatte, doch der Monsignore stürmte ins Zimmer, legte dreißig Silberlinge auf den Tisch und schrie dazu: »Für welchen Preis läßt sich Christus noch einmal an die Juden verkaufen?« Und so fabrizierten sie eine Anklage, daß der Jude das Herz eines christlichen Säuglings herausgeschnitten und es dann als Zauber zur Vernichtung der Christen gekreuzigt hatte. Zu diesem Geständnis zwangen sie ihn. Da war auch eine alte Frau, die war irrsinnig und wegen der Auslöschung ihrer Familie vor Kummer verzweifelt, und sie kam jeden Tag her, um sich in der Hoffnung auf den Tod selbst zu denunzieren, doch jeden Tag wurde sie wieder weggeschickt, damit sie sich an ihrer Qual weiden konnten. Dann kam der Tag, an dem sie sich nicht denunzierte, und so wurde sie verhaftet und aufgrund der Aussagen ihrer früheren Geständnisse verurteilt. Sie wurde wie alle anderen in die Flammen geworfen und mußte dabei eine Narrenkappe tragen, auf der die Bezeichnungen all der von ihr gestandenen Verbrechen geschrieben standen.

Es gab einen anderen Ort, der auf einem Hügel erbaut und ummauert war, wo die Bewohner weise die Tore versperrten, um die Eindringlinge auszuschließen. Doch die Leibwache leerte den Friedhof, schlachtete das Vieh ab und stellte improvisierte Steinschleudern her, mit denen sie die Leichen über die Mauern beförderten. Dann gingen sie ihres Weges in der Hoffnung, die Ortsbewohner würden an der Pest sterben. Bei diesem Zwischenfall wurde ein Priester von einem Felsstein getötet, den eine Frau von den Mauern geschmissen hatte, aber ich verspürte keinen Kummer, wofür Gott mir verzeihen möge.

Auf dem ganzen Weg dieses Kreuzzugs wurde die Politik verfolgt, unter jedem möglichen Vorwand alle zu exkommunizieren, die begütert waren, so daß das Vorankommen endlos verzögert wurde durch Ochsenwagen, die unter allem beweglichen Hab und Gut ächzten, und es unmöglich wurde, noch übers Land zu reisen. Die Aussicht auf schnelle Bereicherung ermutigte überall die Lasterhaften und Zügellosen dazu, sich dem Feldzug anzuschließen. Niemand von dieser Gesellschaft hatte das Recht oder die Macht zur Exkommunikation erhalten, und nach meiner Einschätzung war da der blanke Zynismus am Werk. Aber am meisten entsetzte und bedrückte meine Seele die absolute Aufrichtigkeit und Überzeugung der Priester.

Wollte Gott, ich hätte nie geschrieben, aber meine Buße besteht nun in der endlosen Pein, die Toten hinwegzugeleiten.

48

Von Concepcion und Dominic Guzman

Dominic Guzman und Concepcion verließen die Hauptstadt in ihrem neuen Jeep mit einer Pressemeute im Schlepptau. Sie überquerten die Hochebene, wo die Chrysanthemenhäuser in der Sonne blitzten, als wären sie schuldlos am Schicksal der bedauerlichen Frauen, die darin arbeiteten. Sie fuhren an dem verlassenen und verseuchten Gewächshaus vorbei, wo Dionisios größte Liebe Anica und ihr ungeborenes Kind von den Gefolgsleuten des schlimmsten Kokabarons abgeschlachtet worden waren, und weiter in die Bergkette der Cordillera Oriental.

Das Gebirge befreite sie von dem Konvoi. Auf der Jagd nach den besten Bildern setzten die Hinteren an uneinsehbaren Kurven und abschüssigen Hängen zum Überholen an. Ein Jeep flog in den Abgrund, ein anderer fuhr frontal in einen lustig bemalten Bus, der mit hoffnungsvollen Landflüchtigen besetzt war, und ein dritter geriet auf dem Geröll eines Erdrutsches ins Trudeln, so daß alle nachfolgenden Fahrzeuge sich zu einem unentwirrbaren Knäuel aus Stoßstangen und Fotoausrüstungen verkeilten. Bald würde es hier noch mehr kitschige kleine Schreine am Straßenrand geben mit Kerzen, Blumen, einer Marienstatue und Schwarzweißfotos der Verstorbenen.

Hinter Tunja verlor die Welt die Spur des Paars, das von der Hauptstraße abgebogen war und in einem kleinen Pueblo in der Nähe von Arcabuco einen Platz zum Ausruhen gefunden hatte. Das Dorf huldigte noch dem alten Brauch, eine Unterkunft für Reisende zu unterhalten, die zwar keine Wände, aber ein Dach aus Palmengeflecht und gut verankerte Pfosten zum Aufknüpfen einer Hängematte hatte.

Sie saßen auf der Haube ihres Jeeps und aßen ein *bocadillo*, ein

Sandwich mit Rohzucker und Guava, das gut verpackt in ein Bananen- oder Palmblatt verkauft wird, und sahen dem Sonnenuntergang über den Schneegipfeln zu. Die schimmernden Farben leuchteten an den Bergen und den Wolken auf, bis der ganze Himmel erstrahlte, und Guzman wandte sich an Concepcion und sagte: »*Querida*, beim Betrachten des Sonnenuntergangs habe ich das erste Mal religiöse Gefühle verspürt.«

Sie leckte sich den Zucker von den Fingern und wischte sie dann an ihrem gemusterten Kleid ab. »Beim Betrachten des Sonnenuntergangs wird einem aber auch kalt.«

»Ich habe eine gefütterte Jacke für dich«, sagte er und holte aus dem Jeep eine Daunenjacke. Sie betrachtete sie, befühlte den Stoff mit den Fingern und sagte: »Ich würde mich sehr fremd darin fühlen. Ich werde meinen Poncho holen.«

Dominic Guzman fühlte sich plötzlich wie ein Versager. »Wir haben nie richtig wie Mann und Frau zusammengelebt, die alles teilen. Ich fürchte, ich bin da nicht gut.«

Er dachte an all das, was er nie getan hatte. Er war nie auf dem Markt gewesen und hatte für sie eingekauft, wenn sie krank war. Er hatte sie nie um ihre Meinung gefragt, geschweige denn Zugeständnisse oder Kompromisse gemacht. Er hatte nie eine Mahlzeit zubereitet, Holz gemacht oder den Boden gewischt. »Ich kenne mich in gar nichts aus«, sagte er.

»Na ja«, sagte Concepcion, »mit der Zeit lernt sich alles.«

»Ich kenne mich nur in großen Ideen aus«, fuhr Guzman fort, als hätte er sie nicht gehört.

»Große Ideen kann jeder haben«, sagte Concepcion. »Ich habe auch große Ideen, und die meisten habe ich mir selber ausgedacht, aber dann fand ich heraus, daß andere das gleiche gedacht haben, und dann wiederum, daß noch andere Leute große Ideen haben, die genau das Gegenteil besagen. Und wenn ich noch weiter darüber nachdenke, komme ich zu dem Schluß, daß nur kleine Ideen wahr sein können, denn die großen Ideen sind zu groß, um in irgend jemandes Kopf zu passen, also hat es keinen Sinn, sie zu haben. Weißt du, was meine Mutter immer gesagt hat, wenn ich ihr eine Frage stellte wie: ›Warum läßt Gott Babys sterben?‹ Sie meinte: ›*Pregunta a las mariposas.*‹ Geh und frage die Schmetterlinge, weil sie es auch nicht besser als alle anderen wissen.«

Guzman lachte und kratzte sich an der Operationsnarbe mit einer Geste, die zu einer unbewußten Gewohnheit geworden war. »Wie sollte einer dann leben?« fragte er.

»Wir müssen dem Kolibri noch etwas Zuckerwasser geben«, sagte Concepcion, die mit dem Finger dem glitzernden Geschöpf folgte, das um ihren Kopf herumflitzte und behutsam die Krümel des *bocadillo* von ihren Lippen pickte, »und wir müssen ihm einen Namen geben, damit wir ihn rufen können. Ich werde Honigtropfen auf eine Namensliste tun, dann kann der Vogel seinen Namen selbst aussuchen.«

Bis zu diesem Zeitpunkt war das Pueblo anscheinend verlassen gewesen bis auf zwei Hunde, zahlreiche Hühner und eine üppige Sau, die in einer selbstgebuddelten Suhle fest schlief. Aber als die Welt sich gerade in Dunkelheit hüllte und Guzman im Handschuhfach des Jeeps nach einer Taschenlampe suchte, kam eine kleine Prozession von *cholos* ins Dorf. Auf ihren Schultern trugen sie Hippen und Spaten, und in ihrer Begleitung waren müde kleine Mulis, beladen mit erstaunlichen Mengen von Quinoa und Alfalfa.

Die Dörfler schauten sie ungläubig an, als sie vorbeizogen, wobei jeder die Hand hob und sie grüßte: »*Buenas tardes.*« Guzman hob die Hand in der gewohnheitsmäßigen Segensgeste, wandelte sie aber scheu in ein Begrüßungswinken um.

»Das sind harte Leute«, erklang eine Stimme hinter ihnen mit einem eindeutigen Putumayo-Akzent. »Sie trinken zuviel, sie waschen sich nicht, sie arbeiten ohne Unterlaß, sie streiten, sie wählen nicht, und es läßt sich nie sagen, was sie denken.«

Guzman und Concepcion drehten sich um und erblickten einen großen schwarzen Mann mit einer Schrotflinte, in zerrissene Priestergewänder gekleidet. Das Obermaterial seiner klerikalen Schuhe brach auseinander, und auf dem Kopf trug er einen Strohsombrero, der an der Krempe schon eingerissen war. »Don Balsal«, sagte er. »Ich bin der Priester, und das ist meine kleine Herde. Darf ich Ihnen etwas zu essen anbieten? Einen kleinen Kaffee? Ein Bett für die Nacht? Ich habe eine nette kleine Hütte.«

»Wir wären sehr dankbar«, sagte Guzman. »Wir hatten uns schon mit einer Nacht an der frischen Luft abgefunden.«

Der Priester zog ironisch die Schultern ein und sagte: »Ich kann Ihnen versichern, daß es in meiner Hütte genau so kalt sein wird, aber zumindest werden Sie nicht von Olga gestört werden.« Auf die verwunderte Miene des Paars eingehend, deutete der Priester auf die Sau. »Olga«, sagte er, »lebt von den Exkrementen der Dorfbewohner, da es sonst kaum etwas für sie zu futtern gibt. Sie scheint es zu mögen, aber ich für meinen Teil würde deshalb ihre Gesellschaft hier draußen nicht genießen. Wenn sie je zum Verzehr geschlachtet werden wird, werden wir alle an Parasiten sterben, wenn wir nicht vorher an etwas anderem draufgegangen sind. Ich habe seit fünf Jahren keine Bezahlung mehr erhalten.«

Guzman errötete schuldbewußt, hielt aber den Mund. Er folgte zusammen mit Concepcion Don Balsal in seine Palmhütte und fand sich in einem dunklen Verlies eingeschlossen, in dem nur die Bewegungen des Priesters zu hören waren. Ein Streichholz flammte auf, und eine Wachskerze wurde angezündet, die das Zimmer rasch mit den ungesunden Dünsten brennenden Fetts erfüllte. Der Priester hob brüsk ein Huhn vom Nest auf einem Regal und brachte triumphierend ein Ei zum Vorschein. »Abendessen«, verkündete er.

Guzman ging zum Jeep und kehrte mit einem Karton voll Essen, einem Campingkocher und einer Flasche Wein zurück. »Das können Sie alles behalten«, sagte er zu dem Schatten, von dem er annehmen mußte, es sei Don Balsal. »Ich werde morgen wieder was kaufen.«

Don Balsal hob die Wachskerze über den Karton und pfiff. »Gold, Weihrauch und Myrrhe«, sagte er. »Ich denke, ich werde den Wein für die Kommunion aufbewahren, da ich immer Skrupel hatte, dafür *pisco* und *aguardiente* verwenden zu müssen.«

Im düsteren Licht der Unschlittkerze und des Kochers zeigte Concepcion Don Balsal, wie er mit Maismehl, Eiern und Öl *arepas* machen konnte. Dieser war von der schlichten Freude darüber außer sich und rief: »Señora, gebenedeit seien Sie unter den Frauen! Das ist eine Fertigkeit, die ich allen weitergeben werde.«

»Warum tragen Sie eine Schrotflinte?« fragte Guzman plötzlich. »Ich hätte das von einem Priester nicht erwartet.«

Don Balsal ließ ab von den *arepas* und erwiderte: »Weil es unverantwortlich wäre, keine Flinte zu haben. Die Kokaleute schicken Jeeps her, um die kleinen Töchter der Bauern zu entführen, und vor kurzer Zeit kam eine Gruppe religiöser Fanatiker nach La Loma und löschte das ganze Dorf aus. Was soll ich machen? In Orten wie diesem ist unsereiner nicht bloß Priester, wissen Sie, sondern auch Lehrer, Doktor, die Armee, die Polizei, der Tierarzt. Früher gab es in jedem Dorf hier in der Gegend einen Priester, aber jetzt bin ich der letzte und muß ständig von einem Ort zum andern gehen. Ich muß sogar wie alle anderen Kokablätter kauen, bloß um mich auf den Beinen zu halten. Ich habe mehrmals an den Kardinal geschrieben.«

Concepcion legte ihre Hand über die von Guzman, wie um ihn durch diese Geste mit der Geschichte seines Versagens zu versöhnen, und er sagte: »Ich habe gehört, der Kardinal ist zurückgetreten und hat sich seines Amtes für unwürdig erklärt. Vielleicht werden die Verhältnisse jetzt ein bißchen besser.«

»Das bezweifle ich«, sagte Don Balsal. »Das einzige, was diesen Ort in Ermangelung einer guten Regierung besser machen würde, wäre ein reicher Wohltäter, der hier eine Grundversorgung aufbauen und ein bißchen Beschäftigung bieten würde.«

»Sie könnten einen schrecklichen Caudillo bekommen, der Sie alle knechtet«, bemerkte Guzman. »Soviel ich weiß, sind philanthropische Gutsherren sehr dünn gesät.«

»Es gibt keine Kultur ohne gutes Kochen«, sagte Concepcion. »Eßt diese *arepas*, bevor sie kalt werden.«

»Für den Fortschritt brauchen wir Kraft, und dafür müssen wir gutes Essen haben«, rief Don Balsal und steckte sich eine ganze *arepa* in den Mund. Er schloß ekstatisch die Augen, wie ein Franzose, der einen neuen und wundervollen Wein entdeckt hat, und ließ sich den warmen Eidotter im Munde zergehen. Er kaute, um den Maisgeschmack herauszukitzeln, und meinte, dieser würde wie Rauch in seinem Kopf umherziehen. »Ich werde davon noch ganz betrunken«, verkündete er glücklich.

Concepcion und Guzman schliefen in jener Nacht wunderbar auf den Strohmatten, wobei sie Kissen aus dem Jeep als Kopfunterlage und die Daunenjacke als Zudecke benützten. Als sie im ersten kühlen Morgenlicht erwachten, merkten sie, daß Don Balsals Hühner, eine flohzerbissene Katze und ein kurzhaariger Hund mit nur einem Auge zu ihnen in die Wärme gekrochen waren. Concepcion atmete tief durch und sagte: »Die Luft ist so sauber, daß sie weh tut.«

»Ich wette, daß der Fluß hier nicht stinkt«, sagte Guzman. »Ich wette, sein Wasser läßt sich trinken. Ich werde rausgehen und mich darin waschen.«

Er stand gerade bibbernd im eisigen Wasser und bespritzte sich zaghaft, als Don Balsal sich vor ihm am Ufer aufbaute und ernst sagte: »Es mag ja ganz gut sein, so zu tun, als wäre dies der Jordan und Sie ließen sich taufen, aber es ist unsozial, sich oberhalb eines Dorfes zu waschen. Sie sollten flußabwärts gehen, wo niemand Wasser entnimmt.«

»Verzeihen Sie meine Ignoranz«, sagte Guzman und kletterte hastig aus dem Flüßchen, so daß seine Füße im Schlamm augenblicklich wieder dreckig wurden. Er trocknete sich ab und blickte dann zu Don Balsal auf, der ihn mit ironischem Blick betrachtete: »Pater, kann ich bei Ihnen beichten? Wo ist die Kirche?«

Balsal machte eine ausholende Bewegung. »Die ganze Welt ist Kirche. Sie können hier beichten.«

Guzman kniete sich vor den Priester in den Schlamm und begann: »Vergib mir, Pater, denn ich habe gesündigt …«

»Bei mir können Sie diesen Teil auslassen«, sagte Don Balsal, »kommen wir direkt zum Wesentlichen.«

»Ich habe es zugelassen, daß meine Mutter in einer Irrenanstalt starb, ich habe den Tod eines Priesters verursacht, indem ich den Sicherheitskräften sein Versteck preisgegeben habe, ich habe den Tod einer Prostituierten und den ihres Mörders verursacht, ich habe viele Schulen geschlossen, ich habe einen Kreuzgang verkauft, der als Supermarkt genutzt werden sollte, ich habe mein Küchenmädchen geschwängert, ich habe es vermieden, die frommen Witwen zu segnen, ich habe Concepcion oft sehr schlecht behandelt, ich habe ein Geschenk von ihr kaputtgemacht, ich habe fahrlässig meinen Sohn verloren und meine Pflichten schlecht erfüllt.«

»Ich wußte gar nicht, daß wir Supermärkte haben«, sagte Don Balsal.

»Pater, ich habe sehr schwer gesündigt.«

»Sag mir, mein Sohn, sind alle diese Selbstanklagen wahr, oder ist das ein Anfall respektlosen Humors?«

»Pater, sie sind wahr. Vergib mir, Pater.«

Don Balsal blickte streng auf ihn herab. »Als Mann sage ich, du gehörst erschossen. Als Priester vergebe ich dir. Geh hin und sündige nicht mehr.«

»Bekomme ich keine Buße?«

Don Balsal kratzte sich die Bartstoppeln und blickte hinüber zur Sonne, die sich gerade über den jungfräulichen Schnee der Sierra erhob. »Mach einfach etwas Sinnvolles mit dem Rest deines Lebens. Wenn du sagst, du hast ein Kind verloren, dann suche dir andere, die gefunden werden müssen. Wenn du Leben genommen hast, dann gib Leben zurück. Wenn du etwas verkauft hast, was du nicht hättest verkaufen sollen, dann kaufe jemand anderem etwas, das du nicht zu kaufen bräuchtest.«

Guzman verdaute diesen Urteilsspruch schweigend. Dann fragte er: »Pater, würden Sie mich mit Concepcion vermählen?«

Doch Concepcion wollte nichts davon hören. »Ich bin doch nicht verrückt«, verkündete sie, als ihr später die Idee unterbreitet wurde. »Wenn wir legal durch einen Bürgermeister und kirchlich durch einen Priester getraut werden würden, würdest du mich bloß als gegeben hinnehmen. Und soweit es mich betrifft, mein Cadenay, so sind wir tatsächlich schon viele Jahre verheiratet, so daß dieser Einfall eine Beleidigung ist. Ich werde einer Heirat mit dir nur zustimmen nach der Art der Leute meiner Mutter, die erst einmal zusammengelebt haben, was nur dem gesunden Menschenverstand entspricht.«

Und so geschah es, daß sie einen Berg bestiegen, und Guzman lauschte, als Concepcion der Wildnis verkündete: »Ich weihe mich der Mondsichel und diesen Mann dem Sonnenrad. Ich werde ihn so ernähren wie mich selbst, ich werde ihn so umsorgen wie mich selbst, ich werde ihm den Nutzen meiner Fruchtbarkeit überlassen.« Sie wandte sich ihm zu und legte ihm die Arme um den Hals. »So, mein Cadenay, wir sind verheiratet.«

»Muß ich nichts sagen?«

»Nein«, antwortete sie. »Auf die Art bin ich mit dir verheiratet, aber du nicht mit mir, wie schon immer. So mag ich es.« Sie nahm seine Hand und drückte sie flach an ihren Bauch. »Du bist ein typischer Mann«, sagte sie resigniert. »Dr. Tapabalazo hat nicht nur deine Gesundheit wiederhergestellt.«

Unglauben huschte über sein Gesicht; er fiel abrupt auf die Knie, drückte sein Ohr gegen sie, um nach dem Herzschlag zu lauschen.

Es gibt noch eine andere Geschichte von Concepcion und Guzman. Die besagt, daß Guzman, nachdem er sogar bis im fernen Cochadebajo de los Gatos nach Cristobal gesucht hatte, die von ihm geerbten Ländereien verkaufte und nachts die Slums und die Kanalisation der Hauptstadt nach den vergessenen Kindern durchstöberte. Er soll einige vor Sucht, Prostitution, Verbrechen und frühem Tod gerettet und viele andere verloren haben, die dem Sog ihrer alten Lebensart, die sie nicht aus ihren Krallen ließ, nicht widerstehen konnten. Er soll mit skeptischen Richtern und korrupten Bürgermeistern gestritten haben, um die Polizisten und Vigilantes zu verhaften, die nachts Kinder erschossen und noch Granaten und vergiftetes Essen in Gullilöcher warfen, so daß sich die Kanalisation mit kleinen Skeletten füllte. Er soll eine Petition an Präsident Garcilaso gerichtet, sich die Unterstützung von Dionisio Vivo und General Hernando Montes Sosa gesichert, Gelder in London, Paris und New York aufgetrieben haben und mußte sich wieder in die Pflege von Dr. Tertuliano Tomás Kaiser Wilhelm Tebas de Tapabalazo begeben, damit dieser zwei Kugeln aus seiner Schulter und eine weitere aus seinem Bauch entfernte. Mit väterlichem Stolz bewunderte Dr. Tapabalazo die sauberen Narben seiner früheren Operation und willigte ein, externer Arzt an dem imposanten Waisenhaus zu werden, das in der Nähe von Arcabuco eröffnet worden war und von Don Balsal geleitet wurde. Balsal patrouillierte über das Grundstück mit seiner Schrotflinte, für die er nun Munition hatte, und etliche Jeepbesatzungen mit Kokarowdys, die in der Hoffnung aufgetaucht waren, die kleinen Mädchen entführen zu können, durchsiebte er mit Rehposten, bis sie es aufgaben und nicht mehr kamen. Die Kinder streunten in der Landschaft herum und stellten in aller Unschuld Sachen an, für die sie in der Hauptstadt verhaftet worden wären, und manche arbeiteten dort mit. Die *cholos*, widerstrebend und argwöhnisch, ließen sich sehr langsam in der Nähe nieder, um Gemüse anzubauen, das sie noch nie zuvor gesehen hatten, und einige ihrer Kinder kamen unangemeldet in die Klassenzimmer und verlangten in Quechua, auf kastilisch das Lesen zu lernen.

Concepcion, glückliche Mutter zahlloser fremder und eigener Kinder, wurde in Würde alt, pflanzte Blumen, die Kolibris anlockten, und weigerte sich weiterhin standhaft, Guzman zu heiraten, der bis zu seinem Todestag nichts von dem Chaos erfuhr, das sein erster Versuch heraufbeschworen hatte, die Seelen seines Volkes zu retten.

Carmen schwang sich vor ihrem Mann aus der Hängematte. Sie hatte nicht besonders gut geschlafen, weil etwas Unidentifizierbares ihr Sorgen machte. Es war wie eine hartnäckige Stimme, gerade außer Hörweite. Als sich nun die Sonne über den Horizont wagte, schien es so, als würde jedes Tier unter dem Baldachin des Regenwaldes darin wetteifern, seine Freude und Furcht angesichts eines doch wieder anbrechenden Tages auszudrücken. Ein Trupp Brüllaffen johlte in der Nähe, ein Jaguar hustete, die Zikaden drehten ihre Sägemühle auf, und oben flogen Scharen von scharlachroten Sittichen auf ihrer täglichen Bahn zu den Lehmbänken vorbei, wo sie Kaolin schluckten, um den Giften ihrer bitteren Nahrungsfrüchte entgegenzuwirken.

Mit einem Palmwedel fachte Carmen die Feuerglut an und stellte einen Topf mit Kaffee direkt darauf. Sie hockte sich davor, um sich die Hände zu wärmen, und schnitt dann eine Kochbanane auf, die sie zum Frühstück braten würde. Sie ging aus der Hütte und warf die Schale der Sau hin, die sich mit einem Grunzen aus ihrer Kuhle stemmte und das Futter genüßlich verschlang. Carmen fuhr sich mit den Fingern durchs schneeweiße Haar, um die Nacht herauszurechen, und ging dann zu Parlanchinas Grab auf der Lichtung vor der Hütte. Während sie die Zweige und Verzierungen neu ordnete, sprach sie mit ihrer Tochter.

»Gwubba«, sagte sie, »wie geht es dir? Und warum erscheinst du Aurelio und nicht mir? Gwubba, mir geht einiges im Kopf um. Vielleicht magst du zu Aurelio gehen und ihm sagen, was es ist, damit er es mir sagen kann, und dann weiß ich es. Irgend etwas stimmt nicht, weil zu viel Frieden herrscht. Hat die Welt angehalten oder bin ich gestorben, Gwubba?«

Sie betrachtete das Grab, in dem die weißen Knochen ihrer vortrefflichen Tochter mit denen von Federico und von ihrem Ozelot vermischt lagen, und draußen im Wald rief ein Vogel mit einem Laut, der von Parlanchina aus der Zeit hätte stammen können, als sie noch lebte und immer zuviel redete. Carmens Augen verschleierten sich vor Kummer, der sie nie verlassen hatte, obwohl sie wußte, daß Parlanchina in der Nachwelt Federico geheiratet und ein Kind von ihm bekommen hatte. »Ohne dich fühle ich mich schrecklich heimatlos«, erklärte sie dem Grab. »Du bist mehr wie die Sonne und der Mond und der Wind gewesen als Sonne, Mond und Wind selbst, und deine Hängematte ist leer, und deine kleine Katze jagt keine Schmetterlinge mehr oder stiehlt Sachen von den Fleischhaken.«

Carmen weinte. Wenn sich doch bloß die Erde auftäte und Parlanchina lachend aus dem Boden stiege. Wenn sie doch mit ihren um die Hüften wehenden Haaren durch die Bäume schreiten, die Tierrufe nachahmen und die Patrouillen der Dschungelranger erschrecken würde, die, mit schweren Rucksäcken und Maschinengewehren beladen, einen schrecklichen Todesdurst hatten. Carmen wußte, daß Parlanchina das immer noch tat, aber nur Aurelio konnte sie sehen. Carmen konnte nicht anders, als dies für eine Bevorzugung zu halten, obwohl Aurelio ihr den wahren Grund erklärt hatte, und nun fühlte sie sich im Herzen verletzt.

Carmen kehrte in die Hütte zurück und nahm den Kaffee vom Feuer. Sie goß etwas in die Kalebasse, um ihn ein wenig abkühlen zu lassen, und holte ihre Spiegelscherbe aus dem Versteck unter den Palmwedeln. Sie hauchte darauf und reinigte sie am Hängemattenstoff, und dann versuchte sie, ihr Gesicht inmitten des Kratzmusters zu erkennen. Sie sah ihre weißen Locken, die einmal rot gewesen waren, und die Alterslinien, die ihr jugendliches Gesicht zerknittert hatten. Die einstmals vollen und sinnlichen Lippen hatten nun Furchen und fühlten sich sogar trocken an, wenn sie sie mit der Zunge befeuchtete. Ihre Augen schienen sich irgendwo im Labyrinth der Zeit verloren zu haben und blickten sie an, als gehörten sie einer anderen. Die samtene Schwärze ihrer Haut schien nun einen Grauton zu haben. Sie schaute sich so lange an, bis ihr eigenes Ebenbild ihr unbegreiflich wurde, und legte dann den Spiegel weg. Sie ging hinüber zu dem schlafenden Aurelio und sah, daß die Zeit auch ihn angegriffen hatte; er kam ihr kleiner als früher vor, und sein langes schwarzes Indiohaar blitzte im Licht stellenweise silbern auf. Sie begriff, daß sie ihn noch mehr liebte als in der Vergangenheit, obwohl er schon vom Näherrücken des Todes gezeichnet war, und erkannte überrascht, daß auch er sie mehr liebte als zu der Zeit, da sie beide jung und schön waren. Ihr traten Tränen in die Augen, weil genau dies passiert, wenn jemand auf einmal im Gewöhnlichen ein Wunder wahrnimmt. Sie setzte sich mit ihrer Kalebasse voll Kaffee hin und zündete die Zigarre wieder an, die sie am Abend zuvor geraucht hatte. »Ich warte darauf, daß du aufwachst«, sagte sie zu ihrem schlafenden Ehemann.

»Warum lieben wir uns immer noch?« fragte sie ihn, als sie am Paranußbaum frühstückten, und Aurelio leckte sich das Fett von den Fingern, während er über eine Antwort nachdachte.

»Wir haben immer mehr nach dem Glück gesucht als das Leiden vermieden. Und wir waren gemeinsam so beschäftigt, daß wir, ohne es zu merken, die Seele des anderen geworden sind. Vielleicht hast du selbst eine Antwort auf deine Frage?«

Carmen schob einige Piassavawedel ins Feuer, um es anzufachen, und sagte: »Ich liebe dich so sehr, daß ich dein Gesicht gar nicht sehe, wenn ich dich anblicke.«

»Es ist nicht gut, darüber zu reden. Es ist besser, es einfach zu tun. Ich glaube, wenn du über die Liebe redest, dann deshalb, weil du Angst hast, sie zu verlieren. Denk daran, daß ich ein Indio bin.«

»Ich bin schwarz«, sagte sie, »und mir ist es erlaubt, darüber zu reden und manchmal Angst zu haben. Machen wir heute das Koka?«

Aurelio nickte. »Ich habe die Schneckenhäuser mitgebracht.«

Carmen ging in die kleine Plantage, weil nur Frauen das Koka ernten dürfen, und Aurelio machte ein Feuer, weil nur Männer die Schneckenhäuser zu Kalk verarbeiten dürfen. Er hatte sie gerade auf den schmorenden Zweigrost gelegt und saugte am Ende seines Kokastößels, als Parlanchina von hinten an ihn herantrat und ihre Haare über seine Augen legte. »Schau, Papacito«, rief sie, »es ist Nacht.«

Aurelio mußte niesen, weil das Haar beim Einatmen seine Nase gekitzelt hatte, und Parlanchina protestierte und verrieb den vermeintlichen Rotz an seiner Schulter. »Bist du wegen einer Geschichte gekommen, Gwubba, oder bist du bloß gekommen, um Unfug zu machen?« fragte ihr Vater.

»Ich bin gekommen, um dir zwei Neuigkeiten zu berichten«, erwiderte sie, »aber du wirst keine zu hören bekommen, bevor du mir nicht die Geschichte vom Koka erklärt hast.«

»Schon wieder?«

»Schon wieder.«

»Pachamama war es, die uns das Koka schenkte und uns beibrachte, wie es zu verwenden ist«, begann Aurelio, »Pachamama, die viele andere Namen hat. Sie schenkte es uns, damit wir aufhörten, Tiere zu sein, und kultiviert wurden. Niemand hat Kultur, der kein Koka hat. Dionisio sagt mir, es habe ein Volk gegeben, welches die ›Griechen‹ hieß, und bei ihnen hieß es, sie hätten den Wein bekommen, um kultiviert zu werden, und niemand habe Kultur, der keinen Wein hat, also ist Wein vielleicht das gleiche wie Koka, nur in anderer Form, wer weiß? Als wir kultiviert wurden, lebten wir bei dem Silberberg Potosí und lernten, Dinge aus Silber herzustellen, was uns noch kultivierter machte. Dann aber kamen die Spanier und nahmen den Berg weg, beleidigten Pachamama und schwächten sie, so daß nun weniger Schnee als früher im Gebirge liegt und die Seen auf dem *altiplano* ausgetrocknet und zu Salz geworden sind, und die Leute, die dort bleiben, wurden dumm, und alle anderen sind auf immer fortgegangen. Du mußt wissen, daß der Berg die Geister der Menschen enthielt, und diese Geister wollten nicht herauskommen, weil das Leben hart ist, aber sie wollten auch nicht mehr zurück, weil der Tod hart ist. Als die Spanier den Berg wegnahmen, mußten die Geister in anderen Bergen wohnen, und mein Volk zerstreute sich.«

Parlanchina setzte sich auf den Boden und hatte ihren Ozelot mit den Füßen nach oben in den Armen. Sie fragte: »Magst du mir noch mehr von Pachamama erzählen?«

»Sie hat uns gesagt, wir sollten nicht zu oft Schuhe tragen, weil sie gern unsere Füße auf ihrem Körper spürt. Am Anfang war sie das Meer, weil es sonst nichts gab, und sie erinnerte sich an die Zukunft und gebar deshalb die Möglichkeit. Und Pachamama spann neun Welten, und deshalb spinnen Frauen, um wie sie zu sein, und deshalb drehe ich mich auch, wenn ich nachdenke, weil ich meine

Gedanken spinne. Und Pachamama blutete zwischen den Beinen und wurde fruchtbar, und ihr Blut wurde zu Gold, obwohl es auch heißt, daß das Gold der Schweiß der Sonne ist, und sie gebar uns, damit wir uns um sie kümmern können, wie ein Kind sich immer um seine alte Mutter kümmert.

Und sie schenkte uns das Koka, weshalb nur Frauen es anbauen dürfen. Und jetzt werde ich dir von dem *poporro* erzählen.« Aurelio hielt seine außen mit einer gelblichen Mixtur aus Kalk und zerriebenen Blättern verkrustete Kokakalebasse mit ihrem ausgebuchteten Boden und dem langen dünnen Hals hoch. »Wenn du sie dir anschaust, magst du vielleicht denken, sie gleicht den männlichen Teilen, und deshalb dürfe nur ein Mann Koka benützen, aber da irrst du dich. Diese Ausbuchtung ist der Schoß einer Frau, und dieser Hals ist ihr Geburtskanal. Dieser Stößel nämlich ist das männliche Teil, weil er ein und aus fährt und Wunder im Innern bewirkt. Und so ehren Frauen Pachamama durchs Spinnen, und Männer, indem sie im *poporro* Koka zerstoßen. Ein Mann darf ohne Koka nicht heiraten, denn es macht ihn ruhig und kräftigt ihn für die Arbeit, so daß er für seine Frau sorgt und nicht versucht ist, sie zu schlagen, was ein großes Übel ist. Und so kultiviert es uns. Doch wenn ein Weißer Koka nimmt, entfernt er die Essenz daraus und wird verrückt. Jetzt aber sind die Muschelschalen fertig, sie sind völlig weiß.«

Parlanchina sah zu, wie Aurelio die Schalen aus der Asche klaubte und sie in eine große Kalebasse ohne Hals schüttete. Aus einer anderen Kalebasse goß er Wasser hinein, und der Rauch der chemischen Reaktion stieg auf. »Das hat uns Pachamama gezeigt«, sagte er. »Ohne diesen Kalk ist das Koka nicht gut. Jetzt berichte mir deine Neuigkeit.«

Sie triezte ihn. »Nein, ich möchte erst noch eine Geschichte. Erzähl mir, wie der Jaguar seine Flecken bekam.«

Da er merkte, daß sie nur versuchte, ihn auf die Folter zu spannen, sagte Aurelio: »Nein, ich werde dir die Geschichte von den beiden Würmern erzählen. Es war einmal eine Wurmfrau, die ihre Freundin unter dem Boden meiner Hütte traf, und ich habe sie reden hören. Die eine sagte zur anderen: ›Wo ist dein Mann?‹ und die andere antwortete: ›Er ist Fischen gegangen.‹«

Parlanchina rümpfte die Nase, um über die Geschichte nachzudenken, und merkte dann, daß es ein Witz war. Sie nahm die Pfote des schläfrigen Ozelots und drückte sie so, daß die Krallen ausfuhren, dann kratze sie damit Aurelio im Gesicht. Der Ozelot knurrte ungehalten und zog seine Pfote aus Parlanchinas Hand. Aurelio nahm die Nase seiner Tochter zwischen zwei Finger und drückte sie. »Gwubba, ich laß nicht mehr los, bis du mir die Neuigkeit gesagt hast.«

Sie versuchte, in seinen Handballen zu beißen, schaffte es aber nicht. »Laß los, dann werde ich sie erzählen.«

»Schwöre es.«

»Ich schwöre es.« Er ließ sie los, und sie sagte: »Federico stirbt. Immer wenn ich ihn sehe, ist er abgezehrter als vorher.«

»Federico ist bereits tot.«

»Aber er stirbt noch einmal. Was kann ich tun?«

»Er stirbt, weil er wiedergeboren wird. Eines Tages wird er ganz weg sein, und dann weißt du, daß er als Kind wieder auf die Welt gekommen ist. Vielleicht geschieht dir eines Tages das gleiche. Wo ist dein Kind?«

»Ich habe sie bei Mama in der Kokaplantage gelassen, weil ich will, daß sie ihre Großmutter kennenlernt. Papacito, ich bin ganz traurig.«

Aurelio streichelte ihr die Wange und fragte: »Was ist die andere Neuigkeit?«

»Das ist eine Botschaft der Götter an die Leute in Cochadebajo de los Gatos. Sie sagen: ›Baut einen Wall, weil wir euch nicht helfen können.‹«

Aurelio war verdutzt: »Welche Götter?«

»Shango hat es mir im Namen aller anderen gesagt.«

»Aber er ist Santa Barbara und eine Gottheit der Schwarzen. Warum sollte er mir was sagen?«

»Die Götter sind durcheinander«, erwiderte sie. »Shango sagt, ein großes Übel sei im Land, alle würden die Heiligen und Götter um Hilfe anflehen. Er sagt, daß sie auf beide Seiten nicht reagieren werden, weil sie dann selber untereinander entzweit wären, und deshalb ergreifen sie nicht Partei. Shango sagt, er will als Heiliger nicht gegen sich selbst als Gott kämpfen, und so sagt er den Leuten: ›Baut euch einen Wall‹, und den andern Leuten sagt er: ›Betet nicht zu mir, ich werde euch nicht erhören.‹ Gib die Botschaft weiter, Papacito.«

»Das werde ich, Gwubba, aber du mußt auch was für mich tun. Zeige dich deiner Mutter; sie ist ganz bekümmert darüber, daß nur ich mit dir reden kann.«

Parlanchina warf ihr Haar zurück und lächelte bedauernd. »Ich hab's versucht, aber sie kann mich nur sehen oder hören, wenn sie träumt. Du mußt ihr beibringen, daß sie im Wachen träumen kann.«

Aurelio saugte fest an seinem Stößel und rieb ihn am Hals seines *poporro*. »Ich kann ihr nichts beibringen. Für mich ist sie wie Pachamama. Sie ist diejenige, die lehrt. Geh und lern von ihr, wie sie dich sehen kann, und ich werde herausfinden, wo Federico geboren werden wird, damit du ihn besuchen kannst.«

Sie stand auf und stellte den Ozelot auf den Boden. Der trapste mit wedelndem Schwanz davon, und sie folgte ihm, drehte sich aber noch einmal um und winkte kurz mit der Hand. »Danke für die Geschichten, und vergiß den Wall nicht, weil Blut auf dem Gesicht des Mondes ist.«

»Das Gold der Welt ist die Fäulnis der Seele«, sagte sie, und da wachte ich auf. Ich hatte geträumt, daß ich im antiken Griechenland war. Im Traum war ich ein reicher und müßiger Mann und trug eine schöne weiße Robe. Ich saß an einem Hang über der Straße und aß Feigen, als ich eine Prozession herankommen sah. Es war eine religiöse Prozession, die einen Stier zur Opferung auf dem Altarstein führte, und alle sangen und schlugen Tambourins. Ich sah Sibila mit einer goldenen Schale in den Händen, und augenblicklich faßte ich Zuneigung zu ihr, eine Art Zuneigung, die einem körperlich weh tun kann. Ich glaube, es war ihre kindhafte Unschuld, die sich in der sonderbaren Art, wie sie zugleich unbeholfen und graziös war, zeigte. Sie war biegsam und sehnig, schritt in einer unbewußt schönen Weise, sehr gerade im Rücken, aber sie hatte einen dauerhaften roten Fleck am einen Nasenflügel, weil sie gegen eine Türkante gelaufen war, als sie mit den Gedanken woanders war. Sie war kindlich, so wie sie Worte erfand und manchmal ihre Sätze durcheinanderbrachte. Wenn ihr das richtige Wort nicht einfiel, benutzte sie ein anderes, das ein wenig ähnlich klang, lächelte um Nachsicht bettelnd und schwieg kurz, um sich zu vergewissern, daß sie verstanden worden war. Sie wedelte mit der Hand und fragte: »Wie hieß das Wort, das ich hätte verwenden sollen?«

Im Traum folgte ich der Prozession zum Opferplatz, und ich weiß noch, daß ich zusah, wie sie dem Stier die Kehle durchschnitten und Sibila das Blut in der goldenen Schale auffing. Ich war hinter einem großen roten Felsen versteckt, weil ich wußte, daß niemand außer den Eingeweihten anwesend sein durfte, und ich kauerte dort und strengte meinen Willen an, daß sie in meine Richtung ging. Schließlich sah ich sie kommen. Es war mittlerweile dunkel, und so war es leicht, sie am Arm zu packen und ihr die Hand über den Mund zu legen. In diesem Traum war ich ein gemeiner Charakter, und ich fing an, sie zu begrapschen, während sie sich wehrte. Ich glaube, ich versuchte sie zu vergewaltigen, aber sie widerstand so sehr, daß ich einen Beutel voll Gold von meinem Gürtel nahm und den Inhalt auf den Boden schüttete. Ich sagte: »Schau, was ich dir schenken werde«, aber sie sah mich verächtlich an und erwiderte: »Das Gold der Welt ist die Fäulnis der Seele«, entwand sich meinem Griff und rannte davon. In meiner Selbstgefälligkeit konnte ich nicht glauben, daß eine Frau einem Mann von meinem Rang und Reichtum widerstehen würde, und dann wachte ich mit einem Gefühl der Beschämung auf.

Glauben Sie an Reinkarnation? Ich habe nie daran geglaubt, doch Sibila änderte meinen Sinn, und nun glaube ich, daß der Traum um etwas ging, das in einem früheren Leben geschah. Ich glaube, sie hat mir nie vertraut, weil sie sich intuitiv erinnerte, daß ich nicht vertrauenswürdig war, und meine, sie lebte von Früchten und rohem Gemüse, weil sie die Schuld all der Opfer im antiken Griechenland abarbeitete. Ich glaube, es war meine Strafe, ein verkrüppeltes Bein zu bekommen, damit ich bei Frauen keine Ansprüche stellen konnte.

Sibila war immer sehr nett, was mein verkrüppeltes Bein betraf. Sie ging nie zu schnell, hielt an, wenn ich Schmerzen hatte, und sie küßte mich stets auf beide Wangen, wenn wir uns trafen, aber dennoch wußte ich immer, daß sie mich nur als Freund lieben konnte. Vielleicht hielt sie mich auch für zu alt, jedenfalls war ich eindeutig nicht attraktiv für sie. Das löste einigen Kummer bei mir aus, doch ich liebte sie so sehr, daß ich sie oft langweilte, indem ich zu lange bei ihr blieb. Ich konnte literweise Ptisane trinken und viele Zigarren in ihrem Häuschen rauchen, und selbst wenn sie sich mit mir langweilte, bot sie mir trotzdem noch mehr zu trinken an – oder eine *empanada* zum Essen. Ich sang ihr manchmal etwas vor, und auch sie sang mit ihrer hauchigen Stimme, so dünn und liebenswert. Sie erzählte gern absurde Geschichten von Tieren, und am allerwenigsten auf der Welt verstand sie, warum Leute Freude am Angeln hatten. Ich liebte sie so sehr, daß ich mich eines Tages erklärte, aber ich war nicht beleidigt oder überrascht, als sie mir ihre

Lage auseinandersetze. Zum Beweis, daß sie mich als Freund liebte, lud sie mich zu einem Film ein, wo doch die meisten Mädchen gesagt hätten: »Ich glaube nicht, daß wir uns noch sehen sollten.« Ich liebte sie so sehr, daß ich ganz glücklich war, manchmal bloß in ihrer Nähe zu ein. Sie half mir dabei, mein Krüppeldasein zu vergessen. Wenn ich in ihre grauen Augen blickte, spürte ich, daß zwischen uns eine direkte Verständigung der Seelen bestand; das war, weil sie mich so deutlich sah, daß sie wußte, sie sollte nicht meine Geliebte sein. Mir war nicht zu trauen, wissen Sie, und sie erkannte das instinktiv, liebte mich aber dennoch als Freund. Sie war sehr edel. Ich lag nachts wach und stellte mir vor, ich würde mit ihr schlafen, und glauben Sie mir, ich weiß genau, wie es gewesen wäre, was fast so gut ist, wie es wirklich getan zu haben. Wenn Sie mir nicht glauben, dann deswegen, weil Sie nie jemanden auf die Weise geliebt haben. Ich habe ihre Bewegungen beobachtet, den Fall ihrer Kleidung um ihren Körper studiert – so oft, daß ich genau wußte, wie sie nackt ausgesehen hätte. Vielleicht hatte es eine Inkarnation gegeben, in der wir ein Liebespaar waren, und ich erinnerte mich daran.

Sibila konnte drei Sprachen, etwas sehr Seltenes in Quintalinas de las Viñas, aber es war immer etwas um sie, das ihr den Wunsch eingab, woanders zu sein. Sie suchte sich Liebhaber, von denen sie wußte, sie würde nicht bei ihnen bleiben, so daß ich mich sicherer fühlte, bloß ein Freund zu sein. Sie war auch gern allein. Wenn sie allein war, ging sie schlafen oder tat einfach nichts. Sie hatte Schuldgefühle, daß sie nicht gern in Gesellschaft war und sich darauf freute, wenn Besucher wieder gingen. Einmal veranstaltete sie eine Party, und fast niemand kam; das lag daran, daß nur, wer sie gut kannte, sie uneingeschränkt liebte, doch ein bloßer Bekannter nicht das Gefühl hatte, es wäre der Mühe wert, ihre Einladungen anzunehmen.

Manchmal verschwand sie ganz. Sie ging sich alte Monumente anschauen, große stehende Steine mit Löchern darin oder seltsame Bögen, die aus keinem ersichtlichen Grund im Wald standen. Einmal bin ich mitgegangen, und wir haben uns betrunken und Marihuana zusammen geraucht. Sie lachte mehr, als ich es je bei ihr gesehen hatte, so wie sie auf dem Boden saß, einen Brotlaib schwenkte und sang.

Einmal ging sie nach Cochadebajo de los Gatos, um die alten Indioruinen anzusehen, und als sie dort war, hörte sie Pater García predigen. Sie war nie eine gute Katholikin gewesen und ging wie ich nie zur Messe. Ich hatte einen Groll auf Gott, daß er mich einen Krüppel hatte werden lassen. Bei ihrer Rückkehr hatte sie ein neues Leuchten in den Augen und erzählte, sie habe Pater García beim Predigen levitieren gesehen. Sie sagte, er habe einige geistige Probleme für sie gelöst, indem er erklärte, daß die Welt vom Teufel geschaffen worden sei, daß wir alle in unseren Körpern gefangene Engel seien und daß das Wissen darum der erste Schritt auf dem Weg zu einer besseren Welt und zu unserer wahren Natur sei. Sie erzählte mir, daß wir lernen könnten, unsere herabgefallenen Kronen aufzuheben und unsere Lichtroben anzuziehen. Als sie davon erzählte, erstrahlte ihr Gesicht in glühender Schönheit, und ich verliebte mich sogar noch mehr in sie. Ich war nicht sicher, ob ich an das glaubte, was sie berichtete, aber ich liebte sie so sehr, daß ich es vorgab, bloß um in ihrer Nähe zu bleiben. Wissen Sie, sie fing an, dieses neue Evangelium selbst zu verbreiten, und ich folgte ihr quasi als Assistent nach. Sie ging nicht auf die Dorfplätze und predigte, wie es Wanderprediger tun. Sie ging irgendwohin und hielt sich einfach an öffentlichen Plätzen auf, und irgendwie zog sie Leute an, mit denen sie reden konnte. Ich glaube, sie brachte die Menschen dazu, sich im innersten Wesen schön zu finden, indem sie ihnen mitteilte, daß sie in Wahrheit Engel seien. Selbst Bettler bekamen mehr Selbstvertrauen. Alte Damen lächelten so glücklich, daß leicht zu erraten war, wie sie in ihrer Jugend ausgesehen hatten. Sie brachte heftige Säufer zu der Erkenntnis, daß sie sich selbst betrogen, und sie erschreckte sie auch, indem sie sagte, daß sie als Gürteltiere oder Korallenschlangen wiedergeboren werden würden. »Benimm dich wie ein Engel, liebe wie ein Engel, weil du ein Engel bist«, sagte sie. »Fühle die Druckstelle um deinen Kopf, wo du einmal eine Krone trugst, und spüre die Seide an deiner Haut, die deine Lichtrobe war.« Sie gewöhnte sich an, eine Kordel um die Hüfte zu tragen, um damit herauszustellen, daß sie an ihren Glauben gebunden war, und die Leute nannten sie bald »La Perfecta«.

Je mehr sie eine makellose Schlichtheit in ihrem Leben schuf, desto stärker sehnte ich mich nach ihr. Aber ich war nicht gut genug. Ich konnte nicht von Obst und rohem Gemüse leben, und manchmal ließ ich mich gehen und verzehrte ein so großes Steak, daß es auf einer Holzplatte serviert werden mußte. Doch mein Bein wurde dadurch, daß ich überallhin mit ihr ging, sehr viel stärker, und nun humple ich nur noch wenig. Ich nehme an, das ist so etwas wie ein Wunder.

Ich möchte nicht den Eindruck erwecken, daß Sibila eine Heilige war. Sie war nicht besonders streng und glich den meisten Frauen darin, daß sie an keinem Stand vorbeigehen konnte, der klebrige Kuchen verkaufte. Sie gab sich gern mit Spielen ab und war sich nicht zu gut dafür, sich an Gesprächen skandalöser Natur zu beteiligen. Sie mochte auch Katzen. Ich glaube, die meisten Heiligen sind wahrscheinlich entweder verrückt, besessen oder äußerst unangenehm, sie aber war vollkommen normal, nur daß sich tief in ihrem Innern ein Licht angeschaltet hatte.

Dann kam eines Tages der dominikanische Terror über Quintalinas de las Viñas. Hunderte tauchten ohne Vorwarnung vor Tagesanbruch auf, und die Stadt wurde völlig überrannt. Sie machten in der Kirche ein Autodafé, verkündeten aber zuallererst auf der *plaza*, daß am Sonntag alle zur Messe in die Kirche gehen sollten, um ein Edikt zu hören. Wie die meisten Menschen ging ich aus Neugierde hin, doch davor mußte die Stadt zwei Tage lang ein erschreckendes Rowdytum und die ziellose Gewalt jener Männer über sich ergehen lassen, die als Leibwache der Priester mitreisten. Die meisten Menschen mußten ihre Türen versperren, was bisher unbekannt war, und alle Frauen blieben zu Hause.

Am Sonntag war die Kirche brechend voll, und mir kam es so vor, als ob unser Priester sehr unglücklich aussah. Er verheddderte sich während der Messe im Text und hielt seine Predigt sehr verzagt, in der er von den Prüfungen des Lebens, vom Mut angesichts von Leiden, von Toleranz und darüber sprach, daß wir Gott in seiner Gnade nacheifern sollten. Wir erkannten erst später, daß ihm diese Predigt enorme Standhaftigkeit abverlangt haben mußte, aber zunächst nahmen wir alle an, daß seine Nervosität daher kam, daß er vor einem Monsignore predigen mußte, der ein Legat war.

Am Ende der Predigt stand der Monsignore von seinem Platz auf und nahm das Kruzifix vom Altar. Er bat uns, uns zu bekreuzigen, die rechte Hand zu erheben und ihm ein Gelübde nachzusprechen, das »Inquisitionsgericht zu unterstützen«. Niemand hob die Hand, doch dann schritten einige aus seiner Leibwache im Mittelgang auf und ab und starrten uns bedrohlich an, da hoben ein oder zwei furchtsame Seelen die Hand. Die Leibwache fing an, nach unseren Namen zu fragen und diejenigen aufzuschreiben, die nicht auf die Bitte eingegangen waren, bis wir alle sehr bald so eingeschüchtert waren, daß wir die Hände hoben. Als wir dadurch wie Schulkinder vor dem Legaten aussahen, las er uns das Gelübde zum Nachsprechen vor, aber wir erledigten das nur mit halbem Herzen und sehr viel Gemurmel.

Dann las uns der Legat ein »Gnadenedikt« vor, wie er es nannte. Darin war eine immense Zahl von Häresien aufgeführt, die uns fast alle unbekannt waren. Dazu gehörten etwa das Aufsagen der Psalmen ohne das Gloria Patri am Ende, die Beschneidung, das Sterben mit dem Gesicht zur Wand, das Aufziehen frischer Bettlaken an Samstagen, die Zugehörigkeit zu den Nestorianern und Bogomilen, das Töten von Tieren durch Aufschlitzen der Kehle und Gott weiß was noch. Das Verlesen der Liste dauerte eine halbe Stunde. Danach sagte er, daß wir zwei Tage Zeit hätten, um unser Gewissen dadurch zu entlasten, indem wir vortraten und uns oder irgend jemand anderen, von dessen Schuld wir wußten, anklagten. Er sagte, daß alle, die dieses Angebot nutzten, ohne Strafe wieder mit der Kirche versöhnt werden würden. Der alte Patarino, der noch nie Angst vor Autoritäten gehabt hatte und ein Scherzbold war, stand augenblicklich auf und verkündete, daß er in seiner Jugend beschnitten worden sei, weil seine Vorhaut zu eng war. Viele Menschen kicherten, doch einer aus der Leibwache schlug ihm an den Kopf und zerrte ihn aus der Kirche. Anscheinend haben sie ihn in den Brunnen geworfen und als unbußfertigen Juden und Christusschlächter zu Tode gesteinigt.

Angesichts dieser Gewalttätigkeit standen viele Menschen auf und wollten aufrichtig bereuen, da sie richtig erraten hatten, es wäre sicherer, sich selbst zu denunzieren, als daß es ein anderer aus Groll oder Feigheit tat. Es gab einige überraschende Beichten. Ein Mann bekannte, er habe Erde vom Grab eines schlechten Priesters genommen, um sie für einen Zauber zu verwenden, ein anderer sagte, er habe sich von einem indianischen *brujo* einen Talisman machen lassen, und eine Frau gestand, daß sie für eine sicherere

Geburt zu Oshun gebetet habe. Die Leibwächter schrieben sich ihre Namen auf, und der Legat erklärte sie für versöhnt. Dann sagte er, daß es am nächsten Dienstag ein Glaubensedikt geben würde, mit dem zur Denunziation von anderen aufgefordert werde, und zu diesem Zweck würden alle im Ort von ihm persönlich befragt werden.

Dieser Legat, der ohne augenfälligen Sinn für Ironie von seinen Anhängern ›El Inocente‹ genannt wurde, war ein Teufel in Menschengestalt. Und ich meine das wörtlich. Er schien aus Holz gemacht zu sein, so leidenschaftslos war er. Er glich einem Geier, war spindeldürr, und sein Gesicht sah aus, als wäre es schlecht aus einem Klotz gesägt. Es hatte flache Bereiche wie auf den Illustrationen in *Pinocchio*. Seine Stimme war trockener als Laub, und er ritt auf einem großen schwarzen Pferd. Er erfüllte uns alle mit Furcht, und ich ging direkt zu Sibila, um ihr zu sagen, daß wir die Stadt verlassen müßten, bevor hier die Hölle losbrach. Mir schwante bereits etwas, als hätte ich so etwas schon durchgemacht und erinnerte mich daran.

Die Erinnerung erledigt mich, denn ich bin nicht wie eine Katze, die ihr Kätzchen verliert und nur einen Tag lang trauert. Als ich noch klein war, hatte ich eine Katze mit Jungen, und eines der Kätzchen bekam meiner Meinung nach zu wenig Milch, und deshalb hielt ich es in eine Schüssel Milch, worin es ertrank. Meine guten Absichten hatten zu einer Katastrophe geführt. Doch der Mutterkatze, der ist es womöglich gar nicht aufgefallen, weil sie nicht zählen konnte, oder vielleicht spürte sie nur eine ganz kleine Leere und ein Fehlen an ihren Zitzen, doch ich weinte aus all der Verzweiflung, die sie nicht fühlen konnte, hatte schreckliche Schuldgefühle und bat Papa, mich zu bestrafen, aber er fuhr mir durchs Haar und sagte: »Nein, Gwubba, du bestrafst dich selbst«, und ich aß einen Tag lang nichts als Ameisen und half Mama beim Kochen, was ich hasse, und aß nichts von dem, was ich gekocht hatte, sondern bloß Ameisen, und bat die Mutterkatze, mir zu verzeihen, doch die lag bloß da mit ihren Jungen, weil jede Mutter damit rechnet, ein Kind zu verlieren. Sie sah mich mit ihren großen gelben Augen an, und ich raufte mir die Haare, weil ich ihr Leid zugefügt und sie einen Schmerz hatte, ohne es zu wissen.

Und nun scheinen mir die Sterne bei Tag, und das Unglück ist wie ein Schmerz von Macheten und Dornen. Das Leben schmeckt in meinem Mund wie das Öl von *piquia*, und selbst wenn ich es ausspeite, bliebe die Bitternis, und vielleicht ist schließlich alles für die Katz, und ich weine nachts wie eine Eule und lache ohne Frohsinn wie der Lachende Hans, und meine Seele fliegt verwirrt hierhin und dahin, und ich bestehe nur aus Erinnerung.

Als ich dich das erste Mal sah, meinen Gatten, köstlichen Geliebten, Beschützer, meinen dunklen Fisch, der in den Gewässern meines Schoßes schwimmt, da warst du hübsch. Du warst wie ein alter Mann, so ernst, du warst wie ein Kind, zart und unfertig. Du warst wie ein Delphin, stark und unschuldig, und wie ich dich liebte! Nachts lag ich vor lauter Gedanken an dich wach, schlief am hellichten Tag, um von dir träumen zu können. Ich folgte dir in den Wald, doch du sahst mich nie, aber in diesem Nichtwissen von mir liebtest du mich trotzdem, und ich war hingerissen. Ich wollte dich retten, aber der Jaguar tötete dich, und im Tod stieg deine Seele auf, und das erste, was deine toten Augen erblickten, war ich, und du sagtest: »Ach, von dir habe ich geträumt, und du heißt Parlanchina.« Ich nahm deine Hand, und damals war ich so jung, daß mir kaum Brüste sprossen, aber dennoch liebtest du mich. Und du nahmst mich, wie ich dich nahm, und wir züchteten die Liebe so wie Papa seinen Mais auf der Lichtung, und unsere Liebe war wie *quebracha*, hart und stark, und wir wurden unbesiegbar. Und an den *praias* und *savannas*, unter unseren im Grab ausbleichenden Knochen, in den steinernen *chulpas* der Sierra und in vollem Lauf über den höchsten Baum im Gebirge fiel ich über deinen Körper her, und unser Hunger blieb durch das Verschlingen ungestillt. Ich erinnere mich noch, daß deine Augen ganz wild wurden und deine Lippen anschwollen, und bei mir begannen die Wellen an den Füßen und am Kopf und trafen sich in der Mitte, und meine Zehen bogen sich auf, so daß es mir manchmal weh tat, selbst wenn ich im Kanu der Wonne irgendwo im Mittelpunkt der dunklen Sonne trieb. »Federico, Federico, Federico«, sagte ich, und der Name bedeutete alles, was ich je gemeint hatte, und »Ay, ay, ay« schrie ich, und mein Glück war derart, daß ich auf der anderen Seite des Glücks heraustrat und zu weinen anfing, und du nahmst mein Haar und wischtest mir die Tränen ab mit den Worten: »Ich liebe dich, Parlanchina, ich liebe dich. Du bist so schön wie Yemanya. Deswegen war der Tod nicht schlimm, und der Jaguar hat mir einen Gefallen getan, Dank sei allen Raubkatzen, und alle Götter mögen sie segnen.« Ich lachte unterm Weinen und spürte nicht, daß ich tot war, weil dies ein viel besseres Leben war, wie ein Messer, das schärfer schneidet, wenn Papa es im Feuer gebrannt hat. Und manchmal ging ich hinauf ins Gebirge und überraschte dich, wenn du die Pfade bewachtest, und manchmal kamst du hinunter in den Dschungel und fingst mich, als ich zwischen den Bäumen herumlief, und wir vereinigten uns immer wie Delphine, zuckend und rollend, rufend und schreiend, und meine Brüste wuchsen, und mein Bauch schwoll an. Ich erinnere mich noch, wie du mit den Händen darüberfuhrst und dich nackt vor mich knietest und meine Beine und die Pforte des Babys küßtest und dabei sagtest: »Komm, kleines Kind, dein Papa ruft dich«, und ich wand mich mit den Worten: »Geh weg, geh weg«, aber du wußtest die ganze Zeit, daß ich damit meinte: »Näher, ich liebe dich, komm näher«, und du lachtest und hieltest mich fester, und ich verging schier vor Wonne.

Und die Tochter kam nachts ohne mein Wissen, weckte mich aus meinen Träumen und lag neben mir, bevor ich noch eine Hängematte für sie gewebt hatte, und sie weinte nie, weil sie nicht der lebenden, sondern der toten Parlanchina geboren war, und Papa war glücklich, und du warst ihr Vater, so stolz, sie zu halten, daß du mir kaum Zeit ließest, sie mit der Milch aus meinem Körper zu nähren. Und jetzt kann sie schon eine Sekunde lang stehen und Geräusche machen, die Worte sein könnten, wenn sie nur verständlich wären, aber du vergehst vor meinen Augen.

Ich umarme dich, und meine Arme fassen nichts. Ich schaue dir in die Augen, und sie sind farblos, sie träumen. Ich küsse deine Lippen, und sie gehen nicht darauf ein, wie die Lippen eines Mannes, der verrückt wurde und im Dschungel seiner zerrütteten Seele verschwunden ist. Dein Geist liegt in Fetzen wie die Scherben von *huacos* in einem Gebirgsgrab. Ich sage: »Federico, Federico, wo bist du? Sprich«, doch du blinzelst und stehst da wie ein mit Curare angeschossenes Tier, und ich höre nicht einmal einen Seufzer, und auf einmal denke ich: *Parlanchina, dein Dasein ist vorüber, wenn Federicos Augen verblaßt sind*, und Papa sagt: »Freue dich, Federico wird wiedergeboren«, aber das bedeutet mir alles nichts, denn dein Kind hat keinen Vater, und ich bin erledigt. Ich werde von Erinnerungen zerrissen, ich bin Kaiserin grauer Trauermeere, ich werde Flüsse weinen, bis die Götter mich erhören und aus Angst vor dem Ertrinken meine Bitte erfüllen.

Sibila wollte nicht weg. Sie zog eines ihrer komischen Gesichter und sagte: »Aber ich habe nichts Schlechtes getan, und die sind ja nicht die Polizei.« Da fiel mir ein, daß ich zum Bürgermeister gehen und ihn überreden sollte, die Miliz telefonisch anzufordern. Ich ging zur *alcaldia*, und davor stand eine Gruppe von Menschen, die alle die gleiche Idee gehabt hatten. An der Bretterwand von dem Gebäude hing die durchtrennte Leitung unseres einzigen Telefons herab, und drinnen waren Schreie zu hören. Anscheinend hatte der Bürgermeister versucht, den Legaten zu verhaften, war von der Leibwache ergriffen worden und wurde nach seiner Rechtgläubigkeit befragt. Sein Vater war ein Syrer gewesen, und so hatte er keine Chance. Er wurde bei lebendigem Leibe enthäutet und als Beispiel für uns alle in der Sonne liegen gelassen, um zu verbluten. Es hieß, er würde niemanden mehr denunzieren. Seine Leiche war das Schrecklichste, was ich bisher gesehen hatte.

Am Dienstag mußten wir alle in die Kirche gehen und uns erneut die Liste der Häresien anhören. Wir mußten das gleiche Gelübde wieder ablegen, das Inquisitionsgericht zu unterstützen. Unser Priester durfte die Messe nicht mehr lesen, statt dessen wurde sie von einem Pater Valentino abgehalten, einem Mann mit dem Gesicht eines Einfaltspinsels. Wir wurden aufgefordert, die uns bekannten Häretiker zu denunzieren, und bekamen gesagt, wir sollten alle in unseren Häusern warten, bis wir einzeln aufgerufen wurden; sie hatten die Einwohnerliste aus den Büros des Bürgermeisters geholt, wo er sie für die Volkszählung aufbewahrt hatte.

In der Stadt wimmelte es von Priestern und Leibwächtern, und so war es schwierig, herumzugehen, ohne angehalten und befragt zu werden. Viele Menschen gingen zur Haustür hinein und durch die hinteren Fenster wieder hinaus. Ich sah zu, wie Sofia aus meinem Fenster stieg und auf die Straße rannte. Ich glaube nicht, daß sie erwischt wurde, aber ich weiß von einer Frau, die von der Leibwache zu Tode vergewaltigt wurde, als sie in einer Scheune gefunden wurde. Ich war zu verängstigt, um zu fliehen, saß in meinem Haus und wartete auf das Klopfen.

Mein Name kommt spät im Alphabet, und so würde mein Verhör noch auf sich warten lassen. Ich konnte nicht stillsitzen und fing mit der Zubereitung eines Mahls an, als ob ich mir damit vorgaukeln könnte, alles wäre normal.

Nach Sonnenuntergang klopfte es an meine Tür, und ich nahm an, es wäre das Inquisitionsgericht. Zitternd und verschreckt schaute ich durch die Ritzen in den Latten und sah, daß es unser Priester Pater Belibasta war. Er war kein guter Mensch, insofern als er eine Konkubine und zwei Kinder hatte, aber er war ein guter Mann, insofern als er eine unbefleckte Seele hatte. Erleichtert ließ ich ihn ein.

Er war offensichtlich verängstigt, sogar mehr als ich, und sagte, er habe schreckliche Dinge gesehen, und ich sollte mich beeilen. Ich sagte: »Was denn?« Aber er wollte sich nicht darüber auslassen. Er sagte, Menschen gäben Dinge zu, die sie nicht getan hatten, und beschuldigten einander in der gleichen Weise. Er saß auf meinem Rollbett, während ihm Tränen die Wangen herabliefen, und sagte mir, er hätte solche Entsetzlichkeiten erblickt, wie sie noch nie zu sehen gewesen wären. Ich werde keine Namen verraten, weil sie Ihnen nichts sagen würden, aber zum Beispiel erzählte er mir, daß ein Mann sich selbst denunziert hatte, weil er Verhütungsmittel benutzte. Ein anderer hatte seinen besten Freund denunziert, weil dieser betrunken an die Kirchenwand uriniert hatte. Eine Frau erstattete Anzeige gegen ihren Mann und sagte, er hätte sie an einem Freitag Fleisch mit Zwiebeln kochen lassen, und der Mann sagte, sie hätte einmal bemerkt, St. Maria Corelli müsse sehr dumm gewesen sein. Ein anderer wurde beschuldigt, während einer Partie *tejo* gesagt zu haben: »Du wirst dieses Spiel nicht gewinnen, selbst wenn Gott auf deiner Seite wäre.« Anscheinend wandten sich Nachbarn gegen Nachbarn, Familien gegen ihre eigenen Mitglieder, weil ihnen gesagt wurde, es genüge nicht, sich selbst zu denunzieren, wenn sie von anderen genau wüßten, daß sie vor ein

Gericht gehörten. Pater Belibasta berichtete, daß Aussagen gewaltsam erzwungen wurden, und fragte: »Wo ist La Perfecta?«

»Sibila ist bei sich zu Hause«, erwiderte ich.

»Beinahe alle haben sie und dich denunziert«, sagte der Priester. »Bei all dem Gerede über Engel und teuflische Schöpfung war es unvermeidlich. Du mußt zu ihr gehen und versuchen, von hier wegzukommen. Bitte sag mir nicht, wohin ihr wollt, denn ich werde wohl drankommen. Ich werde versuchen, meine Schäfchen zu sammeln und sie an einen sicheren Ort zu führen.«

Ich kniete mich vor ihn und bat: »Bete zu Gott, mich zu einem guten Ausgang zu führen.« Ich weiß nicht, warum ich diese Worte sagte, aber sie kamen mir wie von selbst in den Kopf.

»Gott segne dich und mache aus dir einen guten Christen und führe dich zu einem guten Ausgang«, sagte er und legte mir die Hand auf den Kopf.

Ich habe mich noch nie so mutig gefühlt, und das kam nur aus Liebe. Ich war wie ein Vogel, der in Reichweite eines Ozelots hüpft, um ihn von seinen Jungen abzulenken. Ich kletterte hinten aus dem Fenster und umging den ganzen Ort, um hinter Sibilas Haus zu gelangen. Ich war so verstohlen und zuversichtlich wie ein Jaguar und vergaß mein verkrüppeltes Bein. Es trug mich, als wäre es gesund. Ich stahl sogar ein Gewehr von einem schlafenden Leibwächter und zertrümmerte ihm den Schädel mit dem Kolben, so voller Kraft fühlte ich mich.

Ich tappte an Sibilas Fensterladen, aber zuerst weigerte sie sich, herauszukommen. Doch ich bat sie inständig und sagte ihr, sie solle alle Nahrungsmittel im Haus einsammeln. Dann ertönte ein schreckliches Kreischen, das durch die Dunkelheit trieb, und das überzeugte sie. Wir wollten in den Höhlen leben, dort, wo wir an heißen Nachmittagen immer zum Picknick gegangen sind.

Während dieser Woche lernte ich sie noch intimer kennen. Nachts wurde es sehr kalt, und wir schliefen gewöhnlich eng umschlungen, aber voll bekleidet, um uns warm zu halten. Ich kann immer noch ihr Haar riechen und ihre schlanken Glieder spüren. Ich war so glücklich. Tagsüber suchten wir nach Wildfrüchten und redeten und redeten, bis uns vor lauter Lachen die Stimmen versagten. Ich sagte ihr Dinge von mir, die ich noch niemandem anvertraut habe, und sie sagte mir alles über jeden Mann, den sie je geliebt hatte.

Wir erfanden blödsinnige Lieder und sangen sie unermüdlich im Rundgesang. Ich glaube aufrichtig, daß wir schließlich doch noch ein Liebespaar geworden wären. Ich sah ihr manchmal ins Gesicht und bemerkte, wie sie ohne Scheu zurückschaute, und daher weiß ich es. Ich weiß auch, daß sie ein Engel war, der täglich weiter aus seiner Gefangenschaft ausbrach.

Ich gewöhnte mich allmählich an meinen neugefundenen Mut und schlich jede Nacht zurück in den Ort, um zu sehen, ob die Barbaren immer noch da waren. Ich sah schreckliche Dinge, selbst im Dunkeln, weil sie nachts im Licht von Taschenlampen und Fahrzeugen mit ihrem Tagwerk fortfuhren. Viele Leute wurden gehängt. Ich hörte sie betteln und klagen. Ich sah Gil. Er beteuerte: »Ich bin unschuldig, ich bin kein Homosexueller.« Sie aber kastrierten und steinigten ihn, nachdem sie ihn an einen Pfosten gebunden hatten. Ich weiß, daß Gil kein Homosexueller war, weil er sich von mir Geld zu borgen pflegte, um in den Puff zu gehen. Wer könnte ihn angeklagt haben? Guiralda, deren Mann starb, als sie schwanger war, wurde wie Patarino in den Brunnen geworfen.

Weil meine Nase aufgeschlitzt ist und ich Peitschennarben am ganzen Körper habe, werden Sie schon erraten haben, daß ich geschnappt wurde. Drei Männer überfielen mich von hinten, als ich eines Nachts durchs Blattwerk spähte. Ich konnte wegen meines Beins nicht davonlaufen, und als sie mich packten, wich all meine Kraft aus meinem Leib, und ich war wie ein Kind. Sie sagten: »Ah, das ist der Krüppel«, und brachten mich direkt zur Kirche.

Dort saß El Inocente hinter einem langen Tisch und sah mehr denn je wie ein Geier aus. Zuerst war er nett zu mir. Er deutete auf den Priester, der die Messe gelesen hatte, und verkündete mir: »Pater Valentino wird dich vor diesem Gericht verteidigen. Wußtest du, daß du denunziert worden bist und daß wir dich deshalb hierhergebracht haben?«

Ich stellte mich dumm und sagte: »Nein, Euer Ehren. Wer hat mich denunziert?«

»Wir geben die Namen von Zeugen nicht preis, um ihnen Vergeltungsschläge nach unserer Abreise zu ersparen.«

»Wessen bin ich beschuldigt, Euer Ehren?«

»Wenn wir es dir verraten würden, könntest du auf den Kläger kommen. Wir fordern von dir, dein Gewissen zu durchforschen. Warst du beim Gnadenedikt?«

Ich nickte, und er sagte: »Dann hast du einen heiligen Eid geschworen, uns zu helfen. Was hast du zu bekennen?«

Ich suchte im Geiste nach geringen Vergehen und sagte: »Ich gehe nicht oft zur Messe, und von Zeit zu Zeit habe ich bezweifelt, daß Gott zu Brot wird.«

Das wurde von einem anderen Priester aufgeschrieben, und El Inocente fragte: »Und hast du ein Geständnis *in caput alienum*?«

Ich bat ihn, die Frage zu wiederholen, und er erklärte mir, ich sollte Böses gestehen, das ich von anderen wußte. Ich hatte einen Geistesblitz und nannte ihm einige Leute, die bereits gestorben waren und die ich nicht mehr gefährden konnte. Ich sagte: »Diese Leute sind zu Candomblés gegangen und haben *santeria* praktiziert, aber nun sind sie tot.«

»Und sind sie hier begraben?«

Ich nickte wieder, und die Namensliste wurde einem von der Leibwache übergeben, der mit ihr hinausging. »Du hast mehr zu bekennen, nicht wahr?« fragte der Monsignore, und ich erwiderte: »Nein, Euer Ehren.«

»Bring ihn *in conspectu tormentorum*«, sagte der Geier, und Pater Valentino nahm mich am Arm und führte mich in den Raum der Kirche, wo sich der Priester umkleidet. Dort sah ich Peitschen, Eiseninstrumente und an einem Haken an einem der Querbalken einen Flaschenzug. Ich sagte zum Priester: »Wie werden Sie mich verteidigen?« Er erwiderte: »Es gibt vier Arten der Verteidigung. Zuerst können Sie beweisen, daß Zeugen Sie aus Bosheit beschuldigen.«

»Wer sind die Zeugen?«

Er schüttelte den Kopf und meinte: »Es ist Ihnen bereits erklärt worden, daß wir die Identität von Zeugen nicht preisgeben können. Sie können Zeugen zu Ihren Gunsten benennen. Sie können auf mildernde Umstände plädieren, wie etwa Irrsinn, oder Sie können auf Ablehnung zurückgreifen, was ich Ihnen unter diesen Umständen nicht raten würde.«

»Was ist das?«

»Den Richter ablehnen. Sehen Sie das? Das ist die *garrucha* oder der *strappado*. Sie werden an die Decke gezogen und dann fallen gelassen; es setzt den Armen und Schultern gehörig zu. Das ist die

357

toca; da werden Sie gefesselt, ein Tuch wird Ihnen in den Schlund gesteckt und Wasser darauf gegossen, womit sich das Tuch vollsaugt und Ihren Magen anfüllt. Wie sehr es schmerzt, hängt davon ab, wieviel Wasser verwendet wird. Das ist der *potro*; es ist ein System aus Seilen, die um eine Kurbel gewunden werden und sich ins Fleisch schneiden, bis die Knochen brechen. Wenn Sie nicht gestehen, werden Sie so lange leiden, bis wir überzeugt sind, daß Sie alles gesagt haben.«

Ich ging in die Knie und flehte ihn an mit den Worten: »Pater, sagen Sie mir, was ich gestehen muß.« Er sah verwirrt und furchtsam aus, was mir offenbarte, daß er nicht so wie El Inocente war, dessen Kopf nicht mit seinem Herzen in Verbindung stand. Er blickte sich um, ob jemand in der Nähe war, dann beugte er sich zu mir und flüsterte: »La Perfecta.«

Ich hatte bereits geahnt, daß sie Sibila wollten. Mein Herz sackte mir in den Bauch, und mein Kopf fiel auf die Brust. Ich schaute auf die Folterinstrumente und erinnerte mich an das Kreischen, das ich gehört hatte, und wie sie den Bürgermeister totgeprügelt und Gil kastriert hatten.

In meinem Leben habe ich oft an eine solche Situation gedacht und mich gefragt, was ich tun würde. Manchmal habe ich mit dem Gedanken gespielt, ich könnte heldenhaft sein und bis zum Ende durchhalten. Doch nun gebrauchte ich vor mir selbst Ausflüchte. Ich sagte mir: *Ich wäre nicht schlimmer als jeder, der mich denunziert hat. Was nützt es, wie die anderen gehängt zu werden?* Ich fragte Pater Valentino: »Was geschieht, wenn ich ein volles Geständnis ablege?«

»Sie werden begnadigt werden«, sagte er. »Eine Bestrafung wird es geben, aber Sie werden, wenn Sie abschwören, wieder mit dem Glauben versöhnt werden.«

»Und Sibila? Wird sie Gnade finden?«

Er lächelte mich nachsichtig an und erwiderte: »Wenn sie ihre Irrtümer gesteht, wird sie Gnade finden.«

Diese Feststellung festigte meinen Entschluß. Ich überlegte, daß Sibila gestehen und sich reumütig geben würde, so wie ich es vorhatte. Ich dachte, sie würde meine Feigheit verstehen und mir mit der Zeit vergeben, weil sie erkennen würde, daß sie in meiner Position dasselbe getan hätte. Ich ging wieder zu El Inocente und sagte ihm genau, wo sie war.

Aber ich wurde nicht in der erwarteten Weise verschont. Am Morgen gab es ein Autodafé, und El Inocente erschien dazu in Purpur gekleidet. Es waren viele dort, die bestraft werden sollten, und ich war der letzte. Es fiel mir schwer, viele meiner Freunde zu erkennen, weil sie übel zugerichtet waren, und ich schämte mich, daß ich unverletzt war. Uns allen wurde unsere gesamte Habe konfisziert und dem Inquisitionsgericht übergeben. Ich wurde in mein Haus gebracht, und sie erstellten ein Inventar aller meiner mageren Besitztümer bis hin zum letzten Löffel. Sie luden die gesamte Habe des Orts in Karren und Lastwagen, weil sie bei jeder einzelnen Person eine Häresie aufgespürt hatten. Die Leute, die widerstrebend gestanden hatten, wurden von der Leibwache geblendet und mit einem Seil an Pater Belibasta gebunden. Er durfte sein Augenlicht behalten und erhielt den Befehl, seine Leute zur Warnung für andere durchs Land zu führen.

Ich aber mußte büßen. Ich wurde auf einen *burro* gesetzt und durch die Straßen gepeitscht. Die Leute sollten mich mit Steinen bewerfen. Das befahlen ihnen die Leibwächter, aber mich berührten keine Steine. Als wir vor der Kirche anlangten, nahm ein Leibwächter ein Messer und schlitzte mir die Nase auf. Ich werde Ihnen nicht sagen, was ich durchlitt, weil ich es nicht beschreiben und nicht darüber reden kann, doch ich kann mich nicht damit abfinden. Nur sehe ich jetzt Gerechtigkeit darin, weil ich glaube, es ist die Strafe für den Verrat an Sibila.

Als ich von dem Esel losgebunden und, nachdem ich gefallen war, vom Boden aufgehoben wurde, umringten mich die Priester. Sie legten mir das *sanbenito* um, das Hemd mit einem gelben Kreuz vorn und hinten, und befahlen mir, es mein ganzes Leben lang zu tragen. Ich solle all meine Tage barfuß gehen, und es wurde mir verboten, jemanden zu berühren. Sie gaben mir ein Holztablett, auf das Ladenbesitzer meine Einkäufe legen sollten. Blut tränkte mein Hemd und rann mir die Beine herab. Ich dachte, ich würde sterben, und mein Magen fühlte sich an, als wäre er durchgebrochen.

Der Monsignore trat vor und lächelte mir gütig zu. Er fragte: »Welchem Glauben hängst du an?« Ich erwiderte: »Dem Glauben an Jesus Christus.«

Er wandte sich an die anderen Priester und sagte ihnen, sie sollten sich freuen. Ich schwöre Ihnen, es waren Glückstränen in seinen Augen. Er legte mir die Hände auf die Schultern, sagte: »Dank sei Gott«, und küßte mich auf beide Wangen.

53

Wie der mexikanische Musikologe den Mauerbau erlebte

Ich lebe jetzt schon einige Zeit hier, aber meine Verblüffung und Verwirrung hört nie auf; die Bauwut scheint gar nicht nachzulassen, und das bei einem Volk, das von Natur aus zu Müßiggang und Liederlichkeit neigt. Der Mauerbau ergab sich etwa um die Zeit, als ich auf dem Plateau unten gewesen war und mir die roten Krabbler eingefangen hatte. Sie kriechen einem die Hosenbeine hoch und bohren sich unter die Haut. Glücklich der Mann, dessen Hosenbund vom Wohlstand oder vom Eingehen beim Waschen fest sitzt, weil sie da gestoppt werden und der Oberkörper verschont bleibt. Ich bekam fürchterlich wunde Stellen, die mich vor Juckreiz schier verrückt machten, und geriet mit Ena und Lena aneinander, weil ich glaubte, eine von ihnen wäre untreu gewesen und hätte sich die Syphilis geholt. Ich ging äußerst ungehalten zu Aurelio, der mir riet, die Luftlöcher mit Fett zuzuschmieren, und da starben sie natürlich, aber ich reagierte allergisch auf die toten Viecher und bekam noch schlimmeres Jucken. Da ging ich wieder zu Aurelio, der mir sagte, ich sollte dankbar sein, daß es keine Pferdebremsen waren, wozu mir einfällt, daß vor kurzem eines der Pferde einen Tritt ins Auge bekam, das sich entzündete. Bald war es nur noch eine Masse scheußlich sich windender Maden, und ich glaubte, der Hengst müsse sterben, doch Sergio entfernte den Augapfel und reinigte die Höhle mit Alkohol. Da war alles wieder gut, nur lief das Pferd aufgrund des fehlenden Sehvermögens auf der einen Seite ständig im Kreis. Dionisio sagte: »Das wird schon wieder«, und fand einen grauen Kiesel, auf den er mit weißer Farbe ein Auge malte. Er steckte es in die Augenhöhle, und nun geht das Pferd gerade – wie ist das zu erklären? –, doch das Auge sieht überaus verstörend an dem Pferd aus.

Don Emmanuel kaufte den Hengst und ritt eines Tages mit ihm den Hügel herauf, wo er mir ein Blatt Papier mit den Worten gab, darauf stünde ein seltenes englisches Weihnachtslied, wäre das nichts für meine Sammlung? Es war sehr lang, weil bei jeder Strophe jeweils eine Zeile hinzukommt, und heißt ›Die zwölf Weihnachtstage‹. Ich gebe hier die letzte Strophe wieder:

»Am zwölften Weihnachtstag schickt mein Feinsliebchen mir zwölf fickrige Fotzen, elf läufige Lesben, zehn halbgare Hoden, neun nackte Nippel, acht ächzende Ärsche, sieben verklagte Vikare, fünf kranke Chorknaben, vier lasche Lustmolche, drei welsche Huren, zwei Scheißhaustüren und meinen Lord Montagu of Beaulieu.«

Don Emmanuel sang es mir sehr zartfühlend im feinen Bariton vor, und ich bekenne, ich war äußerst gerührt und sagte: »Das hättest du dem britischen Botschafter bei seinem Besuch vorsingen sollen.« Ich verstehe den Text wegen meiner dürftigen Englischkenntnisse nicht, aber ich habe es mit einer Transkription der Melodie an meinen Agenten in Mexiko geschickt in der Hoffnung, es möchte in eine angekündigte Anthologie internationaler Volkslieder aufgenommen werden, deren Einnahmen an die UNICEF gehen sollen. Don Emmanuel kann einen manchmal in die größte Verlegenheit bringen, aber diesmal hat er etwas ganz Wundervolles geliefert. Er hat eine weitere Auseinandersetzung mit Felicidad gehabt, und die Stadt hat von nichts anderem mehr gesprochen. Ich wünsche mir, sie könnten ihre Angelegenheiten so segensreich regeln wie Capitan Papagato und Francesca; sie ist wieder schwanger geworden, und ihr Gang ist schon eher ein Watscheln. Alle sind überrascht, weil sie ihr erstes noch gestillt hat. Soviel ich weiß, haben ihre Jaguars noch mehr Junge bekommen. Bald werden wir überrannt sein. Ich mußte das Dach meines Hauses verstärken, weil Lena meint, das Gewicht der mittags sich sonnenden Katzen würde es sonst eines Tages zum Einsturz bringen.

Ich habe gerade letzte Hand an die neuen Stützen gelegt und ein Liedchen gesummt, das Dionisio mir beigebracht hatte, als General Fuerte herkam und Ena und Lena wie ein wahrer Gentleman vom alten Schlag die Hände küßte. Dann trat er zu mir und sagte: »Wir könnten deine Hilfe brauchen.« Ich erwiderte: »Warum? Ist der dreihundertjährige Mann zurückgekommen und hat jemanden

angegriffen? Hat der Conde endlich jemandem die Nase aufgeschlitzt? Hat Felicidad an Don Emmanuels Kopf einen Teller zer-
brochen? Hat jemand einen *pollo de un hombre verdadero* in Dolores'
Restaurant verspeist?« Doch der General sagte: »Nein, rate noch
mal.«

»Hat sich Hectoro eine vierte Frau genommen? Ist der Apparat
kaputtgegangen? Holen wir noch mehr Traktoren?«

Aber der General sagte: »Du bist auf der richtigen Spur, *cabrón*. Wir
werden vor der Stadt eine Mauer übers Tal bauen.«

»Was?« rief ich. »Noch mehr Arbeit?«

Ich war entgeistert, weil ich abgesehen von der Mithilfe beim Herschaffen der Traktoren Dionisio und Professor Luis dabei geholfen
hatte, die große Weltkarte im Morast anzulegen, und ich hatte genug davon, mir die Knochen zu brechen und die Hände aufzurei-
ßen. Ich war allerdings noch verstörter, als ich die Gründe für den
Mauerbau erfuhr, und rannte runter zur *plaza*, wo ich meinen
Ohren nicht trauen konnte.

»Warum sollten wir eine Mauer bauen, wenn wir den Auftrag dazu
von dem angeblichen Geist von Aurelios Adoptivtochter erhalten
haben?« fragte ich und erhielt nur Unsinn als Antwort. Sergio
sagte: »Es ist deshalb, weil uns die Götter diesmal nicht werden
helfen können«, und ich rief: »Was meinst du mit ›diesmal‹?« Misael erklärte mir: »Das kommt, weil die Umstände die Heiligen
durcheinandergebracht haben.« Remedios meinte: »Wir brauchen
Befestigungen.« Ich wollte wissen: »Warum? Steht eine Invasion
bevor?« Und die Hure Dolores bemerkte: »Laßt die Eindringlinge
nur reich und geil sein, dann bin ich zufrieden.«

Bei diesem Durcheinander von Unsinnigkeiten konnte ich mich
nicht vernehmlich machen, da Don Salvador, der falsche Priester,
auf lateinisch Obszönitäten zitierte, der Conde mit seinem
Schwert herumfuchtelte und verkündete, er würde die Eindringlinge in Strömen von Blut baden, und Pater García feierlich erklärte, daß der Erzengel Sandalphon sehr um unsere Sicherheit besorgt sei. Don Emmanuel meinte: »Es würde nicht schaden, wenn
wir alle beschäftigt sind; Hände sind dazu da, sich zu regen«, worauf Felicidad auf den Boden spuckte und sagte: »Wie deine Hände
beschäftigt sind, das macht mir Verdruß.«

Und so bauten wir die Mauer. Ich war wenigstens dieses eine Mal froh, daß Aurelio die Konquistadoren zum Leben erweckt hatte. Normalerweise stolzieren sie großmächtig in ihrer rostigen Rüstung umher, trinken übermäßig, stolpern über die liegenden Jaguare und bringen mit ihren andauernden Flüchen und Belästigungen die Frauen zur Verzweiflung, und noch dazu haben sie den leeren Gesichtsausdruck von Kretins und sabbern. Aurelio sagt, es käme vom jahrhundertelangen Gefrorensein, und wir sollten Geduld mit ihnen haben, aber ich bin mit meiner am Ende. Nun aber, da wir mit einem militärischen Projekt beschäftigt sind, das ihnen verständlich ist, schuften sie wie die Sklaven.

Wir kauften enorme Mengen Zement und Sand in Ipasueño, wofür Doña Constanza zahlte, und ich habe die Übersicht verloren, wie oft wir mit Mulizügen nach Ipasueño hin und zurück sind. Ich habe all das Gewicht verloren, daß ich zugesetzt hatte, seit Ena und Lena sich um mich kümmern. Wir errichteten eine Mauer von drei Metern Höhe und zwei Metern Dicke, die sich quer durchs ganze Tal zieht, mit einem Pförtnerhaus in der Mitte zum Ein- und Ausgehen und einem niedrigen Bogen, damit der Fluß durchströmen kann. Probleme gab es an den Enden, weil ein Belagerer einfach die Hänge hätte hinaufklettern und unsere Befestigung umgehen können, und deshalb bauten wir sie die Bergflanken hoch, bis es so schwierig war, noch weiterzubauen, daß wir meinten, wenn wir nicht höher gelangen konnten, dann könnte auch sonst niemand um sie herumklettern.

Gerade als ich glaubte, unsere monatelange Schufterei wäre vorüber und das Ende würde mit einer großen Fiesta gefeiert werden, wurde bekannt, daß der Conde erklärt hatte, nach seiner langen Erfahrung wäre eine solche Mauer nutzlos ohne einen Wassergraben, weil sich leicht Leitern und Eisenklauen daran anbringen ließen. Also begann die Arbeit von neuem, und wir gruben einen Graben in den feuchten Sand und häuften den Abraum an die Mauer, damit der Stein vor Geschossen geschützt war. Professor Luis berechnete die Konturen des Kanals, und der Fluß füllte ihn perfekt, sobald wir die hölzernen Wehre hochzogen. Doña Constanza verkündete, sie habe nun begriffen, daß der Kanal zu ihrem Swimmingpool ausgezeichnet funktioniert hätte, wenn die Arbeit richtig verrichtet worden wäre. Es scheint so, als habe ihr niemand deutlich gesagt, daß ihr Lieblingsprojekt bewußt sabotiert wurde.

Für alle anderen ist das Allgemeinwissen und bringt die Leute zuverlässig zum Lachen.

Fiestazeit, dachte ich, und machte Pläne für ein Konzert der Stadtkapelle. Ich schrieb im Geiste eine *marinera* und eine *jarabe* und überlegte schon, wen ich fragen konnte, eine Tanzgruppe für den *joropo* zu bilden, als Aurelio der Allgemeinheit verkündete, er möchte ein Experiment durchführen.

Aurelio ist ein Aymara, und jahrhundertelang war sein Volk unter der Vormundschaft der Inkas. Bis zum heutigen Tag spricht jeder Aymara ein bißchen Quechua, die von den Kaisern aufgezwungene Sprache. Aurelio sagte, er möchte gern sehen, ob es möglich wäre, Mauern im alten Stil zu errichten, mit mehreckigen Blöcken, die so vollkommen ineinander paßten, daß sich nicht einmal ein Messer dazwischenschieben ließ. Er bemerkte, es könne nichts schaden, die Mauer noch höher zu machen. Hectoro schlug vor, den Viracochatempel abzutragen und die Blöcke für die Mauer wiederzuverwenden, aber der Mann ist ein Banause, obwohl er vorgibt, so viel zu lesen. Er hält das Buch immer verkehrt herum und bewegt die Lippen.

Zu meiner Verwunderung stieß Aurelios Idee auf allgemeine Zustimmung. Dionisio sagte mir, daß sie alle ihre nackte Existenz Aurelio verdankten und daher bereit seien, ihm einen Gefallen zu tun. Anscheinend wollte er, daß wir uns auf der *plaza* beim Achsenmast versammelten, und am vereinbarten Abend zogen wir dorthin, sogar Ena und Lena, mit denen ich damals wieder versöhnt war, weil ich mich entschuldigt hatte.

Vier große Feuer wurden entfacht, und Aurelio erschien ganz in Weiß, der Farbe einer Hexe bei seinem Volk. Er sprach zu uns und sagte: »Zur Zeit meiner Vorfahren wurden Mauern folgendermaßen gebaut: Erst wurde eine Flüssigkeit über den Felsen gegossen, um ihn weich wie Lehm zu machen, dann wurde er an Ort und Stelle gebracht und modelliert. Dann kam eine andere Flüssigkeit drauf, so daß er wieder zu Stein wurde, und das ist der Grund, warum Inkamauern so sind, wie sie sind. Ich möchte nichts weiter von euch, als daß ihr hier bleibt, denn allein eure Anwesenheit wird helfen, während ich mit den Vorfahren um die Rezepte feilsche.«

Nach diesen Worten schritt er direkt durch eines der Feuer. Alle Leute zogen die Luft ein, weil wir dachten, er würde sich verbrennen. Doch er kam unversengt heraus und schritt direkt durch das gegenüberliegende Feuer. Wir japsten erneut, doch er kam wiederum unbeschadet hervor. Er brabbelte laut die ganze Zeit und fuhr damit fort, nacheinander durch die Feuer zu schreiten, bis das Wunder schon recht langweilig wurde. Ich vergnügte mich damit, die Farbspuren auf dem Mond zu betrachten.

Schließlich trat er zum letzten Mal mit verrußter Kleidung und offensichtlich schmorenden Fußsohlen aus den Flammen. Er hustete und sagte dann: »Danke schön, das ist alles.«

Wir gingen alle mit einem Gefühl der Ernüchterung heim, denn anscheinend würde sich nichts weiter ereignen. Doch eine Woche später kam Aurelio wieder mit vier säckebeladenen Mulis aus dem Dschungel und konfiszierte Dolores' Kessel, den sie normalerweise dazu benutzt, bei Candomblés *guarapol* zu machen. Ich weiß nicht, welche grauslichen Objekte in das Gebräu wanderten, weil sie mir alle verschrumpelt und unidentifizierbar vorkamen, aber einmal bin ich hinunter, um ihn zu beobachten, und sah, wie er einen Mundvoll Rum schluckte. Er spuckte alles wieder aus über das Gebräu, das überaus spektakulär Feuer fing. Er blies auch gewaltig viel Zigarrenrauch darüber und stampfte mit seinem hypnotisch schnellen und geschickten Stößel in seiner Kokakalebasse.

Ich war nicht dort, als er etwas von der Flüssigkeit über einen Felsen goß und ihn formbar machte, aber der General kam den Hügel herauf und setzte mich atemlos davon in Kenntnis. Ich dachte: *O nein, jetzt geht die Arbeit wieder von vorne los*, womit ich auch recht hatte.

Die umfangreichsten Felsblöcke wurden aus dem Berg gewuchtet und am Plateau aufgetürmt, um im Aufzug hochgebracht zu werden. Wir mußten einen Kran konstruieren, um die Blöcke auf die Mauer zu hieven, weil wir es auf die herkömmliche Weise über eine Erdrampe nicht schafften, denn auf der einen Seite war der Morast im Weg, und auf der anderen Seite standen Häuser. Aurelio goß Flüssigkeit über die Felsen, und wir schlugen sie mit Schaufeln in die richtige Form, und dann härtete er sie mit einer anderen Flüssigkeit. Er war so erfreut, daß selbst ich, der ich mir die Finger in Fetzen und die Muskeln zu Leder abgearbeitet hatte, froh war, ihn mit erhobenen Händen in kleinen Kreisen tanzen zu sehen. Normalerweise ist er die Würde in Person.

Und was können wir dafür vorweisen? Eine kolossale Verteidigungsanlage, errichtet auf Geheiß eines Geistes, um uns gegen eine unwahrscheinliche Invasion zu wehren, die in der heutigen Welt nicht stattfinden kann. Aber sie hat auch ihre guten Seiten. Sie hält den Wind ab, der durchs Tal fegt, und es verschwinden einem nicht mehr die Kleidungsstücke von der Wäscheleine und segeln auf das Plateau hinaus; alle Felsen wurden vom Berghang geholt, womit sich die Gefahr von Bergrutschen reduziert, sowie vom Plateau und den *andenes*, was den Ackerbau erleichtert; es ist toll, oben zu stehen und den Sonnenuntergang anzuschauen; im Wassergraben gibt es gute Fische und einige eßbare Wasservögel; mit der Mauer erwies sich definitiv die Nützlichkeit der Traktoren, und wir hatten eine ungeheure Fiesta, nach der Antoine und Françoise mir zum Wohlklang meiner zwei neuen Kompositionen gratulierten, und die Stadt verlieh mir den Überaus Erhabenen Orden des Apparats für meine Verdienste um die Architektur und die musikalische Bildung. Ich war trunken wie ein Teutone und vertraue darauf, daß meine Dankesrede so geistreich und wohlgesetzt war, wie ich mich zu erinnern glaube. Ena und Lena kichern jedesmal, wenn ich darauf zu sprechen komme.

54

Von Tod und Wiederkehr

Josef starb, weil eine schwangere Frau ihn ansah, als er von einer Schlange gebissen worden war. Es war nicht Francescas Schuld, daß sie ihn ansah, weil sie ja nicht wissen konnte, daß er im großen Aufzug vom Plateau hochgebracht wurde, als sie gerade vorbeikam, um nachzusehen, ob sie im Weidenkorb vielleicht Shrimps gefangen hatte. Niemand gab daher Francesca die Schuld, doch sie hatte ziemlich lange ein zutiefst schlechtes Gewissen.

Josef hatte großes Pech gehabt, als er seine Machete in der Bananenplantage schwang. Normalerweise hätte eine Schlange sich aus dem Staub gemacht, aber diese blieb liegen, bis das Buschmesser ihr in die Flanken fuhr und sie reflexartig ihre Fänge in Josefs Fuß schlug und all ihr Gift injizierte. Schlangen gehen mit ihrem Gift gewöhnlich sparsam um; sie teilen es sorgfältig ein, verpassen ihren Opfern gerade die richtige Menge, um sie zu lähmen und den inneren Vorverdauungsprozeß einzuleiten. Tiere, die sie bloß verscheuchen wollen, erhalten normalerweise gar nicht viel Gift oder bloß so viel, damit sie in Zukunft besser aufpassen. Wenn Schlangen menschlich wären, gehörten sie zu der Sorte von Leuten, die ihr Kleingeld ansparen und in Investmentfonds stecken, Schokolade nur nach dem Sonntagsbraten essen, an rasche körperliche Züchtigung zur Abschreckung von Verbrechern glauben, den Wert von sozialen Diensten skeptisch einschätzen und zu Weihnachten Taschentücher verschenken. Doch bei Josef war die Schlange so erbost und schmerzerfüllt, daß sie rachsüchtig sein ganzes Bein mit dem tödlichen Betäubungsmittel vollpumpte, dann wegkroch, um einen verbitterten Tod zu sterben, und dankbar von Ameisen verzehrt wurde.

Josef wurde ganz bleich, so daß sein offenherziges schwarzes Gesicht ergraute, und setzte sich ins Gras, um mit wachsendem Bangen auf das traditionelle Heilverfahren zu warten. Sergio und Pedro der Jäger warfen eine Münze, und Pedro verlor. Er wollte noch einmal werfen, aber Josef sagte: »Komm schon, *cabrón*, ich vergebe dir im voraus. Bringen wir es hinter uns.«

Pedro zog die Machete aus der Scheide und prüfte die Schneide auf ihre Schärfe. Ein dünner Schnitt zeigte sich in seinem Daumen, und da wußte er, daß sie scharf genug war. Pedro war alt, aber sehr groß und wendig, und Josef schöpfte Zuversicht aus dem Gedanken, daß ein so starker Jäger, der in Tierfelle gekleidet war und sein Waidwerk verstand, die Arbeit mit sehr geübten Händen verrichten würde.

»Schließ die Augen, *amigo*«, sagte Pedro, und Josef kniff sie so fest zu, daß er das Gefühl hatte, sie würden ihm nach hinten in den Kopf gedrückt.

Einige sagen, die schlimmsten Schmerzen, die jemand haben kann, seien die in den Knochen, andere wiederum, das gelte für eine Geburt oder ein Herz, das plötzlich stehenbleibt. Josef kam es so vor, als ob der Klingenhieb wie ein wirbelnder Felsblock oder eine Kugel in ihn krachte. Er warf mit einem Ruck den Kopf zurück, und ein Schrei, der nie aus seinem Mund fuhr, erfüllte seinen Schädel und explodierte dann in den übrigen Körper hinein. Während er unter dieser Schmerzlawine begraben war, zu erschüttert, um zu denken oder zu fühlen, hob Pedro das Buschmesser hoch über den Kopf und vollendete mit absoluter Präzision die Amputation mit einem zweiten Hieb.

Josef spürte, wie sich sein Magen auflöste, schaute auf seine wie Blätter im Wind zitternden Hände, kämpfte gegen die Übelkeit an und mußte sich dann aber doch übergeben. Er hatte vorher nicht gewußt, daß jemand nicht nur Agonie erfahren, sondern selbst zu ihr werden kann. Sergio band den Stumpf rasch mit einer Aderpresse ab, die er aus seinem Hemdsärmel gemacht hatte, und Pedro urinierte in seine *mochila*, um sie über die Wunde zu legen und damit nach altem Wissen Infektionen zu verhindern.

Josef wurde ohnmächtig (»Das kam von der Hitze, nicht vom Schmerz«, erklärte er später), und Pedro warf ihn sich über die Schultern, als wäre er ein erlegter Spießhirsch. Er rannte auf den Aufzug zu, und Sergio ihm hinterher, wobei er sich mit dem Rest seines Hemds die Brauen wischte und einer Art mitfühlendem postoperativem Schock anheimfiel. Oben an der Steilkante beugte sich Francesca vor, um die Aussicht zu genießen, und verursachte unabsichtlich Josefs Tod. Der Verletzte öffnete die Augen und erblickte eine schwangere Frau, die ihn ansah. Da wußte er, daß alles aus war.

In der Stadt herrschte Panik. Aurelio war nirgendwo aufzutreiben, da seine beiden wahrnehmbaren Egos zu einem vereinigt waren, um mit den Göttern über Federicos Verschwinden zu verhandeln, und Dionisio Vivo, der den Ruf hatte, mit allem zurechtzukommen, solange es spektakulär war, befand sich in Santa Maria Virgen und gab sich mit den beiden Schwestern, die sein Auto warteten, der Liebe hin.

Josef wurde ins Freudenhaus gebracht, da er wünschte, an demselben Ort zu sterben, wo er das größte Glück seines Lebens erfahren hatte. Sein ganzer Körper schwoll sichtlich an, und auf seiner Stirn brach starkes Fieber aus. Remedios kam herein und sagte zu Pedro: »Du wirst ihn heilen müssen; da Aurelio nicht da ist, kommst du einem Schlangendoktor am nächsten.«

Pedro schüttelte betrübt den Kopf und blickte in Remedios' unberechenbare braune Augen. »Ich kenne nur die *secretos* für Tiere. Wenn Josef ein Tier wäre, wäre es anders.«

»Probier es mit einem für ein Pferd«, schlug die Hure Dolores mit ihrer rauchigen Stimme vor, »der Mann ist beinahe ein Hengst.«

Pedro kniete sich hin und murmelte in Josefs Ohr, doch dann stand er auf und sagte: »Keine Geister haben mich verlassen.«

»Probier es mit einem für ein Schwein«, sagte Fulgencia Astiz, die Anführerin der fanatischen Frauen, die einen Kult daraus gemacht hatten, Kinder von Dionisio Vivo auszutragen. »Soviel ich weiß, schmecken Menschen nach Schweinefleisch.«

»Ich habe einmal mit einem Mitglied des Stamms gesprochen, der den ersten Bischof von Retreta verspeist hat, und der sagte, sein Vater hätte gemeint, daß der Bischof nach Kalbfleisch geschmeckt hat«, bemerkte Misael.

»Bischöfe schmecken anders, das weiß jeder. Das kommt von ihrem üppigen Essen«, sagte Leticia Aragon, deren Augen an diesem Tag violett waren.

»Vergeßt es«, ächzte Josef, »ruft bloß Pater García. Ich werde sterben, weil ich gesehen habe, wie Francesca mich ansah.«

Vor der Tür erklang ein Klagen voll Reue und Bedauern, da Francesca draußen stand und sein Leiden nicht dadurch verstärken wollte, daß sie hereinkam und ihn nochmals ansah.

Pater García trat hastig herein, komplett ausgerüstet mit Weihwasser, Rum als Kommunionswein und *empanadas* als Ersatz für Hostien. Bei ihm war Don Salvador, der falsche Priester, der seine neue zweisprachige Catull-Ausgabe bei sich trug, die Dionisio in der Hauptstadt bei einem Besuch des Herausgebers von *La Prensa* aufgetrieben hatte.

»Alle müssen raus«, verkündete Pater García, »ich werde ihm die Beichte abnehmen.«

»Ich möchte öffentlich beichten«, sagte Josef, »da ich mich meiner Sünden nicht schäme.«

»Wenn du dich nicht schämst, wird Gott dir nicht verzeihen, und du wirst in die Hölle kommen«, ermahnte Pater García.

»Da kennst du Gott schlecht«, erwiderte Josef. »Bevor ich sündige, knie ich mich jedesmal hin und frage Gott, wieviel es Ihm ausmacht, und Er hat mich nie von etwas abgehalten.«

Pater Garcías Gesicht hellte sich mit einem Lächeln auf, und er sagte: »Fangen wir mit der Beichte an.«

»Ich habe einmal die Nichte des Polizisten in Chiriguaná gefickt, nachdem sie an den Krämer Pedro verkauft worden war, und da war sie erst zwölf Jahre alt, aber sie rammelte wie ein Karnickel, weshalb ich es noch sehr oft mit ihr gemacht habe. Ich habe Hectoro während der Schlacht von *Doña Barbara* eine Flasche Anis *Ocho Hermanos* an den Kopf geworfen, was eine sündhafte Verschwendung von gutem Geld und gutem Gesöff war und ihm in den Augen brannte. Ich habe einmal einem greinenden Baby einen Löffel voll Rum gegeben, damit es still wurde, und daran ist es fast gestorben. Ich habe von der Hazienda von Don Hugh in Chiriguaná, als wir noch in der Ebene unten wohnten, einmal eine Rolle Stacheldraht gestohlen. Ich habe Don Emmanuel ein noch nicht gebrandmarktes Kalb entwendet und es als mein eigenes aufgezogen. Ich habe so oft ans Sterben gedacht, daß ich manchmal zu leben vergaß, und als ich noch sehr jung war, habe ich mich drei Jahre lang täglich selbst befriedigt, bis eine Frau Mitleid mit mir bekam und mich zum Mann machte. Abgesehen davon habe ich jeden Tag bloß ein oder zwei schlimme Sachen gemacht.«

Pater García erteilte ihm die Absolution und die Letzte Ölung in einer zunehmend bedrückenderen Atmosphäre von Frömmigkeit und bevorstehendem Verderben, und Don Salvador deklamierte feierlich das vollständige Gedicht von Catull über den Tod des Sperlings seiner Lesbia.

Zehn Stunden später verfiel Josef in seinem Fieber zeitweise ins Delirium, und sein Leib war schrecklich aufgebläht. Er erwachte aus seinen Träumen und winkte Pater García dringlich her, der sich herunterbeugte, um seine Worte mitzubekommen: »In Chiriguaná habe ich dem Priester Don Ramón für eine anständige Beerdigung und drei Messen Geld gegeben. Machst du das, auch wenn ich dir kein Geld gezahlt habe?«

»Ich werde es im Namen der Kirche tun«, sagte Pater García ernst, »die bereits das Geld erhalten hat.«

Josef winkte wieder, und Pater García beugte sich nochmals herab. »Werde ich im Himmel so viel ficken können, wie ich will? Wenn es nämlich nicht so ist, dann bitte ich dich, es so einzurichten, daß ich woandershin komme.«

»Ein Priester hat einen beschränkten Verhandlungsspielraum«, bemerkte García, »aber ich bin der Auffassung, wenn jemand im Himmel nicht vögeln kann, dann wäre es nicht der Himmel, was ein Widerspruch in sich und deshalb unmöglich ist. Das wäre ein metaphysisches Oxymoron. Das ist etwas, was ich von dir gelernt habe, da es immer deine Meinung gewesen ist.«

Josef sah zufrieden aus und murmelte dann: »Ich habe einen letzten Wunsch. Ich möchte mit dem Rest meines Beins begraben werden und besoffen sterben.«

Josef verschied um Mitternacht, vom Rum in schweres Koma versetzt, während eine *puro* ihm noch zwischen den Fingern glomm. Aus Liebe und Achtung ließen ihn die Leute in der Mitte des Raums liegen, während sie tranken und hurten, und es kamen noch mehr mit Totengeschenken herein. Dolores brachte eine Schüssel mit *pollo de un hombre verdadero* als Tribut an seine Männlichkeit; Felicidad kam mit Tränen in den Augen und hinterließ ihm die schwarzen Nahtstrümpfe, bei denen er immer gegeifert hatte und zu derben Späßen aufgereizt worden war; Sergio brachte ihm eine verzierte Kalebasse, aus der er im Paradies Feuerwasser trinken sollte; Hectoro schenkte ihm vier mit bestem Marihuana gestopfte *pitillos*; und Doña Constanza legte ihm ihre uralte Ausgabe von *Vogue* mit den aufreizenden Bildern halbnackter weißer Frauen in unpraktischer Kleidung hin. Tomás brachte ihm Kokablätter zum Kauen, falls es im Himmel Berge zu besteigen gab; Gloria brachte ihm vier Kugeln, um an seine Rolle beim Vertreiben der Armee aus dem alten Dorf zu erinnern; und Pedro brachte ihm einen totgeborenen Welpen von einer seiner Jagdhündinnen, um ihm bei der himmlischen Jagd zu helfen.

Sie beerdigten Josef tief unterm Boden des Freudenhauses, damit er den vertrauten Lärm hören und in sentimentalen und rührseligen Augenblicken *copas* mit *aguardiente* über seinen Ruheort gegossen werden konnten. Das Begräbnis verzögerte sich etwas, weil sein Unterschenkel nicht da war, den Pedro und Sergio in der fliegenden Eile, ihn in die Stadt zu bringen, auf dem Plateau hatten liegenlassen. Dieses abgetrennte Stück war von einem opportunistischen Puma weggetragen worden, und in Leticias Hängematte tauchte lediglich der Fuß auf, den der Puma abgebissen hatte, um ihn seinen Jungen zu überlassen. Er war noch vollständig, doch mit den winzigen Nadelstichen ihrer Zähne bedeckt. Schließlich hatte der redegewandte und schielende Polizist, mit dessen Nichte sich Josef vergnügt hatte, die Idee, zur Vervollständigung der Anatomie der Leiche ein Holzstück zurechtzuschnitzen, und so wurde Josef, mit all seinen Geschenken vollends für ein ausgelassenes und erfülltes Nachleben ausgestattet, der Erde übergeben.

Josefs ungerecht frühes Dahinscheiden hatte zur Folge, daß die Menschen, die aufs Plateau gingen, von da an immer heftig Zigarren rauchten, da Schlangen Tabak hassen, und ihre Füße rieben sie mit einer Mischung aus Schlangenwurz, Knoblauch und süßem Öl ein, was Schlangen zutiefst abstoßend finden. Das eine war zum Schutz, das andere als Rache gedacht.

In der Nacht von Josefs Tod besuchte Aurelio Francesca und traf sie weinend in Capitan Papagatos Armen an. Er schloß sachte die Tür hinter sich und sagte: »Ich komme mit guten Nachrichten. Wenn dein Kind geboren wird, darfst du es nicht Josef nennen, wie du gedacht hast. Du mußt es Federico nennen, nach deinem Bruder, dem Mann meiner Tochter Parlanchina.« Er beantwortete ihren fragenden Blick mit der Bemerkung: »Manches ist Schicksal, wegen der Götter.«

Er trat in die Nacht hinaus und ging die Straße entlang. Er blieb kurz am Achsenmast auf der *plaza* stehen und schaute zu den Sternen auf. Wenn er aus dem Baumbaldachin des Dschungels in die Sierra kam, war er immer vor Bewunderung ganz sprachlos über die ungeheure Ausdehnung des Himmels. Er setzte sich hin und dachte daran, daß auch Parlanchina allmählich verblaßte. In letzter Zeit stand sie bloß noch still am Dschungelpfad, während ihr wunderschönes langes Haar um ihre Hüften wallte und ihre sanften Augen leer vor sich hin träumten. Er hatte gesehen, daß auch ihr Kind blasser wurde, und ihr kapriziöser Ozelot war vor ihren Füßen zusammengerollt, während seine lebhaften Flecken und Rosetten abwechselnd scharf und unscharf wurden.

Aurelio ging zur Tür von Leticia Aragon und klopfte leicht. Gleich darauf erschien sie splitterfasernackt, als ob sie gewußt hätte, daß da jemand war, der nicht erstaunt wäre. Aurelio musterte ihre Schönheit; ihre Augen waren nun meergrün, und ihr feines schwarzes Haar legte sich wie ein vertrautes Streicheln auf ihre Schultern. Er fragte sich plötzlich, ob sie schon immer Parlanchinas Mutter gewesen war, und war von einem Gefühl des Unnennbaren völlig erschlagen. Leticia lächelte entrückt und sagte ihm: »Ich weiß, daß ich wieder schwanger bin.«

»Es wird das erste weibliche Kind von Dionisio sein, das nicht Anica heißen wird«, sagte er.

Sie nickte und bat ihn mit den Worten herein: »Das wird ihm helfen, davon loszukommen.«

»Und noch etwas«, fügte Aurelio hinzu. »Das Mädchen wird mit einem Kind im Leib geboren werden, und dieses Kind wird an einem Tag auf die Welt kommen, bevor deine Tochter überhaupt einen Mann erkannt hat. Doch dessen Vater ist Francescas Baby, das erst noch auf die Welt kommen und Federico heißen wird. Verstehst du das?«

Leticia nickte. »Oshun ist mir im Traum als Nuestra Señora de la Caridad del Cobre erschienen. Ich werde tun, was sie mir gesagt hat, und das Kind Parlanchina nennen.«

55

Sibila gewinnt ihre abgefallene Krone wieder und bekommt ihre Lichtrobe

»O San Nikolas, der drei in einem Salzfaß gepökelte Kinder von den Toten erweckte, o San Quentin, der einen Dieb schonte, indem er das Henkerseil reißen ließ, o Santa Rita, die viermal das Unmögliche vollbrachte, o San Cosmos und San Damian, die weder von Feuer, Luft, Wasser noch vom Kreuz Schaden erlitten, interveniert bei unserer Lieben Frau und unserem Heiland, daß sie verschont wird. Amen. Und Gott verzeihe mir.«

So lautete das Gebet, das ich oftmals nachts in meinem Haus betete, als ich wegen meiner Schmerzen, meines Entsetzens und meines Verrats an Sibila nicht schlafen konnte. Ich bin von Natur aus nicht religiös, und meine Worte waren so leer in meiner Seele, wie sie von Gott ungehört blieben, aber ich betete, weil ich mir nicht anders zu helfen wußte. Ich wußte die ganze Zeit, daß es eine Illusion war, zu beten, aber es schlug die Zeit tot, als ich schlaflos in meinem Zimmer kauerte, aus dem sogar das Bett entfernt worden war. Ich hatte eine Vision der Hölle gesehen, so wie sie jede Generation sieht. Meine Eltern sahen solche Sachen während *La Violencia*, und deren Eltern sahen genau das gleiche während des Bürgerkriegs. Es war das gleiche Spiel mit neuen Akteuren, und ich stellte dieselben Fragen wie meine Eltern: »Was stimmt mit uns nicht, daß wir auf das Paradies scheißen?«

In den nächsten paar Tagen wagte ich mich nicht in die Nähe der Kirche, weil ich wußte, daß Sibila dort war. Ich blieb im Haus und wartete darauf, daß sie gestand, freigelassen wurde und mich besuchte. Ich übte die Worte ein, die ich benutzen wollte, um sie um Verzeihung zu bitten. Ich sagte sie mir laut vor, probierte verschiedene Fassungen, und hatte nichts zu essen, weil sie mir sogar die Nahrungsvorräte genommen hatten. Es gab nichts außer dem

Schweigen der Leidenden, dem Gezänk der Geier, den rauhen Scherzen der betrunkenen Leibwache auf der Straße und dem unaufhörlichen Gesang der Priester auf der *plaza*. Es gab nichts außer dem Schmerz, der wie ein Hurrikan in meinem Geist brüllte.

Als die Tage verstrichen waren, kamen die Priester singend an meinem Haus vorbei, trugen Kerzen und das grüne Kreuz. Ich kannte mich in ihrem Verhalten bereits so gut aus, um zu wissen, daß es morgen ein weiteres Autodafé geben würde, und mir hüpfte das Herz in der Brust, als ich begriff, daß dies sehr wahrscheinlich die Gelegenheit sein würde zu erfahren, was mit Sibila geschehen würde.

In jener Nacht sagte ich mein Gebet wieder auf, bis ich es so oft gesprochen hatte, daß ich dachte: *Vielleicht werde ich die Heiligen mit meinen Gebeten ermüden, und sie werden meine Bitten gewähren.* Dann schlief ich ein. Ich hatte einen Traum, in dem Sibila und ich ein Liebespaar waren. Es war ein grausamer Traum, denn beim Aufwachen war ich glücklich.

Beim Autodafé wurden alle überlebenden Kinder des Dorfes herausgeführt. Die Kinder mußten schwören, zu Ostern, Weihnachten und Pfingsten zur Beichte zu gehen und ihren rechten Glauben zu behalten. Die vor Schmutz starrenden Kleinen mit Tränenspuren auf den Gesichtern, geprügelt, ausgehungert und verwaist, boten einen mitleiderregenden Anblick. Der Monsignore trug wieder Purpur, und ein großes Weihrauchfaß stand rauchend da, um den Totengestank zu übertönen.

Nachdem die Kinder weggeführt worden waren, kam ein Traktor mit einem Anhänger hergefahren. Es war Patarinos Traktor, und auf dem Anhänger türmten sich Leichen. Es waren keine frisch Verstorbenen. Sie waren nämlich alt und verschrumpelt, fielen auseinander und zeigten gelbe Knochen und geschwärzte Haut. Erde haftete ihnen an, und ich sah Stücke von Sargbrettern, behaarte Schädelsplitter und Büschel brüchiger Haare. Etwas machte klick in meinem Kopf, und ich erkannte, daß sie alle Menschen ausgegraben hatten, die ich als tote *santeros* bezeichnet hatte, und wahrscheinlich noch viele mehr. Ich konnte meinen Blick nicht abwenden; das Groteske des Todes hat etwas Faszinierendes. Es fiel schwer, eine Verbindung herzustellen zwischen diesen Karikaturen von Menschen und den Freunden und Verwandten, die sie früher waren. Ich spürte direkt eine Art Erleichterung, daß meine eigenen Eltern während *La Violencia* gestorben und auf den Berghängen dem Vermodern überlassen worden waren. Wer weiß, ob die Konservativen oder die Liberalen sie ermordet haben? Doch zumindest wußte ich, daß sie nicht exhumiert und auf diesen Kadaverhaufen geworfen worden waren.

Der Monsignore und seine Priester zogen sich in die Kirche zurück, und ich sah zu, wie die Leibwachen ein tiefes Loch in den Boden gruben und einen Pfahl hineinsetzten. Sie türmten Gestrüpp und Reisigbündel darum herum auf und begannen, die Leichen auf den Haufen zu werfen, Glied für Glied. Sie machten Scherze wie: »Ay, *cabrón*, wie wär's mit der für einen Trockenfick?« und: »Ay, die hat keine Zähne, die wäre gut fürs Blasen, was?« Einer von ihnen sollte nach den Priestern Ausschau halten, dann zogen sie mit Zangen alle Goldzähne von den Kieferknochen. Sie brachen die Finger ab, um an die Ringe zu kommen. Das ergab ein trockenes Geräusch wie das Knacken von Zweigen, aber ich konnte an dem Zerren und Ziehen sehen, daß es schwer war, die Sehnen zu brechen. Über den Leichenhaufen gossen sie Benzin, und da wußte ich sicher, daß sie vorhatten, Häretiker retrospektiv zu verbrennen, als hätten die Toten das Gericht nicht schon hinter sich.

Ich hatte dabei Sibila beinahe vergessen. Doch dann wurde sie hinter El Inocente aus der Kirche geführt.

Vielleicht sollte ich erklären, daß die Priester selbst die Gefangenen nicht folterten oder Bestrafungen durchführten, denn alles Brutale wurde von der Leibwache erledigt.

Wie soll ich mich erklären? Habe ich Ihnen gesagt, daß die Leibwache in Clubs aufgeteilt war und jeder Club seine eigenen Methoden hatte? Anscheinend waren diejenigen, die Sibila verhörten, Agatistas. Das soll heißen, daß sie die Leiden der heiligen Agathe rekapitulierten. Für mich ist das eine Gotteslästerung, aber ich habe gehört, wie sie es rechtfertigten. Es hieß, ein Häretiker zu sein, wäre eine Beleidigung der Heiligen, die für ihren wahren Glauben gelitten hätten, und sie erlegten die Folter nun denjenigen auf, die sie wirklich verdienten, als Sühne. Das ist für mich eine Ausrede.

Sibila trug ein schwarzes Büßerkleid, das geschmacklos mit Dämonen und Flammen bemalt war, und es war blutgetränkt. Sie

konnte kaum gehen und wurde auf zwei Leibwächter gestützt herausgeführt. Ihre Augen waren halb geschlossen, ihr Kopf war auf
die Brust gesunken, und mit den Armen um die Schultern dieser
beiden Grobiane erinnerte mich ihre Haltung wohl an die Kreuz-
abnahme und auch an den Gekreuzigten. Ihre Haare fielen ihr so
vors Gesicht, wie es immer geschah, wenn sie sich auf ein Buch
konzentrierte oder Kaffee machte, und ich sah, daß Blut ihr an den
Beinen herab bis zu den Knöcheln rann und dunkle Lachen im Straßenrand bildete. Sie war so gut wie tot. Glauben Sie mir, es zerriß
mir das Herz, aber ich hatte immer noch keine Kraft.

El Inocente stand vor dem Tisch und gebot Schweigen. Er hielt
eine lange Predigt, wovon mir kein einziges Wort in Erinnerung geblieben ist, doch ich kann Ihnen sagen, daß sie von vorn bis hinten
widerlich war, so stark ausgeschmückt und herausgeputzt, daß
einer fast glauben könnte, es wäre eine edle Rede. Er las eine lange
Liste derjenigen vor, deren Leichen verbrannt und deren Besitz von
ihren Erben konfisziert werden sollte, so daß es im Ort niemanden
mehr gab, der etwas besaß.

Dann bedeutete der Monsignore der Leibwache, sie sollten Sibila
nehmen, und ich erkannte, daß sie mit den Leichen verbrannt werden sollte. Sie zerrten sie her, wobei ihre Füße nachschleiften, und
sie hinterließ eine blutige Spur. Wissen Sie, was mit der heiligen
Agathe geschah? Ihr wurden mit Scheren die Brüste abgeschnitten, sie wurde in Scherben gerollt, dann auf brennenden Kohlen,
und sie starb, bevor sie verbrannt werden konnte. Sibila aber lebte
noch und hatte all dies erlitten. Ich fing zu weinen an, hielt aber die
Augen offen; ich betrachtete die Folgen meiner Feigheit und meines Verrats, die darauf hinausliefen, daß ich meine einzige Liebe
auf der Welt verlieren würde.

Der Monsignore trat zu ihr, als sie gefesselt zwischen den Leichen
und im Benzingestank stand, und sagte zu ihr: »Schwörst du ab?
Wenn du abschwörst, wirst du gnädigerweise erdrosselt, bevor du
brennst. Welchem Glauben hängst du an?«

Sibila hob den Kopf, und eine Sekunde lang war ich erleichtert, daß
sie nicht gestorben war, weil ich das schon beinahe geglaubt hatte.
Sie sagte mit einer schwachen, aber klaren Stimme: »Ich glaube,
daß die Welt von Satan erschaffen wurde. Ich glaube, daß ich nach
meiner Erlösung eine Lichtrobe tragen und das Antlitz Gottes

schauen werde. Ich glaube, daß ich ein Engel war.« Sie blickte ihm ins Gesicht und fuhr fort: »Ich glaube auch, daß Sie ein Engel waren.«

Das »waren« sprach sie mit besonderer Betonung, die nahezulegen schien, daß der Legat eine für immer verlorene Seele war. Ich weiß, daß er sie verstand, weil er entgeistert war und nicht wußte, was er sagen sollte. Es war so, als hätte er plötzlich sein eigenes Gewissen in einem Spiegel gesehen, und es entstand eine lange Pause. Dann drehte er sich um und schritt davon.

Die Männer zündeten ihre Fackeln an, als Sibila zum letzten Mal aufblickte und mich sah. Ihr Blick fuhr mir durchs Herz. Es war nicht so, daß sie mich mit ihren Augen anklagte. Es war so, daß sie meine hilflosen Tränen sah und mich bedauerte. Sibila verspürte Mitleid mit mir, demjenigen, der es am wenigsten von ihr verdiente. Ich fiel auf die Knie und verschränkte die Hände, damit sie erfuhr, daß ich um Verzeihung bat, und sie lächelte so sanft, als hätte sie ein Kind gesehen. Es war ein Lächeln voller Liebe, ein Lächeln voller Rührung, als würde sie sich an mich erinnern. Sie schüttelte den Kopf hin und her, so wie ein Elternteil ein gelindes Vergehen tadelt, und ich wußte, daß sie mir sagte: »Warum hast du mich unterschätzt, indem du dachtest, daß ich ein Geständnis heucheln würde? Hast du gedacht, ich würde nicht für die Wahrheit einstehen?«

Glauben Sie, ich bin ein oberflächlicher Mensch, daß ich Ihnen von meinen Gefühlen erzähle, wo doch Sibila so viel aushalten mußte? Ich spürte eine herzzerreißende Scham, daß ich so lange so getan hatte, als würde ich an ihre Vorstellungen glauben. Ich hatte sie geliebt, sie aber getäuscht. Glauben Sie, sie hat es die ganze Zeit gewußt? Glauben Sie, sie hat mir verziehen? Glauben Sie, es wäre möglich, daß sie glücklich starb, weil sie ein besseres Leben vorhersah, daß sie bewußt gestand, um sterben zu können? War ich ihr Folterinstrument, oder dankte sie mir, daß ich ihr Werkzeug zur Erlösung war? Kann irgendwer sich aufrichtig wünschen, das Leben aufzugeben?

Ich weiß, daß ich das Leben liebte, auch als Krüppel, und ich weiß, daß ich es einfach deswegen liebte, weil sie dazugehörte. Mich überkam ein Irrsinn, und ich warf mich nach vorn. Ich weiß nicht, was ich vorhatte, aber ich glaube, ich wollte zwei widersprüchliche Dinge auf einmal tun. Ich wollte sie befreien, bis zum letzten Moment kämpfen, weil plötzlich all mein Mut wiedergekehrt war. Und weil mein Mut zurückgekehrt war, wollte ich neben ihr sterben. Es schien alles zu sein, was ich je gewünscht hatte, eine Erfüllung, wie der Dichter gesagt hat.

Ich rannte nach vorn, doch ich bin ein Krüppel, und einer der Leibwächter wehrte mich mit einem Gewehr ab, so daß ich hinfiel, und da warfen sie die Fackeln auf den Scheiterhaufen, und die Priester sangen das Veni Creator.

Als die Kreuzritter abzogen, nachdem sie mein Dorf Quintalinas de las Viñas niedergebrannt hatten, warf mir einer etwas zu. Er sagte: »He, Krüppel, da hast du ein Andenken an deine Freundin.« Ich sah darauf und wußte, was es war, weil die Kreuzritter die Angewohnheit hatten, die Geschlechtsteile der Frauen zu entfernen und sie als Trophäen auf den Sattelknopf zu stülpen. Ich nahm es und legte es zu Sibilas Überresten in die Glut. Dann folgte ich den Kreuzrittern in einiger Entfernung, was leicht war, weil sie sich im Tempo der Karren bewegten, die mit unseren Habseligkeiten beladen waren. Wissen Sie, was ich gemacht habe? In der Nacht schnitt ich dem Kreuzritter die Kehle durch, der Sibila diese Abscheulichkeit angetan hatte.

Sie haben vor, nach Cochadebajo de los Gatos zu kommen, Señor Vivo; ich habe sie oft davon sprechen hören. Sie bahnen sich ihren Weg übers Land, halten sich aus Selbsterhaltungsinstinkt von den Städten fern. Señor Vivo, Sie müssen unserem armen Volk helfen, weil Sie El Jerarca getötet haben und überall als der Erlöser bekannt sind. Haben Sie Mitleid mit den Leuten, so wie Sibila es mit mir hatte.

(a)

Mein lieber Sohn,

ich schreibe Dir in schrecklicher Eile auf dem Flugplatz von Valledupar. Es gibt keine Telefonverbindung nach Cochadebajo de los
Gatos, und ich habe keine Ahnung, wie lange dieser Brief brauchen
wird, bis er dich erreicht, und ich bin verzweifelt darüber, unter
diesen schrecklichen Umständen so sehr von Dir getrennt zu
sein.

Ich muß Dir berichten, daß Dein Vater wieder das Opfer eines
Attentatsversuchs geworden ist. Er pflückte gerade Mangos im
Garten, als jemand aus nächster Nähe zwei Kugeln auf ihn abfeu-
erte. Ich weiß nicht, ob es die Kommunisten, die Konservativen, die
Liberalen, eine Fraktion des Heeres oder jemand von der Marine
oder der Luftwaffe war – oder ob es sogar jemand von den Kokakartellen war.

Der General kam ins Haus und fiel mir vor die Füße, und wir bringen ihn jetzt in einem Militärtransporter nach Miami, wo er bessere Chancen als in unseren Krankenhäusern hat, in denen die
Chirurgen nur dazu befähigt sind, Fleischbatzen herauszuschnei-
den und mit ihren Fehldiagnosen tödliche Dosen von Gift zu ver-
schreiben.

Er ist guter Stimmung und sorgt sich mehr darum, wer einstweilen
das Kommando des Generalstabs übernehmen wird, als um sein
Wohlergehen. La Prima Primavera wird sich um das Haus und die
verwundeten Tiere kümmern. Ich gebe Dir Bescheid, sobald wir
von Miami zurück sind, und in der Zwischenzeit solltest Du für
uns beide beten.

Deine Dich liebende Mutter Julia.

(b)

Sehr geehrter Herr Minister,

mit diesem Schreiben möchte ich Ihnen bekanntgeben, daß ich Augenzeugenberichte von unsäglichen Greueltaten gehört habe, die eine Horde religiöser Fanatiker verübt, die das Land von der Hauptstadt bis hin zur Gebirgsregion von Cesar mit Terror überziehen. Es scheint so, als beabsichtigten sie, ihren ›Kreuzzug‹ hier in Cochadebajo de los Gatos, der Stadt, aus der ich schreibe, zu beenden.

Es ist dringend geboten, daß die Polizei oder die Streitkräfte sofort Maßnahmen ergreifen, um diesen Terrorismus zu beenden, sonst sehe ich einen weiteren, von religiöser Intoleranz entfachten Bürgerkrieg voraus. Wir haben in Cochadebajo de los Gatos bereits Vorkehrungen getroffen, aber ein rechtmäßiges Einschreiten von staatlicher Seite würden wir dankbar begrüßen, bevor ich genötigt wäre, mich auf den Seiten von *La Prensa* mit einem Bericht über staatliche Inaktivität an die Öffentlichkeit zu wenden.

Hochachtungsvoll, Dionisio Vivo

Kopien an: Verteidigungsministerium
             Innenministerium

(c)

Sehr geehrter Señor Vivo,

wir bedanken uns für Ihren Brief betreffend religiöser Unruhen auf dem Lande. Schon seit einiger Zeit sind uns Gerüchte darüber zu Ohren gekommen, wir konnten sie aber nicht erhärten. Es sind einige Dörfer entdeckt worden, die dem Erdboden gleichgemacht und völlig entvölkert waren, und aufgrund dessen waren wir nicht in der Lage herauszufinden, ob dies an kriegerischen Auseinandersetzungen unter den örtlichen Caudillos, den Kommunisten oder den Kokakartellen lag.

Es wird Ihnen bekannt sein, daß wir militärische Maßnahmen nicht ohne Anweisung des Präsidenten ergreifen können. Seine Exzellenz ist gerade auf einer diplomatischen Mission im Ausland unterwegs, und so fehlt uns derzeit die rechtliche Grundlage. Sie dürften vor allem davon in Kenntnis sein, daß Ihr Vater, der Generalstabschef, in Miami im Krankenhaus liegt, und noch dazu sind wir aus militärischer Sicht doppelt handlungsunfähig, da wir insbesondere in Medio-Magdalena bereits stark in Anspruch genommen sind.

Wir sind übereingekommen, daß die einzige rechtlich gedeckte Maßnahme die ist, eine Abteilung der Portachuelo-Wachen zu einer »Übung mit scharfer Munition« in dieses Gebiet zu entsenden. Der Kommandant dieser »Übung« wird vertraulich davon unterrichtet werden, daß er das verfassungsmäßige Interventionsrecht hat, wenn dies im Interesse der öffentlichen Sicherheit von einem örtlichen Polizeichef verlangt wird. Dementsprechend haben wir einen »örtlichen Polizeichef« dazu abgestellt, die Übung zu begleiten. Die Übung wird auf ihrem Weg von der Hauptstadt in Richtung Cochadebajo de los Gatos vorrücken. Dabei handelt es sich um eine weite Landfläche, die kartographisch so gut wie nicht erfaßt ist und Sümpfe und Wälder umfaßt, in denen es nur die grundlegendsten Kommunikationsmittel gibt, und Sie werden begreifen, daß diese Expedition aus militärischer Sicht beinahe undurchführbar ist.

Ich fürchte, das ist alles, was wir innerhalb des rechtlichen Rahmens unternehmen können, der zum Schutz des demokratischen Entscheidungsablaufs zwischen den Streitkräften und der Exekutive gilt. Sie werden selbst feststellen, die Demokratie ist nicht immer ein ungetrübter Segen, wenn eine strenge Hand erforderlich ist.

Sie werden mit Interesse zur Kenntnis nehmen, daß das Büro von Kardinal Dominic Trujillo Guzman, der ebenfalls im Krankenhaus weilt, auf Anfrage bestätigt hat, ein ›Kreuzzug der Verkündigung‹ sei genehmigt worden, doch das Büro leugnet jedes Wissen von einem Kreuzzug mittelalterlicher Dimension und Besessenheit.

Ich wünsche Ihrem Vater, General Hernando Montes Sosa, eine rasche und vollständige Genesung von seiner Verwundung, und ich schätze, Sie werden mir beipflichten, daß wir unser Bestes getan haben, die uns angetragene Angelegenheit zu bearbeiten. Ich kann nicht genug betonen, daß uns durch die Abwesenheit Seiner Exzellenz, des Präsidenten Veracruz, vollständig die Hände gebunden sind, und viele von uns werden dies während der nächsten Wahl, die zu einem bedauernswert fernen Zeitpunkt stattfinden wird, zu spüren bekommen.

Bitte behandeln Sie diese Mitteilung als vertraulich, und darf ich

Ihnen ganz persönlich bekennen, wie gerne ich Ihren musikalischen Palindromen zugehört habe? Ich habe oft spekuliert, ob es möglich wäre, eine Adaption von Bachs Präludium Nr. 1 in C-Dur aus dem *Wohltemperierten Klavier* zu machen.

Ich bleibe Ihre untertänige und ehrerbietige Dienerin,

Alfonsina Lopez,

für und im Namen des Koordinationskomitees der Streitkräfte

und der Zivilpolizei.

(d)

Lieber Papa,

mit großem Bedauern habe ich von Mama gehört, daß Deine schlimmsten Befürchtungen wahr geworden sind und einer der unzähligen Anschläge auf Dein Leben doch noch bittere Früchte getragen hat.

Ich denke, Du solltest daran erinnert werden, daß Du der erste Generalstabschef in der gesamten Geschichte dieses Landes bist, der nicht entweder ein Faschist oder ein glorifizierter Caudillo ist, und deshalb hast Du die absolute Verpflichtung, in allerkürzester Zeit, wie in der Medizingeschichte noch nie vorgekommen, wieder gesund zu werden.

Der Überbringer dieses Briefes wird Dir eine große Hilfe sein. Behandle ihn bitte mit absolutem Respekt, unterwerfe Dich seiner Behandlung, wie bizarr sie auch sein mag. Ich sage dies als ergebener Sohn, der seinerzeit manch eine väterliche Anweisung hat befolgen müssen und der diesmal fordert, daß die Kommandostruktur einmal umgekehrt wird. Wenn Du Dich wie verlangt verhältst, verspreche ich, ein Jahr lang mein Haar kurz zu halten und für den Rest meines Lebens immer einen Anzug zu tragen, wenn ich zusammen mit Dir in der Öffentlichkeit erscheine. Richte bitte auch dem britischen Botschafter Grüße von mir aus, wenn Du ihn siehst, und sage ihm, daß seine Sendung mit Gummistiefeln immer noch sehr in Ehren gehalten wird.

Dein Dich liebender Sohn,

Dionisio.

(e)

Mein lieber Sohn,

ich schreibe Dir aus meinem Hauptquartier, an Körper und Geist gesund, aber unendlich verblüfft.

Zunächst einmal habe ich von Alfonsina Lopez, der famosen Dame, die dem Koordinationskomitee der Streitkräfte und der Polizei vorsitzt, erfahren, daß Du es für angebracht hieltest, Dich in die Regierungsgeschäfte einzumischen ohne die vorab erforderliche Notwendigkeit, in ein Amt gewählt und berufen worden zu sein. Wärest Du nicht bereits das inoffizielle Gewissen der Nation aufgrund Deiner hervorragenden Briefe und Artikel in *La Prensa*, würde ich Deinen Brief an das Verteidigungs- und Innenministerium als Erpressung bezeichnen. Ich bin jedoch sehr erfreut, daß eine »Übung« angesetzt worden ist, denn das ist genau das, was ich angesichts der Abwesenheit Seiner Exzellenz getan hätte. In der Hauptstadt kursieren alle möglichen Gerüchte über einen Putsch, so groß ist die allgemeine Verbitterung in Regierungs- und Militärkreisen, aber ich tue mein Bestes, um die Idee einer Amtsenthebung zu verbreiten, um genau diese unerwünschte Möglichkeit auszuschalten.

Möchtest Du eine Geschichte von Deinem Papa hören, so wie in alten Zeiten? Gut. Es war einmal ein verwundeter General, der gerade aus Miami zurückgekehrt war, wo seine Schußwunden behandelt worden waren. Er war zur Genesung heimgeschickt worden und tat genau das, indem er im Halbschlaf in einem Schaukelstuhl unter dem wohltuenden Schatten einer Bougainvillea saß, die üppig an den Säulen und Pfosten des Peripatos wächst, als es auf einmal ein gewaltiges Flügelflattern gab, ein Krächzen, und das Kratzen von Krallen, die sich an den Querbalken festhielten.

Ich blickte überrascht auf, was mir Schmerzen an den Wunden auslöste, und vermeinte, einen riesigen Raubvogel über meinem Kopf sitzen zu sehen, der seine Flügel in eine bequeme Lage faltete. Doch als ich schärfer hinschaute, sah ich statt dessen einen kleinen Indio im Eingeborenengewand dort sitzen. Ich weiß nicht, welcher Anblick von einem intelligenten Menschen zu Recht als der seltsamere erachtet werden würde. Mein erster Gedanke war, daß es sich um einen weiteren Attentatsversuch handelte, und mein zweiter, daß die Sicherheitsvorkehrungen ums Haus immer noch zu lasch waren.

Die erste Hypothese wurde widerlegt, als der genannte Indio eine Kokakalebasse aus seiner *mochila* holte und im Innern mit einem Stößel stampfte und schabte, an dem er anschließend mit der Miene eines zufriedenen Mannes lutschte. Er fing meinen Blick auf und reichte mir beiläufig einen Brief herunter, der sich beim Lesen als von meinem unergründlichen Sohn kommend herausstellte. Beim Durchlesen rutschten mir die Augenbrauen praktisch bis zum Hinterkopf, aber ich bat den Indio mit echt lateinamerikanischer Gastfreundlichkeit von seinem Posten herab.

Geschickt gesellte er sich zu mir auf Bodenhöhe und stellte sich vor als »Aurelio, Ehemann von Carmen, Vater von Parlanchina und treuer Freund von Dionisio, eingetroffen zu einer Heilung«.

Ich hatte noch nie Befehle von einem Aymara entgegenzunehmen, aber wenn der Rest seines Volkes so wie er ist, dann überrascht es mich gewaltig, daß sie gegen die Inkas und daraufhin gegen die Iberer verloren. Er mag ein kleiner alter Mann mit einem runzligen Gesicht und faszinierend dünnem Bart sein, aber er hat die naturgegebene Autorität eines General Bolívar, der eine Schlacht gewinnt, während er zugleich im Bett eine Jungfrau defloriert. Ehe ich mich versah, hatte er mich auf dem Boden liegen, während er mit den Fingern in meinen Bauch stach und mir sagte, ich wäre von unwissenden Metzgern operiert worden. Er runzelte die Stirn und teilte mir mit, daß ich noch eine Kugel in mir hätte, und ich sagte ihm, daß da tatsächlich noch eine Kugel sei, weil sie zu nahe am Herzen sitze, was eine Operation zu einem unannehmbaren Risiko mache. Die Chirurgen in Miami hatten mir mitgeteilt, sie wäre von einer Rippe nach oben abgelenkt worden und würde keine große Gefahr darstellen, wenn sie an Ort und Stelle bliebe.

An dem Punkt kam Mama Julia heraus, die mich offensichtlich unter den Händen eines Attentäters auf dem Boden liegen gesehen hatte. Sie rannte her und schwang heftig eine Machete, doch binnen kurzem sah ich sie zahm davontrotten, um etwas Rum und eine Zigarre zu holen. Ich wünschte, ich hätte die Zeit gehabt, ihn zu fragen, wie er es geschafft hat, sie in so kurzer Spanne friedlich zu stimmen, weil ich mehr als dreißig Jahre gebraucht habe, ohne derartiges zu erreichen.

Aurelio betrachtete meinen Bauch, während er ungeheure Wolken von Zigarrenrauch darüberblies. Er sang mit einem leisen, monotonen Brummen, nahm einen Mund voll Rum, den er dann plötzlich in einer sehr verstörenden Stichflamme herausblies. Während ich noch von diesem Trick verblüfft war, stürzte er sich mit der rechten Hand abrupt auf meinen Bauch, stieß sie bis zum Ellbogen hinein und holte dann triumphierend ein abgeflachtes und verzogenes Stück Blei heraus, das genau wie eine Kugel aussah, die aus einem Sandsack gefingert worden ist.

Ich drehte und wendete dieses Objekt in der Hand, als ich erneut das Flattern von Flügeln hörte und keinen Indio mehr dort sah, wo gerade noch einer gewesen war. Statt dessen richtete im Kapokbaum ein sehr beeindruckender Adler geschäftig sein Gefieder, worauf er abhob, sich hoch in die Luft schraubte und in Richtung Gebirge verschwand. Dein armer Vater blickte auf seinen Bauch herab und sah, daß seine Narben und Nähte verschwunden waren. Außerdem ging er später zu einer medizinischen Untersuchung, wo er barsch davon unterrichtet wurde, daß der Befund unwiderleglich zu dem Schluß führe, daß er nie angeschossen worden sei. Auf dem Röntgenbild war keine Kugel, und es gab keine Narben mehr, so daß ich mir von Miami Fotos und ärztliche Bescheinigungen schicken lassen mußte, die beweisen, daß ich zu Krankengeld, Genesungsurlaub und zu einer Medaille für Verwundung im Dienst berechtigt bin, von denen ich mittlerweile eine immer größer werdende Sammlung besitze.

Bitte danke Deinem Freund Aurelio für seine bemerkenswerte Behandlung, und bedenke in Zukunft gütigst den psychologischen Schaden, der bei einem alten Mann angerichtet werden kann, wenn sein komfortables Verständnis der metaphysischen Ordnung des Universums plötzlich heftig von kleinen Eingeborenen erschüttert wird, die auf Anweisung seines Sohnes handeln.

Mama Julia sendet Dir ihre Liebe und bittet mich, Dich zu fragen, was Du zur Behandlung eines Stachelschweins tun würdest, das jedesmal, wenn es auch noch so behutsam angegangen wird, bösartig ganze Salven von Stacheln abfeuert.

Dein Dich liebender Vater,

General Hernando Montes Sosa, dessen Sohn offenbar glaubt, er kann sich selbst den Rang eines Feldmarschalls verleihen.

Wie Felicidads wackelnder Hintern
Feindseligkeiten provoziert

Ines und Agapita trafen in Cochadebajo de los Gatos zwei Tage
nach der Brieftaube ein, die ihnen Pedro der Jäger überlassen hatte.
Fußlahm, verdreckt und erschöpft, aber von rechtschaffenem Stolz
geschwellt über die erfolgreiche Durchführung eines Auftrags,
überquerten sie die Zugbrücke am Wassergraben und begaben sich
direkt auf die *plaza*, wie es gewohnheitsmäßig alle Menschen tun,
die in einer Stadt ankommen. Sie setzten sich mit dem Rücken
zum Achsenmast, leerten in wenigen Zügen den letzten Rest
Quellwasser aus ihren Kürbisflaschen und warteten darauf, daß
Dionisio vorbeikam und sie bemerkte.

Alles war genau nach Plan gelaufen. Dionisio hatte recht gehabt,
daß die Kreuzritter Ipasueño meiden würden, weil dort öffentliche
Behörden waren, und auf dem Weg nach Cochadebajo de los Gatos statt dessen Santa Maria Virgen für ihre ›Evangelisierung‹ wählen würden. Entsprechend waren die Leute aus diesem Dörfchen
mit ihrer Habe über den Hügel ins benachbarte Tal gezogen, wobei
sie nur die beiden Mädchen zurückließen, die nach den Kreuzrittern Ausschau halten sollten. Als diese in Santa Maria Virgen
eintrafen, fanden sie einen Geisterort vor, so mysteriös verlassen
wie die *Marie Celeste*. Sie stießen auch auf zahlreiche, an die Haus-
türen geheftete Zettel: »Kein Zutritt: Purpurfieber, Malaria und
Schwindsucht«, alle sorgfältig von Felicidad in fließender Kursiv-
schrift notiert, die Ärzte benützen, denen an der Universität der
Glaube eingetrichtert wird, eine schöne Schrägschrift verleihe
ihren Diagnosen Glaubwürdigkeit und schaffe Vertrauen in ihre
Rezepte. An den Unterstand, in dem Dionisios Oldtimer gewartet
wurde, hatten die Mädchen ein Schild geheftet, auf dem »Quaran-
täneraum« stand, und beim ersten Ton der singenden Priester hat-

ten sie sich über den Berghang geschlichen, um die Dorfbewohner zu benachrichtigen, bevor sie die Brieftaube losschickten und in ihrem Gefolge nach Cochadebajo de los Gatos aufbrachen.

Das Entsetzen der Kreuzritter beim Eintreffen in einer verseuchten Siedlung, die offenbar evakuiert worden war, legte kein gutes Zeugnis für ihren Glauben ab. Einmütig zogen sie sich ungeordnet zurück und umgingen sie an der westlichen Seite, womit sie dafür sorgten, daß sie bei ihrer Ankunft in Cochadebajo de los Gatos völlig erschöpft und ohne Proviant waren.

Während ihrer ersten Nacht außerhalb von Santa Maria Virgen wurden sie unvermutet Opfer einer Attacke der abtrünnigen Geister der Toten, bei denen es sich in Wirklichkeit um die Dorfbewohner handelte, die mit Löffeln an Töpfe klopften, unheimlich schrien und über die Hänge Felsen auf das Biwaklager herabrollen ließen. In der zweiten Nacht, nach einem mühseligen Tagesmarsch von Sonnenaufgang bis Sonnenuntergang, um zwischen sich und die Bergteufel eine große Distanz zu legen, lagerten sie auf einer weiten Grasfläche, die sich wundersamerweise in einen gefrierenden Morast verwandelte, als es nachts regnete.

»Das ist wie in alten Zeiten«, sagte Hectoro, der die Augen vor dem Rauch seiner *puro* zusammenkniff, als er hinter dem großen Felsblock hervorspähte, wo er sich zusammen mit Pedro dem Jäger und Misael verbarg. Hectoro war widerstrebend von seinem Pferd gestiegen und hatte es hinter einer Biegung angebunden, doch er trug immer noch seine knarrende Lederhose und seinen schwerkalibrigen Revolver.

»Das ist wirklich wie in alten Zeiten«, erwiderte Misael, der seinen glitzernden Goldzahn im Interesse nächtlicher Tarnung geschwärzt hatte, »aber es ist schade, daß wir diesmal keine Schlangen und Alligatoren haben, die wir in ihre Zelte schicken können.«

»Aurelios Kräuter werden genausogut wirken«, sagte Pedro, der die Hand in seine *mochila* steckte und die getrockneten Pflanzen in der Faust hörbar zerkrümelte. »Ich habe schon mal gesehen, was passiert, wenn Tiere sie fressen.«

»Wir sollten sie einfach erschießen«, sagte Hectoro, »dann wären wir unsere Probleme los.«

Pedro und Misael warfen sich einen Blick gegenseitigen Verständnisses zu, der ausdrückte, daß Hectoro den wohlgehegten Ruf seines *machismo* zu wahren hatte. Doch er besaß auch Ehrgefühl, und so sagte Misael, um ihn von übereiltem Handeln abzuhalten: »Nein, *compadre,* es ist unehrenhaft anzugreifen, bevor wir selbst angegriffen werden. Und außerdem, ein Krieg hat doch keinen Wert, wenn nicht ein wenig Einfallsreichtum dazukommt. Was könnten wir sonst danach berichten? ›Wir haben auf sie geschossen, und sie haben auf uns geschossen, und dann zogen wir uns zurück und griffen dann wieder an.‹ Das bringt doch nichts. Es ist besser, wenn wir wegen unseres Gripses in Erinnerung bleiben.« Er tippte sich an den Kopf, um Intelligenz anzudeuten, und zwinkerte.

»Ein Mann möchte wegen seines Mumms in Erinnerung bleiben«, gab Hectoro zurück.

»Mir scheint, daß der beste Plan beides verlangt«, bemerkte Pedro, »wie diese Nacht beweisen wird.«

Als die Nacht abrupt über das Lager hereinbrach, schliefen die drei Männer unter ihren Satteldecken, die Sombreros über die Augen geschoben, nur ihre Ohren lauschten auf Tritte. Hectoro beherrschte die ultimativ männliche Kunst, im Schlaf zu rauchen, und so glomm zwischen seinen Lippen im Mundwinkel eine Zigarre, deren Glut bei jedem sanften Atemholen aufleuchtete. Sie würde genau zwei Zentimeter vor seinen Lippen von selbst an der Stelle ausgehen, wo die Aschenglut auf den Speichel traf, den die Spitze aufgesogen hatte. Hectoro glaubte, daß er sich auf diese Weise lebhafter und befriedigender Träume von Heldentaten, Frauen und dem erfolgreichen Einfangen von Ochsen versichern könnte.

Zwei Stunden vor Tagesanbruch wachten die drei Männer gleichzeitig auf, wie sie es vorher vereinbart hatten, und nahmen einige stärkende Züge aus einer Flasche *ron cana*, um die durchdringende Kälte zu vertreiben, bei der ein Mensch lieber fest entschlossen in seinem Zelt liegenblieb, auch wenn seine Blase nach Erleichterung schrie. Sie rückten ihre Sombreros wieder zurecht, teilten Aurelios Dschungelkräuter aus, gaben sich feierlich die Hände, umarmten sich und zogen bergabwärts zu den zugeteilten Ecken des Lagers.

Es kann niemand sagen, daß ihre Bemühungen unbelohnt blieben.

Sie sahen vergnügt zu, wie die Kreuzritter am Morgen die Pferde und Mulis zu bändigen versuchten, die dankbar die aromatischen Gräser von den ausgestreckten Handflächen der drei Verschwörer gefressen hatten. Die Tiere, die unter schrecklichen Halluzinationen von gigantischen Raubtieren litten, schlugen aus und bissen jeden, der sich ihnen näherte. Mgr. Anquilars Pferd, das ihn für einen Geier mit zweifelhaften Absichten hielt, warf ihn in einem eleganten Bogen zu Boden, worauf er sich Verstauchungen zuzog und Blasphemien brummte, für die er normalerweise zehn Ave Marias und zwei Vaterunser auferlegen würde. Bruder Valentino wurde von einem Muli für einen großen Puma gehalten. Das Tier riß ihm das Zaumzeug aus den Händen und machte sich auf zum Horizont. In der ungeheuerlichen Massenflucht, die sich aus dem Verfolgungswahn der Tiere ergab, verlor die Armee der heiligen Krieger die Hälfte der Mulis, die ihre *recuas* bildeten, und den Großteil der Pferde, worauf sie gezwungen war, mit ihren Vorräten auf den eigenen gebeugten Rücken auf Cochadebajo de los Gatos vorzurücken.

So mehrte sich unter den Kreuzrittern der Verdacht, der sie nie wieder verlassen sollte, daß ihnen die göttliche Gunst nach und nach entzogen wurde, und nur zwei Faktoren hielten sie auf den Beinen. Zum einen waren es Mgr. Anquilars Beteuerungen gegenüber den Priestern, daß der Herr sie prüfe und sie danach beurteilen würde, wie gut sie diese Prüfung überstanden, und zum anderen war es die Überzeugung unter den Soldaten, daß sie auf Cochadebajo de los Gatos zumarschieren mußten, denn wenn sie umkehrten, würden sie verhungern, bevor sie irgendwohin kamen, wo sie plündern konnten. Die Aussicht auf den Überfluß dieser Stadt mit ihren schönen und willigen Mädchen und ihren pharaonischen Nahrungsspeichern ging ihnen nie ganz aus dem Sinn. Ihren eigenen verdreckten und mißhandelten Troß von Feldhuren ließen sie zurück und gaben sie dem Verderben in der unglaublichen Nachtkälte, dem horizontalen Regen der Höhen und dem gefährlichen Schiefer der unwegsamen Gebirgspässe preis.

Mgr. Rechin Anquilar haßte die Sierra bereits. Im Vorgebirge hatte er auf ein riesiges Panorama üppig begrünter Berge geblickt und den Eindruck überwältigender Weiblichkeit empfangen. Die Hügel glichen einer abscheulichen Ansammlung rundlicher Brüste, die sich dem säugenden Himmel schamlos nackt darboten. Ihre Fruchtbarkeit und Unschuld erinnerte ihn an Eingeborenenfrauen, die sich ihrer Kurven und Kuppen gänzlich unbewußt auf einer Sandbank sonnten und denen es schnuppe war, ob sie damit die Hände eines Mannes vor Verlangen zum Zittern brachten. Auf größerer Höhe gab es Schluchten, die er nicht ansehen konnte, ohne jene unergründliche Wunde zwischen den Beinen einer Frau wahrzunehmen und dabei vor Ekel und Faszination zu erschauern. In der Schule hatte er von Gleichaltrigen erfahren, daß diese Stelle fischig roch und voller verwickelter Falten aus schleimig rosa Auswüchsen von pilziger Form und Beschaffenheit war. Die weiten stillen Seen zwischen den steingrauen Ufern der Hochtäler erinnerten ihn an jenen Orden kontemplativer Nonnen, deren ununterbrochenes Schweigen und heiteres Gemüt sein disputierfreudiges Universum aus Worten und Auslegungen in Wallung brachte, und die sich den Augen darbietenden wuscheligen braunen Büsche glichen unmißverständlich der Formgebung von Schamhaaren. Die Sierra versetzte die tief verwurzelte Misogynie des Monsignore in ein Delirium des Hasses, als er die Nebel verfluchte, die plötzlich einfielen und gleich der Argumentationsweise einer Frau den Geist so stark trübten wie die Sicht. Nur die Überzeugung spornte ihn an, daß er hier in der Sierra täglich mit den Launen von Dämonen rang. Seine Zielstrebigkeit wurde wieder klar und wuchs, bis er wieder ein echter Mann war, der wie so viele vor ihm keinen Frieden finden würde, bis er das Böse in dessen eigenem Blut ertränkt hätte.

Als er vor diesem mächtigen Bollwerk aus fugenlosen Steinen ankam und sich durch eine Zugbrücke und einen Wassergraben ausgeschlossen sah, war er in der ganzen Menge der einzige, der keine vom Schicksal bestimmte Niederlage fühlte, sondern sich mit der Faust in die Hand schlug und bei dem Gedanken aufjubelte, daß hier die letzte gewaltige Schlacht mit den Legionen der Dunkelheit zu schlagen wäre, während seine eigenen Legionen, gereizt, hungrig, abgezehrt und verbittert, sich Blicke zuwarfen und ermattet die Köpfe schüttelten.

Keine mit Essen beladenen Tische wurde herausgetragen. Keine öffentlichen Würdenträger erklärten eine Fiesta, kein zahmer Priester bot die Verwendung der Kirche an, keine frommen Witwen

knieten, um seinen Segen zu erbitten. Es würde keine beeindruk-
kenden Verfahren und Hinrichtungen, keine Frauen zum Mißhandeln und Aufschlitzen, keine apokalyptischen Predigten und kein
Verwüsten und Plündern geben. Es blieb nur die Nachtkälte und
das lange Nichts des Tages. Ein kollektiver Seufzer der Enttäuschung zog durch ihre Herzen, weil vor ihnen nur etwas Uner-
reichbares und hinter ihnen ein Rückzugsweg lag, der nichts als
eine noch größere Mühsal wäre.

Als sie vor der monolithischen Mauer standen, sahen sie dahinter
Menschen hochkommen und auf ihr herumspazieren, und zwar
ausschließlich Frauen. Es waren Dolores und Consuelo zusammen
mit allen anderen Huren der Stadt, die nur zu dem Zweck hergekommen waren, um sich über sie in ihrem Elend lustig zu machen.
Sie stolzierten in ihren schönsten und feinsten Kleidern hin und
her, schwangen die Hüften und schnitten ihnen so wie Schüler
häßliche Gesichter. Sie streckten den Mittelfinger in einer drasti-
schen Nachahmung der Kopulation in die Luft, zogen lange Nasen
und streckten die Zungen heraus. Aus vollen Leibeskräften brüllten sie ihnen obszöne Einladungen und Schmähungen zu. *Vamos,
commadres!* rief Dolores, und in einer Reihe lüpften sie ihre Röcke
und zeigten den erbosten und gedemütigten Kreuzrittern ihre un-
bekleideten Unterleiber.

Plötzlich entstand Unruhe, als Felicidad sich ihren einstigen Waf-
fenschwestern anschloß. Vor ihnen allen stolzierte nun auch sie
herum, liebkoste lasziv ihre Brüste, leckte sich mit ihrer flinken
kleinen Zunge in einer atemberaubenden Andeutung dessen die
Lippen, was für Köstlichkeiten mit ihnen ausgeführt werden konnten. Sie stellte sich seitlich hin, warf ihr langes schwarzes Haar in
den Nacken und schürzte in einer köstlichen Karikatur der Pose
von Models auf den Titelblättern von Männermagazinen die Lippen. Sie fuhr sich mit den Händen die Beine hoch, lüpfte ihre
Säume genau bis zu dem Punkt, wo einer nach mehr lechzt, und
warf ihnen mit derart liederlicher Virtuosität sarkastische und ver-
ächtliche Küsse zu, daß jeder Mann, der sie ansah, erklärte, er habe
sich in seine eigene Seele so verkrochen wie eine Schnecke in ihr
Haus.

Felicidad kehrte den Kriegern und Priestern den Rücken zu, und
plötzlich war es so, als ob durch die Abkehr ihrer dunklen und

vibrierenden Schönheit die Sonne vom Himmel verschwunden und die Sterne ausgelöscht worden waren. Sie aber raffte ihre Röcke mit dem keuschen Können einer Stripperin höher und streckte ihren Hintern heraus. Es war der rundeste, keckste, exquisiteste, honigfarbenste, nackteste und samtigste Po der ganzen Weltgeschichte, und sie schwenkte ihn langsam, senkte ihn, streichelte ihn mit ihren schlanken Händen, blickte über die Schulter mit einem Ausdruck so absoluten Verlangens zurück, das in jedem Nonnenkloster im Land Kerzen geschmolzen und Kienspäne angezündet hätte.

Einem Kreuzritter wurde der Mund trocken. »Mein Gott, die ist ein Glutofen«, sagte er mit Ehrfurcht in der Stimme. »Ich könnte da hineinspringen und sterben.«

Doch Mgr. Rechin Anquilar konnte der grausamen Vision eines unerreichbaren, doch dämonischen Paradieses nicht länger widerstehen. Voller Zorn über die Kränkung und tödlich beleidigt in seiner Mannesehre und der Würde und dem Ansehen seines Ranges, packte er die Flinte eines Mannes in seiner Nähe, hob sie an die Schulter und feuerte.

Er traf nicht, doch der erste Schuß des Krieges war in Cochadebajo de los Gatos abgefeuert worden, und nichts konnte ihn nun zurückrufen oder den Brand verhindern.

Am selben Tag, als Felicidads bewundernswerter Po knapp einem schrecklichen Schicksal entronnen war, tagte der Kriegsrat im Freudenhaus. »Jetzt können sie mich nicht rausschicken, um alle mit dem Tripper anzustecken«, sagte sie, »weil ich ihn zum ersten schon nicht mehr habe und zum zweiten von dem Mann erschossen werden würde, der wie ein Geier aussieht, und zum dritten würde ich nicht drauf vertrauen, daß Don Emmanuel brav bleibt, wenn ich weg bin. Also bleibe ich hinter der Mauer.«

Hectoro strich sich durch seinen Konquistadorenbart und sagte: »Wir haben doch immer noch die beiden Maschinengewehre, die wir der Armee weggenommen haben. Wir sollten auf die Mauer gehen und ihnen die Eier abschießen, einfach so.« Er hob die Hand und schnippte mit den Fingern.

Dolores stellte ihr Glas so nachdrücklich auf den Tisch, daß etwas Rum verschüttet wurde. »Ihr blöden Männer habt die ganze Munition während des großen Candomblés und der Fiesta danach vergeudet. Ihr habt sie auf den Berg mitgenommen und wie irrwitzig auf nichts gefeuert.« Sie spuckte auf den Boden, um die Unreife und Unverantwortlichkeit von Männern im allgemeinen anzuzeigen.

Hectoro sah sie an und erwiderte: »Die Meinung einer Frau gilt nichts.« Da sah er Remedios, die ihn finster ansah, und fügte hinzu: »Außer es ist Remedios, die so gut wie ein Mann ist.«

Misael legte die Hand an die Stirn und sagte mit resignierter Stimme: »Tatsache ist, *compañeros*, daß wir sehr wenig Munition irgendwelcher Art haben. Wir haben das meiste gleich nach der Ankunft aufgebraucht, als wir auf die Jagd nach Fleisch gehen mußten, und wir haben sie nie ersetzt. Wir müssen mit dem, was wir noch haben, sehr sorgsam umgehen.«

»Wo sind General Fuerte und Capitan Papagato?« wollte Remedios wissen. »Da sie mal Soldaten waren, wäre ihr Rat wertvoll. Möchte jemand sie holen?«

Pedro der Jäger erhob sich vom Stuhl. »Ich werde sie holen«, sagte er mit großem Ernst, und auf diese Art zeigte er Hectoro, daß es einen Mann nicht erniedrigt, auf eine Frau zu hören. Bei seiner Größe, mit den Tierfellen, in die er sich zum Zeugnis seiner Tapferkeit kleidete, und bei seiner übermächtigen Würde hätte nicht einmal Hectoro etwas, das der Jäger tat, in Frage gestellt oder lächerlich gemacht.

»Ich habe eine Bitte«, meldete sich wieder Remedios, als Pedro das Freudenhaus verließ. »Ich möchte, daß niemand dem Conde Pompeyo gegenüber erwähnt, daß diese Irren die Inquisition sind. Die bloße Erwähnung des Wortes läßt ihn erbleichen, da er sich noch an ihre Konfiszierungen und unausweichlichen Anschuldigungen aus seiner eigenen Zeit erinnert. Deswegen möchte ich, daß alle sie ›die Engländer‹ nennen, denn dann wird er tapfer wie ein Löwe sein.«

»Die Engländer«, wiederholte die Gruppe und wälzte den Ausdruck *Los Ingleses* solange im Mund, bis er vertraut und verwendbar klang.

»Was sollen wir also tun, um die Engländer zu schlagen, *compañeros*?« fragte die Hure Consuelo mit ihrer rauchigen Stimme.

»Wir sollten einen Ausfall machen und sie mit unseren Buschmessern in Stücke hauen«, sagte Hectoro.

»Wir sollten sie sich selbst überlassen, bis sie vor Hunger verzweifeln und heimgehen«, schlug Misael vor. »Sie können nicht zu uns, und wir haben Nahrung vom Plateau, die wir im Apparat hochbringen können. Das ist völlig unproblematisch.«

Alle nickten und brachten ihre Freude über diese Strategie zum Ausdruck, da sie keine Anstrengung erforderte und keine Siesta unterbrechen würde. Doch Remedios schüttelte den Kopf so heftig, daß es aussah, als wolle sie ihr Gesicht mit dem langen und schweren Pferdeschwanz geißeln. »Hört zu«, sagte sie, »erinnert ihr euch, wie wir die Armee in Chiriguaná vergifteten, indem wir Tierkadaver flußaufwärts in die Mula warfen? Und Don Emmanuel hat uns gesagt, wir sollten dort reinpinkeln und reinscheißen, damit sie alle krank wurden? Früher oder später würden diese

Leute auf das gleiche kommen, und deshalb müssen wir sie vertreiben.«

»Und noch dazu«, meldete sich Hectoro, »wäre das keine Gerechtigkeit und keine Genugtuung für uns, wenn wir sie sich selbst überließen.«

»Wir könnten doch die Stadt einfach aufgeben und wieder in der Ebene wohnen, wo wir früher waren, da dort jetzt keine Gefahr mehr droht. Wir könnten alles im Apparat von Professor Luis hinunterschaffen, und wenn wir alle unten sind, könnten wir die Seile des Apparats kappen, damit uns niemand folgen kann. Auf diese Art gäbe es kein Blutvergießen, wir könnten alle heimgehen, wie es viele von uns gewollt haben, und die Engländer stünden ohne uns da.« Das sprach Misael, dessen Goldzahn noch geschwärzt war, was aussah wie eine Zahnlücke. »Wir könnten wie früher für Doña Constanza und Don Emmanuel arbeiten, und damit würde sich ein großer Kreis schließen.«

»Doña Constanza möchte nicht zu ihrem Mann zurückkehren, wo sie doch in Gonzago einen Geliebten hat«, sagte Remedios.

»Und außerdem sind die Ebenen zu heiß, und wir sind da ständig Extremen ausgesetzt«, wandte Hectoro ein. »Wenn es regnet, sind wir in einem See, und wenn es trocken ist, leben wir im Staub. Die Ernten sind uns nicht sicher, es gibt Korallenschlangen und Vipern, manchmal ist es so heiß, daß wir uns für die ganze Siesta in den Fluß setzen müssen, und außerdem ist das Leben hier gut. Wir haben ein Plateau, das keinen solchen Extremen ausgesetzt ist, und hier ist mittags immer die gleiche Temperatur. Ich jedenfalls will nicht weg, besonders wenn ich bedenke, daß unsere frühere Heimat verwildert ist und unter einer Schlammdecke liegt, wie uns die Leute gesagt haben, die uns die Traktoren gebracht haben. Wir müßten wieder ganz von vorne beginnen.«

»Außerdem«, meinte Remedios, die zustimmend nickte, »geht es um das Prinzip, daß wir das glauben können, was wir wollen, und so leben können, wie es uns gefällt. Ich jedenfalls habe nicht jahrelang mit der Vorhut des Volkes gekämpft, um als eine der Unterdrückten zu enden. Freiheit oder Tod!«

Dieser vehemente Ausbruch entlockte allen Kunden und Beschäftigten des Bordells rundum Applaus. Hectoro erhob sich und verkündete: »Remedios hat Klöten. Viva Remedios!« Er setzte sich heftig hin und war ganz verstört, daß er ausnahmsweise seine Schweigsamkeit aufgegeben hatte.

General Fuerte und Capitan Papagato traten mit Pedro ein und setzten sich an den Tisch zu beiden Seiten des Schattens von Josef, der seit seinem verfrühten Tod immer genau zur selben Zeit abends aus dem Boden auftauchte, um reglos am Tisch zu sitzen, wo er im Leben mit den Mädchen geflirtet hatte, sturzbetrunken geworden war und Karten gespielt hatte.

»Was sollen wir tun?« fragte der General.

»Wir hatten gehofft, du würdest uns das sagen«, bemerkte Remedios, die eine Augenbraue hob, um ihre enttäuschte Erwartung kundzugeben.

»Mir scheint es so«, begann der General, »daß ein Konflikt gegen eine Seite, die an das glaubt, wofür sie kämpft, und deren Moral dementsprechend hoch ist, nicht gewonnen werden kann. Wir müssen Mittel und Wege finden, sie vollkommen zu demoralisieren und sie davon zu überzeugen, daß es keinen anderen Ausweg als Rückzug oder Kapitulation gibt. Derzeit sollten wir die Taktik des Guerillakriegs anwenden, ein Stoß hier, ein Stich da. Und unterdessen können wir uns eine umfassende Strategie ausdenken. Wir sollten die heldenhaften Fehler des Chacokriegs oder des spanischen Bürgerkriegs nicht wiederholen, indem wir einen Frontalangriff führen.«

»Da gibt es ein Problem«, sagte Capitan Papagato, »daß nämlich die Mauer uns von ihnen genauso fernhält wie sie von uns. Das schränkt unsere Möglichkeiten ein.«

»Der General hat recht«, sagte Remedios, »und der Capitan gleichfalls. Zu dumm, daß die Mauer uns Steine in den Weg legt.«

Misael klatschte in die Hände und stand auf. »Ich hab die Antwort, *compañeros*. Wer ist derjenige, der sich mit Sticheleien und Störungen auskennt? Wer ist derjenige, der sich Streiche ausdenkt, über die wir uns alle ärgern oder lachen? Wer hat dem mexikanischen Musikologen Lieder gegeben, die sich als schmutzig herausstellten, so daß der einen groben Brief von seinem Agenten in Mexico City erhielt?« Er hob das Glas. »Viva Don Emmanuel! Mit seiner Hilfe werden wir die Engländer schlagen.«

»Wir werden ihn morgen konsultieren«, sagte Remedios. »Wer hält Wache auf der Mauer?«

»Der Franzose Antoine, der Mexikaner und Doña Constanza«, antwortete Pedro.

»Hoffentlich ist sie nicht bei Gonzago«, sagte Misael. »Denn wenn ja, dann wird sie nicht Wache halten, sondern neue Spielarten der Liebe finden.«

Während dieser Diskussion unter einigen der natürlichen Oberhäupter der Gemeinde spielte sich ein kleines Drama ab, das allen bis auf den Protagonisten und dessen Opfern unbemerkt blieb.

Er fand einen Mauerabschnitt genau zwischen Antoine und Doña Constanza, befestigte einen Strick an einem Eisenring, prüfte, ob sein Messer sicher im Gürtel steckte, und ließ sich in die eisigen Wasser des Grabens herab. Er biß die Zähne zusammen, weil ihm die Muskeln einfroren, spürte einen sich anbahnenden Krampf in seinem lahmen Bein, und hielt auf die gegenüberliegende Seite zu, indem er mit den Armen und dem starken Bein schwamm. Er kletterte aus dem Wasser, blieb erst einmal mit um die Knie geschlungenen Armen bibbernd sitzen und überlegte, ob er wieder zurück sollte. Er blickte zu den Sternen auf und erinnerte sich an den Traum, der ihn und Sibila im antiken Griechenland kurz zusammengeführt hatte. Ihm fiel die entsetzliche Szene ihres Martyriums und das Unglück seiner eigenen unheilvollen Feigheit ein, und er vermeinte, er sähe ihr Bild in den Tränen widergespiegelt, die sich in seinen Händen sammelten. Er küßte die Spiegelung und schmeckte Salz. »Wenn es danach nichts gibt«, versprach er ihr, »dann werde ich bald bei dir im Nichts sein, und wenn es einen Himmel gibt, werde ich mit dir dort sein, und vielleicht wird mein Bein geheilt sein, und du wirst mir verzeihen.«

Er schlich auf das Lager der Kreuzritter zu, kauerte sich hin, damit er kriechen konnte, wobei er seine zwei Hände wie Beine benützte, damit er sein untaugliches Bein nachschleifen konnte. Keuchend beobachtete er das Treiben zwischen den glühenden Feuern und stellte fest, daß das Zelt des Geiers in der Mitte stand. Plötzlich ging ihm auf, daß er durch Heimlichtun nur auffallen würde, und so stand er auf.

»Ich werde wie ein gewöhnlicher Mensch gehen«, sagte er sich und setzte sich langsam in Richtung auf das große Zelt in Bewegung, wo Mgr. Rechin Anquilar vor seinen Priestern Hof hielt, sich für seine Urteilsverkündigungen in Purpur hüllte und nachts schlief. »*Hola, cabrón*«, rief er einem Mann zu, der an einem Feuer saß, »hast du eine Zigarette?«

»Ich habe nur noch drei übrig an diesem gottverlassenen Flecken«, erwiderte der Mann.

»Dann laß ich dich in Ruhe.«

Er schlenderte so, daß er seine Behinderung nicht zeigte, und kreiste immer näher um seine Beute. Plötzlich blieb er enttäuscht stehen, als er sah, daß vor dem Zelt ein Mann Wache stand. Doch dann schritt er weiter, um keinen Verdacht zu erregen. Er tat so, als wollte er an dem Wächter vorbeigehen, drehte sich dann aber um, als wäre ihm etwas eingefallen. Eingedenk der Worte des letzten Mannes fragte er: »Hast du eine Zigarette an diesem gottverlassenen Flecken?«

Der Mann legte den Finger an die Lippen und deutete auf das Zelt, um anzuzeigen, daß er seine Stimme senken sollte, da der Monsignore drinnen war. Der Krüppel trat näher und beugte sich vor, wie um seine Bitte leiser vorzubringen, doch statt dessen fuhr seine Hand von unten hoch und stieß ihm die geschwungene Klinge des Messers hinter die Rippen und durchs Herz.

Der Mann krümmte sich zur Seite, hielt sich den Bauch, als hätte er einen Faustschlag erhalten, und der Krüppel riß die Zeltklappen auf. Die Dunkelheit hier drinnen machte ihn blind, und Verwirrung und Furcht lähmten ihn eine Sekunde, als er begriff, daß er keine Ahnung hatte, wo er zustechen sollte. Doch das unmißverständliche Krächzen der Stimme des Monsignore kam fragend von einer Seite: »Wer ist es? Valentino, bist du es?«

»Ja«, erwiderte er und versuchte aus der Erinnerung die Stimme des Priesters nachzuahmen, den er für einen Einfaltspinsel gehalten hatte. »Wo sind Sie? Ich kann hier drin nichts sehen.«

»Hier drüben«, sagte der Monsignore, der nach einer Streichholzschachtel suchte, um die Lampe an seinem Bett anzuzünden.

Im Aufflammen des Streichholzes blickte das ausersehene Opfer hoch und sah ein mißhandeltes Gesicht, das zwar vertraut, aber vergessen war. Die beiden Männer durchbohrten sich eine kurze Weile mit Blicken, aber dann entdeckte der Monsignore das Messer, von dem eindeutig Blut tropfte. Er sprang aus dem Bett und duckte sich in der Hoffnung, dabei den Messerstichen zu entkommen.

Der Krüppel konnte nun im düsteren Dunst des Zelts sehen und umklammerte das Messer in der Hand noch fester. »Erinnerst du dich an Sibila?« fragte er.

»Sibila?«

»Die du gefoltert und verbrannt hast, weißt du noch?«

»Wie sollte ich mich erinnern?«

»Ach so, schließlich waren da so viele.« Er trat mit seinem Messer vor, bis er fast über seinem Opfer war. Der Monsignore erfuhr mit einemmal den unendlichen Schrecken des drohenden Todes und verdrehte die Augen, während er den Kopf abwandte, und wimmernd das Kissen zur Abwehr vorschob. Er spürte, wie es in seinen Eingeweiden gärte und wie seine Blase schwach wurde.

Doch der Krüppel vergaß seine Behinderung in der Wonne greifbar naher Rache und seines gerechten Hasses. Er wollte nach vorne schnellen, fiel aber hin.

Der Monsignore warf das Kissen weg und rannte aus dem Zelt. »Mörder, Mörder«, schrie er. Der Krüppel im Zelt erhob sich auf die Knie, und wieder wallten Tränen aus der unermeßlichen Lagune seiner Traurigkeit hoch, die sich aus dem Ekel über sein Lahmsein, aus der Schuld an mitverursachter Peinigung speiste und die nun mit diesem entmutigenden Fehlschlag endete. Als die Kreuzritter ins Zelt rannten, blickte er hinauf in den Himmel, in dessen geruhsamer Umarmung Sibila irgendwo sein mochte, und schnitt sich die Kehle durch.

Wie sich Dionisio human verrechnet

Sie trafen Don Emmanuel splitternackt in seinem Haus an, wo er dem mexikanischen Musikologen eine wunderschöne irische Melodie vorsang, der, nachdem er sich schon die Finger verbrannt hatte, nun den meisten musikalischen Beiträgen Don Emmanuels skeptisch gegenüberstand. »Ich werde den Namen hinschreiben«, sagte Don Emmanuel, »und dann kannst du selbst nachprüfen; es heißt ›The London Derrière‹, schau.«

»Aber London liegt in England, wie kann das Lied dann irisch sein? Und noch dazu weiß ich, daß ›derrière‹ auf französisch ›Hintern‹ heißt.«

»Auf englisch heißt es ›Ire‹«, versicherte Don Emmanuel in geheuchelter Ungeduld und Indignation. »London ist voller Iren. Tatsächlich wurde es fast vollständig von ihnen erbaut, und alle Engländer haben irisches Blut. Da ist nichts dran faul.«

»Trau ihm nicht«, riet Misael. »Er ist schlimmer als ein Besoffener, was falsche Versprechungen angeht.« Er wandte sich an Don Emmanuel und wies auf seine Begleiter. »Wir sind gekommen, um deinen Rat zu hören.«

Don Emmanuel grinste, kratzte seinen rötlichen Bart und dann seine Schamgegend und sagte: »Ich werde euch jeden Rat auf der Welt geben, wenn ihr mir bloß verraten könnt, wie es kommt, daß die von Felicidad aus meinem Nabel ausgegrabenen Moosbeeren immer aus blauem Flaum bestehen, wo ich doch keine Kleidung in dieser Farbe besitze.«

»Das ist sonderbar«, sagte Misael, »weil ich echt dasselbe entdeckt habe. Vielleicht ist es so, wie auch Kotze immer die Haut von Tomaten enthält, auch wenn keine gegessen worden sind.«

Don Emmanuel streckte mit erleuchteter Miene den Finger in die

Luft. »Du bist wirklich sehr weise, denn das muß es sein. Also, welchen Rat braucht ihr?«

»Wir hätten gern, daß du uns einige Gemeinheiten verrätst, die wir den Kreuzrittern antun können«, sagte Remedios, »während wir eine Strategie ausarbeiten.«

»Der beste Weg, diejenigen zu reizen, denen es schlechtgeht, ist der, es sich selbst gutgehen zu lassen«, sagte Don Emmanuel. »Es sich gutgehen lassen ist sowieso immer der beste Weg, Priester zu erzürnen. Es entsetzt sie, außer es handelt sich um Pater García oder Don Salvador. Wir sollten eine Fiesta abhalten, das ist mein erster Rat. Mein zweiter Rat ist, daß wir vielleicht dieselben Taktiken verwenden sollten wie bei der Armee in Chiriguaná. Hectoro und Pedro sollten jede Nacht rausgehen und die Wachen umbringen.«

Hectoro und Pedro tauschten furchtsame Blicke aus, und Pedro hustete nervös in die Hand. »Verzeiht mir, *compañeros*, aber keiner von uns kann schwimmen, wir würden also im Graben ersaufen. Offen gestanden, Wasser ist das einzige, was mir angst macht. Sonst würde ich hingehen und alle umbringen.«

»Mir geht's genauso«, schloß sich Hectoro an. »Meine Großmutter war eine weise Frau, und die hat gesagt: ›Hüte dich vor dem Tod durch Wasser.‹«

»In diesem Fall«, sagte Don Emmanuel, »sollten wir sie nervös machen und festnageln, indem wir jedem, der ein klares Ziel bietet, eine draufknallen. Einmal die Stunde, vielleicht einmal alle zwei Stunden, sollte einer von euch auf die Mauer gehen und einen Schuß abgeben. Wenn es öfter passiert, dann gewöhnen sie sich daran, so daß es sie nicht länger unglücklich macht.«

»Ay, ay«, seufzte Remedios, »wie bedauerlich, daß Federico tot ist. Er konnte einen Gebirgsranger aus unglaublicher Entfernung erschießen.«

»Pedro ist der beste Schütze«, sagte Misael.

»Ich wäre der beste, wenn ich nicht bloß einen Revolver hätte«, sagte Hectoro, strotzend vor verwundetem männlichem Stolz.

»Du bist mit Handfeuerwaffen der beste Schütze«, sagte Pedro diplomatisch. »Das weiß ein jeder, und ich habe es oft sagen hören.«

»Ich habe noch weitere Pläne«, sagte Don Emmanuel. »Ihr habt alle

Dionisio vergessen. Einer von euch muß ihn holen, und ihr übrigen müßt alle Jaguare in der Stadt zusammentreiben.«

Und so kam es, daß sich eine Episode fröhlichen Wirrwarrs ergab, als die widerstrebenden und eigenwilligen Katzen mit langen Stangen von Dächern geschubst, von den Hängematten ihrer Eigentümer gehievt, durch Händeklatschen neben ihren Ohren aus Schlaftrunkenheit geweckt, von Schüsseln mit Schokolade und Guavengelee weggerissen, aus der Obhut sie beschützender Kinder und vernarrter Erwachsener entführt und auf die *plaza* getrieben wurden, damit Dionisio ihnen einen Vortrag halten konnte. Die meisten dieser wollüstigen und riesenhaften Geschöpfe lagen in wirren Haufen glänzend schwarzen Fells zusammen und schliefen prompt ein. Andere tigerten hin und her, als wären sie eingesperrt, und wieder andere saßen auf ihren Pfoten, zuckten mit den Schwänzen und rissen ihre Mäuler in einem gigantischen Gähnen auf, das ihre rosigen Gaumen und Säbelzähne entblößte.

Dionisio kam mit seinen eigenen schwarzen Jaguaren aus seiner Buchhandlung. Er war sich bewußt, daß sein legendärer telepathischer Draht zu den Tieren zum erstenmal öffentlich einer Prüfung unterzogen werden sollte. Praktisch die gesamte Stadtbevölkerung kam her, um zu schauen, was er den Katzen mitteilen würde. Einige sagten: »Er wird Kastilisch mit ihnen reden, aber in der Katzensprache«, und andere meinten: »Er wird in einer uns allen unbekannten Sprache zu ihnen sprechen.«

Tatsächlich war die Angelegenheit für diejenigen eine Enttäuschung, die ein großartiges und übernatürliches Spektakel erwartet hatten. Dionisio stellte sich an denselben Fleck, wo Pater García und Don Salvador üblicherweise ihr Evangelium der Vermehrung und Erneuerung predigten. Er schloß die Augen und dachte sich ganz fest in die Mentalität des Jaguars hinein, bis er sich das Überqueren einer offenen Fläche nicht mehr ohne das Jucken der Das selfliegenmaden vorstellen konnte. Er wußte plötzlich, wie es war, eine Schildkröte mit einer Pfote festzunageln und ein kreisrundes Loch an der Stelle hineinzubeißen, wo die obere Platte auf die untere trifft, so daß das Fleisch mit der anderen Pfote herausgekratzt werden kann. Der Fixpunkt seines geistigen Blickfeldes wechselte, so daß es nicht mehr der einzelne Fleck des Menschen, sondern der horizontale Schlitz des Raubtiers war. Auf einmal kannte er das scharfe Klimpern ausgeschiedener Gürteltierschuppen, und seine Gedanken wechselten vom Schattenreich der Wörter zu gutturalem Grunzen und klarer, unmittelbarer Intuition. Seiner Zunge wuchsen scharfe und rückwärts gerichtete Wärzchen, und seine Zähne kannten die Freude, mit einem Biß die Schädeldecke eines Pekaris zu zermalmen, damit dessen Gehirn gierig verschlungen werden konnte. Er stand da und mesmerisierte mit seinen Goldaugen einen Brüllaffen von Ast zu Ast, bis dieser gar nicht anders konnte, als vom Baum zu steigen. Er spürte das Aufschießen von Wut und Feindseligkeit, als er unter den üppigen, feuchten und fauligen Gerüchen des Dschungelbodens die durchdringende Duftmarke eines Rivalenmännchens witterte.

Der Teil von Dionisio, der noch immer er selbst war, gemahnte ihn dann daran, sich noch weiter in den Geist der Cochadebajo-Katzen hineinzudenken. Er wurde faul und duldsam, verspielt und anhänglich. Bei dem Gedanken an Schokolade lief ihm das Wasser im Maul zusammen, und sein Fleisch war aus einem Stoff gemacht, der von den Kugeln und Fallen des Menschen nicht verletzt werden konnte, ein Zustand, zu dem sich alle Tiere noch weiterentwickeln müssen, wenn sie bis zum Ende aller Tage auf der Erde bleiben sollen.

»Die Katzen hören nicht zu«, sagte der alte Gomez und wies darauf hin, wie die versammelten Jaguare auf ihrer althergebrachten Art beharrten, sich balgten, schliefen oder verzückt ins Leere starrten.

»Sei nicht blöd«, tadelte Pedro, der neben ihm stand, »Katzen passen immer auf. Das weiß ein jeder. Sie sind pervers und täuschen dich gern.«

Dionisio spürte plötzlich, daß er sich in die Katzenwelt eingeklinkt hatte, und seine eigene Seele verschwand in einem Einklang, in dem er genau sah, was zu tun war, und wußte, daß die Katzen es auch erfassen würden. Er öffnete die Augen und sagte: »*Vamos*.«

Die geschmeidigen und kraftstrotzenden Tiere erhoben und streckten sich, wobei die Vorderpfoten sich in den Staub vor ihnen krallten und ihre Muskeln sich spannten. Sie schauten erwartungsvoll auf Dionisio und schlossen sich ihm auf dem Weg zur Zugbrücke an. Als sie herabgelassen war, rieben seine eigenen beiden Jaguare ihre Wangen so wie jeden Tag an seinen Hüften, um ihn als ihr Eigentum zu markieren, dann ging er mit seiner Katzenarmee los, um es mit den Kreuzrittern aufzunehmen.

»Dionisio, bitte geh nicht.« Das war Leticia Aragon, deren Augen, heute von der Farbe eines Lapislazuli, auf eine Schreckensvision gerichtet waren. Ihr Haar, das aus schwarzen Spinnweben gemacht zu sein schien, fiel ihr ins Gesicht. »Möchtest du, daß Parlanchina vaterlos wird? Und daß ihr Kind ohne Großvater ist?« Sie wies auf die kompakte Kuppe ihres Schwangerenbauchs.

Dionisio legte ihr die Hand in den Nacken und lächelte sanft: »Leticia, du solltest es besser wissen.«

»Der hat Mumm in den Klöten«, sagte Hectoro, als Dionisio im Meer der Katzen die Stadt verließ. Die Vierbeiner schwärmten nun aus, um wie eine altmodische Infanterieformation vorzurücken.

»Ich habe nie gewußt, daß wir so viele haben«, sagte Pedro.

»Mir gefällt ihr Schwanzwedeln, wenn sie gehen«, sagte Remedios.

Die Kreuzritter schauten ins Tal und entdeckten eine flirrende Bewegung. Es war so, als bestünde der ganze Talboden aus einem Feld geschwärzten Weizens mit einem Schnitter, der in der Mitte schritt. »Was geht da vor?« fragte Monsignore Anquilar, der wegen der geschäftigen Aktivität, in der seine Männer mit ihren Waffen nach vorne hasteten, an die Frontlinie kam. Er hob die Hand schützend gegen das Berglicht und rief: »Der Teufel ist los. Die tierischen Komplizen der Hölle rücken gegen uns vor.«

Anscheinend konnten keine noch so gnadenlosen Salven und Feuerstöße dieses unausweichliche Vorrücken aufhalten. Es schien, als könne niemand den einen gewaltigen Mann niederschießen, der im Gleichschritt mit den schwarzen Bestien voranstapfte. Als die Katzenkavalkade nur noch hundert Meter entfernt war und unter dem Diktat ihres Instinkts auf den Bäuchen voranschlich, als der Angriff unabwendbar und zur entsetzlichen Gewißheit wurde, warfen die Kreuzritter und Priester ihre Waffen nieder und rannten los.

Dionisio verspürte in den eigenen Muskeln den urtümlichen Raubtierdrang, nachzujagen und nachzuspringen, zu reißen und zu fetzen, zu peinigen und zu unterwerfen. Doch er hielt die Front an und rief die Tiere zu sich.

»Warum hast du angehalten?« fragte General Fuerte, der durch das

Armeefernrohr zugesehen hatte, das er heutzutage zu ornithologischen Zwecken verwendete. »Du hättest sie völlig besiegen können.«

Sie aßen in Dionisios Haus und tranken *tintos*. Seine beiden Katzen lagen im Tiefschlaf mit den Füßen in der Luft auf dem Teppich, und ihr angenehmer Geruch nach Heu und Erdbeeren erfüllte das Zimmer. »Sie waren schon besiegt«, sagte Dionisio. »Es bedurfte keines Blutvergießens mehr. Heute abend wird es eine große Fiesta geben.«

Die gab es dann auch. Die Stadtkapelle spielte mit dem Chor fünfmal ihr gesamtes Repertoire an Don Emmanuels unzüchtigen Liedern. Sie führte ihre *retreta* mit *vallenatos, bambucos* und *salsas* fort. Sie spielte argentinische Tangos und die ungeheuer bombastische und langatmige Nationalhymne, zu der die Einwohner Don Emmanuels neugeschriebenen und fröhlich obszönen Text grölten. Professor Luis schloß das Grammophon an die Windmühle an, und sie weinten gemeinsam zu den sentimentalen peruanischen Liedern über Verlassenwerden, frühzeitigen Tod und Armut. Doña Constanza wurde sündhaft betrunken und mußte von Gonzago und Tomás nach Hause getragen werden. Remedios saß mit Gloria auf der *plaza* und hing den Erinnerungen an ihre Guerillazeit nach. Don Salvador, der falsche Priester, fiel im Freudenhaus hin und verletzte sich an den Schienbeinen.

Pater García ging zur Mauer, um ein bißchen frische Luft zu schnappen, die die aufkommende Übelkeit in seinem Magen nach dem *pisco* bekämpfen sollte, und fand den Conde Pompeyo Xavier de Estremadura allein auf der Mauer sitzen vor. »Was machst du denn, *cabrón*?« fragte er.

»Die verfluchten Engländer sind zurückgekehrt«, sagte der Conde und wies mit einem wackelnden Finger übers Tal. Pater García stellte mühsam seinen Blick scharf und folgte der fahrigen Geste des Grafen. Er sah einen Ring von Feuern in Bewegung. »Hör mal«, sagte der Conde, und Pater García hörte den blechernen Klang einer fernen Glocke. Als der Wind drehte, hörte er den monotonen Singsang der Priester und roch süßen Weihrauchduft. »Das ist etwas Lateinisches«, sagte García, dessen Hasenaugenbrauen spekulativ zitterten. »Was machen die da?«

»Das solltest du wissen«, erwiderte der Conde, »wo du doch Priester bist. Das habe ich schon mal in Valencia gesehen, als es eine Geisterplage gab, Geister, die nachts die Frauen belästigten. Das ist Exorzismus.«

»Aber was exorzieren sie? Das ergibt doch keinen Sinn.«

Doch am Morgen nach dem Fest, als die Stadt spät mit einem kollektiven Kater erwachte, der mit weiteren medizinischen Dosen von Alkohol verscheucht werden sollte, beherrschte den Ort ein unheimliches Gefühl von Abwesenheit. Die Leute wanderten durch die Straßen und suchten nach etwas Fehlendem, ohne zu wissen, was es war. Ihre Verwunderung verflüchtigte sich, aber Verzweiflung und Konfusion bemächtigte sich ihrer Herzen, als sie mit einem Schlag erkannten, daß alle Katzen verschwunden waren.

Pater García, der immer noch vom Boden abhob, wenn er mystisch erleuchtet oder argumentativ emphatisch war, erklärte das Verschwinden der Katzen folgendermaßen:

»Meine Freunde, es ist uns zuverlässig hinterbracht worden, daß die Götter und Heiligen sich an diesem Krieg nicht beteiligen würden, weil er sie verwirrt, aber es trifft auch zu, daß unsere verläßlichen und zutraulichen Katzen uns von Priestern wegexorziert worden sind, wie ich mit eigenen Augen sah, als ich betrunken, aber noch bei Vernunft war, was der Conde Pompeyo Xavier de Estremadura bezeugen wird. Wie läßt sich das erklären? Haben die Heiligen Parlanchina angelogen, die ihre Botschaft an Aurelio richtete, um sie uns weiterzugeben? Hat Parlanchina sie mißverstanden? War es ein als Parlanchina verkleideter Dämon?

Nein, so war es nicht. Denn es trifft zu, daß die Götter und Heiligen nicht eingegriffen haben. Wer hat dann eingegriffen? Ich möchte, daß ihr euch an meine Lehre erinnert, deren Wahrheit letzten Abend empirisch bewiesen wurde. Denn ich habe euch wiederholt erzählt, daß diese Welt böse ist, weil der Gott, der sie geschaffen hat, böse war, was heißen soll, daß Gott in Wahrheit der Teufel ist. Der Eine Gott, der den Geist geschaffen hat, war nicht der Gott, der die Materie gemacht hat, wie ich mehrmals deutlich erklärt habe. Daraus folgt, daß die Priester, die weit oben im Tal lagern, die unbewußten Komplizen Satans sind, denn sie glauben, daß sie dem Geistesschöpfer folgen, wo sie in Wahrheit dem Weltenschöpfer folgen, der ihnen viele schlechte Befehle und schlimme Vorschriften gegeben hat. Er pflanzte das Böse in ihre Herzen und sagte ihnen, es sei gut. Wo Mitleid war, säte er Gewalttätigkeit. Wo Fröhlichkeit, Feierstimmung und freudige Kopulation herrschten, säte er Grimm, Ablehnung und Frigidität, weil er auf diese Art die Liebe zu besudeln und das Glück zu beflecken trachtete. Er zog seine Priester schwarz an, denn das ist die Farbe der Trauer, und ihre Seelen steckte er in Stein, so daß das Eis des Fanatismus das Licht der Vernunft und die heitere Weisheit der Auslegung einfror. Auf diese Weise wurde die Bescheidenheit der Spekulation durch den Eisenkäfig der Gewißheit ersetzt.

Die Erklärung ist einfach, meine Freunde. Die Heiligen haben sich geweigert zu kämpfen, und der Geistesschöpfer kämpft nie, denn er bekundet Seine Liebe, aber nicht Seine Macht. Doch der Weltenschöpfer hat den Kampf nicht ausgeschlagen, und daher folgt daraus, daß wir die Katzen infolge einer Zeremonie des Teufels verloren haben.

Doch ich habe euch allen schon erzählt, daß der Geistesschöpfer es für gut gehalten hat, eine neue Schöpfung in uns selbst zu beginnen, und wir dürfen nicht den Mut verlieren. Wir können jetzt unsere Neue Welt nicht verlieren, da sie gerade erst angefangen hat, und deshalb müssen wir mutig weitermachen im Glauben, daß das Verlorene durch unseren Mut und Unternehmungsgeist uns wieder zukomme. Denn ihr wißt ja, unsere Katzen waren nie wirkliche Katzen aus Fleisch und Blut. Es waren Katzen, geschaffen aus Engelsmaterie, die nicht der Stoff für Fleisch und Blut ist, sondern eine ätherische Materie, die kondensiert wurde, damit sie sich zeigen kann. Das erklärt ihre Vorliebe für Schokoladen und Süßigkeiten und warum sie sonst nicht zu fressen brauchten. Sie sind mysteriöserweise unter uns erschienen, ungebeten, und nun sind sie weg, aber wir dürfen nicht verzweifelt und verzagt sein. *Deo gratias. Dominus vobiscum.* Amen.«

Hectoro ritt vor und sprach mit dem Pater, der über dem Boden schwebte, von Angesicht zu Angesicht. »Hoffentlich, *cabrón*, kann der Geistesschöpfer Terrassen wiederherstellen, weil sie die Steine niederreißen, um Barrikaden zu bauen, und unsere Ernten einbringen, damit sie etwas zu essen haben.«

Pater García war durch diese Information so verwirrt, daß seine Trance abrupt aufhörte und er zu Boden fiel, wobei er sich den Knöchel verstauchte. »Ich habe dir schon mehrmals gesagt, du sollst das nicht machen, wenn ich levitiere«, sagte er vorwurfsvoll zu Hectoro. »Das kann zu einem ernsthaften Unfall führen.«

Hectoros Worte trafen zu. Die Bestände an Quinoa, Hülsenfrüchten und Kartoffeln wurden von den hungrigen Kreuzrittern geplündert. General Fuerte stand auf der Mauer, spähte durch sein Fernrohr und gab die Information an die Leute bei ihm weiter. Bald genügte es ihnen nicht mehr, daß allein seine Augen die Zerstörung der *andenes* bekundeten, die sich stufenweise weit hinauf in die Berghänge zogen und den fruchtbaren Boden festhielten, der während der ersten Ausgrabung der Stadt dorthin gebracht worden war. Sein Fernrohr wurde von Hand zu Hand weitergereicht, und das Gefühl der Empörung wuchs, als klar wurde, daß die Kreuzritter nicht nur die Nahrung entwendeten, sondern auch die Steine der Mäuerchen zum Talboden schafften, damit sie dort provisorische Befestigungen errichten konnten.

Pedro der Jäger tauchte mit einem Gewehr auf. Mutmaßungen und Spekulationen machten unter den Leuten die Runde, denn Pedro jagte stets mit einer uralten Muskete, die mit Draht zusammengehalten wurde und deren Munition er in einer gleichfalls antiquierten Gußform herstellen mußte. Nun aber hatte er Sergios Lee-Enfield, genau das Gewehr, daß Federico einst seinem Vater gestohlen hatte, als er von zu Hause weggelaufen war, um sich an der Armee zu rächen. Es war ein legendäres Gewehr, denn damit hatte Federico die Gebirgsranger getötet, die in der Sierra nach den Guerilleros gesucht hatten, und es hieß, daß jeder, der sie benützte, von Federicos Geist geleitet würde und deshalb nicht danebenschießen könne. Seine Reichweite war größer als die einer modernen Waffe, sein langer Lauf machte es zielgenau, und seine schwere Munition durchdrang nicht nur Fleisch, sondern zerschmetterte sogar Knochen. Es war nur noch eine Schachtel mit .303-Patronen übrig, und Pedro war entschlossen, aus jedem Schuß einen Treffer zu machen. Er legte sich auf die Mauer, klappte die Ständer des Visiers hoch und drehte am Rändelrad, um es einzustellen. Er suchte sich einen stämmigen Mann aus, der still dastand und den Abtransport der Steine beaufsichtigte. Schweigen befiel die Leute, als sie auf das Krachen der Waffe warteten. Pedro zielte etwas nach rechts, um die Eigenwilligkeit des Gewehrs zu berücksichtigen, und feuerte.

General Fuerte schwor danach, er habe durch sein Fernrohr die Kugel in einem Bogen fliegen, schwanken und dann mitten im

411

Rücken des Mannes verschwinden sehen. Die Menge dagegen sah eine winzige Gestalt in der Ferne, welche die Arme hochwarf, in einem Halbkreis taumelte und aufs Gesicht fiel. Sie sah, wie die übrigen Kreuzritter in Deckung hasteten, indem sie von einem ungenügenden Versteck zum anderen krochen. Die Bevölkerung von Cochadebajo de los Gatos ballte die Fäuste und schüttelte sie triumphierend: »Bravo, Pedro. Viva, viva Don Pedro.«

Von dieser Zeit an verheerten die Kreuzzügler die *andenes* nur nachts, wenn Mond und Sterne ausreichen, und während des Tages verbargen sie sich hinter ihren Mauern oder marodierten unter den unbewachten Schaf- und Ziegenherden in den benachbarten Tälern und *quebradas*. Da sie nicht mehr hungrig waren und vor Zorn über den nicht gewährten Zugang zur Stadt brannten, reinigten sie ihre Waffen und schmiedeten Pläne. Eines Abends wateten sie unter der Leitung von Mgr. Rechin Anquilar auf jene Weltkarte, die mit so viel Abbildungstreue von Dionisio Vivo und Professor Luis angelegt worden war, und schaufelten alle Gebiete, die nicht dem römischen Glauben anhingen, ins Wasser. Die Karte verwandelte sich in einen seichten Teich mit lediglich vereinzelten Blumenflecken, wo einst ganze Kontinente zu erkennen gewesen waren; alle Fische darin waren bereits aufgezehrt und die Wasservögel konsumiert, und die nicht mehr funktionierende Entwässerung verwandelte ihr Lager in einen unerfreulichen Sumpf.

»Ich würde gern herauskriegen, ob Diplomatie etwas erreichen kann, wo der Widerstand versagt«, erklärte Pater García vor dem Kriegsrat, »was übrigens auch Don Salvador meint. Schließlich bin ich zum Priester geweiht worden, und er sieht wie einer aus. Ein Appell an die Brüderlichkeit wäre doch einen Versuch wert.«

»Du bist übergeschnappt«, meinte Remedios. »Gerade der Erfolg deiner Ansichten hat sie anscheinend doch hergebracht. Weißt du nicht mehr, was der Krüppel gesagt hat?«

»Ich gebe zu, daß es verrückt ist«, pflichtete Don Salvador, der falsche Priester, bei, »aber ich habe eine Geheimwaffe zur Verfügung, die meinen Standpunkt bekräftigen wird.«

»Eine Geheimwaffe?«

»Ja ja, eine Geheimwaffe.« Er nickte und lächelte dabei geheimnisvoll.

»Und was ist diese Geheimwaffe, wenn ich fragen darf?«

Don Salvador zuckte die knochigen Schultern und machte mit beiden Händen eine hilflose Geste. »Wenn ich es euch verrate, dann wäre sie nicht mehr geheim. Außerdem schäme ich mich ihrer.«

»Ihr seid beide Idioten«, bekräftigte Remedios.

Nichtsdestoweniger wurde die Zugbrücke herabgelassen, und die beiden Männer zogen hinaus. Pater García hatte aus seiner Truhe noch die letzten verbliebenen kirchlichen Gewänder geholt, und Don Salvador hatte sich einen neuen Kragen aus weißem Karton geschnitten. Der erstere trug einen Rosenkranz bei sich, falls er fliehen müßte, und der letztere hatte lediglich seine abgenützte und geliebte Ausgabe von Catulls Gedichten und Epigrammen dabei. Sie schritten wortlos aus, und die hagere Größe und die edlen Züge Don Salvadors bildeten einen merkwürdigen Kontrast zu Pater Garcías schmächtigem Aussehen und seinem Hasengesicht.

»Wir sind gekommen, um mit dem Mann zu verhandeln, der sich ›El Inocente‹ nennt«, sagte Don Salvador zu der Gruppe mürrischer unrasierter Männer, die sich feindselig erhoben, als die beiden durch die erste Linie der provisorischen, ohne Mörtel errichteten Mauern schritten, die als Schutz vor Pedros Kugeln dienten. »Soviel ich weiß, ist er euer Anführer.«

Die beiden Männer wurden grob nach Waffen durchsucht und unter Bewachung gestellt. »Eine barbarischere und reizbarere Horde von Menschen habe ich noch nie gesehen«, bemerkte Don Salvador.

Kurz darauf kam Mgr. Rechin Anquilar heran. Aus geringer Entfernung bemerkte er an dem größeren der beiden Unterhändler etwas, das ihm sowohl vertraut wie verstörend vorkam. Sein Gedächtnis war durcheinander, als er näher trat, aber plötzlich erkannte er, wer der große Mann war. Seine Ohren wurden schamrot, und auch sein Gesicht bekam mehr Farbe. Er dachte schon an Entschuldigungen und Rechtfertigungen für die Überschreitung seiner Kompetenzen, und die schreckliche Aussicht auf Amtsenthebung und einen Gerichtsprozeß dräute in seinem Gemüt. »Eure Eminenz?« sagte er mit ungläubiger Stimme.

Don Salvador lächelte. »Sehe ich nicht ganz wie mein Bruder, der Kardinal, aus? Wir sind oft miteinander verwechselt worden.«

Mgr. Anquilar fragte sich, ob jemand sein Spiel mit ihm trieb. »Eure Eminenz, was bringt Sie in diese Gegend?«

»Ich bin Salvador Trujillo Guzman, der Bruder des Kardinals, wie schon gesagt, und ich habe Ihnen etwas mitzuteilen.« Don Salvador verstummte und wog seine Worte ab, während der Monsignore weiterhin konfus war und Pater García ihn mit offenem Mund anstarrte. In all ihrer langen Freundschaft, in all ihren vielen Diskussionen, in denen sie ihre Lehre ausgearbeitet hatten, hatte Don Salvador nie offenbart, daß sein Bruder das Oberhaupt der Landeskirche war.

Don Salvador blickte direkt in die Augen des Monsignore und sagte entschieden: »Mein Bruder ist immer sehr konservativ gewesen, besonders in Glaubensfragen. Er konnte meine Leichtfertigkeit nie tolerieren. Aber dennoch wußte ich schon immer, daß er mehr Fehler hatte als ich selbst. Wir sind beide Heuchler, aber in meinem Fall ist dies ganz offensichtlich, und in seinem Fall verheimlicht er es sogar vor sich selbst. Ich habe meinen Lebensunterhalt als falscher Priester verdient, der niemanden übers Ohr haut, und er hat als ordinierter Priester gelebt, der darauf achtete, die richtigen Menschen übers Ohr zu hauen, um in höchste Ämter zu gelangen. Aber dennoch weiß ich, daß mein Bruder ein gutes Herz hat, und bin sicher, er hätte Sie nie ermächtigt, Scheußlichkeiten und Grausamkeiten in Gottes Namen, im Namen der Kirche und in seinem eigenen Namen zu begehen.

Ich weiß nicht, was für eine Zukunft Sie für sich nach dieser Eskapade vorgesehen haben, Monsignore. Mir scheint es, daß ein Mann wie Sie keine andere Zukunft hat, als ermordet zu werden oder weiterhin Schrecken auf Schrecken zu häufen. Ich kann mir nicht vorstellen, daß Sie sich in ein Kloster zurückziehen, nachdem Sie den aufputschenden Wein vergossenen Blutes und der Generalsmacht gekostet haben, oder? Sie sind ein Kazike, ein Caudillo ...«

»Wollen Sie darauf hinaus, wenn Sie überhaupt so weit kommen, daß Sie Ihren Bruder von meinen Aktivitäten unterrichten werden, wenn ich mich nicht zurückziehe?« unterbrach der Monsignore, dessen Augen vor Bösartigkeit und Feindseligkeit glitzerten.

»Genau darauf will ich hinaus, Monsignore. Und ich verlange auch, daß Sie Ihre Armee von Marodeuren und Wilden auflösen.«

Rechin Anquilar legte die Hände hinter den Rücken und befleißigte sich eines hochmütigen Benehmens, das seine Verzagtheit Lügen strafte. Es stimmte, daß er seiner Rückkehr zu einem Werktagsleben nach dem Kreuzzug noch keinen Gedanken gewidmet hatte; diese Erwägung ließ in seinem Herzen ein furchtsames Zittern aufkommen, und er wußte, daß früher oder später Einzelheiten der Vorgänge durchsickern würden, daß früher oder später Finger auf ihn weisen würden. Zum erstenmal wankte sein Glauben an diese Mission, und die Aussicht darauf, sich rechtfertigen zu müssen, setzte seiner Einbildungskraft zu.

»Meine Autorität kommt nicht von Ihrem Bruder, sondern von Gott. Mein Ziel ist ausschließlich, den armen Seelen die Höllenpein zu ersparen.«

»Persönlich mit Ihm bekannt, wie?« fragte Pater García. »Und was geht es Sie an, ob ich zur Hölle fahre oder nicht?«

»Es gibt nur ein Gesetz«, sagte Don Salvador belehrend: »*Vivamus atqe amemus.*«

»›Laßt uns leben und laßt uns lieben‹? Ist das aus dem vierten Evangelium?« fragte der Monsignore, der unter keinen Umständen der Versuchung widerstehen konnte, die Quelle eines Zitats korrekt ausfindig zu machen.

»Das Evangelium des Catull«, sagte Don Salvador.

Der Monsignore schien in seiner Aufmerksamkeit abzuschweifen. Er überlegte einen Augenblick. Ihm fielen die Namen der beiden Häretiker aus Cochadebajo de los Gatos wieder ein, die er in der Vorlage des Inquisitionsamts gelesen hatte, und er dachte dabei gleichzeitig an einen Weg, wie er es vermeiden könnte, daß die Geschichte seiner Taten je dem Kardinal zu Ohren kam. Er sprach auf einmal laut zu den Kreuzrittern, die sich angesammelt hatten.

»Dieser Mann«, sagte er mit ausgestrecktem Finger, »ist Salvador. Und dieser Mann ist der angebliche ›Pater‹ García. Sie sind Häretiker und die Anführer von Häretikern. Tötet sie beide, bevor sie diesen Ort weiter verschandeln.«

Pater García blickte auf den abgeschlagenen Kopf seines Gefährten hinab, der seitlich im Schlamm lag, und auf den Körper, der nun keine Identität mehr zu haben schien, als gehörte er zu einer Modepuppe. Er hob den Blick und schaute den Mann mit der Machete an, der auf ihn zukam. Er wandte sich direkt an Monsignore Rechin Anquilar. »Bevor ich sterbe, möchte ich einen Rosenkranz aufsagen. Als Christ können Sie mir diese Bitte nicht abschlagen.«

»Sie sollten lieber beichten«, sagte Anquilar, »aber sagen Sie Ihren Rosenkranz, wenn es Ihnen Spaß macht. Es wird nicht schaden, den Teufel warten zu lassen.«

Pater García bekreuzigte sich und rezitierte das apostolische Glaubensbekenntnis. Er bewegte die Finger zur ersten Perle und mußte dabei feststellen, daß seine Finger so sehr zitterten, daß die Perle seinem Griff entschlüpfte. Er rezitierte das Vaterunser und ging zur nächsten Perle über. Seine Knie fingen zu wackeln an, aber er sagte die drei Ave-Marias und das Gloria und beugte das Haupt beim Namen Jesus. Weiter gingen seine Finger, und er versenkte sich mit zittriger Stimme in das erste freudenreiche Geheimnis, das der Verkündigung. Er sagte das Vaterunser, zehn Ave-Marias und das Gloria. Eine gewisse Ruhe senkte sich über ihn, und er ging weiter zum zweiten freudenreichen Geheimnis, der Heimsuchung. Er wiederholte die Formel der zehn Ave-Marias und des Gloria und schritt zum Geheimnis der Geburt Christi. Unablässig intonierte seine Stimme die Ave-Marias nebst dem Gloria für die Geheimnisse der Reinigung Mariä und des Auffindens im Tempel.

Pater García hatte sich vorgenommen, bei der Kontemplation der Geheimnisse des Rosenkranzes verzückt zu werden, um dann levitieren zu können. Er hatte nie auf sehr große Höhe und mit besonders hoher Geschwindigkeit levitieren können, war aber überzeugt, das ließe sich bewerkstelligen, indem er lediglich seine Konzentration weiter vertiefte. Doch nun mußte er feststellen, daß die Aussicht auf einen bevorstehenden blutigen Tod seine Seele lähmte. Es war so, als ob nur der vordere Teil seines Gehirns funktionierte, und der ganze Rest bestand aus einer undifferenzierten wabernden Angst, die nur wiederholen konnte: »Ich werde sterben« und die besänftigende Monotonie seiner Gebete übertönte.

Er verlangsamte sein Sprechen und versuchte, die schmerzensreichen Geheimnisse im Schneckentempo durchzugehen. Er blickte zu den Kreuzrittern, die gelangweilte Blicke wechselten, auf ihre Uhren sahen und an den Schäften ihrer Macheten herumfingerten. Er versuchte, sie aus seinem Geist zu verbannen und sich auf das Ringen Christi mit dem Tod im Garten Gethsemane, die Geißelung, die Dornenkrönung und das Kreuztragen zu konzentrieren. Er kam – immer noch mit den Füßen fest auf dem Boden – zur Kreuzigung, und ein Gefühl völliger Verzweiflung wühlte in seinem Herzen.

Selbst eine fromme Irin, die den Rosenkranz im Schnellzugtempo durchrattert, braucht sehr lange, um einen ganzen Rosenkranz auf einmal zu bewältigen. Selbst eine solche Dame würde selten mehr als fünf Dekaden hintereinander angehen, aber García begann nun die elfte von fünfzehn. Bei Garcías Tempo würde es bis zum Abschluß mehrere Stunden dauern, und er sagte kurz Dank an St. Dominikus, daß er bestimmt hatte, jedes Geheimnis sollte zehn Ave-Marias und ein Gloria enthalten. Er verlangsamte sein Sprechtempo noch mehr und stimmte den Singsang an, von dem er aus Erfahrung wußte, daß er damit eine Gemeinde in den Schlaf wiegen konnte.

Immer weiter brummte er durch die glorreichen Geheimnisse. Die Auferstehung, die Himmelfahrt, die Ausgießung des Heiligen Geistes, Mariä Himmelfahrt. Endlich, mit den Füßen immer noch auf *terra firma* und mit von Panik und Wiederholung ausgetrockneter Kehle, kam er zur Krönung und setzte zur abschließenden Litanei an. Er dankte St. Dominikus, daß er so viele schmückende Beinamen für die Jungfrau ausgedacht hatte und daß er selbst nach jedem einzelnen ›Bitte für uns‹ sagen mußte. Nach fünfeinhalb Stunden erreichte er das Ende des Rosenkranzes und blickte in tiefster Resignation auf.

Die Kreuzritter wanderten alle herum, schwatzten und scherzten miteinander. Der Vollstrecker mit seinem Buschmesser war nirgends zu sehen, und Monsignore Anquilar besprach etwas mit Pater Valentino. Anscheinend hatte er es geschafft, den Blutdurst seiner Verfolger mittels der unwahrscheinlichen Länge seiner Rezitation zu dämpfen. Er ergriff die Gelegenheit beim Schopf, fing wieder mit dem apostolischen Glaubensbekenntnis an und trippelte hinter eines der Zelte. Von dort sauste er zu einem Stück der Mauer, während er das Vaterunser aufsagte. Immer noch deklamierend, machte er sich forsch auf den Weg zur Stadt, und auf halbem Weg traf er Dionisio Vivo, der tropfnaß auf das Lager der Kreuzritter zuschritt.

»Ich habe mich aufgemacht, um dich zu retten«, sagte Dionisio. »Ich hatte gehofft, daß sie mich nicht anzurühren wagten, wegen der Geschichte, daß jeder, der mir etwas antun will, die Wunde in seinem eigenen Körper empfangen würde.«

»Bete für uns Sünder nun und in der Stunde unseres Todes«, sagte Pater García, der von nun an den Rosenkranz nicht mehr aus dem Sinn und aus seinem Reden bekommen konnte. »Ich danke dir, Dionisio, gebenedeit seist du unter den Weibern. Du weißt doch, daß die Geschichten über dich alle stimmen, im Himmel wie auf Erden. Du könntest diese Schweinehunde ganz allein besiegen, Gott ist mit dir, Königin der unbefleckten Empfängnis, also warum tust du es nicht? Vermutlich bist du vom Schwimmen durch den Wassergraben naß geworden. Hast du gesehen, daß sie Don Salvador umgebracht haben? Ich werde es nie wieder vergessen, unberührte Mutter, es war das Schlimmste, was ich je gesehen habe, Heil der heiligen Königin.«

»Komm rasch, García, sie haben es bemerkt. Wir werden laufen müssen.«

Zusammen sprinteten die beiden Männer zur Zugbrücke, die schon gesenkt worden war, als Dionisio impulsiv von der Befestigung in den Wassergraben hechtete. Eine Kugel pfiff an Garcías Kopf vorbei, als er sich keuchend aufs Straßenpflaster warf, und schon wurde die Zugbrücke hochgezogen. Vor seinen Augen konnte er nichts anderes sehen als die abgeschürften Zehenspitzen eines alten Armeestiefels. Er hob den Blick und schaute in die Augen Remedios', die über ihm stand, die Hände in die Hüften gestemmt, und verächtlich auf ihn herabsah. »Idiot«, sagte sie. »Remedios«, keuchte er, »gesegnet sei die Frucht deines Leibes, Jesus.« Er nickte, wie er es von nun an immer tun würde, wenn er diesen Namen erwähnte, und knallte mit der Stirn hart aufs Pflaster. »Nun und in der Stunde unseres Todes«, sagte er und fiel mit einer Gehirnerschütterung in Ohnmacht.

Pater Garcías Worte lasteten schwer auf Dionisios Gemüt. Sein Ruf, auf wundersame Weise unverwundbar zu sein und über eine außergewöhnliche Kraft zu verfügen, sein Titel Erlöser und seine mannigfache Vaterschaft hatten ihm in den Augen aller eine Aura übernatürlicher Unbesiegbarkeit verliehen. Auch daß sein Vater Generalstabschef war und daß Kabinettsminister rasch auf seine Korrespondenz antworteten, schien ihn irgendwie direkt mit dem Zentrum der unermeßlichen zivilen Macht zu verbinden, die das Land wie ein Schatten umschlang. Für die meisten Menschen war der Staat etwas, von dem sie nur wußten, daß sie dazugehörten, der sich aber nie auf ihr Leben auswirkte, das sich weit draußen an den äußersten Grenzen oder tief im undurchdringlichen Inneren abspielte. Es erschienen weder Steuereintreiber, noch inspizierten Gesundheits- und Sicherheitsinspektoren die sanitären Verhältnisse in den Lehmhütten; es gab einzig die örtlichen Richter, die unergründlichen und unberechenbaren Polizisten und vielleicht in zehn Jahren einmal einen zutiefst unerfreulichen Zusammenstoß mit der Armee. Der Staat war einfach eine riesige Maschine, die in der Ferne rumorte, und die einzige Verbindung zu ihm war die Fähigkeit, sich an die Farben der Nationalflagge zu erinnern.
Doch Dionisios Anwesenheit brachte die des Staates ins Spiel, und er spürte, daß das Nichterscheinen der Armee, trotz seiner dringenden Bitte an die Regierung, ein persönlicher Verrat war, der ihn auch in den Augen seiner Mitbürger herabsetzte. Das Gewicht auf seinen Schultern, als der Erlöser zu gelten, der einen Menschen einfach dadurch töten konnte, indem er ihn nur berührte, verdoppelte sich dadurch. Er versank in einem Sumpf der Selbstzweifel und des Fatalismus, von dem er zwar wußte, er würde gezwunge-

nermaßen daraus wieder hervorkommen müssen, doch andererseits konnte er auch kläglich versagen und getötet werden. Es schien schon lange Zeit her zu sein, seit er, durch seine Liebe zu Anica göttlich geworden und von ihrem Verlust von Sinnen, eines Morgens hingegangen war und ihren Mörder einfach dadurch getötet hatte, daß er ihn oberhalb des Herzens berührte. »Ich werde zu einem gewöhnlichen Menschen«, sagte er sich immer wieder, obwohl ihm erzählt worden war, daß man bei seinem Ausfall mit den Katzen gegen die ›Engländer‹ gesehen habe, wie er zu doppelter Größe anwuchs.

Schweren Herzens ging er zu dem ständigen Kriegsrat im Freudenhaus. Als er durch die Tür trat, verfiel das ganze Bordell in Schweigen. Er nickte denen zu, die seinen Blick auffingen, und ging zum Tisch. »Ich bin gekommen, um euch zu sagen«, unterrichtete er sie, »daß ich hinausgehen und mit ihnen allein fertig werden will.«

»Bravo, Dionisio«, sagte Remedios, als der Applaus sich gelegt hatte, »wir haben nichts anderes erwartet. Trotzdem haben wir uns dagegen entschieden.«

»Das gäbe keine Genugtuung«, sagte Hectoro. »Wenn es nur darum gegangen wäre, uns zur Last zu fallen und uns mit dem Zerstören der Terrassen zu ärgern, dann würden wir vielleicht sagen: ›Warum nicht?‹ Aber nun, da sie Don Salvador ermordet haben, der in friedlicher Verhandlungsabsicht hinausgegangen ist, ist die ganze Sache persönlich geworden.«

»Jeder von uns möchte sich an ihrer Vertreibung beteiligen«, fügte Misael hinzu, »und wenn wir dich bitten, es zu tun, würden wir uns selbst um die Gelegenheit bringen, uns als groß und stark zu erweisen. Ich bin auch ein Mann, so wie wir alle hier.«

»Ich glaube, du bringst da etwas durcheinander«, bemerkte Remedios, die lakonisch die Augenbrauen hochzog.

»Wenn das so ist«, sagte Dionisio, mittlerweile leicht enttäuscht, »werde ich euch zu Diensten stehen, was immer ihr verlangt.« Damit setzte er sich neben den Schatten von Josef, der starr auf das Glas blickte, das zu seinem Gedenken immer vor ihn gestellt wurde.

»Also, mit welchen Plänen können wir bisher aufwarten?« fragte Remedios, die eher zufällig – keiner wußte so recht, wie – die Führungsrolle übernommen hatte, was nun aber unumkehrbar erschien.

»Ich hatte den Plan«, sagte Professor Luis, »unsere Traktoren als feuerspeiende Drachen zu tarnen. Ich dachte, wir könnten sie nachts mit eingeschalteten Scheinwerfern, die wie Augen bemalt sind, hinausfahren, und ich dachte, wir könnten Pfeifen am Auspuff befestigen, damit sie entsetzlichen Lärm machen. Aber es ist mir nicht gelungen, mit dem verfügbaren Material einen Flammenwerfer zu konstruieren, und mir fällt nichts ein, womit ich die Fahrer vor Kugeln schützen kann.«

»Ich hatte vor«, meldete sich Hectoro zu Wort, »ihnen etwas von Dolores' ›Hühnchen eines wahren Mannes‹ anzubieten. Ich hatte mir vorgestellt, es in einem riesigen Kessel zu kochen und als Friedensangebot hinzuschicken. Es wirkt mit Verzögerung, wie ihr wißt, und ich habe gedacht, daß wir, während sie herumrennen, sich die Kehlen halten und vor Schmerzen heulen, herauskommen und sie angreifen könnten. Aber dann ist mir klargeworden, daß sie aus Angst, vergiftet zu werden, das Zeug nicht essen würden, und so habe ich überlegt: *Was, wenn ich hingehe und etwas davon direkt vor ihnen esse, um zu beweisen, daß es harmlos ist?* Doch dann begriff ich, daß sie mich augenblicklich niederschießen würden. Natürlich habe ich keine Angst vor dem Tod, aber ich könnte doch im Kampf benötigt werden, und deshalb habe ich den Plan fallenlassen.«

»Mußt du immer hoch zu Pferde zu unseren Versammlungen kommen?« wollte die Hure Consuelo wissen, die heftig an ihrer Zigarre paffte. »Du weißt gar nicht, wie blöd du mit dem an die Decke gequetschten Sombrero aussiehst. Und ich bin es leid, dauernd die Pferdeäpfel wegzumachen.« Sie spuckte auf den Boden und ignorierte verächtlich seinen anklagenden Blick.

»Ich hatte vor, einen von ihnen nachts zu entführen, einen, der ihre Pläne kennt«, sagte Misael. »Aber dann habe ich mir gedacht: *Was, wenn er die Pläne verschluckt und sich weigert, sie wieder auszuscheißen?* Also dachte ich: *Wir sollten ihm drohen, ihm den Bauch aufzuschlitzen, um an die Pläne zu kommen*, dann würde er von sich aus scheißen, und wir könnten so an die Pläne kommen.«

»Entschuldige, *cabrón*, das ist ein ganz dummer Plan«, sagte Pedro.

»Ich weiß«, sagte Misael grinsend, wobei der getarnte Goldzahn sein Lächeln grotesk verzerrte. »Der ist mir im Traum gekommen, und das ist der einzige Grund, warum ich ihn erwähne.«

»Ich denke, wir müßten rausgehen und sie angreifen«, sagte Hectoro.

»Bei Gott, ich würde ihnen gern die englischen Nasen aufschlitzen«, warf Conde Pompeyo Xavier de Estremadura ein. »Ich werde alle meine Soldaten mitnehmen, und wir werden sie mit unseren Schwertern zerhacken, mit unseren Piken durchbohren, mit unseren Poignards blenden und ihre Köpfe auf den Spießen lassen, damit die Krähen ein Fest haben.« Er haute mit der Faust auf den Tisch, so daß die Umsitzenden zurückzuckten, um den Rinnsalen verschütteter Alkoholika auszuweichen.

»Bei aller Achtung, Conde, ein Frontalangriff würde uns viel Blutzoll kosten und sie unversehrt lassen«, sagte General Fuerte sanft. »Solch Heldenmut wäre nicht einfallsreich, wie Misael sagen würde.«

»Wir könnten sie nachts angreifen«, bemerkte Hectoro, »aber dann bringen wir uns aus Versehen möglicherweise gegenseitig um. Nicht daß ich Angst hätte, aber ich möchte nicht gern meine Freunde töten, außer es geht um die Ehre.«

»Ich befürworte einen Angriff von hinten«, sagte der General. »Das käme völlig unerwartet und wäre daher äußerst erfolgversprechend.«

Ein allgemeiner Seufzer der Verzweiflung erklang. »General«, sagte Remedios, »wir müßten runter aufs Plateau und dann auf einer anderen Route einen Weg zurück finden, um uns von hinten zu nähern. Es könnte Wochen dauern, und keiner von uns kennt den Weg. Wir könnten uns verirren und in der Wildnis sterben.«

»Wir müßten direkt hinauf auf den *paramo*, bevor wir wieder heruntersteigen könnten«, sagte Misael. »Bist du je dort oben gewesen?« Der General schüttelte den Kopf. »Dort ist es so kalt, daß es einem die Eier in den Körper bis hinauf in die Gurgel zieht, so daß du nicht mehr schlucken kannst. Die Finger werden zu Bananen. Das Haar bekommt eine Eiskruste. Der Wind bläst aus jeder Ecke gleichzeitig und schlüpft in die Kleidung wie die gefrorenen Finger einer toten Hure. Der Regen ist schärfer als Messer und schneidet so tief in die Seele wie ins Fleisch. Manchmal schneit es urplötzlich, und du wirst auf der Stelle begraben, und manchmal peitscht der Wind den Schnee von den Gipfeln, und du wirst blind. Manchmal macht einen sowieso schon das Licht blind, und die *soroche* fällt dich an, so daß das Hirn von einer schrecklichen Krankheit befallen wird, die dich wie einen Säufer kurz vor dem Tod durch *pisco* herumwirbeln läßt, während dir die Augen aus dem Kopf fallen. Dann wieder kommen plötzlich Nebel auf, wie aus dem Nichts, und du atmest Wasser und siehst nicht einmal deine Hände vor dir, sondern bloß, wie die Schatten der Toten lauern und losstürzen. Wir haben den *paramo* durchgemacht, als wir hierher kamen, und keiner von uns will je wieder dorthin.«

Es entstand ein längeres und depressives Schweigen, als die Leute dieser vertrauten Geschichte von den Schrecken des *paramo* nachhingen. Dionisio beugte sich vor. »Was ist, wenn es jemanden gibt, der eine einfache Route kennt? Aurelio kennt das Gebirge wie kein anderer. Wenn wir ihn bitten, uns zu führen, gäbe es sicherlich keine Probleme. Der Plan des Generals ist bei weitem der beste.«

»Ihr solltet einen Kompromiß schließen«, sagte Josef, der zum erstenmal seit seinem Tod mühsam sprach. »Einige sollten dableiben und angreifen, wenn die anderen von hinten kommen.«

Sie alle blickten verwundert auf das langsame Lächeln, das sich über das graue Gesicht des unbeweglichen Geistes ausbreitete, der so zum festen Bestandteil des Freudenhauses geworden war wie die leeren Flaschen und die Spucke auf dem Boden.

Remedios meldete sich mit erhobener Hand. »Laßt uns diesen Plan mal annehmen, um die Debatte zu beenden. Fast alle Frauen haben Kinder zu versorgen, also sollten sie hierbleiben und die Stadt verteidigen. Die meisten Kinder sind von Dionisio, also sollte er deshalb auch hierbleiben. Die Anführerin von Dionisios Frauen ist Fulgencia Astiz, und sie sollte ebenso hier ausharren, um die Frauen zu führen. Ich sollte mit den Männern gehen, denn wenn ich hierbleibe, werde ich mich mit Fulgencia streiten, und außerdem möchte ich verhindern, daß die Männer unterwegs irgendeinen Blödsinn anstellen. Genauso sollten die von Aurelio von den Toten erweckten spanischen Soldaten dableiben, weil ihr langes Totsein die meisten zu dumm gemacht hat, um etwas mit Ausdauer zu tun, und der Conde sollte sie hier anführen, wie es sein

Recht ist. Wenn sie Gewehrfeuer hören und durchs Fernrohr des Generals sehen, daß wir die Engländer von hinten angreifen, sollten sie aus der Stadt ausfallen und ebenfalls angreifen.

»Niemand kann einen Zweifrontenkrieg überstehen«, sagte der General. »Schaut euch zum Beispiel Napoleon und Hitler an.«

»Bolívar hätte es gekonnt«, sagte Professor Luis.

»Siehst du dort draußen bei den Engländern Bolívar?« fragte der General rein rhetorisch mit einer ausholenden und abschätzigen Geste.

»Dieser wundervolle Plan ist schön und gut«, bemerkte Pedro nach einem Schluck *aguardiente*, »aber wo zum Teufel ist Aurelio die ganze Zeit gewesen?«

»Wenn ihr sie von Süden angreifen wollt«, sagte Aurelio, »dann müßtet ihr weiter runter in den Dschungel, wo ihr gebissen und gestochen werden würdet, der Weg wäre mühsam, und ihr würdet fluchen wegen des Gewichts eures Gepäcks, und der Schweiß würde euch zerfließen lassen. Dann müßtet ihr auf den Bergrükken, von wo aus wir einst den Ausbruch der Flut über die Ebene gesehen haben. Von dort würdet ihr demselben Weg folgen wie bei unserer ersten Reise hierher.«

»Über den *paramo*?« fragte Misael, der bei dem Gedanken erschauerte, und Aurelio nickte bestätigend.

Misael legte die Hände schützend über seinen Unterleib. »Die sollen mir nicht abfrieren«, rief er aus.

»Das müssen sie auch nicht«, erwiderte Aurelio. »Wenn ihr von Norden anrücken wollt, braucht ihr bloß aufs Plateau runter zu gehen, dann weiter nach Norden bis zum nächsten einmündenden Tal und dort hinauf. Der Anstieg ist lang und sanft. Fast ganz oben solltet ihr nach Süden ein weiteres Tal hinaufgehen, in dem ein starker Sturzbach fließt. Es ist ein weiterer langer, aber schwierigerer Anstieg. Dann dürftet ihr schließlich über den Rücken kommen, und dann werdet ihr dort drüben sein.« Er deutete auf das rechte Ende des Tals. »Ich werde mitkommen und euch den Weg zeigen.«

Aurelio hatte sich unauffällig eingefunden, er war von Dionisio auf der *plaza* angetroffen worden, wo er zufrieden den Stößel in seiner Kalebasse voll Kokablätter und Muschelkalk rührte. Er hatte sehr überrascht ausgesehen, als er für seine Abwesenheit in diesen Zeiten der Not getadelt worden war, und erwiderte: »Ich habe *chicle* geerntet und meinen Kautschuk geräuchert. Ich bin nur zurückgekommen, um hier zu sein, wenn Leticia Aragon Parlanchina zur Welt bringt. Ich habe Carmen allein im Dschungel gelassen, wo ich Mais pflanzen sollte.«

So kam es, daß die Männer und Remedios alle Vorräte sammelten, die sie für eine kurze und siegreiche Expedition benötigen würden. Professor Luis' großer Apparat war nachts in Betrieb, um fünfzig Mulis, verschiedene Waffen mit Munition und die Männer selbst hinabzubringen, und so blieben nur die Frauen, die spanischen Konquistadoren und Dionisio Vivo zurück. Sie beugten sich über den Steilhang, um der Expedition nachzusehen, wie sie sich einen Weg durch das üppige Plateau darunter bahnte. »Gott sei Dank sind die Männer weg. Endlich werden wir Frieden haben«, sagte Consuelo und wischte sich bei dem Gedanken an all die in die Schlacht ziehende Männlichkeit eine rührselige Träne aus dem Auge. Doña Constanza winkte heftig einer winzigen Gestalt zu, die sie für Gonzago hielt, und Gloria wedelte gleichfalls einem Winzling zu, in dem sie Tomás zu erkennen glaubte. Fulgencia Astiz schüttelte ihre stämmigen Schultern und stieg auf die Mauer in der Hoffnung, jemand ins Visier zu bekommen, den sie erschießen konnte. Ihre santanderianische Seele flammte in der kampflustigen Morbidität ihres Volkes auf, und als sie sich hinlegte und ihr Visier ausrichtete, seufzte sie wahrhaft glücklich und zufrieden. Ihre zwei Kinder von Dionisio setzte sie neben sich, damit sie in frühem Alter die wahre Trunkenheit und Bedeutung des Todes kennenlernten. Die spanischen Soldaten, vor denen der Conde im Namen des spanischen Königs eine Rede hielt, saßen auf der *plaza*. Ihre leeren Gedanken wandten sich fernen Feldzügen zu und verloren sich irgendwo während der Zeit der Gründung der Stadt Ipasueño.

Bereits unten auf dem Plateau vermißten die Männer das annehmliche und gemäßigte Klima von Cochadebajo de los Gatos, waren aber dankbar, daß sie nicht in den Dschungel absteigen mußten. Sie füllten ihre *mochilas* mit Avocados, Mangos und Papayas und schlachteten zwei Ochsen. Das noch zuckende Fleisch wurde in Stücke geschnitten und in Palmblätter gewickelt als Ration für die Expedition an jeden ausgeteilt. Diejenigen, die an so etwas glaubten, tranken das dampfende Blut aus Kürbisflaschen in der Hoffnung, dadurch Stärke zu erlangen. Pedro goß Blut über seinen Kopf und klebte sich weiße Federn an, als es in der Sonne zu trocknen begann, womit er auch nach außen hin zeigte, daß er im innersten Wesen zum Krieger geworden war.

Sie bahnten sich einen Weg durch die grünen Bananenhaine und Guavengärten, vorbei an den vor Fischen und Moskitolarven wimmelnden Bewässerungsgräben, wobei sie die Stauteiche und Reisfelder mit ihren hohen Böschungen und Wehren umgingen. Überall sahen sie wie zum erstenmal den Triumph ihres eigenen Beharrens und Werkelns über die chaotischen und zersetzenden Naturkräfte, und alles, was sie sahen, bestärkte sie in ihrer Entschiedenheit, dies selbst auf Kosten ihres Lebens zu verteidigen.

Am Abend hatten sie das erste lange Tal schon zur Hälfte erstiegen und spürten bereits die mildere Luft eines gemäßigteren Klimas. Sie schlugen auf einem ebenen Vorsprung ihr Lager auf, da sie aus der Vergangenheit noch wußten, daß das Lagern im Talgrund einer Einladung gleichkam, sich vom Regen durchweichen zu lassen. Die Felsen waren von Eisen rot gefleckt, und hoch oben im Tal befanden sich die verlassenen Minenschächte der goldliebenden Inkas und der spanischen Eroberer. Unter ihnen breiteten sich Palmen aus, und über ihnen lagen herabgefallene Felsbrocken und stachlige, der Botanik unbekannte Sukkulenten, deren jede einzelne rosafarbene Blüte anscheinend von streitsüchtigen Kolibris behütet wurde, die jeweils ihr eigenes winziges Revier verteidigten. Sie schliefen unter dem Accompagnato stürzender Bäche, während ihr Muskelkater sie die Unbequemlichkeit ihrer steinernen Betten gar nicht spüren ließ.

Beim Anbruch des nächsten Tages schlängelten sie sich schon das Tal mit dem Sturzbach hoch. Ein feiner Sprühfilm hing in der Luft, und immer wieder glitten die harten Hufe der Mulis auf den glitschigen Felsen aus, auf denen Pilztrompeten, gelbe Flechten, grüner Algenfilm und die absolute Schwärze des Basalts glänzten. Sie folgten einem uralten Pfad, von Füßen ausgetreten, die seit der Zeit vor Manco Capac nicht mehr hier entlanggekommen waren, und schauten in die donnernden weißen Güsse, verschreckt, weil sie verstehen konnten, wie es kam, daß eines der Mulis abgestumpft und hypnotisiert unvermutet in den Abgrund gesprungen war. Sie schüttelten ihre Angst ab, indem sie die Mulis weiterpeitschten und dazu »Burro, burro« schrien, was im Tosen des Wassers aber unterging. Dann jubelten sie vor Erleichterung, als es Zeit war, abzubiegen und den Bergrücken zu besteigen, der sie zum Ausgangspunkt ihres Angriffs auf die Eindringlinge bringen würde, die ihr Tal verschandelt und ihren beständigen Frieden gestört hatten.

Aus ihrer großen Höhe konnten sie auf die Stadt Cochadebajo de los Gatos herabblicken. Ihre uralten Steine und schiefen Häuschen erschienen so klein, als wenn sie von einem Kind modelliert worden wären, und unter ihnen boten die Lagerfeuer der Kreuzritter mit ihren im leichten Wind wirbelnden Rauchfahnen ein Bild reiner Ruhe und Unschuld.

»Ich konnte nicht daheim bleiben«, sagte Dionisio. »Dort bin ich kaum gebraucht worden, da Fulgencia alles mit deutscher Gründlichkeit organisiert hat.«

»Bist du ganz allein hergekommen?« fragte Misael völlig verdutzt, da er nicht glauben konnte, daß jemand diese Tour ohne Führung gemacht haben konnte.

»Ich habe eine Abkürzung genommen«, erwiderte er. »Ich bin in die Felswand nördlich der Stadt gestiegen und auf dem Grat hergekommen. Ich bin überrascht, daß niemand von euch mich gesehen hat, weil ich euch sehr deutlich habe erkennen können.«

»Aber die Felswand hängt doch über«, rief Misael, der sich bekreuzigte. »Nur der Teufel kann sie hochklettern.«

Dionisio stieß ihm gut gelaunt in die Rippen. »Es gibt da so eine Art Kamin, der das Klettern ganz leicht macht, *amigo*. Aber dennoch habe ich mir die Hände aufgeschnitten, wie du siehst.« Er hielt ihm die Hände hin, die kreuz und quer eingeschnitten und eingerissen waren, und Misael schnalzte mit der Zunge. »Du bist *loco*«, sagte er, »aber willkommen in unserem Kreis.«

Die Männer zogen sich hinter den Grat zurück, damit sie nicht entdeckt wurden, und nur Pedro und Remedios blieben, um ihre Taktik zu besprechen und forschend auf die Menge unten zu blicken.

»Wie viele sind es?« wollte Pedro wissen.

»Vielleicht eintausend, vielleicht auch zwei. Wie soll ich das beurteilen?«

Eine unerklärliche Intuition regte sich in Remedios' Gemüt, und sie hob den Kopf. »Ich glaube, ich habe dort eine Bewegung gesehen«, sagte sie und deutete mit dem Finger. Pedro folgte ihrem Blick, und auch er sah etwas. Es war nicht so, daß er etwas Bestimmtes sah; es war eher die Vermutung einer Heimlichkeit, einer verstohlenen Bewegung im Augenwinkel, die beim ersten Versuch, den Blick darauf zu fixieren, verschwand. Remedios vermeinte, einen schwarzen Schweif wackeln zu sehen, der gerade hinter einem Felsen verschwand. Sie rief Dionisio her, damit er es sich ansah. »Ist es das, für was ich es halte?«

Er legte den Zeigefinger einer Hand über den Spalt zwischen dem an den Zeigefinger der anderen Hand gedrückten Daumen und spähte durch die winzige Öffnung, wie er es während seines Wehrdiensts gelernt hatte, als er an den vergeblichen Expeditionen gegen Leute wie Remedios beteiligt und immer erst eingetroffen war, als die Guerilleros schon das Feld geräumt hatten. Er sah die Spitze eines schwarzen Schwanzes graziös über einem Felsbrokken wedeln und wieder außer Sicht zucken. »Es sind die Katzen«, sagte er begeistert. »Sie gehen ungern über offenes Gelände, und so bewegen sie sich wie ein Überfallkommando oder wie Banditen.«

»Wenn du sie hierherbringen kannst«, sagte sie, »dann sind wir nicht mehr zahlenmäßig unterlegen.«

Dionisio drückte die Hände gegen die Schläfen und stieß einen stummen Schrei tief in seinem Inneren aus. In der unendlichen Weite seines Geistes hörte er eine Erwiderung, ein tiefes gutturales Keuchen, ein Grollen.

Über die Felsen springend, plötzlich ohne Angst vor uneingegrenztem Gelände, strömten die Katzen über die Bergflanken, beinahe komisch in der Selbstvergessenheit ihrer langen Sätze und ihres schwerfälligen Trotts, der einzigen Bewegungsweise, bei der eine Katze ihre Würde und Anmut verliert.

Schon strömten sie ins Lager, schnupperten nach ihren Leuten, hungrig nach Leckerbissen, und rollten auf den Rücken in Erwartung der ungestümen Balgerei, die bei Männern als Zeichen der Zuneigung gilt. Dionisios zwei Katzen kamen und setzten sich zu ihm, putzten sich die Pfoten, als wäre nichts geschehen, und legten eine Gleichgültigkeit an den Tag, als wollten sie ihn für seine Abwesenheit bestrafen.

Pater García levitierte ekstatisch zum erstenmal, seit sein Freund Don Salvador so brutal und plötzlich geköpft worden war. »Schaut nur, schaut nur«, schrie er von seiner Schweblage über dem Berg,

»ich hatte recht; die Heiligen sind nicht auf der anderen Seite. *Jubilate!* Mutter der göttlichen Gnade, bete für uns. Ich hatte recht, ich hatte recht! Sitz der Weisheit, bete für uns, Ursache unserer Freude, bete für uns. Ich habe recht behalten.«

»Oder der Exorzismus war halbherzig«, kommentierte Hectoro.

»Wem gehört die♀« fragte Dionisio und zeigte auf eine stattliche Jaguardame mit wohlwollender Miene und einer riesigen und völlig unpassenden rosa Schleife im Nacken, die schlammbespritzt und verdreckt, aber eindeutig aus Seide war. »Die kenne ich nicht«, sagte er, »wo ich doch sonst alle Katzen in der Stadt kenne.«

»Wen kümmert's♀« meinte Remedios und fügte spitz hinzu: »Wir sollten die Schleife Doña Constanza geben, sie mag solche Frivolitäten.«

Sie hielten ihren letzten Kriegsrat ab und verbrachten die Nacht in der bitteren Kälte des Hochlands, gewärmt von der üppigen Hitze der Katzen, besänftigt von ihrem Duft nach Erdbeeren und Heu, eingelullt von ihrem sonoren und außergewöhnlichem Schnurren und endlich überzeugt, daß die unsichtbare Welt sich doch nicht gegen sie gewandt hatte.

Nichtsdestoweniger schliefen nur sehr wenige.

64

Die Epiphanie des falschen Priesters

Vor einer Schlacht herrscht äußerste Aufregung, die rationales Denken ausschließt. Die Stimmung ändert sich aber, wenn das Warten immer langweiliger wird. Die Aufregung verwandelt sich in Nachdenklichkeit, die den einzelnen auf sich zurückwirft, aber die tröstende Anwesenheit der anderen verlangt. Die Menschen bieten sich mit leiser Stimme Zigaretten an, und wenn sie sich auf den Rücken klopfen, spüren sie bei der Berührung den Wunsch, die Hand länger ruhen zu lassen. Einige schreiben Notizen oder Gedichte, die im Falle ihres Todes dann bei ihnen gefunden werden und Kümmernisse und bisher nicht eingestandene Sehnsüchte aufzählen. Andere verbringen ihre Zeit damit, Waffen, die bereits in makellosem Zustand sind, auseinanderzunehmen, zu reinigen und wieder zusammenzusetzen. Sie lassen eine Handvoll Munition von einer Tasche in die andere wandern im Bemühen, die beste Verteilung für den schnellsten Zugriff zu finden. Wieder andere gehen mit den Händen in den Taschen herum und lächeln matt, jedoch mit echter Zuneigung, selbst diejenigen an, die sie noch nie leiden konnten. Alle blicken mit größerer Schärfe auf die Welt, als würden sie zum erstenmal den kugeligen Hinterleib einer Ameise oder die poröse Beschaffenheit von Schnee wahrnehmen.

Unmittelbar vor der Schlacht sinkt einem der Mut, und das Atmen fällt schwer. Alle sind nun im Reich der absoluten Angst, einem Ort, wo die Finger derart zittern, daß sie keine Zigarette mehr anzünden können, und wo die Blase alle zehn Minuten dringend nach Entleerung verlangt. Jeder sieht sich nach einem Fluchtweg um, weiß aber, daß es unmöglich ist, weil alle zusehen und weil letztendlich die eigene Ehre der einzige unveräußerliche Besitz ist. Einige brechen zusammen und weinen in die Hände.

Die auf dem Berg Wartenden machten all diese Phasen durch. Doch als die Parole durchs Lager ging, es sei Zeit zum Aufbruch, wurde die letzte Phase erreicht, wenn der Verstand leer wird, einer ohne zu denken reagiert und unter dem Adrenalinschub beinahe zum Gott wird.

Über eine lange Rinne verschwanden sie außer Sicht, da Remedios gelernt hatte, wie die Katzen zerklüftetes Gelände zu nutzen. Von dort verteilten sie sich auf die Felsen, krochen und robbten, bis sie die gesamte Nordflanke der Kreuzritter abgedeckt hatten. Sie verschafften sich klare Schußlinien auf einen Feind, der einen Frontalangriff erwartet hatte.

Eine Schußsalve krachte metallisch, und Remedios riß aufgebracht die Hände hoch; es war vereinbart worden, daß niemand feuern sollte, bevor sie nicht die erste Kugel abgeschossen hatte, und bis jetzt hatte sie mit ihrem Finger noch nicht einmal Druckpunkt genommen. Ein knapper Befehl erklang, und schon ertönte eine zweite Salve. Sie hob den Kopf und schaute mürrisch über ihre Linie, sah aber keine abziehenden Korditwölkchen.

Dionisio tippte ihr von hinten auf die Schulter und wies auf den Osthang gleich neben ihrer Nordflanke. »Es ist die Armee«, sagte er. »Endlich tun sie etwas, um uns in diesem Schlamassel zu helfen.«

Trotz der früheren Hilfe durch General Hernando Montes Sosa bei der Bereitstellung von Hubschraubern und Ingenieuren hegte Remedios immer noch einen tiefen Argwohn gegen die Streitkräfte, gegen die ihre Vorhut des Volkes so lange gekämpft hatte. Diesmal mißgönnte sie ihnen ihre Fähigkeit, einfach herzukommen und ohne ihre Erlaubnis loszufeuern. Sie hob ihre Kalaschnikow an die Schulter und schoß auf das sich entwickelnde Durcheinander im Lager unten, woraufhin ihre Leute nachzogen. Dionisio tippte ihr wieder auf die Schulter und schrie über der Kakophonie der Salven in ihr Ohr: »Ich werde mit ihnen Verbindung aufnehmen.«

Remedios feuerte wieder und sagte zornig: »Sag ihnen aber, wessen Krieg das hier ist.«

In ihrer Überraschung hasteten die ›Engländer‹ unten zu ihren Zelten, um sich Waffen zu holen, versuchten, auf die Stadt zuzurennen, um außer Schußweite zu gelangen, oder suchten verzweifelt eine Deckung, von wo aus sie das Feuer erwidern konnten. Mgr. Anquilar, ganz von Sinnen vor Freude über eine Schlacht, die er zu Recht für Armaggeddon hielt, wirbelte auf seinem sich aufbäumenden Rappen herum und hielt seinen silbernen Krummstab in die Luft. Er schrie Abschnitte aus dem Alten Testament über Samsons Abschlachten der Philister und die Niederlage der midianitischen Truppen.

Inzwischen erneuerte Dionisio seinen Ruf der Furchtlosigkeit und Unverwundbarkeit, indem er den offenen Hang überquerte, der die Armee von den Stadtleuten trennte. Mit seinen zwei Jaguaren an den Fersen, richtete er den Blick fest auf seinen Zielpunkt und schritt gleichmäßig aus, während das dünne Erdreich um seine Füße aufspritzte, wo die Kugeln der Kreuzritter einschlugen. Sein Fatalismus war größer als seine Furcht. Danach sollten die Soldaten mit verdutzter Stimme berichten, er wäre wie ein Riese erschienen, dessen vollkommen blaue Augen noch auf fünfzig Meter Entfernung klar zu erkennen waren.

Er ging an den ersten Soldaten vorbei zu der Stelle, wo er den Kommandanten zu finden hoffte. Er sah einen großen, bald dreißigjährigen Mann, dessen blondes Haar und aufrechte Haltung ihn an jemanden aus seiner Vergangenheit erinnerten und der mit eleganten Handbewegungen eindeutig taktischer Bedeutung einem Feldwebel Anweisungen gab. Der Feldwebel eilte geduckt davon, und der Offizier hob ein Fernrohr an die Augen, um den Feind zu beobachten. »Felipe«, sagte Dionisio, trat von hinten an ihn heran und legte ihm die Hand auf die Schulter.

Der Offizier ließ das Fernglas sinken und drehte sich um. Seine Augen weiteten sich ungläubig, ein breites Lächeln zog über sein Gesicht, dann breitete er weit die Arme aus, rief: »Dionisio!« und umarmte ihn tief bewegt. »Verdammt«, sagte Oberst Felipe Moreno, »ich habe nie gedacht, daß ich dich wiedersehen würde. Was zum Teufel tust du hier?«

»Ich wohne jetzt drüben in der Stadt«, sagte Dionisio und wies auf Cochadebajo de los Gatos. »Mein Vater hat mir erzählt, du wärst jetzt der jüngste Oberst in der Armee. Gratuliere.«

»Wie dem auch sei«, erwiderte Felipe, »ich mag zwar Oberst sein, aber sie haben mich auf diese Expedition bloß mit nur einem weiteren Offizier geschickt, einem Vollidioten mit einem Holzklotz anstelle seines Kopfes, und sie haben mir nur eine Kompanie gegeben, wo ich drei gebraucht hätte.«

»Sind das die Portachuelo-Wachen?« fragte Dionisio und wies auf die ernsten Gestalten in Khaki, die aus ihrem Bewußtsein alles andere außer ihrer Aufgabe, sich Ziele zu suchen und nach eigenem Gutdünken zu schießen, ausgeblendet hatten.

»Ja, Gott sei Dank. Wären es Wehrpflichtige, dann wären sie vor Monaten desertiert.«

»Hör zu, Felipe, wir müssen später reden. Ich muß dir sagen, daß dort auf dem Hang, wie du wahrscheinlich schon gemerkt hast, wir selber angreifen. Bald werden die Frauen aus der Stadt kommen und ebenfalls attackieren, also schießt nicht auf sie. Wir hatten vor, runterzurennen und sie mit Macheten anzugreifen, wenn unsere Munition ausgeht, da wir nicht viel haben.«

»Ihr habt Mumm«, bemerkte der Offizier.

»Apropos, unsere Anführerin ist eine Frau, Remedios, und sie möchte das Kommando haben, da dies eher unser Kampf als eurer ist.«

Felipe hob die Augenbrauen und lächelte in der aristokratischen Manier, die unter Offizieren aus Elitecorps auf der ganzen Welt gleich zu sein scheint. »Na gut«, sagte er, »wir werden die Bajonette aufpflanzen und nachstoßen, wenn wir euch vorrücken sehen. Meine Männer haben das nie richtig geübt, doch ich sehe jedenfalls nicht, daß die Leute da unten sehr lange aushalten können.«

Während Dionisio wieder zu seinen eigenen Linien zurückging und ihm die Kugeln um die Ohren pfiffen, konnte er nur an die Zeit denken, als er widerstrebend mit Anica in eine Bar in Valledupar gegangen war. Dort hatten sie ihren Bruder getroffen, den er auf den ersten Blick wegen seines guten Aussehens, seines Selbstvertrauens und wegen der bloßen Tatsache verabscheut hatte, daß er ein erfolgreicher junger Offizier im stolzesten Heeresregiment war. Dionisio haßte die Armee seit seinem Wehrdienst; er konnte die Versessenheit auf Kleinigkeiten, Rangordnungen und Formalitäten nicht ausstehen. Seiner Meinung nach war es eine ungeheure Geldverschwendung in einem Land, das kaum etwas zum Leben hatte. Er erinnerte sich mit einem schiefen Lächeln, wie er in wenigen Stunden Felipe so freundschaftlich nahegekommen war, daß sich Anica danach beschwert hatte, sie habe sich den ganzen Abend über kein Gehör verschaffen können. Die Erinnerung an damals wärmte ihn, aber das Bild von Anica, die mit ihrem Glas spielte, während die beiden Männer über Demokratie diskutierten, öffnete eine unheilbare Wunde in seinem Herzen. Auf einmal wußte er, warum er sich nicht gegen die Kugeln schützte.

»Der Offizier steht unter deinem Befehl«, sagte er kurz zu Remedios und rief dann alle Katzen zusammen, diesmal entschlossen, den Fehler, seiner Humanität nachgegeben zu haben, nicht zu wiederholen.

Die spanischen Soldaten unter der Führung des Conde Xavier de Estremadura, des Geliebten von Remedios, und Fulgencia Astiz an der Spitze der Frauen drangen aus der Stadt und überquerten die Zugbrücke. Sie teilten sich in zwei Kolonnen, da der Graf sich geweigert hatte, unter dem Kommando einer Frau zu stehen. Sie hatte verächtlich mit der Bemerkung gekontert, ihr wäre alles lieber, als sich auf einen Mann zu verlassen. Ungeachtet ihrer Auseinandersetzung begannen sie nun auf den Feind vorzurücken, von jener Seite, aus der ein Angriff ursprünglich erwartet worden war, die nun aber die Rückenflanke des Feindes darstellte. Doch sie kamen kaum hundert Meter weit, und zwar aus zwei Gründen.

Zunächst einmal stießen sie auf diejenigen, die auf die Stadt zu geflohen waren, um dem infernalischen Kreuzfeuer am anderen Ende des Tals zu entgehen. Feigheit auf seiten des Feindes war in die strategischen Berechnungen des Kriegsrats gar nicht einbezogen worden, und kurzzeitig war Fulgencia dadurch sowohl empört wie verdutzt. Doch es dauerte nicht lange, da stachen die spanischen Soldaten ihre rostigen Degen in Spalten und Verstecke, und die Frauen feuerten verzagt in die Rücken derjenigen, die erneut um ihr Leben rannten oder bei ihrem Fluchtversuch den lockeren Lehm der *andenes* zu erklimmen versuchten.

Dann aber wogte eine Wolke vom Gipfel über der Stadt her, und eine weitere breitete sich gleichzeitig überm Tal nach Süden aus. Sie wälzten sich herab, verfinsterten alles, hinterließen gefrierende Kondenstropfen auf den Gewehrläufen und hüllten die Welt in ein graues und feuchtes Zwielicht. »Scheiße!« gellte eine Stimme, die eindeutig Hectoro gehörte, und eine weitere, die von Misael, sagte: »Mach dir nichts draus, sie wird gleich wieder abziehen. Das ist doch immer so.«

»Feuer einstellen«, schrie Remedios überflüssigerweise, da alle schon aufgehört hatten, auf etwas zu schießen, was sie nicht sehen konnten.

Aber es klärte sich nicht auf. Statt dessen regnete es. In einer Dunstverschwörung ballte sich Wolke auf Wolke zu einer Wetterfront, die im gesprenkelten Sonnenlicht des Dschungels von Carmen deutlich gesehen wurde, als sie mit ihrem Pflanzstock aus *quebracha* in den Boden stieß und drei Maiskörner in jedes Loch warf, eines für die Götter, eines für die Vögel, und eines zum Essen. Die Kämpfenden unter dieser Wolkenbank, die ihr Wasser nicht mehr halten konnte, zitterten und litten, wickelten sich in ihre Ponchos und zogen die Hutkrempen herab, wurden aber dennoch stärker durchnäßt, als wenn sie splitternackt in einen See gesprungen wären. Remedios stand im gnadenlosen Wolkenbruch und schüttelte die Faust gegen die Berge, deren Unberechenbarkeit sie früher geliebt hatte, während Tränen des Zorns und der Enttäuschung über ihr Gesicht strömten. Es war das erste Mal, seit sie ihren Bruder tot unter den Soldaten gefunden hatte, die sie selbst mit massakriert hatte, daß sie weinte, und erst das dritte Mal, seit sie als kleines Mädchen gesehen hatte, wie ihre Eltern während *La Violencia* dahingemetzelt wurden.

»Ich wußte, daß es regnen würde«, ertönte Misaels Stimme. »Mein Knöchel hat geschmerzt.«

»Das hättest du sagen sollen, *cabrón*«, erklang Pedros Stimme.

Im innersten Zentrum des undurchdringlichen Nebels bildete sich ein winziges helles Licht, das größer wurde. Es pulsierte, wurde kleiner und explodierte dann abrupt zu einem großen gelben Feuer, das den Raum über dem Tal zu füllen schien. Es blitzte zu heller silberner Leuchtkraft auf und klärte sich zu einem steten goldenen Glühen. Der Kopf des falschen Priesters San Salvador füllte die vibrierende Leere des Lichts, und ehrfürchtiges Gemurmel erhob sich über das bleierne Platschen des Regens. Pater García fiel auf die Knie, was auch instinktiv alle anderen taten, die es sahen, und die Züge von Don Salvador teilten sich langsam zu einem strahlenden ironischen Lächeln. Einen Augenblick schien es so, als wollte das glänzende Lächeln sich in Don Salvadors unverkennbares Lachen verwandeln, doch es beruhigte sich und erleuchtete sein gütiges Gesicht stärker als das natürliche Licht der Vision selbst.

Bis die Vision in sich zusammengesunken und in ihrem infinitesimalen Ursprungspunkt verschwunden war, hatten sich die Frauen in den Schutz der Stadt zurückgezogen, Dionisios sorgfältig aufgereihte Katzen waren in die Höhlen abgehauen, und die Schlacht war bereits gewonnen, obwohl es noch weitere zwei Stunden erbarmungslos regnete und niemand weiter sehen konnte als bis zum Horizont seiner Phantasie.

65
Die Grube

»Das war das Beste, was ich je gesehen habe, als du vor Remedios in Habtachtstellung gegangen bist, salutiert und um die Erlaubnis gebeten hast, deine Männer abtreten zu lassen«, sagte Dionisio.

»Das war völlig richtig«, antwortete Oberst Felipe Moreno. »Hoffentlich hat sie es nicht für Sarkasmus gehalten.«

»Ganz sicher nicht«, meinte Dionisio, der noch ein Täßchen des dicken schwarzen Kaffees herbrachte. »Sie hat ja gesehen, daß es dir ganz ernst war. Hier ist dein *tinto.*«

»Danke. Diese Jaguare sind ziemlich bemerkenswert«, stellte der Offizier fest. »Ich habe noch nie so was gesehen. Ich würde erwarten, daß mir solche Bestien die Kehle herausreißen, aber sie sind nicht nur zahm wie Kätzchen, ihr habt sie hier auch noch zu Hunderten. Wie füttert ihr sie?«

»Diese beiden mögen Schokolade. Das erinnert mich an Anica.« Er beugte sich hinunter und kitzelte die Schnurrhaare einer seiner Katzen, die ihn darauf verschlafen mit einer Pfote wegschubste.

»Ich glaube, das Beste war, als der infernalische Regen abzog und wir alle diese Sauhunde im Schlamm zappeln sahen«, sagte Felipe kichernd. »Ich war so überrascht.«

Dionisio lachte bei der Erinnerung daran. »Im Rückblick, schätze ich, war es völlig klar, daß die Terrassen beim ersten Regen abrutschen würden. Es war absoluter Schwachsinn, anzunehmen, daß jemand die Mäuerchen entfernen kann, um Befestigungen zu errichten, ohne daß dies eintritt. Sonderbar war nur, daß keiner von uns es erwartet hat. Offen gestanden, wir waren alle enttäuscht, daß der Schlamm sie besiegt hat. Dadurch hatten wir keine Chance mehr, die Genugtuung eines Sieges aus eigener Anstrengung zu genießen.«

»Es kann doch kein Zweifel daran bestehen, daß wir sie ausgelöscht hätten. Sie wurden von drei Seiten angegriffen und waren schon besiegt. Ist es euch Ernst damit, die Gefangenen zu behalten? Ich würde sie gern mitnehmen und den Zivilbehörden übergeben.«

»Diejenigen, die Hectoro nicht erschossen hat. Ja, es ist uns ernst. Sie sollen für uns die Terrassen wieder aufbauen, und das wird uns Genugtuung sein. Danach, wer weiß? Es wird vom Rat abhängen. Hectoro wird sie persönlich mit seinem Revolver hinrichten wollen, der Conde wird ihnen mit seinem Schwert die Nasen aufschlitzen wollen, und vielleicht will Don Emmanuel ihnen einige seiner Scherze zum besten geben.« Dionisio wurde auf einmal ernst. »Felipe, warum hat die Armee so lange gebraucht, um mit ihnen fertig zu werden?«

Der Offizier seufzte, blähte die Backen auf, richtete die Augen gen Himmel und schüttelte den Kopf. »Das ist ein wunder Punkt«, sagte er. »Zuerst mußte die ganze Sache die Bürokratie des Innenministeriums durchlaufen, die sie der Polizei zuschanzen wollte. Dann war das Verteidigungsministerium zuständig. Und dann ging's wieder von vorn los. Anscheinend hat an diesem Punkt dein Vater, General Sosa, etlichen Leuten in den Arsch getreten und die Aufgabe meinem Divisionskommandanten übergeben, der alles organisierte, wobei er im Hinterkopf behalten mußte, was die Unruhen in Medio-Magdalena ihm abverlangten. Bist du im Bilde? Mir ist gesagt worden: ›Es hat im Incarama-Park angefangen. Nun suchen Sie mal.‹ Ich hatte keine logistische Unterstützung und keine weiteren Informationen. Wir mußten unserer eigenen Nase folgen, unterwegs Vorräte von Garnisonen erbetteln, deren Quartiermeister der wahre Inbegriff von Widerspenstigkeit und Ignoranz waren. Alle Quartiermeister sind so, also war es keine Überraschung. Dionisio, wir haben einen Gewaltmarsch über etliche hundert Kilometer durch Orte, die auf Landkarten nicht existieren, ohne Fahrzeuge hinter uns. Wir haben die Spur des Feindes zahllose Male aufgenommen, aber sie schienen nie einem Plan zu folgen. Sie gingen im Zickzack, wieder zurück, wichen zur Seite aus und Gott weiß was. Wir haben sie immer verpaßt. Wir haben genug von dem gesehen, was sie angerichtet haben, das allerdings, und ich könnte dir Geschichten erzählen, die würdest du nicht glauben. Es war entsetzlich, aber genau das hat uns aufrechterhalten. Wir haben stundenlang Karten studiert, um vorhersagen zu können, wo sie als nächstes hinziehen würden, und wir führten Dutzende von Umzingelungsmanövern durch, aber sie benahmen sich nie in einer vorhersehbaren Weise, die vernünftig zu nennen wäre. Dann sind wir eines Tages auf einen Priester gestoßen. Er hieß Pater Belibasta und führte eine Gruppe von Leuten, denen von den sogenannten ›Kreuzrittern‹ die Augen ausgestochen worden waren. Der hat uns gesagt, daß das Ziel des Kreuzzugs Cochadebajo de los Gatos sei, und ich habe gefragt: ›Wo zum Teufel ist das?‹ Er hat mir die Auskunft gegeben, es sei im Gebirge hinter Ipasueño. Nun, ich bin ja in Ipasueño geboren, und da hatte ich Visionen, daß mein Vater geblendet wäre oder was Schlimmeres. Wir marschierten nach Ipasueño und fanden nichts, und so fragten wir auf der Polizeiwache nach dem Weg hierher, und sie schickten uns nach Santa Maria Virgen, wo die Leute wenigstens einmal froh waren, die Armee zu sehen. Einer der Dorfbewohner begleitete uns, und bei Einbruch der Nacht trafen wir auf den Feind. Das war an genau dem Tag, als ihr selbst dort auf dem Grat wart und auf den Angriff wartetet. Wir haben im Schutz der Dunkelheit Stellung bezogen, und ab da weißt du ja, was geschehen ist.«

Dionisio stieß einen Pfiff aus. »Ein halber Roman, Felipe. Ich habe schon vor Wut gekocht, weil die Armee nichts unternahm. Hieß der Polizist in Ipasueño Agustin? Er ist ein alter Freund von mir.«

»Ich habe ihn nicht nach dem Namen gefragt. Er hat gemeint, er würde mich verhaften, wenn ich in Ipasueño furzte.«

»Das klingt nach Agustin.« Dionisio zögerte, fragte dann aber doch: »Hast du während des Wolkenbruchs etwas Ungewöhnliches gesehen?«

Der Oberst schüttelte den Kopf. »Sollte ich das? Ich habe nicht mal meine Nasenspitze gesehen.«

»Ich habe mich nur so gefragt, das ist alles.«

»Sollen wir mal nachschauen, wie es um Mgr. Rechin Anquilar steht?«

Die beiden Männer verließen Dionisios Haus und schlenderten durch die Straßen von Cochadebajo de los Gatos. Die Stadt war ein Schlachtfeld aus leeren Flaschen, Erbrochenem, halbgegessenen *empanadas*, liegengelassenen und verbeulten Musikinstrumenten und den hingestreckten Leibern derjenigen, die vom Alkohol zu überwältigt waren, um sich noch zu rühren. Felipe musterte die Verwüstung, dann bückte er sich und hob ein Stück knallroter Unterwäsche auf und hängte es gewissenhaft an den Nagel vor einer Haustür. »Das war eine höllische Fiesta«, sagte er. »Keiner meiner Männer hat je so etwas erlebt. Eine ganze Woche Siegesfeierlichkeiten!«

»Deine Leute haben sich sehr beliebt gemacht«, erwiderte Dionisio, »vielleicht, weil sie so groß und höflich sind.«

»Wir nehmen keinen Pöbel bei den Portachuelo-Wachen auf«, sagte Felipe stolz.

Sie kamen am Achsenmast auf der *plaza* vorbei, dessen Spitze nun Misaels Sombrero zierte, was ziemlich ordinär aussah, und verließen die Stadt über die Zugbrücke. Direkt vor den Mauern auf der anderen Seite des Grabens war eine tiefe und schlammige Grube ausgehoben worden. Rechts und links davon waren zwei Balken aufrecht eingesetzt worden, durch einen Querbalken verbunden, von dem ein riesiger Beutel hing, aus einem Fischernetz geknotet. Darin schwärten und verwesten einige Leichen der Kreuzritter, die in der Schlacht getötet worden waren. Der Gestank war übelkeiterregend, und an dem Netzinhalt mit dem Gliedergewirr, der Galerie farbloser Augen und verzerrter Münder und den eiternd aufklaffenden Wunden hingen streitsüchtige und habgierige, von Motten zerfressene Truthahngeier und Hühnergeier, die ein obszönes Geflatter veranstalteten.

Unten in der Grube fuchtelte der splitternackte und vor sich hin brabbelnde Mgr. Rechin Anquilar mit den Händen und versuchte in vergeblichem Bemühen, die abscheuliche Schmiere aus Vogelkot und abtropfender Fäulnisprodukte abzuwischen, die von oben auf seinen Körper klatschte und ihn von Kopf bis Fuß mit verschiedenfarbigem, zähem und widerlichem Schleim eindeckte.

Felipe hielt sich ein Taschentuch vor die Nase und las noch einmal die Schrift, die jemand auf einen der senkrechten Balken geschrieben hatte. Sie lautete schlicht: ›El Inocente‹.

»Ich weiß, das ist poetische Gerechtigkeit«, sagte Felipe, »aber mir kommt es dennoch barbarisch vor.«

»Mach dir keine Sorgen«, sagte Dionisio. »Der Gestank ist bereits so schlimm, daß die Stadt ihn bald nicht mehr wird aushalten können. Es geht doch darum: Wenn ein Mann sich im Tod suhlen will, dann soll er sich ausgiebig darin suhlen können.«

Felipe blickte bedauernd auf den einstmaligen Kriegsherrn, der in diesem Augenblick im grauen Unrat der Grube nach herabgefallenen Maden suchte und sie unter Seufzern und Grunzern, die gräßlich an den Genuß eines Gourmets bei einer feinen neuen Soße erinnerten, in den Mund stopfte. »Bis ihr ihn rausholt, wird er völlig durchgedreht sein.«

»Das war er schon«, erwiderte Dionisio. »Er ist nicht verrückter als Pater García, aber Garcías Wahn ist nicht gefährlich oder schädlich. Das aber war ein Wahnsinn, den er sich erworben haben muß, indem er stur der Vernunft von einer zweifelhaften Voraussetzung aus folgte, was ihn für seine Taten verantwortlich macht, meinst du nicht? Und er war auch in den Tod verliebt, und wenn du ihn dir anschaust, dann siehst du, daß er vollkommen zufrieden ist.«

Es stimmte. Der Monsignore verzehrte die Maden mit der ganzen Versunkenheit eines Affen, der seine eigenen Läuse knackt. »Ich verurteile dich zu ewiger Glückseligkeit«, sagte Felipe, indem er den feierlichen Ton eines Richters nachäffte.

Die Sonne ging schon über den Bergen unter und brachte im raschen Abstieg der Welt plötzlich Kühle und Dämmerung. Violette, gelbe und dunkelrote Strahlen breiteten sich allmählich über den Himmel aus und glitzerten auf den reflektierenden Schneeflächen der Gipfel. Felipe schaute noch einmal nach unten, und die klaffenden Wunden auf dem Kopf des Monsignore erinnerten ihn an eine Frage, die er hatte stellen wollen. »Dionisio, wie erklärst du dir das mit dem Adler? Weißt du noch? Als er auf seinem großen schwarzen Pferd davonreiten wollte und es schaffte, aus dem Schlamm zu kommen. Ich wollte gerade auf ihn schießen, als der Adler plötzlich herabstieß und ihn angriff, so daß er aus dem Sattel fiel. Wieso macht ein Adler das? Wie kommt es, daß der Adler so groß war?«

Dionisio dachte an Aurelio und erwiderte: »Ich habe keine Ahnung. Eine Laune des Schicksals vielleicht? Vielleicht hatte der Adler Junge in der Nähe.«

»Mag sein.«

»Wir sollten lieber in die Stadt zurück«, sagte Dionisio. »Hier wird es sehr plötzlich dunkel, und es ist kalt geworden.«

»Wollt ihr mir diesen Mann überlassen?« Die Stimme kam von hinten, und sie drehten sich überrascht um. Im Halbdunkel sahen sie die Silhouette eines riesenhaften Mannes, eines Mönchs, der ungeheuer groß aufgeschossen war und einen so gewaltigen Umfang hatte, daß niemand gewußt hätte, wie er ihn umarmen sollte. Das sanfte Licht des Sonnenuntergangs glomm auf seinem kahlen Schädel, und sein feierliches Gesicht lag in Falten, die ihm nicht die Ausstrahlung von Plumpheit, sondern eher von Bescheidenheit und Sanftmut gaben. »Dieser Mann ist sozusagen ein Kind von mir, und ich möchte ihn gern mitnehmen.«

Felipe blickte Dionisio an und sagte: »Ich jedenfalls glaube, er hat genug gelitten.«

»Ich sollte es dem Rat vortragen, aber wenn Sie ihn mitnehmen, dann werden alle denken, daß er irgendwie hat rausklettern können. Nackt würde er sowieso im Gebirge sterben, und niemand würde seine Flucht bedauern.«

Felipe legte Dionisio die Hand auf die Schulter und sagte ganz aufrichtig: »Laut Gesetz sollte ich diesen Mann mitnehmen und ihm den Prozeß machen, und ehrlich gesagt, ich hätte ihn mitgenommen, wenn ich mit meinen Leuten abziehe, ob dir das gepaßt hätte oder nicht. Aber ich habe an die Folgen gedacht. Es gäbe Unruhen und Demonstrationen der Ultrakonservativen, die sich für ihn einsetzen würden, und das würde einen Rückschlag bringen; es würden wieder lauter Fanatiker herumrennen, die einander abknallen, und wir wären wieder dort, wo wir angefangen haben, bei *La Violencia*. Es wäre besser, wenn es nicht in die Geschichte einginge und auf unerklärliche Weise verschwände.«

»Du hast recht, Felipe«, sagte Dionisio schließlich. »Das Wichtigste ist der Frieden.« Er wandte sich an den dicken Mann: »Nehmen Sie ihn mit, aber sagen Sie mir erst Ihren Namen.«

»Ich bin Thomas und verspreche, daß dieser Mann auf immer nackt bleiben wird.«

Die beiden Freunde sahen zu, wie der Mönch die lange Kordel um seinen Bauch abwickelte und in die Grube hinabließ. Sie hörten, wie er dem Monsignore zurief: »Halte dich fest, ich werde dich heraufziehen, mein Sohn.« Sie sahen, wie der Glitschige aus der Grube kletterte und wie bedachtsam der Mönch seinen Schutzbefohlenen zum Fluß führte, um die Spuren des Todesmorasts abzuwaschen. Sie hörten die kläglichen Einwände Monsignore Rechin Anquilars, der heftig um sich schlug und verlangte, wieder ins Loch unter den Leichen zurückgebracht zu werden, als er unter einem Arm des ausschreitenden Kolosses von einem Mönch davongetragen wurde.

Wegen dieses Vorfalls waren am Morgen nur zwei Leute in der Stadt überrascht, als sie hörten, daß El Inocente in seiner Grube irgendwann während der kältesten Nacht, an die sich je jemand erinnern konnte, erfroren war.

1

»O nein«, sagte ich, »ihr könnt doch nicht beide wieder schwanger sein. Das Haus ist einfach nicht groß genug, und eine der Katzen hat auch schon wieder geworfen. Ich kann es nicht fassen. Wann soll ich denn noch Musik machen?«

»Zur gleichen Zeit wie immer«, sagte Lena und setzte ihr scheues Lächeln auf, das mich völlig entwaffnete, »am Abend, auf der Türschwelle.«

»Du kannst dir Antoines Traktor leihen und noch einen Flügel anbauen«, meinte Ena. »Du weißt doch, er kommt immer noch her, um dir beim Gitarrespielen zuzuhören. Ich habe ihn hinter der Mauer erwischt. Er kann für die Unterhaltung mit seiner Hilfe zahlen.«

»Bald wird das Haus die Ausmaße des Viracocha-Tempels haben«, sagte ich, und Lena küßte mich auf die Nasenspitze. »Liebst du uns nicht mehr?«

Ena schlüpfte mit der Hand unter mein Hemd, und ich spürte, wie mich das vertraute Zittern überkam. Lena nahm mir die Zigarette aus dem Mund und drückte sie unter ihrem Fuß auf den Fliesen aus. »Wir sollten lieber ins Bett«, sagte sie, »bevor Don Emmanuel herkommt und noch weitere Scherze mit dir treibt.«

Alle Kinder schienen gleichzeitig mit ihrem Brüllen einzusetzen, und eine der Katzen biß eine Gitarrensaite durch, die mit einem sirrenden Schlag zerriß. »Kann ich nicht noch eine Zigarette haben?« bat ich, aber schon lagen wir im Bett.

2

Eure Eminenz,

wir haben hier im Inquisitionsamt seit langem, sowohl vor wie nach der Abdankung Kardinal Guzmans, das Gefühl, daß unsere Institution wenig nützt. Seit wir unseren Bericht Kardinal Guzman unterbreiteten, wofür er uns mit der Anklage belohnte, daß wir »kommunistische Subversive« seien, hatten wir keine präzis definierte Rolle mehr, und es hat bis jetzt keine Anzeichen dafür gegeben, daß je eine Rolle für uns gefunden werden könnte. Kardinal Guzman beschäftigte sich hauptsächlich mit doktrinärer Orthodoxie, wir hingegen mit der Laxheit unserer Geistlichen und der Qualität pastoraler Betreuung. Soviel wir wissen, wurde nach der Unterbreitung unseres Berichts jedenfalls nichts weiter unternommen.

Wir begrüßen daher Ihre Entscheidung, dieses Amt aufzulösen und uns wieder in unsere Diözesanpflichten zu entlassen, und wir gratulieren Ihnen auch zu Ihrer Ernennung zum Kardinal.

3

»Es ist eine der Sonderbarkeiten der Geschichte«, sagte Professor Luis zu seiner Klasse dunkeläugiger kleiner Kinder, »daß sie lange Ruheperioden kennt und dann wieder alles gleichzeitig geschehen läßt. In dieser Hinsicht gleicht sie euch, da keiner von euch mir die Hausaufgaben von letzter Woche gebracht hat, und so werdet ihr sie mir alle morgen abliefern, sonst ...«

4

»Ich habe von meinem Vater einen Brief bekommen«, sagte Dionisio zu Professor Luis, als sie mit den Füßen auf dem Tisch dasaßen, bereit, sie beschämt zu entfernen, wenn Farides aus der Küche linste. »Er sagt, hinter dem Attentatsversuch standen weder die Kommunisten noch die Liberalen oder die Konservativen. Es war die Wahnsinnstat einer Person, die dachte, mein Vater wäre nicht der echte General Hernando Montes Sosa.«

Professor Luis lächelte. »Wen hat er dann für den echten gehalten?«

»Es war kein Er, es war eine Sie. Sie hielt sich selbst dafür.«

»Von denen gibt es viele auf der Welt«, sagte Professor Luis. »Die

447

Geschichte ist mehr oder weniger ein Katalog der Taten von Wahnsinnigen.«

»Prost auf das Ende der Geschichte«, sagte Dionisio und hob sein Glas. Die beiden Freunde stießen an, tranken und verfielen in nachdenkliches Schweigen.

»Prost auf das Verschwinden der Wahnsinnigen«, fügte Professor Luis hinzu.

5

Capitan Papagato lag mit seinen vier zahmen Jaguaren in seiner großen Hängematte, hielt sich den Leib und war entsetzt über die schrecklichen Wehenschmerzen seiner Frau. Francesca klammerte sich an das vom Dach herabhängende Seil und kauerte über der mit Palmblättern ausgelegten Grube, die ihr Baby bei der Geburt aufnehmen und wo später die Nachgeburt verscharrt werden würde.

Der Capitan hörte den Freudenjubel der Geburt, und Francesca kam mit einem kleinen Bündel in einem Schal zu ihm herüber. Sie legte Federico in die Arme des Capitans und sagte: »Schon gut, Papagato, du brauchst keine Schmerzen mehr zu haben, weil alles überstanden ist.«

Der Capitan wischte sich mit dem Ärmel den Schweiß von der Stirn und sagte: »Mein Gott, das war so, als müßte ich eine Kanonenkugel scheißen.«

Auf der anderen Straßenseite gebar Leticia Aragon wie eine russische Puppe ein allerliebstes Kind, das selbst einen winzigen Fötus enthielt. Aurelio, Carmen und Dionisio blickten verwundert auf die Kleine, weil ihr schwarzes Haar bis auf die Hüften wallte und ihre tiefbraunen Augen sie mit einem Anflug von Wiedererkennen ansahen. Carmen erbat sich die Erlaubnis von Leticia und legte das Baby an die Brust. Sie sah Aurelio an und sagte: »Es ist unsere kleine Gwubba. Parlanchina ist wieder zu uns gekommen.«

Dionisio spürte einen emotionalen Kloß im Hals, denn als er Aurelio anschaute, merkte er, daß er zum erstenmal einen Indianer weinen gesehen hatte.

Carmen nahm das Kind und legte es in die Wiege, die es sich mit Federico teilen würde, bis sie alt genug wären, sich ein Bett zu teilen, da sie bereits in der anderen Welt seit langem verheiratet waren.

Aurelio legte ein verlassenes Ozelotjunges dazu, das er maunzend auf einem Dschungelpfad gefunden hatte, und später stillte Leticia sowohl Parlanchina wie das Junge, eines an jeder Brust.

6

»Hat jemand die Bestie gesehen? Hat irgend jemand die Bestie gesehen?« rief der dreihundertjährige Mann, als er auf seinem rachitischen Pferd über die Zugbrücke kanterte. »Hat wer die Bestie gesehen, deren Bauch wie ein Rudel Hunde grollt, die viele Gestalten annimmt und das Land verwüstet? Hat irgendwer die Bestie gesehen?«

Auf der *plaza* fiel das Pferd des uralten Mannes erschöpft nach vorn auf die Knie, und er sprang gerade noch ab, so daß sein Bein nicht unter dem zum Sterben umkippenden Leib begraben wurde. »Ay, ay, ay, mein vierunddreißigstes Pferd«, klagte der uralte Mann, raufte sich das Haar und richtete den Blick anklagend gen Himmel.

Die Stadtbewohner versammelten sich schaulüstern, als der dreihundertjährige Mann das Feuerwerk seines Kummers sprühen ließ. Er schlug auf den Boden, trat sein Pferd in der Hoffnung, es damit wiederzubeleben, und jammerte laut und gestenreich, bis er endlich wieder zu sich kam und erneut zu seiner albernen Frage anhob: »Hat irgendwer die Bestie gesehen?«

»Die Bestie ist hergekommen, aber unglücklicherweise haben wir sie selbst getötet, da du nicht da warst, um es zu erledigen.« Das kam von Pedro.

Die zerzausten Augenbrauen des alten Mannes zitterten, und ein Speichelfaden trat ihm aus dem Mundwinkel. »Ihr habt die Bestie getötet? Aber ich kann nicht sterben, bis ich sie nicht selbst getötet habe. Ich suche schon seit dreihundert Jahren. Was soll ich machen?«

»Du kannst weiterleben«, sagte der mexikanische Musikologe. »Wenn du nicht sterben kannst, ohne daß du sie getötet hast, und wir es bereits getan haben, folgt daraus, daß du ewig leben wirst.«

»Ay, ay, ay«, jammerte der alte Mann, der in einem engen Kreis herumlief. »Ich habe mein vierunddreißigstes Pferd verloren und werde ewig leben.«

»Keine Sorge, *viejo*«, sagte Pedro. »Unsere Bestie hatte keinen grollenden Bauch, also war sie vielleicht die falsche, und du wirst noch deine Chance bekommen.«

»Die falsche? Die falsche? Ich bete, daß es so war, sonst werde ich ewig mit den unter mir wegsterbenden Pferden leben.«

»Wir haben das Pferd der Bestie, und du darfst es gerne haben«, sagte Remedios. »Ich jedenfalls will keine Erinnerung an sie in dieser Stadt. Holst du es mal, Hectoro?«

»Ich werde es holen«, sagte Hectoro steif, »aber nicht, weil eine Frau es mir aufgetragen hat, sondern weil ich selbst schon den Einfall hatte.«

Hectoro kam mit dem großen schwarzen Hengst zurück und übergab dem alten Mann die Zügel. Der riß die Augen verzückt auf, als er die glänzenden Flanken streichelte und die Hände hob, um zu beweisen, daß es das größte Pferd war, das er je gehabt hatte. Er nahm seinem toten Reittier den Sattel ab und versuchte, ihn dem neuen aufzulegen, aber der Sattel war eindeutig zu klein. »Macht nichts«, sagte er fröhlich, »von nun an reite ich auf dem blanken Rücken. Gibt es hier noch eine *cantina*? Ich könnte tausend Schweine mitsamt den Zähnen, Haxen und Knochen verzehren.«

»›Doña Flor‹?« sagte Don Emmanuel, der die Tracht Prügel vom alten Mann, als er fälschlicherweise für die Bestie gehalten worden war, noch gut in Erinnerung hatte. »Ja, Dolores ist noch im ›Doña Flor‹. Wenn du eine gute Mahlzeit haben willst, solltest du das ›Hühnchen eines wahren Mannes‹ probieren.«

7

Am Tag, als die letzten Spuren roter Farbe vom Antlitz des Mondes verschwanden, betraten Dominic Guzman und Concepcion das Talende und sahen die Stadt Cochadebajo de los Gatos vor sich. Sie hatten ihren neuen Jeep in Santa Maria Virgen bei Ines und Agapita gelassen, die ihn mit so viel Sorgfalt pflegten, wie sie Dionisios Wagen verwöhnten, nur daß sie von Fremden vierzig Pesos pro Tag verlangten.

»Da ist der Ort«, sagte Dominic Guzman. Sie machten sich auf den langen Weg durch die Terrassen, die zu beiden Seiten anstiegen und nun wieder begrünt waren.

»Salvador, Salvador«, rief Pater García, der vom *Buch Mormon* aufblickte, das er in Dionisios Buchhandlung gefunden hatte und nun gebannt las, während er vor der Stadt auf einem sonnigen Felsen saß. Er ließ das Buch liegen und rannte auf das Paar zu, umarmte Dominic Guzman und küßte ihn im Tempo eines *continuo* gespielten Spinetts auf die Wangen.

Concepcion sah sowohl erstaunt wie amüsiert aus, und Guzman, der den Namen in seiner wörtlichen Bedeutung aufnahm, sagte: »Ich bin niemandes Erlöser.«

»Er glaubt, du heißt Salvador«, erklärte Concepcion. »Du weißt doch, wie dieser Bruder, von dem du immer sprichst.«

Pater García, so aufgeregt und erfreut, daß er ganz von Sinnen war, machte kehrt und rannte in die Stadt, wobei er mit den Armen wedelte und schrie: »Der falsche Priester ist zurück! Salvador ist bei uns! Höchst weise Jungfrau, bete für uns!«

»Der falsche Priester? Salvador?« wiederholte Guzman perplex.

Natürlich löste sich schließlich die Verwirrung, aber nicht, bevor Guzman von allen in der Stadt geküßt und umarmt worden war, einschließlich einer Truppe hübscher Huren, die ihn vor Concepcion sehr in Verlegenheit brachten, als sie Heldentaten erwähnten, von denen er wirklich nichts wußte. Schon bald erschien es völlig vernünftig, daß der Bruder des falschen Priesters angekommen war, weil er die ganze Welt nach seinem Sohn absuchte und gehört hatte, daß hier in Cochadebajo de los Gatos ein großer Weiser sei, der durch den Schleier blicken konnte, um ihm zu helfen.

Aurelio sah auf den winzigen und schillernden Kolibri, der Honig von Concepcions Lippen saugte, und sagte sentenziös: »Warum jemanden suchen, der gar nicht verloren ist?«

8

Seine Exzellenz Präsident Veracruz traf erschöpft im Präsidentenpalast ein. Es stimmte zwar, daß Madame Veracruz durch wiederholte Liebesakte in der großen Pyramide enorm verjüngt worden war, er jedoch nicht, noch dazu, weil sein Apparat infolge übermäßiger Beanspruchung schließlich erschöpft den Geist aufgegeben hatte, was es notwendig machte, daß er sobald wie möglich eine weitere Reise in die Vereinigten Staaten buchte. Er war trotz dieses Unglücks von Freude überwältigt, wieder daheim zu sein.

Mme Veracruz war es jedoch nicht. Sie hatte im Flugzeug geschmollt und geheult, im Flughafen eine Szene gemacht und in der Limousine verlangt, auf der Stelle nach Paris gebracht zu werden, weil: »Hier ist doch keine Kultur.«

Seine Exzellenz ging in sein Büro und stellte fest, daß sich nichts verändert hatte. Seine Sekretärinnen feilten sich noch immer die Nägel und sprachen über die vermeintlich abhörsicheren Leitungen mit ihren Freunden, und sein Revolver lag immer noch in der Schreibtischschublade. Er setzte sich an den Tisch und entdeckte erbost, daß die Tinte in seinem Füller so stark eingetrocknet war, daß sich mit der Gummiblase nichts mehr einsaugen ließ.

Mit irritierter Miene schüttelte er das Schreibgerät gerade heftig, als eine seiner Sekretärinnen hereinkam und sagte: »Sie sollten besser gehen, Eure Exzellenz, sonst sind Sie zu spät.«

»Zu spät? Für was?«

»Na, für die Amtsenthebung.«

»Amtsenthebung? Wessen Amtsenthebung? Was redest du da, Weib?«

»Ihre Amtsenthebung«, sagte die Sekretärin zuckersüß, »wegen Vernachlässigung der Amtspflichten, wie es in der Verfassung festgelegt ist. Im Senatsgebäude um zwei Uhr.«

Seine Exzellenz war wie vom Schlag gerührt. Er fuchtelte mit den Armen herum, sein Gesicht wurde rot vor Zorn. »Um zwei Uhr? Was ist mit der Siesta? Was ist mit den Handelskrediten, die ich von Andorra bekommen habe? Amtsenthebung! Sie wagen es, mich abzusetzen, während ich weg bin?«

»Sie sind abgesetzt worden, weil Sie nicht hier waren, Eure Exzellenz.«

»Das sind die Scheiß-Konservativen«, brüllte er, warf den Füller zu Boden und trat gegen den Schreibtisch.

»Es war ein Antrag aller Parteien«, erwiderte die Sekretärin im irrigen Versuch, ihn zu besänftigen.

»Auch meine eigene Partei? *Et tu, Judas?*«

»*Brutus*«, verbesserte die Sekretärin, die sich aus Angst vor dem auf ihren Kopf gezielten Tintenfaß aus dem Zimmer entfernte.

Madame Veracruz warf sich in einem Wirbelwind hysterischer Schreie und Verwünschungen ins Zimmer. »Unsere Tochter ist weg, unsere kleine Tochter. Verschwunden! Ay, ay, ay, ay!«

»Du meinst, die Katze hat uns auch verlassen, du durchgeknalltes Weib! Wie oft habe ich dir gesagt, daß ich nicht der Vater einer schwarzen Raubkatze sein kann?«

»Aber Daddykins, du hast doch gesehen, wie sie geboren wurde«, klagte Madame Veracruz, deren Schminke durch die Tränen so verteilt war, daß ihr Gesicht wie ein Bild des verstorbenen Jackson Pollock aussah.

Ein in Tränen aufgelöstes und bußfertiges Kammermädchen betrat das Zimmer durch die Tür, die zur Präsidentensuite führte. »Es tut mir leid, Herr«, sagte sie, »es war vor einem Monat, und ich hatte gerade die neue rosa Schleife um ihren Hals gebunden, wie es mir Madame Veracruz für jeden Tag aufgetragen hat, Herr, und ich habe sie gebürstet und ihr ein paar Geleefrüchte gegeben, wie mir befohlen worden war.« Die Zofe zwirbelte den Staubwedel in ihren Händen. »Und als ich mich umsah, war sie weg, Herr. Wir haben überall gesucht, Herr, und wir haben es sogar der Polizei und dem Innenministerium gesagt, aber niemand hat sie gesehen, Herr, und wir mußten es aufgeben.«

Das Mädchen kreischte auf, als Madame Veracruz sich quer durchs Zimmer stürzte und ihr ein langes Büschel Haare ausriß, während sie ihr mit der anderen Hand schallende Ohrfeigen verpaßte. »Schlampe!« heulte sie, »Hure einer läufigen Hündin von einer schwanzlutschenden Nuttenmutter eines Loddels!«

Madame Veracruz wandte sich von dem Mädchen ab und riß dramatisch die Vorhänge herunter. Sie schmiß den Präsidentenschreibtisch um, biß in die eingreifende Hand Seiner Exzellenz und rauschte aus dem Zimmer unter einem Gewitter von Klagelauten und ausgefallenen Obszönitäten, die ihr seit ihren Tagen als »Hostesse« und »Darstellerin« im panamesischen Strip-Club nicht mehr über die Lippen gekommen waren.

Seine Exzellenz stieß einen Seufzer aus, der jedes Fetzchen Bitterkeit und Resignation der ganzen Welt enthielt. Da er verzweifelt einen Ort der Ruhe und Stille suchte und besorgt war, daß das Leiden, das er seit Kairo hatte, sich während des Amtsenthebungsverfahrens melden würde, suchte er die höchste Toilette im Land auf und schloß die Tür.

Es war wunderbar. Wie üblich war leise Beethoven zu hören, um das innere Grummeln der erlauchtesten Eingeweide zu übertönen.

453

Er zog die Hose aus, weil er als kleiner Junge einmal neben den Schüsselrand gepinkelt und seine Unterwäsche, die zerknäult um seine Füße lag, naß gemacht hatte, und setzte sich dann ermattet. Ihm kam der beruhigend vertraute Gedanke, er sollte eines Tages die Brille polstern oder eine elektrische Wärmespirale einbauen lassen.

»Ich war ganz im Recht und weise«, sagte er sich, als seine Gedärme noch mehr von den stinkenden und suppigen Folgen seines Ägyptenbesuchs ausstießen. Allmählich fühlte er sich dem Amtsenthebungsverfahren gewachsen und begann zum sanften Arpeggio-Rhythmus der Mondscheinsonate lange und edle Ansprachen zu formulieren, in denen er seine längere Abwesenheit im Sinne des Staatsinteresses verteidigte.

Er warf das Papier in den Treteimer und stand auf, um die Kettenspülung zu ziehen. Er wurde mit einem trockenen Klicken belohnt, das die Beweise seiner Darmtätigkeit völlig ungestört ließ. Er zog nochmals, mit dem gleichen Resultat.

Kein Präsident auf der Welt, selbst wenn er vor der Amtsenthebung steht, fühlt sich in der Lage, Beweise wie die vor ihm in der Kloschüssel zu hinterlassen. Es wäre so demütigend gewesen und sogar noch unannehmbarer, als an einem öffentlichen Ort nackt mit einem kleinen Jungen an der Eichel seines strammen Glieds erwischt zu werden. Selbst ein Mordanschlag wäre vorzuziehen.

Er kratze sich am Kopf und fragte sich, wie ein Wasserkasten austrocknen konnte, wenn er nicht einmal benützt worden war. Er klappte den Brillendeckel zu und stieg darauf, um in den widerspenstigen Tank zu spähen und herauszufinden, woran es lag.

Auch wenn er ein großer Mann war, konnte er nicht viel sehen, und so stellte er sich auf Zehenspitzen und hob den goldverschnörkelten Metalldeckel. Er beugte sich zurück, um das Lampenkabel näher zu ziehen, und urplötzlich gab der dünne Plastikdeckel des Toilettensitzes unter ihm nach.

Und er plumpste hinab. Seine Füße rutschten mit unbeirrbarer Genauigkeit in den Siphonknick der Schüssel, worauf er nach hinten kippte und heftig mit dem Kopf auf den Bodenfliesen aufschlug. Als er wieder zu sich kam, stellte er fest, daß seine Füße feststeckten und seine Knie in der Brillenöffnung eingeklemmt waren. Er versuchte sich hochzuhieven, aber sein Hintern war nicht am Bo-

den, und seine Bauchmuskeln waren zu schwach, um die athleti-
schen Verrenkungen bei einem solchen Manöver zu bewerkstelligen. Er legte die Finger hinten an den Kopf und spürte, daß an seinem Hinterhauptsbein eine gewaltige Beule anschwoll.

Endlich warf er Stolz und Würde in den Wind und fing zu brüllen
an, erst mit erstaunlicher Intensität, später aber mit verlassener
und erbärmlicher Hoffnungslosigkeit, was daran lag, daß aus der
Beschallungsanlage nun der letzte Satz der Choralsymphonie
dröhnte und donnerte.

Erst als Madame Veracruz die Orte ausgingen, an denen sie weinen
konnte, kam sie auf die Idee, es in der Toilette zu tun, wo sie von
drinnen allerdings das verzweifelnde Wimmern ihres Mannes ver-
nahm. Endlich wurde er von vier feist grinsenden Mitgliedern der
Palastwache mit Pickelhauben und voller Galauniform befreit, allerdings zu spät, um bei der ersten Anhörung zur Amtsenthebung
dabei zu sein, die schließlich Außenminister Lopez Garcilaso Vallejo die Präsidentschaft eintrug.

Garcilasos Amtszeit sollte gekennzeichnet sein von seiner ungewöhnlichen Abhängigkeit von unprotokollierten Beratungen mit
dem Erzengel Gabriel, von der auf Staatskosten veröffentlichten
Gesamtausgabe all seiner unter Pseudonym geschriebenen Werke
zum Okkulten und von der beispiellosen Ansammlung exotischer
ausländischer Frauen mit unaussprechlichen Namen, die in den
vielen Gemächern des Palastes wohnten und herumtollten.

Doch vor all diesen schicksalsträchtigen Ereignissen lag der schei-
dende Präsident, überwunden von Beethoven, in der Kloschüssel,
während seine öligen und übelriechenden Exkremente um die
hageren Schienbeine schwappten. Es war insgesamt eine überaus
unheilvolle Woche gewesen für Seine Exzellenz, den Präsidenten
Enciso Veracruz.

Louis de Bernières
Corellis Mandoline
Roman
Aus dem Englischen von Klaus Pemsel
Band 13657

Kephallonia ist eine griechische Insel im Ionischen Meer, berühmt für ihre Anmut und den Zauber ihres Lichts, als Kno-
tenpunkt vieler Schiffahrtsrouten seit jeher ein bevorzugtes Ziel
von Invasoren jeglicher Herkunft. Im Zweiten Weltkrieg landen
hier die Italiener, dann die Deutschen. Im Mittelpunkt steht
Pelagia, die schöne, stolze, eigenwillige Tochter des Arztes, die
sich zwischen zwei Männern entscheiden muß: Mandras, dem
jungen Fischer, der die Delphine aus den Tiefen des Meeres her-
vorzulocken vermag und sich den Partisanen anschließt, und
Antonio Corelli, dem Offizier der italienischen Besatzungstrup-
pen, der die Frauen und die Musik mehr liebt als den militärischen Drill. Aber der Krieg gestattet keine idyllische Abgeschie-
denheit. In Zeiten der Barbarei treten Treue und Verrat offen
zutage, große Gefühle werden vom Wahnwitz der Geschichte
bedroht. Auch in Kephallonia gerät die Landschaft der Götter
und der Phantasie in die Klauen der erbarmungslosen Zeitläufte.

Fischer Taschenbuch Verlag

fi 2219 / 1

Louis de Bernières

Señor Vivo und die Kokabriefe

Roman

Aus dem Englischen von Klaus Pemsel

Band 13659

Dionissio Vivo, ein junger lateinamerikanischer Philosophiedozent, will nicht verstehen, was die immer wieder vor seiner Haustür auftauchenden Leichen bedeuten sollen. Er träumt von einer menschlichen und gerechten Welt. Für seinen Freund Ramón dagegen, den womöglich einzigen ehrbaren Polizisten der Stadt, ist die Botschaft nur zu klar: Dionisio soll aufhören, seine Leserbriefe zu schreiben, in denen er die mörderische Schreckensherrschaft der Drogenbosse brandmarkt. Der örtliche Kokabaron schickt gleich mehrere Killer, um Dionisio zum Schweigen zu bringen, aber der scheint wie unter einem Zauber hinter dem Schutzwall seines Gerechtigkeitsgefühls und seiner starrköpfigen Anständigkeit zu leben. Nur erstreckt sich dieser Schutz nicht auf diejenigen, die er liebt. Und die Liebe ist es, die Dionisio verwundbar macht... Um Dionisios Kampf gegen die Drogenbarone ranken sich viele farbige Geschichten und in den Provinzstädtchen tut sich eine Welt auf, wo das Übernatürliche alltäglich ist, wo Einfallsreichtum und Zuneigung in einem Sumpf von Korruption sprießen, während der Drogenhandel die ganze Gesellschaft verunstaltet.

Fischer Taschenbuch Verlag

fi 714 / 5

Frank Ronan

Dixie Chicken

Roman

Aus dem Englischen von Mechthild Kühling

Band 13834

Rory Dixon stürzt in seinem blauen Sportwagen von einer Klippe in die Irische See. Sein Ende ist ebenso rasant und dramatisch, wie sein Leben war. Die Karosserie wird von einem Felsen in der Brandung aufgespießt, und Rorys Lieblingssong *Dixie Chicken* dröhnt durch die Stille. Rorys Witwe Helen ist sich indes sicher – es war weder Unfall noch Selbstmord. Der Mann, der die Zuneigung aller im Überfluß besaß, hätte sich nicht selbst umgebracht. Es war Mord. Die Polizei hat ihre Gründe, diese Theorie nur sehr zögerlich zu verfolgen. Rorys Freunde und Geliebte, seine Tochter, seine angereisten Eltern, der Fischerjunge, der seine Leiche gefunden hat – sie alle werden von Rorys Tod erschüttert oder irritiert, und jeder hat etwas zu verbergen. Das auf den ersten Blick so klare Ereignis wird durch Scham, Lügen und das Interesse aller daran, die Fassade aufrechtzuerhalten, hoffnungslos kompliziert.

»Was da anhebt wie ein solider Krimi, entpuppt sich schon nach wenigen Seiten als eine der frechsten und frischesten Wortmeldungen von der Grünen Insel.«

Maxi

Fischer Taschenbuch Verlag

Gary Jennings

Der Azteke

Roman

Aus dem Amerikanischen von Werner Peterich

Band 8089

Karl der Fünfte, Kaiser des Römischen Reiches und König von
Spanien, verlangt im Jahre 1529 einen Bericht über seine neue
Provinz Neuspanien, über Geschichte, Traditionen, Sitten und
Gebräuche dieses Landes. Der Kaiser und sein Hofstaat sind
hingerissen und gebannt, wenn daraus vorgelesen wird. Fray
Don Juan de Zumárraga, Erster Bischof von Mexiko, hat den
Befehl seines Kaisers befolgt. Er läßt einen Azteken berichten –
und ist entsetzt über das, was er zu hören bekommt und was er
dem Kaiser vermelden muß. Mixtli, der Azteke, hat getreulich Bericht gegeben und drei Jahre den Schreibern des Bischofs
erzählt. Von der großen Geschichte seines Volkes, von den far-
benprächtigen Städten, den Palästen, den schwimmenden Gär-
ten, von der Zügellosigkeit der feinen Gesellschaft des Azte-
kenreichs, aber auch von der Grausamkeit der spanischen
Eroberer, die eine alte Kultur vernichteten.

Fischer Taschenbuch Verlag

fi 735 / 4

Gabriel Barylli

Honigmond

Roman

»Für alle, die noch an den Märchenprinzen glauben«

Band 12353

»Liebe und tu, was du willst.« – Als Linda Rosenbaum an einem
20. August im kürzesten Kleid der Welt in einem alten Kaffeehaus sitzt, ahnt sie, was ihr Schutzengel mit diesem Satz gemeint haben könnte – denn da kommt Martin. Es ist Liebe auf
den ersten Blick, sie verbringen einen Abend, eine Nacht, den
nächsten Tag und die halbe Nacht miteinander. Aber dann hat
ihr Honigmond ein jähes Ende: Martin muß zurück auf sein
Schiff mit den blutroten Segeln. Er ist der Fliegende Hollän-
der, der nur alle sieben Jahre einmal auf die Erde darf, um eine
Frau zu suchen, die ihn wirklich liebt. Ehe Linda begreift,
daß seine Frage, ob sie mit ihm komme, ernst gemeint ist, liegt
sie wieder allein auf der Matratze des Hotelzimmers. Doch die
Erfahrung dieser ›vollkommenen Liebe‹ macht sie von nun an
immun gegen Projektionen und Verklärungen, die in ihren früheren Beziehungen so zerstörerisch wirkten. Endlich kennt sie
ihre wahren Bedürfnisse und will sich nie mehr etwas vorma-
chen. Und ihr Schutzengel, der ihr an Weisheit immer ein wenig
voraus ist, ist es zufrieden. Sieben Jahre später sitzt Linda wieder im selben Kaffeehaus vor einem Campari und hofft, daß
Martin zurückkommt...

Fischer Taschenbuch Verlag

fi 1068 / 12

Louis de Bernières

Etiketten

Ich wuchs zu einer Zeit auf, in der es elektrisches Licht, aber kein Fernsehen gab, so daß die Menschen Wege finden mußten, sich zu vergnügen. Damals war die hohe Zeit der Hobbys. Leute bauten ganze Dörfer aus Streichholzschachteln und Schlachtschiffe aus Streichhölzern. Sie setzten Flugzeuge aus Balsaholz zusammen, bestickten Soutanen mit Wappen und Bildern aus dem Leben der Heiligen und preßten Blumen. Mein Großvater strickte sich seine eigenen Socken, schnitzte Spielzeug, knüpfte Freundschaften mit Spinnen in seinem Gartenschuppen, schummelte beim Krocket und lernte, sich seine eigenen Schrotpatronen zu machen. Meine Groß-mutter arrangierte in ihrer Freizeit Blumen und kraxelte die Ge-sellschaftsleiter hinauf, und meine Mutter spielte Spirituals auf dem Klavier, wenn sie nicht gerade neue Sitzbezüge nähte oder Pudelmützen für die armen Notleidenden strickte. Meine andere Großmutter dagegen verbrachte selige Stunden damit, im Garten Schnecken zu sammeln und sie durch den Rost vor der Küche zu schütten, woraufhin drunten dann eine Schar stattlicher Frösche über sie herfiel, die sich gleich nach diesem Festmahl wieder unter einem Haufen vertrockneter Blätter versteckten. Meine beiden Schwestern hatten ein Hobby, daß sie ›Verkleiden‹ nannten. Dabei ging es hauptsächlich darum, die Truhen auf dem Dachboden zu leeren und die merkwürdigen Kleidungsstücke früherer Generatio-nen auszuprobieren. Sie liefen dann hinaus auf die Straße und bet-telten Passanten an. Eine meiner Schwestern – welche, habe ich ver-gessen – hat es sogar mal geschafft, von unserer eigenen Mutter nicht erkannt zu werden…

Mit farbigen Illustrationen von Peter Schüssow.
Aus dem Englischen von Bernhard Robben.
Gebunden. 60 Seiten

Lesen Sie weiter. Argon